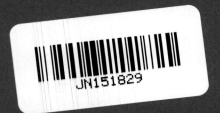

FRANZ KAFKA

フランツ・カフカ
創作と流れ、
〈あなた〉との出会い

Yasuhisa Mine
三根靖久

春風社

フランツ・カフカ　創作と流れ、〈あなた〉との出会い

目次

凡例

・日本語文献からの引用を除いて、原文訳は筆者による。
・カフカ一次文献から引用の際には、原則としてカフカ批判版全集（KKA）を参照している。ただし、書簡集は、本稿執筆時点ではまだ刊行途中であった。そのため、批判版全集では参照できなかった一九二一年以降のカフカの手紙は、マックス・ブロート編纂のカフカ書簡集から引用した（カフカ書簡集は二〇二四年に最後の一巻が刊行され、完結する見込みとなっている）。
・カフカのテクストを引用する際の略号の一覧は、参考文献表に掲載している。

序論

〝流れ〟には、人の想像力を刺激する力があるのだろうか。流れを見て人はふと何か別のことを思い浮かべるときがある。あるいは、流れとはまったく別のことを考えているときに、それが〝まるで川の流れのようだ〟という思いに至ることもあるだろう。西欧では、古来多くの詩人や著述家が、〝流れ〟の掻き立てる力を表現手段として巧みに用いてきた。いま、筆者は〝流れ〟として二つのことを念頭に置いている。一つは、ドイツ語の **Fluss**、**Strom**、**Strömung** といった名詞に相当する、〝流れ〟という語そのものである。こうした語はしばしば、修辞学において〈トポス〉と呼ばれるような、ある種の決まった言い回しとして用いられてきた。[1] もう一つは、〝流れ〟を描いた光景である。たとえ〝流れ〟という語が使われなくとも、テクストの中で水が流れゆく光景が描写されていれば、それも流れの表現に他ならない。そうした光景の描写を、本書では〈形象〉と呼ぶことにする。従って、これから単に〝流れ〟といったとき、そこには〝流れ〟に相当する語も、流れの形象も含まれる。

こうした〝流れ〟には、文字通りの意味のものもあれば、何か別の事柄を表現するために借用されているものもあるはずである。そのように語や形象を使って何か別の意味を表す手法は幾つか存在する。その一つが隠喩である。隠喩とは何か、については後に詳述するが、いまは差し当たって、「考えられた対象と類似的関係性を通して結びつくことができる、転用された意味で使用される言語表現」[2] としておこう。従って、語や形象がこの要件を満たして使われたとき、それは隠喩と呼ばれるわけである。[3]

カトリン・コールは、『詩学的隠喩』と題された大部の著作において、文学並びに作家の役割、あるいはその働きについての認知を新たにさせるような隠喩のことを〈詩学的隠喩〉と呼び、ドイツ文学史上の多種多様な詩学的隠喩を論じている。その研究のねらいは、単なる隠喩の収集と分類ではなく、言語によって規定された認知構造枠の解明にあるのだと著者は述べる。[4] もっとも、この著作を通じて、古来多くの著述家たちが、文学的創作を〝流れ〟に託して論じてきたことが分かるのも確かである。一体、〝流れ〟を用いることで、文学や創作のどのような一面が浮かび上がってくるのか。コールの著作の中から例を挙げよう。伝ロンギノス、ゲオルグ・ハルスドルファー、ジークムント・ビルケン、フリードリヒ・シラーの四例である。

ロンギノスは、紀元後一世紀に書かれたと推定される詩学理論書『崇高なことについて』の著者とされている。その中には、ホメロスのプラトンへの影響について、泉の形象によって記述されている箇所がある。

> ヘロドトスだけが最もホメロス的だったのでしょうか。（……）これらすべての人々の中でもとりわけプラトンがそうでした。彼はあのホメロスの源流から数えきれないほどの支流を自分の中へ引き込んだのです。[5]

プラトンはホメロスの泉から水を引いたと述べられているわけだが、この隠喩によってロンギノスは何を言おうとしているのだろうか。その手掛かりとなるのは、この直前に書かれた記述である。そこでは、崇高な文章を書くためには「昔の偉大な散文作家や詩人たちを模倣し、彼らと競い合うこと」が有効であると述べられている。[6] ここから、「ホメロスの源流から支流を引き込む」という表現によって、著者は、プラトンもまたホメロスを熱心に模倣した一人であると言おうとしているのが分かる。更に、古代の弁論術教育において、「模倣」（μίμησις）

という言葉が、偉大な先人の文章の模倣を意味することも考え合わせれば、ホメロスという泉から引き込まれた〝流れ〟は、ホメロスの文章の模倣から得られた文体を示していると推察される。[7] そもそも、先の引用文が記された章の冒頭でも、ロンギノスは、プラトンが「何かこのような豊かな流れによって音もなく流れていながら、それでもなお偉大さをまとわせている」と記している。[8] ロンギノスにとって、〝流れ〟は、文章の文体と密接に関係したものである。

ここからはドイツ語文献の用例へと移ろう。バロック期のドイツの詩人ゲオルグ・ハルスドルファーは、一六五〇年の著書『詩学の漏斗』第一部において、次のように述べている。

> 従って詩の内容や考案もまた最初に吟味され、頭の中でまとまっていなければならない。そうした内容が韻文となって紙へと流れ出るよりも前に。だから、かの人は的確にも、「私の詩は言葉を除いて全て出来上がっている」と述べたのである。[9]

「そうした内容が韻文となって紙へと流れ出るよりも前に」。この表現は、もし隠喩を用いなければ、恐らく、「内容が韻文となって紙に記されるよりも前に」などと記されるところだろう。ところが、それが「紙へと流れ出る」と表現されることにより、まるでインクがペン先から紙に伝わっていくように、作者が頭の中で考えておいた内容がすらすらとしたためられていく光景が連想される。もっとも、「私の詩は言葉を除いて全て出来上がっている」という一文から見て取れるように、どうやらハルスドルファーにとって、詩の「内容」は、必ずしも実際に書かれるべき「言葉」と同一ではないようである。これより後の箇所において、あらゆる出来事に、それに相応しい「詩的な言葉」を与えることができる者が詩人であり、また、そうした描写こそ詩と呼びうると述べられている。[10] つまり、内容が「韻文となって紙へと流れ出る」というのは、予め頭の中でまとめておいた「内容」に詩人が上手く「詩的な言葉」を与えたときに起きるのであり、結局のところ、それができるか否かに、詩人の詩人としての力量が問われているわけである。

　三番目の例は、やはり一七世紀からである。ジークムント・ビルケンは、一六七九年の詩論書において詩作のあり方を説いているが、その中には次のような一節が見られる。

> シドニウスはこうした泉詩人を嘲笑し、詩は流れの中からではなく、額から絞り出さなければならないと言った。
>
> 一四　しかし、それは詩作能力が一体となって流れる、別の水なのだ。即ち、天霊の炎の洪水である。[11]

まず、第一三節の終わりに登場する「泉詩人」なる言葉について説明する必要があるだろう。この節においてビルケンは、泉が詩人に霊感を与えるという古代の「迷信」を言わば〝歴史的〟観点から説明している――それによれば、泉で女性が沐浴する姿を見ようとして男性たちが集まり、女性の美しさを称える歌が作られるのだという。[12] 従って、泉による霊感を否定するという点では、ビルケンはシドニウスと意見が一致している。しかし、詩は額から絞り出されるものだというシドニウスの主張に対しては、ビルケンは同意していない。

　それでは、ビルケンの考える「天霊の炎の洪水」としての創作はどのようなものなのか。その手掛かりは、同じ第一四節に見られる次の記述から窺えるだろう。「従って文学は、それが天から流れ込むがゆえに、再び天へと上り、神に敬意を表して用いられねばならない」[13]。この記述からは、詩人は神から与えられた詩作能力を神のために活用することが求められているのが読み取れる。神と詩人がこの相互関係によって結ばれたとき、詩人は、単に天から注がれる「炎の洪水」を受容する器であるばかりでなく、同時に、神から与えられたその才能が文学として溢れ出る源泉でもある。この点についてビルケンは、「詩人は従って、天の湧き水の泉であり、あるいはそうしたものであることが求められる」と述べている[14]。一見すると奇妙な論理だが、詩人は、天の水が湧き出る地上の泉として想定されている。その結果、泉という古代以来の霊感のトポスが、キリスト教的な価値観の元、新たな意味を獲得している。

四番目の例は、フリードリヒ・シラーからである。シラーは、一七九五年の論文『美的形式の使用における必然的限界について』の中で、若者の「真の天才」について次のように論じている。

> 才能ある若者が詩人に生まれついているのなら、彼は自分の胸の内にある人間本性に耳を澄ませるだろう。世界の広い胸の上で無限に演じられていく人間本性の劇を理解するためである。そして彼は、旺盛な想像力を趣味の規範に従わせ、熱狂がどっと流れ押し寄せる岸辺を冴えた悟性に測量させるのだ[15]。

「どっと流れ押し寄せる」という隠喩表現から、若者の熱狂が、川の奔流という形象を借りて想像されているのが容易に見て取れる。それに従えば、「熱狂」は、「冴えた悟性」の管理下に置かれた「岸辺」によって十分に制御されなければならない。文脈からは、「岸辺」が、「趣味の規範」とほぼ同じ意味で使われているのが分かる。シラーは、文学的才能ある若者の熱狂自体を否定しているわけではないが、それがかえって才能を台無しにしてしまうことのないように、適切に制御されるべきだと考えている。この関係性が河川と堤防の関係に託して表現されている。

これらの四人の作家たちが使う流れの本来の意味はそれぞれ異なる。ロンギノスの〝流れ〟は、模倣によって獲得される、優れた先人の文体であった。ハルスドルファーにとっての〝流れ〟は、事前に吟味された内容に基づく韻文としての言葉を表す。ビルケンにおいてそれは、天から与えられた詩作能力を指した。他方でシラーの〝流れ〟は、才能ある若者が持つ、注意深く制御されるべき熱狂を表していた。こうした用法の内、ハルスドルファーの〝流れ〟は、〝書く〟という行為と密接に関係しているのが直ちに見て取れる。すると、予め吟味された内容を言葉として確定させる行為が執筆だとするならば、その執筆に際して、詩人の内部では言葉の選択をめぐる峻烈な格闘が起きているのではないか、そのようにも推測される。

そうした言葉との格闘に、実際に極限まで挑んだ作家の一人がフランツ・カフカ（Franz Kafka: 一八八三－一九二四）である。カフカは一九〇九年から一九二三年まで日記を記している。奇しくもその日記は、執筆を格闘として形象化した記述によって締め括られている。

> 執筆の最中の不安が次第に高まっていく。それは理解できる。言葉のどれもが、精霊の手の中で向きを変え――この手の振り方は特徴的な動きだ――投げ槍となり、話者へと向かってくる。こうした言葉は特にそうだ。そして無限に続く。慰めとなるのは、お前が望もうが望むまいがそれは起こるというただそれだけだろう。そしてお前が望むことは、ほとんど僅かしか助けにならない。慰め以上となること、それは、お前も武器を持っている。（T 926）

カフカにとって、言葉を確定させるための闘いは、「望もうが望むまいが」起きるものである。その闘いは、早くも一九一一年一一月一五日の作者の日記に次のように記されている。

確かなことは、僕は、調子の良いときでさえも一語一語を、あるいはほんのついでのようなときでさえあっても、はっきりと言葉にして前もって考え出しておいた全てを、いざ机に向かって書き記そうとすると、干からびて、ひっくり返って、動かせなくて、周囲全体にとっても支障があり、不安げで、そして何よりも隙間だらけとなって現れる。元々考え出しておいたものに関しては、何一つ忘れてしまったわけではないにもかかわらずだ。もちろん、その大部分の原因は、僕が紙から離れたときには高揚している間だけ、――この高揚を僕はどれほど希求もするにせよ、希求する以上に恐れているのだが――良いものを考え出すからである。原因は更に、そのときにはしかし、充溢が余りに大きく、僕は断念しなければならないからである。つまり、やみくもに、偶然だけに任せて、掴み取るようにして、流れの中から取り出すのだ。そのため、こうして獲得して来たものは、熟慮した執筆の際には、それが棲んでいた充溢に比べたら無であり、この充溢をこちらに持って来ることは不可能なのだ。だから、この獲得物がひどくていまいましいのは、まさしくそいつが無駄に魅惑するからなのだ。(T, 251)

カフカは、言葉の一つ一つに至るまで、書くべき文章を前もって考えておくが、そのときは精神が高揚しているために、言葉を「やみくもに、偶然だけに任せて、掴み取るようにして、流れの中から」取り出さざるを得ないという。その高揚についてカフカは、「どれほど希求するにせよ、希求する以上に恐れている」とも述べる。

カフカが創作について表現する仕方は独特である。カフカの友人マックス・ブロートが記した伝記によると、カフカは普段の会話でも形象表現を多く交え、「彼はこうしたやり方以外では話すことも書くこともできなかった」という。[16] 実際、カフカは喩えを用いた表現に長けており、その中には極めて技巧的なものも少なくない。だが、〝流れの中から言葉を掴み取る〟といった表現に関していえば、それはカフカの身体的感覚に根差したものだったのではないだろうか。というのも、カフカが創作について形象表現を交えて記すとき、そこには一貫性が認められるからである。例えば、一九一二年九月二三日の日記には次のように記されている。

> この物語『判決』を僕は二二日から二三日にかけて夜の一〇時から朝の六時までに一気に書いた。坐っていたために硬直した脚を机の下から引き抜くこともほとんどままならなかった。まるで僕が水の中を前に進むように物語が僕の前に展開していく間の、恐るべき努力と喜び。(T, 460)

『判決』は、カフカの創作の転機となった作品である。この日記は、その作品を一晩で書き上げた体験を、それから半日と経ずして作者自ら振り返った文章である。ここでは、作品の構想と執筆が一体となって進展した経験が、〝まるで水の中を前に進むようだ〟と表現されている。厳密に言えば、これは隠喩ではなく直喩なのだが、水という、〝流れ〟との関係性が強い形象が、創作に関係した文脈で、非本来的な意味で用いられていることに違いはない。

テクストの制作行為が〝流れ〟と密接な関係にあるとすれば、生産されたテクストを受用する営みもやはり、〝流れ〟として表現し得る何かを孕んでいるのだろうか。例えば、人は長編小説を読むとき、その奥深くを流れる主題を絶えず探り出そうとしていると言ってもよいのだろうか。吉増剛造の詩集『螺旋歌』は、テクストの伏流を辿るという営みが表現された詩でもある。詩は、語り手である詩人の旅の中で紡ぎ出される。旅の光景と共にその思索は移り変わり、様々なテクストが想起される。あるとき、沖縄のフェリー乗り場の待合室から見た光景を端緒として詩人が想像したのは、他ならぬカフカのテクストの伏流を辿る営みであった。

貴方にとって、フランツ、貴方にとって、たしかに、そこが、ときの、（逆巻く？　岸からボートを離す？彼らが飛び乗る？）特別の場所、……。たしかに、フランツ、接岸と、離れて行く、瞬間の透景。それが、フランツ、貴方の作品の、とおいとおい、……ところから、他界から、隠された伏流となって、遥か、下底を、水音をひびかせている。

　　　そうです。貴方も、きっと、知らずに……。

気がつくと、貴方の作品中の隠れた大河を読んでいた。あるいは、古い神（？）さらに古い神（？）の、大人（たいじん）、巨人の、隠れた貌の、恐怖、あるいは、……。

水葬、……を。

（古い、）大河と出逢うとき、……。

「あらっ」と、彼女は悲鳴をあげて、エプロンで顔をおおった。だが、彼はもういなかった。門から飛び出て、線路を越え、川へと走っていった。飢えた人間が食物をつかむように、もう彼は欄干《らんかん》をしっかりつかんでいた。ひらりと飛び越えた。彼は優秀な体操の選手で、少年時代は両親の……

（フランツ・カフカ「判決」）

（彼はもういなかった、……）ごめんなさい、思わず、わらってしまいました。貴方の、……独特の迅速、そして、作品が、（途切れるところで、……）、フランツ、……貴方の呼吸は、……神速の、そう、思わず、書いてましたね、（優秀な体操の選手で、……少年時代は両親の、……）と、フランツ、きみの躰《からだ》（フデ？）は、神速の、優秀な機械のように波打ちます

（波打ちますは、……僕の言葉だ、……）

川へと走りますね。ああ、こんなに、名を呼ぶことがたのしいことだとは、……、知らなかった。フランツ、フランツ。この神速の、躰《からだ》の、機械の、孤独の、うん、遥か、……とおくまで辿る、躰《からだ》の、姿《すがた》の、幻の、躰の、フランツ。幽かに、水平線（！）に、みえる、隠された、外形が（！）、わたしはすきで、フランツ、それで一緒に走り続けて来た。そして、やがて、血の大河がみえ、

（あっ、これは、僕の言葉の飛躍だ、……）。

終わりのところで、……

途切れるところで、……

フランツ、フランツ。貴方は、……（そう、わたしは終末であるかないしは発端である、……、）と言ってたね。隠れた大河（の声、……）を、どこまで、果知れぬ、……上流までも、激流を、わたしは、読んでいた。隠れた大河が、地上の（地中の？）河と、……出逢う、……その光景、……（大洪水だな、……）あるいは隠れた家が、……丈高い壁から、家から、門から、建物から、（そしてエレベーターから、……、）、（ホテルから、……）、出て行く。いつだってフランツ、貴方は、……。

途切れるところで、……

ボートに打ちよせる波を見ていた

わたしは、わたしも、どうして、千年も、……まえに？ 水中に？ 水上を、……あるく、（に佇む、……）、……ように、なって行った。いや、（波、……、）決して、（気がつくと、……）、わたしは、（……、）予定に、傷ついて、いた。（さらに、ふかい、大洪水の、傷だ、……）。[17]

語り手である詩人は、カフカの「作品中の隠れた大河を読んで」いる。その「大河」を辿っていくとき、詩人は幾つものテクストに遭遇している。それは『判決』から始まり、やがて、「家から、門から、建物から、（そしてエレベーターから、……）、（ホテルから、……）、出て行く」光景が続く。題名は挙げられていないが、これはカフカの長編『失踪者』であろう。ここから我々は、長編の中の「隠れた大河」がところどころで地上に姿を見せるとき、それは「家から、門から、建物から」出ていくという、一つの光景の変奏を「外形」として伴うのだと想像してみてもよいのである。

それにしても、「隠れた大河」が『判決』のテクストの下を流れているとは、なんと驚くべき発見であろうか。「門から飛び出て、線路を越え、川へと走っていった」ゲオルクは、最後、橋から川へと飛び込む。その『判決』を執筆したとき、カフカもまた、〝水の中を前に進む〟と表現されるような創作を経験した。一体、この二つの〝流れ〟は、互いに接点を持つのだろうか。

この問題を見極めるには、テクストに現れる形象同士がどのように関係し、照応し合っているのか具《つぶさ》に観察し、テクストを記した〈作者〉の中でどのような想像が繰り広げられていたのかを探る必要がある。そうした研究は、現象学批評とも呼ばれる。ジャン＝ピエール・リシャールはその大著『マラルメの想像的宇宙』の序論において、著書の企図をマラルメ自身の言葉に即して、「彼の作品の神秘的な骨組みを人目にさらすこと」であると述べている[18]。この言葉を拝借するならば、〈カフカのテクストの神秘的な骨組みを人目にさらすこと〉こそが、本書の目指すところとなるだろう。リシャールが述べたごとく、「批評というタピストリーがテクストにいささか重くのしかかりすぎる」ことのないように用心しながら、しかし、結局そうなってしまうことを前もって詫びながら[19]。

もっとも、仮に〝流れ〟をめぐるカフカの想像的宇宙を論じ切ることができたとしても、それだけではまだ、カフカのほんの一面を捉えたことにしかならないだろう。確かに、カフカは〝書くこと〟に心血を注いだ。だが、これほどの情熱をもってカフカは、何を書こうとしたのだろうか。作者の日記は、〝いかに書くか〟という問いばかりが目立ち、〝何を書くか〟という問いはほとんど見かけない。そのため、カフカが、何か極度に内向的な作家であるようにも見える。しかし、看過されてはならないのは、カフカが、日記に次のように記す作家でもあるという点である。

ゲーテは、その作品の力によって恐らくドイツ語の発展を抑制している。たとえ散文が合間にしばしばゲーテから離れるとしても、結局は、まさしく現在のように、より強力な羨望と共にゲーテへと戻っている。そして留まることを知らない依存心が隙もなく満たされた光景を享受しようと、古い、ゲーテに備わってはいるが、その点を除いたらゲーテとは関係のない表現さえも不当に着服している。

——

僕のヘブライ語名は、母の母方の祖父と同じアンシェルだ（……）。（T, 318）

イギリスを代表する作家がシェイクスピアであり、スペインを代表する作家がセルバンテスであるとするならば、ドイツを代表する作家は、一七四九年生まれのヨハン・ヴォルフガンク・ゲーテだろう。プラハのギムナジウム（中高一貫校）でドイツ語教育を受けたカフカは、学校時代、ゲーテを愛読していたとされる。[20] そのカフカが、ゲーテが「ドイツ語の発展を抑制している」と記している。この日記から半年後、ヴァイマルにあるゲーテが居住した家を観光で訪れていることからも分かるように、カフカは、依然としてゲーテに憧れる一人の読者でもある。だが、一人の作家として、カフカは、ゲーテが及ぼした負の影響を決して見過ごしはしない。

もちろん、ゲーテに心酔して模倣する作家たちに対し批判的であったのは、カフカが最初というわけではない。例えば、一九世紀の詩人ハインリヒ・ハイネもまた、ゲーテの没後まだ間もない時期に、批評集『ドイツ・ロマン派』にて次のように記している。

ゲーテ派のひとびとはこうした見解から出発して、芸術を自立的な第二の世界とみなした。そして彼らはこの世界を非常に高いところに置いたので、人間のあらゆる営み、人間の宗教、道徳は、変化交替しながら、この芸術的世界の下の方で働くということになった。けれども私はこの見解に無条件に服することはできない。ゲーテ派のひとびとはそうすることによって、芸術そのものを最高のものと宣言し、何といっても優位をあたえられるべきあの第一の現実世界の要求からそれるという誤りを犯すに至ったのである。[21]

カフカと同様に、ハイネの批判の矛先もまた、「ゲーテ派のひとびと」である。だが、ハイネは、当のゲーテの作品自体にもまったく瑕疵がないとは考えていなかったようである。

> 美しい立像が庭園を飾るように、それらの傑作は、われわれの愛する祖国を飾っている。だがそれは所詮立像なのだ。それに愛をそそぐことはできる。しかし彼女らは石女なのだ。(……)ゲーテの美しい言葉は子供をうまない。(……)ゲーテの詩もまったく同じように完成し、同じように素晴らしく、同じように静かであり、そして凝固と冷却のために、現在の活潑な温い生活から切り離されていることや、われわれとともに悩んだり、歓声をあげたりすることができないことや、彼らが人間ではなく、神性と石との不幸な混合物であることなどを感じて、全く同じように悲しんでいるようにみえる。[22]

ゲーテの作品は美しいが、冷たくて生き生きとしていないというハイネの批判は、後に詳述するように、東欧の小言語の文学は下手だが生き生きとしていると述べたカフカの評言と根底において通じているように思われる。

ゲーテを無批判に模倣する作家たちに対して距離を取るカフカとハイネには、一つの共通点が存在する。それは、両者がユダヤ人だという点である。ハイネはプロテスタントに改宗したユダヤ人であり、カフカは、信仰心は篤くないが、やはりユダヤ人家庭の生まれである。「僕のヘブライ語名は、母の母方の祖父と同じアンシェルだ」。ゲーテがドイツ語文学に与えた影響について記した直後、カフカは、今度は自分の家系について書き記している。フランツという名前を持つカフカに、アンシェル（Anschel）というもう一つの名前もあったことが記されているのは、カフカのテクストとしては、恐らくこの箇所だけだと思われる。ゲーテをめぐる記述がハイネとカフカという二人のユダヤ系作家をつないだように、今度は、アンシェルという名前がカフカを別のユダヤ系ドイツ語詩人とつなぐ。

　その詩人とはパウル・ツェランである。ツェランの一九六七年の詩集『息の転換』には、次のように始まる無題の詩が収められている。

夕べ、ぼくを取り囲む
格子を嵌められていないもの越しに、
アムゼルたちを見て、そこから

ぼくは武器を期待した。

武器を見て——手を、
手を見て——とうの昔に

平たい、尖った
小石で書かれた行を
——波よ、お前は
その小石をこちらへ運んだ、それを研いだ、
（……）[23]

アムゼル（Amsel）とはツグミの一種である。クロウタドリとも呼ばれる。〈ぼく〉は何羽かのアムゼルが集まっているのを目にしたのだろう。そこから〈ぼく〉は、「武器」や「手」を、更には「小石で書かれた行」を思い起こした。アムゼルが担う象徴系を探る手掛かりとして、ツェランがクラウス・ヴァーゲンバッハへ宛てた手紙の草稿の存在が知られている。

フランツ・カフカの日記には——どの頁（Seite）に？ きっと北側（Nord-Seite）に——彼のユダヤ人名がアムシェル（Amschel）であると記されています。〈アムシェル〉という箇所で我々は直ちにまた南に戻るのです。これは私の苗字アンチェル（Antschel）の本来の形であり、根本的には、アムゼルの中高ドイツ語形です。[24]

パウル・ツェランは本名をパウル・アンチェルというが、アンチェル（Antschel）のルーマニア語表記 Ancel のアナグラムであるツェラン（Celan）を筆名としている。ツェランは、カフカの日記から、偶然にも自分とカフカの

名前が同じであることを発見したのである。

〈北側〉のアムシェル（アンシェル）に対する〈南側〉のアンチェル。この関係性は、どうやらカフカとツェランのそれぞれの出身地の地理的位置に由来するようである。(25) パウル・ツェランは、一九二〇年、当時はルーマニア王国領で、ルーマニア語でチェルナウツィと呼ばれるブコヴィナ地方の都市に生まれた。そこは一九一八年まではオーストリア＝ハンガリー帝国領で、ドイツ語でチェルノヴィッツと呼ばれた。この都市は後にソビエト連邦領となり、ソ連が崩壊した一九九一年からはウクライナ領となっている。ウクライナ語では、チェルニウツィーと呼ばれる。ツェランと同じように、カフカも、やはり一九一八年まではオーストリア＝ハンガリー帝国領だったプラハの出身である。両者とも、言ってみればドイツ語圏の周縁のような土地に出自を持っている。地理的に見れば、プラハは、チェルノヴィッツよりも北に位置する。

「北側に」という言葉を用いたとき、恐らく、ツェランの念頭にはそれに加えて、一九六〇年にゲオルク・ビューヒナー賞を受賞した際の講演で用いた子午線のイメージがあっただろう。子午線は、北極と南極を結ぶ、経線とも呼ばれる円状の線である。それは、「詩のように出会いに導き、結び合わせてくれるもの」であると、ツェランは受賞講演において述べている。(26) カフカとツェランは、アンシェルあるいはアンチェルという子午線によって結び合わされている。ここで重要なのは、子午線が「愉快なことに熱帯地方まで横切っている」ことである。(27) ドイツ語原文では、「熱帯地方」は Tropen《トローペン》 だが、それは「転義的用法」（隠喩、換喩、提喩など）を意味する Tropen《トローペン》 と同じ綴りである。この一致は単なる偶然というわけではない。というのも、この二つの言葉は、〈転換〉を意味するギリシア語の τρόπος に語源を持つからである。従って、カフカとツェランを結ぶアンシェルあるいはアンチェルという子午線は、〈熱帯地方〉《トローペン》を通過するとき、〈ツグミ〉という形象に〈転換〉するのだと考えてもよいわけである。

ツェランの詩に戻ろう。〈ぼく〉は、アムゼルたちを見て、「武器」や「手」を期待した。恐らく、この詩行は、カフカの例の最後の日記の記述、「言葉のどれもが、精霊の手の中で向きを変え――この手の振り方は特徴的な動きだ――投げ槍となり、話者へと向かってくる（……）慰め以上となること、それは、お前も武器を持っている」を踏まえているだろう。その一方で、「平たい、尖った／小石で書かれた行」は、恐らくカフカに由来するイメージではない。

この「小石」は「波」に削られたことで先端が尖っている。すると、こんな風に想像することもできるのではないか。カフカのテクストもやはり、「波」によって先端を尖らせられた「小石」によって、刻み付けるようにして書かれたのだと。その「小石」は、はるばる遠くから「波」によって運ばれ、渚に打ち寄せられた。この「小石」を尖らせる「波」は、社会という名の海に起きる現象である。渚に打ち寄せられた小石を拾い、それを用いて刻みつけたテクストを海に投げ返した（作品として発表した）とき、カフカは、その行動によって潮の流れを変えられるとまでは信じていなかっただろうが、その投げ返したテクストが誰かのもとに届くことは期待していたかもしれない。波が、尖った小石をカフカのもとに運んだように。

本書には二つの課題がある。一つは、カフカのテクストに現れる〝流れ〟の形象が担う意義を研究することである。それは、カフカの創作の精神的で内面的な側面に焦点を当てることになるだろう。恐らく、作家というのは、多かれ少なかれエゴイスティックな存在である。究極的には、創作は自己満足を求めて行われる。カフカのテクストの多くが生前未発表だったのもそれと無関係ではないだろう。他方でカフカは、その四十年余りの生涯で七冊の著作を刊行している。作品を発表するということにストイックだった彼は、それらの著作を通じて、何を世に問いかけようとしたのだろうか。それを研究するのが本書の二つ目の課題である。

この二つの課題に取り組むために、本書は二部構成という形を取る。第一部「創作と流れ」では主として生前未発表テクストが、第二部「〈あなた〉との出会い」ではカフカによって刊行された作品が扱われる。それらを通じて、カフカの〈書き手〉としての喜びと苦悩、〈作家〉としての意志が見えてくるだろう。

註

（1）トポスはその長い歴史にもかかわらず、現在もなお一義的に意味が定まっていない用語である。元々、ギリシア語で〝場所〟を意味する語であるが、とりわけアリストテレスにとって、それは真実発見のためのカテゴリーであった。ローマでは、トポスの持つ記憶術としての側面が修辞学において受容され、トポスは、やがて論証の根拠を意味するようになった。近代に入り、トポスは百科全書的な知のカテゴリーとなったが、一七世紀に新たな経験主義的学問が抬頭するとともに、知の源泉としてのトポスの意義は低下せざるを得なくなる。Hess（2003）, S. 649–651 を参照。二〇世紀以降のドイツ語圏では、エルンスト・クルツィウスの仕事の影響により、トポスは、文学全般に使用可能な決まり文句（Klischees）としての意味を獲得するようになる。Hess（2003）, S. 651; クルツィウス（1971）を参照。例えば、アウグスト・オーバーマイヤーは、トポスはモチーフ、シンボル、隠喩等と同列に位置付けられる概念ではなく、トポスを用いた表現手法がモチーフやシンボルであり、隠喩やアレゴリーなのだと述べている。Obermayer（1972）, S. 158 を参照。

（2）Birus（2000a）, S. 571 を参照。

（3）ドイツ語では、形象（Bild）という語はときに隠喩と同じ意味で用いられ、更に、「心象」（Denkbilder）、「幻想」（Traumbilder）、「喩え」（Gleichnisse）、「アレゴリー」を意味することもある。Pongs（1960）, S. 1 を参照。だが、本書ではこうした複数の概念の混同は避け、筆者は形象を専らテクストで描かれた視覚的な光景として用いる。つまり、形象自体が隠喩なのではなく、形象が文脈の中で本来とは異なる意味で用いられたときに、それは隠喩や喩えになるのである。

（4）Kohl（2007a）, S. 24 を参照。

(5) ロンギノス（2018）、四二－四三頁を参照。

(6) ロンギノス（2018）、四二頁を参照。

(7) ロンギノス（2018）、四三頁の註（2）を参照。

(8) ロンギノス（2018）、四一頁を参照。

(9) Harsdörffer（[1650], 1969）, S. 5 を参照。

(10) Harsdörffer（1969）, S. 6 を参照。

(11) Birken（1679）, Vorrede）:（）:（ iiii^{v} を参照。

(12) Birken（1679）, Vorrede）:（）:（ iiii^{r} を参照。

(13) Birken（1679）, Vorrede）:（）:（ v^{r} を参照。

(14) Birken（1679）, Vorrede）:（）:（ v^{r} を参照。

(15) Schiller（1992）, S. 697 を参照。

(16) Brod（[1954], 1980b）, S, 71 を参照。

(17) 吉増（1990）、一四六－一四九頁を参照。

(18) リシャール（[1961], 2004）、四一頁を参照。

(19) リシャール（2004）、四〇頁を参照。

(20) ヴァーゲンバッハ（[1958],1969）を参照。

(21) ハイネ（[1835],1994）、五八－五九頁を参照。

(22) ハイネ（1994）、六二－六三頁を参照。

(23) ツェラン（1992）、一六四－一六五頁を参照。

(24) Celan（2005）, S. 746 を参照。

(25) Liska（2009）, S. 174 を参照。

(26) ツェラン（2000）、一一一頁を参照。

（27）ツェラン（2000）、一一一頁を参照。ただし、訳文はやや改めている。

第一部　創作と流れ

Ⅰ　形象と隠喩

1　創作をめぐるカフカの形象表現に関する先行研究

カフカは、先行研究が量的に最も膨大なドイツ語作家の一人である。しかも、時代の潮流と流行に強く影響されながら読まれてきたために、先行研究の全体像を体系的に把握することは、もはや極めて困難な状況にある。一体、創作をめぐるカフカの隠喩、とりわけ〝流れ〟がカフカの創作全体において占める意義は、これまでにどの程度明らかになっているのか。それを把握するためには、先行研究を概ね次の三つの観点から整理するのが妥当と思われる。（a）執筆をめぐるカフカの日記の記述に関する研究、（b）カフカの形象とりわけ〝流れ〟についての研究、（c）カフカの隠喩の研究。こうした研究は、実際に、これまでにも行われてきている。年代に関していえば、（b）と（c）は古く、（a）は比較的新しい。もっとも、形象と隠喩は密接な関係にあるために、（b）と（c）は実際のところ分かち難く結びついている。

カフカの形象に関する研究状況が最初に網羅的にまとめられたのは、一九七九年発行のカフカ・ハンドブックに収録された、「形象性」（Bildlichkeit）という題名の研究報告である。この報告によって当時までの研究の経緯や成果を知ることができる。今日の視点から振り返っても、カフカの形象や隠喩に関する現在の主要な認識は、この時期までにほぼ固まっていると言ってよいように思われる。もちろん、個別の研究はその後も続いているにせよ、それが一九七九年時点でのカフカの形象・隠喩に関する認識を大きく上書きするような成果に結びついているとまでは言えないからである。従って、（b）と（c）に関する研究の概要を把握する上では、一九七九年の研究報告は今もなお十分に有効である。他方の（a）は、一九八〇年代から盛んになり始めたカフカの創作過程をめぐる研究の一環でしばしば見受けられるようになった。その結果、偶然にも（b）（c）と（a）は時代的な前後関係にある。よって、この三点の研究を時代順に辿ってゆけば、創作をめぐるカフカの隠喩の研究状況が概ね明らかになるだろう。

カフカの形象と隠喩に関して

カフカの形象研究の始まりを明確に指摘するのは難しい。恐らく、形象研究に特化したものとしては、ラインハルト・クラットによる仕事がかなり初期の部類に入るだろう。[1] こうした、形象の特徴や機能を体系的に記そうとする試みは、形象を大きく九つのカテゴリーに分け、更にそれを十九種類の形象に分類したバルバーラ・ボイトナーへと引き継がれる。ボイトナーの扱った形象の一つが「水」であり、水の流れ、人の流れ等様々な用例が扱われ、その機能も隠喩、直喩、喩え等多岐にわたっているが、創作テクストだけが対象として扱われたので、カフカの日記が注目されることはなかった。[2] 個別的な形象研究としては、それ以外にも窓、橋、檻などについて様々な研究が見られる。[3] しかし、このように個別の研究を探っていっても、カフカの日記の〝流れ〟にはなかなか辿り着かない。状況は、カフカの日記を対象とした研究でも大差ない。カフカの日記のもっとも初期の研究の一つとしては、ヴァルトラント・ギーゼクスの博士論文が挙げられる。そこでは、日記に登場する「水」、「海」、「流れ」などの形象が確かに扱われてはいる。しかし、創作に関係した隠喩としての〝流れ〟は、その分析対象には含まれていない。[4] もっとも、形象研究が創作テクストを主たる対象としてきたこと自体は、ある意味で当然かもしれない。作家がどのような形象を好み、それが作品の中でどのようなイメージを作り出しているのかを探ることは、文学研究（とりわけ詩においてそうだが）でしばしば行われるやり方だからである。

カフカの隠喩研究に関して言えば、全体としては幾つかの重要な点が指摘されている。まず、カフカの創作テクストには隠喩が少ない。ハインツ・ヒルマンによれば、「あたかも〜であるような」(als ob)や「〜のように」(wie)といった仮定表現は創作テクストでも頻繁に使われている。[5] だが、「純粋な隠喩、つまり、比較や仮定の言い回しを用いない、転用された〝非本来的な〟意味での使用は極めて稀である」[6]。もちろん、ボイトナーの研究を見れば分かるように、厳密に言えば創作テクストにも隠喩は確認できる。だが隠喩には、注意しなければそれが隠喩であると気づかないような目立たないものから、ハロルド・ヴァインリヒが〈大胆な隠喩〉と呼ぶような、見過ごしようのないものに至るまで、程度に差がある。[7] 一見してそうと分かるような作為的な隠喩に関しては、確かに、創作テクストではほとんど見かけない。恐らくその意味では、『断食芸人』の最後の一節は例外的な存在である。

　この豹には何一つ不足はなかった。好物の餌は、長い時間思いめぐらしたりなどせずに番人たちが運んで来た。豹は、自由が足りないなどとは一度も感じたことがないように思われた。この高貴な、あらゆる必要なものをはちきれんばかりに備えた肉体は、自由さえも持ち歩いているように思われた。歯列のどこかにそれははめ込まれているように思われた。そして、生の喜びが余りに強烈な灼熱となって口の中から生じて来るために、観衆にとってそれをこらえるのは容易ではなかった。しかし、彼らは自制して檻の周囲に群がり、

決して立ち去ろうとはしなかった。（D, 349）

「余りに強烈な灼熱となって口の中から」生じる「生の喜び」。周囲の観衆の反応も併せれば、これが餌となる生肉を食べたばかりの豹が発するおくび、げっぷであることは容易に察しがつく。従って、「生の喜び」は、げっぷという言葉を避けるための修辞的な隠喩に過ぎない。これ自体は月並みな隠喩である。しかし、それがあえて使われているということが、この作品の解釈の重要な手掛かりとなるだろう。

　もっとも、創作テクスト以外の場所では、カフカは相応に隠喩を用いる作家である。一九〇四年一月二七日付のオスカー・ポラック宛の手紙には次のような記述が見られる。

けれど、良心が大きな傷を被るのはいいことだ。それによって良心は、あらゆる噛みつきに対してより敏感になるからだ。僕が思うに、そういう噛みついたり、突き刺したりする本だけを読むべきなんだ。もしも本が脳天にこぶしの一撃を見舞って僕らの目を覚まさせないのだったら、一体僕らは何のために本を読むんだろう。（……）僕らが必要としているのは、ものすごく痛めつける不幸のように効く本であり、自分自身よりも愛していた人の死のように、人里離れた森の中に追放されるように、あるいは自殺のように効く本なんだ。本は、僕らの中の凍てついた海のための斧でなければならない。僕はそう思っている。（Br. 1900–1912, S. 36）

まだ作家とは呼び難い二十歳の青年は、本は「凍てついた海のための斧」であるべきだと述べる。「凍てついた海」という言葉からは、氷塊が浮かぶ寒々しい光景が連想されるだろう。その氷を斧が叩き割るときのような衝撃を、本は読者の心に与えなければならないと青年カフカは考える。

　意味だけに関して言うならば、この隠喩表現は、本は読者の心に痛みを覚えさせ、感情を活性化させるものであるべきだ、と説明的に言い換えても問題ないはずである。[8] あえてそうは記さないところが、ブロートによって、「彼はこうしたやり方以外では話すことも書くこともできなかった」と評されたゆえんなのかもしれない。もっとも、いくら同じ隠喩といっても、「凍てついた海のためにある斧」と〝流れの中から言葉を偶然に任せて掴み取る〟では、性質がだいぶ異なる。前者と異なり、後者は、そう容易には概念的な説明に置き換えができない。それはあたかも、創作に際しての感覚を強いて言葉で説明しようとすれば、隠喩表現とならざるを得なかったようにも思える。カフカの隠喩の個別的な研究においても、この〝流れ〟は、注目を集めてきたとは言えない。[9] それは、単に日記の隠喩が余り注目されてこなかったからというばかりでなく、単なる置き換えや転用としては説明し切れないような隠喩表現が、研究上の盲点となって見過ごされてきたからでもあるのかもしれない。

　いずれにせよ、日記や手紙では隠喩が比較的多用されていることを考えれば、創作テクストにおける隠喩の少なさは、カフカの意図に基づく可能性が高い。だが、そうだとして、何故カフカは隠喩を避けるのだろうか。この問題に関して、しばしば取り上げられのが、一九二一年一二月六日の日記の記述である。

> ある手紙から。「このみじめな冬の間、私はこれで体を暖めます」。隠喩は書くことに関して僕を絶望させる多くの物の一つだ。書くことの非自立性、ストーブを燃やす下女への依存、ストーブで暖まる猫への依存、暖まるあわれな年寄りにさへも依存。これらのどれも自立して、固有の原理に従って活動している。書くことだけが救いがたく、それ自身の内に安住しておらず、戯れであり絶望だ。(T, 875)

この記述は、カフカが隠喩に対して否定的な考えを抱いていた証拠としてしばしば引き合いに出される。最初の引用文については、カフカの若い友人ローベルト・クロプシュトックに宛てた、同年の一二月初めの手紙からの引用であることが知られている。その手紙とは次のような文面である。

> 親愛なるローベルト、あなたは一体何という人でしょう。イレーネ嬢がうかりましたよ。二十六歳の女の子で（見たところ、彼女の素質に相応して）下手な絵葉書の下手な模写以外に美術の仕事はしたことがなくて、ホルプ大尉の展覧会以外は観たことがなくて、サフィール以外の講演は聞いたことがなくて、カルパーテン・ポスト以外の新聞は読んだことがない、そんな女の子が合格しましたよ。彼女は、繊細さがなくもない、半ば幸福感に包まれた手紙を書くのですが、どうやら名の知れているらしいとある女の子の友人です。驚きの上にも驚きで、あなたに魔法をかけられましたよ。このみじめな冬の間、私はこれで体を暖めます。（Br, 364）

クロプシュトック宛の手紙にしばしば登場するイレーネ嬢なる人物は、ドレスデンの工芸学校への入学を目指していたらしい。だが、カフカは内心、合格の望みは薄いと考えていたようである。これより以前の手紙からは、カフカがこの女性の行く末を随分と心配している様子が窺える。ところが、そこへ思いがけず良い知らせが入り、カフカはその驚きと喜びを「このみじめな冬の間、私はこれで体を暖めます」と表現した。イレーネ嬢に対する否定的な言葉が並んでいるが、かえってカフカの愛情が感じられる。

本題へ戻ると、「このみじめな冬の間、これで体を暖めます」という言葉をきっかけとして、カフカは、人がストーブや暖炉に当たる光景を想像しているらしい。そこからの連想で、「ストーブを燃やす下女」、「ストーブで暖まる猫」、「暖まるあわれな年寄り」といった表現が続いている。その上でカフカは、「書くこと」は、こうした「ストーブを燃やす下女」などへ「依存」していると述べる。カフカがここで何を言おうとしているかという点については、様々な受け止め方がある。例えば、「精神的なメッセージ」の「対象となる事物」への転換、あるいは「精神的なイメージ」の「詩人らしい言語」への転換が、作者自身の思う通りにいかないという課題が表明されているという見方がある。[10] もちろん、それが多くの作家たちの直面する課題であることは想像に難くない。だが、カフカがここで提起しているのは、果たしてそうした問題だろうか。

むしろ、カフカはここで、隠喩を生じさせているのは語と形象のいずれなのかという、後に改めて述べる問題と本質的には同じことを考えているように思われる。つまり、「私はそれで体を暖める」という表現を隠喩として理解するとき、カフカは、ストーブに手をかざして暖まっている人物を形象として思い浮かべており、それゆえに、隠喩は、そういった「ストーブを燃やす下女」や「ストーブで暖まる猫」などの形象への「依存」であると考えているのだと思われる。

カフカが、隠喩は形象への依存であると考えるがゆえにその使用を極力避けていたのであれば、興味深い。というのも、カフカがこの日記で提起しているのは、隠喩だけに限った問題ではないからである。そもそも、形象を導入することがそれへの依存を意味するのであれば、小説にしろ詩にしろ、文芸芸術はどれも相当程度に形象へ依存していることになる。あるいは、だからこそ、カフカは「書くことの非自立性」を痛感していたのかもしれない。注目すべきことに、『巣穴』、『小さな女性』、『歌手ヨゼフィーネもしくはネズミ族』などのカフカの最晩年のテクストは、いずれも他の時期のカフカの創作に比べ、明らかに形象性に乏しい。ひょっとするとカフカは、形象に過度に依存しない文学を目指していたのだろうか。もしそうだとすれば、そうした文学は、何を介して何を表現するものとなるのだろうか。これは本書全体に関わる問いである。

カフカの隠喩使用に関しては、創作テクストにおける隠喩の量的な乏しさに加えて、もう一つ重要な特徴がこれまでに指摘されている。それが、ドイツ語の慣用的な隠喩表現の文字通りの形象化と呼ばれるような事象である。その例としてしばしば挙げられるのが、『変身』である。「ある朝、グレーゴル・ザムザが不安な眠りから目覚めたとき、自分がベッドの中で一匹の巨大な害虫に変身しているのに気づいた」（D, 115）。この冒頭の一文に使われる「害虫」（Ungeziefer）という言葉は、ある種の罵倒語として日常表現でも用いられる。そこに注目した上で、慣用的な隠喩表現が、この作品ではもはや隠喩ではなく現実の事態になっていると指摘した研究者は一人に留まらない。[11] これを絶対隠喩と呼ぶ人もいる。ハンス・ブルーメンベルクによれば、絶対隠喩とは、「本来の表現、論理性へと戻され得ない転用」[12]であるという。これに即して考えると、グレーゴルが変身する前に置かれていた何らかの状況は、〝害虫〟に比較し得るようなものだったわけだが、文字通りに害虫となってしまったいま、その〝本来〟の状況が何だったのか、もはや分からなくなっていることになる。[13]

慣用的な隠喩表現が文字通りに生起している事例としては、他にも、『流刑地にて』がしばしば挙げられる。「自分の身をもって経験する」という隠喩的な慣用表現はドイツ語にも存在するが、この物語では、罪状が背中に刻み込まれる処刑装置としてそれが現実の事態になっていると指摘される。[14] それに加え、物語の中の人物が、隠喩表現を文字通りに受け止めようとする描写も存在することが知られている。[15] それは、カフカが『流刑地にて』の改稿のために残した、ある断片において見ることができる。

> 旅行者は、ここで更に何かを命令したり、そもそも何かをしたりするには、余りに疲れていた。ただ彼はポケットからハンカチを一枚取り出し、あたかもそれを遠くにある桶に浸すかのような動作をして、それを額に当て、穴の隣りに横たわった。すると司令官が迎えに送って寄こした二人の男が旅行者を見つけた。彼らが旅行者に話しかけると、彼は生気を取り戻したように跳び上がった。手を胸に当てて彼は言った。「何となれば、私は雌犬（Hundsfott）にだってなりますよ」。しかし、それから彼はこれを文字通りに受け取り、四つん這いになって歩き回り始めた。ほんの時々彼は跳び上がり、儀式ばって身を振り離し、男の一人の首にすがりつき、涙ながらに「どうしてこうなるんだ」と叫び、急いで再び元の位置に戻った。（T, 822f.）

グリム・ドイツ語辞典によれば、„Hundsfott“は、本来は雌犬の外陰部を指す語であるが、臆病な男性をののしる言葉としても使われる。[16] 旅行者は、「犬」（Hund）を文字通りに受け取り、犬のように振舞っているわけである。だが、考えてみると奇妙である。『流刑地にて』に登場する旅行者は、ヨーロッパからの客人として丁重にもてなされる立場にあったはずである。その旅行者が卑屈ともいえる振る舞いに及ぶのは何故だろう。もしかすると旅行者はこのとき、喩えを文字通りに受け取ってみせることで、何か反抗の意思表示をしているのだろうか。それが喩えだと誰でも分かるような表現をパフォーマンスとして文字通りに受け取ってみせるとき、それは一つの意思表示となる。もちろん、旅行者が何に対して抵抗しているのかは、この断片からは読み解けない。しかし、隠喩の文字通りの形象化という手法の背景に何らかの抵抗の意味が隠されているとしたら、カフカのテクストの受け止め方も変わってくるだろう。

創作過程に関して

カフカの日記や手紙には、豊かな形象表現がむしろ創作テクスト以上に残されている。そうした表現には、ある時期からより多くの注目が集まったが、それは、カフカの創作過程への研究上の関心の高まりと無関係ではない。一般に創作過程と言ったとき、そこにはテクストの執筆の順序だけでなく、そこに現れるアイディアの形成過程も含まれる。(17) 実際には、カフカの創作過程の研究に分類されるような研究が取り組んでいるテーマは多岐にわたるが、作者の伝記的、もしくは心理的背景が重視されていることは全体的に言える。(18) 作者が残した日記や手紙は、その第一級の情報源としての価値を持つというわけである。

カフカの創作過程への関心が高まり始めたのは、大まかに言えば、マックス・ブロートが刊行したカフカ作品集に代わる批判版全集（KKA）が刊行され始めた一九八〇年代からである。ブロート版作品集では、カフカの創作ノートや日記は部分的にしか公開されておらず、その全貌は明らかになっていなかった。それに対して批判版全集は、テクストが書かれた年代を可能な限り特定して、それらを成立順に配列し、また、文字の綴り等も原文に忠実に従うことを旨とする。そのため、批判版全集の登場によって、カフカの創作過程に研究者の関心が集まったのも、ある意味で当然であった。

しかし、カフカの創作の姿勢に対する関心そのものは、批判版全集以前から存在する。マックス・ブロートは既に一九四八年の著作において、カフカにとって、『判決』のような忘我状態の下で書かれたもの以外は「継ぎはぎ細工」に過ぎなかったと述べている。(19) 極度の精神的集中こそがカフカにとって真の創作を生み出すための必須条件であり、『判決』がその最大の成功体験であるという認識は、ここに端を発する。

早くからカフカの創作過程に目を向けた人物として、もう一人忘れてはならないのが、モーリス・ブランショである。ブランショは、一九五二年の批評「カフカと作品の要請」（後に『カフカからカフカへ』に収録）において、『判決』以前のカフカは、書くことに対する欲求が余りに強いために、出来上がったテクストは自分の才能を確信させるのに十分ではなかったと述べている。その根拠としてブランショが注目したのが、他ならぬ、〝流れの中から言葉を掴み取る〟と表現された、一九一一年の日記であった。[20]

もっとも、『判決』がカフカの創作の転機であるということは誰でも気づく。ブランショの慧眼は、それよりむしろ、『判決』以降のカフカの創作にも変化が見られることを見落とさなかった点にある。カフカは、一九一三年八月二一日の日記に、自分の妻となるかもしれない女性（フェリーツェ・バウアー）の父親に宛てた手紙の下書きを残しているが、そこには、「私は文学以外の何物でもなく、また、それ以外のものになることも、そうする意志もありません」（T, 579）と記されている。文学に対するこの決然とした姿勢は、だが、後年になって揺らいでいるようにも見える。一九二二年一月二三日の日記において、カフカは、自分の人生において失敗した企てを列挙している。そこには、「ピアノ、ヴァイオリン、言語、ドイツ文学研究、反シオニズム、シオニズム、ヘブライ語、庭仕事、大工仕事、文学、結婚の試み、自分自身の住まい」（T, 887）とある。ブランショが指摘するように、庭仕事と文学を同列に扱う三十八歳の男の姿は、十年前は想像もつかなかったわけであり、そこには内的な変化があるとしか考えられない。[21] 一九五〇年代のカフカの研究状況を踏まえると、こうした着眼点は斬新である。しかしながら、それがカフカ研究に及ぼした影響は限定的なものに留まっている。ブランショがフランスの文芸批評家であったためだろう。

カフカの創作過程に関する研究を本格的に開始したのは、主として批判版全集の編纂委員たちである。その一人ユルゲン・ボルンは、既に一九六九年の試論において、カフカの手紙や日記の多様な隠喩に注目している。特にボルンの目を引いたのは、〝深み〟や〝炎〟といった表現である。例えば、カフカの手紙に見られる「僕が持っている唯一のものは、普通の状態ではまったく知ることのできない深みの中で文学へと結集する何らかの力なのです」（Br. 1900–1912, 209）という記述。ボルンによれば、「深み」は、作品に結晶化される素材の源泉を表している。[22]〝炎〟に関しても、カフカの手紙には、例えば「ひとまとまりになった時間の炎」（Br. 1900–1912, 295f.）という表現が認められるが、ボルンは、炎はカフカの感情の領域を示していると考えた。[23]そうした隠喩を手掛かりにして、ボルンは、カフカの創作において無意識の果たす役割は大きく、カフカは即興的な執筆を理想にしているという見解を示した。「カフカの文学的創作の幾つかの側面は、結局のところ、ロマン派と共通するものがあり、そこには影響があるかもしれない。とりわけそれは、突発性に対する確信、また、美的霊感は予測のつかないものであるという確信であり、更に、意図した作品を前もって計画し制限することへの反感である」[24]。カフカの無計画的ないし即興的執筆という、やがて大きな影響を及ぼすことになる仮説はこうして生まれた。

　執筆の無計画性・即興性という仮説は、やがてカフカ批判版全集の編纂委員の多くによって共有されることになる。編纂委員の一人であるマルコルム・パズリーは、カフカの執筆とその内容は密接に結びついていると唱えた。パズリーによれば、『判決』執筆直後に書かれた例の日記が、カフカが無計画的執筆を理想の創作方法と考えていた証拠であるという。[25]編纂委員のヨスト・シレマイトもやはりその仮説を支持している。[26]彼らの主張するところによれば、カフカが計画を立てずに即興的に書いたかどうかは、その手稿を見れば分かるという。この考え方は、フランスの文献学的研究手法である生成論的考証（critique génétique）とも重なる。アルムート・グレジョンによれば、歴史批判的な編集文献学は、「最終的な、作者によって承認された活字テクスト」が草稿、手稿、別稿の中からいかに成立したかを考証することを目的としているのに対して、生成論的考証は、こうした資料を「前テクスト」として扱い、そこから作者の執筆過程を明らかにしようとする。[27]グレジョンはまた、次のように明言する。「計画と無計画の評価基準は、他の基準と交錯する。即ち、思考型か原稿型かである。ゾラは紙を使った計画型の例の一つだろう。ハイネは頭で計画するタイプで、カフカは文字列が直接紙の上に現れる無計画の執筆型であろう」[28]。

しかし、カフカの創作の在り方を一様に無計画と片付けてしまってよいだろうか。ブランショは、後年のカフカの創作姿勢は変化している可能性を指摘していたが、実際、後期のテクストを『判決』と同じような創作姿勢の結果として捉えるのはどこか無理がないだろうか。加えて、即興性を唱える評者がその拠り所として持ち出すのが、必ずと言ってよいほど『判決』の執筆直後の日記であるというのも問題がある。そもそも即興性をめぐる議論自体がカフカの日記によって喚起されたと言っても過言ではないわけだが、即興説派がその論拠の一つとして持ち出すのもまた、カフカの日記である。

カフカの創作過程をめぐる研究が、こうして、解決不能な問題を追いかけて袋小路に入り込んでしまったことは否めないように思われる。しかし同時に、カフカが〝書くこと〟に対してどれだけ関心を払っていたかという点に注目が集まったことにより、テクストの解釈の仕方に変化が生じたのも確かである。やがて、その創作は無計画だったのか否かという問いは用心深く回避しつつも、創作テクストの内容を作者自身の創作をめぐる諸問題と関係させて論じた、言わば広義的な創作過程の研究が生じることになる。その先駆けの一人であるデトレフ・クレーマーが焦点を当てているのは、カフカにとって〝書く〟という行為は何を意味したのかを問うているという限りにおいて、テクストの生産者である書き手である。だが、カフカにとって「書くことへの強迫は拷問にも匹敵するが、それは、なさずにいられるには、余りに快感に満ちた拷問である」と述べ、そうした観点から『流刑地にて』に言及するとき、クレーマーは、作者自身の執筆という観点からその作品を新たに評価している。[29]

この系譜には、ヴァルデマー・フロムの研究も位置づけられるだろう。フロムは、作者の執筆体験と登場人物の体験には構造的な類似があると指摘し、カフカは執筆体験を物語世界の基礎に据え、それを変奏させたというテーゼを立てた。[30] ここには、カフカのテクストの成立と執筆は密接に関連しているというパズリーの言説がこだましている。だが、フロムが着目するのは、『城』の登場人物たちの知覚のあり方と〝書くこと〟をめぐるカフカ自身の問題との比較であり、カフカの手稿がどのように書かれているかではない。フロムは、カフカの創作テクストの中の世界がどのように構築されているかを分析する上でも、カフカの日記が有効に活用できることを示した。しかし、フロムが着目しているのは、主として後期の日記や一九一八年以降のアフォリズムである。そのため、〝流れの中から言葉を掴み取る〟と表現された一九一一年の日記は考察の対象に含まれていない。それは恐らく、フロムが〝流れ〟などの形象にはさほど注目しなかったためであろう。

一九八〇年代以降に本格化したカフカの創作過程をめぐる研究が、紆余曲折ありながらも、カフカの解釈の在り方をそれまでと大きく変えたのは間違いないだろう。カフカのテクストがカフカ自身の私的な問題、それも〝書く〟という行為そのものと結びつけて論じられる機会がますます増えた。創作をめぐる作者の日記は盛んに引き合いに出されるようになる。だが、そうした日記の形象表現を通して創作テクストに目を向けようという試みは、案外乏しいように思われる。

2　隠喩論

カフカの創作に関する隠喩表現は、必ずしも隠喩として十分に注目されてこなかった。その理由の一端は、もしかすると、そうした隠喩表現が、古典的な理解に基づくところの隠喩とは幾分外れているからかもしれない。隠喩論は、古くはアリストテレスに遡るが、二〇世紀に入ってからとりわけ英語圏において大きく発展した分野である。それに伴う隠喩観の変化は、カフカの用いた創作に関する隠喩の理解にも影響する。そこで、本節では、そうした隠喩理解の変化について概観した上で、形象をどう扱うか整理したい。

置換論とその他の形象表現

隠喩の理解の仕方は色々ある。いま、置換、転義、相互作用の三つの理論を考えるとしよう。[31] 置換論とは、その名の通り、隠喩とは文字通りの表現を隠喩的表現によって置き換えたものであるという考え方である。例えば、「リチャードはライオンである」という文章は、文字通りに受け取っても理解できないので、本来の表現が「ライオン」という言葉で置き換わっていると考える必要がある（もちろん、いまはリチャードが人間の名前であることを前提とする）。では、「ライオン」で置き換わる前の、本来の表現とはどのようなものなのだろうか。可能性の一つとして、例えば、「リチャードは勇敢である」という文章が想定されるだろう。この場合、「勇敢である」という本来の表現が「ライオン」に置き換わったために、隠喩が発生したと見なすことができる。

いまの例は、L＝文字通りの表現、M＝隠喩的表現とすれば、「勇敢である」というLが「ライオン」というMによって置換されたとも言える。従って、隠喩を読み解くということは、Mを手掛かりにLを解読する作業でもある。こうした置換論は、「転用」としての隠喩理解とそれほど大きくは変わらない。そもそも隠喩（Metapher）という語は、転用を意味するギリシア語の μεταφορά に由来する。確認できるその最初の用例は、アリストテレスの『詩学』に見出せる。

> 比喩（転用）［μεταφορά］とは、別のものごとを表わす名前をあるものごとに適用することであるが、それには、（a）類から種への適用、（b）種から類への適用、（c）種から種への適用、あるいは、（d）類比関係にもとづく適用がある。[32]

アリストテレスが類から種への適用の例として挙げているのは、「私の船はこちらに立ち止まっている」という一文である。[33] 本来ならば、「船が碇泊している」と表現されるべきところを、「立ち止まっている」という表現が転用されているとアリストテレスは考えている。従って、転用は、実質的に置換と大きく変わらない。アリストテレスの『詩学』は、「詩作の技術そのもの、およびそれのさまざまな種類について論じることにしよう」という書き出しで始まっているが、この一文が如実に示すように、隠喩（を含む比喩）は、凡庸ではない、優れた詩を書くための技術として認識されている。[34] それだけに、隠喩は適度な使用が必要であり、それを守らなければ滑稽に陥るとアリストテレスは警告している。[35]

ここで一つ補足的に述べれば、アリストテレスの時代には、隠喩とその他の形象表現の区別はまだ曖昧であった。現在では、隠喩以外の形象表現としては、直喩、換喩（Metonymie）、提喩（Synekdoche）などが知られている。だが、アリストテレスの『弁論術』を見れば分かるように、隠喩と直喩の区別はまだ不明確である。

> 直喩もまた比喩であるが、その違いはごくわずかなものである。すなわち、アキレウスについて「彼は獅子のように進んだ」と語ればこれは直喩であるが、「獅子は進んだ」とすれば比喩となる。後者の例では、どちらも勇猛であるというので、アキレウスを「獅子」と比喩的に呼び替えたわけである。[36]

直喩は、広義的な「比喩」(μεταφορά)ではあるが、狭義的な「比喩」(即ち隠喩)には反するという認識がここには示されている。[37]

換喩と提喩もまた、アリストテレス以来長らく隠喩の亜種と考えられてきた。[38] これらを隠喩と区別して明確にしたのは、二〇世紀の言語学者ロマーン・ヤーコブソンである。[39] ヤーコブソンの理論をごく大雑把に要約すると、隠喩は〝類似〟に基づく言い換えであり、換喩は〝隣接〟による言い換えである。[40] 例えば、「船が海を耕す」と「竜骨が深みを横断する」という二つの例文について考えてみよう。[41] この内、「船が海を耕す」は隠喩表現である。本来であれば「海を横断する」と表現されるべきところを、「海を耕す」という表現に置き換えられたと見なすことができるだろう。「海を横断する」と「海を耕す」という表現の間に何らかの類似性が認められるために、この隠喩表現が成立するわけである。それに対して、「竜骨が深みを横断する」という例文では、本来は船の一部分の名称に過ぎない「竜骨」が、船そのものを表している。このように全体の名称を部分の名称で置き換えるのが提喩である。もう一方の「深み」は「海」の置き換えだが、ヤーコブソンの理論によれば、「深み」は、「海」という概念と隣接した概念、もしくは、「海」の特性の一つとして説明される。こうした隣接による置き換えが換喩と呼ばれる。

改めてアリストテレスの隠喩論を振り返ると、隠喩は、表現をより美しくするための、あるいは、より説得力のあるものにするための手段として捉えられていたのが見て取れる。二〇世紀に隠喩論を発展させた立役者の一人である、文芸批評家のアイヴァー・リチャーズの表現を借りれば、隠喩は、「たしなみか、飾りか、言語の〝付加的な〟力」[42]と見なされていたきらいがあり、言語の構成要素とは考えられていなかった。だが、置換論に即して考えても、隠喩には単なる装飾には留まらない重要な側面があることをマックス・ブラックは指摘している。それが、隠喩の本来表現が存在しない場合（L＝Ø）、即ち、「濫喩」（Katachresis）である。例えば、直角三角形の直角に接している辺は、英語でleg（脚）、ドイツ語でSchenkel（腿）などと呼ばれる。これは一種の隠喩的表現だが、だからと言って、その本来表現が存在するわけではない。もちろん、より身近なところにも例があり、机の〝脚〟もやはり濫喩である。だが、机の形は動物の姿を連想させるために、そこから机の〝脚〟という表現が生まれたことは容易に想像できる。それに対して、三角形の辺を〝脚〟と命名するには、より抽象的な思考能力が求められる。この用例は、濫喩には新たな認知を生み出す力があることを示している。実際に、ブラックは濫喩を「語彙のギャップを矯正するための新たな感覚の語の用法」[43]と呼び、ここに装飾とは異なる創造的な側面を認めている。こうした隠喩の創造的な側面をより強調したのが、次の相互作用論ともいえる。

相互作用論

相互作用論は、アイヴァー・リチャーズによって提唱された理論だが、その発想の根底にあるのは、ロマン派的な言語観である。[44] 例えば、イギリスの詩人パーシー・シェリーは、一八四〇年に発表された文芸批評『詩の擁護』において、詩人の言語について次のように表現している。

詩人のことばはいたく隠喩的である、すなわち事物のかつて理解できなかった関係をしるし、その理解を不朽のものにし、ついに事物をあらわす語が、時のたつにつれて、完全な思考の絵図ではなく、思考の部分または種類をあらわす記号になる。[45]

ここには、言語の形成過程は、その本質からして既に隠喩的であるという考え方が見られる。隠喩は、「世界を経験する手段の一つ」[46]と位置づけられている。アリストテレスにおいて隠喩は修辞的な飾りであったことを踏まえれば、その違いは明白である。

いま、「AはMだ」（Mは隠喩的表現）という一文が与えられたとしよう。すると、置換論は、専らMとその本来の意味（L）との関係に焦点を当てるのに対し、相互作用論は、AとMの関係に着目する。例えば、「人間はオオカミである」という文章について考えよう。恐らく、オオカミという言葉から連想されるものは色々ある。それは〝残忍さ〟かもしれないし、〝飢えている〟かもしれない。相互作用論においては、「オオカミ」は、そのどれか特定の一つを示しているのではなく、こうした諸々の体系として見なされる。そして、この文章が隠喩として機能するとき、オオカミの持つそうした幾つもの性質が「人間」へ写し出されると考えられる。そうした関係性をブラックは、「第一主体は、隠喩表現を通して〝見られる〟。あるいは、第一主体が従属主体の領域に〝投影される〟」と要約した（この場合、第一主体は「人間」を、従属主体は「オオカミ」を指す）[47]。あるいは、マリー・ヘッセは、「隠喩は、第二体系で連想された考えや示唆されたものを第一体系へと伝達することで機能する。この伝達されたものは、第一体系の諸特徴を選択、強調、抑制し、第一体系の新しい見方が照らし出される」と述べる（この場合、第一体系は「人間」を、第二体系は「オオカミ」を指す[48]。

相互作用論の特徴は、「オオカミ」が喚起する様々な要素が「人間」に写し出されるので、両者の類似点を一つに絞り出すことはできないという点にあるだろう。そうだとすれば、隠喩的表現（M）は、ただ一つの本来表現（L）に置き換えられないことになる（多数のL_1、L_2、L_3…を孕むことになる）。ここに置換論と相互作用論の大きな違いが現れていると思われる。確かに、「人間はオオカミである」という文章自体は、相互作用でも置換でも、どちらでも説明できるだろう。しかし、この文章を「人間は残忍である」という文に書き換えたとしたら、それだけで「オオカミ」が本来備えていたはずの様々な性質が捨て去られ、文章の意味の多様さも失われてしまう。ひょっとしたら、「人間はオオカミである」という文章を書いた人は、それとは全然異なることを言いたかったのかもしれない。更に言えば、オオカミの生態に詳しい人が「人間はオオカミである」と言うときと、オオカミを実際に見たことがない作家がこう書くときとでは、意味が異なるかもしれない。そうだとすれば、そもそも「オオカミ」とは何なのだろうか。

隠喩を発生させるものは何か

「人間はオオカミである」という文章を改めて考えてみよう。この「オオカミ」という語は何を指しているのだろうか。それは、動物百科事典に記載されているような、イヌ属であるオオカミだろうか。もしそうだとすれば、この文の意味は、オオカミという動物について生物学的によく知ってさえいれば理解可能である。だが、恐らくそれではまだ不十分である。オオカミは、様々な社会的通念を伴う生き物だからである。果たして生物学的に正しい特性なのかどうかは別にして、多くの人が想像する〝オオカミ〟も存在する。この問題は、突き詰めれば、隠喩を発生させているのはオオカミという対象そのものなのか、あるいはオオカミという語なのか、というところに行きつく。アメリカの芸術哲学者モンロー・ビアズリーは、このふたつの考え方をそれぞれ、「対象比較論」と「語対立論」と呼んだ。

オオカミの例が示唆するように、対象比較論の問題点は、対象自体が本来持っている特性しか隠喩の意味として想定されない点にある。だが、実際には、人々によって広く信じられている特性が――それが真か偽かとは関係なく――その語に付与されることは多い。ビアズリーは例として、エリオットの詩の中から隠喩としての「いばら」という語を取り上げている。恐らくキリスト教圏の多くの人は、いばらからキリストの磔刑を連想するに違いない。もちろん、対象としての「いばら」そのものからこうした特性は得られない。そこでビアズリーは、隠喩は、語によって明示された特性と文全体の意味との間で論理的な衝突が起きたときに生じるという、「隠喩的なひねり」を主張した[49]。

文学作品の場合、隠喩を引き起こすのは対象か語かという議論は、形象か語かと置き換えて考えることができる。ビアズリーは、シェイクスピアの『ジュリアス・シーザー』の一節を引き合いに出す。「彼があの呪いの刃を引き抜いたとき、シーザーの鮮血は、／まるで戸口から駆け出すようにその後を追った。／果たしてこのひどい一撃の主がブルータスだったか、／まるで確かめでもしたいかのようにな」[50]。シェイクスピアは、シーザーの血が「まるで戸口から駆け出すように」という比喩表現を用いている（厳密に言えば、これは隠喩ではなく直喩である）。すると、〝血は戸口から駆け出すかのようだった〟という趣旨のこの文章を理解する際、読者は、戸の外に駆け出す何者かの姿を形象として思い浮かべる必要があるのだろうか。もちろん、ビアズリーが紹介しているように、カエサルの血は「従者」に喩えられているという解釈も成り立つには違いない[51]。だが、ビアズリーの主張に従って、「後を追う」や「戸口から駆け出す」といった文の術語とその主語である「血」が論理的に衝突し、〝隠喩的なひねり〟が発生した結果として隠喩が生じているのだと考えれば、無理に形象を想定する必要はなくなる。

もっとも、語対立論にも課題がないわけではない。この理論に基づいて隠喩を説明する場合、語の特性はどのように決定されるのかという問いが、予め解決されていなければならないからである。これがなかなかの難問であることは、ビアズリーの論文の最後の幾つかの段落を見れば明らかである。そこでは、レモン（citrus limonia）を他の果物から厳密に区別する特性を定めることの意外な難しさが指摘されている。語の特性を発見して定める過程には、文化的背景だけでなく、それぞれの人の心理的な要素も少なからず関わってくる。ここに、隠喩を認知する心理的な過程に注目する認知隠喩論の問題背景もかすかに見えてくるわけだが、そこまでは踏み込まずにおこう。

隠喩を発生させているのは語か形象か。それについてカフカ自身はどう考えていたのだろうか。先述のように、カフカは一九二一年の日記に、「隠喩は書くことに関して僕を絶望させる多くの物の一つだ。書くことの非自立性、ストーブを燃やす下女への依存、ストーブで暖まる猫への依存、暖まるあわれな年寄りにさへも依存」と記していた。そこから、カフカが隠喩を生じさせているのは形象であると考えていた可能性は高い。更に、やや先取りになるが、一九二二年にブロートに宛てた手紙において、カフカが次のように記していることにもここで言及しておくべきだろう。

> 書くことは甘美な、驚くべき報奨だ。けど何の報奨か。昨夜、僕には子供の直観教育の明快さと共に明らかになった。これは悪魔への奉仕に対する報奨なのだということが。この暗黒の諸力への下降、生来束縛され

ている霊どものこの解放、怪しげな抱擁、そして下でまだ進行しているであろう全てのことは、上では何一つ知る由もない。（Br, 384）

「直観教育」とは、第一次世界大戦後にドイツの教育学者ヨハンネス・キューネルによって推進された、就学期の児童を対象とする教育法である。直観教育は、「一方では家庭と学校を結ぶ懸け橋として、他方ではその後に続く全ての教育の基盤として」行われ、特に、児童の身近にあるものを教材とし、絵や図を積極的に授業に取り入れる点に特徴があるという。[52] キューネルがライプチヒ大学に提出した博士論文の題名が『コメニウスと直観教育』であったことからも分かるように、直観教育は、挿絵入りの子供用の教科書の作成で知られる、一七世紀のチェコの教育学者コメニウスからの一定の影響を受けている。[53] つまり、「書くこと」は「悪魔への奉仕に対する報奨」であり、〈暗黒の諸力へ下降〉であることが「直観教育の明快さと共に明らかになった」と記したとき、カフカは、その状況を図や絵のように捉えていたことになる。

一九二一年の日記と一九二二年の手紙は、カフカが隠喩を形象として理解していたことを示唆している。そうだとすれば、〝流れの中から言葉を偶然に任せて掴み取る〟と日記に記したとき、カフカは、創作行為を〝流れの中から掴み取る〟という、まさしく動作そのものとして思い浮かべていたと思われる。

隠喩が発生する場所

だが、隠喩を発生させているのが形象であるとして、それはどこに発生しているのだろうか。ハラルト・ヴァインリヒが指摘するように、隠喩とは常に一つのテクストである。[54] つまり、〝流れ〟がそれ単独で隠喩になるのではなく、〝流れ〟が、ある特定の文脈に置かれたときに初めて隠喩となるはずである。その文脈を生み出すのがテクストであるが、テクストには幾つかの単位がある。

例えば、「緑色の唇」（ランボー）や「黒いミルク」（ツェラン）は、いずれも形容詞と名詞（及び冠詞）から成る名詞句である。この場合、「唇」や「ミルク」の自然本来の色と与えられた色との著しいギャップが隠喩を生みだしている。[55] 従って、これは名詞句というテクスト単位の中で生じた隠喩である。なお、右記の例文が仮に「唇は緑色だ」、「ミルクは黒い」という文で与えられたとしても、隠喩がやはり名詞と与えられた形容詞との関係の中で起きている点に変わりはない。

では、「オレンジを踊れ」（リルケ）はどうだろうか。この場合、踊るという動詞とオレンジという目的語の組み合わせに隠喩が発生している。仮に「xを踊れ」と表記すれば、xには、通常であれば踊りの種類が期待される。しかし、「オレンジ」という、「踊る」という動詞からは、通常は期待されていない名詞が挿入されたために、隠喩が生じているとも言える。

もう一つの例をカフカの日記から取り上げよう。

以前の無能力状態。十日足らずの間執筆は中断し、もう投げ出してある。再び大きな労苦が待ち構えている。紛れもなく潜り、目の前で沈んでいるものよりも更に早く下降する必要がある。（T, 725）

この場合、隠喩はどこに発生しているだろうか。仮に「紛れもなく潜り、目の前で沈んでいるものよりも更に早く下降する必要がある」という一文しか与えられなかったとしたら、それが文字通りの意味なのか、隠喩なのか判断がつかなかったはずである。この一文、あるいは〝潜る〟や〝下降する〟という動作が文字通りの意味ではないと分かるのは、これが執筆という文脈に関係した記述であると分かっているからである。つまり、〝潜る〟や〝下降する〟という動作とテクスト全体を包括している文脈との対立によって隠喩が生じている。

隠喩の発生場所がこれら三種類のテクスト単位に及ぶために、様々なテクストの部分を明確に指示するには、それに適した語彙が必要になる。そこで本書に導入されるのが、主題、モチーフ、そしてアトリビュートの三つである。文学研究における標準的な定義に従えば、主題は「テクストの根底にある問題または思想の構成[56]」を意味し、モチーフは、「それ自身でまとまった最も小さな内容の単位もしくは一つの文学作品の伝承可能なテクスト間の要素[57]」を表すだろう。だが、実践的な理由から、本書では、ロシア構成主義のボリス・トマシェフスキーによる定義を用いる。トマシェフスキーは、主題を「作品の個々の要素の意味単位[58]」と定義し、モチーフを「それ以上分割できない作品の部分の主題」と定義している[59]。この場合、考察対象として前提とされているのは完結した〈作品〉である。そのため、ここでは定義領域を作品からテクストへと拡大する必要があるだろう。すると、以下のような定義が定められる。

　主題の定義：主題とは、テクストの任意の部分を貫く意味単位である。

　モチーフの定義：モチーフとは、それ以上分割できないテクストの部分にある最小の主題である。

この定義に即したとき、一つの物語テクストの全体から一つの主題（一般的には、それが主題と呼ばれる）を取り出すことが可能であり、仮にこのテクストが内容上、五つの部分に分けられるとしたら、その五つの部分からそれぞれ一つずつ主題を取り出すことも可能である。また、最小の主題がモチーフであることから、例えば、「ブルネルダはドラマルシュに満足げにうなずいて合図し、ご褒美としてカールに一掴みのクッキーを与えた」(V, 371)というテクストは、「ブルネルダはドラマルシュにうなずいて合図する」と「ブルネルダはカールに一掴みのクッキーを与える」の二つのモチーフに分割することができる。これらのモチーフからは、その文章自身を除いた文脈的意味を取り出すことができない。モチーフの主題は、モチーフ自身である。モチーフは、個々の文に基づくのに対し、主題は一般的にテクストの任意の要約によって構成される。なお、モチーフの補助的な定義として、シークエンスを定めることができる。

シークエンスの定義：シークエンスとは、時間的、空間的に前後して起こるモチーフの連鎖である。

「ブルネルダは（……）クッキーを与えた」という先の文は、二つのモチーフから成る一つのシークエンスである。主題とモチーフの関係を用いて先のカフカの日記をもう一度振り返れば、これは、〝書くこと〟というテクスト全体の主題に対して、〝潜る〟や〝下降する〟といったモチーフが衝突して隠喩が発生していると考えることができる。同じように、主題とシークエンスが衝突して隠喩が生じることもあるだろう。他方で、「オレンジを踊れ」は、「xを踊る」というモチーフとオレンジという名詞が引き起こす隠喩であった。このように、モチーフを特徴づける名詞をアトリビュートと呼ぶことにする。

アトリビュートの定義：アトリビュートとは、モチーフや主題を特徴づけている名詞もしくは名詞句である。

例えば、「人物1はワインを飲む」と「人物1はビールを飲む」は、モチーフとしては異なるが、文自体は同じ構造をしており、モチーフを区別しているのはワインかビールかの相違だけである。この場合、ワインとビールがそれぞれのモチーフのアトリビュートである。ワインとビールは、飲み物を想像する際の異なる選択肢である。こうした関係性は、次の式に要約できる。

飲み物＝飲み物（x）

x＝ワイン、ビール、その他

この関係性は、他の定義で捉え直すこともできるだろう。実際、カフカ研究者のハンス・ツィマーマンは、シンタグマとパラディグマに柔らかな定義を与えることで、概ね同じことを述べている。[60] シンタグマは本来、語の結びつきを意味し、パラディグマとは、テクストから除外された選択肢を表す。もし、あるテクストの中で人物xが〝人物yのおば〟として現れたならば、読み手は、人物xの属性に関して、親戚に関わる語のうち男性を示すものを選択肢から除外するだけでなく、〝yの母〟、〝yの娘〟、〝yの姉（妹）〟等も除外することになる。[61] これらの除外された選択肢がパラディグマである。これを基にしてツィマーマンは、シンタグマ軸とパラディグマ軸を定める。シンタグマ軸として想定されているのは、例えば「一人の男が自転車をこぐ」のような、意味の一単位となった文である。従って、シンタグマ軸は、本論におけるモチーフとおおよそ一致する。また、ツィマーマンはパラディグマ軸を「特定の意味的関連の元で相互に位置する記号の選択」と定義する。[62] 右記の例文の場合、主語の位置には「男」ばかりでなく、男性性を示すその他の記号、例えば、「野郎」だとか「やつ」といった語も入り得る。これがパラディグマ軸である。これは本書でいうアトリビュートに相当する。

形象を通じた文脈同士の重なり合い

カフカには、何事も形象を通じて考える傾向があったとマックス・ブロートは述べていた。実際、カフカの手紙や日記には多くの隠喩表現が認められる。それとは対照的に、創作テクストには隠喩がほとんど用いられていない。しかし、カフカの創作テクストの形象は、しばしば日記や手紙のそれと互いに類似していることが指摘されている。一九七九年刊行のカフカ・ハンドブックには形象に関する研究報告が収録されているが、少なからずこの点に論述が費やされている。

この研究報告において、とりわけ目を引くのは、「カフカは、同一の形象、直喩、隠喩を何度も用いている」というテーゼである。[63] とりわけ、日記や手紙などの「伝記的領域」に見られる形象と「同一の形象」が創作テクストにも現れるとき、そうした「伝記的領域」の形象は、創作テクストの形象の「起源」であると述べられている。[64] 一見すると、この主張には相応の説得力がありそうだが、細部を読むと、その例証は必ずしも成功していないのが分かる。例えば、報告書では、「今日早く、しばらくぶりに再び、僕の心臓の中でひねられた一本のナイフという想像の喜び」(T, 220) という一九一一年のカフカの日記の記述と、これより後に書かれた二つの創作テクストの形象との〝同一性〟について論じられている。その創作テクストの一つは、猫と羊の間の奇妙な交配動物が登場する『交配』であり、そこには「たぶんその動物にとって肉屋の庖丁が救済であろう」(NSF I, 374) という記述が見られる。もう一つは長編『審判』であり、主人公ヨーゼフ・K.は、肉切り庖丁で心臓を突き刺され、

「一回ひねって」（P. 312）殺される。だが、これらの形象と日記の形象との間にどれほど強い関係性が認められるかと言えば、やはり疑問が残る。確かに、刃物が胸に突き刺さるという点で、『審判』と日記には一定の類似が認められるだろう。しかも、日記でも『審判』でも、態は異なるが、„drehen“という動詞が使われている。しかし、内容に関しては、一見して明らかな結びつきがあるわけではない。一般的に言って、形象が複雑で独創的であればあるほど、異なる二つの形象同士が類似していたとき、そこに関係性が潜んでいる可能性も高まるだろう。反対に、ありふれた形象同士であるほど、類似を指摘することの意義も低下していく。果たして、主人公の胸にナイフが突き刺さった形象は、どれほど独創的なのか。これは判断が難しいところである。

　恐らく、この問題は、この報告の著者が一連の論述において幾つかの誤りを犯したことに原因している。一つは、〝類似した形象〟と〝同一の形象〟が混同されているという点である。表現が一字一句違わぬ場合を除けば、別個の形象は、やはり同一ではない。もう一つの誤りは、仮に異なる二つの形象が類似していたとしても、直ちにそれが作者の意図によるとは言えないという点である。もし表層的な比較に基づいてこうした判断を導き出せるのであれば、極めて恣意的に、そして幾らでも、作者の意図を語ることが許されてしまう。従って、作者が同じ形象を繰り返し用いているというテーゼそのものが不適切なのである。

　もっとも、そうした難点を措いても、この報告書には、以下のような興味深い記述が見られる。「こうしたことは、特に、カフカの作品の形象と隠喩は、少なくとも二つの文脈で現れるゆえに可能となる。その一つは、それらが用いられる物語叙述上の文脈であり、もう一つは、作品の他の場所で現れる、同一か似たような形象の文脈である。同一の形象性を持つ作品の二つの個所は、従って、相互間の説明のために互いに結び付けられ得る」[65]。具体例が挙げられていないために、二つの異なる文脈で相互に説明する「同一か似たような形象」として何が想定されているかは分からない。加えて、二つの形象が相互に説明するということが本当にあり得るのかという疑問も残る。だが、そうだとしても、この記述は、類似した異なる形象同士の関係について考察する上で非常に示唆に富んでいる。いま、XとYという、まったく異なる文脈の二つのテクストを想定しよう（ただし、Yの方がXよりも後に書かれたものとする）。XにはAという形象が見られ、YにはA′という、Aに似た形象が見られるとする。このとき、形象A′を通して、形象Aが属すテクストXの文脈がテクストYへと写し出され、テクストYは本来の文脈の他にXの文脈も帯びるという状況は十分に想定できる。

　そうした関係性が、創作に関するカフカの日記の形象表現と物語テクストの形象の間で起きていたとすれば、どうであろうか。その物語テクストは、創作に関する作者の内省を孕んだテクストと見なすこともできるのではないだろうか。本書第一部は、この問題の考究を目標としている。その論述は、次のようなテーゼによって導かれるだろう。〈カフカの創作テクストにおいては、日記や手紙等の記述に類似した形象を通して、作者の姿が登場人物に重ねられ、そのことによりテクストは、執筆に対する作者の批判的省察の場ともなる〉。このテーゼにおいて想定されているのは、創作や執筆についての作者の省察が物語の上に二重露光のように重なりあった状態である。それぞれの物語には、地の文脈というものがある。だが、物語において登場人物たちが置かれた状況と創作に際して作者が置かれた状況が類似した場合、登場人物の言動には、作者自身の内省を帯びて煌めく瞬間が訪れるのではないか。そのようにして登場人物の言動を読み解いていったとき、カフカの創作姿勢に関して、何かが浮かび上がってくることが期待される。

註

（1）クラットの著書は形象の研究でもあり、同時に隠喩の研究でもある。そこでは「課題」、「戦い」、「道」、「迷い」、「拘束」、「変身」、「門」などの語の隠喩としての働きが分析されている。Klatt（1963）を参照。

（2）Beutner（1973）, S. 111–117を参照。

（3）Fickert（1966）, Thieberger（1976）, Hiebel（1978）を参照。

（4）Giesekus（1954）, S. 95–99を参照。

（5）Hillmann（1964）, S. 137を参照。

（6）Hillmann（1964）, S. 140を参照。

（7）Weinrich（1963）を参照。

（8）Kohl（2007a）, S. 191にそうした旨の解釈が見られる。

（9）隠喩に関する文献としては、Kassel（1969）、Gerhard（1969）、Heinz（1983）、Greß（1994）, S. 20–40等を参照。

（10）Kassel（1969）, S. 111を参照。

（11）Corngold（1970）; Fingerhut（1969）, S. 212f. を参照。カフカのテクストのアレゴリー性を全面的に否定したヴィルヘルム・エムリッヒもまた、「カフカの形象は、古典的な作品と同じように隠喩だが、その隠喩はテクストの中で喩えではなくもはや現実になっている」と述べている。Emrich（1960）, S. 181を参照。

（12）Blumenberg（1998）, S. 10を参照。

（13）ハインツ・ヒルマンは、『変身』の〝害虫〟に加えて、『家長の心配』のオドラデクを絶対隠喩の例として挙げている。Hillmann（1967）を参照。ベーダ・アレマンもまた、カフカのテクストの絶対隠喩としての側面を強調している。Allemann（1968）, S. 37を参照。なお、マンフレッド・エンゲルは、絶対隠喩と並んで絶対換喩（absolute Metonymie）という解釈の試みを提案している。Engel（2010b）, S. 414を参照。絶対隠喩と違って絶対換喩は、〝本来の意味〟の存在を想定せずに済むという利点があるという。Engel（2010b）, S. 414を参照。

（14）Fingerhut（1979）, S. 149を参照。加えてAnders（1951）, S. 41; Spann（1976）, S. 109を参照。

（15）Kassel（1969）, S. 123を参照。この指摘は、二〇一〇年刊行のカフカ・ハンドブックでも再確認されている。Oschmann（2010）, S. 441を参照。
（16）Grimm（1999）, Bd. 10: S. 1934を参照。
（17）Hillmann（1979）, S. 16を参照。
（18）Fromm（2010b）に収録された文献表を参照のこと。
（19）Brod（[1948], 1980a）, S. 231f. を参照。
（20）ブランショ（2013）、一〇四頁を参照。
（21）ブランショ（2013）、一一四頁を参照。
（22）Born（2000）, S. 21f. を参照。
（23）Born（2000）, S. 25を参照。
（24）Born（2000）, S. 35を参照。
（25）Pasley（1980）, S. 14を参照。
（26）Schillemeit（2004）及びGrésillon（1995）を参照。
（27）Grésillon（2010）, S. 287を参照。
（28）Grésillon（1995）, S. 28を参照。
（29）Kremer（1989）, S. 144を参照。
（30）Fromm（1998）, S. 16を参照。
（31）カトリン・コールは、隠喩を一般向けに解説した二〇〇七年の著書において、隠喩を五つの異なる理論的な捉え方でコンパクトに説明している。その五つとは、置換、転義、相互作用、マッピング、そしてコールが「AをBとして、あるいはBを介して理解・想像・描写する」と呼ぶ考え方である。Kohl（2007b）, S. 41f. を参照。五番目の説明の仕方は、余り学術的ではない。文学研究において必要となる隠喩論は、最低限で置換、転義、相互作用の三つであると思われる。
（32）アリストテレス（2017a）、五四八－五四九頁を参照。原語はレクラムの希独対訳本を参照して筆者が補った。Aristoteles（2014）,

S. 66f. を参照。

（33）アリストテレス（2017a）、五四九頁を参照。

（34）アリストテレス（2017a）、四八〇頁を参照。

（35）アリストテレス（2017a）、五五四－五五五頁を参照。

（36）アリストテレス（2017b）、二五三頁を参照。

（37）Quintilianus（1975）, S. 221 を参照。

（38）Lodge（1979）, S. 75f. を参照。

（39）Birus（2000b）, S. 590 を参照。なお、ヤーコブソンより後に、ベルギーのリエージュの研究グループが、隠喩と換喩は、異なるタイプの提喩の組み合わせに過ぎないという説を唱えた。Ruwet（1983）, S. 253 を参照。だが、本論ではこの主張にまでは踏み込まずにおく。

（40）Jakobson（1990）, S. 129 及び Lodge（1979）, S. 75ff. を参照。

（41）いずれの例文とも Lodge（1979）, S. 75f. を参照。

（42）Richards（1971）, S. 90 を参照。

（43）Black（1962）, S. 33 を参照。

（44）隠喩論の発展についての歴史的概観は、Hawkes（1972）と Kittay（1987）を参照した。ロマン派については特に Hawkes（1972）, S. 34–58 を参照。

（45）シェリー（［1840］, 1960）、七四頁を参照。

（46）Saeed（2003）, S. 346 を参照。

（47）Black（1962）, S. 41 を参照。

（48）Hesse（1980）, S. 114 を参照。

（49）Beardsley（1962）, S. 299 を参照。

（50）シェイクスピア（1980）、一一三頁を参照。ただし、訳文を少し変えてある。

(51) Beardsley (1962), S. 295 を参照。

(52) Kühnel (1921), S. 3 を参照。

(53) Kühnel (1911) を参照。

(54) Weinrich (1967), S. 5 を参照。

(55) ここで引用したランボーとツェランの詩句は、〝大胆な隠喩〟を説明するためにハロルド・ヴァインリヒが取り上げたものである。Weinrich (1963), S. 332–337 を参照。

(56) Schulz (2003), S. 634 を参照。

(57) Drux (2000), S. 638 を参照。

(58) Tomaševskij (1985), S. 211 に加えて、Martinez/Scheffel (1999) も参照。

(59) Tomaševskij (1985), S. 218 を参照。

(60) Zimmermann (1985) を参照。

(61) Titzmann (1977), S. 154 を参照。

(62) Zimmermann (1985), S. 16 を参照。

(63) Fingerhut (1979), S. 146 を参照。

(64) Fingerhut (1979), S. 146 を参照。

(65) Fingerhut (1979), S. 152 を参照。

Ⅱ　創作をめぐるカフカの隠喩——『判決』以前と以後——

「この物語『判決』を僕は二二日から二三日にかけて夜の一〇時から朝の六時までに一気に書いた」。この体験がカフカにとって創作の転機となったのは間違いない。実際、カフカの主要なテクストは、いずれも『判決』以降に書かれている。しばしば『判決』の執筆体験がカフカの「ブレイク・スルー」（Durchbrechen）になったと言われるのも故なきことではない[1]。もっとも、ブレイク・スルーは、そこに至るまでの努力の積み重ねがあって初めて訪れるものである。『判決』以前のカフカの取り組みには幾つかの段階があるが、それが重層的に現れているという点で、『判決』執筆時にちょうど刊行準備中であったカフカの最初の著作『観察』は示唆に富む。

作品集『観察』には、『判決』以前に書かれた十八作品が収録されている。その十八篇の創作時期は様々である。カフカは一九〇八年に雑誌『ヒューペーリオン』にやはり『観察』と題して八篇の作品を発表しているが、それはいずれも作品集『観察』に収められている。『観察』の言わば原形となったその八篇（『商人』、『ぼんやりとした眺め』、『家路』、『通り過ぎ行く者たち』、『乗客』、『衣類』、『拒絶』、『木々』）は、いずれも、小説というよりも散文詩に近く、世界を詩的な言語で新たに見つめ直すその静謐な姿勢は、〝観察〟という名に相応しいものであった。だが、作品集に新しく加わった残りの十篇は、必ずしもその意味での〝観察〟ではない。例えば、『インディアンになりたいという願い』という六行程度の小作品は、分量としては『木々』と同じくらいだが、そこに漂うのは『木々』のような静謐さではなく、むしろ人馬一体の恍惚や高揚感である。また、作品集の巻頭に置かれた『街道沿いの子供たち』や巻末の『不幸なこと』は、動的であるばかりでなく、物語的な要素を強めている。静的なものから動的なもの、あるいは、物語的なものへというこの方向を進んだ末に生まれたのが『判決』であったということは想像に難くない。

加えて、作品集『観察』は、カフカの創作において日記が次第に重要な役割を担い始めたことを示しているという点でも興味深い。十八篇の収録作の内、四篇は一九一〇年頃までに書かれた未発表の『ある闘いの記録』の中からの抜粋によって生まれた。同様に、やはり四篇が、日記のテクストに基づいている。カフカは、ある時期から日記を創作ノートとしても使うようになった。『判決』が書かれたのも日記である。つまり、『判決』以前から日記は創作の実践の場でもあり、創作を反省的に振り返る場でもあった。従って、その記述を辿っていくことで、カフカの創作に対する姿勢の変遷が見えてくるはずである。

1　〝僕は高揚している間だけ良いものを考え出す〟——『判決』までの日記——

カフカの日記として現存しているのは、十二冊の無地のノートである。そこには一九〇九年から作者の死の前年となる一九二三年までの記録が遺されている。もっとも、その第一冊目と第二冊目は、当初は創作ノートとして並行的に使用されており、その間は日付がまったく記されていない。作品集『観察』の巻末を飾った『不幸なこと』は、この時期の日記ノートに記されたものである。これらのノートが実質的に日記としての性格を帯び始めたのは、一九一〇年一一月頃からである。そこからカフカの特徴的な日記の使用が始まる。日常の出来事の記録、省察、夢の描写、創作の試み、それら全てが同じノートの中に日々書き込まれていく。作品集『観察』に収録された『独身男の不幸』、『突然の散歩』、『様々な決心』は、この時期の日記から生まれた。

こうした日記使用の末に誕生したのが『判決』である。この物語が日記に記されてから数日後、今度は『機関助士』も日記に書かれた。だが、その続編である長編『失踪者』には専用のノートが割り当てられ、それまで一体化していた創作と日記はここで分離する。また、日記そのものも『失踪者』の執筆の開始と共に一旦中断し、次に再開するのはおよそ五ヶ月後である。これ以降、何度か省察の場として日記が重要な役割を果たす時期が訪れるが、カフカが一九一〇年から一九一二年の間ほど頻繁に、そして多量に日記を記すことはなかった。その意味では、カフカの日記は、『判決』というブレイク・スルーを生み出したときにその最大の役割を終えたと言っても、あながち過言ではない。

カフカは、大量に手紙を記す作家でもあった。恐らく、失われた手紙も少なくないはずであるが、恋人であったフェリーツェ・バウアーやミレナ・イェセンスカー、親友マックス・ブロート、一九二〇年の出会いと共に親交が始まり、遂にはカフカの最期を看取ることにもなったハンガリー出身のユダヤ人医学生ローベルト・クロプシュトックらに宛てた手紙は多く現存する。もっとも、カフカは創作に関する内面的な問題を他人の目には滅多に曝さない。ブロートに対してさえ、ある究極的な一点を例外とすれば、カフカはそうした話題をほとんど振っていない。執筆に関してカフカが最も色々と記した相手は、むしろフェリーツェ・バウアーであった。カフカが彼女に最初に出会ったのは、一九一二年八月一三日であった。そして、カフカがフェリーツェに大量の手紙を送りつけ始めるのは、『判決』を書き終えてから間もなくである。そのため、『判決』を書き終えた直後のカフカの様子を窺う資料として、フェリーツェへの手紙が重要になってくる。

文章をいかに構想するかという問題

カフカの日記は、先に述べたように、当初は創作ノートだった。それをカフカが実質的に日記として使い出したのは、一九一〇年一一月頃からである。執筆に関する最初の隠喩的な記述は、まだ日記をつけ始めて間もない一一月一五日の日記に確認できる。

> 僕は倦んだりなどしないだろう。僕は自分の小説の中に飛び込むだろう。たとえ顔を切り裂くことになろうとも。（T, 126）

「小説の中に飛び込む」というモチーフは、その直後の「顔を切り裂く」という表現も併せると、恐らく、水泳の飛び込みのような、頭から潜り込む動作としてイメージされているに違いない。一九一〇年という時期を考慮すれば、ここで言及されている小説は、未完に終わった『ある闘いの記録』を指している可能性が高い。この隠喩表現は、執筆を空間的な下降として捉える後年のカフカの特徴が早くも傾向として現れていることを感じさせる。

それからおよそ一ヶ月後、一九一〇年一二月二六日の日記には次のような記述が見られる。

> 二日半の間僕は、――完全にではないにせよ――独りきりで、僕はすっかり変わったわけではないにせよ、やはり、もう変化への途上にある。独りでいることが、決して期待を裏切らない力を僕に行使している。僕の内的なものは解け出し（当面は表面上だけ）、より深いものを放出する用意を整えている。（T, 139）

「より深いものを放出する」(„Tieferes hervorzulassen“)という表現からは、内面の奥深くから何かが吸い上げられるイメージが想像される。そうして吸い上げられて飛び出して来るものは一体何であろうか。それは恐らく作者もまだ分かっていないのだろう。それゆえに、未知のものに対するカフカ自身の期待も感じられるのである。

創作に関する記述が最も多く現れるのが、一九一一年の日記である。特に、この年の一〇月から一二月くらいの間に重要な記述が集中しているが、それは本書の後半で述べるように、カフカがイディッシュ劇の役者たちと盛んに交流していた時期と重なる。この時期が、カフカの日記の分量が生涯を通じて最も多い。まず、一〇月三日の日記には次のように記されている。

> 創作能力があるという僕の自覚は、夕方と朝方に見通しも効かないほどになる。僕自身の存在の底まで緩まるのを感じ、自分の中から欲する限りのものを引き揚げることができる。そうしておいて働かすことができないこうした力の誘い出しは、B.との関係を思い起こさせる。ここにもまた、外に放出されずに、反動で自分自身を完全に破壊してしまう噴出がある。もっとも、ここで問題となっているのは、――これが違いなのだが――より謎めいた力と僕の究極のものである。(T, 53)

カフカは、確かに自分の奥深くに「力」が存在するのを自覚している。「自分の中から欲する限りのものを引き揚げる」や「こうした力の誘い出し」という表現から、九ヶ月前の日記に記された、「より深いものを放出する」という言葉が思い起こされる。しかし、カフカはそうした「力」を思い通りには制御できないために、外に放出されない力が自分自身を内側から破壊してしまう。カフカの後年の日記の記述にもやはり、創作への強い欲求が自分自身を苛んでしまうという事態を認めることができるが、それが早くもこの時期に表れていることになる。また、そうした「力」をはたらかせることを表現する言葉として、「注ぐ」という動詞 ergießen の派生語である「噴出」（Ergießungen）が用いられている点にも留意せねばならない。

　先の日記からは、表現したいという強い内的欲求に駆られながらも、それを思うような結果につなげられない創作の苦しみが感じられるが、その苦しみが最も鮮やかに言語化されたのが一一月一五日の日記である。この日の日記は、その前日の日記の内容と少なからず関係している。まず、カフカは一一月一四日の日記に、後に『独身男の不幸』という題名で作品化されることになる文章を書いている。それは次のように始まる。

　眠る前に。独身でいるということは、とても嫌なことのように思われる（……）（T, 249）

このテクストが『独身男の不幸』として作品集『観察』に収録されたときには、冒頭の「眠る前に」という言葉が削られているが、日記の段階では、これは創作とカフカ自身の内省とが混然と一体化したものだったのだと察せられる。カフカは一旦床に着いたものの、書くことへの欲求に駆られて再び起きだし、このテクストを書いたらしい。そのことが一一月一五日の日記の一つ目の記述から窺える。

　昨晩はもう最初から予感を抱きながら掛けぶとんをめくってベッドに横たわったけれど、再び僕の全ての能力が自覚されるや、僕はそれを手の中で握っていた。それは胸を締めつけ、頭を燃え上がらせた。しばらくは、起き上がって書かないことをまぎらわせようと繰り返した。それは健康によくない、それは健康によくない（……）（T, 250）

ここでもカフカを捉えたのは、〝書けそうだ〟という「能力」の自覚である。そして、「健康に良くない」と自らに言い聞かせたにもかかわらず、結局、再び机の前に座ってペンを手にした。

一一月一五日の日記はこれだけでは終わらない。この一連の出来事を振り返ったのを契機として、カフカは今度は、創作に関して抱えていた問題意識を整理するための記述を始める。それが序論に引用した文章であるが、ここにそれを改めて引用しよう。

確かなことは、僕は、調子の良いときでさえも一語一語を、あるいはほんのついでのようなときでさえあっても、はっきりと言葉にして前もって考え出しておいた全てを、いざ机に向かって書き記そうとすると、干からびて、ひっくり返って、動かせなくて、周囲全体にとっても支障があり、不安げで、そして何よりも隙間だらけとなって現れる。元々考え出しておいたものに関しては、何一つ忘れてしまったわけではないにもかかわらずだ。もちろん、その大部分の原因は、僕が紙から離れたときには高揚している間だけ、――この高揚を僕はどれほど希求もするにせよ、希求する以上に恐れているのだが――良いものを考え出すからである。原因は更に、そのときにはしかし、充溢が余りに大きく、僕は断念しなければならないからである。つまり、やみくもに、偶然だけに任せて、掴み取るようにして、流れの中から取り出すのだ。そのため、こうして獲得して来たものは、熟慮した執筆の際には、それが棲んでいた充溢に比べたら無であり、この充溢を

> こちらに持って来ることは不可能なのだ。だから、この獲得物がひどくていまいましいのは、まさしくそいつが無駄に魅惑するからなのだ。（T, 251）

この記述に従えば、カフカは執筆に先立ち、書くべき言葉を一語一語考え出しておくらしい。だが、いざ執筆の段階になると、それらが全て「干からびて、ひっくり返って」いるように感じられるという。カフカ自身の認識によれば、それは構想のとき精神が高揚しているためである。高揚している間はとても魅力あるように感じられた文章も、いざ執筆という「熟慮」のときになると、もはや輝きを失ってしまっている。恐らく、このこと自体は多くの人が経験する問題であろう。カフカの独創性は、この問題を極めて身体的に把握している点にある。

まず、カフカは高揚している間に言葉を一つ一つ考え出してゆく。その過程はこう表現される。「つまり、[言葉を]やみくもに、偶然だけに任せて、掴み取るようにして、流れの中から取り出すのだ」。だが、そうして考え出された文章は、いざ執筆する段になると色褪せて見えてしまう。それは次のように表現される。「そのため、こうして獲得して来たものは、熟慮した執筆の際には、それが棲んでいた充溢に比べたら無であり、この充溢をこちらに持って来ることは不可能なのだ」。この二つの文章の比較から、「充溢」と「流れ」は同じものなのだと察せられる。恐らく、高揚が「充溢」を生むのだろうが、カフカにとって「充溢」とは「流れ」としか表現できないもの、もしくは、〝流れ〟という形として感じとれるものである。更に、「この充溢をこちらに持って来ること」と表現されることから、書き手自身はその充溢＝流れの外側にいるはずである。そこから、一連の形象は、次のようなモチーフとして表現できるだろう。

一九一一年一一月一五日の日記のモチーフ

書き手は流れの外側に立ち、そこから、流れの中にある x を偶然に任せて手で掴み取る。

このように表記してみると、カフカの隠喩は、どことなく流れの中を泳ぐ生きた魚を捕まえる動作を連想させないだろうか。流れの中に棲む魚の群れからどれか一匹を捕まえ出すことはできるかもしれない。しかし、〝流れ〟そのものを掴み取ることはできない。同様にして、書き手は頭の中に漂う言葉のどれか一つを掴み出すことはできても、「充溢」自体を取り出すことはできない。カフカにとって、言葉に魅力を与えている正体は「充溢」であるがゆえに、その「充溢」が冷めたとき、カフカは取り出してきた言葉にはもう満足できないのである。

　この日記は、もう一つ別の問題も孕んでいる。カフカは、文章を一語一語「はっきりと言葉にして前もって考え出して」おくらしいが、それは、執筆に先立ち、テクストを一字一句に至るまで完璧に考えておくことを意味するのだろうか。どうやら、そうではない。日記には、「いざ机に向かって書き記そうとすると、（……）隙間だらけとなって現れる」と記されているが、これと似たようなことをカフカは、およそ一年後、一九一二年九月二八日のフェリーツェ宛の手紙でも記している。

> 今や、前もってきちんとまとめておいた文章を後ですらすらと書くことができないのが、私の悩みの一つです。私の記憶力は確かにとても悪いのですが、しかし、最良の記憶力でさえ、前もって考え、覚えておいたほんの小さな文章の一つであっても、正確に記す上では役に立ちえないことでしょう。というのも、どの文の内部にも、書かれる前には未決定のまま留まらねばならないつなぎがあるからです。そのときに、覚えて

> おいた文章を書くために机に向かえば、私が目にするのは、そこに転がった言葉のブロックだけです。そのブロックとブロックの隙間から向こうを見通すことも、上から見渡すこともできず、自分の煮え切らなさに従おうとすれば、ペンを投げ出さねばならないでしょう。（Br 1900–1912, 175）

ここでカフカは、「前もってきちんとまとめておいた文章を後ですらすらと書くことができない」と嘆いているが、その理由は、「どの文の内部にも、書かれる前には未決定のまま留まらねばならないつなぎがあるから」であるという。恐らく、カフカはある程度まとまった語句を事前に考えておくのだろうが、細部までは詰めていないのだと思われる。だとすれば、考えておいた言葉のブロック同士を自然な形で結合し、流暢な文章に仕上げるという最後の仕事が、執筆の段階で待ち受けていることになる。

一七世紀のハルスドルファーの詩論も示唆していたように、予め考えておいた内容に的確な言葉を与えるという作業は、創作の重要な段階のはずである。ところが、一一月一五日の日記では、文章を事前に考案する際に発生する問題が前面に出ているために、執筆の際に文章をどう最終的に完成させるかという問題はほとんど読み取れない。執筆をめぐる問題は、充溢という難題の陰に隠れて、まだカフカの中で十全に意識化されていなかったのだろうか。[2]

カフカは、次第に明瞭になり始めた創作の課題を更に突き詰めようとする。一九一一年一二月八日の日記には次のように記されている。

> 僕はいま、既に午後から、僕の全ての不安な状態を僕自身の中から外に書き出してしまいたいという大きな

> 欲求を抱いている。それも、こうした状態が奥深くから来るのと同様に、紙の奥深くへと入れたいのだ。あるいは、書かれたものを僕が自身の中に完全に取り入れることができるように執筆したいという欲求を抱いている。（T, 286）

この記述は、書くことによって内面の奥にある何かを放出してしまいたいという以前からの願望の繰り返しである。もっとも、今回は「紙の奥深く」という表現が加わったことによって、内面の奥深くにあるものを、書かれた作品世界のやはり奥深い部分に注ぎ込みたいという願望も読み取れる。

しかし、いまやカフカにとってより重要なのは、そうした創作の欲求についてあれこれ思いをめぐらすことよりも、一一月一五日の日記で顕現化したような構想と執筆をめぐる課題について更に考えることである。一二月一三日の日記には、次のように記されている。

> しばらく時間を置いた後に書き始めるとき、僕はそれらの言葉をまるで虚空から引っ張るようにして引っ張り出す。一つの言葉が取れたら、まさにこの一つの言葉だけがそこにあるのだから、全ての仕事はまた最初から始まる（T, 292）

当然ながら、テクストを一回の執筆で一気に書き上げるのではない限りは、一旦中断した執筆を後で再開するという必要性も生じてくる。だが、カフカが一度考えておいた文章は、その中断によって崩れてしまっている。カフカは「虚空から引っ張るようにして」言葉を思い出そうとするが、「全ての仕事は最初から始まる」。「最初から始まる」のは、ばらばらになってしまった言葉を手掛かりにして元の文章を再び構成する仕事である。すると、このとき、再構成とはいえ、書くべき文章を考える作業とそれを執筆する作業とがほぼ同時的に行われることになるのではないだろうか。一一月一五日の日記からは、執筆は、あたかも既に完成しているテクストを書き出すだけの作業であるかのような印象を受ける。だが、この日記では、創作において執筆が占める重要性がより増しているように見受けられる。

もしかすると、ある時期までのカフカは、実際に文章を前もって一語一語考えていたのかもしれない。作品集『観察』を見れば分かるように、カフカの初期の発表作品はどれも一つ一つの分量が非常に少ない。文章を事前に全て考えておくことは、場合によっては不可能ではないようにも思われる。だが、テクストの分量を増やしていけば、そのやり方は自ずと限界を迎える。カフカは、執筆という創作の最終段階で行う文章の（再）構想という作業にもより多くの注意を払わなければならなくなっていったはずである。

執筆の重要性が増すにつれ、カフカの執筆に対する不安も増していく。一二月一六（一七）日の日記には次のように記されている。

> 正午。午前は眠ったり、新聞を読んだりして時間を空費。プラハ日報に出す批評を仕上げることへの不安。書くことへのそうした不安は、決まって、こうした形を取って現れる。すなわち、僕は時々机に向かわずに書くべき導入の文章を考え出すのだが、その導入の文は直ちに使えず、干からびて、結語まで遠く及ばずに中断しているのが明らかになり、更に、その突き出た幾つもの破損個所によって暗鬱とした前途を示しているという形で。（T, 294）

予め考えておいた文章が「干からびて」、しかも「幾つもの破損個所」を伴っているというのは、一一月一五日の日記で提示された問題の繰り返しである。だが、この日記には、一一月の日記の時点ではまだ明示されていなかった〝書くことへの不安〟が前面に出ている。カフカが不安になるのは、事前に考えておいた文章が破損しているために、その破損箇所を修繕しつつ執筆を行う必要があるからである。不安の高まりは、〝書く〟という作業の重要性が増していることの証でもある。

カフカが一九一一年一二月二七日の日記に記したのは、恐らく、その破損個所の修正作業に関する問題である。

執筆のときに抱く間違っているなどというこの感覚は、こんな喩えで描くことができるだろう。ある人が、地面に空いた二つの穴の前に立って、右側の穴からだけ出て来ることが許されている現象を待っている。けれど、この穴は目には目立たない栓によって閉じられていて、その間に左側の穴から次々と現象が外に出て来て、自分の方に注意を引き寄せようとしている。その目的は、増殖し続ける現象の量によって、いともたやすく達成され、その現象の嵩は、ついには正しい開口部を、穴の前の人は防いでいるが、覆ってしまう。いまや彼は、もしこの場を離れるつもりがないなら、――そして決してそうするつもりはないのだが――この現象どもに頼らざるを得ない。しかし、これらの現象は、その揮発性のため、――その力は出現だけに使い果たされる――彼を満足させることはできない。現象が弱って詰まってしまったときは、彼はそれを上に引っ張り上げ、四方八方に追い払い、ただ次々と取り出し続ける。それは、一つの現象を眺め続けることが彼には耐え難いからであり、また、この間違った現象が払底した後、ついに正しい現象が立ち昇って来るという希望もまだ残っているからである。（T, 325f.）

「現象」は、執筆に際してカフカの頭に浮かぶ言葉を示していると考えて差し支えないであろう。右の穴が塞がれているために、正しい、的確な言葉だけを一つずつ取り出していくという可能性は閉ざされている。従って、書き手は、左の穴から次々と出現する現象で何とか代用するしかない。だが、次々と現れてはすぐにしぼんでいく現象はどれも間違っている。それでも、やがて正しい現象が出て来るという希望をまだ捨て切れないため、書き手は、出てはしぼんでいく間違った現象をかき分け続ける。一一月一五日の日記とは異なり、これは、カフカが実際に紙を前にして執筆に挑んでいる際の感覚を喩えたものである。カフカは、執筆の際、事前に考えておいた文章の「幾つもの破損個所」を前にして、言葉をめぐる格闘を繰り広げていることが示唆される。もっとも、この喩え自体は、後から読み直してみて、カフカは気に入らなかったようである——この日の日記の最後に、「上の喩えは何と力強さに欠けることか」（T, 326）と記されている。

　こうして執筆という作業の持つ重要性が高まるにつれ、〝書くこと〟に対するカフカ特有の神経質さも次第に現れ始める。一二月三一日の日記には次のように記されている。

朝は書く意欲に満ちていたが、いまは、午後マックスに朗読することを求められているという考えが完全に僕を妨害している。（……）その他にも今日早くに、どれをM.に朗読するかという点から日記をめくって目を通したことが妨げになった。この点検では、これまでに書いたものが特に価値あるとも、また反故にしてしまわねばならないとも思わなかった。僕の判断はその両方の間にあり、最初の考えの方に近い。とはいえ、

> それは、書かれたものの価値に関して言えば、僕は弱々しいといっても、もう発展の余地もないほどに力尽きたと見なさなければならないというようなものでもない。それでも、僕自身によって書かれた大量のものを目にしたことで、これから数時間の間は、取り返しがつかないくらいに書くことの水源から僕を逸らさせてしまった。というのも、注意力がこの同じ流れの言わば下流へと流れてしまったからだ。（T, 331f.）

〝書く〟という行為が「水源」であるとすれば、書かれたテクストはその水源から発する流れの「下流」に当たる。日記から分かるように、カフカは、自分が書いたテクストを読み直していた。そのために、本来なら「水源」である〝書くこと〟に向けられる予定だった集中力は失われてしまったのである。

　年が変わり、一九一二年に入ってから日記の文量は前年に比べてぐっと落ち込む。しかも、『判決』が書かれた翌日の九月二三日の日記を除けば、作者の創作姿勢に関係する記述は、ごく限られている。一月七日と一月二四日の日付の間に挟まれた記述には次のように記されている。

> このように雨がちで静かな日曜日は過ぎる。僕は寝室に坐って静かにしているが、書くことを決心する代わりに、例えば一昨日は自分の全てを丸ごと一緒くたにして自分自身を執筆の中に注ぎ出せたらと思ったわけだが、いま、かなり長い間自分の指を見つめていた。（T, 358）

「自分自身を執筆の中に注ぎ出す（sich ergießen）」という表現自体は、一九一〇年の「より深いものを外へ放出し出す」や一九一一年の「噴出」といった、もう何度か目にしてきた隠喩の変奏であり、特に目新しさはない。[3] この日記に目を引くものがあるとすれば、それは、カフカがその前々日に、自分自身を注ぎ込むような執筆を実際に行っていたことが窺えるという点である。カフカの日記を遡ると、一月五日の日記に「単調さ―物語」と題されたテクストが見つかる。これは、作品集『観察』に『突然の散歩』として収録された作品の原型となるテクストである。そこから、自分自身を注ぎ出すという「一昨日」の試みが、『単調さ』を指す可能性は高い。『単調さ』は、批判版全集で一頁余りの分量であるが、最後の三行を除いて全て一文で書かれている。『単調さ』と決定稿となった『突然の散歩』との間には、ごく僅かな手直しを除けば大きな相違は見られないので、ここでは『突然の散歩』から引用しよう。

> 夜、もし家の外にはもう出ないと最終的に決めたようであり、部屋着を着て、夕食後に明かりの灯されたテーブルに坐ってあの仕事やあのゲームをして、それが終わったあとにはいつも通りに寝ようとしたのなら、もし外の天気が悪く、家の中にいるのが当たり前のようであったなら、（……）もしいまやもう階段も暗くて門も閉まっていて、もしそれにもかかわらず突然の居心地の悪さのうちに起き上がり、上着を替えて、間もなく外出にふさわしい服装となって現れ、出かけなければと説明し、簡単に別れを告げたあとに実際に出かけ、玄関の戸を閉める速度次第では、多少なりとも家族を怒らせることになると考えるのなら、（……）そしたら、この晩は完全に家族の外にいたのであり、（……）自分の本来の姿へと高まっていたのだ。（D, 17f.）

このテクストは、冒頭から「そしたら、この晩は完全に家族の」の手前まで「もし……なら」（wenn）が連続しており、「自分の本来の姿へと高まっていたのだ」をもってようやく終止符が打たれる。こうして一つの文章を極めて長く書く手法は、『独身男の不幸』と共通する。カフカは、一旦ベッドに入って寝ようとしたにもかかわらず、創作への欲求に駆られて起き上がり『独身男の不幸』を書いたのだった。同様に、『単調さ』（『突然の散歩』）は、「自分の全てを丸ごと一緒くたにして自分自身を執筆の中に注ぎ」出すという欲求の産物であった。その意味では、『突然の散歩』は、カフカ自身の創作への内的欲求を表現したものでもあり、同時に、「自分自身を執筆の中に注ぎ出す」ことの実践でもあっただろう。

ここで更に注意すべきは、家を飛び出して階段を降りるという、『判決』の中核となるモチーフがここに早くも形成され始めている点である。ブレイク・スルーは、こうして水面下で準備されていっている。

『判決』と川の流れ

〝書くこと〟に対するカフカの意識が、その後、『判決』の執筆の日を迎えるまでに更に変化したのかどうか、それは良く分からない。いずれにせよ、それは一九一二年九月二二日の夜に起こった。

この物語『判決』を僕は二二日から二三日にかけて夜の一〇時から朝の六時までの間に一気に書いた。坐っていたために硬直した脚を机の下から引き抜くこともほとんどままならなかった。まるで僕が水の中を前に進むように物語が僕の前に展開していく間の、恐るべき努力と喜び。（……）いかに窓の外が青くなっていったことか。車が一台通り過ぎた。二人の男が橋を渡った。二時、僕は最後に時計を見た。女中が最初に外玄関を通ったとき、僕は最後の一文を記した。ランプを消し、真昼のような明るさ。軽い胸の痛み。（……）自分は長編の執筆と共に執筆の厭わしい低地にいるのだという裏づけられた確信。ただこんな風にだけ書くことができる。ただこんな風な関連と、こんな風な肉体と魂の完全な開放によって。（T, 460f.）

書くべき文章が執筆の最中に次々とカフカの頭の中で展開していった様子が、「まるで僕が水の中を前に進むように物語が僕の前に展開していく」という記述から見て取れる。これまでの経緯を踏まえれば、それがいかに驚くべき事態なのかが了解できるだろう。書かれるべき文章は、前もって入念に考えておかねばならなかった。だが、いざ執筆という段になると文章は所々において破損しているために、カフカは、的確な言葉を見つけ出すために格闘せねばならないのだった。それに対して、「水の中を前に進む」という言葉からは、『判決』の執筆が、そうした障碍に出くわすこともなく流れるように進行した可能性が窺える。「ただこんな風にだけ書くことができる」とカフカは記している。一体、カフカにそこまで強い確信を抱かせた体験とは、どのようなものだったのだろうか。『判決』は、しばしば父と息子の対立の物語として読まれる。カフカ自身も父親との関係に問題を抱えていた。そこから、この物語をオイディプス・コンプレックス的観点から読解しようとする試みは無数にある。だが、この物語の展開が、父から子への美しいまでの力の伝達によって支えられていることは看過されがちであるように思われる。物語の序盤、父は、息子の世話を必要とする弱々しい存在に過ぎなかった。だが、息子が掛けようとしていた毛布をはねのけた瞬間から、父はみるみるうちに力強くなっていく。これを転換点として、当初の優劣関係は逆転し、息子ゲオルクは次第に父に圧倒されていく。それが決定的となった瞬間、父は息子に死刑判決を下す。

ゲオルクは部屋から駆り立てられるのを感じた。父が彼の後ろでベッドに倒れる音を彼はまだ耳にしていた。

> 階段をまるで斜めの平面のようにすっ飛び、夜が明けて部屋の掃除に階段を上がろうとしていた女中を急襲した。「きゃっ！」と彼女は叫び、エプロンで顔を覆った。しかし、彼はもういなかった。門から飛び出し、車道を越えて川へと駆り立てられた。彼はもう欄干を、飢えた者が食べ物を掴むように、しっかりと掴んだ。体操選手のようにひらりと飛び越えた。彼は、少年時代は優秀な体操選手として両親の誇りだった。彼は力が次第に抜けていく両手でまだ体を支えていた。欄干の柵の間からバスが見えた。そのバスは、彼が落ちる音を軽々とかき消してしまうだろう。小さな声で彼は言った。「お父さん、お母さん、僕はそれでもいつもあなたたちを愛していました」。そして、下に落ちるにまかせた。
>
> 　この瞬間、橋の上をまさに無限の交通が始まった。（D, 60f.）

このシークエンスは、登場人物たちを媒体としたある種の力の伝達として捉え直せる。判決を下す直前、父の中で沸き起こった力は最大限に達している。しかし、判決を下した直後に父は力尽きたかのように倒れ、息子はたちまち「駆り立てられる」のを感じて部屋から飛び出している。この瞬間、父から息子への力の伝達が起きたのである。そして力に駆り立てられたゲオルクは家の外に飛び出し、道路を横切り、橋から川に飛び下りる。今度はこの瞬間、橋の上を「まさに無限の交通」が始まる。こうして父から息子へと伝わった力は、最後に「まさに無限の交通」へと拡散する。

　こうした父から息子、息子から交通に至る力の伝達は、一筋の〝流れ〟であるとも見なせる。そして「無限の交通」の中に、まるでゲオルクの命が続いているかのような印象を受ける。[4] それに対してゲオルクが飛び込んだ川は、利己的に幸福を追求していた彼を無垢の世界へと再び連れ戻す黄泉の川でもあろうか。[5] その意味では、生と死という二つの流れが物語の中に発生していると読むことも可能である。
『判決』で描かれた物語世界は、カフカの実際の居住環境に近いとされている。カフカは、一九〇七年六月からモルダウ川に近いニクラス通りのアパートに両親と同居していたが、この物語と同じように、家のすぐ前を橋——当時はスヴァトプルフ・チェフ橋《ブリュッケ》、現在はチェコ橋《モスト》とも呼ばれる——が架かっていた。カフカは自分の部屋の机の前にある窓から、モルダウ川に架かる橋を眺めることができたはずである。実際、「いかに窓の外が青くなっていったことか。車が一台通り過ぎた。二人の男が橋を渡った。二時、僕は最後に時計を見た。女中が最初に外玄関を通ったとき、僕は最後の一文を記した」とカフカは記している。

外の光景についての記述は、『判決』を執筆するカフカの集中力がどのような性質のものだったのかを示唆している。カフカは、一晩で物語を書きあげてしまうほどの集中力を保ちながらも、わき目もふらずに創作に没頭していたのではない。それどころか、車が通っただとか、人が橋を渡っただとか、そうした一見ささいな事柄もよく記憶している。カフカは、夜明けが近づくにつれ人々が活動し始めるのを知覚しつつ、『判決』を執筆し続けたのだろう。

ひょっとするとカフカは、アルチュール・ランボーと同じような体験をしたのだろうか。ランボーは、一八七二年六月、友人ドラエーに宛てて次のように記している。

> いまのところ、仕事をするのは夜だ。真夜中から午前五時まで。先月ぼくのいた、ムッシュー・ル・プランス通りの部屋は、サン＝ルイ高等中学校の庭に面していた。ぼくの狭い窓の下には大きな木が何本かあった。朝の三時になると、蝋燭の火がほの白くなり、鳥たちが一斉に木々のなかでさえずり始める。それでおしま

い。もう仕事はしない。この得も言われぬ朝の最初のひとときに心を奪われて、ぼくは木々や空に見とれていなければならなかった。[6]

明け方と正午はランボーにとって特権的な時刻であるとランボー研究者たちは指摘するが、この手紙と一八七二年五月に書かれた詩「朝のよき思い」はしばしば比較される。

> 夏の日の午前四時／愛の眠りはまだ醒めない／茂みの陰から　朝日に照らされて／宴の宵の匂いがたちのぼる
>
> (……)
>
> おお羊飼いたちの女王よ／この労働者たちに生命の水を届けよ／彼らの力が安らぎを得るように／やがて正午に　海に浸かるその前に[7]

「それでおしまい。もう仕事はしない」というランボーの言葉と、仕事を終えて正午に海につかる労働者たちの形象には親和性が認められるだろう。それと同じように、「ランプを消し、真昼のような明るさ。軽い胸の痛み」というカフカの日記と、充溢した力が物語を駆け抜け切った直後の、「この瞬間、橋の上をまさに無限の交通が始まった」との間には不思議な親和性が感じられる。

カフカにとっても早朝が特権的な時刻であったことは、やがて明らかとなるが、『失踪者』や『変身』からも窺える。それに加え、『判決』から十年後に書かれた長編『城』にも注目せねばならない。K.は、紳士亭で秘書たちが早朝、欣然として仕事に取り組み始める様子を目撃することになる。

そしてそれは、朝の五時となったいま、廊下の両側でもう一斉に活気づき出したこととぴったり一致していた。こうして部屋の中の入り乱れた声は、何か極度に喜ばしいものであった。それは遠足の準備をしている子供たちの歓呼の声のようにも響き、また、鶏小屋の朝の目覚めのように、明けゆく夜と完全に同調することへの喜びを表しているようでもあった。どこかで男性が雄鶏の鳴き声の真似すらしていた。(S, 430)

「明けゆく夜と完全に同調することへの喜び」。カフカもまた、『判決』を執筆しながらそれを体験したのだろうか。父の中で増大し、やがて息子へと伝達される力の源は、作者自身の目の前で明けゆく夜だったのだろうか。いずれにせよ、カフカは、「ただこんな風にだけ書くことができる。ただこんな風な関連と、こんな風な肉体と魂の完全な開放によって」と述べる。だが、もしそうだとすれば、カフカは、実は書くことの可能性以上にその困難さを発見してしまったようにも考えられる。というのも、「肉体と魂の完全な開放」は、そう手軽で容易に到達できるような境地であるとは思えないからである。しばしば引き合いに出されるが、カフカは、『判決』執筆のおよそ四ヶ月後にも、「この物語は、汚物と粘液に覆われた正真正銘の出産のようにして僕の中から出てきた」(T, 491)と述べている。「正真正銘の出産のように」行われる執筆こそが真の創作であるとすれば、作家はそれを生涯において数えるほどしか経験できないだろう。

実際、『判決』は、「肉体と魂の完全な開放」や「正真正銘の出産」といった比喩が大げさとは言えないくらいの忘我状態で書かれた可能性がある。『判決』には、三つの稿が存在する。まず、一九一二年九月二二日から二三日の夜にかけて日記に書かれた手稿、次に、一九一三年に年鑑『アルカディア』に掲載された初出稿、そして、一九一六年にクルト・ヴォルフ書店から刊行された単行本に用いられた定稿である。これまでほとんど指摘されてこなかったが、この三つの稿の間には、ある重要な異同が存在する。それは、先程の訳文において「こちらに落ちるにまかせた」と記した、ゲオルクがまさに川に落ちる瞬間のモチーフに関係する。ドイツ語の原文では、それぞれ次のように記されている。

手稿：ließ sich herabfallen（T, 460）
初稿：ließ sich hinfallen（D App, 116）
定稿：ließ sich hinabfallen（D, 61）

ドイツ語は、空間における方向を指し示す接頭辞が豊かな言語である。手稿では„herab“という接頭辞が用いられているが、初出発表時にはそれが„hin“になり、定稿では更に„hinab“に変わっている。『判決』は手稿の段階で既に完成度が高く、最終シークエンスに至っては、この接頭辞を除けば草稿と定稿の間で違いはほとんどない。それだけに、この接頭辞の書き換えは目を引く。この書き換えをめぐる経緯の一端は、カフカが一九一三年六月三日にフェリーツェに宛てた手紙から窺い知ることができる。この手紙は、『判決』が掲載された『アルカディア』が発行されて間もない頃に書かれたものであるが、その中には次のような一文が見られる。

もう一つ大事なこと。最後から二番目の文の最後の言葉は、„hinfallen“ではなく、„hinabfallen“でなければなりません。（Briefe 1913–1914, 202）

この手紙は、初稿の„hinfallen“が単なる誤植であり、カフカ自身の意図は„hinabfallen“であった可能性を強く示唆している。従って、この一連の異同をめぐっては、„herab“と„hinab“の相違だけを考慮すれば十分だろう。

それでは、„herab“と„hinab“では、物語にどのような相違が生じるのだろうか。いずれの接頭辞とも、空間内の上下の動きを表す点で変わりはない。ただし、そのベクトルの向きが異なる。„herab“は、空間の下部に視点を定めた上で、「上からこちらに向かって」という意味を表す。従って、この接頭辞が用いられた草稿では、ゲオルクが橋の欄干から手を離した瞬間の光景を語り手は下から見上げる格好になる。他方の„hinab“は、空間の上部に視点を定めた上で、「こちらから下に向かって」という意味を表す。そのため、この接頭辞が用いられた定稿では、ゲオルクが橋から落ちる様子を橋の上から見下ろす格好になる。恐らく、この場合は定稿の通り„hinab“を用いるのが的確なのであろう。この物語はいわゆる〝三人称小説〟の語り手法によって構成されているが、更に言えば、語り手がまるで主人公と一体化したかのように、主人公が見たり考えたりしたことを語り出す手法が用いられている。それはジェラール・ジュネットが内部焦点化と呼ぶ手法に相当する。[8] つまり、ここで„herab“を用いてしまうと、語り手と主人公の位置が橋の上下に大きく乖離してしまう。カフカが„herab“を„hinab“に書き換えたのも、恐らくそれに相当する理由によるものと考えられる。

実は、これと同じような議論は、以前にもカフカの別のテクストに関して起きている。そのとき問題となったのは、カフカの未発表テクスト『万里の長城の建設に際して』であった。まずは該当箇所を手稿の本来の記述に忠実な批判版全集から引用しよう。

> 下の学級へと降りていく（hinabsteigt）ほど、知識に対する疑問は、もっともながら消えていった。そして、半端な教育が、数百年前から確立しているいくばくかの定理の山の頂まで打ち寄せ、それらの定理は、永遠の真理を何一つ失っていないが、この霧と靄の中で永遠に知られずに留まるのだ。（NSF I, 349）

カフカが原稿で記したのは、„hinabsteigt“である。それは、手稿のファクシミリ版からも確認できるだろう。[9] しかし、マックス・ブロートが編纂したカフカ作品集では、何故か„hinabsteigt“が„herabsteigt“になっている。[10] 一九八〇年代から批判版全集の刊行が開始されるまで、ブロート版作品集は、原典として参照可能な唯一のテクストであった。その結果、ある研究者が、その作者の意図しない„herab“という表記に反応し、次のように記している。「これらの語は考えさせられる。herabsteigen するとき（hinab ではなく）、もう語り手と民衆が一つの次元の上にある。しかし、この見方の構成だと、語り手はすぐさま大衆たちから離れて再び上に持ち上げられる」。[11] この指摘自体は妥当である。しかし、実際にカフカが記したのは、„herab“ではなく„hinab“だった。その意味で、これはブロート版作品集の不正確な校正が研究にもたらした、不用意な混乱に違いない。だが、„hinab“と„herab“が孕む相違について考えさせてくれるのも確かである。

『判決』の執筆に際して、カフカがとっさに„herab“と記した理由の真相は誰にも分からない。だが、一つ言えるのは、『判決』の直後に書かれた『機関助士』でも、まさしく同じ接頭辞の書き換えが起きているということである。

2 〝書くことは深いところに重心がある〟――『機関助士』以降の日記と手紙――

『判決』を書き終えてから数日後、カフカは、今度は、『機関助士』を日記に書き始める。先述のように、『機関助士』を書き終えた後、カフカは更にその続編を専用のノートに書き始めた。それは結局未完成に終わり、カフカの死後、マックス・ブロートがそれを『アメリカ』という題名で刊行したとき、初めて世に知られることになった。今日では、この長編は、フェリーツェ宛の手紙の中でカフカ自身がそう呼んでいたように、『失踪者』と呼ばれている。

カフカは、一九一二年一一月一一日のフェリーツェ宛の手紙で、それまでに書いた長編の各章のタイトルを列挙している。それによれば、第一章「機関助士」、第二章「おじ」、第三章「ニューヨーク郊外の別荘」、第四章「ラムゼスへの行進」、第五章「ホテル・オクシデンタル」、第六章「ロビンソン事件」となっている。[12]『判決』から二ヶ月も経ずに――しかも日中は役所勤めである――これだけの分量を執筆したことが、当時のカフカの集中力の高さを示している。もっとも、カフカは、アメリカを舞台とした長編を実は以前にも一度書いている。[13]その原稿は廃棄されてしまっており、内容までは分からないが、それが下敷きとなっていたために、これだけ短期間で創作することが可能だったのかもしれない。

この一連のテクストの中でも、『判決』の執筆から一週間も経ずに書かれた『機関助士』からは、とりわけ『判決』との奇妙な連続性が感じられる。『判決』は主人公の川への墜落で終わり、『機関助士』もまた、主人公が船からボートに乗り移ったところで終わる。加えて、『機関助士』は、『判決』に劣らず不思議な物語である。ゲオルクの父とロシアの友人が連絡を取り合っていることが突然判明したように、カール・ロスマンが船内で出会った米国上院議員は、突然にカールのおじであることが判明し、しかも、その証拠としてカールの子を身籠った女中からの手紙を取り出してみせる。よく考えれば、これは不自然である。一体、カールやその家族ですら長らく音信不通であったアメリカのおじの住所を女中はどのように知ったのだろうか――しかも、おじはアメリカで改名しているのである[14]。

　こうした謎を押し退けるようにして展開する『機関助士』という物語は、ある意味で『判決』よりも複雑である。実際、これまでにも多くの研究者が『機関助士』の語りについて論じてきている。その発端は、フリードリヒ・バイスナーが、語り手と主人公カール・ロスマンの視点はほぼ同一であると述べたところにまで遡る。「ここで語られる全てはカール・ロスマンによって見られ、感受されたものである。この主人公抜きに、あるいはこの主人公に反しては何も語られず、またその不在のときも何も語られない。ただカールの考えだけしか、専らカールの考えたことだけしか語り手は伝えることを知らない」[15]。この指摘は、カフカの語りそのものをめぐる研究の嚆矢ともなったわけだが、それについては後述することになるだろう。『機関助士』に関して言えば、ヨルゲン・コブスは、語り手の発言は全てカールの意識を介しており、ここで語られているのは客観的真実ではなくカールの主観的な印象であると主張した[16]。確かにそれも一理あるが、厄介なのは、この物語の展開は、主人公の意識だけでは説明し切れないという点にある。それは他ならぬコブス自身の次の記述からも見て取れるだろう。「カールが最終的に甥として認知されるまでには、カールは傘を忘れるだけでなく、船の中に降りていき、そこで迷わなければならない。更に、機関助士に出会い、彼を船長のところに行って苦情を訴えさせなければならず、そこでシューバルに対する論争で声高に頭角を現さねばならない」[17]。このように、時として非常にめまぐるしく展開し、その展開の仕方はどこか唐突な印象すら与えるのが『機関助士』という物語である。

　恐らくここで、『機関助士』の物語展開が唐突なのは、作者が『判決』の執筆の勢いを保ったまま即興的に書いたからであると述べることも可能だったかもしれない。だが、ゾフィ・フォン・グリンスキーは、別の可能性を指摘する。彼女は、カフカの初期の日記に夢の描写が何点か残されていることに注目し、夢を描くためにそこで培われた表現手法が『機関助士』でも活用されていると唱える。そうだとすれば、『機関助士』は、ある種の夢の物語であるために、予想もしないような出来事が次々と起こっていることになる。実際、そう考えると、幾つかの奇妙な点が説明可能になる。しばしば指摘されるように、冒頭で描写される自由の女神像は、松明ではなく剣を持っている。これはカフカの間違いではなく、〝アメリカ〟という架空世界を象徴する記号であると考えられる。

それに加えて、これまでほとんど指摘されてこなかったが、おじと船上での会遇を果たした主人公が上陸すべくボートに乗り移るという物語の結末部分もやはり、現実を超えた夢の展開として書かれたのかもしれない。『機関助士』は、様々な仕掛けに満ちた物語でもあるのだろう。だが、そうした仕掛けに満ちた物語は、『判決』と同じように、やはり、作者の没我的な状態の中で書かれた可能性も否定し切れないように思われる。

『判決』の双生児としての『機関助士』

渡米経験のないカフカは、客船がニューヨークに到着したところから始まる『機関助士』／『失踪者』を書くに当たり、様々な資料を参考にしたとされる。その一つとして、作家のアルトゥル・ホリチャーが一九一二年に雑誌『ノイエ・ルントシャウ』に発表したルポルタージュ『アメリカ――今日と明日』がしばしば挙げられる。実際、カフカの蔵書の中には、一九一三年にフィッシャー書店から出版されたこのルポルタージュの単行本が含まれていることが知られている。(18)

このルポルタージュは、ホリチャーが乗る客船がハンブルクからニューヨークに向かうところから始まる。その船がニューヨーク港に到着した様子をホリチャーは次のように記している。「我々はゆっくりと旋回し、三つある桟橋の中の南側の一つに接岸する」[19]。この記述をカフカの『機関助士』と比較したとき、ある違いに気づかされる。ホリチャーの外洋船は桟橋に接岸しているが、『機関助士』では、主人公たちは船から下ろされたボートを使って上陸しようとしている。マックス・ブロートは、カフカはこのルポルタージュの何箇所かを好んで朗読したと証言している[20]。それほどまでに好んだ資料と実作との間に生じている相違は、何を物語るのだろうか[21]。

その手掛かりは、カフカが記した一通の手紙にあるだろう。『機関助士』は、カフカが自ら発表した作品の一つであるが、出版したのは、『判決』と同じくライプチヒのクルト・ヴォルフ書店である。まず、一九一三年に初版が発行され、一九一六年には、決定稿と位置付けられている第二版が出版された。一九一三年の初版本では、奥付頁に「ニューヨークの港」と題された口絵が挿入されている。この口絵は、一八四〇年頃に出回った、ウィリアム・ヘンリー・バーレットの「ニューヨーク・ブルックリンのフェリー」という鋼版画の複製であることが知られている[22]。この版画の遠景には大型船らしき船影が見られるが、その形状からして帆船のようである。画面手前には煙突から黒煙を上げて航行している艀が描かれており、そのデッキには男女や荷馬車が見られる[23]。どうやらこの艀は、沖合に停泊している船と港を連絡しているようである。

この口絵は、カフカへの何の相談もなく編集部で勝手に掲載したものらしい。というのも、カフカはこの絵の件で版元のヴォルフに対して、次にように書面で抗議しているからである。

　この本の絵を見たとき、私はまず驚きました。第一に、それは今現在のニューヨークを描いた私を否定する

> ものであり、第二に、この絵は物語に対して有利となるからです。というのも、この絵は物語に先んじて印象をもたらすわけですし、絵として散文よりもまとまっていますから。そして第三に、この絵が美し過ぎたからです。もしこれが古い絵でなければ、ほとんどクービンの絵のようだったでしょう。しかし、私もいまではもう折り合いをつけましたし、貴殿がこの件で私を驚かせになったことを嬉しくすら思います。というのも、もし私の意向をお尋ねになっていたとしたら、きっと私には掲載の決断はできなかったでしょうし、この美しい絵を逃していたでしょう。私は、この本が絶対に絵の分だけ豊かになったと感じますし、絵と本の間で、互いの強さと弱さがもう入れ替わっています。ところで、この絵は誰の作品ですか？（D App, 125）

「今現在のニューヨークを描いた私を否定するもの」と述べていることから見て取れるように、カフカは、同時代、即ち二〇世紀初頭のニューヨークを舞台とする物語を書いたつもりだった。にもかかわらず、七十年も昔のニューヨーク港を描いた版画を載せられてかなり当惑している。恐らく、この版画に描かれたような帆船は、一九一〇年頃には完全に姿を消していたであろう。だが、カフカの当惑は、もっと根深いところに要因があったのかもしれない。もしかするとカフカは、ホリチャーのルポルタージュを基に、一九一二年現在のニューヨーク港では、大型外洋船も桟橋に接岸するものだと考えていたのではないだろうか。つまり、ボートで上陸するという展開そのものが、〝現実〟の異化を狙ったものだったとは考えられないだろうか。もしそうだとすれば、口絵の版画はその異化効果を台無しにしてしまいかねない。何故なら、口絵を見た読者は、この小説の舞台は一九世紀のアメリカだと受け止めてしまい、ボートによる上陸をごく自然な展開と捉えてしまうだろうから。

更に言えば、カフカは、ボートによる上陸というモチーフもやはり、ホリチャーのルポルタージュをきっかけに思いついたのかもしれない。ホリチャーは、船がニューヨーク港内に入った際の様子を次のように記している。

> 煙の雲がこちらへと近づいてきた。速い。それは水先案内人であった。ここがつまり新世界だ。
> それは長くは時間を要せず、水先案内人は我々のすぐ近くにいる。向こうの船からボートが離される。木の横板のついた縄梯子が我々の船の側壁から下に降ろされ、水先案内人が、「ヴィルヘルム大帝号」に乗船する。[24]

梯子を用いた船からボートへの移動というモチーフは、実際、『機関助士』の最終段落で用いられている。

> 船員に従って彼らは事務室を退出した。小さな通路へと曲がり、更に数歩進むと小さなドアにたどり着いた。そのドアから短い梯子が、既に用意してあるボートへと（1）下ろしてあった。ボートの甲板員たちは、甲板長がひとっ飛びにボートに（2）飛び乗ると、立ち上がって敬礼した。上院議員は、カールに気をつけて（3）下に降りるようにと諭したが、そのときカールは、まだ梯子の一番上の段でもう激しく泣き出した。上院議員は、右手をカールのあごの下にあて、しっかりと自分に抱き寄せ、左手でカールを優しく撫でた。そして彼らは一段一段ゆっくりと（4）下に降り、手を取り合ってボートに移った。ボートでは、上院議員が、自分の向かいの良い席をカールに見つけてやった。上院議員の合図によって、甲板員たちは船から突いて離れ、直ちに全力で漕ぎ始めた。（……）それはあたかも本当にもはや機関助士は存在しないかのようであった。カールは、お互いの膝がほとんど接し合っているおじをじっと見た。果たしてこの男は、いずれカールにとっ

	M_0	M_1
（1）	führte	hinabführte
（2）	hinuntersprang	–
（3）	Heruntersteigen	Hinuntersteigen
（4）	herab	hinab

て機関助士の代わりとなってくれるのかどうか疑わしく思われた。おじもカールの視線をよけ、波を見やった。その波によって、彼らのボートは大きく揺れた。

（D, 109ff.：数字と下線は引用者）

甲板長がボートに飛び乗るというモチーフがあるおかげで、このシークエンス全体に躍動感が生まれている。更に、これがあることによって、手を取り合いながらボートに乗り込むという部外者たちの不慣れな動きが目立ち、読み手は、海に浮かぶボートが揺れ動いて不安定であるということを思い出すのである。

日記に書かれた手稿を見ると、カフカが複数の接頭辞を書き換えた痕跡が確認できる。批判版全集の編纂者は、インクの色具合から、この書き換えが執筆当日に行われたものではないと判断している。[25] そこで、原稿に最初に書かれた文字をM_0、後から書き直された新しい文字をM_1と表記しよう。その相違は上の表に整理される。

この表のM_0列を手掛かりにすれば、執筆当初のテクストを再現することが可能である。まず、下線（1）において作者が当初記したのは„führte“という動詞であったが、後から„hinab“が書き加えられて„hinabführte“になった。接頭辞„hinab“は、「上から下に向かって」を意味する言葉であった。この接頭辞の追加は、特に意味上の変化をもたらしておらず、語を強調する程度のものである。次に、下線（3）では„Heruntersteigen“の„Herunter“の部分が後から„Hinunter“に書き換えられている。それにより、「上からこちら（下）に降りてくること」から「こちら（上）から下に降りること」に微妙に意味が変化している。最後に下線（4）でも、『判決』とまったく同じように、„herab“が„hinab“に書き換えられている。それに伴い、「上からこちら（下）に向かって」から「こちら（上）から下に向かって」という僅かな意味上の変化が起きている。

整理すると、執筆当初の原稿では、語り手は始め主人公たちと共に船上にいたが、下線（2）と（3）の間のどこかで語り手だけが主人公から離れて、先にボートに移動してしまっていることになる。恐らく、下線（2）で甲板長がボートへと飛び乗ったときに語り手も一緒にボートに移ったと考えるのが最も妥当であろう。この勢い余った語り手の背後に、展開する光景に愉悦を覚えながら執筆に没頭する作者の存在が感じられないだろうか。

ボートによる上陸というシークエンスは、異化効果という面もあったと思われるが、それに加え、カフカにとって別の切実な問題と関係していた可能性もある。カフカは〝書くこと〟の難しさについて繰り返しているが、そればかりでなく、書き終えることの難しさについても述べている。一九一一年一二月二九日の日記にはこう書かれている。

> 小さな論文ですら書き終えることが難しい理由は、論文を終えるために、それまで書かれた内容からは得られなかったような情熱が必要となるからではない。むしろ、小さな論文ですら、著者に自己満足と自己喪失を求めてくるからであり、その自己喪失から日常に戻るのは、強い決意と外部からの拍車がなければ難しいからである。その結果、論文が概ね終わってそこから静かに退出することが許されるよりも先に、不安によって駆り立てられるように逃げ出し、結末は、外側から両手で――それは書くという仕事ばかりでなく、しがみつくという仕事もしなければならないのだが――つけられなければならない。（T, 328f.）

この記述に従うならば、創作に没頭した作者は、余韻に浸りながら静かに物語を書き終えるのではなく、何か強引に閉じるように終える必要がある。『機関助士』は、「おじもカールの視線をよけ、波を見やった。その波によって、彼らのボートは大きく揺れた」という文章によって、断ち切るようにして閉じられる。ぎりぎりまで作品の世界への没入を維持しつつ、最後は一気に閉じるという書き手の技の実践として、カフカには、この結末は満足のいくものだったのかもしれない。どうやらカフカは、後に、これの変奏を『流刑地にて』で用いたようである。『流刑地にて』は、一九一九年にクルト・ヴォルフ書店から出版されているが、初稿が書かれたのは一九一四年である。その初稿は現存していないが、カフカは一九一六年にミュンヘンでそれを朗読し、聴衆から作品の長さに関して批判を受けたようである。カフカは、一九一七年九月にヴォルフに宛てた手紙で、「終わりから二、三頁がへたくそだ」と述べている。[26] 一九一七年八月の日記には、この物語の結末部分に関すると思われる断片が幾つか記されている。旅行者が「雌犬」という言葉を文字通りに受け取って犬を演じて見せる断片も、その中の一つである。カフカは、このように『流刑地にて』の結末に難儀したわけだが、最終的に採用されたのは次のテクストであった。

> 兵士と既決囚は、茶屋で知り合いに引き止められていたのだった。だが、彼らはすぐにその知り合いらから無理にでも離れねばならなかった。というのも、彼らが旅行者の元へと駆け出したとき、彼はもうボートに向かって伸びている長い階段の真ん中の辺りにいたからだ。彼らは恐らく、最後の瞬間に、一緒に連れて行ってくれと旅行者に無理やり頼み込むつもりだったのだろう。旅行者が下で汽船までの船賃について船頭と交

> 渉している間、二人は階段を下に向かって（hinab）疾走していた。じっと黙ったまま、叫ぶことさえ彼らはしなかった。しかし彼らが下まで降りて来たとき、旅行者はもうボートに乗っていて、船頭がまさしく岸からボートを離そうとしていた。彼らはまだボートに飛び乗ることもできただろうが、旅行者は床から重たい、結び目のついた綱を持ち上げ、それでもって彼らを脅し、飛び乗るのを妨げたのだった。（D, 248）

この展開に『機関助士』との類似性は容易に見て取れるが、同時に、『判決』の要素も混じっていることに気づかされる。長い階段を駈け下りて来た兵士と既決囚には、ボートに飛び乗るだけの十分な勢いがついていたが、旅行者によって阻まれてしまう。旅行者が重たい綱を――それも、たぶん〝両手〟で――振り回して妨げたのは、彼らが飛び乗ることだけではなく、物語がこれ以上展開し続けることでもあった。

フェリーツェへの手紙とその後の日記

『判決』を書き上げてからカフカは、『失踪者』や『変身』の執筆に取り組む傍ら、夜な夜なフェリーツェに膨大な量の手紙を書く生活を送る。一晩に何通もの手紙が書かれることもあった。これらの手紙は、カフカの創作の進捗状況だけでなく、その創作姿勢を窺わせるような記述も含んでいる。先にも引用したように、一九一二年九月二八日の手紙において、カフカは次のように記していた。「今や、前もってきちんとまとめておいた文章を後ですらすらと書くことができないのが、私の悩みの一つです。（……）というのも、どの文の内部にも、書かれる前には未決定のまま留まらねばならないつなぎがあるからです。そのときに、覚えておいた文章を書くために机に向かえば、私が目にするのは、そこに転がった言葉のブロックだけです」。この手紙が記されたのは、カフカが『機関助士』に取り組んでいたときである。この手紙は、カフカが、以前と同じように執筆に先立って文章をある程度考えていたことを示唆しているが、同時に、そこにはやはり欠落した部分があり、苦闘していたことが推測される。

『失踪者』の執筆は、最初の六つの章が完成するまでは比較的順調に進むが、そこからの進捗状況が芳しくない。一一月一七日の手紙で、カフカは次のように記している。「ところで僕は今夜、君にきっとまだ手紙を書くと思います。もし今夜まだ色々と走り回らなければならなくて、それから、ある小さな物語を書くことになるとしたらね。その物語はベッドの中で困窮しているときに思いついて、それが内側から僕を圧迫しているのです」(Br 1900–1912, 241)。この「小さな物語」がやがて『変身』に発展するわけだが、カフカは、翌一八日の手紙で更にこう記している。

> ちょうど昨日の物語を前にして坐っていました。明らかにあらゆる慰めのなさに刺激されて、自分を物語の中に注いでしまう(ausgießen)という途方もない欲求を抱きながら。(Br 1900–1912, 245)

『判決』以前の日記で何度か登場した、「自分を物語の中に注ぐ」という表現が、ここにも現れている。類似した表現は、一一月二二/二三日の手紙でも繰り返されるだろう。「ところで、僕がいつもこんなに悲しげにしているなんて思わないでほしい。実際に違うんだ。ある一点を除けば、少なくとも僕は、いかなる点でも愚痴をまったく言わない。(……)日曜にもし時間と余力があるならば、それについて僕は君の前に順序立てて注ぎだしてみせるつもりだ」(Br 1900–1912, 256)。

もっとも、「自分自身を注ぎ出す」という表現が連想させるのは、比較的短時間に集中して一気に行うような創作のはずである。自身の内奥をだらだらといつまでも放出し続けることはできない。『突然の散歩』のような「自分自身を注ぎ出す」試みが、分量としては小さなものに留まっているのは、恐らく偶然ではない。ところが、当初は「小さな物語」だったはずの『変身』は、そのように自分自身を注ぐようにして書き上げるには、幾分大きくなり過ぎた。その結果、カフカは、途中で何度も創作が中断するのを嘆くはめになる。

まず、一一月二四日から二五日にかけて書かれた手紙には次のような文面が見られる。

> ところで今日は僕の小さな物語を昨日ほどは書きませんでしたけど、今日はそれを片づけて、このいまいましいクラツァウ出張のために、一日かあるいは二日さえも置いておかなければなりません。(……)こういう物語は最大でも一度の休憩を挟んで十時間を二回繰り返す間に書き上げなければならないのでしょう。そうしたら、前の日曜日に頭の中にあった物語の自然な躍動と勢いを保つでしょう。だけど十時間を二回なんて確保できやしない。そこで、可能となる最良な方法だけを試みなければなりません。最高のやり方は閉ざされているわけだから。(Br 1900–1912, 265)

「最大でも一度の休憩を挟んで十時間を二回繰り返す間に書き上げなければならない」と記したとき、カフカの念頭にあったのは、きっと、夜の一〇時から朝の六時までの間に一気に書いたという『判決』だっただろう。カフカは、最後まで一気に書き上げることこそが、作品に生命力を与えると考える。興味深くも、カフカを魅了したのは、昼夜を通して一つの作品を書くということだけではない。昼夜を通して一つの作品を朗読するという、一見奇妙な願望も抱いている。一二月四日から五日にかけて書かれた手紙には、次のように記されている。

最愛の人よ、僕は朗読するのが恐ろしく好きなのです。注意深く待ち受けた聴衆の耳にどなることは、この哀れな心臓を心地よくしてくれます。（……）子供の頃——ほんの数年前まで僕は子供でした——僕は、満員となった大きなホールで（……）『感情教育』の全文を何昼夜となく必要なだけ、休憩なく、もちろんフランス語で（僕の発音といったら！）朗読することを夢見ていました。（Br 1900–1912, 298）

カフカがフロベールの『感情教育』を好んでいたことは、フェリーツェへの手紙の所々から窺える。恐らくカフカは、『感情教育』を一気に最後まで朗読することによって、フロベールの作品創造を追体験できるように思ったのだろう。ブランショは、カフカにとって作品を朗読することは、「作品に生身の身体で触れたい、という欲求」に関係していると述べる。[27] 九月二三日の日記を見ると、カフカは、『判決』を書き終えた直後、すぐにそれを朗読していることが分かる。これもまた、〝水の中を前に進むように物語が展開していく〟という、たった今自分が経験したことを追体験するためのものだったのかもしれない。

カフカ自身も述べるように、「一度の休憩を挟んで十時間を二回繰り返す間に」『変身』を書き上げるのが無理な以上、日中の仕事と両立させながら執筆を行なわねばならない。それがカフカにとっていかにストレスに満ちたものか、一二月三日の手紙から伝わってくる。

最愛の人、僕は今日、たぶん執筆で夜を耐え抜くべきだったのでしょう。それは僕の義務だったのだろう。

> というのも、僕は小さな物語の結末に差し掛かっているからであり、一貫性とひとまとまりになった時間の炎が、この結末を信じられないほど良いものにしたことでしょう。（……）それにもかかわらず、僕は中断します、思い切ってやる勇気はありません。この執筆を通じて（……）僕はまったく模範的ではないにせよ、それでも多くの点で有能な役人から（……）僕の上司の恐怖の一つになってしまいました。（Br. 1900-1912, 295f.)

「ひとまとまりになった時間の炎」という表現からは、まるで執筆に挑んでいる時そのものがカフカの集中力によって加圧されて高温となり、遂には発火点に達してしまいそうな様子が伝わってくる。もちろん、それはあくまでもカフカの理想の執筆である。『変身』の結末に差し掛かっているいま、カフカは作家としてそうすべきなのは分かっているが、翌日の仕事を考慮せざるをえない。カフカは堅実な勤め人でもある。

仕事を蔑ろにする訳にはいかない以上、理想とは程遠い仕方で創作を継続するしかない。『変身』の執筆も終わりが近づいた一二月五日から六日にかけての手紙からは、もはや諦めの思いすら漂ってくる。

> 最愛のひとよ、泣きなさい。泣くのです。いまが泣くときです！　僕の小さな物語の主人公が、一行前に亡くなりました。もし君の慰めになるのだとすれば、彼はとても穏やかに、あらゆるものと和解して亡くなったということもお知らせします。物語そのものはまだ完全には仕上がっておらず、僕にはいまそれを仕上げるだけのやる気はもう全然なく、結末は明日に回します。既に夜も大分遅くなっているし、じゅうぶん昨日の邪魔を取り戻すだけのことはしました。残念なのは、物語の多くの箇所で、明らかな僕の疲労状態やその

ほかの中断、あるいは別の心配事が刻み込まれてしまっていることです。きっと、もっときれいにやれたと思うのです。とりわけ魅力的な頁でそれが目立ちます。(Br 1900–1912, 303)

カフカにとって、『変身』の執筆が中断続きとなったことは、よほど恨みとなったようである。一年以上が経過した一九一四年一月一九日の日記にも次のように記されている。「『変身』に対する強い嫌悪。読むに堪えない結末。ほとんど根底に至るまでの不完全さ。もしあのとき出張で邪魔されていなかったら、ずっといいものになっていただろう」(T, 624)。

もっとも、カフカは『変身』の執筆から多くを学んだはずである。『変身』完成後にカフカは再び『失踪者』の執筆に戻っているが、一二月二五日から二六日にかけての手紙において、『変身』の創作について次のように振り返っている。

長編は再びほんの少しだけ前へ押し出されました。僕は物語に追い返されたので、長編につかまっています。僕はあの物語を、僕に対する余りに大きな注文がある中で始めたのでした。物語のすぐ始めでは、四人の登場人物が会話して、全てのことに精力的に関与するはずでした。だけど、出来事が経過していく中で、物語の流れの中から彼らが立ち上がって展開していくときには、僕はこんなにたくさんの人間をただ完全に眺めることしかできませんでした。(Br 1900–1912, 361)

「物語の流れの中から彼らが立ち上がって展開していく」という表現は、『判決』の執筆に関して記された、「まるで僕が水の中を前に進むように物語が僕の前に展開していく」という表現を思い起こさせるだろう。だが、『判決』の場合は、物語の展開は完全に作者によって掌握されていたように見受けられるが、『変身』では、登場人物たちが自律的に動き出し、作者はそれを制御しきれていないように感じられる。恐らく、これは登場人物の人数と無関係ではない。

『判決』の主たる登場人物はゲオルクと父の二人だけであった。確かに、『機関助士』でも複数の人物が登場していたが、各々の場面において中心的な役割を果たすのは、カールと機関助士、カールとおじというように、やはり二人ずつである。二人の人物の対話を中心に展開する物語を書くのと、四人もの登場人物――主人公グレーゴルとその妹、彼らの両親――が同時にそれぞれ個別の行動をとる物語を書くのとでは、技術的な要請が随分と変わってくる。たぶん、カフカは『変身』の執筆に先立って大まかな「物語の流れ」を考えておいたはずである。だが、いざ執筆を開始すると、それぞれの性格と役割を与えられた登場人物たちは、細部において、必ずしも作者の期待通りには「物語の流れ」に沿った行動をしてくれなかったに違いない。しかも、カフカは主人公に極力近い姿勢と視点から語り手に語らせる手法を用いている。そのため、主人公以外の登場人物の言動は、主人公が知覚し得る範囲内で描かなければならないという制約も伴う。後に見るように、この物語には、それを逸脱して軽い歪みが生じている箇所がある。『変身』は、やはり「十時間を二回」のうちに、「自分自身を注ぐ」ようにして一気に書き上げるには不向きな物語だった。

だが、そうだとしても、創作の理想はそう簡単に変えられるものではない。カフカが『審判』に取り組んでいた時期に当たる、一九一四年一二月八日の日記にはこう記されている。

再び分かったこと。それは、あらゆる断片的なもの、そして夜の大部分を通して（あるいは完全に夜を通して）執筆されたわけではないものは、価値が劣る。そして僕は、生活の諸関係によってこの価値のないものを宣告されている。（T, 706）

「カフカには、細分された時間で未完成状態のまま『少しずつ』書くということができなかった」とブランショは指摘するが、どうやらそれは概ね正しい[28]。

カフカの理想の創作姿勢と衝突したのは何も職業だけではなかった。女性という存在も、カフカにとって創作の妨げであったが、同時に、カフカは女性を必要とした。『失踪者』の執筆の勢いが明らかに落ちかけてきた一九一三年一月二日から三日にかけての手紙で、カフカはフェリーツェに次のように語りかけている。

愛する者よ、僕はいずれにせよ君に両手をあげてお願いします。どうか僕の長編に嫉妬しないでくれ。もし僕の長編の中の人たちが君の嫉妬に気づいたら、彼らは僕の前から逃げ出してしまいます。僕はそうでなくても彼らの服のほんの端っこだけを掴んで捕まえているのだから。考えてみてほしい。もし彼らが僕から逃げ出したら、僕は彼らを追いかけなければならないでしょう。たとえそれが冥界であろうとも。そこが彼らの本来の居場所だからね。長編が僕であり、物語が僕なのです。（……）たとえ君を目の前にしていても僕はきっと長編から離れないだろう。もし僕が本当にそんなことをやったら、それはひどいことでしょう。でも、僕は書くことを通じて生につかまっているのであり、そうすることで僕はあのボートに、その上にフェリーツェ、君が乗っているボートにつかまっているのです。（Br 1913–1914, 15）

カフカは恋人に創作の重要性を訴える。しかし、彼はフェリーツェが必要であった。どうやらカフカは、フェリーツェから、彼女がボートに乗っている写真を贈られていたようである。フェリーツェの乗るボートは、カフカにとっての生の象徴である。カフカは、まるで救命ボートに掴まるようにして、そのボートの縁につかまっている。だとすれば、カフカはいま、創作という流れに漂っているのだろうか。もしフェリーツェのボートがなかったら、カフカはその流れによってどこまでも押し流されてしまうのだろうか。カフカが、永久に流れの中を彷徨い続ける『狩人グラックス』を書いたのは一九一七年のことである。この手紙には、それを予兆するような形象が現れている。

　この手紙は、加えて、逃げ出した登場人物を捕まえるためならば、たとえ冥界（Unterwelt＝地下世界）までも追いかけて行かねばならないと述べられている点でも興味深い。一見、戯言のようだが、空間的に下方へ降りていくようなイメージで執筆を捉える表現はこれから次第に増していく。実際、六月二六日の手紙でカフカは、フェリーツェに次のように述べている。

> 君や僕の心配事というのは、生活の心配事であり、生活の領域に属す問題なのだ。だから、それは結局、役所の仕事と折り合いがつくでしょう。けれど、書くことは役所と相容れません。というのも、書くことというのは深いところに重心があり、役所というのは、それに対して、生活の表面にあるからです。（Br 1913–1914, 222）

カフカにとって、生活が上の方の領域に属すのであるとすれば、創作は、深いところで行われる営みである。この空間的な把握の仕方は、後期テクストを考える上で重要である。

カフカは、こうして「書くこと」と生活という相容れない二重の営みを結婚という枠組みの中で両立させようとしたが、それはカフカにとってもフェリーツェにとっても不幸な結果に終わる。一九一四年六月の始めにカフカはフェリーツェと公式に婚約するが、一ヶ月後にその婚約は解消される。興味深いことに、一年以上にわたって下火になっていたカフカの創作意欲が再び頭をもたげ始める。八月には長編『審判』の執筆が開始されるが、その少し前、カフカはノートに次のような断片を書き残している。

> はっきりと感じるのだけれど、僕がそれを認識できない何らかの関連がある。もうほんの少しだけ深くに潜れば十分なのだろうけど、しかし、ちょうどここで浮力が強くなっているので、その下に流れが通っているように感じなければ、水の底にいると考えることもできただろう。いずれにせよ、僕は上の方へ向かう。そこからは幾千もの屈折した光が僕を照らしている。僕は上にあるものの全てを嫌っているけれど、上へあがり、動き回り［テクストは途切れている］（T, 642f.）

〝僕〟は流れの奥底へと潜り、光が差し込む上の方を嫌っている。ノートの使用状況を踏まえれば、この記述は、一応、創作として捉えねばならない。だが、この形象が作者自身の〝書くこと〟のイメージに由来している可能性は排除し切れない。

この記述が書かれてからおよそ半年後、一九一五年一月三〇日の日記には、やはり〝潜る〟というモチーフが、今度は明確に執筆に関係づけられた文脈で登場する。

> 以前の無能力状態。十日足らずの間執筆は中断し、もう投げ出してある。再び大きな労苦が待ち構えている。紛れもなく潜り、目の前で沈んでいるものよりも更に早く下降する必要がある。（T, 725）

ここには「執筆」という語が明記されている以上、「潜る」というモチーフが執筆に関係しているのは確かである。では、その「潜る」とは何を意味するのだろうか。日記には、執筆が十日間中断していると書かれているが、実際、これより十日前の一月二〇日の日記には「執筆の終わり」（T, 721）と記されている。この「執筆」は、カフカが一九一四年の夏から取り組んで来た長編『審判』を指しているだろう。従って、もし二〇日に長編が中断したのだとすれば、一月三〇日の日記の「再び大きな労苦が待ち構えている」という記述は、カフカが長編を再開しようとしていたことを示しているように読める。だとするならば、長編を中断に追いやった「無能力状態」から抜け出し、もう一度集中力を取り戻すためには、カフカは「潜る」必要があったのだろう。そうした〝深さ〟あるいは〝低さ〟は、作者自身の身体的感覚に由来するのかもしれない。

結局、『審判』の執筆は一九一五年の早い段階で中断してしまうわけだが、五月三日の日記には次のような記述も見られる。

> 完全な無関心とぼんやりした状態。涸れた泉、水は辿り着けないほどの深くにあり、そこにあるのかどうかも不確かだ。無だ、無だ。（T, 742）

「泉」は霊感の源の隠喩であろう。かつて溢れ出た霊感としての地下水は枯れ、作者は非生産的な状態に陥っている。あるいは、「枯れた泉」という言葉自体が、霊感の尽きた状態を表す一つの形象であると言ってもいいかもしれない。

もっとも、カフカの〝書くこと〟に対する欲求は、そう容易には尽きない。一九一五年一一月五日の日記には、『判決』以前にも使われていた〝注ぐ〟という隠喩が再び登場している。

> 思いは書くことへと向かった。僕には書くことができるように思え、書く可能性以外の何も望んではいなかった。どの晩を次に執筆に当てようかと思いめぐり、胸の痛みを覚えながら石造りの橋を渡った。もうこれまでにも経験した、外へと噴出することの許されていない、身を焼き焦がす炎の不幸を感じ、自分の思いを表現するためと、自分を落ち着かせるために、「さあ、お前自身を注ぎ出すんだぜ」という文句を考え出した。そしてそれを絶えず、特別なメロディーに従って唄い、ポケットの中のハンカチをバグパイプのように繰り返し握ったり離したりしてその唄に伴奏をつけた。（T, 771f.）

「お前自身を注ぎ出すんだぜ」という表現に見られる「注ぐ」（sich ergießen）という言葉は、以前にも繰り返し用いられていた。書くという行為が、無意識も含めた自分の内面の放出として捉えられている。しかし、この日記に見られるカフカの執筆への欲求は、以前の日記に比べると病的なまでの激しさを感じさせる。「胸の痛み」や「身を焼き焦がす炎」といった表現からは、この内的欲求によって身体が消耗し尽くされてしまうのではないかという危惧すら覚える。実際、この日記が書かれてからおよそ二年後に、カフカの身体は結核に侵されるのである。執筆をめぐる隠喩表現は、一九一六年以降は大幅に減少する。一九一七年にカフカは再び創作の集中期を迎えるが、その熱気を窺わせるような記述は見当たらない。そして、この年の秋にカフカは結核に罹患する。カフカはプラハ近郊のチューラウで静養生活に入り、その時期にアフォリズム群が作成されるが、そこにも、少なくとも直接創作を連想させるような考察は見られない。カフカは、一九二二年に長編『城』に着手して再び本格的な創作集中期を迎えるが、この年の六月二六日のブロート宛の葉書には、「君の創作に幸運を。流れを流れさせるんだ」(Br, 375) という文面が見られる。物語が一筋の流れとして展開していくようなイメージをカフカはなお抱いている。

一九二二年は、カフカが精神的に不安定だった時期でもある。詳細は後に論じるが、七月五日のブロート宛の手紙は、その意味でカフカの残したもっとも重要な手紙の一通である。ここでは、次の部分にだけ注目しておこう。

> 書くことは甘美な、驚くべき報奨だ。けど何の報奨か。昨夜、僕には子供の直観教育の明快さと共に明らかになった。これは悪魔への奉仕に対する報奨なのだということが。この暗黒の諸力への下降、生来束縛されている霊どものこの解放、怪しげな抱擁、そして下でまだ進行しているであろう全てのことは、上では何一つ知る由もない。もしも、日の光の下で物語を書くとしたならば。たぶん、他の書き方もまだある。でも、僕はこれしか知らない。夜中、不安が僕を寝かせてくれないとき、僕はこれしか知らない。(Br, 384)

〝書くこと〟そのものに対するカフカの強い意欲や欲求は、『判決』以前の日記から一貫して窺える。だが、〝書

	herab	数量	/頁	hinab	数量	/頁
1.	『城』	25	0.05	『城』	18	0.03
2.	『失踪者』	18	0.04	『巣穴』	17	0.29
3.	『ある犬の研究』	11	0.18	「一九二〇年の原稿群」	15	0.10
4.	『審判』	7	0.02	『失踪者』	9	0.02

くこと〟の何がカフカを魅了しているのか、これほどはっきりと記されたことはなかった。〝書くこと〟の隠喩としての「暗黒の諸力への下降」は、甘美な報奨を伴う「悪魔への奉仕」であるという。そこから〝書くこと〟が、カフカにとって、ある種の自己陶酔的な営みとなっていたことが窺える。もっとも、この隠喩で用いられる形象自体は、必ずしも目新しいものではない。一九一三年六月二六日のフェリーツェへの手紙でカフカは、「書くことというのは深いところに重心があり、役所というのは、それに対して、生活の表面にある」と記していた。この記述からは、〝書くこと〟が、空間の下部で生起する行為として想定されているのが見て取れたが、それは一九二二年の手紙においても変わらない。

この手紙で注目すべきところは、「暗黒の諸力への下降」の「下降」（Hinabgehen）の中に接頭辞 „hinab“ が潜んでいる点である。『判決』の結末でゲオルクは橋から川に落ちる。そのモチーフをカフカは „herabfallen“ から „hinabfallen“ へと書き換えていたのだった。これは些細な偶然ではない。確かに、批判版全集の CD－ROM版（eKKA）を用いて検索すれば、カフカは、日記を含む全てのテクストを通して、„hinab“ を延べ百三十四回、„herab“ を延べ百三十六回も用いていることが分かる。だが、これらの接頭辞は決して均等な頻度でテクストに現れるわけではない。上の表は、この二種類の接頭辞がもっとも登場する上位四つのテクストとその合計数、更に、その一頁当たりの数を示したものである。[29]

この表から分かるように、接頭辞 „herab“ は、『ある犬の研究』で高い頻度で用いられており、接頭辞 „hinab“ は、『巣穴』で高い頻度で使用されている。『ある犬の研究』が書かれたのが一九二二年であり、『巣穴』が書かれたのは一九二三年の冬から翌年にかけてである。つまり、両テクストは比較的近い時期に成立しているわけであり、加えて、いずれのテクストも動物を主人公とする未発表の物語であるという共通点を持つ。カフカが手紙に「暗黒の諸力への下降（Hinabgehen）」と記したのも、やはり一九二二年である。従って、一九二二年から一九二三年にかけて書かれたテクストに、接頭辞„herab“と„hinab“が集中していることになる。これは、カフカがこの時期にそれらの接頭辞を意識的に用いていた可能性を示唆している。

　最後に取り上げるのは、一九二三年六月一二日の日記である。先に述べたように、これは現存するカフカの日記の最後の記述である。

> 執筆の最中の不安が次第に高まっていく。それは理解できる。言葉のどれもが、精霊の手の中で向きを変え――この手の振り方は特徴的な動きだ――投げ槍となり、話者へと向かって来る。こうした言葉は特にそうだ。そして無限に続く。慰めとなるのは、お前が望もうが望むまいがそれは起こるというただそれだけだろう。そしてお前が望むことは、ほとんど僅かしか助けにならない。慰め以上となること、それは、お前も武器を持っている。（T, 926）

執筆が、言葉を「武器」として互いに投げつけ合う戦いとして描かれた点において、これは、それまでのいかなる記述とも異なっている。精霊は、話者が精霊に向けて投げつけた言葉を掴み取り、それを「手の中で向きを変えて」、話者に向け再び「投げ槍」として投げ返す。[30] たとえどれほど優れた言葉を投げつけても、それは精霊によって再び投げ返されてしまいそうである。

　それにしても、この「執筆の最中の不安」は、『判決』以前のカフカの日記を思い起こさせるものがある。例えば、一九一一年一二月一六（一七）日の日記には、「書くことへのそうした不安は、決まって、こうした形を取って現れる。すなわち、僕は時々机に向かわずに書くべき導入の文章を考え出すのだが、その導入の文は直ちに使えず、干からびて、結語まで遠く及ばずに中断しているのが明らかになり、更に、その突き出た幾つもの破損個所によって暗鬱とした前途を示しているという形で」と記されていた。更に、その破損個所に埋め込む言葉を探し出す作業を、カフカは、穴から出現する現象の山をかき分ける男に喩えてもいた。恐らく、言葉を投げつけ合う話者と精霊の戦いは、現象をかき分ける男の比喩と同じように、執筆に臨みながら欠けた文章を繕っていく作業を示していると思われる。

　最晩年のカフカは、十二年という年月を経て、〝書くこと〟をめぐる『判決』以前の課題に回帰しているということなのだろうか。もっとも、晩年のカフカは、かつてのカフカとは異なる。確かに、一九二三年の日記でも、相変わらず書くことの無力感や徒労感が記されている――「慰めとなるのは、お前が望もうが望むまいがそれは起こるというただそれだけだろう。そしてお前が望むことは、ほとんど僅かしか助けにならない」。だが、否定的で消極的な言葉が多く並んでいるわりには、絶望感は伝わってこない。それは恐らく、「慰め以上となること、それは、お前も武器を持っている」という、どこか不敵な自信とも受け取れるような記述によって締め括られているからである。冒頭において「執筆の最中の不安が次第に高まっていく」と述べられてはいる。だが、その表層的な弱々しさとは裏腹に、もはやちょっとやそっとではたじろがない、歴戦の古参兵のような粘り強さが感じられるのである。

創作姿勢の二度目の転機？

　カフカはかつて、前もって構想しておいた文章は、いざ執筆という段になるとまるで魅力を失っていると記していた。その原因は、文章構想の際の高揚と充溢が余りに大きいために、的確な言葉を選択できないということにあった。しかし、カフカが嘆いているのは、むしろ、その大きな充溢をテクストに反映できないということにあったはずである。その意味で、『判決』は確かに転機であった。「水の中を前に進むように物語が僕の前に展開していく」とカフカは記したが、それはまるでカフカ自身が流れの中にいて、もはや流れを掴んでくる必要などないかのようである。カフカは、創作に満足したとは滅多に言わない作家である。それだけに、『判決』という執筆体験がいかに特異なものであったかが想像される。

　カフカはまた、ある時期から執筆を空間の奥底で行われる営みとして捉え、そこへ潜航していくようなイメージを抱いている。それは、創作というものが非常に強度の精神的没入であることを窺わせるが、同時に、そうした「暗黒の諸力への下降」が、カフカにとってある種の快楽でもあったということは重要である。カフカは、快楽を求めて下降し、執筆にのめり込んでゆく。しかし、最晩年の日記で、『判決』以前の日記に記されたような問題が、再び顕現化していることを見過ごしてはならない。精霊との戦いとして描かれた執筆には、「暗黒の諸力への下降」のような退廃的な雰囲気はもはや漂っていない。一体、『判決』によって大きく変わったカフカの創作姿勢に、また新たな転機が訪れたということなのだろうか。だとすれば、その第二の転機もやはりカフカの創作に何らかの痕跡を残しているはずである。

註

（1）この表現はブロートが既にカフカの伝記の中で用いている。Brod（1980b）を参照。もっともどこまでを「ブレイク・スルー」に含めるのかは、研究者によって判断が異なる。『変身』も含める考えもあれば（Politzer（1978）, S. 81–129）、『判決』以来の執筆の勢いが途切れる一九一三年三月までの時期を「ブレイク・スルー」として捉える見方もある（Engel（2010a）, S.86）。

（2）ゲオルク・ギュンターマンは、一一月一五日の日記にテクストを書き始める際の困難さが述べられていると判断している。Guntermann（1991）, S. 177ff. を参照。確かにこれより後の日記でカフカはそうした問題について記しているが、この日の日記で問題化されているのは、専ら構想時の課題であるように思われる。

（3）ゲルハルト・クルツは、この日記の〝注ぎ出す〟を一九一一年一一月一五日の日記の〝流れ〟の変奏と捉えているが、両者は別物である。「流れ」は、構想の際の充溢であり、「注ぐ」は、執筆することの根源的な内的欲求を表している。Kurz（1980）, S. 9 を参照。

（4）Henel（1973）, S. 425 を参照。

（5）こうした解釈はヴァルター・ゾーケルを参考にした。Sokel（1983）, S. 68ff. を参照。

（6）ランボー（1996）、四六六－四六七頁を参照。

（7）ランボー（1996）、一九二－一九三頁。訳者宇佐美斉氏の註も参照した。

（8）Genette（1994）, S. 134 f. を参照。

（9）HKA Oktavheft 3, S. 66f. を参照。

（10）BB, 76 を参照。

（11）Nicolai（1991）, S.42 を参照。

（12）Briefe 1900–1912, 225 を参照。

（13）Engel（2010d）, S. 175 を参照。

（14）Glinski（2004）, S. 131 を参照。

（15）Beißner（1952）, S. 28 を参照。

（16）Kobs（1970）, S. 28ff. を参照。

（17）Kobs（1970）, S. 39 を参照。

（18）ヴァーゲンバッハ（[1958], 1969）、一九四頁を参照。

（19）Holitscher（1912）, S. 43 を参照。

（20）Binder（1982）, S. 69 並びに Br. 519 を参照。

（21）ホリチャーの旅行記が『機関助士』／『失踪者』に与えた影響については、次のような研究がある。Jahn（1965）, S. 144–150 ;Rüsing（1987）;Fingerhut（1989）等。だが、これらの研究には、船の接岸に関する記述は見当たらない。

（22）D App, 125 を参照。

（23）D App, 120 に掲載の複写を参照。

（24）Holitscher（1912）, S. 37 f. を参照。

（25）T App, 231 を参照。また、HKA Quartheft 2, 196, 199 も参照。

（26）改稿の経緯等については D App, 272f. を参照。

（27）ブランショ（2013）、一〇六頁を参照。

（28）ブランショ（2013）、一〇七頁を参照。

（29）各テクストのページ数は、批判版全集をもとに次のように数えた。『城』四八九頁、『失踪者』四〇八頁、『審判』三四九頁、「一九二〇年の原稿群」一四一頁、『ある犬の研究』六〇頁、『巣穴』五七頁。

（30）ヴァルデマー・フロムが述べるように、もはや執筆しているのは話者なのか精霊なのか区別がつかない。Fromm（1998）, S. 33 を参照。

Ⅲ　出口のない〝流れ〟

「隠れた大河が、地上の（地中の？）河と、……出逢う、……その光景、……（大洪水だな、……）あるいは隠れた家が、……丈高い壁から、家から、門から、建物から、（そしてエレベーターから、……）、（ホテルから、……）、出て行く」。吉増剛造の『螺旋歌』の一節は、カフカの主人公たちがしばしば、建物から、階段を下りて門を通り抜けて外に出ていくことに気づかせてくれる。だが、それは晩年のテクストに至るまで際限なく繰り返されるわけではなく、一般にカフカ中期とも言われる、『判決』から一九一七年頃のテクストまでに集中している。[1]一九一七年といえば、後に作品集『田舎医者』に収録されるテクストの多くが書かれた時期である。この時期の創作テクストの特徴を挙げれば色々とあるだろうが、〝階段を下りて出ていく〟、もしくは〝階段を上っていく〟というモチーフもその一つであり、それを手掛かりに、この時期の主題を捉え直すことも可能である。それにより、ブレイク・スルーと言われる『判決』の、実作に即した意義が見えてくるだろう。

1　朝の交通に遅れた者たち　——『失踪者』と『変身』——

先述のように、長編『失踪者』は、一九一一年一一月までに完成した範囲に限れば、第一章「機関助士」、第二章「おじ」、第三章「ニューヨーク郊外の別荘」、第四章「ラムゼスへの行進」、第五章「ホテル・オクシデンタル」、第六章「ロビンソン事件」というふうに章分けされている。カフカは、『機関助士』以来休むことなく長編の執筆を続けてきたが、第六章の「ロビンソン事件」を完成した後に、一旦長編を中断して『変身』を書いている。『変身』は一二月に完成し、それからカフカは『失踪者』の執筆に戻ったが、一九一三年一月に再び中断している。[2] この頃までに、カールがブルネルダからクッキーを受け取る場面まで書かれたようである。カフカは、一九一四年にも新たに二つの断片――「ブルネルダの旅立ち」とオクラハマ大劇場をめぐる断片――を書いたが、『失踪者』はそこで完全に頓挫した。[3]

カフカは、『変身』を書くために『失踪者』を中断したわけだが、それがどの箇所なのかは、はっきりとは分かっていない。いま、第一章「機関助士」から第六章「ロビンソン事件」までをV1、第六章の直後からカールがクッキーを受け取るまでをV2と記すならば、中断した個所は、V2が始まって比較的すぐのどこかにあるはずである。批判版全集の編纂者は、「門に現場監督が現れ、両手をたたいて、運搬員たちに仕事に戻るように合図した」(V, 283)からカフカは長編を再開したと考えている。果たして、現場監督の合図は作者自身にも向けられた洒落だったのだろうか。[4] いずれにせよ、いまはごく大雑把に考えて、V1とV2の間で『変身』が書かれたと見なして差し支えはないだろう。実際、V1とV2は同じ一つの長編でありながら主題に関して対照的な構造となっている一方、V1と『変身』には連続性が認められる。

“注ぎ出す”ロビンソン

一九一二年一一月一八日の手紙でカフカは、フェリーツェにこう記していた。「ちょうど昨日の物語を前にして坐っていました。明らかにあらゆる慰めのなさに刺激されて、自分を物語の中に注いでしまうという途方もない欲求を抱きながら」。この「昨日の物語」が『変身』であることは先に述べた通りである。カフカは、その年の一月上旬の日記でも、「例えば一昨日は自分の全てを丸ごと一緒くたにして自分自身を執筆の中に注ぎ出せたらと思ったわけだが、いま、かなり長い間自分の指を見つめていた」と書いていた。カフカは更に、一一月二三日の手紙でもフェリーツェに「ところで、僕がいつもこんなに悲しげにしているなんて思わないでほしい。（……）日曜にもし時間と余力があるならば、それについて僕は君の前に順序立てて注ぎだしてみせるつもりだ」と述べている。

一九一二年の日記や手紙では、〝注ぎ出す〟（ergießen あるいは ausgießen）という表現が散見されるが、この語は必ずしも他の時期でも多用されているわけではない。実際、ergießen という動詞とその派生語は、創作テクストでは四回しか使われておらず、しかも、その内の三回は『失踪者』（V1）と『変身』に集中している。[5] もっとも、ロビンソンがビールを喉に流し込む（Erguß）モチーフ（V, 161f.）も、横倒しになったポットからコーヒーが流れ出る（sich ergießen）モチーフ（『変身』、D. 139）も、今は余り重要ではない。注目すべきなのは、それよりも〝自分自身を注ぎ出す〟という行為をある意味で文字通りに行っている登場人物の存在である。

『失踪者』の第六章「ロビンソン事件」は、ホテル・オクシデンタルでエレベーター・ボーイとして働いているカールのところに泥酔したロビンソンが突然に現れる事件を主題としている。

> 両手で彼［カール］はロビンソンを手摺に引きずっていった。そしてロビンソンの口からは、もう深みに向かって流れ出た（ergoß sich aus Robinsons Mund in die Tiefe）。（V, 212）

ロビンソンはこのとき階段の吹き抜けから階下に嘔吐しているわけだが、使われている動詞が〝吐く〟を表す

„erbrechen“ではなく、〝注ぐ〟あるいは〝放出する〟を意味する„ergießen“であるという点に特徴がある。この動詞一つの違いによって、モチーフはだいぶ異なった印象を与える。もしここでergießenではなくerbrechen（吐く）が使われていれば、*brechen*の力強い響きと共に胃の発作的な作用が強く喚起され、ロビンソンが大きな音をたてて吐いている光景がありありと描かれたであろう。例えば、『判決』の数日前の日記には、がちょうの生の血の混じったコーヒーを飲んでしまった少年たちが、それを一滴残らず吐き出す（erbrechen）というモチーフが描かれている（T, 441）。しかし、ロビンソンの場合、„ergießen“という相対的に柔らかな音の動詞が使われているために、静かに、口の中から液体が流れ出る光景が想像される[6]。

加えて、もう一つ目に留まるのが、「深みに向かって」（in die Tiefe）という表現である。実際には、階段の下にあるのは地下の食糧庫である。だが、「深み」という言葉からは、まるで得体のしれない深淵がのぞいているような印象が持たれる。ここで思い起こされるのは、一九一一年一二月八日のカフカの日記である。

> 僕はいま、既に午後から、僕の全ての不安な状態を僕自身の中から外に書き出してしまいたいという大きな欲求を抱いている。それも、こうした状態が奥深くから来るのと同様に、紙の奥深くへと入れたいのだ。

「注ぐ」という動詞こそ使われていないが、作者の内面の奥深くから湧き起こってくるものを「紙の奥深くへ」（„in die Tiefe des Papiers hinein“）入れるというモチーフは、物語世界のそれと大きくは違わない。

確かに、嘔吐というモチーフに作者の創作への内的欲求が重ね合わされていると想像するのは、美しい話ではない。だが、ロビンソンという登場人物に与えられた役割に目を向ける必要がある。泥酔してやって来たロビンソンはホテルで騒動を引き起こし、カールはその責任を問われる。とりわけ、ロビンソンが嘔吐した先には食糧庫があり、その床が汚物で汚れているのが発見されたことから、カールは、無断でロビンソンを食糧庫で飲食をさせたという濡れ衣を着せられてしまう。これが決定的となって、カールはホテルを解雇される。もっとも、それはカールにとって必ずしも災いとばかりは言えなかった。当初の期待に反し、エレベーター・ボーイの仕事は、決してよりよい仕事へのステップではなかったからである。仕事仲間の少年たちの多くは、将来を考えず、その日の満足だけを求めて暮らしている。その意味では、ロビンソンは、先行きの見えない仕事からカールを解放したとも言えるわけである。興味深いことに、解雇されてからカールとロビンソンの関係には変化が生じている。以前はお互いに敬称 „Sie“ で呼び合っていた二人は、これ以降、親称 „Du“ で呼び合い、二人の間の距離はむしろ縮まっている。こうした点を踏まえれば、ロスマン（Roßmann）とロビンソン（Robinson）の名前の類似——共にRから始まり、-mann（男）と -son（息子）で終わる——は、意図的な設定であった可能性が高い。

　しかし、拘束から解放されて前へ進み始めたのはカールだけだろうか。これによって、物語もまた、再び先へと進み始めたのではないか。改めて『失踪者』の最初の六章を振り返ると、そこには、全体を律する一つのリズムが存在することに気づかされる。しばしば指摘されるように、『失踪者』（V1）は、良く似た二つの筋から構成されている。[7] ヴォルフガンク・ヤーンは、この六つの章を「移行－新たな状態－争い」という主題の繰り返しと捉えているが、それは正しい。[8] 実際、「機関助士」、「おじ」、「ニューヨーク郊外の別荘」という最初の三章は、それぞれ、古い世界から新しい世界への「移行」、「新たな状態」、そして「争い」として位置づけられる。同様に、「ラムゼスへの行進」、「ホテル・オクシデンタル」、「ロビンソン事件」という次の三章も、「移行－新たな状態－争い」の第二周期と見なすことができるだろう。

この二つの周期的な主題群は、もう少し詳しく見ると、次のようになる。

主題1（『失踪者』第二章・第三章）

（1）カールはおじの援助の元、秩序だった生活を送っている。
（2）カールはポルンダー氏の招待を受け、郊外の別荘へ行く。
（3）そのことが原因でカールはおじの援助を失い、別荘を立ち去る。

主題2（『失踪者』第五章・第六章）

（1）カールはホテル・オクシデンタルで熱心に働いている。
（2）酔っ払ったロビンソンがホテルにやって来て、騒動を引き起こす。
（3）そのことが原因でカールは職を失い、ホテルを立ち去る。

こうして見比べると、ロビンソンの闖入は、物語を進展させるための基本的要素として組み込まれているのが分かる。その限りでは、ロビンソンの嘔吐（sich ergießen）は、物語を進展させようとする作者の意欲の発露でもある。

『判決』の変奏 ――『失踪者』、『変身』、『皇帝の使者』――

前述の主題群からも分かるように、アメリカにやって来たカールは、二度も共同体から追放されている。マンフレッド・エンゲルは、この周期的な主題群を「（1）共同体への受入れ（及びその規則への適応）、（2）規範への抵触（しかし、それは本当に真剣に受け止めるべき出来事としては現れない）、（3）共同体からの追放」と表記したが、実際、『失踪者』

で描かれた世界には、傍から見たら理解できないような規則が存在する。[9] カールは、勤務中にほんのわずかの間持ち場を離れただけでホテルを解雇される。だが、ニューヨークのおじに課された規律に比べれば、これはまだ一定の理解を得られるかもしれない。カールは、朝の七時から英語の個人授業を受けていたが、そこへ、億万長者の放蕩息子と朝の五時半から乗馬をするという新たな日課が加わる――しかし、この放蕩はなんとストイックだろう！　カールがおじから絶縁されたのは、外泊によって生活の規律を乱したためであるが、結局のところ、カールが乱してしまったのはこの早朝の日課である。

　カールが抵触してしまった規範というのは、作者自身の内的規範でもある。早朝はカフカにとって特権的な時刻であるが、それは夜の一〇時から朝の六時までに一気に書き上げたという『判決』の執筆体験と無関係ではない。カールの二度の追放は、モチーフとしては、建物から追い出されるという形で描かれているが、そこには『判決』の最終シークエンスの類似が見て取れる。

『判決』において、父から死刑判決を受けたゲオルクは部屋から飛び出し、橋から飛び降りた。

> 「（……）お前に溺死刑を宣告する！」
> ゲオルクは部屋から駆り立てられるのを感じた。（……）階段をまるで斜めの平面のようにすっ飛び、夜が明けて部屋の掃除に階段を上がろうとしていた女中を急襲した。（……）門から飛び出し、車道を越えて川へと駆り立てられた。彼はもう欄干を、飢えた者が食べ物を掴むように、しっかりと掴んだ。体操選手のようにひらりと飛び越えた。（……）小さな声で彼は言った。「お父さん、お母さん、僕はそれでもいつもあなたたちを愛していました」。そして、下に落ちるにまかせた。

M1	**ベッド**	父	「お前を溺死刑に処す！」父はゲオルクに対して死刑を宣告する
M2	**階段**	ゲオルク	階段をまるで斜面の上のようにすっ飛んでいく
M3	**門**		門から外に飛び出す
M4	橋		欄干をひらりと飛び越える
M5	水		川へと落ちるに任せる

　この瞬間、橋の上をまさに無限の交通が始まった。

このシークエンスの主要なモチーフを書き出すと上のようになる。この一連のシークエンスには、ベッド、階段、門というアトリビュートが備わっている。更に、このシークエンスに一つの主題を与えるとすれば、次のように表せるだろう。

主題3（『判決』）

父がゲオルクに死刑判決を下す。それに従うため、ゲオルクは直ちに家を立ち去る。

この主題をより抽象化すると次のようになる。

主題4

人物2が人物1に命令（x）を与える。その命令に従うため、人物1は直ちに建物を立ち去る。

主題4は、カールが建物から追い出される二つのシークエンスを取り込むことができる。

　カールは最初に、次のようにして別荘から追い出される。

　カールは鋭い目でグリーンを睨んだ。そして、グリーンの中で、正体がばれたことを恥ずかしく思う気持ちと企てが成功したことの喜びとが競い合って

Ⅲ　出口のない“流れ”

M1	ベッド（Ø）	グリーン	「話はこれでおしまいだ！」グリーンはカールを小さなドアから外に押し出す
M2	**階段**	カール	階段を下に向かって降りていく
M3	門（Ø）		

> いるのがよく分かった。ようやくグリーンは気を引き締めて、さっきからずっと沈黙していたカールにあたかも話を遮るかのような調子で言った。「話はこれでおしまいだ！」そして、トランクと傘を再び手に取ったカールを、小さなドアを開けてそこから外に押し出した。
>
> カールは外でびっくりして立ちつくした。建物に取り付けられた欄干のない階段が彼の前を下に向かって伸びていた。彼はただ下に降りて、州道に通じる並木道に向かって少し右に曲がればよかった。（V, 127）

このシークエンスは、主題４に基づいて次のように表せる。

グリーンはカールに家から出て行くように命じる。この命令に従うため、カールは直ちに家を立ち去る。

グリーンは、確かに口頭でカールに家から出て行くように命令したわけではないが、その振る舞いには十分に命令としての強制力が備わっている。このシークエンスはまた、上のように分解できる。ここには、確かにベッドと門という二つの重要なアトリビュートが欠けてはいるが、階段は備わっている。

階段の上でカールが目にした光景は、この長編に漂う特有の淡白で非情な叙情性によって包まれている。この別荘の建物は、内部で道に迷ってしまうほど複雑な造りをしているが、この外階段の下には屋敷の外へと通じるほとんど一直線ともいうべき道が伸びており、もはや必要最小限以上に別荘の敷地に留まる余地は残されていないかのようである。ある評者はそれを「カールの敗北と絶望がこの形象の中に込められている」と述べる。[10]

カールは、ホテルでも追い出されるが、このときは少し状況が異なる。

「十五秒以内に君が正門を通り過ぎるのを私はすぐ横から見させてもらうぞ、いいな」。

カールは正門でごたごたが起きるのを避けるために、できる限り急いだ。しかし、あらゆることで彼が望んでいたよりも時間がかかった。まず、ベスがすぐに見つからなかった上に、今は朝食の時間帯で、人でごった返していた。その上に、少年の一人がカールのズボンを借りていたことが分かり、カールは、自分のズボンを見つけるまでにほとんど全てのベッドの脇の洋服掛けを探さなければならなかった。そのため、カールが正門に着いたときには、ゆうに五分は過ぎていた。ちょうどカールの前を、四人の男性に囲まれた一人の女性が歩いていた。彼らは、用意された一台の大きな車に乗ろうとしており、そのドアを制服姿の使用人が開けて待っていた。彼は空いている左手を水平にぴしっと伸ばし、極めて儀式ばっていた。カールは、徒にも、この上流社会の人たちの後ろから気づかれずに外に出られるのを願っていた。しかし、もう既に門衛長がカールの腕を掴み、失礼を乞いながら、カールを二人の男性の間から自分の方へと引っ張った。「十五秒のはずだったぞ」と彼は言い、カールを横から、まるで進みの遅い時計を眺めるような眼で見た。(V, 253f.)

まず、主題４に基づいて次のような主題が取り出せるだろう。

門衛長は、カールに十五秒以内にホテルから出て行くように命じる。この命令に従うため、カールは直ちに

M1	ベッド（Ø）	門衛長	カールに十五秒以内にホテルから出て行くように命じる
M2		群衆	カールの行く手を阻む
M3	階段（Ø）		
M4	**門**	カール	門を通り過ぎようとしたところを門衛長に捕まる

事務所を立ち去る。

このシークエンスは、上のように分解できる。ここにはベッドと階段が欠けているが、門は備わっている。更に、命令を受けた主人公が全力で門に向って走るという状況は、『判決』にごく近いと言ってよいだろう。

同時に、ここには『判決』との違いも潜んでいる。『判決』では、ゲオルクは門まで一気に走り抜けた。あるいは、ゲオルクは十五秒以内に門から外に飛び出しているのではないかという印象すら受ける。ところが、カールは、門に辿り着くまでの間に様々な妨害に直面する。しかも、門への道のりは人だかりで溢れ返っており、これもカールの行動を妨げる一因となっている。この差異については、少し丁寧に考察する必要がある。『判決』では、ゲオルクが橋から飛び降りた直後に、「橋の上をまさに無限の交通が」始まった。それはまるで、ゲオルクが川へ飛び降りた瞬間、それまで無人であった路上が一気に人と車で溢れ返ったかのような印象を与える。それに対して『失踪者』では、カールが門に向かって走り始めた時点で既に人が溢れている。

両者の違いを引き起こす要因として、時刻に注目せねばならない。カールの仕事は一回十二時間勤務であり、勤務が明けるのは夕方の六時か朝の六時であることが記されている。ロビンソンが現れた日、カールは夕方六時から朝の六時までの夜勤の最中であった。カールは、泥酔したロビンソンを自分のベッドに寝かしつけるために、一時的に自分の持ち場を離れようとするが、そのとき次のように考えている。

四時から五時の間が一番静かな時間だ。そしてカールは、いまロビンソンを片付けなかったら、朝の薄明と始まりゆく日中の交通の中ではそれについてまったく考える余裕すらないことをよく分かっていた。(V, 216f.)

ここから、午前五時から六時までが、「朝の薄明と始まりゆく日中の交通」で最も多忙な時間帯であることが読み取れる。当然、ここで思い起こされるのは、朝の六時に『判決』を書き終えたというカフカの日記の記述である。そこから、朝の六時にゲオルクが門を駆け抜け、その直後に「無限の交通」が始まるという、作者自身の現実世界と物語世界とが一体化した架空世界を想像することも可能なわけである。それに対して『失踪者』では、カールが事務所を出る直前、ホテル中の時計が鳴り響き、朝の六時半を告げている。いま、カールが直面しているのは、朝の六時に間に合わなかったために、既に始まってしまった交通の流れに巻き込まれ、ゆく手を阻まれるという、新たな事態である。

これがカフカの創作の新たな局面であることは、『機関助士』を振り返れば明らかである。確かに、『機関助士』にも多くの『判決』との類似点が認められた。だが、カールは誰かの命令によって船から追い出されたわけではなかった。カフカは、『失踪者』の執筆を続けていく中で、次第に『判決』の執筆体験を振り返るようになったということだろうか。

『変身』の執筆に取り組んでいた頃、カフカは、フェリーツェに次のように記していた。「ところで今日は僕の小さな物語を昨日ほどは書きませんでした（……）このいまいましいクラツァウ出張のために、一日かあるいは二日さえも置いておかなければなりません。（……）こういう物語は最大でも一度の休憩を挟んで十時間を二回繰り返す間に書き上げなければならないのでしょう」。カフカにとって、十時間休まずに執筆を続けるというのは創作の理想であった。ホテルの勤務が朝の六時まで十二時間続くのは、当時の労働環境を反映したものであるにせよ、偶然ではないだろう。もちろん、現実は理想と異なる。カフカは、「十時間を二回なんて確保できない。そこで、可能となる最良な方法だけを試みなければなりません」と語る。だが、カフカは物語の主人公に対しては一切容赦しない。カールは、早朝五時半に始まる乗馬という日課を中断したかどで、おじから見放された。同様に、カールは、朝の交通が始まる時間にほんの僅かばかり持ち場を離れたために、ホテルを解雇された。『失踪者』の主人公は、早朝という作者にとっての特権的時刻に、果たすべき務めをやり抜くことができなかったために追放されるのである。

営業員であるグレーゴル・ザムザは、その日、朝の五時の列車で出張に出るはずであった。本人はその仕事を厭わしく思っているが、仕事は仕事である。だが、目が覚めたとき、あろうことか時計は既に六時半を回っていた。こうして早朝の務めを怠り、朝の交通を完全に逃してしまったとき、主人公は害虫に変身する。

ただし、『失踪者』との違いは、それが懲罰でもあるのと同時に、主人公による家族への反逆でもあるという点にある。彼はそれまで、父が事業で失敗して作った借金を返済するためにたった一人で苦労して働いていた。息子が一人で家族の生活費を稼ぎ、両親は完全に彼に依存するようになっていた。確かにグレーゴルの変身は、大きな損失を彼にもたらした。彼は、家族や他のあらゆる人たちとの交流を絶たれ、自分の部屋の中だけで暮らしていかなければならなくなった。しかし、変身によって家族から一方的に押しつけられていた借金の返済と家族の扶養から彼は解放されたともいえる。[11] ホテルに押し掛けたロビンソンがカールに災いと解放の両方を同時にもたらしたように、害虫への変身もまた、グレーゴルに災いと解放をもたらした。
その『変身』では、グレーゴルの死後、父は三人の間借り人たちを追い出す。ザムザ家の人々は、家から出ていく間借り人たちを次のように見届ける。

「今すぐこの家から出ていってもらいましょう」とザムザ氏は言い、女性たちを自分のそばから離れさせないまま、ドアを指差した。(……)そうとはっきり分かるように、まったく理由のない不信感から、ザムザ氏は女性二人と共に玄関に出た。三人の男性たちがゆっくりと、しかし確実に長い階段を下に降りていくのを、手すりにもたれながら見た。彼らは、どの階でも吹き抜けのある決まったカーブで姿が見えなくなり、それから再びすぐに姿を見せた。彼らが深くに降りて行くほど、ザムザ家の彼らに対する関心も薄れていった。そして、頭の上に荷籠をのせた肉屋の店員が、彼らと向かい合いに、それから彼らを通り越してこちらに向かって高らかな姿勢で上って来ると、ザムザ氏と女性たちは手すりを離れ、気持ちが楽になったように、部屋の中へと帰っていくのだった。(D, 196ff.)

このシークエンスからもやはり、『判決』に由来する主題が取り出せる。

父は間借り人たちに出て行くように命じる。その命令に従うため、彼らは建物から出ていく。

このシークエンスはまた、次のように分解できるだろう。ロビンソンが嘔吐した階段は、何か深淵を感じさせるものがあったが、ザムザ家の人々が見下ろす階段も異様に長い。これが『判決』の舞台となった建物と同じよ

M1	ベッド（Ø）	父	間借り人に出ていくように命じる
M2	**階段**	間借り人	長い階段を下に降りてゆく
M3	**門**？	ザムザ家	彼らが遠ざかるにつれ、関心も薄れてゆく

うな造りであるとは思えないほどである。[12] もしかすると、ここには、アメリカの巨大ホテルを舞台とする『失踪者』を執筆した作者の経験が生かされているのだろうか。また、このシークエンスでは、門は直接的には描かれていないが、もしかすると備わっているのかもしれない。しばしば肉屋というアトリビュートの由来として指摘されるが、カフカは、一〇月二四日の手紙でフェリーツェに次のように書いていた。「それからそう、家の門の前で肉屋の店員の荷籠にぶつかってしまって、今でも左目の上に木に当たったのを感じています」（Br 1900-1912, 186）。

『判決』から『失踪者』（V1）と『変身』までにカフカが費やした期間は、二ヶ月半程度でしかない。カフカは『判決』のような執筆体験を理想としているが、手紙からも分かるように、その絶対化された〝書くこと〟の理想と現実には埋めがたいギャップがある。しかしカフカにとって、そのギャップ自体が新たな詩的想像世界の手掛かりともなっている。主人公たちには早朝の務めが非人間的なまでに課せられているが、思わぬアクシデントや疲労によって、その務めは妨げられてしまう。それによりカールは追放され、グレーゴルには害虫への変身が待ち受ける。

カフカにとって、『判決』後の新たな想像世界を展開するための素材は、自らの創作体験ばかりではない。『判決』という物語内部のシークエンスもまた、重要な発想の源である。しかも、それは『変身』では終わらない。五年後の一九一七年に書かれた『皇帝の使者』にまでそれは及んでいる。

皇帝が、――という話だが――お前に、（……）まさしくお前に皇帝が死期の迫ったベッドから一人の使者を送った。皇帝は使者にひざまずかせ、耳元で言伝をささやいた。皇帝にとってその言伝は非常に重要だったので、使者に耳元で復唱させた。皇帝は頷いて、使者が言ったことが合っているのを確認した。そして、皇帝の崩御の傍観者たち――妨げとなる壁は全て取り壊され、広く高く弧を描いた階段の上には、帝国の要人たちが立っていた――を前にして皇帝は使者との用を済ませた。使者はただちに出発した。はつらつとした、疲れを知らぬ男だった。あるときは一方の腕を、またあるときは他方の腕を前に伸ばして、群衆をかき分けた。抵抗にあうと、太陽の徽章のついた胸を指し示した。他の人にはできないような容易さで、彼は前に進んだ。しかし、群衆は非常におびただしい。彼らの住居は果てしない。広い草原が開けたならば使者は飛んでいき、間もなくしてお前は使者が家のドアをノックする素晴らしい音を聞くだろう。しかし、そうはならず、彼は徒に苦労していることだろう。いまだに彼は一番内側の宮殿の居間を突っ切っているところであり、決して彼はそれを乗り切れないだろう。できたとしても、それは何の成功にもならないだろう。彼は階段を苦戦して降りなければならない。それができたとしても、何の成功にもならないだろう。というのも、中庭を通り抜けなければならないからだ。そして中庭の後には、二の丸の宮殿、そして再び階段と中庭、そして再び宮殿、そんなふうに幾千年もの間続く。そして最後に、彼は最も外側の門から外に飛び出したとしても、――だが、決して、決してそうはならないだろうが――彼の前にようやく首都の街が、世界の中心が、待ち受けているからだ。その沈殿物をうず高く積み上げて。（D, 280ff.）

M1	**ベッド**	皇帝	「お前」への言伝を使者にささやく
M2		群衆	使者の行く手を阻む
M3	**階段**	使者	階段を下りてゆく
	（宮殿、**階段**、中庭）$_1$		
	（宮殿、**階段**、中庭）$_2$		
	⋮		
	（宮殿、**階段**、中庭）$_n$	（$n \to \infty$）	
M4	**門**	使者	門には辿り着けない

このテクストは、これまでと同様、次のような主題でまとめることができるだろう。

皇帝は〝お前〟へ伝言を届けるように使者に命じる。その命令に従うため、使者は直ちに宮殿を立ち去る。

そして、このシークエンスは、上のように分解することができる。『判決』を構成するベッド、階段、門の三つのアトリビュートが全てここに揃っている。その点において、『皇帝の使者』は『判決』の形式を完全に踏襲した変奏であると言える。加えて、『失踪者』のホテルのシークエンスと同じように、ここにも群衆が、使者の行く手を阻む存在として登場している。更に、これが『皇帝の使者』の最大の特徴でもあるが、使者の前には宮殿、階段、中庭で一組となる空間が繰り返し何度も現れ、それが「何千年も」続く。その結果、使者は永遠に門に辿り着くことはできない。この永遠の繰り返しという新たな展開が、一九一二年当時とは大きく異なる独自の物語世界を可能にしている。

『判決』から五年という歳月は、『皇帝の使者』に多くの変化をもたらしている。『判決』にしろ『失踪者』にしろ、主人公たちは共同体を追放されたのであった。門には領域と領域の境目としての象徴的な意味合いがあるが、その門を通り抜けることで、ゲオルクは家庭という市民生活の領域の外に、カールは、ある意味において雇用関係によって成り立つ労働市場そのものの埒外に追放された。いずれにおいても、人物2が与えた命令は懲罰である。早朝という作者にとって極めて特権的な時刻に課されていた務めを十全に果たさなかった、あるいは放棄しようとしたという限りにおいて、カールには確かにある意味で罪がある。『変身』の場合、父が間借り人たちに与えた命令は、懲罰ではないかもしれない。だが、父は失われた家長としての権威を回復するためには、家庭という領域に踏み込んで我が物顔で食事をしていた間借り人たちは、何としても追放されねばならなかった。父の下した命令は、家庭の領域回復、ドゥルーズ＝ガタリ流に言えば、再オイディプス化のためのものである[13]。

ところが、『皇帝の使者』の場合、使者は門の外に追放されるどころか、そこまで辿り着くことすらできない。しかも、それは一見したところ、懲罰とも異なる。カフカの創作は明らかに新たな段階に到達しているが、その経緯を知るためには、一九一二年から一九一七年までの創作に目を向ける必要がある。この間に、カフカは二番目の長編『審判』に取り組んでいる。

2　階段を上り続ける者たち ——『審判』と『狩人グラックス』——

「誰かがヨーゼフ・K.を中傷したに違いなかった。というのも、彼は何一つ悪いことをしていないにもかかわらず、ある朝逮捕されたからである」(P.7)。『失踪者』の主人公は追放され続けていたが、『審判』の主人公は、こうして捕えられるところから始まる。マンフレッド・エンゲルによれば、この長編の解釈は、主として伝記的・心理分析的解釈、社会史的解釈、脱構築的解釈、宗教的・実存主義的解釈、ユダヤ的解釈の五つに分類できるという。[14] 改めて振り返ると、第二次世界大戦後にカフカが〝再発見〟された際に有力だった宗教的・実存主義的解釈や、匿名化された主人公と罪状不明の裁判に二〇世紀の全体主義の予兆を見た社会史的解釈は、その是非はともかく、どこか過去のものとなった観がある。他方で、カフカの創作過程の研究が進むにつれ、テクストを作者個人の問題と結びつけた〝小さな解釈〟が増えていったのは確かである。

　カフカは、一九一四年六月にフェリーツェと正式に婚約したが、七月一二日にそれを破棄している。婚約破棄の告知は、ベルリンのホテル〈アスカーニッシャー・ホーフ〉で行われたが、そのときの模様を、カフカは後に「ホテルの法廷」（T, 658）と日記に記している。しばしば指摘されるように、ホーフ（Hof）というドイツ語はホテルの他にも宮廷等を表し、ゲリヒツ・ホーフ（Gerichtshof）と記せば、それは法廷を意味する。告知の場には、グレーテ・ブロッホというフェリーツェの友人も同席していたが、カフカは彼女に宛てた一〇月一五日の手紙でも、「あなたはアスカーニッシャー・ホーフで裁判官のように坐っていました」（Br 1914-1917, 105）と記している。

　カフカの『審判』の執筆は、婚約破棄から日も浅い一九一四年八月初頭に始まり、一九一五年一月二〇日頃まで続いた。[15] この間に『流刑地にて』も書かれたが、長編自体は『失踪者』と同じように、やはり未完成に終わっている。カフカが再び旺盛な創作欲を見せるようになるのは、一九一六年の秋頃からである。この時期、カフカはそれまで好んで用いた四つ折り判ノートよりも小型の八つ折り判ノートを使用している。現在まで伝わっている八つ折り判ノートは十二冊あるが、その内の八冊が創作ノートして使われている。批判版全集では、その八冊のノートに、推測される成立順序に従ってAからHまでの記号が割り振られている。目を見張るのはその中でもとりわけ、八つ折り判ノートB、C、Dである。この三冊のノートには、いわゆる『狩人グラックス』の断片群に加えて、『新人弁護士』、『ジャッカルとアラビア人』、『皇帝の使者』、『一枚の古文書』、『ある学士院への一通の報告書』など、後に作品集『田舎医者』に収録されることになる作品の草稿が残されている。カフカの八つ折り判ノートAの使用が始まったのは一九一六年一一月頃、ノートB、C、Dが使用されたのは一九一七年の始めから一九一七年の四月二二日までの間であると推定されている。[16] そこから、カフカがこの四ヶ月間に非常に生産的な時期を迎えていたことが分かる。

終わりのない裁判と終わりのない長編

『審判』という二つ目の長編に挑むに当たり、カフカは、『失踪者』のときとは創作の仕方を変えてきている。『失踪者』の原稿は、ノートに第一章から順番に書かれているが、『審判』の原稿は、十五個の綴じられていない紙の束とその他の紙片という状態で残されている。例えば、ある原稿の束では、主人公ヨーゼフ・K.が逮捕された一日の様子が描かれているが、別の原稿の束では、それからちょうど一年後にK.が処刑される様子が描かれている。それらの原稿の束をカフカが書いた順番も、物語としての順番も完全には特定しきれていない。かつてのブロート版作品集も批判版全集も、幾つかの原稿群を本文として位置づけ、残りを未完成の断片として処理している。だが、本文と断片とを区別する根拠というのは、実はそれほど明瞭なものではない。[17] 実際のところ、『審判』とは、一様に配列することのできない十五個のテクストが互いに絡み合ってできた物語世界であると見なすほかないのである。

確かに、「終わり」と題されたテクストで描かれているのはK.の処刑である。しかし、それ以外のテクストで描かれているのは、K.の審議が果てしなく続き、判決が延々と遅延されてゆく様子である。裁判は制度的、構造的に無限に続き、物語は、本来迎えるべきはずの結末（処刑）に一向に収斂しない。フランスの哲学者ドゥルーズ＝ガタリは、むしろその無限の引き延ばしにこそ長編の本質を認め、K.の処刑は、フェリーツェとの別れのショックの中で書かれた、「早すぎた、はめこまれた、流産した結末」であると論じた。[18] ドゥルーズ＝ガタリの述べたことは手稿の研究調査からも支持される。カフカは、K.の逮捕の日と処刑の日を執筆初期の段階で書き、それ以外の部分は後から書き足していったと見られている。[19]

恐らく、婚約破棄という作者一身上の出来事がこの長編の成立に影響しているのは否定し難い。実際、ビュルストナー嬢（Fräulein Bürstner）なる、フェリーツェ・バウアーの頭文字を連想させる人物が登場するが、逮捕の日の夜、K.はビュルストナー嬢を襲って無理やりキスをする。だが、このビュルストナー嬢が登場するのは、逮捕の日と処刑の日という、カフカが最初に書いたと思われる二つのテクストだけである。[20] 次第に裁判に深入りしていくK.は、ビュルストナー嬢のことを思い出しはするが、彼女自身は物語にほぼまったく関与していない。むしろ、K.の裁判は、ビュルストナー嬢の不在の中で進行する。そのことは、この長編には、ビュルストナー嬢とは直接関係のない別の問題が主題として潜んでいる可能性を示唆する。

逮捕されたヨーゼフ・K.は、当初、裁判にほとんど関心を示していなかったが、ある時期を境に自ら深入りしていく。そして、本来ならば弁護士の仕事である請願書の作成に、それが裁判ではほとんど何の効果もないことを知っているにもかかわらず、自ら取り組み始める。

> もし彼が職場で請願書を書く時間を取れなかったのであれば、それは恐らくそうだったのだが、そしたら彼はそれを夜に家でやらなければならなかった。夜ですら十分でなかったならば、そしたら休暇を取らねばならなかった。ただし、道半ばで立ち止まらないこと、これは単に案件であるというばかりでなく、あらゆ

る観点から最も途方もないものでもある。請願書とは、確かにほとんど終わりのない仕事を意味していた。
（P, 170）

銀行員のヨーゼフ・K.と同じように、労災保険協会に勤めるカフカもまた、創作は主に夜間に行った。一九一四年一〇月七日の日記には、「僕は長編を先へと追い立てるために、一週間の休暇を取った」（T, 678）と記されているが、実際、カフカは『審判』の執筆のために二週間の休暇を取得しており、その間に『流刑地にて』が書かれることになる。[21]

請願書を書こうとするヨーゼフ・K.には、長編に取り組む作者自身の姿が重ね合わされているのだろうか。『審判』とは、ヨーゼフ・K.という若くて如才ない銀行員が、裁判に関わっていくうちに次第に疲弊し、出世コースから外れていく物語でもある。カフカ自身もまた、『変身』の執筆に取り組んでいた頃、「この執筆を通じて（……）僕はまったく模範的ではないにせよ、それでも多くの点で有能な役人から（……）僕の上司の恐怖の一つになってしまいました」とフェリーツェに宛てて記していた。K.は、請願書に取り組み始めてから次第に仕事に身が入らなくなっていく。顧客を長いこと廊下に待たせっぱなしにする上に、たとえ応対しても、相手の話をほとんど理解できない。逮捕される以前は、K.は毎晩、法曹関係者たちの社交的な集まりに顔を出していたが、「その建物」と題されたテクストで描かれているK.は、仕事を終えた後は疲労困憊の余りソファで休んでからでなければ退勤もできなくなっている。

だが、K.には、何故自分が逮捕されたのか、自分の行いに何か問題はないのか、反省的に顧みる姿勢が極度に欠ける。その意味では、聖堂での教戒師との出会いが、K.が我が身を振り返る数少ない機会であった。

> 「お前の訴訟がまずい状況にあるということは分かっているか？」と聖職者が訊ねた。「私にもそう思えます」とK.は言った。「私はあらゆる努力を払いましたが、これまでのところ成果がありません。もっとも、請願書はまだ完成していませんが」。「お前はどういう結末を想像しているのか」と聖職者が訊ねた。「以前は、良い終わりを迎えるに違いないと思っていました」とK.は言った。「いまは、それすら時々疑うようになっています。どんなふうに終わるのか、私には分かりません。分かりますか？」「いいや」と聖職者は答えた。「だが、まずい終わりになるのではないかと恐れている。お前は罪があるものと思われている。お前の訴訟は、たぶん下級の裁判所から抜け出ることはまったくないだろう。少なくとも当面は、お前の罪は証明されたものと思われている」。「しかし私は無実です」とK.は答えた。（P. 288f.）

この対話を作者の自己対話として読むことは、そう難しくない。K.の終わりの見えない訴訟は、先行きが芳しくないこの長編そのものでもあり、K.の罪には、フェリーツェに対するカフカの罪が重なる。「お前の罪は証明されたものと思われている」と教戒師は述べる。もっとも、たとえそうだとしても、K.は裁判との関わり方を変えようとはしない。

その意味では、同時期に書かれた『流刑地にて』は、もう一歩踏み込んでいる。死刑囚の背中に十二時間かけて罪状を刻みつけるという処刑装置からは、物語は「十時間を二回繰り返す間に書き上げなければならない」というカフカ自身の発言が思い起こされるだろう。背中に文字を刻み込む処刑装置は、苦痛と快楽とが一体となった〝書くこと〟のグロテスクな形象として捉えられる。[22]

この処刑装置の熱狂的心酔者である将校に、〝書くこと〟に魅せられた作者自身が重なっていると考えることは難しくない。[23] だが、そうだとすれば、〝書くこと〟に熱中する作者自身が、このテクストでは客体化されていることになる。将校が礼賛する処刑装置や死刑制度は旅行者による批判に曝され、しかも将校は、その批判に説得力をもって反論することができない。頑なな将校は、自らが処刑装置の最後の犠牲者となることを選んだわけだが、皮肉にも、多数の死刑囚が迎えてきた恍惚の死を彼自身が得ることは叶わなかった。

『流刑地にて』は、一つの価値観が、それに理解を示さぬ外部の者の眼差しに曝される物語でもある。将校にとって神聖な処刑装置、そして、それが約束する死と引き換えの恍惚は、旅行者にとっては単なる残忍なものに過ぎない。カフカは、『流刑地にて』からおよそ二ヶ月後に断片『村の学校教師』を書いているが、そこでも、巨大モグラを探すという、どこまで意義があるのかよく分からない事業に熱中する学校教師の取り組みが、語り手である商人の視点で冷静に描かれている。結婚して家庭を築くことよりも〝書くこと〟を選んだカフカは、男たちのファナティズムを冷静な観察者を通して描こうとしたとき、己自身を意識せずにはいられなかっただろう。将校に与えられた〝陶酔なき死〟は、フェリーツェとの一件で作者が自らに与えた〝罰〟(Strafe)であり、流刑地(*Strafkolonie*)とは、そうした罰が与えられる土地でもある。

その意味では、『流刑地にて』には、一九二二年七月五日のブロート宛ての手紙に認められるような、〝書くこと〟への批判的な態度が早くも認められるというマーク・アンダーソンの指摘は概ね正しい。[24] だが同時に、カフカが一九一四年一二月八日の日記に、「あらゆる断片的なもの、そして夜の大部分を通して(あるいは完全に夜を通して)執筆されたわけではないものは、価値が劣る」(T, 706) と記していることも忘れてはならない。カフカは、〝書くこと〟を選んだということには負い目を感じているが、その〝書くこと〟への信念を根幹から揺るがすような葛藤は、まだ発生していない。

果てしのない階段の出現

ヨーゼフ・K.の裁判は終わることなく続くが、ここに、『失踪者』や『変身』にはまだ見られなかった無限性という特徴が現れている。それが端的に見て取れるのが、聖職者がヨーゼフ・K.に語る「門番の伝説」である。田舎からやってきた男は、法の門の中に入れてくれるよう門番に頼むが、許可は下りない。男は、門番から許可が得られるまでそこに待つことを決めたが、年月が経過し、生涯を終える間際になって、その門は彼のためだけに設けられていたことを告げられる。ここに、〝辿り着けない門〟という形象が初めて登場する。

『審判』では、門だけではなく、階段を使ったモチーフも効果的に用いられている。階段は、〝降りる〟のと〝上る〟のとでは、表現するところがまったく異なるアトリビュートである。〝階段を降りる〟のは、ある領域を離れることでもある。だからこそ、追放という主題を備えた『判決』、『失踪者』(V1)、『変身』では、階段を降りるモチーフが何度も登場する。それに対して、〝階段を上る〟というモチーフは、ある領域を訪ねてゆくことにつながる。『審判』は、階段を降りるモチーフよりも、階段を上るモチーフの方が印象深いテクストである。ヨーゼフ・K.は、最初の審議を受けるために郊外にある建物の階段を上っていったし、屋根裏にある裁判所事務局を訪ねる際にも、画家ティトレリを訪ねる際にも、長い階段を上っている。それは、K.が得体の知れない訴訟に自ら深入りしていくことを暗示している。

もっとも、カフカは、階段を上るモチーフを『審判』で初めて効果的に用いたわけではない。既に『失踪者』の第六章より後の部分、即ち『失踪者』(V2)にその先駆けが見られる。ホテルを解雇されたカールは、ドラマルシュに連れられて、ブルネルダの部屋を目指してアパートの長い階段を上っている。

> 「もうちょっとだ」とドラマルシュは階段を上りながら何度か言ったが、その予言はなかなか的中しなかった。次から次へと新たな階段が現れ、ちょっとずつ知らぬ間に方向が変わっていた。一度カールは立ち止りさえした。それも疲れからではなく、この階段の長さに対するやり切れなさからであった。
> ついにある階段の踊り場の上で、部屋のドアの前にいるロビンソンが見えた。彼らは到着したのだ。階段はしかし、まだ終わらず、薄暗がりの中を更に続いていた。それがすぐに終わりそうな様子はなかった。
> （V, 288f.）

『失踪者』（V1）と『失踪者』（V2）には対照的な違いが見られる。『失踪者』（V1）では、カールは二度も共同体を追放され、その都度、建物を立ち去った。それとは反対に、『失踪者』（V2）では、カールはドラマルシュとブルネルダの元から逃げ出そうとするのだが、無力にも彼らによって監禁されてしまい、遂には、彼らの一味となる。共同体からの追放（V1）に対する集団による監禁（V2）、階段を降り建物を去るシークエンス（V1）に対する、階段を上り建物へ入っていくシークエンス（V2）。このように、『失踪者』（V2）は『失踪者』（V1）をひっくり返したような構造になっている。更に、ブルネルダのアパートが異様に高く、階段が果てしなく続いている点にも注目すべきだろう。このアパート周辺の風景は、K.の裁判所の周辺の風景ともよく似ているが、裁判所事務局もやはり、延々と続く階段の先にある。

階段に関して言えば、「その建物」と題された『審判』のテクストも忘れてはならない。そこでは、すっかり疲労困憊して自分のオフィスのソファで眠り込んでいるヨーゼフ・K.の姿が描かれている。K.は、検察当局の役人とも接触を試みていること、更に、ティトレリや役人たちと同性愛的関係になっていることなどが示唆されているが、ある意味で、終わりのない裁判が続くこの長編のもう一つの結末でもある。

批判版全集では、テクストはK.が眠りこんだところで終わっているが、本来、手稿には、後からカフカ自身によって抹殺された記述がまだ続いている。[25] 抹殺されたのは、眠り込んだK.の見た夢の内容であるが、その夢の中で、K.はティトレリらしき人物と共に裁判所の事務局の中を彷徨い歩いている。

> すぐさま彼らは裁判所の建物にいた。階段の上を急いだ。しかし、ずっと上に向かってというのではなく、上がったり下がったりで、一切力を消耗することなく、水の上に浮かぶ軽ボートのように軽かった。K.が自分の足［だけ］を観察し、そして、この美しい動き方が彼のこれまでのいやしい人生にはもはや属しえないようだという［認識したと信じた］結論に達した。まさにこのとき、彼の垂れた頭の上の方で変化が起きた。それまで後ろから照らし出していた光が入れ替わって、突然に前からまばゆく溢れ出た。K.は顔を上げた。Tit. が彼に頷いて、彼を後ろ向きにさせた。再びK.は裁判所の建物の廊下にいた。全てが以前よりも静かで、簡素で、（P App, 346）（括弧［　］は編纂者により施されたものである。括弧内の文字は、作者により削除されていることを示す。）

先に述べたように、『審判』では、K.が階段を上るモチーフが頻繁に登場する。K.は階段を上って新たな領域を訪ねていくが、結局、それは裁判の進展に何ら寄与しない。この夢の中でもそれと同じ様に、K.はティトレリと共に新たな領域を求めて階段を上っていくのだが、結局、元の場所に戻ってしまう。

カフカは後に、新たな領域を求めて階段を上り続けるが、結局は元の場所に戻ってしまう人物を改めて創作している。それが狩人グラックスである。狩人グラックスをめぐる断片は、日記や八つ折り判ノートなどに複数残されているが、いま、八つ折り判ノートBに記された、リヴァに辿り着いたグラックスが当地の市長と対話する断片を「グラックス」-Aと名づけることにしよう。グラックスが述べるには、彼はドイツの黒い森で猟をしている最中に事故で死んだが、水葬の際に手違いが生じたために、彼の棺を載せた小舟は天国へと昇ることなく、永久に地上の水の流れの中をさまよい続けているという。その様子を、グラックスは次のように描いてみせる。

> 「それで、あなたはあの世とはまったく関わりがないのですか」と市長は額に皺を寄せながら尋ねた。「俺は」と狩人は答えた。「いつも上へと昇る階段上にいる。無限に広い階段の上を行ったり来たりしているのだ。上に行ったり、下に行ったり、右に行ったり、左に行ったり、いつも動いている。でも、もし大きく上昇して天上の門から光で照らされると、俺は自分の古い、どこかの世俗世界の水の流れに寂寞と漂う小舟の中で目を覚ますのだ」。(NSF I, 309)

先に見た「その建物」とこのテクストの間には、幾つかの表現上の類似が認められる。

K.もグラックスも、階段を上がったり降りたり、ジグザグな動きをしている。「ずっと上に向かってというのではなく、上がったり下がったり」と『審判』では記されているが、「上に行ったり、下に行ったり、右に行ったり、左に行ったり」と『狩人グラックス』でも記されている。しばしば、グラックスの階段は旧約聖書の「ヤコブの夢」とも比較される。「すると、彼は夢を見た。先端が天まで達する階段が地に向かって伸びており、しかも、神の御使いたちが、それを上ったり下ったりしていた」[26]。だが、カフカの場合、階段は一方向にまっすぐ伸びているわけではなく、絶えず小刻みに向きを変えている。その上に、K.は「水に浮かぶ軽ボートのように軽く」階段を上っていったのに対して、グラックスは、文字通りに小舟に乗っている。K.は、前方から光に照らされた後に再び裁判所事務局の廊下に戻っているが、グラックスもまた、天上の門から光に照らされた後、元の「世俗世界の水の流れ」に戻っている。

　このように、『審判』と『狩人グラックス』の形象は互いによく似ているが、他方で相違点も存在する。それが「門」の有無である。K.の夢に門は登場しない。それに対して、狩人グラックスは天国への入り口の門を目指して階段を上るわけだが、門には永久に辿り着けない。〝辿り着けない門〟という点で、ここに『狩人グラックス』と『皇帝の使者』のモチーフの類似もまた見出せる。『皇帝の使者』は、八つ折り判ノートCに書かれている。批判版全集の編纂者の見立て通り、『狩人グラックス』の書かれた八つ折り判ノートBの方が先に成立したのであれば、カフカは、『狩人グラックス』で「階段」と「門」を用いた無限性の表現を学んだ後に『皇帝の使者』を書いたことになる。

　『狩人グラックス』は、『皇帝の使者』と同じ意味での『判決』の変奏ではない。グラックスは、誰かの命令を受けて彷徨っているわけではないからである。だが、『狩人グラックス』にもやはり、『判決』において重要な役割を担っていた「階段」と「門」がアトリビュートとして備わっている。加えて、グラックスが漂流する「世俗世界の水の流れ」（„irgendein〔es〕irdisch〔es〕Gewässer“）という表現にも着目せねばならない。カフカはGewässerという語を用いているが、『判決』の執筆体験について、「まるで僕が水の中を前に進むように物語が僕の前に展開していく」と記した際にも、「水」という語の原語として用いたのは„Gewässer“であった。つまり、『狩人グラックス』では、〝階段を辿って門を目指す〟という『判決』を連想させるモチーフと、その執筆体験を連想させる〝水の中を前に進む〟というモチーフが、一体となって現れている。

だとすれば、『狩人グラックス』は、作者自身の創作に関係する何かを表現したものなのではないか。グラックス（Gracchus）という名前は、カラスを意味するイタリア語のグラッキオ（gracchio）に由来すると考えられている。カフカ（Kafka）という姓もまた、カラスを意味するチェコ語の kavka に由来する。[27]

創造性を喪失した流れ

水というのは、カフカのテクストにおいてそう多用されたイメージではない。確かに、『審判』の夢の描写では、夢の中での歩行感覚が「水（Wasser）に浮かぶ軽ボートのように軽く」と記されていた。だが、これは数少ない水のイメージの一つである。ヴァルター・ゾーケルは、カフカにおける水のイメージとして、『ある闘いの記録』、『田舎医者』、『ある夢』の三つに加えて、まさに『審判』の夢の描写を挙げている。[28]『ある闘いの記録』では「太った男」は川に流され、『田舎医者』でも、医者を乗せた馬車は、馬丁が鞭打った瞬間、「木片が流れにさらわれるようにしてさらわれる」（D, 255）。

『ある夢』は、カフカの第二作品集『田舎医者』に収録されたテクストである。[29]『審判』の主人公と同じヨーゼフ・K.という名前の人物が登場するために、この長編との関連性が推測されるが、手稿が遺されていないために、これが直接『審判』から派生したのかどうかはよく分からない。いずれにせよ、一九一六年一二月に初出発表されていることから、『狩人グラックス』よりも早くに成立したことは確かである。[30]それは次のように始まる。

> それは晴れた日だった。K.は散歩に出ようと思った。しかし、二歩と歩かないうちに、彼はもう墓地にいた。そこには、非常に人工的で、非実用的な、曲がりくねった道が幾つかあったが、彼はそうした道の一つを、まるで水に押し流されるように、揺らぐことなく浮いた姿勢で滑っていった。（D, 295）

K.は、こうして「まるで水に押し流されるように」墓の前まで運ばれてゆくが、そこでK.が見たのは、自分の名前が墓石に刻みこまれようとしている光景である。

> それはJだった。もうほとんど終わりかけていた。そこで芸術家が怒って片足を墓の盛り土の中にドスンと踏み入れたので、周囲の地面が飛び跳ねた。ようやくK.は理解した。芸術家に詫びる時間はもうなかった。両手の指で彼は地面を掘った。その地面はほとんど抵抗がなく、全ては予め用意されてあったかのようだった。ただ見せかけだけ薄い表層が盛られていたのだ。その内側に、切り立った壁をもつ大きな穴が開いた。K.は、柔らかな流れによって背中を下に反転させられて、その穴へと沈んで行った。まだ首を上に向けて起こしていたが、彼が下で既に底の知れない深みに飲み込まれている間、上では力強い装飾のついた彼の名前が石の上を疾駆していた。（D, 298）

このシークエンスは、二重の意味で『判決』を髣髴とさせるところがある。『判決』では、父が死刑判決を下した後、ゲオルクは抵抗できない力に駆り立てられて部屋から飛び出し、川へと飛び込んだ。それと同様に、K.もまた、「柔らかな流れ」に抗えずに墓穴へと押し込まれてゆく。ゾーケルが指摘したように、この「柔らかな流れ」は、『判決』

の川と同じように、「何か最高度に望ましいものであり、かつ同時に堕落させるもの」であるに違いない。[31] 更に、『判決』ではゲオルクが川へ落ちた瞬間、「橋の上をまさに無限の交通が始まった」が、K.が〝流れ〟に飲み込まれて穴へと落ちているその時、「上では力強い装飾のついた彼の名前が石の上を疾駆していた」。いずれにおいても、主人公の落下と同時に水平方向の力強い運動が展開して物語は終わる。

カフカが『判決』の執筆体験として記した「まるで僕が水の中を前に進むように物語が僕の前に展開していく」という記述は、まるで物語が自分の意志とは無関係に出来上がっていくかのような印象を与えるが、K.も、自分の意志とは異なる力によって次々と出来事が展開してゆくのを夢として経験している。しかも、K.が墓穴に落ちてゆく間、芸術家は墓石に文字を書き続けている。従って、ここには〝書く〟というモチーフも備わっているわけである。そこから、『ある夢』もまた、作者の『判決』という創作体験を連想させるのである。

『ある夢』と『狩人グラックス』を水の流れという観点から比較すると、そこには一つの大きな違いがある。この夢の中の流れは、物語世界を支配する圧倒的な「力」そのものであり、そこには、得体の知れない不気味さがある。他方で、狩人グラックスが漂う流れには、そうした圧倒的な力強さは感じられない。ヴァルター・ゾーケルがカフカの水のイメージとして挙げたテクストの中には『狩人グラックス』が含まれていなかったが、それは、ゾーケルにとっての〝流れ〟とは、物語内を支配する圧倒的な「力」の変奏だからである。[32]

カフカにとって、水の中を前に進むように『判決』が展開していくことは、「恐るべき努力と喜び」を伴うものだったはずである。カフカは翌年、『判決』の執筆を出産の比喩で捉え直していた。〝水の中を前に進む〟とは、書き手の身体能力の限りを尽くした営みである。それは書き手にとって、通常の時間意識とは隔たった、特別な時間体験でもあったはずである。カフカは『変身』の執筆のさなか、フェリーツェに、「最愛の人、僕は今日、たぶん執筆で夜を耐え抜くべきだったのでしょう。（……）一貫性とひとまとまりになった時間の炎が、この結末を信じられないほど良いものにしたことでしょう」と記していた。「ひとまとまりになった時間の炎」という言葉で表されるように、カフカにとっての理想の執筆とは、集中力による加圧で発火しかねないほど濃密化された時間の中で行われるべきものであった。

しかし、狩人グラックスが漂う流れは、充溢状態とはほど遠い。グラックスは既に死んでおり、しかも流れの中を彷徨い続ける間、創造的な営みに従事しているわけでもない。その時の流れは弛緩しており、グラックスは疲労も喜びも感じることがない。ここに認められるのは、生命力に満ち、創造的で、限られた時間の中で現れる〝流れ〟ではなく、死界との境で永続する不毛な〝流れ〟である。その意味では、グラックスの流れは冥界への渡し守カロンが漂う流れと同質である。物質的想像力の四大元素を唱えたガストン・バシュラールは、その一つである水について、次のように述べる。「〈死〉とは最初の〈航海者〉ではなかったろうか（……）。生きている者がわれとわが身を波に託すはるか以前から、人々は棺を海に置いたり、急流に託したりしたのだろうか。この神話学的な仮説に立てば、棺は最後の小舟ではなくなるだろう。棺は最初の小舟となるはずである。死は最後の旅ではなくなる。それは最初の旅となるであろう。死は深い夢をみる人々にとって、最初の旅らしい旅になるであろう」[33]。

グラックスはいま、カフカと共に最初の旅に出ようとしているのだろうか。グラックスの置かれた状況は、九月二三日の日記に記された『判決』の執筆体験とはまるで正反対である。しかし、正反対というのもまた、一つの関係性を印象づけるものである。狩人グラックスをめぐる断片は他にもあるが、八つ折り判ノートBには、「グラックス」―Aよりも二頁後に、次のように始まる断片が記されている。

> 誰も私がここに書くことを読まないだろう。そして誰も私を助けには来ないだろう。（NSF I, 311）

このテクストをいま、「グラックス」-Bと名づけよう。「グラックス」-Bでは、グラックスは小舟の中で手記を書いている。あるいは、「グラックス」-Bのテクスト全体が、グラックスの書いた手記の内容を表しているとも読める。[34] だとすれば、グラックスは、水の中を漂いながら手記の執筆を行っていることになる。この状況は、『判決』の執筆体験をより強く連想させる。ところが、グラックスが書き続ける手記は、やはり、「恐るべき努力と喜び」とは無縁のままである。

そもそも、グラックスは何故死んだのか。その点では、「グラックス」-Aも「グラックス」-Bも内容は概ね一致している。グラックスは、ドイツの黒い森でカモシカ猟をしている最中に岩場から峡谷へ滑落して死んだ。この死因は、橋から川に落ちて死んだ『判決』のゲオルクを連想させる。[35] すると、グラックスはカフカ自身の詩的自画像なのだろうか。そう考えたとき、グラックスと市長の次の対話は示唆に富む。

> 「それで、あなたはそれについてまったく罪がないんですか?」「ないさ」と狩人は言った。「俺は狩人だった。これが何か罪なのか? 俺は、当時まだ狼が生息していた黒い森に狩人として配置された。俺は待ち伏せし、撃ち、射当て、皮を剥いだ。これが罪か? 俺の仕事は讃えられていた。黒い森の偉大な狩人とは俺のことだった。これが罪だというのか?」「私にそれを決める資格はありません」と市長は言った。「でも、私にもそこに罪はないように思えます。けど、そしたら誰に罪があるのですか?」「漕ぎ手だ」と狩人は言った［テクストは途切れている］（NSF I, 310）

ヨーゼフ・K.と聖職者の対話と同様、ここでも「罪」をめぐる作者自身の自己対話が一瞬だけ生起しているようにも読める。罪はないのかと市長は問い、自分に罪はないとグラックスは断言する。しかし、グラックスが永久に現世を彷徨い続けているのは、本当に何かの罪に対する罰ではないのか。

一九一四年の『審判』の執筆時、カフカにとっての「罪」とは、何よりフェリーツェとの婚約破棄だった。カフカは、結婚ではなく〝書くこと〟を選んだ。カフカがちょうど『審判』を書き始めた頃に当たる一九一四年七月三一日の日記には、次のように記されている。「僕には時間がない。総動員だ。K.とP.が招集された。（……）しかし何が何でも僕は書くだろう、絶対にだ。これは自己保存をかけた僕の闘いだ」（T, 543）。K.とP.はそれぞれカフカの妹の夫たちであることが知られているが、時局はまさに戦争（第一次世界大戦）というとき、カフカは〝書くこと〟への決意を記していた。

しかし、結局、『審判』は未完成に終わった。カフカは唯一、その中の一部分だけを『法の前』と題して発表した。カフカはかつてフェリーツェに、「僕は書くことを通じて生につかまっているのであり、そうすることで僕はあのボートに、その上にフェリーツェ、君が乗っているボートにつかまっているのです」と述べた。だが、そのつかまるべきフェリーツェを手放してしまったとき、カフカは、グラックスのように〝書くこと〟の中で漂流するはめになったのではないのか。グラックスをカフカの詩的自画像と捉える限りにおいては、永久に彷徨い続けることを定められたグラックスは、カフカが自らに与えた罰である。

モーリス・ブランショは、一九一五年から一九一六年にかけての間にカフカに内面的な変化が起きていると見ている。[36] 実際、総動員令が発令される中で〝書くこと〟の決意を記していたカフカは、一九一六年八月二七日の日記に「喫緊の使命は兵士になることだ」（T, 803）と記している。結局それは実現しないが、カフカの実生活上の意識には何か変化が起き始めている。カフカはまた、破局したかに見えたフェリーツェと縒りを戻し、やがて一九一七年七月には二度目の婚約へと至る。

創作に関しても、一九一六年の終わり頃からカフカは再び生産的な時期を迎えつつあるが、その創作は、それ以前とは質的に変化している。『皇帝の使者』にはっきりと認められるように、カフカは、『判決』のモチーフやアトリビュートを意識し始めている。「グラックス」‐Aが記された八つ折り判ノートBの冒頭に書かれているのは、ブロート版では『橋』と題されていた、本来は無題の物語である。これは渓谷に人知れず架かっている橋をいわゆる〝一人称語り手〟とする物語であるが、ある日、橋は、珍しく歩行者がやって来たため、自分の背中を歩いて渡ろうとする人間の姿を見ようと体をひねる。だが、その瞬間、体勢を崩した橋は谷川へと落ちてしまう。ここに、主人公が橋から川に落ちる『判決』の残響を読み取ることが可能だろう。『狩人グラックス』にせよ、『皇帝の使者』にせよ、カフカは、ブレイク・スルーとなった『判決』と向き合い、その意義を捉え直そうとしているように思われる。

当然、それはカフカが『判決』以来理想としてきた創作姿勢を今一度見つめ直すことも意味する。八つ折り判ノートに残された未完成テクスト『万里の長城の建設に際して』には、部分的であれ、カフカの創作姿勢を暗示させる記述がある。[37] 土木技師である語り手によれば、万里の長城は、お互いに離れた幾つもの小さな工区で、城壁同士が連結しないまま建設が進められていくという。こうした分割工法が導入されたのは、現場監督たちを絶望から防ぐためであるとされる。もし彼らが自分の一生の内には到底完成されない長城を端から順次建設していったとすれば、その終わりのない作業に絶望して仕事への気力を喪失してしまう。そうなれば、北方の蛮族の侵入を防ぐ強固な壁の建設は望むべくもない。そこで彼らの気力を維持させるために、数年間で完成可能な小さな目標が彼らに与えられたという。

この場合、区切られているのは長城の物理的な長さというよりも、むしろ、現場監督たちが一つの現場に留まり続ける時間である。「ひとまとまりになった時間の炎」という言葉が示唆するように、カフカは、極度の集中力を要するような創作を理想としていた。当然ながら、そうした集中力の持続には限度がある。『万里の長城の建設に際して』にはまた、休みなく思考を働かせ続けると何を招くのか、率直でひねりのない形象によって表現されている。

> それがお前にとって害となるからではない。あれこれと考え続けるのをやめろ。それがお前にとって害となるのか確かですらない。ここでは害とか無害について語ることは一切できない。春の川に起こるようなことが、お前にも起こるのだ。川は増大し、力強くなり、その長い岸に沿って土地をより一層肥えさせ、その状態を保ったまま海へと向かい、海とより対等になり、より海に歓迎されるものとなっていく。それまでは指導部の指示について思いをめぐらせろ。だが、やがて川は岸からあふれ、その輪郭を失い、流れの速度が緩やかとなり、その定めに反して内陸に小さな海を形成しようとし、耕地を害し、しかし、この拡大を継続して維持できず、再び岸へと流れ集まり、その後の暑い季節には完全に干からびる。それまでは指導部の指示について思いをめぐらせるのをやめろ。（NSF I, 345f.）

この喩えは、カフカの日記に記されていたとしてもまったく不思議はないが、これが他ならぬ創作テクストに記されているということに、この時期の創作の質的変化が現れている。『失踪者』が書かれた一九一二年頃に比べて、創作の実践の場が、それまでの創作のあり方をめぐる内省の場にもなりつつある。そのことは、それまで理想としてきた創作姿勢とは本来的に異なる心構えでカフカが創作に臨んでいる可能性を示唆する。もっとも、カフカは、それまでの〝書くこと〟に対する自らの姿勢をここで否定しようとしているようにまでは見受けられない。しかし、別の道もあり得るのではないかと模索しているように思われる。

それぞれの〝辿り着けない門〟

カフカが『皇帝の使者』において描いた〝辿り着けない門〟は、かつての『判決』を土台としつつも、新たな世界観を生み出したという意味で、この時期の大きな成果の一つであった。この〝辿り着けない門〟は、同時期の他のテクストでも変奏している。それが、『新人弁護士』と『ある学士院への一通の報告書』である。

『新人弁護士』が記されたのは八つ折り判ノートBであるが、それは「グラックス」-Aの数頁後に位置する。語り手は、マケドニアのアレクサンドロス大王の軍馬ブケファルスが弁護士となった姿を目撃したと言うが、彼の主張するところによれば、この新人弁護士が階段を歩く様子に、その出自が現れているという。

> 何しろ最近、私は、あるまったく愚鈍な廷吏ですら、外の階段で、この弁護士が腿を高く上げて一歩一歩大理石を打ち鳴らしながら石段を上っているところを競馬の慎ましい常連客の専門眼で驚嘆して眺めているのを目撃しました。（D, 251：引用は定稿となった作品集からである）

ここに、「階段」というアトリビュートが備わっているのが見て取れる。語り手は更に、今日のブケファルスが何故戦場を駆けめぐるのではなく、弁護士として専門書に没頭しているのかを説く。

> 当時からして既にインドの門は到達し得なかったにせよ、その方向は、王の剣で示されていました。今日では、門はまったく異なった方に、より遠くに、より高くへと撤去されてしまい、誰もその方角を示しません。剣を持つ者はたくさんいますが、ただそれを振り回すばかりです。その剣を目で追おうとすれば、混乱してしまうのです。（D, 252）

かつてのアレクサンドロスはインドの征服を試み、その一歩手前まで迫った。その当時からしてインドの門は、はるか遠くの存在であった。この場合の「インドの門」は、文字通りの意味でもあり、楽園や理想郷の隠喩でもある。[38] ところが、現代社会における「インドの門」は、アレクサンドロスの時代よりも更に遠くなってしまい、もはや誰にも到達できない。現代という社会に古代のような英雄が現れない理由が、こうして〝辿り着けない門〟という形象に託して語られている。従って、『新人弁護士』には、確かに〝階段〟と〝門〟という二つのアトリビュートが備わってはいるが、ここではもはや、階段は門に向かって伸展しているわけではない。階段はまるで『判決』の名残であるかのように、ほとんど退化してしまっている。

『ある学士院への一通の報告書』は、八つ折り判ノートDに草稿が部分的に遺されている。この物語の語り手でもある主人公ロートペーターは、かつてはチンパンジーだったが、現在では人間となってサーカスで働いている。彼は、人間になる以前のチンパンジーだった頃の生活についての報告を学士院から要請された。それに対するロートペーターの応答が本作品であるが、ロートペーターは報告の冒頭、猿としての前世についての記憶がどんどんと薄れており、要請された事柄については語れないと予め断っている。彼は、それを次のような喩えを用いて説明する。

> もし周りの人たちが望んでいたならば、最初、後戻りすることは私の決断次第であり、天が地上に築いた大きな門は開かれていました。しかし、その門は、私が鞭で前へと駆り立てられて発達していくのに従って次第に低くなり、狭くなります。他方で私は人間世界でますます気分が良くなり、包み込まれていっているように感じました。過去から私に吹きつける嵐は穏やかになってゆきました。今日では、かかとをひんやりさせるそよ風ほどでしかありません。そして、遠くのその穴は、そこから風が吹いて来るのであり、私自身もかつてそこから来たわけですが、非常に小さくなっているために、そもそもそこまで戻るだけの力と意志が十分にあったとすればですが、私はそこを通り抜ける際に自分の皮を肉から剥いでしまうことでしょう。率直に申しますと、私はこうした事柄には喩えを好んで用いるのですが、率直に申しますと、皆様の猿性も、ですよ、皆様が何かこうした類のことを克服なさって来た限りは、私の場合と比べましても遠く離れ得ることはないのです。この地上のどなたのかかとも、むずむずとするのです。小さなチンパンジーと同じように偉大なアキレウスも。（D, 299f.：引用は定稿となった作品集からである）

一旦外に出てしまえば、もう二度と中には戻れないというこの門も、〝辿り着けない門〟の一種である。もっとも、どうやら必ずしもロートペーターと門の間の物理的な距離が、後戻り不可能なほどに遠く離れたわけではない。ロートペーター自身、門の場所まで戻ること自体は、意志と力次第では可能であるかのようにほのめかしている。だが、彼が言うところによれば、たとえ門まで戻ったところで門は既に小さな穴となっているために、そこを潜り抜けることは、もはや不可能であるという。この喩えによってロートペーターは、自分はもう猿には戻れないと言いたいのだろうか。しかし、だとすれば、この喩え話は当初の論点から外れていることになる。何故ならば、ロートペーターは過去を思い起こせるのかどうかが問題となっていたからである。当然ながら、猿であった過去を思い出せるのか否かと猿に戻れるか否かはまったく別の話である。ロートペーターは、自分とアキレウスの猿性を比較してみせるが、肝心の記憶の問題に関しては何も言明していない。果たしてロートペーターは、この喩え話の論点の微妙なずれに気づかなかったのだろうか。それとも、それは初めから計算ずくだったのだろうか。この問題について、我々は後に改めて取り組むことになるだろう。

八つ折り判ノートDを見ると、『ある学士院への一通の報告書』の草稿の最中にまったく別の物語の断片が記され、それが後からカフカ自身の手によって抹殺されているのが見て取れる。テクストが中断したのは、ちょうど、ロートペーターがアフリカからヨーロッパへ船で運ばれる様子について述べている最中であった。カフカは『ある学士院への一通の報告書』を書いている最中に、それとはまったく異なる物語を思いつき、それを即座に書いてはみたが思ったほど発展せず、放棄して再び元の物語に戻ったのだと考えられる。その断片では、ある軍隊が都市を攻撃する様子が描かれている。

ついに南門の我々の部隊は市街への侵入に成功した。私の大隊は、郊外の公園にある半ば焼け焦げた桜の木の下で宿営し、命令を待っていた。（NSF I App, 325）

このように始まる断片では、『狩人グラックス』、『新人弁護士』、『皇帝の使者』、『ある学士院への一通の報告書』といった、一連の八つ折り版ノートの物語とは極めて対照的に、主人公は門に到達している。そして、門という境界の向こうの新たな領域で彼らが遭遇したのは、背中に翼の生えた人々だった。[39]

改めて『ある学士院への一通の報告書』を振り返ると、〝門〟は登場するが、もはや階段は消滅してしまっていることに気づかされる。『失踪者』や『審判』では階段が重要なアトリビュートであったが、いつしか、門の方が重要性を増している。『新人弁護士』、『皇帝の使者』、『ある学士院への一通の報告書』は、いずれも後に作品集『田舎医者』に収録されている。しかも、『新人弁護士』は作品集の巻頭に、『ある学士院への一通の報告書』は巻末に配置された。未完成に終わった『狩人グラックス』が、〝書くこと〟をめぐる作者自身の内省という要素が強かったのに対し、これらの三作品は、必ずしもそのような読解に適しているようには見えない。これらのテクストの主題については一旦措いて、後から考察せねばならない。

変容する〝処罰〟

一九一三年四月、カフカはクルト・ヴォルフ書店に対し、『判決』、『機関助士』、『変身』の三作品を収録した短編集を『息子たち』という題名で刊行したいという希望を伝えている。[40] この話はそれ以上進展しなかったようであるが、一九一五年一〇月、カフカは改めて書店側に短編集の要望を伝えている。だが、詳しい経緯は分からないが、収録作品の構成は『判決』、『変身』、『流刑地にて』に変わっており、しかも、題名も『処罰』になっている。[41] 結局、この企画も実現には至らなかったが、この顛末は二つの意味で興味深い。一つは、カフカ自身がこの三作品に「処罰」という主題を見出していたという点であり、もう一つは、その〝処罰〟の意味合いが、『判決』や『変身』の場合と『流刑地にて』では異なっているという点である。

　創造的であるためには、作家は常に勤勉でなければならず、安逸な幸福を排除して生きなければならない。『判決』のゲオルク・ベンデマンは、人生をかけて事業に挑むこともなく小市民的幸福を選ぼうとしたことにより、父から罰せられた。文学に賭けて生きるとは、ロシアの友人のように生きるということである。『変身』のグレーゴル・ザムザも、早朝という作者の特権的時刻に始まる仕事を放棄し、秩序を崩壊させたという点では、もはや反乱罪級の罪を犯した。彼らは、単に父に背いて罰せられたのではなく、作家を律する内的な掟に背いたために処罰されたのでもある。カフカは〝書くこと〟を強く希求しているが、その〝書くこと〟は、ときに無慈悲な掟として作者にのしかかる。

　だが、『流刑地にて』では、事情は大きく異なる。そこにも依然として残忍な法と規範は存在するが、それは死んだ前司令官が築いた、過去の時代の遺物である。現在の司令官はそうした制度を刷新しようとしており、死刑囚の背中に十二時間かけて罪状を刻み込む処刑装置は、もはや故障寸前の状態にある。この処刑制度の、恐らくは残された唯一の信奉者である将校は、その装置の最後の生贄になることを選ぶ。しかし、将校が希求していた恍惚の死は、彼の元には訪れなかった。この将校の無残な死は、〝書くこと〟に憑りつかれたカフカが自らに与えた処罰でもあった。

　カフカは『判決』以降も依然として書き続けてはいるが、その内的な姿勢の変化が主題に現れている。フェリーツェとの婚約を破棄して書き続けようとしたカフカは、永久に流れの中を彷徨い続ける狩人グラックスという形象を生み出した。そのような反省的な創作を試みつつ、カフカは、それまでとは異なった有り様の〝書くこと〟

を模索している。

註

（1）カフカのテクストの時代区分は、作品史的な観点からのものと作者の伝記的な観点からのものがある。前者の代表的なものとしては、一九七九年刊行のカフカ・ハンドブックのインゲボルク・ヘネルによる区分けが挙げられる。後者の代表的なものとしては、二〇一〇年のカフカ・ハンドブックのマンフレッド・エンゲルによる区分けが挙げられる。Henel（1979）; Engel（2010a）を参照。ただし、両者にそれほどの大きな違いがあるわけではない。いずれも、一九一二年の『判決』成立以前を初期、『判決』から一九一八年頃までを中期、一九二二年の『城』以降を後期としている点に変わりはない。せいぜい、一九一九年の「父への手紙」や一九二〇年に書かれた断片群を中期に含めるか後期に含めるかで判断が分かれる程度である。

（2）V App, 70f. を参照。

（3）V App, 77; 75 を参照。

（4）V App, 68 を参照。

（5）批判版全集 CD－ROM 版で動詞 ergießen とその派生語を検索した。対象となるテクストは創作テクストと日記である。検索にかけたキーワードは „ergie*“、„ergo*“、そして „ergu*“ である。創作テクストでは、動詞 ergießen の過去形 „ergoß“ が三回、名詞 „Erguß“ が一回使用されている。その内、„ergoß“ が一回は一九二二年の『城』で用いられている他は、全て『失踪者』と『変身』における用例である。なお、日記では、第I章で取り上げた三つの用例を除けば、ergießen は二回しか使われていない。一九二〇年一月一七日と二月二日の間の日記（T, 853）と一九二二年三月九日の日記（T, 910）である。

（6）ヴィンフリート・メニングハウスは、ロビンソンの ergießen から射精を連想している。Menninghaus（2002）, S. 388 を参照。

（7）確認しうる範囲内で最初にそれを指摘したのはハインツ・ポリツァーである。Politzer（1978）, S. 203 を参照。

（8）Jahn（1965）, S. 21f. を参照。

（9）Engel（2010d）, S. 178 を参照。

（10）Jahn（1965）, S. 34を参照。

（11）〝変身〟のもつ反抗と解放という側面はヴァルター・ゾーケルも示している。Sokel（1956）を参照。〝変身〟の主な解釈としては他に、アンチ・メルヒェン（Heselhaus（1952））、「極端な精神化」（Edel（1957/58）, S. 219）、人間の行動と関心の寓意（Luke（1951））など。

（12）ヴィンフリート・メニングハウスは、この階段の延伸は「もはやカフカの時代の中欧の貸し家のものとは受け取れない」と述べる。Menninghaus（2002）, S. 426を参照。

（13）ドゥルーズ＝ガタリ（1978）、一二五頁を参照。

（14）Engel（2010e）, S. 198ff. を参照。

（15）Reuß（1997）, S. 4–9を参照。

（16）NSF I App, 79及び81–89を参照。

（17）例えば、「B.の女友達」と題された原稿の束は、ブロート版では本文に組み込まれているが、批判版では断片として扱われている。

（18）ドゥルーズ＝ガタリ（1978）、八九頁を参照。

（19）P App, 111を参照。

（20）批判版全集では、「逮捕」とその日の夜の出来事を描いた「グルーバッハ夫人との対話／それからビュルストナー嬢」は二つの異なる章として扱われているが、ファクシミリ版を見れば分かるように、本来、カフカの手稿では、両者は一体となって一つの原稿の束を構成している。

（21）P App, S. 76を参照。

（22）こうした観点からの試論がデトレフ・クレーマーによって試みられている。Kremer（1989）, S. 143–152を参照。

（23）将校を『判決』に登場するロシアにいる友人と同じく、作者自身のある一面として捉える読解は、既にヴァルター・ゾーケルにも見られる。Sokel（1983）, S. 130ff. を参照。

（24）Anderson（1992）, S. 185–190を参照。

（25）HKA Der Process, Das Haus, S. 14ff. を参照。

（26）創世記28：12。例えば、Möbus（1990）, S. 266; Schuller（2010）, S. 20を参照。

(27) Dieterle (2010), S. 275 を参照。

(28) Sokel (1983), S. 300f. を参照。

(29) マンフレッド・エンゲルは、カフカの創作テクストには、厳密な意味での夢の描写は三つしか存在しないと述べているが、それが『審判』のK.の夢、『ある夢』、そして長編『城』のK.の夢であるという。Engel (2002), S. 245 を参照。

(30) D App, 303, 356f. を参照。

(31) Sokel (1983), S. 317 を参照。

(32) Sokel (1983), S. 29f. を参照。

(33) バシュラール (2008)、一一六頁を参照。また、喜多尾道冬もバシュラールの同じ個所を引用しつつ、狩人グラックスの船旅を永遠の死の航海と捉える。喜多尾 (1971)、八頁を参照。

(34) かつてブロート版カフカ作品集では、「グラックス」-Aと「グラックス」-Bが、あたかも連続した一つのテクストであるかのように編集されていた。そのため、まるで「誰も私がここに書くことを読まないだろう」という文が、物語の途中で介入した作者自身の声であるかのような誤った印象を与えてきた。この件はカフカ研究を超えて知られており、Martinez/Scheffel (2012), S. 108f. にも記されている。それに起因して、しばしば間違った議論が展開してしまったが――例として Nägele (1974), S. 66 が挙げられる――批判版全集の登場によって、それはようやく解消された。

(35) 喜多尾はグラックスとゲオルクの死の類似を指摘した上で、次のように続ける。「これらの主人公たちの場合には転落は水と結びつき、また死と結びついている」。喜多尾 (1971)、五頁を参照。

(36) ブランショ (2013)、一一三頁、一一七頁を参照。

(37) そうした指摘としては Wagner (2010), S. 258f. を参照。

(38) Kassel (1969), S. 141 を参照。

(39) アネッテ・シュッテーレは、『ある学士院への一通の報告書』のロートペーターが船の中で出口を見つけられない状況が描かれた後にこの断片が挿入されていることに注目し、その出口のなさが、カフカに、逃走を可能にする手段としての翼を連想させたと考えている。Schütterle (2002), S. 197f. を参照。

(40) D App, 89f. を参照。

(41) D App, 89f. を参照。

Ⅳ　〝書くこと〟と内省

「僕は、密かにこの病気を結核ではなくて、(……) 僕自身の総合破産だと考えています」(Br 1914-1917, 333f.)。カフカがフェリーツェにそのように記したのは、一九一七年九月三〇日の手紙である。カフカが喀血したのは八月の初めであった。フェリーツェとの二度目の婚約から僅か一ヶ月後のことであった。再度の婚約解消を招いた「総合破産」としての病気が、カフカの実人生における不幸な転機であったのは疑いない。だが、カフカは、前述の手紙の終わりで婚約者に恐ろしい「秘密」を打ち明けている。自分はもう治りはしないだろうが、それは自分が結核という病にかかっているからではなく、その病気が「究極の必需品」としての「武器」だからであると。かつてカフカは結婚と文学で迷ったが、結核の罹患によってその内の一方が困難となったいま、文学だけが残されたことになる。この秘密を今のところ自分でも信じていないとカフカは一応断ってはいる。だが、結核は必ずしも作家としての貸借対照表に負債として計上されるものではないと、カフカは直観的に見て取っていたように思われる。

結核罹患後、カフカの本格的な創作は一九二二年に再開される。長編『城』、『ある犬の研究』、『巣穴』といった後期の代表的な未発表テクストや、カフカが手掛けた最後の作品集『断食芸人』に収録された作品(『最初の苦悩』、『小さな女性』、『断食芸人』、『歌手ヨゼフィーネもしくはネズミ族』)も、一九二二年以降に書かれている。これらの後期のテクストには、もはや執拗に続く階段も、辿り着けない門も現れない。他方で、『ある犬の研究』や『巣穴』

のような、主人公の果てしのない独り言のような物語が増えている。この変化は、カフカの〝書くこと〟に対する姿勢の変化でもあるだろう。

1　よそ者と女たち――『城』――

カフカが三番目となる長編『城』に取り組んだのは、一九二二年一月から八月にかけてである。[1] 手稿はノート六冊に及んでいる。批判版全集では、それが全部で二十五の章に分割され、その内の十九の章に題がつけられている。しかし、カフカが自分でつけた章題は、一七章「アマーリアの秘密」、一八章「アマーリアの罰」、一九章「嘆願」、二〇章「オルガの計画」の四つだけである。[2] それ以外は全て、カフカの手によって手稿ノートIに記された各章のキーワードを、批判版全集の編纂者が独自の判断で章題として割り当てたものである。[3] 批判版でも名前のつけられていない章のほとんどは、手稿では単に「章」とだけ書きこまれていたり、横棒〝―〟でテキストが前後に区切られているだけだったりする場合が多い。[4] 加えて、『城』にはもう一つ留意せねばならない問題がある。それは、手稿にはカフカ自身の手で抹殺された記述が相等程度存在するという点である。これらの抹殺されたテクストは批判版全集の別巻に収録されており、一般向けの作品集版では参照することができない。

それに加えて、『城』には創作手法に関して特徴的な点が挙げられる。当初、この長編は、〝私〟という、いわゆる一人称語り手の物語として書き始められた。カフカは冒頭の一文を当初は「私が到着したのは夜遅くだった」と書いたが、後になってから、「K.が到着したのは夜遅くだった」に書き換えている。こうして全面的に〝私〟が〝K.〟へと切り替えられたのは第三章の途中である。[5] この書き換えが、どういう必要性に基づいていたのかは定かでない。[6] いずれにせよ、カフカが、先の長編とは異なるやり方で書こうとしていたのは間違いない。

『城』もまた、これまでに数多くの解釈を生み出してきたが、ヴァルデマー・フロムによれば、かつてはアレゴリー的解釈が多くを占め、そこには、キリスト教的・ユダヤ教的宗教解釈か、心理学的解釈かの違いくらいしかなかったという。[7] この長編で描かれた物語世界は、城と村という、極めて限定された空間によって構成されている。そのため、そのそれぞれが何かを象徴しているのではないかという推測が生まれるのは、当然でもある。カフカ研究にも脱構築的な手法が用いられ始めた一九九〇年前後から、村と城の関係を従来と異なった観点から捉えようとする動きが出てきた。例えば、ゲルハルト・ノイマンは、村は女性に代表されるような親密さと欲望の領域を表し、城は、情報伝達、情報記録、手紙のやり取りなど男性に支配された仕事の領域を表していると指摘し、その二つの領域が明確に区別できないのが、この長編の特徴であると述べた。[8]

実際、この物語世界では絶えず情報が伝達され、記録されている。村と城の間には電話線が敷かれ、村長の家には、城で発行された大量の公文書が保管されている。役人クラムから測量技師K.への情報伝達は、使者バルナバスが運ぶ手紙によって行われる。従って、こうした文書を中心とした情報の伝達を仕事と呼ぶ限りにおいては、城が仕事の領域を表すというよりも、むしろ、城と村から成る物語世界全体が仕事の領域を構成していることになる。仕事が二つの領域を跨いで行われるために、城の役人や秘書たちもまた、城と村を日常的に移動する。その結果、そこには交通の〝流れ〟が生まれる。その〝流れ〟について、オルガはK.に次のように説明する。

> 城に行く道は幾つかあるんです。あるときにはその内の一つが流行になっていて、そしたらたいていの役人はそこを通るし、あるとき別の道が流行ると、みんなそこに殺到するんです。どういう法則でこういう入れ替わりが起きるのかは、まだ分かっていません。朝の八時にみんなある一つの道を通るかと思えば、三十分

後にはみんな別の道にいるし、十分後には第三の道に、三十分後にはたぶんまた最初の道にという具合で、そしたら終日その道が続きます。だけど、いかなる瞬間にも変化する可能性があります。(S. 342)

カフカにとって執筆体験を強く連想させるはずの〝流れ〟という形象が、文書が大きな役割を持つこの長編でこうした形で現れるのは、偶然に過ぎないのだろうか。

まさしく『城』と作者自身の執筆をめぐる問題を結びつけた論考を最初に行ったのは、ヴァルデマー・フロムではないかと思われる。フロムは、カフカにとっての〝書くこと〟と書かれたものとの関係は、K.と城の関係に重なると考えている。K.にとって、城は現れた瞬間にもはや希求されていた城とは異なるように、カフカもまた、書かれたものの有用性に自信を持てずにいた。[9] 一連の考察に際して、フロムが『城』と直接的に関連づけたのは、カフカが一九一八年頃に記したアフォリズム風のテクストであった。だが、それよりも更に以前、例えば、一九一一年一一月一五日の日記でも、カフカは、〝書くこと〟に対する自信のなさを〝流れ〟の形象に託して記していた。そのことからも、『城』を作者の〝書くこと〟と結びつけて考える場合、『判決』以前の日記等に書かれたテクストまで遡って考察に取り組む必要がある。

城と村を往復する使者

村に到着した翌朝、K.は、村の道路が城まで通じているものと期待して歩き続けるが、その道はある程度まで城に近づくと、やがて次第に離れていってしまい、城には至らない。テクストには描かれていないが、この城にも門が存在するのだろうか。もしそうだとするならば、〝辿り着けない門〟は、『城』にも潜んでいることになる。

測量技師として村で働くことを望むK.は、城の役人クラムから必要な指示をもらわなければならない。K.は、そのクラムと接触しようと色々と試みるが上手くいかない。自らクラムに接触することが許されていないK.にとって、頼みの綱は、バルナバスが届けてくれるクラムからの手紙である。バルナバスは城で手紙を授かり、それを村へと届ける。ここからは『皇帝の使者』が連想されるだろう。だが、永久に片道の旅を続ける皇帝の使者とは異なり、バルナバスの仕事は、村と城の往復によって成り立っている。バルナバスは城に行き、そこで手紙を受け取って再び村へと戻って来る。この過程を注視すると、カフカの日記に、これとよく似た形象表現が含まれていることに気づかされる。それが一九一一年一一月一五日の日記である。この日記のポイントは、大きく三つあった。

（A）作者は、書くべき文章を高揚しているときに予め構想しておく。その高揚の際に、〝流れ〟＝「充溢」を経験する。

（B）〝流れ〟＝「充溢」の中には、幾つもの言葉が漂っている。作者は、的確で正しい言葉がどれか分からないので、流れの中から偶然に任せて掴み取らねばならない。

（C）こうして取り出された言葉は、実際に紙に書き出してみると、もはや魅力を失っている。

従って、バルナバスの働きが、この三つのポイントを満たしているかどうかが、一つの焦点となる。

　その際に留意すべきは、バルナバスが手紙を受け取る様子が直接的に描かれる機会は一度も訪れないという点である。この長編の語り手は、これまでの長編と同様、主人公に極めて近い語り姿勢を取る。K.が城には立ち入れない以上、語り手もまた、城には立ち入らない。しかし重要なことに、『城』は、その多くがK.と村人たちとの対話によって構成されている。とりわけ、宿屋の女将、オルガ、ペーピといった村の女性たちと対話するとき、話題は城の内部の仕組みや役人に及ぶ。バルナバスが手紙を受け取る様子が話題になるのは、K.がバルナバスの姉オルガと対話を繰り広げるときである。

K.とオルガの対話は第一六章から第二〇章にかけて展開しており、この種の対話としては最も長い。そこではまず、バルナバスの仕事振りについて話題となるが、オルガがバルナバスから聞いたところによると、バルナバスがK.宛の手紙を受け取るのは、城の官房らしき場所である。従って、もし『城』に一一月一五日の日記の省察が重ね合わされているとすれば、バルナバスが手紙を受け取る場所にも、（A）の要件である「高揚」と〝流れ〟＝「充溢」に相当するものが存在するはずである。もちろん、文字通りに流れと呼べるようなものは、そこには一切見出せそうもない。だが、そこには〝流れ〟を連想させる名前の人物が存在することになっている。それが、他ならぬクラムである。

このクラム（Klamm）という名前の意味をめぐっては、これまでにも幾度も論じられてきている。しばしば指摘されるのは、カフカがドイツ語と並んで解したチェコ語にはklamという名詞があり、「詐欺」、「虚像」を意味するという点である。[10] あるいは、ヴィンフリート・メニングハウスは、グリム・ドイツ語辞典で„Klamm“という語が「痙攣」（„Krampf“）や「強迫」（„Zwang“）と説明されていることに着目し、クラムに「吐き気を催すような性的脅迫の抑制」という意味を読み込んでいる。[11] だが、現代ドイツ語にもずばりKlammという名詞があり、渓谷（Felsenschlucht）を意味するということは、案外見過ごされがちである。[12] Dudenドイツ語辞典では、Klammは「岩盤の中の狭く深い（渓流を伴った）渓谷」と説明されている。[13] この括弧つきの記述が如実に物語るように、「渓谷」

（Klamm）という言葉は、「渓流」、即ち、〝流れ〟を強く連想させる語である。従って、名前からの連想という限りでは、バルナバスが手紙を受け取る場所に〝流れ〟は存在する。

もっとも、この名前にはある種のいかがわしさが潜んでいるのも見落としてはならない。そもそも、言葉の定義からして、Klamm（渓谷）には、必ずしも渓流が流れているわけではない。日本語に涸れ沢という言葉があるように、流れのない渓谷も当然存在する。そこに本当に流れがあるのか分からないという点で、クラムという名前にはある種のあやしさがあり、それはチェコ語のklamの「詐欺」や「虚像」にも通じる。そこから、クラムという登場人物の名前にドイツ語とチェコ語の両方の意味が込められていたとしても不思議はないだろう。その場合、バルナバスは、〝流れ〟と〝虚像〟の両方を同時に連想させる名前の人物の傍で手紙を受け取っていることになる。より正確に述べるならば、バルナバスは、手紙を受け取る際、自分がそうした名前の人物のすぐ傍にいると思い込んでいる。

（A）のもう一つの要件である「高揚」に関しては、端的に言ってしまえば、手紙を受け取る際に、バルナバスが精神的に高ぶっているかどうかが問題となる。それは実際にそうである。オルガによれば、バルナバスは、クラムと名づけられている役人が本当にクラムなのかどうか疑問を抱いているという。

> バルナバスは役人と話して、バルナバスは言伝を授かるんですよね。だけど、それは一体どんな役人で、どんな言伝なんでしょうか。いま、あの子は、自分でそう言っているように、クラムの元に割り当てられて、個人的に仕事を取って来るんです。けど、それはちょっとおおごとなんじゃないかなって。もっと上の使用人でさえ、そこまでできはしないのに。それは余りにおおごと過ぎて、それが不安の元なんです。（S. 275f.）

こうした不安や疑問を抱くのは、バルナバスに限ったことではない。クラムの姿をめぐる村人たちの証言は、服装という一点を除けば、どれもまちまちである。村人たちは誰も本当のクラムの姿をよく分かっていない。だが、恐らくそれは神秘現象でも何でもない。K.は、そうした原因は、村の人間たちに特有の「役所に対して抱く畏敬」（S. 298）にあると考える。畏敬の念は、ときに人を盲目にさせ、冷静な観察を阻害する。ましてバルナバスの場合、若くて経験が浅いために、城という特別な場所で舞い上がってしまったとしても不思議はない。その点を踏まえた上で、K.は次のように述べる。

> バルナバスがそこで誰と話しているのかは分からない。それはたぶん、あの書記、使用人の中で一番身分の低い者、（……）彼がクラムと呼ぶ者は、本物とはまったく共通点なんかないだろうと思う。類似点は、興奮して盲目になったバルナバスの目にだけ見えるんだと思う。彼は、役人の一番下かもしれないし、役人ですらないかもしれない。（S. 289）

K.が指摘する通りだとすれば、手紙を受け取る際に「興奮して盲目になった」バルナバスは、高揚していると言っても差し支えないだろう。従って、（A）の要件となる〝流れ〟も〝高揚〟も、確かに『城』においても認められることになる。だが、そこには明確な差異もまた存在する。仮にクラム＝〝流れ〟という等式が成立したとしても、K.が考えるように、バルナバスが接している人物がもしクラムとは完全に別人であれば、実際には、〝流れ〟は存在しないことになってしまう。このことは何を意味するのだろうか。

この問題に入る前に、（B）と（C）の確認を済ませてしまわねばならない。日記の記述に従えば、テクストを構想する際にカフカは、流れの中を漂う幾つもの言葉の中から一つを偶然に任せて掴み取る。他方のバルナバスは、彼がクラムであると思っている役人の傍らにいる書記から手紙を受け取る。書記が手紙をバルナバスに手渡す様子をオルガは次のように伝えている。

> その間に書記は、机の下にあるたくさんの書類や書簡の中からあなた宛の手紙を探し出すんです。だから、それは書記がちょうど書いたばかりの手紙ではなく、むしろ封筒の外見からすると、ずいぶんと長くそこに放置されていたとても古い手紙なんです。（S, 283）

こうしてバルナバスが受け取り、K.に届けた手紙は、まったく現実に即していない内容が書かれていた。日記によれば、〝流れ〟から掴み取ってきた言葉は、実際に紙に記したときには魅力を失っており、カフカは結果に満足できなかった。従って、（C）の要件は満たされる。それでは、（B）の要件の一つである、「偶然に任せて手で掴み取る」というモチーフはどうであろうか。この点に関しては、再度、K.の発言部分に注目しなければならない。

> それらは、価値のない手紙の山から無作為に引き抜かれた、古い価値のない手紙なのだろう。無作為に、歳の市のカナリアが誰かの運命のくじを山の中からつまみ出すのに使う分別以上の分別もなしに。たぶんそんな風なんだろう。（S, 290）

K.が考えるには、書記が選び出した手紙は、価値のない手紙の山から「無作為」に「引き抜かれた」一通でしかない。彼はそれを歳の市のカナリアくじに喩えている。この「歳の市のカナリア」なるものについては、カフカの一九一一年一二月一六日の日記から窺える。「クリスマス市の古い芸。横木にとまった二羽のオウムが惑星を引く。間違い。女の子が、彼女ができるという予言を得る。」(T, 294f.)。[14] 要するに、鳥を使った占いくじが存在したわけだが、バルナバスが受け取った手紙もそれと同じように、無作為に選ばれた一通であろうというのが、K.の考えである。ここに、「偶然に任せて手で掴み取る」という(B)の要件が、少なくとも言説の次元では見て取れる。

このように、バルナバスの使者としての仕事は、一九一一年一一月一五日の日記の(A)、(B)、(C)の三つのポイントをいずれも満たしていることになる。そこで、K.とオルガのやり取りから浮かび上がってきたバルナバスの仕事を主題として再構成すると、次のように表記される。

　バルナバスは城の官房で、古く価値のない手紙の山の中から書記が無作為に選び出した一通を受け取って、村へと運んで来る。

我々は先に一九一一年一一月一五日の日記の中から次のような主題を取り出しておいた。

　書き手は流れの外側に立ち、そこから、流れの中にあるxを偶然に任せて手で掴み取る。

確かに、細部に相違はある。『城』では、書記という第二の人物が手紙を取り出すのであって、運搬役のバルナバス自身が取り出すのではない。だが、「偶然に任せて手で掴み取る」というモチーフが共通して備わっている点は重要である。何よりも、（A）、（B）、（C）の三つのポイントを同時に満たしているようなテクストは『城』より他に存在せず、バルナバスの使者としての仕事に一九一一年一一月一五日の日記の省察が重ね合わされている可能性は高いと思われる。

『城』と一九一一年一一月一五日の日記の結びつきを示唆するものは、これだけに留まらない。長編の最終章となる第二五章では、K.とペーピの対話が繰り広げられるが、そこでは主として、フリーダに代わって四日間だけ紳士亭の接客係として働いたペーピの回想が展開している。そこにはまた、カフカ自身によって大幅に抹殺された記述が幾つか存在する。その内の一箇所では、次のように記されている。

> ペーピが、お客たちに及ぼした自分の効果を描写する際に、笑いながら、まるで充溢の中から偶然に、しかし卓越した意図のありようと共に最も些細なものを掴み出すかのように、書記のブラートマイアーに言及したとき、その客は、――それがブラートマイアーだった――とっさに、光に目がくらんだかのように、手で目を隠した。（S App, 470：傍線は引用者）

この傍線部分の表現が一九一一年一一月一五日の日記の記述といかに類似しているかは、原文と共に比較すれば一目瞭然である。

一一月一五日の日記

充溢が余りに大きく、僕は断念しなければならないからである。つまり、やみくもに、偶然だけに任せて、掴み取るようにして、流れの中から取り出すのだ。

„daß dann aber die Fülle so groß ist, daß ich verzichten muß, blindlings also nehme nur dem Zufall nach, aus der Strömung heraus, griffweise“

『城』の抹殺されたテクスト

まるで充溢の中から偶然に、しかし卓越した意図のありようと共に最も些細なものを掴み出すかのように

„so als greife sie aus einer Fülle zufällig und doch auch mit überlegener Absichtlichkeit das Geringfügigste heraus“

『城』が書かれたのは一九二二年である。十年以上の年月の隔たりがあるにもかかわらず、これだけ多くの語の一致が見られるのは、やはり、カフカが当時の日記を意識していた可能性を強く示唆している。しかも、これがペーピを主体とするモチーフであるという点も看過されてはならない。後に詳述するように、手紙を運ぶバルナバスと並び、紳士亭でクラムを待つペーピにもやはり、創作をめぐるカフカ自身の姿が重ね合わされていると見られるからである。

内省がひらめく瞬間

バルナバスの使者としての仕事ぶりには、一一月一五日の日記の記述と重なり合う部分が多分に認められるに

せよ、そこには同時に、少なからず相違もあった。その最大の相違は、「充溢」の欠如である。ここで、改めて一九一一年一一月一五日の日記の主要な部分を読み直してみよう。

もちろん、その大部分の原因は、僕が紙から離れたときには高揚している間だけ、（……）良いものを考え出すからである。原因は更に、そのときにはしかし、充溢が余りに大きく、僕は断念しなければならないからである。つまり、やみくもに、偶然だけに任せて、掴み取るようにして、流れの中から取り出すのだ。そのため、こうして獲得して来たものは、熟慮した執筆の際には、それが棲んでいた充溢に比べたら無であり、この充溢をこちらに持って来ることは不可能なのだ。だから、この獲得物がひどくていまいましいのは、まさしくそいつが無駄に魅惑するからなのだ。

カフカには、〝流れ〟＝「充溢」の中を漂う言葉は生き生きとして魅力的であるように思われた。しかし、その言葉を実際に紙に書き出してみると、もはやその魅力は失せ、干からびたように見える。そこから、言葉に輝きと魅力を与えているのは、〝流れ〟＝「充溢」であったことが分かる。それに対して、『城』の書記が取り出した手紙は最初から既に古びており、興奮して舞い上がったバルナバスといえども、その点は見誤っていない。それゆえに、古びた手紙に魅力を与えるような「充溢」という力は、城の官房には働いていないと言える。

一体、この充溢の欠如は何を物語るのか。この問題に取り組むには、少し視点を変えて、バルナバスが自分の仕事の成果に満足していない理由について考えてみる必要がある。カフカが一一月一五日の日記に記した、高揚しているときにひらめいた言葉は魅力があるのに、それを実際に書き出したときにはもうそうではないという嘆きは、共感するかどうかはともかく、一応は理解できる。だが、バルナバスの場合はどうだろうか。城の官房に用意されている手紙は最初から古びているわけだし、しかも、その手紙の山の中から一通を選び出すのは書記である。そうであれば、バルナバスの使者としての仕事の成果が一見悪かったとしても、彼自身に落ち度はなく、落ち込む必要はないようにも思われる。だからこそ、姉のオルガはバルナバスを励まそうとしているわけである。
しかし、それとは反対に、K.はバルナバスを厳しく批判している。先の引用と一部重複するが、次のK.の発言に注目せねばならない。

けど、彼［バルナバスがクラムだと思っている相手］は書見台で何らかの役目を持っていて、（……）何かしらを考えているんだよ。長い時間の中で一度視線をバルナバスへと向けるときにはね。たとえそれが全部正しくなくて、彼の行為が何の意味もなかったとしても、誰かが彼［バルナバス］をそこに居させているのであり、何らかの意図があってそうしたんだ。私が言いたいのは、何かがそこにあって、何かがバルナバスに申し出されているんだ。少なくとも何かが。そしてもし、バルナバスが疑問と不安と希望のなさ以外の何ものも得られないのであれば、それはバルナバスの罪に他ならないんだ。そして、この点で私はさっきからずっと、もっとも不利となる場合を想定して出発したわけだけれど、こうした場合というのは、実のところ、非常に考えにくいことでもある。というのも、我々はこの手紙を所有している。その手紙を私はそれほど信用してはいないけれど、バルナバスの言葉よりは信用している。それらは、価値のない手紙の山から無作為に引き抜かれた、古い価値のない手紙なのだろう。無作為に、歳の市のカナリアが誰かの運命のくじを山の中からつまみ出すのに使う分別以上の分別もなしに。たぶんそんな風なんだろう。そうだとしても、これらの手紙は私

> の仕事に少なくとも何らかの関係があり、私にとって目に見えるものであり、たぶん私の利益のためにある手紙ではないにせよ、村長夫妻が証言したように、クラム自身の手で署名されたのであり、再び村長によれば、ただ個人的な不透明な意味であったとしても、それでも大きな意味があるのだ。（S, 289f.）

確かに、バルナバスは有能な使者ではないかもしれない。しかし、彼は未熟な若者である。そんな未熟な若者に対する意見としては、K.の批判は余りに手厳しい。だが、この批判の矛先はバルナバスだけでなく、一九一一年一一月一五日の日記の作者の省察でもあると考えたとき、様相は大きく変わってくる。「こうして獲得して来たものは、熟慮した執筆の際には、それが棲んでいた充溢に比べたら無であり、この充溢をこちらに持って来ることは不可能なのだ」と当時のカフカは嘆いていた。だが、自分が記した言葉に責任を持つのが作家の責務である以上、まがりなりにも自分が選び取った言葉を充溢体験と比較して不満を述べるのは、甘えに過ぎないのではないか。そう考えると、「もし、バルナバスが疑問と不安と希望のなさ以外の何ものも得られないのであれば、それはバルナバスの罪に他ならない」という批判は、十年前の日記の記述内容に対する作者の自己批判としても見えてくる。

　こうして、K.とオルガの対話には、かつての自らの創作姿勢に対する作者の自己対話が瞬間的に重なり合う。その際、常に弟を励まそうとするオルガが、作者のかつての創作姿勢の擁護派のような役割を担う。バルナバスが運んできたK.宛の手紙にも大きな意味があるというK.の発言を受けて、オルガは「あの子にとってとても励みになると思います」（S, 291）と述べ、それを直ちにバルナバスにも伝えると言う。それに対し、K.はオルガに次のように返答する。

> 彼を激励するということは、彼に対して、君は正しい、君はただこれまでのやり方で続けたまえ、と言うことを意味する。しかし、まさにこのやり方では、彼は決して何も得られないだろう。君は、目隠ししている誰かに対して、布越しに目を凝らせと幾らでも強く励ますことはできるが、彼には決して何も見えはしないだろう。彼から目隠しを取ってやって初めて、彼は見ることができるのだ。バルナバスには、激励ではなくて助けが必要なのだよ。(S, 291)

かつての創作姿勢をめぐる自己対話は、このようにして締め括られる。

それにしても、何故、一九二二年にもなって唐突に、一九一一年の日記が問題化されるのだろうか。一九一二年から一九一七年までのテクストにおいて前面に出ているのは、『狩人グラックス』や『皇帝の使者』など、『判決』以降の執筆をめぐる問題であった。その間、一九一一年の日記に見られるような充溢と文章構想に関する問題は、一度も批判的考察の対象にはなって来なかったはずである。そのために、それは既に克服された問題であるかのように見えた。それが『城』の執筆時において再び重要性を獲得したということは、カフカ自身の創作姿勢に重要な変化が生じているためではないか。

ここで思い起こされるのが、カフカの最後の日記である。一九二三年六月一二日の日記には次のように記されていた。

> 執筆の最中の不安が次第に高まっていく。それは理解できる。言葉のどれもが、精霊の手の中で向きを変え

> ――この手の振り方は特徴的な動きだ――投げ槍となり、話者へと向かって来る。こうした言葉は特にそうだ。そして無限に続く。慰めとなるのは、お前が望もうが望むまいがそれは起こるというただそれだけだろう。そしてお前が望むことは、ほとんど僅かしか助けにならない。慰め以上となること、それは、お前も武器を持っている。

この記述が、『判決』以前の日記に記された省察内容に近いことは、述べた通りである。一九一一年の幾つかの日記によれば、カフカは文章を執筆に先立って考案しているというが、ところどころに言葉が欠落した個所が残るので、執筆と同時にそこに適した言葉を考え出していく必要があるのだった。一九二三年の日記でも、恐らくそれと同じことが述べられている。どこか泥臭い精霊との格闘から連想される執筆は、〝水の中を前に進む〟という表現から想像されるような滑らかなものではない。

創作に関するカフカの問題意識は、ある時期を境にして『判決』以前の原点に回帰していると見られる。もっとも、最後の日記の〝精霊との闘い〟という形象は、カフカの一連の形象表現の中では、やや異色の存在であった。創作という孤独な営みを何者かとの対決として描くことは、少なくとも『判決』以前の日記では考えられなかった。これは、ひょっとすると『城』の執筆を経たことで生まれた発想なのかもしれない。バルナバスは、城の官房で書記と対峙し、書記が古い手紙の中から無作為に取り出した一通を受け取る。『城』のこの記述が創作をめぐる作者自身の内省でもあると考えたとき、そこから翌年の日記の形象表現までは、もはやそう遠くはない。

役人／〝流れ〟を待ち受ける者たち

カフカは、日記を『判決』以前にまで遡って創作とどう向き合うかもう一度考え直そうとしているのだろうか。もしそうだとすれば、それは必然的に、『判決』の執筆体験をも見直すことになるはずである。「まるで僕が水の中を前に進むように物語が僕の前に展開していく」――このように記された体験は、再度実現可能かどうかはともかく、カフカの理想の創作だったはずである。それが変わろうとしているのだろうか。ここで思い起こさねばならないのは、クラムという名前が、〝流れ〟を喚起する〝渓谷〟を意味するのと同時に、〝詐欺〟や〝虚像〟もほのめかす語だということである。そのクラムは、村の女性たちとの愛人関係でも知られる。橋亭の女将ガルデナは、かつてクラムの愛人であったとされる。現在はフリーダがクラムの愛人であると言われている。そして、ペーピがフリーダから愛人の地位を奪い取ろうと野心を燃やすが、その望みは結局叶わない。

『城』はしばしば、女性研究の観点から批評が行われてきたテクストでもある。K.は、フリーダがクラムの愛人であるがゆえに彼女に接近したのであり、そこでは女性は、男性と男性を接続させるための存在でしかない[15]。だが、恐らく役人と女性との関係、あるいは城と村との関係には、幾つもの意味が重層的に込められている。例えば、作者の伝記的な観点で言えば、K.とフリーダとクラムの三角関係に、カフカがかつて恋愛関係にあったミレナ・イェセンスカーとその夫エルンスト・ポラックとを重ね合わせて読むこともそう難しくはないだろう。同様にして、カフカの創作という観点からも、クラムが訪れた、あるいは訪れなかった女性たちから、やはり何かが読み取れるはずである。

クラムが訪れた女性ガルデナは、クラムの最後の訪れから二十年経ても、その当時の強い印象から解放されておらず、クラムに贈られた品をずっと大切に手元に置き続けている。クラムの訪れは、まさしく彼の名前ゆえに

〝流れ〟の到来を暗示するわけだが、その上に、〝橋亭〟という彼女が営む宿屋の名前もまた、主人公が橋から川に飛び込んで終わる『判決』を思い起こさせるだろう。ガルデナに『判決』という転機的な執筆体験を忘れられずにいるカフカ自身が重ねられているとすれば、女性のもとへのクラムの訪れは、作者にとっての創造的瞬間の訪れを暗示することになる。

　クラムが訪れなかった女性ペーピは、紳士亭を去ったフリーダの後任の接客係に指名され、それをクラムに見初められるチャンス、地位向上のチャンスと考えて、期待と共に仕事に励んだ。しかし、クラムが彼女を訪れるよりも先にフリーダが紳士亭に復職したために、その願いは叶わず、元の配置に戻る。カフカはしばしば具体的な数字にこだわる作家であるが、それが作者自身の執筆体験に照らして特権的な数字である可能性は十分に考えられる。例えば『失踪者』では、カフカが『判決』の完成を迎えつつあった午前五時から六時までの間に、「朝の薄明と始まりゆく日中の交通」が現れていた。ペーピの場合、彼女は、五日間給仕係として働けば、その地位を不動にできると考えている。この五日間という数字もまた、カフカにとって特別な数なのだろうか。

> 　四日間は少な過ぎた。もし力尽きるまで頑張れば、たぶん五日で十分だっただろう。でも、四日は少なすぎた。（S. 471）

結果として、ペーピには四日間しか時間的猶予がなかったわけだが、その四日間、ペーピは、二階にいるクラムが降りて来るのを待ち続けた。

> しかし、何故彼は来なかったのか？ 偶然だろうか？ ペーピもそのときはそう思っていた。二日間というもの彼女は今か今かと、夜中でさえも彼を待っていた。「いまに彼は来るわ」と彼女はずっと考え、期待による落ち着きのなさと、彼が入って来るときには誰よりも先にすぐに彼を見たいという欲求のためにあちこちと歩き回っていた。この絶えざる落胆は彼女を非常に疲れさせ、そのために、彼女はできたであろう程の成果を上げなかった。(S, 473)

「力尽きるまで頑張る」(sich bis zur Erschöpfung anstrengen) であるとか、「成果を上げる」(leisten) であるとか、多義的に受け止められる表現が用いられているために、ここからは、お客の注文を取ったり、飲み物や料理を運んだりといった仕事をこなしているペーピに重ねて、執筆に励む作者の姿を連想することも難しくない。そもそも、創作に没入するような高度な集中が、執筆に着手してから直ちに得られるような手軽なものであるとも思えない。五日間という数字が、創作への集中力を最高の状態に高めるために要する、カフカ自身の経験に裏打ちされたものであるとしても不思議はない。

だが、そうであったとしても、クラム（流れ）が到来したら何かが劇的に変わるのだろうか。クラムが訪れなかったために落胆し、被害妄想に駆られているペーピに対し、K.は、次のように諭す。

> クラムは君には、――これはもっともながら――手が届かないように思えて、そしてそれゆえに、君は、フリーダもまたクラムには近寄ることができなかったと思うわけだ。君は間違っている。僕はその点についてフリーダの言葉だけを信用しようと思う。たとえ確かな証拠がなかったとしてもだ。君にはフリーダの言う

ことが全然信じられなくて、彼女が言うことを君がイメージしている世間だとか役人だとか、あるいは女性の美しさが持つ高貴さだとか影響力だとか、そうしたものとほとんど結びつけられないにせよ、それは本当なのだ。ちょうど僕たちがここで隣り同士に坐って、僕が君の手を自分の両手で取っているのと同じように、まるでこの世の中で一番自明なことのように、クラムとフリーダもまた、隣り合って坐っていたんだ。クラムは自発的に降りて、そう、それどころか急いで降りてきたのだし、誰も廊下で彼を待ち伏せして仕事をほったらかしてなんかなかったんだ。クラムは、降りてくるように努めたに違いなかった。そして君がぞっとしたというフリーダの服の欠点は、一切彼には気にならなかったんだ。(S, 483)

オルガやペーピのような女性たちと対話するとき、K.は、急に聡明な聞き役あるいは指導役としての一面を発揮する。今回もK.の洞察が正しければ、クラムの訪れが意味するところは、ペーピが考えていたよりも遥かに平凡である。たとえ接客係がクラムと親しくなったところで、接客係は依然として接客係のままであって、劇的な地位の向上が待ち受けているわけでもない。すると、カフカにとっての〝流れ〟の到来もまた、やはり劇的な解決策にはならないということを、あるいは、たとえどれほど素晴らしい集中力で創作に没頭したところで、それが作品の出来栄えを保証するわけではないことを、カフカは自らに言い聞かせているのだろうか。

『城』の世界には、〝流れ〟は至るところに存在する。村と城を結ぶ道路には役人たちの交通の〝流れ〟が発生しており、しかもその〝流れ〟は、数十分おきに異なる道路に発生するという。この〝流れ〟は、『判決』のゲオルク・ベンデマンが橋から落下した直後に始まる「まさに無限の交通」を連想させるだけの力強さが備わっており、ヴァルター・ゾーケルが、この〝流れ〟から『判決』の父にも通じる「外見上の虚弱さとほとんど神的な生命性の統合」を読み取っているのも、至極もっともである。[16] だが、その「神的な生命性」に満ちた〝流れ〟は、他者には関心を示さず、救済を約束するものでもない。そのことを物語っているのが、アマーリア一家の父を襲った悲劇であった。

後述するように、アマーリアが役人の愛を拒んだことで一家は村の中で完全に孤立してしまうが、父は、許しを得るために役人に嘆願しようと、毎日、役人たちの交通の〝流れ〟の傍らで、朝から晩まで坐り続ける。こうして父は救済を期待して待ち続けるが、それよりも先に身体を壊してしまう。

> その頃、父のリュウマチの痛みが始まりました。冬が近づき、いつもより早めに雪が来ました。ここでは冬の始まりはとても早いんです。そして父は、あるときは雨で濡れた石の上に、そしてあるときは再び雪の中で坐っていました。夜中に父は痛みでうめいていました。（……）ついには、ある朝、父は硬直した脚をもはやベッドから出せなくなるまで。父は絶望的でした。軽く熱にうかされて、まさにいま、上のベルトゥッフのところで一台の馬車が停まり、役人が出て来て父を探して格子中をくまなく見て回り、首を振りながら怒って再び馬車へと戻っていく光景を見たと信じていたのです。（S, 344）

カフカの初期の作品『街道沿いの子供たち』で、子供たちは、疲れない人々に言及している。「「そこにいる連中っていったらね、考えてみろよ、眠らないんだぜ！」／「なんでなんだ?」／「そいつらは疲れないからさ」／「なんでなんだ?」／「そいつらはバカだからさ」」（D, 14）。ヴァルター・ベンヤミンは、これを〝疲れない子供たち〟と読み換えた上で、こう記す。「子供たちは寝に行くことをどんなに嫌がることか！　寝ている隙に、何か自分を必要とすることが起こるかもしれないのだ」[17]。アマーリアの父は、まさしくそれと同じ強迫観念にかられていたに違いない。ベッドで眠っている間に、その到来の瞬間を逃してしまうかもしれない。そのため、父は、役人の交通が生じている間は、片時もそのそばを離れてはならないと思い、毎日休まず冷たい石の上に座り続けた。結果として父は体を壊し、二重の不幸がアマーリアの一家を襲ったのである。

　このエピソードの真の悲劇性は、「神的な生命性」を備えた〝流れ〟を片時も逃さず待機し続けることが救済につながるという発想が、そもそもまったくの誤解だったのかもしれないという点にある。何か、それと同じような誤解は『城』と同時期に書かれた『断食芸人』の主人公にも認められるかもしれない。断食芸人は、かつては人気を博してヨーロッパじゅうを興行して回った。だが、ある時期を境にして断食芸の人気は落ち、人々からほとんど顧みられなくなってしまっていた。そのために断食芸人は、サーカスに雇われ、そこで断食芸を披露することになる。興行時代は、断食は四十日間に制限されていたが、いま、彼は無期限の断食に挑み、その前人未到の記録によって再び脚光を浴びたいと願っている。

> 観客がショーの休憩の間に動物を見に小屋へと押し寄せると、ほとんど避けがたく断食芸人のそばを通り、しばしそこで立ち止った。もし、この狭い通路で、待ちわびている動物小屋への列がここで止まっているのを理解できない後ろから押し寄せる人たちが、ゆっくり静かに観察するのを妨げなければ、観客たちはもっと長くそこにいただろう。(D, 344f.)

彼の檻の前には、確かに、サーカスを訪れた観客たちの〝流れ〟が発生している[18]。しかし、誰も彼が前人未到の断食に挑戦中だとは思わずに通り過ぎてしまう。アマーリアの父も断食芸人も、流れの中の誰かが足を止め、何故自分がそこで坐り続けているのか気づいてもらいたいと願っている。しかし、結果的に二人の試みは失敗に終わる。アマーリアの父は目的を果たせずして体を壊し、断食芸人はその記録が認知されぬまま餓死する。断食芸人もアマーリアの父も、そしてペーピも、〝流れ〟が救済となることを期待するが、〝流れ〟は彼らの望みを叶えてはくれない。

測量技師＝救済者K.

救済としての創造的瞬間の到来を逃してはならない。果たしてこれは、カフカ自身の強迫観念だったのだろうか。カフカは早くも一九一二年二月二五日の日記に次のように記している。

> 今日から日記を離さないぞ！　規則正しく書くぞ！　諦めないぞ！　たとえ救済が訪れないとしても、僕はいかなる瞬間もそれにふさわしくありたい。(T, 376)

救済は、未来に向かって一直線に伸びた時間軸上の遥か遠い先にある。もしかしたら、それは辿り着けないくらいに遥か遠い未来にあるのかもしれない。仮にそうだとしても、「僕はいかなる瞬間もそれにふさわしくありたい」とカフカは述べる。カフカにとって幸運となったのは、その後、救済が実際に訪れたことである。それが一九一二年九月二二日から二三日にかけての夜に書かれた『判決』である。

しかし、一たびそうした経験をしてしまったことで、その再来を求めること、あるいは、その再来に備え続けることが、カフカの創作姿勢に重くのしかかっていたという可能性は考えられる。『失踪者』のカール・ロスマンは、早朝という、『判決』に由来する特権的時刻に課されたつとめをたとえ僅かでも怠ったために追放される。だが、そこで必要以上に思い悩まず、新世界の奥地へと突き進んでいくのがこの主人公である。失踪者は〝疾走者〟でもある。その意味において、〝馬男〟という名前は伊達ではない――ロスマン（Roßmann）のRoßは〝馬〟を意味する。[19] だが、『審判』のヨーゼフ・K.は、裁判に備え、完成することのない請願書を執筆し続けてゆく終わりのない〝過程〟において次第に疲弊してゆく。『審判』の原題Der Proceßは、「訴訟」の他に「過程」も意味するが、この長編の主題は、まさしく疲弊してゆくK.の過程でもある。『法の前』に登場する田舎から来た男は、門の中に入る許しをいつ得られるか分からないために、一生門の前で待機し続けた。そしてグラックスは、永久に流れの中を彷徨い続ける。カフカの登場人物たちは、決定的瞬間が訪れるのを待ち続けるが、そうした救済の望みはますます薄くなっていく。

一見すると、『城』のK.も村の滞在許可を得るために絶望的に待ち続けているようにも見える。かつてマックス・ブロートは、城はカバラ的な意味での恩寵の地であると記した。精神的に荒廃した村に対する、恩寵の地としての城という解釈は、その後広く見受けられた。[20] だが、城は本当に恩寵をもたらすような存在だろうか。むしろ、城が人々の精神的荒廃の元凶なのではないか。人々は「攻撃的でもあり思慮深くもあり、また自己中心的でもあり非自己中心的でもある」[21]。そこでは、女性は役人の愛を受けるのが最高に望ましく栄誉なことであるとされている。そうした環境の中で、役人の愛を拒み、村の価値観そのものに挑戦してしまったのがアマーリアであった。一家もろとも村八分にされてしまった結果を見れば、彼女の行動が、いかに村の重大な倫理コードに抵触してしまったかが分かるだろう。[22]

アマーリアが拒んだソルティーニという役人は、恐らく重要な人物ではない。いずれにせよ、ソルティーニは七月三日――つまりカフカの誕生日に――アマーリアを見初めたとき、彼女にもっと近づこうと「机仕事で硬直した足で」(S. 311) 馬車のながえを跳び越えた。この表現から、「この物語『判決』を僕は(……)坐っていたために硬直した脚を机の下から引き抜くこともほとんどままならなかった。まるで僕が水の中を前に進むように物語が僕の前に展開していく間の、恐るべき努力と喜び」という日記の記述を連想するのは、そう難しくはない。アマーリアは、ソルティーニから翌日送り届けられた手紙を破り捨て、橋亭には行かなかった。それは言うなれば、創造的瞬間が訪れる予感がありながら執筆を断念することがカフカにとって考えられない暴挙であったのと同じように、村人たちにとっては通念に反する暴挙であった。指摘されるように、アマーリア一家に社会的な制裁を科しているのは城ではなく、村の共同体の方である。[23] 恐らくはその規範が深く作者自身の創作姿勢に由来するという点において、村を支配する不文律は、カール・ロスマンがアメリカで直面した不条理な規則と大きくは変わらない。

だが、『城』がそれまでの長編と異なるのは、主人公が共同体のそうした既存の規範に破壊的な影響力を持つという点である。K.は、オルガやペーピといった村の女性たちと対話を重ねる中で、彼女たちが城や役人に対して抱いていた思い込みや固定観念を徐々に打ち破っていく。そうして見えてきた役人の実態というのは、彼女たちが想像していたよりもはるかに平凡である。

ここで、何故K.が測量技師として設定されているのか考えてみる必要がある。これまでに幾人かの研究者たちが指摘しているところによると、ヘブライ語で測量技師に相当する語は、音訳すると **maschoach** となり、**maschiach**、即ち、メシア=救済者と綴りも発音もよく似ているという。[24] すると、K.は、村人たちを古い因習から解放し救済するために村にやって来たのだろうか。

カフカの一九一五年一〇月六日の日記には、一七世紀に現れた自称救済者、サバタイ・ツヴィに関する記述が見られる。リッチー・ロバートソンによれば、歴史上、救済者を自称した者たちは幾人か現れているが、K.には、彼らと共通した次の四つの特徴が認められるという。即ち、職業的技能が本当に備わっているのか怪しい点、攻撃的であつかましい性格、他人を利用しようとする心構え、メシアの到来を預言する者の存在である。[25] 実際、K.は本当に測量技師なのかよく分からない。村に到着した日、彼はその身なりから「浮浪者」と呼ばれてしまう――もちろん、そこにはLandvermesser（測量技師）とLandstreicher（浮浪者）の言葉遊びも潜んでいる。K.のあつかましさや他人を利用しようとする心構えは、クラムの愛人であるフリーダを利用しようという魂胆に見て取ることができる。

四番目のメシアの到来を預言する者については、ロバートソンは、第一三章に登場するハンスがそれであると考える。K.は、測量技師としての採用が決まるまでの当面の間、村の学校でフリーダと共に住み込みの用務員として働くことになったが、その初日の朝から女性教員に手ひどい扱いを受けてしまう。生徒の一人であるハンスだけが、K.の置かれた状況に同情的である。将来何になりたいかとフリーダに問われたハンスは、K.のようになりたいと答える。その意図は次のように説明される。

> この矛盾からハンスは確信した。いまは、確かにK.はまだ身分が低く、ぞっとするような有様ではあるけれど、それでもほとんど想像もつかない程に遠い将来、全ての人間を上回るのだと。そしてまさに、このほとんど途方もないような遠さとそこへ通じるべき誇るに足る発展が、ハンスを魅了したのだ。この対価のため

ならば、彼は現在のK.ですら受け入れたいのだった。(S, 237)

この考え方そのものがメシア思想であるという指摘は、しばしばされているところである。[26]

K.は、たとえ見た目にはどれほどいかがわしくとも、村にやって来たその日の内にもう救済者としての力を発揮している。アマーリア一家の悲劇は、単に彼らが村八分に遭っただけでは終わらない。事態を打開しようとした父母とも〝流れ〟の傍らで待ち続けた結果として身体を壊し、更には、問題解決の手掛かりを求めて、オルガが城の使用人たちを相手とする娼婦へと身をやつしたのだった。バルナバスも城の使用人として働き始めるが、二年間というもの、何の成果も得られなかった。そこへ、ある日突然やって来たのがK.であった。その知らせを受けたときの様子をオルガはこう語る。

紳士亭で誰かがそれについて話しているのを聞いたけど、私は気に留めませんでした。測量技師がやって来た。私にはそれが何なのか分かりませんでした。けど、次の晩にバルナバスが――私は普段、決まった時間に途中まであの子を迎えに行っていたんですけど――いつもよりも早く家に帰ってきて、部屋の中にアマーリアがいるのに気づいて、それで私を外に引っ張り出して、そこで顔を私の肩に押し付けて何分もの間泣くんですよ。もう、以前の子供に戻っちゃって。バルナバスにはまだ太刀打ちのできない何かが起こったんですね。まるで、突然あの子の前にまったく新しい世界が開かれたみたいで。そうしたあらゆる新しさが持っている幸福と心配に、あの子は耐えられなかったんですね。それで、あの子に起こったのは、あなた宛ての手紙を一通配達のために受け取ったという、それだけのことなんです。けれど、それは確かに最初の手紙で

> あって、そもそも、それまであの子がもらった最初の仕事なんです。（S, 360）

「測量技師がやって来た」。この言葉を「救済者がやって来た」と読み替えても、文章の意味が損なわれないことに注目する必要がある。

測量技師K.が因習に囚われた村人たちを次第に啓蒙してゆくことが救済なのだとすれば、それは役人たちにとって自分たちの権威を喪失する脅威に他ならない。[27] すると、カフカ自身もまた、それまで特権視してきた『判決』のような創作姿勢に疑いの目を向けようとしているのだろうか。自らが追求してきた創造性なるものの正体を暴いてその特権性を剥奪することこそが真の創造性につながるとカフカは考えたのだろうか。

もっとも、『城』は多面的な意味を持つテクストである。K.は確かに村に定住することを求めてやって来たのであり、城が恩寵を与えるというブロートの解釈は、まったくのこじつけというわけではない。カフカの創作ノートには、『城』の原型と呼べるような断片が幾つか残されているが、とりわけ、一九二〇年に書かれた、「幾人かの人々が私のところにやって来た」で始まる無題の断片は重要な意味を持つ。

語り手である〝私〟は建設業に携わる男性であるが、彼のもとにある日、ある集団が町の建設の依頼に訪れる。彼らは、町を建設してもらいたいという場所に語り手を案内する。

> 我々は川に沿って歩いた。そして十分な高さのある、ある高台に着いた。そこは川に向かって急に切れ込んでいたが、それ以外はなだらかで、とても広かった。彼らは、その上に町を建ててもらいたいのだと言った。そこは草だけが揺らいでおり、木は生えていなかった。その点は私も気に入った。だが、川への斜面が急過

ぎるように私には思えたので、そう彼らに注意した。しかし、それは問題ないと彼らは言い、町は他の斜面へと伸びていて、水場への通り道は他にもじゅうぶんにあるのだと言った。（NSF II, 302f.）

語り手は、高台から川までの斜面が急過ぎることを理由に、この土地での町の建設に難色を示している。語り手が念頭に置いているのは、高台から川の流れまで降りて行き、水を汲んで再び高台に戻って来るという仕事である。この潜在的な水汲みのモチーフは、村から城へ行き、手紙を受け取って村に戻って来るというバルナバスの仕事をどことなく予感させる。そもそも、一九一一年一一月一五日の日記では、文章の構想が〝流れ〟の中から言葉を掴むというモチーフによって捉えられていた。ここでも、連想されるのは水の中から何かを取ってくる動作であった。加えて、長編に登場する城もまた、この断片のように、ほとんど小さな町と呼ばれるべきものである。

それは古い騎士の居城でも、新しい豪奢な建物でもなく、僅かばかりの三階建ての建物と多数の狭く密集した低い建物からなる広い施設だった。それが城だと知らなければ、小さな町だと思うことだってありえた。（S. 17）

町の建設を主題とするこの断片と測量技師を主人公とする『城』は、その意味での接点も持つ。

語り手の元を訪れた集団は、何故、この土地に町を建設したがっているのだろうか。テクストには、一見するとそれに対する答えは記されていないのだが、この断片には、実は、カフカ自身によって抹殺された記述がある。その抹殺された部分には、次のように記されている。

> 朝、私は質問を繰り返した。彼らはどうして夕べの質問を朝繰り返せるものなのか直ちには理解しなかった。しかし、やがて彼らは、どういう理由からこの場所を選んだのか、それを正確には述べられないと言った。この場所を薦めるのは、古い伝承とのことであった。既に先祖たちがここに町を建設したいと思っていたのだが、やはり詳しくは伝わっていない何らかの理由から着手しなかったという。いずれにせよ、彼らをこの場所へと導いたのは、ちょっとした思いつきなどではないのだという。それどころか、彼らがこの場所を本当に気に入ったことなどなく、私が挙げた反対理由は、彼ら自身もとっくに認識していて、それは反論しようのないものと見なしていたという。しかし、やはりそこにはあの伝承のことがあって、そして伝承に従わない者は、殺されるというのだ。だから、彼らにはどうして私がためらっていて、昨日のうちからもう建設を始めなかったのか理解できないのだという。（NSF II App, 291f.）

カフカがユダヤ人であったことを考えれば、このテクストがシオニズムを念頭に書かれていると推測するのは難しくない。マックス・ブロートも、カフカ作品集にこのテクストを収録した際、この断片で描かれているのは、「イスラエルにおけるシオニストたちの建設作業」であると記している。[28] 測量技師として村にやって来たK.もまた、彼にとっては異郷であるはずの土地に定住することを望んでいる。[29] 考えてみれば、K.の振舞いは、一見して矛盾している。一方では共同体に受け入れられてその一員になろうとしながらも、他方ではその共同体のやり方に反抗的な態度を見せる。それはカフカが異なる二つの主題を同時に表現しようとした結果であると思われる。

〝私たち女は……〟

カフカが『城』の女性たちに創造的瞬間の到来を待ち受ける自らの姿を重ね合わせていたとすれば、カフカは作家としての自分を女性化していることになる。同時に、それは作者に訪れる創造性あるいは霊感が、男性化されることを意味する。これはヨーロッパ文学がギリシアから受け継いだ伝統の反対である。ホメロスの『オデュッセイア』は、「ムーサよ、わたくしにかの男の物語をして下され」と女神に呼びかけ、その霊感の力を借りることから始まる。[30] 近代ドイツ語文学でいえば、ゲーテの『ヘルマンとドロテア』がそうした形式的呼びかけを踏襲している。創作を可能にする力を男性が与えてくれるということは、女性作家であれば——ドリス・レッシングの『黄金ノート』のように——考えられるだろうが、男性作家の場合、それは極めて稀である。

当然、ここで思い起こされるのは、カフカが『城』から一年余りを経て書いた二つの生前発表作品、『小さな女性』と『歌手ヨゼフィーネもしくはネズミ族』が、いずれも女性を主人公としている点である。〈私〉を悩ませる小さな女性は、芸術の女神ミューズの寓意であるという解釈が存在する。[31] 確かに、ヨーロッパ的伝統に即せばそうした受け止め方になる。だが、『城』におけるジェンダー的役割の逆転が最晩年のテクストでも続いているとすれば、むしろ、小さな女性の方が、男性である〈私〉から創作への刺激を受けることになるはずである。

もっとも、『城』の女性たちは作家としてのカフカの一面を映し出す存在でありながら、それでいて確かに女性でもある。それも、役人の寵愛の対象であるという意味で、一見すると中心的でありながら、実のところ疎外され周縁化された存在である。[32] しばしばテクストからは、そうした周縁から彼女たちが発する〝声〟が聞こえてくる。バルナバスの仕事についてオルガとK.の対話が行われた第一六章の終わりには、作者によって大きく抹殺された箇所があるが、そこには次のように記されている。

「あなたには驚くほど物事を見渡す力があるのね」とオルガは言った。「あなたは時として一言で私を助けてくれる。これもきっと、あなたがよその土地から来たからね。それに引き換え私たちといったら、悲しい経験とひっきりなしの恐怖で、床板がみしっと音を立てるだけでもう、身を守ろうともせずにびっくりしちゃって。しかも、一人がびっくりすれば、もう一方も同時にびっくりして、その本当の原因なんてまったく理解してもいないんだから。そんなことで正しい判断なんかつきませんよね。たとえ、全てを考え抜く力があったとしても――そして私たち女は一度だってそうしたものを持ち合わせていたことなんてないんですけど――こんな状況ではそれも失われてしまいます。あなたが来たということは、私たちにとって何て幸運なんでしょう」。（S App, 369）

オルガが〝私たち〟と言うとき、それは単に城の使用人を相手にしている彼女や役人を拒んだ妹を指すばかりでなく、過酷な境遇に生きる村の女性たちみなを代表しているようにも見える。

こうした〝声〟は、ペーピからも発せられる。

フリーダはあなたの元を去ったわけで、私の見立てでもあなたの見立てでも、彼女があなたの元に帰って来る希望はないし、たとえ万が一帰ってくるとしても、それまでの間、あなたはどこかで過ごさなければならないでしょ。寒いし、あなたには仕事もベッドもない。私たちのところにいらっしゃいよ。私たちの友達のこと気に入ると思うから。私たちで、あなたが快適に過ごせるようにしてあげるから。私たちの仕事を手伝ってくれるでしょ。女の子だけじゃ本当にきついんだから。私たち女の子が自分たちだけを頼りにするなんてこともこれでなくなるし、もう夜中に不安になることもなくなるわね。私たちのところにいらっしゃいよ！友達もみんなフリーダのこと知っているんだ。だから、私たちであなたがうんざりするまでフリーダの話をしてあげるから。ね、おいでよ！（S, 485）

「私たち女の子」――クラムに見込まれるという望みも破れ、再び部屋の清掃係に戻ったペーピは、今度は、そこで働く仲間たちを代表するようにしてK.に語りかける。こうして測量技師として村にやって来たはずのK.は、紳士亭の女中部屋で、女将の許可なく、彼女たちに匿われながら生活することになる。

　ここで、ペーピ（Pepi）という名前が、元々はヨゼフィーネ（Josefine）の愛称であることも思い起こすべきであろう。カフカは、語り手自身が〝私たち〟を多用する物語も書いているが、「私たちの歌手はヨゼフィーネといいます」（D, 350）で始まる、『歌手ヨゼフィーネもしくはネズミ族』もその一つである。

　もっとも、そこに目を向ける前に、カフカの創作姿勢の変化についてもう少し考えてみる必要がある。『城』からは、カフカが『判決』以前の創作姿勢について反省している様子が窺えるが、それは同時に、『判決』以来理想としてきたはずの創作のあり方に距離を置き、見直そうとする態度の現れでもあるように見える。この変化はどこに向かおうとしているのか。

2　物思いにふける動物たち――『ある犬の研究』と『巣穴』――

カフカの手稿類の中に、「断食芸人ノート」と呼ばれるノートがある。その名の通り、このノートには『断食芸人』の草稿が記されているわけだが、そこにはまた、『ある犬の研究』と呼ばれている、本来は無題の生前未発表テクストも残されている。カフカが『城』を執筆したのは一九二二年一月から八月頃までであったが、五月二五日のカフカの日記には、「一昨日、H.-K.」（T, 922）と記されている。このH.-K.は断食芸人（Hungerkünstler）を指していると考えてまず問題ないだろうから、カフカは長編の執筆をどこかで一旦中断して『断食芸人』を書いたことになる。他方の『ある犬の研究』は、手稿のインクの色の違いから、九月一八日前後に書き始められた可能性が高いという。[33] それが正しいのだとすれば、『ある犬の研究』は、『城』よりも後に成立したことになる。

動物が主人公であり、なおかつ語り手でもあるという点で、『ある犬の研究』は、やはり生前未発表テクストである『巣穴』としばしば比較される。その『巣穴』の手稿は、両面書きされた十六枚の方眼紙に残されているが、その十六枚目裏面は、全て文字で埋め尽くされた上で、文章が途中で終わっている。そのため、当初は更に続きの原稿が書かれたが、意図的に破棄されたか、あるいは紛失してしまったものと思われる。[34] また、このテクストが書かれたのは、一九二三年から一九二四年にかけての冬であると見られている。[35] そうすると、『ある犬の研究』と『巣穴』の間には、およそ一年余りの期間が空いていることになる。カフカはその間に目ぼしいテクストを余り残していない。この空白とも言える一年をどう評価するか。それがカフカの最晩年の創作について考える上で重要な問題となる。

回想する学者犬

「断食芸人ノート」には、『ある犬の研究』よりも先に、更には『断食芸人』よりも先に、一匹の犬をめぐる短い断片が記されている。そこには、自分の犬小屋を勝手に離れ、家の外をうろつき回って帰ってきたところを人に見つかって叱られている犬が描かれている。この断片には二つの特徴がある。一つは、その犬の内的独白が記されている点であり、もう一つは、その犬が庭を抜け出していたのが、朝の五時頃から六時一五分までの間だという点である。

　こうした数字へのこだわりがカフカの特徴でもあるわけだが、『失踪者』のカール・ロスマンがホテルを解雇されて事務室を出たのが六時半過ぎであったことをここで思い出す必要がある。恐らく、『判決』に関係したカフカの特権的な時刻が繰り返されているのは、偶然ではない。『城』でも、紳士亭の廊下が朝の五時に秘書や使用人たちによって一斉に活気づく様子が描かれていたからである。そこでは、使用人たちの精励ぶりと、それをよそ眼に眠り込んでしまうK.が対照的に描かれていた。カフカは、犬をめぐる断片や『城』の中で、あの特権的時刻について何かを表現しようとしていたようであるが、そこでは何かがまだ描き切れていないようにも思われる。

『ある犬の研究』は、ある程度においては、不首尾に終わったそうした試みの再挑戦である。語り手は幼少の頃、七匹の犬が早朝から踊っているところに遭遇するという経験をしているが、それは、彼の犬生（?）の転機となる出来事として位置づけられている。語り手は大人になってから、再度、転機となる大きな出来事を経験しているが、それが断食をきっかけとする恍惚体験であった。主人公の生き方そのものに決定的な影響を与えてしまったそうした体験に、カフカは自らの『判決』の執筆体験を重ねようとしていたのではないか。そう考えたとき、『ある犬の研究』は非常に示唆に富むテクストとして現れる。

文学や絵画において、動物はしばしば人間のカリカチュアとして用いられてきた。『ある犬の研究』もそうだとすれば、それは極めて強烈な風刺である。というのも、しばしば指摘されるように、どうやらこの主人公は人間の飼い犬でありながら、人間の存在をまったく認識できていないと見られるからである。[36]彼が子供の頃に出会ったという、前脚を前の犬の肩に置いて音楽に合わせながら二本脚で歩いている七匹の犬たちは、恐らく人間に仕込まれた芸をしているに過ぎない。同様に、彼は後年、犬たちの食べ物がどこからやって来るのかという研究に従事して、食べ物は「上から」やってくることを突き止めたが、その食べ物というのは、人間によって投げ与えられているのであろう。彼はこの研究の際に飢えを原因とする幻覚を体験し、挙句の果てには、飢えによって先鋭化した身体的感覚を研究の手段だとはき違えるに至る。カフカがフロベールから影響を受けていたことは知られているが、『ある犬の研究』は、言わばカフカ流『ブヴァールとペキュシェ』でもある。[37]

もっとも、フロベールとは異なり、風刺のやり玉に挙げられているのは世の中の小市民たちではなく、カフカ自身のはずである。[38]例えば、次のような回想は、『判決』の執筆体験を連想させるものがある。

> 従って、もし私があの時期について一つ一つくまなく考えると——そして大いに喜んで私はその考えに浸るのだが——私は自分を脅かすような時期についてもじっくりと考えることになる。どうやら、こうした試みから回復するよりも先に、ほとんど一生を費やしてしまうしかないようだ。あの飢えの後に盛年期を迎え、それも過ぎ去ったが、いまもなお私は回復していない。もし私が次に断食を始めるとすれば、私がより多くの経験を積み、この試みの必要性についてより優れた見識を持っているために、たぶん以前よりも大きな決

> 意を抱くことだろう。しかし、私の体力は当時から低下しており、少なくとも、既に経験したことのある驚愕を単に期待するだけでもう疲れ果ててしまうだろう。（NSF II, 471）

『判決』の執筆体験が出産の比喩で表現されていたことからも想像されるように、それは恐ろしく体力を消耗させる営みであった。この学者犬も一生に一度の劇的な経験を厳粛な思いで振り返っている。だが、彼は人間に与えられた餌に手をつけず、勝手に空腹で目を回しただけなのである。カフカが自らの創作体験をこの学者犬に重ね合わせているとすれば、それは辛辣な自己風刺となる。

実際、『ある犬の研究』では、『判決』を暗示させる符号のような言葉が繰り返される。『判決』では、ゲオルクが川に落ちるモチーフで **„herab“** から **„hinab“** への書き換えが起きていることは、第II章で述べた。『ある犬の研究』において、この学者犬が断食を行ったきっかけは、犬の食べ物がどこからやってくるのかという研究調査であったが、食べ物の動きを示すために使われるのが、接頭辞 **„herab“** である。

> 地面の上にある食べ物の主要部分は、上からやってくる（von oben herabkommt）ということ（NSF II, 461）
>
> 食べ物を上から引っ張り下ろす（von oben herabzuziehn）（NSF II, 462）
>
> 即ち、地面の耕作なしで、一度上に向けた儀式だけを通して食べ物の到来（das Herabkommen des Essens）に成功し、それから他の要素を排除し地面に向けた儀式だけで食べ物の不到来に成功したならば、（NSF II, 464）

『ある犬の研究』は、接頭辞 **„herab“** が最も高い頻度で使われているテクストであった。このテクストでは、

„herab“は、このように「食べ物」と結びついた意識的な使われ方をしている。

犬の食べ物は「上から」やってくる。食べ物は、ヨーロッパの文学において「精神的なものと感覚が一体となる、現実には到達しがたい瞬間」を表すトポスとしてしばしば使われるという。[39] だが、この犬が研究している「食べ物」は精神的な糧ではない。同様に彼が経験する〝飢え〟もまた、精神的な飢えではなく、文字通りの身体的な飢えである。[40] 振り返ると、『判決』では「彼はもう欄干を、飢えた者が食べ物を掴むように、しっかりと掴んだ」（D, 61）と記されていた。飢えた犬もまた、上からやってくる食べ物をしっかりと掴む。だが、その食べ物を与えているのは、どうやら人間である。そのことを認識できない語り手は、新たに音楽研究へと関心を向けるが、その名も、「食べ物を呼び寄せる歌学」（„die Lehre von dem die Nahrung herabrufenden Gesang“: NSF II, 481）である。カフカにとって『判決』の執筆体験と密接な関係にある接頭辞„herab“は、この皮肉な学問の名称にまで含まれている。

自伝的調査計画とゲオルゲンタール騒動

『城』には、クラムの訪れから二十年を経てもなお、それを忘れられずにいるガルデナという人物が登場している。この登場人物もやはり、作者の『判決』体験を連想させるものがあるが、そのクラムの訪れが本格的に回想されることはなかった。その意味では、『ある犬の研究』は、『城』で展開し切れなかった主題を引き受けた物語とも言える。断食を研究手段と取り違え、感動に浸りながら無意味な研究に打ち込む老犬の姿は、滑稽を通り越した悲哀すら漂わせている。こうしてカフカは自らを徹底的にこき下ろしているのだとすれば、そこには並々ならぬ思いがあったはずである。

カフカはどのような考え方に基づき、この時期創作に当たっていたのか。それについて考える上での手掛かりが、『ある犬の研究』が書かれた「断食芸人ノート」に残されている。このノートの二葉目表面には、次のように記されている。

> 執筆が思いのままにならない。それゆえ、自伝的調査の計画。自伝ではなく、可能な限り小さな構成要素の調査と発見だ。それを材料にしてそれから僕自身を構築しよう。あたかも安全でない家を持つ者が、その横に安全な家を、可能ならば古い家の材料を用いて建てようとするように。しかし、具合が悪いのは、建設の途中で力が尽きて、安全ではないけれでも完備された家の代わりに、半分壊れた家と半分完成した家を持つことになったときだ。それはつまり無だ。その後に続くのは狂気、例えば二つの家の間で踊るコサックダンスだ。コサック兵は、足元に自分の墓ができ上がるまで長靴のかかとで地面を掻いて掘ることになる。（NSF II, 373）

どうやら、この記述は『城』の執筆開始とほぼ同時期か、早くて、その一年程前に書かれたようである。[41] まず注目すべきは、カフカがわざわざ「自伝」ではなくて「自伝的調査」の計画であると断っている点である。この「調査」によって得られた「可能な限り小さな構成要素」を材料に「僕」を構築したとき、それはカフカ自身の肖像、それもある種の詩的肖像となるはずだ。

それでは、この「自伝的調査」はどのように行われるのだろうか。もしそれが、二〇世紀の最初の四半世紀にプラハに生きた、一人の人間としてのフランツ・カフカを対象とした調査であれば、役所勤めで生計を立てた非職業作家として、独身者として、結核患者として、あるいはユダヤ人として生きた男の半生が振り返られるだろう。他方で、専らテクストの〈作者〉としてのカフカが調査対象なのであれば、日記や手紙を含めたあらゆるテクストの生産者としてのカフカの、テクスト生産に関係した体験や出来事が振り返られるだろう。

いま、その自伝的調査が後者の意味であると仮定しよう。そうすると、カフカが用いた喩えのうち、新しい家はこれから書かれるべきテクストを、取り壊される古い方の家は、既に書かれたテクストを意味することになる。書き手は、古い、安全ではない家の中から極力使える資材を取り出し、それを用いて新しい家を建てようとするわけだから、古い家から取り出される「可能な限り小さな構成要素」は、既に書かれたテクストの中の具体的な語や表現を指すと考えられる。そのようにして建てられた家は、真新しい資材の中に古い再利用された資材が交ざることで、以前の古い家の歴史を受け継ぐ。同様に、古いテクストから「可能な限り小さな構成要素」を用いて制作された詩的肖像は、まさにその再利用された構成要素のおかげで、歴史的厚みを持つことになる。

すると、『ある犬の研究』は、接頭辞 **„herab“** をまさしく「可能な限り小さな構成要素」とした「自伝的調査」だったのだろうか。評者によって判断理由は異なるが、これまでにも、『ある犬の研究』と『巣穴』がカフカの「自伝的調査」だったのではないかという見解は、しばしば見受けられた。[42]『ある犬の研究』では、宙を漂って生きる「空中犬」なるものが話題になるが、これは芸術家という存在そのものを暗示しているとも、西欧社会に同化して生きるユダヤ人を暗示しているとも解釈することができる。[43]だが、「可能な限り小さな構成要素」を再利用して行われるのが本来の「自伝的調査」であると考えたとき、その意味での調査が、いつ、どのように開始されたのかは、まだ突き止められていない。

もしかすると、それは既に『城』で始まっていたのかもしれない。一九一一年一一月一五日の日記と酷似する、あの抹殺された記述をここでもう一度読み返してみる必要がある。

ペーピが、お客たちに及ぼした自分の効果を描写する際に、笑いながら、まるで充溢の中から偶然に、しかし卓越した意図のありようと共に最も些細なものを掴み出すかのように、書記のブラートマイアーに言及したとき、その客は、――それがブラートマイアーだった――とっさに、光に目がくらんだかのように、手で目を隠した。

カフカは、精神的に高揚したときだけが、作品構想が可能な唯一の時間であると述べていた。従って、〝流れの中から偶然に任せて言葉を掴む〟ことは、創作との真剣勝負そのものだったはずである。ペーピはいま、紳士亭の四日間の出来事を回想してK.に語っている。だが、この「可能な限り小さな構成要素」が埋め込まれた新しいテクストは、その構成要素が孕む作者の歴史に比べて圧倒的に軽い。その結果、ペーピは、女中の回想にしては不釣り合いでおおげさな身振りをしている。

だが、それこそが作者の意図したものだったのかもしれない。このテクストは、実際、どこかフロベールの『ブヴァールとペキュシェ』を思い起こさせるものがある。一八八一年に遺作として発表されたこの作品の登場人物たちは、あらゆる分野の研究に手を出して失敗してゆくが、あるとき、彼らは作家の真似事を始める。

飯を食いながらも彼等は頭を捻った。頭脳の働きになくてかなわぬコーヒーを飲み、ついで二三杯のアルコール分。寝台にもぐってひと睡り。その上で葡萄園に降りたつと、そこを歩きまわり、はては霊感を求めて、足を外に向け、肩を並べてほっつき歩いた末に、疲れきって戻ってくる。

> さもなければ、部屋の二重鍵をかけて籠城した。ブヴァールは文机を拭き浄め、原稿紙をひろげ、ペンを浸して天井を見据えている。ペキュシェの方は長椅子に坐りこんで、脚をのばし頭を垂れて沈思黙考。
> ふと、彼等は慄えというか、着想のいぶきにも似たものを感ずることがある。しかし、さてそれを掴もうとすれば、既にもう掻き消えている。[44]

果たしてフロベールが自己風刺を狙ったかどうかは定かでないが、登場人物たちが作者の本領に手を出した際の彼らのこき下ろし方は、他のときに比べて冴えている。とりわけ、「さてそれを掴もうとすれば、既にもう掻き消えている」という、まるでカフカの日記のような一文が、形だけは立派に作家の真似事をして〝霊感〟を得た彼らに辛辣な皮肉を添えている。自分の働きぶりを雄弁に語るペーピの大げさな身振りも、作者自身の詩的肖像である彼女を皮肉に描こうとする狙いから生まれた可能性がある。

いずれにせよ、『城』から『ある犬の研究』へと筆が進むにつれて、登場人物の行動は滑稽さを増し、そこに重ねられる作者自身の姿も皮肉を増していっている。この辛辣な自己風刺は、カフカがそれまでとは異なる、新たな姿勢で創作に臨んでいることを示唆している。すると、『判決』という執筆体験、あるいはそれから生まれた創作の理想は、もはや克服されて過去のものとなったのだろうか。恐らく、そうではない。むしろ、カフカはまさしくそれを克服しようとしているからこそ、過去の創作姿勢と真正面から向き合い、自己対話を繰り広げているのである。

しかし、カフカは何故、理想として追求してきた創作姿勢を克服する必要があったのだろうか。その手掛かりは、この時期のカフカの手紙を読んでいくと窺える。結核の罹患以来、カフカは病気療養のために種々の休暇を取得し、幾度もプラハを離れて保養地に滞在している。一九二二年六月二三日から九月一八日にかけてカフカはプラハ近郊のプラナーに滞在しているが、これもそうした保養目的の滞在の一つである。プラナーでの滞在が始まってから間もなくして、カフカは友人のオスカー・バウムからある誘いを受けている。それは、ドイツのチュービンゲンにあるゲオルゲンタールという所で夏を過ごす予定だから、カフカも来て、しばらく一緒に過ごさないかという誘いであった。オスカー・バウムは、マックス・ブロートやフェリックス・ヴェルチュと並び、カフカの古くからの友人であり、作家仲間でもある。気心の知れた旧友からの誘いに、カフカが喜んで応じたとしてもおかしくはなかった。ところが、実際はそれと異なる展開を見せる。

まず、カフカは七月四日に、バウムに宛てて次のような手紙を記している。

親愛なるオスカー。それにしても君たちは善良で、きちょうめんで、思いやりのある人だね。君が僕に用意してくれたこと、君が僕に勧めてくれたことはどれも必要であるし、そして素晴らしい。というわけで僕は、たぶん一五日ちょうどではないけれど、でも恐らく二〇日より前には行くよ。もっと早く行ければ、僕にとっては望ましいくらいだ。（……）もし君たちがその他諸々と共に家主さんとの仲介も引き受けてくれるというのであれば、七月一五日から二〇日の間の僕の正確な到着日は後から電報で知らせる。それにまた、別の理由からも、この日取りは僕にはとても都合が良いのだ。というのは、こちらに、ところでこっちはオトラの元ですごくいいよ、この時期お客が来るので、部屋がたぶん若干狭くなると思うのだ。それに対して、僕はそしたら八月の終わりにまた戻ればいいのだし、オトラは恐らく九月末まで居るよ。

たぶん君は、僕が必要なことと不要なことをごちゃまぜに書いているのに気づいているね。そしてそれには、良くも悪くも理由があるのだ。僕をゲオルゲンタールに駆り立てる他のあらゆることを度外視しても（君と、君たちと、しばしの間一緒に暮らすという喜び、君の仕事の間近にいるという喜び、チューラウの頃を少しばかり味わうという喜び。あの頃は僕にとって、当時の僕の全てと共に遠くに消え失せてしまった。少しばかり世界を見て、他の場所にもまだ吸える空気があるぞと——僕の肺でさえも——僕自身に確信させるという喜び。そしてこの認識を通して世界は広くなるわけではないが、しかし、なんらかの心を責めさいなんでいる欲求を鎮静はさせる。）この全てを度外視しても、僕には極度に重要な行く理由がある——僕の不安だ。君はこの不安を確かに何らかの仕方で想像することはできる。しかし、君には、この不安の奥深くまでは到達できない。そうするには、君は勇敢過ぎる。僕は、率直に言って、旅行がものすごく不安なのだ。もちろん、まさしくこの旅行が不安だというのではなく、単に旅行そのものが不安だというのも全然違う。そうではなく、あらゆる変化が不安なのだ。変化が大きいほど、確かに不安も大きいが、それは単に比較的という話に過ぎない。もしも僕自身をもっとも軽微な変化だけに制約させるとするならば——生活はしかしそれを許してくれないが——、結局のところ、僕の部屋の机の配置換えは、ゲオルゲンタールへの旅行に比べて恐ろしさがより少ないということにはならないだろう。ところで、単にゲオルゲンタールへの旅行が怖いのではなくて、帰りの旅も同様となるだろう。究極のところ、もしくはそれに準ずるところ、これはつまり死の不安に過ぎないのだ。部分的には、神々の注意を僕に引き寄せることへの不安でもある。僕がここ、自分の部屋で今後とも生活し続けるなら、一日が他の日と同様に規則正しく過ぎるなら、当然僕のことも配慮してもらえるに違いない。しかし、事はもう進行中であって、神々の手は単に機械的に手綱を持っているに過ぎない。こんなにも素晴らしい、こんなにも素晴らしいのだ、顧みられないということは。もし僕のゆりかごの傍らに妖精が立っていたとしたら、それは「恩給」という妖精だったのだ。しかし、いまやこの素晴らしい状況の進展を見捨て、大空の下、荷物と共に駅へと歩く。世界を擾乱状態に陥らせる。それに関しては、自身の内面の擾乱状態より他には、もちろん何ひとつ気づかれはしないのだが。これは恐ろしい。けどそれは起こらねばならない。僕は——そんなに長くかからないに違いない——一旦覚えた生活をまったく忘れてしまうだろう。というわけで、一五日から二〇日の間だ。皆に宜しく。君の秘書さんにもお礼を。[45]——同じ夜には僕もゲオルゲンタールにいることになるというのは素晴らしい。確かに〝ゲオルゲンタール村〟でいいんだね？ フランツ（Br, 381f.）

この手紙の背景として、カフカが七月一日付で労災保険協会を病気退職し、恩給生活に入っているということは補足しておく必要がある。カフカは、自分の死が近づきつつあるのを予感している。確かに、いまは小康状態を保っているだろう。だが、旅行なんかを企てれば、いや、それどころか、日常生活にほんの小さな変化を加えるだけでも、いまのささやかな健康と安らぎは失われてしまうのではないか。まるで神々の不興を買ったギリシア悲劇の主人公たちのように、自分にも過酷な運命が待ち受けているのではないかと、カフカは不安に陥っている。

この手紙を記した後、カフカは、今度はマックス・ブロートに宛てて手紙を書いている。手紙自体に日付は記入されていないが、封筒には七月五日の消印が刻印されている。一体、この手紙は、これまでにどれほど研究者たちによって引用されてきたことだろう。もっとも、しばしば手紙の文脈はまったく無視されてきた。確かに、これは非常に長い手紙である。だが、カフカがこの局面でこれだけの長さの手紙を記したということ自体が注目に値する。だからこそ、ここにその全文を引用する。

親愛なるマックス。眠れない一夜の後、プラナーに来て最初の眠れない夜の後、僕は他の諸々のことは確かにできないのだけれど、君の手紙はたぶん普段よりも良く理解できる。君よりも良くね。いや、たぶん僕は誇張しているし、良く理解し過ぎているのだ。というのも、君の一件はやはり確かに現実ではないが、それでも僕の件よりも現実により近いという限りにおいて、僕の件とは異なる。僕の方ではこんなことが起きた。僕は、君も知っているように、ゲオルゲンタールに行くものと期待されていたのだ。僕もそれに対する異議はまったくなかった。もし僕が、あそこには作家が多過ぎるよと言ったのであれば、それはたぶん、行こうとする者の予感だったのであって、異議としては真剣ではなかったわけだ。単なる言葉の上での媚態だよ。反対に、僕はどんな作家も身近にいれば感服する（だから僕はプライソヴァーのところにも行きたかったのだけれど、君の奥さんからもやめておけと忠告されたのだ）。僕は確かに、どんな人にも感服するんだけど、作家というものはなおさらだ。中でも特に、僕が普段は個人的にまったく知らない作家だ。僕には想像できないよ。どうやったら作家がこの軽薄で恐ろしい国に快適に住居をしつらえ、どうやってそこでこんなに秩序だった家計を営めるのか。僕が知っている大概の作家は、僕には、少なくとも人となりは快適そうに見える。例えばヴィンダーもだ。そして第三に、僕の諸事情にとってこれは特に好都合ですらあるだろうし、僕のことはまったく問題にならないだろう。僕は傍観していることもできるだろうし、その上、それでも僕は独りぼっちでもないだろう。その独りぼっちというのを僕は恐れているのだけど。更に、僕にはオスカーという後ろ盾があるはずだ。僕は彼が好きだし、彼も僕に親切だ。そして僕はまた世界の新たな一部分を見るというわけだ。ドイツは八年ぶりだよ。更に、安くて健康的だ。確かにここでオトラと一緒にいるのは素晴らしいよ、特にいまはね。というのも僕は以前の部屋に戻ったからだ。だけど、ちょうど月末頃と来月に義弟の家族が遊びに来て、部屋がまた少し狭くなる。もし僕がここを離れれば、非常に好都合になるし、また戻って来ることだって可能だ。だって、オトラは九月末まで居るからね。従って、ここには分別においても感情においても、足りないものはないわけで、旅行は無条件に推奨されるのだ。そこへ、とても親切で詳細な手紙が昨日、オスカーから届いた。バルコンと寝椅子つきの、美しい静かな部屋、良い食事付きで庭の展望あり。これが一日一五〇マルクで見つかった。僕はただ承諾すればよく、いや、正確には、僕はもう前もって承諾してあったのだ。というのも、僕は、もしそんなような物件が見つかればきっと行くと確かに言ったのだから。

それで、一体何が起きているのか? 僕は、まず、かなり全般的に言うと、この旅行が不安なのだ。これは既に、ここ数日間、オスカーからの手紙が届かないことに僕が喜びを感じていたときには予感していたのだ。だけれど、これは旅行そのものに対する不安ではない。だって僕はもう、もちろん二時間だけであって、あっちは十二時間だけれど、こちらに汽車に乗ってやって来たわけだから。移動自体は僕には退屈だけれど、その他の点では気にならない。これは旅への不安ではない。最近、ミスルベックのそうした不安の例を読んだけど、彼は、イタリアに行こうとして、ベネシャウでもう引き返さなければならなかった。これはゲオルゲンタールへの不安ではないのだ。もし僕がそこに行ったとしたら、僕は確実にすぐに、もうその日の晩には馴染んでしまっているだろう。これは悟性が全て厳密に算出した上でようやく決断に至ろうとする意志の弱さでもない。そんなのはたいてい無理なわけだけど。でも今回はそれがギリギリ可能なケースだ。悟性は実際に計算可能であって、常に、僕は旅行に出るべきであるという答えに達する。むしろこれは変化に対する不安なのだ。僕が自分の現状に対して不相応な行いをすることで、神々の注意を僕自身に引き寄せてしまうのではという不安なのだ。

昨晩の眠れない夜、全てのことを絶えず痛みの伴う両方のこめかみの間であれこれと考えていたとき、僕は、最近の十分に穏やかな時にあってほとんど忘れていたことを再び意識した。何という薄い地面の上に僕は生きているのか。あるいは、地面はまったく備わっていないのだ。足の下は闇だよ。その闇の中から暗黒の力が自分の意志に従って出て来て、僕のどもりに気を留めることなく、僕の生活を壊してしまうのだ。書くことが、僕を保っている。だが、書くことがこの類の生活を保っていると言った方がより正しくはないか。もちろん、書かなければ、僕の生活はもっと良いなどと言いたいのではない。そしたら生活はむしろずっと悪く耐え難いし、狂気と共に終わるはずだ。もっとも、こうしたことは僕が、実際にこの場合はそうなんだけど、たとえ僕が書かないとしても僕は作家であるという条件の下でのみ成り立つ。書かない作家とは、もちろん、狂気に挑戦する化物だ。だけど、作家であること自体とは、どういうものなのだろう。書くことは甘美な、驚くべき報奨だ。けど何の報奨か。昨夜、僕には子供の直観教育の明快さと共に明らかになった。これは悪魔への奉仕に対する報奨なのだということが。この暗黒の諸力への下降、生来束縛されている霊どものこの解放、怪しげな抱擁、そして下でまだ進行しているであろう全てのことは、上では何一つ知る由もない。もしも、日の光の下で物語を書くとしたならば。たぶん、他の書き方もまだある。でも、僕はこれしか知らない。夜中、不安が僕を寝かせてくれないとき、僕はこれしか知らない。そして、その悪魔的なものというのが、僕には非常にはっきりと見える。これは、絶えず自分自身の周囲や他人の周囲をぐるぐると回り、――それも、この動きは増殖して虚栄心の太陽系となるのだけど――そしてその動きを楽しむという虚栄心と享楽欲なのだ。ナイーヴな人間が時々願うこと、「僕は死にたいな、そして皆が僕を悲しんで涙するところが見たい」というやつを、この手の作家は絶えず現実にやるわけで、彼は死に（あるいは生きておらず）、そして常に自分自身を悲しみ嘆くのだ。そこから恐るべき死の不安が生じる。これは何も死への不安として表出される必要はなく、変化への不安として、ゲオルゲンタールへの不安として登場することも可能だ。死への不安の原因は、二つの主要なグループに分けることができる。第一に、彼は死ぬことにものすごい不安を抱いている。何故ならば、彼はまだ生きていなかったからだ。僕は、生きるためには、女、子供、牧草地に家畜が必要だなどと言いたいのではない。生きるために必要なのは、ただ自己享楽を放棄するだけのことだ。つまり、家に感嘆したり、花で飾りつけたりする代わりに、家の中に入って住むだけのことなのだ。それに対してこうも言えるだろう。これは運命であって、誰の手にも委ねられていないのだと。けど、そしたらどうして後悔するのか？ どうして後悔が止まらないのか？ 自分自身をより美しく、より魅力を引き立てるためか？ それもある。ではどうしてこんな夜にはいつもそれを越して、こんな結論が残るのだろう。僕は生きることもできるだろう、でも生きていない、と。二つ目の主要因は――たぶんこれもまた一つ目の要因なのだが、いまは、僕にはこの二つがどうしても正しくえり分けられないのだ――熟慮だ。つまり、こういうことだ。「僕が演じてきたことは現実に起こるだろう。僕は書くことによって免除されたわけではない。人生を通して僕は死んできたが、いまや、僕は本当に死ぬんだ。僕の人生は他の人のよりも甘美だった。僕の死はその分、より恐ろしいものになるだろう。僕の中の作家は、もちろん直ちに死ぬだろう。というのは、こうした人影には地面などなく、存立もなく、土くれから成っているわけでさえないからだ。作家は、極めて世俗的な生においてだけ、ほんのしばしの間可能なのであって、享楽欲の一つの構築体に過ぎない。これが作家というものだ。僕自身はしかし、更に生き延びることはできない。というのも、僕は生きてこなかったのだから。僕は焼いていない、湿った粘土のままだった。火花を僕は炎にはせずに、僕の死体を照らし出すためだけに使ったのだ」。これは風変わりな埋葬になるだろう。作家が、従って存立していない何かが、古い死体を、前々から死体だったものを墓へと委ねる。僕はこれを完全な自己忘却の内に――覚醒ではなくて、自己忘却が作家であることの第一条件だ――全ての感覚と共に味わおうする、あるいは同じことだが、語ろうとする程度には作家である。けど、それはもはや起こらない。でもどうして僕は実際の死についてだけ話すのだろうか。生の内にあってもそれはやはり同じなのだ。僕は作家の快適な姿勢でここに座り、あらゆる美しいもののために備えていて、何もせず、次の様子を眺めていなければならない――というのも、僕には書くこと以外に何ができるというのだろう――。その様子というのはつまり、僕の現実の自我が、この哀れで無力な自我が（作家という存在は、魂というものに反論する論拠だ。というのも、魂は明らかに現実の自我を捨て去っているが、ただ作家にだけなった、それ以上にはならなかった。自我との分離がかくも非常に魂を弱くし得るなんてことがあるものなのだろうか？）ある任意のきっかけで、ゲオルゲンタールへの小旅行によって、（僕はそれを放置しない。このやり方でも正しくはないが）悪魔につね上げられ、むち打ちされ、ほとんど粉々にされる様子だ。どんな権利があって僕は、家にいなかったというのに、家が突然に倒壊するのを見て愕然とするのだろう？ それならば僕は、倒壊の前に何が起きていたのか知っているのか、僕は他所に移住していて、家をあらゆる悪しき力に委ねていたのではないのか？

　僕は昨日、オスカーに手紙を書いた。僕の不安にも確かに言及したけど、僕の到着を約束しておいた。この手紙はまだ出していない。そうこうしている間に夜だった。たぶんもう一晩過ぎるのを待つ。もしそれに持ちこたえられなければ、僕は断りの手紙を書かねばならないだろう。その時に一緒に決定されるのだ。僕はもう、ボヘミアから外に出てはならないということが。その次にはプラハに限定されるだろうし、そしたら僕の部屋に、僕のベッドに、そして特定の体の姿勢に、そして無に。そのときにはたぶん、僕は書くということの幸福を自由意志によって——自由意志と喜びが重要なのだ——放棄できるだろうよ。

こうした諸々の話に物書き的に落ちをつけるために——僕が落ちをつけるのではない、事実がそうするのだ——付け加えねばならないのは、旅行を前にした僕の不安には、次のような考慮でさえ一役買っているということである。僕は少なくとも数日の間を通じて書き物机に向かうのを邪魔されるんだな、というね。そしてこの笑うべき考慮が現実には唯一の正当な考慮だ。というのも、作家という存在は本当に机に依存しているからであり、彼は本来、もし狂気を免れようと思ったら、決して机から離れてはならない。歯でかじりついてでもそこに留まらなければならない。

作家の定義、こうした類の作家の定義とは、そしてその効果の説明とは、そもそも効果なんてあるとしてだが、こんなふうだ。作家は、人類の贖罪の山羊である。作家は人間に罪業を無垢のまま味わうことを許す。ほとんど無垢のままにだ。

一昨日僕は偶然に駅にいたのだが、（僕の義弟が出発しようとしたんだけど、そのときはしなかったのだ）偶然にここでウィーン特急が停車させられたのだ。プラハ行きの特急の待ち合わせのためにね。偶然に君の奥さんがそこにいたんだよ。愉快な驚きだ。僕らは二、三分ほど言葉を交わしたのだけど、奥さんから小説の脱稿のことを聞いたよ。

もし僕がゲオルゲンタールに行くなら、十日後にはプラハに戻っている。君のところのソファの上に悦ばしげに横たわり、君は朗読するというわけだ。けどももし僕が行かなかったら——

［引用者註：以下の文章は封筒に記されている］[46] 僕はオスカーに断りの電報を送った。そうするより他なかった。そ

うするより他にこの騒ぎは処理できなかった。昨日の彼宛の最初の手紙からして僕には非常に馴染みのあるものに思えた。こんな風にして僕はフェリーツェに手紙を書いたものだ。（Br, 382ff.：［］は引用者）

カフカの思いや考えがこれほどまでに生々しく、激しく吐露された手紙というのは、親友であるマックス・ブロートに対してといえども、これが初めてであろう。この手紙では様々な事柄が、カフカらしく多様な形象に託して表現されているが、突き詰めて言えば、全ては一つの問題を出発点としている。それはオスカー・バウム宛の手紙にも記されていたように、変化に対する不安である。この頃のカフカは、ほんの小さな変化に対してさえ不安を抱くほど、精神的に弱っている。バウム宛の手紙の執筆を通じて、そのことをカフカ自身も明確に自覚するに至った。だが、カフカの思考はそこで止まりはしなかった。一体、どうしてこんな事態になってしまったのか。そのことに考えをめぐらせると、問題は必然的に〝書くこと〟に行き着く。カフカの結核は、何年もの間、執筆のために身体を酷使し続けた帰結でもある。では、〝書くこと〟、もしくは作家であるということは何を意味するのか。これがブロート宛の手紙で展開される主要なテーマである。

　この手紙におけるカフカの思考法の特徴は、自分の中の作家としての人格と身体的機関としての「自分自身」を分けて考えている点にある。そして、作家としての人格が〝書くこと〟を最優先する方針を採った結果、生身の人間としての「自分自身」の世俗的な幸福は制約されてしまった。一見すると、人間としての「自分自身」は不幸に陥ったわけだが、そこにカフカは「悪魔的なもの」を認めている。「ナイーヴな人間が時々願うこと、『僕は死にたいな、そして皆が僕を悲しんで涙するところが見たい』というやつを、この手の作家は絶えず現実にやるわけで、彼は死に（あるいは生きておらず）、そして常に自分自身を悲しみ嘆くのだ」。カフカはこれを「虚栄心と享楽欲」と呼ぶ。つまり、作家としての道を歩む代償として不幸に陥った自分自身のあり様を、秘かに、ナルシスティックに楽しむ悪魔的な自分というものが存在する、ということをカフカは自覚している。しかし、そこへいま、後悔が生じつつある。こうした享楽欲に耽る余り、十分に生きてこなかったこと、それにもかかわらず本当の死が近づきつつあることに、カフカは後悔と恐怖を覚えている。もちろん、後悔が本物であるほど、苦しむ様が真摯であるほど、そうした自分はより美しいわけで、それを更にナルシスティックに喜ぶ自分という存在も確かに否定できない。それを認識するだけの勇気と頭脳をカフカは備えている。だが、そうした喜びを差し引いても、不安や後悔がなお余る。これがカフカの挙げる死の不安の第一要因である。

不安の第二要因は、カフカが作家としての人生から確かに満足を得た一方、自分自身を十分に顧みなかったことに原因する。「どんな権利があって僕は、家にいなかったというのに、家が突然に倒壊するのを見て愕然とするのだろう？ それならば僕は、倒壊の前に何が起きていたのか知っているのか、僕は出はからっていて、家をあらゆる悪しき力に委ねていたのではないのか？」結局、ここにもやはり、作家としての生き方がもたらした結果に対する後悔が現れている。

一連の騒動の根本にあるのは、言葉によって表現すれば極めて陳腐になるが——だからこそ、カフカは極力形象表現に託して語っていたように思われる——作家としての存在と己の生との間の煩悶である。それは多くの作家が経験してきた、目新しさのない問題には違いないが、それに対する向き合い方に作家の個性も現れる。カフカの場合、最後にこの話に落ちをつけることを忘れない。ゲオルゲンタールへの旅行の不安の背景には、仕事を中断されることの煩わしさも混じっているのであると。実際、カフカはこのとき、五年振りの創造的な時期を迎えていたわけである。仕事を中断されたくないというのもまた、本心であったと思われる。

だが、カフカがまさにこのとき取り組んでいた『城』で起きていたのは、一体何だったか。カフカは『城』の原稿を保養地プラナーに持ち込んで執筆を継続していたが、批判版全集の編纂者の推定が正しければ、『城』の第一六章の終わり辺りまではプラハで書かれ、それ以降はプラナーで書かれたことになる。[47] それはつまり、バルナバスが手紙を受け取る経緯をめぐるK.とオルガの一連の対話は、このゲオルゲンタール旅行の騒動が始まる前にプラハで書かれていたことを意味する。確かにカフカは手紙の中で、「この暗黒の諸力への下降」としての執筆について、「僕はこれしか知らない」と記している。ところが、『城』の中で展開していたのは、まさにそうした〝書くこと〟への批判だったはずである。矛盾していることは覆い隠しようもない。

この矛盾は、〝書くこと〟をめぐるカフカ自身の揺れや葛藤を示唆している。先述のように、カフカはそれまでの創作姿勢を克服したのではない。むしろ、感情と分別の間で揺れ動きながら創作を続けている。結局、この騒動は、カフカがオスカー・バウムに旅行キャンセルの電報を送りつけるという顛末を迎えた。バウムにはその後、事態の経緯を説明した第二信が、未送付だった先の第一信を添えて郵送されている。このバウム宛の第二信には、特に新たな内容は見られない。そうこうしている間に、今度は、先の長文の手紙を受け取ったブロートからカフカへの返信が到着している。

その手紙の前半部分には次のように認められている。

> 親愛なるフランツ。僕には、（どんなに努力しても）君のケースはそんなに絶望的には見受けられない。プラナーでの滞在が君に気に入ったから、君は留まるというだけのことだ。誰も好んで夏の避暑地を替えたりはしない。というのも、まさにそうした場合、保養を求めているわけだから、運に恵まれないということを当然な

がら恐れるからだ。だから君みたいに運が良かったのなら、そこに留まるさ。君を圧迫しているのは、一、バウムに与えた約束——だが、バウムは理解するだろう。二、君が引き出した恣意的な結論、即ち、この旅行と共に将来の全ての旅行が消滅するということ。そこには当然、ひとかけらの狂気が、自虐行為が一役買っている。だけど、誰しも実に色々な目的で旅行するものだよ！　いま、これが自信の持てない回復という状態での、同時に確実な回復という課題を伴っての保養旅行というのであれば、それは難しい。だけどもし僕が君に、僕のクラリッサのベルリンでの初演を秋に観に来てくれとお願いしたら、きっと君は一緒に来てくれるよね、そうじゃないか？

　作家についての君の意見だけど、そう、僕らは、互いに友人同士ではあるのだけれど、明らかに、異なったタイプに属しているのだ。君は、書くという行為の中で、何かネガティヴなことについて自分自身を慰めていて、そのネガティヴなものというのはつまり、現実のものかあるいは想像のものなのだろうが、いずれにせよ、君自身には人生のネガティヴなものと感じられるものであるわけだ。君はつまり不幸の内で、少なくとも書くことができるわけだ。僕の場合、幸福と書くことが同じ糸で吊られているのだ。この糸がちぎれたら（なんてこの糸は弱いのだろう）、そしたら僕はみじめだ。こんな状態では僕はもう、書くことよりもむしろ首をくくれたらと思うよ。君はこう言うだろうね、書くことが君の首のくくり方だろう云々と。しかし、これはだけど類比になっていないよ。というのも、まさしく〝この〟首のくくり方を、僕は知らないのだから。そして僕は、心が非常にバランスの取れた状態にあるときにだけ書くことができるのだ。このバランスは確かに、僕が書くことをまったく必要としないであろうという程には、決して大きくはないのだが。ここに僕らの互いの接点がある。アディのような非ユダヤ系の作家たちは、こうした場合にはアルコールを用い

> た。それはつまり、各人が自分の執筆のために必要な程度に、すごく幸せか、もしくはすごく不幸になるためなのだ。我々ユダヤ人には、恐らく、こうして調整させてくれるものが欠けている。（BKB, 380f.）

ブロートは、今回の騒動の表面的な問題から着手している。まず、カフカが突然旅行を取りやめたことに理解を示して、次に、もうどこにも行けないと悲観しているカフカに、自分が脚本を書いた芝居の初演を観にベルリンに来てくれるよう乞うことで、カフカを落ち着かせ、励まそうとしている。それから、核心となる執筆の問題に話が及ぶ。だが、ブロートの応答は、カフカによって提示された論点からはややずれている。カフカの手紙では、執筆という享楽の代償として生を犠牲にしたことが論点となっていたが、ブロートがここで論じているのは、執筆と幸福もしくは不幸との関係についてである。幾分話がかみ合っていないが、それは恐らく、ブロート自身も言うように、書くということに関して、カフカとブロートが異なるタイプの作家だからでもあろう。

　ブロートのこの手紙に応じる形で、今度は七月一二日消印のカフカの手紙がブロートに宛てて送られている。この手紙の冒頭の数行と中盤には、次のように記されている。

> 親愛なるマックス。いまちょうど、あちこち歩きまわっているか、石のように固まって坐っているところだ。まるで絶望した動物が自分の巣穴の中で、敵に囲まれてそうするように。この部屋の前には子供らがいて、二つ目の部屋の前にもいる。ちょうどもう部屋を出ようとしていたのだけど、そしたら、ほんのつかの間ではあるけれど、静かになったので、君に手紙が書けるのだ。君は信じてはいけないよ。プラナーでは完璧に素晴らしいか、完璧に近いなんてね。それから、これが、僕がここに留まる主な理由だなどと。確かに住ま

いそのものは、つまり、家庭的な落ち着きに関しては、気の利いた調度になっている。家具類は自由に使ってしまってよいはずであり、もっとも慎重なオトラもそうしている。オトラや子供、女中からは、壁一枚隔てただけで暮らしているにもかかわらず、昼夜ともまったく邪魔は受けていない。けれど、例えば昨日の午後、子供らが僕の窓の前で遊んでいて、僕の目の前すれすれのところに悪童のグループが、もっと左の方に行儀がよく、可愛らしいと見て取るべきグループがいるのだが、両者の騒音は同じ程度であり、僕をベッドから、絶望して家から、ずきずきするこめかみと共に野や森を抜けて、希望もなく、フクロウのように駆り立てるのだ。(……)

それで、書く方は?(ところでこっちは中程度以下で進捗している。さもなければ無だ。そして絶えず騒音によって危険に曝されている。)君への僕の説明はまったく合っていないということはあり得る。それは単に僕が、君の執筆を可能な限り自分の執筆と同じように捉えようとしていることに起因するのかもしれない。こうした相違は確かに存在する。僕がかつて、書くこととそれに関係する事柄抜きに幸せだったとして(僕が幸福だったのかはよく分からない)、その時は、僕はまったく書く能力がなかったわけである。そのために全てが、まだ出航するかしないかだったのに、直ちにひっくり返ってしまったのだった。だって、書くことへの渇望は完全に過積載となっているからだ。しかし、そこから根っからで生まれつきの栄誉ある作家気質を結論づけてはならない。僕は故郷から去っていて、絶えず故郷に向かって書かねばならないのだ。たとえ故郷の全てがとっくに永遠へと流れ去ってしまったはずだとしても。こうした書くことの全てが、島の一番高い頂に置かれたロビンソンの旗に他ならない。(Br 390ff.)

カフカはまず、プラナーの滞在が気に入っているからゲオルゲンタールに行きたくないのだろうというブロートの推測を否定している。気に入るどころか、カフカはプラナーで騒音に悩まされ続けている。

次に、ブロートへの応答として、カフカは書くことと幸福との関係について論じている。ブロートは、カフカは不幸によって生産的になるタイプの作家であると指摘したが、それを受けてカフカは、もし自分が幸福だったらどうなるのか、船の喩えに託して説明している。それによれば、もしカフカが書くこと一切抜きにして幸福だったとしたら、「書くことへの渇望」を積んだ船は、直ちにひっくり返ってしまうという。船が転覆するのは、積荷とバラストの釣合が取れていないために、船の重心がずれているからである。つまり、カフカという船が「書くことへの渇望」という積荷を搭載するためには、それとバランスを取り合う〝不幸〟が重りとして必要だというわけである。この喩えによって、君は不幸を必要とする作家であるというブロートの指摘をカフカは追認していることになる。ただし、カフカはその直後に、決して自分は不幸を運命づけられた偉大な作家を気取るわけではないと断っているのではあるが。

もっとも、「書くことへの渇望」が満たされたとしても、カフカが完全に満足するのは難しいことを「島の一番高い頂に置かれたロビンソンの旗」が示している。遭難によって無人島生活を余儀なくされたロビンソン・クルーソーは、万が一、付近を船が通ったときに備えて、島の頂に旗を立てておいた。この旗は救難信号である。カフカは、書くために自主的に孤独な生活に入ったはずだが、その〝書くこと〟が、「救助と人間とのコミュニケーションへの参入の要請」を知らせる「ロビンソンの旗」となっている。[48] それならば無人島生活を切り上げればよいのかもしれないが、病や婚約破棄を経たカフカにとって、帰るべき故郷は「とっくに永遠へと流れ去ってしまった」。

一連の手紙は、『ある犬の研究』においてカフカが辛辣な自己風刺を試みた背景には、それまでの自分の生き方をめぐって深刻な葛藤があったことを伝えている。だが、それとは別に、カフカが七月一二日の手紙の冒頭で騒音の悩みを訴えている点にも注意せねばならない。「いまちょうど、あちこち歩きまわっているか、石のように固まって坐っているところだ。まるで絶望した動物が自分の巣穴の中で、敵に囲まれてそうするように」。この記述から、やがて翌年に記されることになる『巣穴』を連想するのはさほど困難ではない。『巣穴』の主人公は、巣の中に響く謎の騒音の正体を探ろうと奮闘する。そこから、ここにもやはり、カフカ自身が重ね合わされていることが推測されるのである。

仕事を放り出す小動物

『巣穴』は、これまでにも常にある種の自伝的なテクストとして読まれてきた。そうした読解は、これまでの研究の中で「突出した位置」を占めるとヴィヴィアン・リスカは述べる。[49] 例えば、『巣穴』は「ほとんどアレゴリー的にカフカ自身の作品と一致する」と述べたハインツ・ポリツァーは、語り手が「砦広場」の周囲を動きまわる想像上の光景は、グレーゴル・ザムザが部屋の中をはい回る『変身』のモチーフを示していると解釈した。[50] あるいは、この巣の「最初の作品」（NSF II, 587）は、カフカの初期のテクストである『ある戦いの記録』を指すとマルコルム・パズリーは述べる。[51] バルト・ナーゲルは、ポリツァーの「ほとんどアレゴリー的」という考えには反対しつつも、この巣穴を架空の現実であると同時に「カフカの文学的創作の総体の隠喩」として捉えている。[52] マーク・ブールビィは、このテクストを単にカフカの肖像として捉えることには反対しつつも、完璧主義に陥っている『巣穴』の主人公に作家の姿を読み取ろうとしている。[53] ブリッタ・マシェは、巣に響く音の正体を、結核を病んだカフカの肺の音と捉え、このテクストをある種のキュビスティックな作者の肖像と見なした。[54] 更に、脱構築的な解釈にまで幅を広げれば、「巣穴」は「作者」というもののアレゴリーであるとか、あるいは、「読み取れないこと」のアレゴリーであるという読解を見出すこともできるだろう。[55]

こうした先行研究が示唆するように、『巣穴』は、『ある犬の研究』と同じように、「自伝的調査」として書かれたのだろうか。仮にそうだとすれば、『ある犬の研究』において接頭辞 „**herab**“ がそうであったように、『巣穴』で頻繁に用いられている接頭辞 „**hinab**“ もやはり、「可能な限り小さな構成要素」として機能しているはずである。『巣穴』は、モグラのような動物が地下に掘りあげた巣を物語の舞台とする。だが、物語は常に地下世界で進行するのではなく、主人公は一旦地上に上がり、そして再び地下の巣に戻るという行動を取る。その結果、この物語には地中深くへ〝降りる〟というモチーフが生じる。一九一三年六月二六日の手紙でカフカは、「書くことは役所と相容れません。というのも、書くことというのは深いところに重心があり、役所というのは、それに対して、生活の表面にあるからです」と記していた。カフカにとって、「深いところ」は〝書くこと〟から連想される場所である。

カフカが地中深くへ降りるというモチーフを描くのは、『巣穴』が初めてというわけではない。「一九二〇年の原稿群」でも、登場人物が地下に降りてゆく光景がスケッチ的に描かれている。

> 君は、僕に更に降りて行けと言う。けど、僕は既に非常に深いところにいて、とうに息を飲んでいる。ここですら既に深すぎるくらいだ。だが、もしここがもう深いところに違いないのであれば、僕はここに留まるよ。何というところだろう。恐らくもういちばん深いところだよ。僕はここに留まるよ。どうか、これ以上

降りていくこと（Hinabsteigen）を僕に強いないでくれ。（NSF II, 331）

「深いところ」へと降りてゆくモチーフにおいてカフカが用いている語は、„Hinabsteigen“である。接頭辞„hinab“は、『巣穴』において合計十七回用いられているが、その内の十三回が〝巣に降りる〟というモチーフに関連した用法である。その文法的な内訳は上の通りである。

『巣穴』で使われている接頭辞 hinab の種類と数

hinab steige	1
hinabsteigen（不定詞）	2
hinabzusteigen	2
hinabsteige	1
hinabgestiegen	2
Hinabsteigen（名詞）	4
hinabkommen	1

ここから分かるように、„hinabkommen“という一回だけの例外を除けば、接頭辞„hinab“は、ほとんどの場合、„steigen“という動詞の分離前綴りとして使われている。主人公が巣に降りるモチーフに対して、この表以外の動詞が用いられること――つまり、接頭辞„hinab“を伴わない動詞が用いられること――は、ごく僅かしかない。例えば、„hineingestigen“（NSF II, 594）、„steige [...] ein“（NSF II, 594）、„steige [...] hinauf“（NSF II, 602）、„steige [...] hinunter“（NSF II, 602）などである。主人公が巣に降りるモチーフにおいて、用いられる動詞の大多数は„hinabsteigen“である。

主人公が巣の中に降りるのは、物語において実際には一度きりである。それにもかかわらず、「降りる」という動詞がこれほどまでに多用されるのは、主人公が決してすぐには巣の中に入ろうとせずに、ぐずぐずするからである。

しかし、その間に私が入口の上で生起するあらゆる出来事を見るのに慣れたために、いまや、まさに注目を引き起こす下降の手続きを実施するのも、私の背後の周囲一帯、そして再び閉じられる蓋の背後で起こるであろう出来事を知りえないのもとても苦痛に感じる。（NSF II, 593f.）

「下降の手続き」（„Procedur des Hinabsteigens“）という表現は、巣に降りるという行為が、何か形式化された段階を踏んで行われるものであることを示唆している。語り手は、『ある犬の研究』の学者犬のように、その「下降の手続き」について研究しようという意欲を一旦は見せる。

私は、本物の入り口からもちろん十分に離れたところに、観測用の穴を掘る。それは私自身の背丈と同じくらいの深さで、苔の蓋で仕切られている。私は穴に這って入り、蓋を閉じ、一日の異なる時刻に、入念に計画した長短様々な時間待機し、そして苔を外し、外に出て監察結果を記録する。私は非常に異なった経験を幾つもする。いいやり方と悪いやり方で。しかし、下降（Hinabsteigens）の一般的な法則、あるいはその絶対に確実な方法を私は見つけていない。（NSF II, 594）

奇妙なことに、語り手は何者かが下降する様子を観察し、それを記録している。だが、その結果、「下降の一般的な法則、あるいは絶対に確実な方法」なるものを発見するには至っていない。

　物語の地の意味に即したとき、「下降の一般的な法則」や「絶対に確実な方法」が何を指すのかは不明瞭である。だが、カフカがここに自らの〝書くこと〟をめぐる問題を重ねていると考えれば、そこで示唆されている事柄というのは、概ね察せられる。というのも、まさしくゲオルゲンタール騒動の最中、カフカはブロートに宛てて次のように記していた。

> この暗黒の諸力への下降（Hinabgehen）、生来束縛されている霊どものこの解放、怪しげな抱擁、そして下でまだ進行しているであろう全てのことは、上では何一つ知る由もない。もしも、日の光の下で物語を書くとしたならば。たぶん、他の書き方もまだある。でも、僕はこれしか知らない。夜中、不安が僕を寝かせてくれないとき、僕はこれしか知らない。

「この暗黒の諸力への下降」は、執筆に際して没入するように精神的集中力を高めてゆくことを表していると見られるが、〝巣の中への下降〟もまた、それに対応しているものと察せられる。ちょうど『城』においてクラムの到来に一般的法則など見受けられなかったのと同様に、動物の語り手も、〝下降〟の「絶対に確実な方法」を見出していない。[56] 一定の手順を踏めば創造性が訪れるくらいであれば、そもそもカフカはこれほどまでに〝書くこと〟を問題化する必要などないのである。

改めて『巣穴』の物語空間に着目すると、それが上下で二つに分かれた世界から成っているという点で、ブロート宛の手紙の中の隠喩「この暗黒の諸力への下降」と形象的に類似していることに気づかされる。カフカにとって執筆とは、「上」の世界から「下」の世界へ「下降」した後に実施する営みであった。では、地上から地下へと降りた後、主人公はそこで何をするのだろうか。

私は場所を変えた。上の世界から巣の中へと来た。直ちに私はその効果を感じる。それは、新しい力を与える新たな世界であり、上では疲れであることが、ここではそうではない。私は旅から戻り、非常な疲労から度外れに眠かった。しかし、古い住みかを再び目にして、私を待ちうける施設工事、全ての部屋をすぐに、少なくとも表面だけでも点検する必要性、そして何よりも、大急ぎで砦広場へと向かう必要性、これら全てが、私の眠気をせわしなさへと興奮に変えて、それは、あたかも私が巣に入り込んだ一瞬の間に長く深い睡眠をとったかのようだった。（NSF II, 603）

巣の中に戻った瞬間、語り手を仕事が待ち構えている。それは「施設工事」であり、部屋の点検である。この巣自体をカフカのテクストの暗示と捉える考え方は以前から存在するが、これらの仕事に原稿の加筆や修正といった作者の仕事を重ねるのは、そう難しいことではない。

だが、ここでもう一度、カフカの手紙について考える必要がある。七月五日のブロートへの手紙において、カフカは確かに、「この暗黒の諸力への下降」としての執筆について、「僕はこれしか知らない」と述べていた。しかし、カフカは、そうした執筆を無条件に肯定していたわけではなかったはずである。むしろ、身体に負荷のかかるそうした執筆を追求し続けた結果が結核であると考え、後悔していた。「生きるために必要なのは、ただ自己享楽を放棄するだけのことだ」――いまやカフカにとって、「生きること」と「自己享楽」としての〝書くこと〟は二者択一となってしまった。後者を捨てて前者を選ぶことをカフカは、〝家〟の形象に託して次のように表現していた。

家に感嘆したり、花で飾りつけたりする代わりに、家の中に入って住むだけのことなのだ。生きるためには、虚栄心から家の外側を「花で飾りつけたりする」（苦悩を運命づけられた偉大な作家を気取る）代わりに、「家の中に入って住む」（堅実な生活を送る）ことが必要である。もっとも、一九二二年時点において、カフカはもはや、「家の中に入って住む」ことも容易な状態にはなかった。

どんな権利があって僕は、家にいなかったというのに、家が突然に倒壊するのを見て愕然とするのだろう？ それならば僕は、倒壊の前に何が起きていたのか知っているのか、僕は他所に移住していて、家をあらゆる悪しき力に委ねていたのではないのか？

この「家」は、カフカの身体の隠喩である。カフカは、「他所に移住して」（魂が創作に専念して）いる間に、「家」を倒壊の危機に曝してしまった。突き詰めれば、そこにカフカの痛恨の念があったわけである。『巣穴』は出来事に非常に乏しい物語である。だが、そこには不可逆的な転機が存在する。それは、語り手が一時期、巣を不在にしたことである。語り手は巣を離れて地上に出ている間、何をしていたのか。

私は良い隠れ場所を探し、家の入口の様子を——今度は外側から——四六時中窺う。それを馬鹿げていると言うならそれでよい。だが、私にとってそれは言い表しがたい喜びであり、それ以上に、私を落ち着かせるのだ。それに加え、寝ている間、私はあたかも自分の家の前ではなく、私自身の前に立っているかのようであり、あたかも深く眠ると同時に自分を厳しく見張ることができる幸福を手にしたかのようである。（NSF II, 590f.)

語り手は、外から家を観察し、文字通りに「家に感嘆」している。しかし、こうして家を離れている間に、語り手は家を「あらゆる悪しき力に委ねて」しまったのだろうか。語り手が、「家の中に入って住む」ために再び地下に降りたとき、巣は、正体の知れない音によって脅かされていた。

恐らく、巣穴という空間は、三つの異なる意味で受け取ることが可能である。一つは、執筆の場もしくはテクストの暗示として。その暗示は、巣の中への下降というモチーフによって示唆される。二つ目は、堅実な生活の場である家として。そして三つ目は、作者自身の身体として。従って、巣の中に響く音は、結核を病むカフカの肺の音を暗示しているという解釈にも妥当性がある。だが、そうだとすれば、巣穴への下降は、二つの相反する意味で解釈することが可能になってしまう。巣へ降りることを「この暗黒の諸力への下降」と結びつけた場合、地下世界で行われるのは、極度に精神を集中して行われる執筆である。他方で、巣への下降を、「家に感嘆したり、花で飾りつけたりする代わりに、家の中に入って住む」ことと捉えた場合、巣への帰還は、自己享楽としての執筆の放棄を暗示する。

その答えは、テクストを辿ってゆけば自ずと判明する。語り手が再び巣の中へと降りてから間もなく、どこからか謎の音が響き始める。

> 私は通路の壁によく耳をそばだてながら、観測のための幾つかの掘削を介して、まずは障害の場所を確定し

なければならないだろう。それからようやく、騒音を取り除けるだろう。（NSF II, 606）

これが、巣の中を〝掘る〟という作業の始まりである。この「掘る」（graben）という動作を「記入」や「刻みつけ」、即ち、筆記行為として読み解く解釈は既に他の研究者からも提示されている。[57] 語り手は最初、「小さな手当たり次第の掘削」を試みたが、音の原因はまったく解明できなかった。そこで、語り手は、音源に辿り着くまで一本の長い掘削を続けるという計画を思念する。

もしこの新しい掘削が本当に一つの目的地へ至るというならば、その掘削は恐らく長くなるだろう。そしてもし、目的地に至らないというのであれば、それは終わりがないだろう。いずれにせよ、この仕事は長期間に及ぶ巣の留守を意味する。（NSF II, 616f.）

この言い回しを髣髴とさせるような記述が、既に『審判』でも書かれていた。ヨーゼフ・K.は、訴訟に何ら有利な影響を及ぼすわけでもないのに、請願書の執筆に熱心に取り組み始めるのだった。

もし彼が職場で請願書を書く時間を取れなかったのであれば、それは恐らくそうだったのだが、そしたら彼はそれを夜に家でやらなければならなかった。夜ですら十分でなかったならば、そしたら休暇を取らねばならなかった。ただし、道半ばで立ち止まらないこと、これは単に案件であるというばかりでなく、あらゆる観点から最も途方もないものでもある。請願書とは、確かにほとんど終わりのない仕事を意味していた。

ヨーゼフ・K.の請願書の執筆は、作者自身の長編の執筆を暗示していた。それと同じように、音の正体を探って行われる終わりのない掘削も、作者の執筆を暗示しているかに見える。ここまでは、いつもの展開である。

ところが、ここから先はそれまでとは異なる。巣穴の主は、果てしのない長い掘削という計画を実行には移さない。

> いま、まずやるべきことは本来、防衛に基づいて、それから、それに伴って想像されるあらゆる可能性に基づいて巣を綿密に検分することであろうし、防衛上の建設計画を付帯事項と共に練り上げることなんだろう。そして、その仕事に直ちに、若者のようにはつらつと、着手することなんだろう。それは必要な仕事だろうし、その仕事をするには、ついでに言うと、もちろんもう遅すぎるのだが、それでも、必要な仕事であろう。そして、必要な仕事なのは決して、なにか大きな研究用の穴を掘削することではないだろう。そんな穴は、本来、危険が十分な余裕もなく迫って来るという常軌を逸した恐怖の下で、無防備にも自ら全力で危険を探し出す仕事へと自分を振り向けるという意味しか持たないのだ。突然、私には以前の計画が理解できなくなる。以前は思慮深いと思った計画が、今ではまったく分別がないように見える。再び私は、仕事を、そして耳を澄ますことさえも放棄する。（NSF II, 620f.）

「私は、仕事を、そして耳を澄ますことさえも放棄する」。『審判』のヨーゼフ・K.は、分別を捨てて請願書の執筆に邁進したが、『巣穴』の語り手はここで掘削を放棄してしまう。

掘削を放棄した語り手は、代わりに音の正体をめぐって妄想し始める。

> 音の原因に関して私は何か新しい確かな考えを持っているのか？（……）もし音は溝とまったく関係がないのならば、始めから何ひとつ推測することなどできないので、本当に原因を突き止めるか、もしくはそれが分かるようになるまで待たねばならない。いまはまだ、確かに、推測で遊ぶこともできるだろうし、例えばこうも言えるだろう。どこか遠くで浸水が起こり、私にはシューシュー、ピーピーと聞こえていたのが、実は水の流れる音だったのだと。もっとも、この観点において、私にはまったく経験がないのを度外視して――私が最初に見つけた地下水は直ちに排水したので、この砂状の地面に地下水は二度と現れなかった――それを度外視しても、シューシューいう音を水の音へと解釈し変えるのはやはり無理があるのだ。しかし、落ち着けと促したところで何になろう。想像力はじっとしようとせず、実際に私はこの際にこう考えるのだ――このように考えること自体を自分で否定しても無意味だけど――つまり、シューシュー言う音は、一匹の動物によって発せられていて、それも多数の小さな動物ではなくて、一匹の大きな動物からであると。多くのことがそれに反していて、（……）(NSF II, 622f.)

掘ることの代わりに、語り手は、まるで音の原因と戯れるようにして想像に浸って楽しんでいる。最初、ひょっとして地下水が原因しているのではないかと考えてみて、すぐにそれをやめ、今度は、一匹の巨大な動物が原因しているという想像に当たってみる。この想像を語り手は気に入ったらしく、それを次々に膨らませていく。この後、語り手は、この想像上の動物に自分の昔の記憶をも結びつけて、あたかもそれが実在するかのように振る舞う。

だが、語り手は現実を見誤っているわけではない。

> 私は研究用の穴を設置するつもりだった場所を通り過ぎる。（……）たぶん私は遠くまで掘る必要は全然なかっただろう。音源へと掘って近寄っていく必要はなかっただろう。（……）私は、この掘削が私に確実さをもたらすことを求めているだろうか。私は、確実さをまったく求めないまでになっている。砦広場で剥皮した赤身肉の上等な一切れを選び、それを持って盛り土の一つの中へと潜り込む。そこではどちらにせよ静かであろう。本来の静かさというものがそもそもまだある限りでは。私は肉を舐めたりつまんだりして、遠くで自分の道を築いている見知らぬ動物のことや、まだ機会がある限りは、私は食糧を最大限満喫するべきなのだということを代わる代わる考えた。後者が恐らく、私の実施可能な唯一の計画である。（NSF II, 629f.）

恐らく、音の本当の正体というのは遥かに平凡であることを語り手は分かっており、その気にさえなれば、語り手は、穴を掘ってその真偽を確かめることもできたはずだが、あえてそうしない。何故ならば、語り手は、巨大な動物が近くに潜んでいるという妄想の楽しみにもう少し浸っていたいからである。この段階に至って、〝掘る〟という仕事は、語り手から妄想の楽しみを奪うものとなっている。語り手は穴を掘る代わりに、食糧をつまみながら対手となる動物についてあれこれと妄想する。テクストはそこで途切れている。

現存するテクストから判断する限りでは、「この暗黒の諸力への下降」と「家に感嘆したり、花で飾りつけたりする代わりに、家の中に入って住むだけのこと」の間で主人公がどちらを選んだかは明白である。〝書くこと〟

を暗示する〝掘る〟という仕事を放棄した彼は、妄想に浸りながら家の中で食糧をつまむという快楽に浸り始める。当然ながら、それでは騒音は解決されないが、妄想という楽しみを見つけたために、彼はその騒音とすら折り合いをつけている。〝掘る〟という仕事はむしろ、その快楽を阻害するものにしかならない。〈家〉の状況は完璧とは言い難いが、可能な範囲内で家の中で生活するという道を語り手は選んだ。ここに、七月五日の手紙で提起された問題に対する作者の一つの答えを見ることができる。

最後に、語り手の取ったもう一つ重要な行動に着目せねばならない。語り手は、音の正体に関してどのように妄想しようか考えていた際に、最初、地下水を思い浮かべた。だが、「私が最初に見つけた地下水は直ちに排水したので、この砂状の地面に地下水は二度と現れなかった」と短く述べただけで、語り手は、地下水という妄想と戯れる案をたちどころに退ける。しかし、これまでの考察から明らかなように、カフカにとって〝流れ〟は極めて重要な形象であった。一九一五年五月三日の日記において、カフカは地下水という形象も隠喩として用いていた。

　完全な無関心とぼんやりした状態。涸れた泉、水は辿り着けないほどの深くにあり、そこにあるのかどうかも不確かだ。

泉は、伝統的にも、霊感の隠喩である。『巣穴』の世界において、地下水はどうやら地中奥深くに後退してしまっている。ところが、語り手は、かつて一度だけ巣の中に地下水が湧き出たという出来事にわざわざ言及している。[58]にもかかわらず、語り手は、地下水が原因となって巣に音が響き渡っているという妄想を始めなかった。水の音と巣に響くシューシューいう音はまったく性質が異なるからというのは、何の理由にもならない。一匹の巨大な動物が音の原因になっていると仮定しても、やはり色々と辻褄が合わない点が生じるが、語り手は、そうした矛盾をねじ伏せるような理屈を強引につけて、妄想を展開しているからである。

　従って、もし語り手にその気があれば、地下水が巣の中に湧き出た事件を物語ることもできただろう。その場合、『ある犬の研究』のような、劇的体験をめぐる回顧の物語が展開しただろうか。しかし、語り手がそうしないのは、彼は地下水にまったく興味がないからである。巣の中に地下水が湧き出たという出来事は、語り手にとって単なる煩わしい事故でしかなく、語り手はそこに何も特別な価値を認めていない。こうして語り手は、カフカにとって間違いなく重要な意義を持っていたはずの〝流れ〟を、あっけなく話題から葬り去る。ここに、カフカがこの物語において切り開いた新たな境地が見られるのである。

〝流れ〟の追求から〝流れ〟との決別まで

モーリス・ブランショはカフカの〝書くこと〟に関心を寄せた先駆者であったが、その『カフカからカフカへ』は、次のように始まる。

> なぜ書くのか、と考えなくても、書くことは確かに可能である。文字を綴る自分の筆先を見つめる作家には、手を止め、次のように自問する権利さえあるのだろうか――止めろ、お前は自分自身について何を知っているというのだ。何を目指して進んでいるのだ。お前の文章が何らかの軌跡を残すことなどないし、思い通りに書き進めたところで虚空を突き進んでいるだけであり、障害物に出会わなかったとしても、それはお

前が出発点を動いていないからだということがなぜ分からないのか——と。(59)

書くことに対して揺るがぬ確信を見せるカフカですら、「なぜ書くのか」と自ら問わざるを得なかったであろう局面は幾つか挙げられる。フェリーツェとの破局後、結核の発症後、そして、病気退職後。とりわけ最後の場合、カフカは自らの〝書くこと〟が招いた死の影に慄く。だが同時に、自分が「薄い地面の上に」立って生きており、「足の下は闇だ」という恐怖を前にして正気を保つためにも、カフカは〝書くこと〟にしがみつかねばならなかった（引用は一九二二年七月五日のブロート宛の手紙）。結局、〝書くこと〟が正当化されようがされまいが、いずれにしてもカフカは書かねばならなかったのだとするならば、カフカに残された問いは一つだけである。どのように書くのか、どのような姿勢と心構えで〝書くこと〟に取り組むべきなのか。

『判決』以降のカフカの創作に目を向けると、『判決』を生み出したような創作体験あるいは創作姿勢とどう向き合うかという問いが隠された主題となっているのが見て取れる。『失踪者』、『審判』、『狩人グラックス』、『城』、『ある犬の研究』、そして『巣穴』と辿っていくと、次第に創作に対する作者の内省性が深まってゆく。出口のない流れを彷徨い続ける狩人グラックスは、『判決』のような創作を理想としている作者の姿勢を垣間見せてくれるが、同時に、それとは異なる創作のあり方を模索しているようにも見えた。だが、それが何なのか明確になるよりも先に、カフカは病に侵されてしまう。カフカは、最後の長編『城』の執筆と共に、今一度自分の〝書くこと〟を根本から振り返る。それは、『ある犬の研究』において、『判決』という創作体験にこだわる作者自身に対する徹底した自己諷刺に変わっている。それから更に一年後に書かれた『巣穴』では、主人公はカフカにとって確かに特権的な形象であったはずの〝流れ〟にもはやまったく関心を示さず、〝掘る〟＝〝書く〟という仕事にも邁進せず、家の中でくつろいでいる。ここに、〝書くこと〟をめぐるカフカの新たな境地が窺える。

この新境地の背景は、ある程度は推測することができる。伝記的な事実を述べれば、カフカは一九二三年の秋からベルリンにて、その年の夏に知り合ったドーラ・ディアマントという東方ユダヤ系の若い女性と生活を共にしている。執筆のために孤独を求め、家族以外の女性を身近には寄せ付けないようなところがあったカフカにとって、この変化は大きい。『巣穴』は、そうした生活環境の元で書かれたテクストである。

もっとも、晩年のカフカが、『巣穴』で描かれた動物のように生活と折り合いをつけて丸くなったと考えたら、それは大きな間違いかもしれない。最晩年のカフカの創作姿勢を窺わせるテクストはそう多くはないが、一九二三年三月に書かれたローベルト・クロプシュトック宛の手紙を無視することはできない。

> ついでに言っておけば、マトラーにいたときの私とプラハの私は違います。私は狂気の時期によって叩きのめされた後、そうこうしている間に書き始めたのです。そして、この書くことというのは、私にとり、私を取り囲むあらゆる人間にとって最も残忍な流儀で（途方もなく残忍だ、それについては言うまい）、この地上で最も重要なものなのです。例えば、狂人にとっての正気みたいなもので（それを失ったら、彼は〝狂気〟になってしまいます）、あるいは、女性にとっての妊娠みたいなものなのです。それは書くことの価値とは、もう一度繰り返すと、何の関係もなくて、価値のことなら自分でよく分かっています。自分にとっての書くことの価値も…そして、それゆえに私は、不安に慄きながら周囲のあらゆる邪魔から書くことを守っているのであり、書くことだけでなく、それに伴う独りだけの時間も守っているのです。だから、私が例えば昨日、君に日曜ではなく月曜に来るようにと言い、君が二度も「では、晩はだめですか」と尋ね、私もさすがに二回目の問

いには答えないわけにはいかず、「君もちょっとは休みなさい」と言ったとき、それは真っ赤な嘘だったわけです。私は自分が独りでいることを考えていたのだから。(Br 431)

普段は誰に対しても愛想のよいカフカが、一瞬、自分を慕うはるか年下の友人に対して、凄みの効いた作家の顔を見せた。前年の夏に精神的な危機を迎え、〝書くこと〟についての辛辣な自己風刺を描いて見せたはずのカフカは、なおも〝書くこと〟が、その価値とはまったく無関係に、自分にとって「この地上で最も重要なもの」であると言い切っている。そして、この年の秋からカフカは最後の創作集中期を迎える。

　カフカにとって、問題は書くか書かないかではない。どのような姿勢で〝書くこと〟に挑むかである。その意味において、『巣穴』には確かに変化が生じている。もはや、〝流れ〟で表されるような、強度の精神的集中を特権化している様子は窺えない。そうした創作姿勢の変化は、〈カフカの創作は〝流れ〟の追求に始まり、〝流れ〟との決別に至る〉と総括することが可能となるだろう。その意味において、とりわけ、『狩人グラックス』、『城』、『ある犬の研究』、『巣穴』の四つのテクストは、〝書くこと〟に対する作者の内的姿勢の変遷の記録でもある。興味深くも、これらのテクストはいずれも、生前未発表であった。〝書くこと〟をめぐる私的な内省の記録は、公にされることなく、未発表に留まらざるを得なかったのである。

註

（1）S App, 63, 70 を参照。
（2）S App, 86 を参照。
（3）S App, 81 を参照。
（4）S App, 85–87 を参照。
（5）S App, 66 を参照。
（6）ドリット・コーンは、〝私〟という未知の人物に他の登場人物と対話を続けさせるのが技術的に次第に困難になっていったことが、人称変更の理由の一端であったと推測している。Cohn（1968）を参照。
（7）Fromm（2010a）, S. 309 を参照。
（8）Neumann（1990）, S. 209 を参照。
（9）Fromm（1998）、特に S. 200 を参照。
（10）Rajec（1977）, S. 158f.; Zimmermann（1985）, S. 210 等を参照。
（11）Menninghaus（2002）, S. 394f. を参照。また Grimm（1999）, Bd. 11, S. 934 も参照。
（12）ドイツ語の意味については、Rajec（1977）, S. 158f. に記述が見られる。
（13）Duden, S. 956 を参照。
（14）カールハインツ・フィンガーフートが、この日記と『城』のカナリアの喩えの関連性を指摘している。Fingerhut（1979）, S. 148 を参照。
（15）そうした指摘としては、例えば、Beck（1983）や Liebrand（1998）を参照。
（16）Sokel（1983）, S. 440 を参照。
（17）ベンヤミン（2002）、一五六頁を参照。
（18）バルバーラ・ボイトナーは、この観客の〝流れ〟を水の形象の一つとして挙げている。Beutner（1973）, S. 112 を参照。
（19）Rajec（1977）, S. 109 に指摘されている。

(20) ブロートに関しては、BS, 484を参照。城と村の関係に関して言えば、トーマス・マンは一九四一年に発表した批評の中で、城が「神的なもの」や「謎に満ちた恩寵」を表すのに対し、村は「生活、土地、共同体、良き正常、人間的・市民的結びつきの幸福」を表していると唱えた。Mann (1960), S. 776を参照。しかし、村に関しては、マンのような見解は寧ろ少数であろう。ホーマー・スワンダーは、村人たちは幸せに暮らしていないと反論した上で、城は精神的な満ちたりを得られる領域であり、村は精神的に荒廃した領域であると主張した。Swander (1958), S. 174, 190を参照。

(21) Burgum (1946), S. 316を参照。

(22) Ronald Grayはここに、ユダヤ人がかつてゲットーに居住を制限されていた歴史を読み取っている。Gray (1956), S. 120を参照。

(23) 同様の指摘はAllemann (1998), S. 198及び210f.にも見られる。

(24) Beck (1971); Rajec (1977); Sebald (1991); Robertson (1988) などを参照。とりわけ、ヘブライ語のラテン字音写については、Robertson (1988), S. 297を参照。

(25) Robertson (1988), S. 302ff.を参照。

(26) 例えば、Sebald (1991), S. 95f.を参照。

(27) ゼーバルトによれば、共同体の救済は城にとっては危険となりうる。Scbald (1991), S. 96を参照。K.は部外者であるがゆえに、他の者が見えないものを見ることができるという、神学的な意味における指摘は、David (1976), S. 698にも見られる。また、ロイ・パスカルは、K.が村と城で認知を得ようとする試みは、この共同体の犯す不正と不条理に対する抵抗であると捉えた。Pascal (1956), S. 242を参照。

(28) BH, 452を参照。

(29) Winkler (1946); Philippi (1966); Neumann (1990) 等に同様の指摘がされている。

(30) ホメロス (1994)、上巻一一頁を参照。

(31) Norbert (1956), S. 76を参照。

(32) これに近い考え方として、Beck (1983), S. 569を参照。

(33) NSF II App, 110を参照。

（34）NSF II App, 142 を参照。

（35）NSF II App, 143 を参照。

（36）そうした解釈は、Fingerhut（1969）, S. 288; Robertson（1988）, S. 358 などに見られる。

（37）カフカのフロベールに対する関係については、Lamping（2010）, S. 34f. を参照。

（38）同様の指摘として Robertson（1988）, S. 357f. を参照。他方で、マイケル・オサーは、語り手には人間を認識する能力がないのではなく、自由という幻想を保持するために人間を意識的に認識しようとしないのだと説く。Ossar（1987）, S. 334 を参照。尾張充典もそれに近い見解を示している。尾張によれば、犬族の人間への寄食を公然と明らかにしてしまえば、「自分たちが被抑圧者である事実を表面化」させてしまうために、彼らは、その知を「言い表すことが出来ない」。尾張（2008）、一五六－一五七頁。この場合、語り手だけでなく犬族全体が人間の認識を忌避していることになる。オサー・尾張の解釈は、共同体と知のあり方など色々と考えさせる刺激的なものである。筆者はそうした見解に敬意を払いつつも、語り手はやはり純粋に人間を認識できていないのだと考える。

（39）Kessler（1983）, S. 13 を参照。

（40）カフカには、食べ物を隠喩として用いる傾向は見られないという。Beutner（1973）, S. 76 を参照。

（41）NSF II App, S. 111 を参照。編纂者は、このテクストの成立時期について、一九二二年二月頃という独自の見立てを示している。もっとも、これは必ずしも十分な根拠に基づいているわけではない。

（42）例えば、アンドレア・ライターはそのように考えている。Reiter（1987）, S. 37 を参照。尾張充典は、『ある犬の研究』、『巣穴』に加えて、『歌手ヨゼフィーネもしくはネズミ族』も「自伝的調査」として捉えているようである。尾張（2008）、一二三と二五七頁を参照。

（43）Berg（2010）, S. 332ff. を参照。

（44）フロベール（1955）、中巻二三頁を参照。ただし、漢字は新字体に改めた。

（45）オスカー・バウムは盲目であるため、この手紙は他人に読み上げられることを前提に書かれている。

（46）BKB, 380 を参照。

(47) S App, S. 68を参照。

(48) カールハインツ・フィンガーフートがこの関係を的確に説明している。Fingerhut (1979), S. 153を参照。

(49) Liska (2010), S. 339f. を参照。

(50) Politzer (1978), S. 490, 499を参照。

(51) Pasley (1995), S. 76を参照。

(52) Nagel (1974), S. 279を参照。

(53) Boulby (1982), S. 179を参照。

(54) Maché (1982), S. 527を参照。音という点に関して言えば、ヘルマン・ヴァイガントが考えるように、巣に響く音は語り手の妄想症や幻聴の症状かもしれない。Weigand (1972), S. 162を参照。

(55) Ferdinand Fellmann (1989) 並びに、Bettine Menke (2000) (とりわけS. 32–75) を参照。

(56) ゲルハルト・クルツは、「下降の手続き」を宗教的観点から、「儀式および法的手続き」として捉えた。Kurz (2002), S. 171を参照。こうした解釈の妥当性はやや怪しいのだが、巣への下降にどこか儀式的な気配が漂うのもまた確かである。それは、カフカが「この暗黒の諸力への下降」を手紙の中で「悪魔への奉仕」と記しているのと対応しているかもしれない。

(57) Menke (2000), S. 46を参照。

(58) 地下水そのものは一度も姿を見せないために、これまでの研究では、「地下水」というトポスはほとんど見過ごされてきた。ベッティーナ・メンケが、脚註においてごく僅かに、巣に響く物音が冥界の水の流れと読み得ると指摘している。Menke (2000), S. 120 Anm. 3を参照。

(59) ブランショ (2013)、九頁を参照。

第二部　〈あなた〉との出会い

カフカの二番目の作品集『田舎医者』に収録された『皇帝の使者』は、次のようにして始まる。

> 皇帝が、そう書かれているが、お前に、各々に、しがない臣民に、皇帝という太陽を前に遥か果てまで逃げ出すほんの小さな影である、まさにお前に、皇帝が臨終の床から一つの言伝を賜った。(D, 280f.)

「お前」に宛てた皇帝の最期の言伝は、一人の使者によって「お前」の元に届けられることになった。使者は、直ちに内裏を出立して中庭を抜け、階段を駆け下りる。しかし、そこには新たな宮殿が現れ、使者は再び中庭を抜け、階段を駆け下りるが、再び宮殿が現れる。こうして使者は、永久に宮城の門の外にすら出ることができない。この宇宙的とも言える無限の空間の広がりは、カフカより十六歳年下のアルゼンチンの作家J・L・ボルヘスの世界を思わせる。迷宮のような複雑な物語構造でも知られるボルヘスは、幾分なりともカフカに通じる要素を備えた作家なのだろう。だが、あえて逆の言い方をすれば、『皇帝の使者』もまた、ボルヘス的な作品である。

「皇帝が」で始まるこのテクストは、「そう書かれているが」という言葉が示唆するように、一つの文書として存在するようである。それは作者によって創造された架空の世界の中で実在する文書である。その文書が、「お前」に向かって読み上げられている。この「お前」とは誰なのか。それは、カフカの作品集を手にとって読んでいる読者、つまり、そこのあなたや私のことではない。同様に、「そう書かれているが」という〈声〉の主もまた、作者ではない。

　大人が子供にお伽話を読み聞かせるとき、そこにはお話を読み上げる大人とそれを聞く子供、そしてお話の本がある。それと同じように、いま、〈語り手〉と呼ばれるべき人物が、「皇帝が……」で始まる文書を「お前」に向かって読み上げている。語り手が読み上げる文書に書かれているのは一つの物語である。物語の中の皇帝は「お前」に言伝を賜い、やはり物語の中の使者が、一生懸命「お前」の元に行こうとする。だが、使者は、どう頑張っても物語の世界を抜け出して、朗読に耳を傾けている「お前」のところまで行くことはできない。だが、反対に、「お前」を――もちろんレトリカルな形で――物語に登場させることは可能である。

> 誰もここを通り抜けることなどできない。まして死者の言伝を持っていてはなおさら。――しかし、お前は窓辺に坐り、夜が訪れる頃にはお前は決まって言伝の夢を見るのだ。(D, 282)

「お前」は、語り手の言葉にじっと耳を澄ます、この物語の聞き手であった。だが、気がついたら、「お前」にも物語の中の一役が与えられている。それは、窓辺に坐って使者を待ち続けるという役である。使者が辿り着けない以上、死んだ皇帝の言伝が何だったのかは、「お前」には永久に分からないだろう。だからこそ、「お前」は「言伝の夢」を見続ける。その意味では、窓辺で皇帝の最期の言葉を夢想し続ける「お前」こそが、この物語の真の主人公でもある。

V　もう一つの転機

1　一九一一年の日記

十年余りにわたるカフカの日記を改めて読み返すと、カフカが、〈いかに書くべきか〉を一貫して問い続けた作家であることをつくづくと感じさせられる。同時に、そこには一つの問いが記されていないのも気づかされる。それは〈何を書くべきか〉という問いである。カフカは、自分の作品の計画や構想についてほとんど何も記さない作家であった。同様に、文学理論、他の作家についての批評、書評等も、全体的に言って余り多くは残されていない。もっとも、例外というのはやはり存在する。その一つが、一九一一年の日記に残された〈小さな文学〉に関する考察である。

〈小さな文学〉とは、カフカ自身が用いた言葉である。カフカは、チェコ語文学やイディッシュ語文学など、東欧の小言語の文学には幾つかの共通する特性が見られることに気づき、そうした特性を備えた文学のことを〈小さな文学〉と呼んだ。この考察は、フランスの哲学者ドゥルーズ＝ガタリが『カフカ――マイナー文学のために』で注目したことでも知られる。そもそも、この著作の題名にある「マイナー文学」とは、ドゥルーズ＝ガタリが〈小さな文学〉という言葉を意図的に読み替えたものである。この著作に触発されて、その後、カフカ研究の側からも〈小さな文学〉に関する論考が幾つか現れてはいる。だが、全体的に見て、カフカの〈小さな文学〉論はまだ正当な評価を得ていないように思われる。

まず、〈小さな文学〉論は、しばしばカフカのイディッシュ劇あるいはイディッシュ語（ジャルゴン）との出会いと一緒くたにされがちである。[1] それは「マイナー文学」を論じたドゥルーズ・ガタリに関しても同じである。だが、そうした混同は、〈小さな文学〉論がそれ自体として持つ本来の意義を見えなくしてしまう。次に、〈小さな文学〉論は『判決』以前に書かれたために、『判決』という「ブレイク・スルー」の単なる前段階と見なされがちである。例えば、リッチー・ロバートソンのような、〈小さな文学〉論を〈ジャルゴン〉とは区別して精緻に読解している評者であっても、それを『判決』以前のカフカの多様な取り組みの一つとしてしか位置づけていないように思われる。[2] 確かに、〈小さな文学〉論は、カフカがユダヤ人としての自己認識を高めていく過程での産物の一つである。ロバートソンの考えでは、そうしたユダヤ人としての意識の高まりが、『判決』という転機の要因にもなった。だが、仮にそうであるにしろ、〈小さな文学〉論は、それ自体として一つの文学論である。そこで提起された問題は、『判決』によって一挙に解決あるいは解消されたと考えるべきなのだろうか。

ここで視点を変えて、カフカの遺作となった『歌手ヨゼフィーネもしくはネズミ族』（以下、『ヨゼフィーネ』と略記）に目を向けよう。このテクストには、〈小さな文学〉論を髣髴とさせるような記述が存在することが、しばしば指摘されている。[3] カフカは何故、その最後の創作において十二年も昔の日記に立ち返ったのだろうか。それは、この〈小さな文学〉論こそ、カフカの〈何を書くべきか〉に関係しているからではないだろうか。一九一一年、それはカフカが次第に〝書くこと〟にのめり込んでゆく時期であった。同時に、それはカフカが、やがて作家人生をかけて取り組むべき課題に出会った時期でもあった。〈小さな文学〉論とは、この時期の様々な記述からカフカの問題意識を描出し、その中に位置づけたときに初めてその目論見が見えてくるものである。

イディッシュ劇〝再発見〟

恐らく、どのカフカの評伝にも必ず、『判決』以前のカフカが経験した重要な出来事として、イディッシュ劇との出会いが記されているだろう。一九一一年九月二四日から一九一二年一月二一日にかけて、当時のオーストリア＝ハンガリー帝国領レンベルク、現在のウクライナ領リヴィウからやって来た旅回りのイディッシュ劇一座がプラハに滞在した。イディッシュ劇とは、東方ユダヤ人の日常言語であるイディッシュ語で演じられる民衆劇である。彼らは、劇場を借りる資金がなかったため、〈カフェ・サヴォイ〉という店で公演を行っている。カフカが出会ったのはこの一団である。彼らの公演滞在中のカフカの日記は多大な量に及び、そこからは、カフカが頻繁に芝居に通い詰め、単に劇を観ただけでなく、役者たちと交流し、女性俳優に恋心を抱き、また、彼ら彼女らから東方ユダヤ人の生活や風俗について聞き知っていった様子が見て取れる。カフカがとりわけ親しくしたのは、劇団の中心俳優イツホク・レヴィであった。公演終了後も、レヴィを再びプラハに招いた朗読会が翌年二月一八日に行われ、カフカ自ら主催者として講演も行っている。それが、いわゆる「ジャルゴンに関する講演」である。

カフカが一時期、イディッシュ劇に過剰なまでに熱中していたのは確かである。だが、この一連の体験がその後のカフカの創作にどの程度の影響を及ぼしたのか見極めるのは容易でない。確かに、『判決』の粗筋が、イディッシュ語劇作家ヤーコプ・ゴルディンの『神、人、悪魔』に類似しているということは指摘されている。[4] 実際、カフカの一九一一年一〇月二六日の日記には、カフカがこの劇作品をレヴィに朗読してもらったことが記されている。その意味では、イディッシュ語文学との出会いが『判決』というブレイク・スルーを準備したと述べても間違いではないだろう。[5] だが、芝居の脚本ではなく、舞台芸術としてのイディッシュ劇がカフカの文学にどれほどの影響を及ぼしたのかという点になると途端に不透明になる。せいぜい、作品集『田舎医者』に収録された『兄弟殺し』にその影響が感じられる程度かもしれない。[6]

　いずれにせよ、カフカのイディッシュ劇への熱中は、そう長くは続かなかった。劇団のプラハ滞在も終わりが近づいた一九一二年一月六日の日記には、次のように記されている。

> 昨日、フライマンの『副国王』。こうした作品のユダヤ的なものに対する感受性から僕は見放されてしまった。何故なら、それらはどれも余りに同じようで単調である上に、度を越した悲嘆へ陥るからである。その悲嘆は、単発的に力強く爆発するのを誇りとする。最初の頃の作品では、僕はユダヤ人気質に出会ったと考えることができたし、そのユダヤ人気質の中に僕自身のユダヤ人気質の根源があり、それが僕自身の方に向かって発展してきて、それにより、僕のぎこちないユダヤ人気質を啓蒙し、進歩させてくれるだろうと考えることができた。けど、そうはならず、芝居を聞けば聞くほど、その根源は僕から離れて遠ざかっていく。当然、彼らは変わらず、僕は彼らの側につく。(T, 349)

都市部でドイツ語による教育を受けたカフカは、ユダヤ的伝統にはそれほど触れずに育っている。そんなカフカが、当初、イディッシュ劇に何かオリエンタリスティクな幻想を抱き、過度な期待を寄せていたとしても不思議はない。だが、芝居を繰り返し観るにつれ、そうした幻想が次第に冷めていったというのが、どうやら現実のようである。

「最初の頃の作品では、僕はユダヤ人気質に出会ったと考えることができた」とカフカは述べているが、それは確かにカフカの日記からも裏付けられる。イディッシュ劇についての最初の記述は一九一一年一〇月五日の日記に残されているが、そこには、舞台上の女性俳優から受けた印象について次のように綴られている。

> メロディは長く、体は軽く音楽に委ねられている。（……）多数の歌曲を聞きながら、「ユダヤの赤ンボー」という発音を耳にしながら、更に、舞台の上で我々聴衆を惹きつけているこの女性を何度も見ながら、彼女がユダヤ人女性であるがゆえに、我々がユダヤ人であるがゆえに、キリスト教徒への欲求や好奇心もなく、僕の頬はわなないていた。（T, 59）
> 〔「赤ンボー」（„Kinderloch“）はイディッシュ語である。〕

日頃から何事に対しても距離を置いて冷めた目で観察するカフカにしては珍しく、「彼女がユダヤ人女性であるがゆえに、我々がユダヤ人であるがゆえに」とナイーヴなまでに感動を表現している。仮にこれがカフカの最初のイディッシュ劇との出会いであり、この時の感動をきっかけにしてカフカが東方ユダヤ人の文化や風俗に関心を抱くようになり、延いては、ユダヤ人としての自己認識が覚醒されていったのであれば、話はもっと単純だっただろう。だが、実際はそうではない。何故なら、カフカは、既にその一年前にもイディッシュ劇を観ているからである。

三日後の一〇月八日のカフカの日記に、「クルーク夫人と昨年のヴァインベルク夫人の類似」（T, 67）と記されている。ヴァインベルク夫人とは、一九一〇年四月二五日から五月半ばまでプラハに滞在し、やはり〈カフェ・サヴォイ〉で公演を行った別のイディッシュ劇一座の俳優であることが知られている。[7] 従って、カフカはこの公演も訪れていたことになるわけだが、カフカは、それについて何も記していない。もちろん、その頃はまだ、カフカに日記という習慣が定着していなかったのも事実である。後に日記として使われることになるノートは、この頃はまだ創作ノートであった。そこにカフカが最初に日付を記入したのが一九一〇年の五月一七／一八日（実際は一八／一九日）であった。ちょうど、ヴァインベルクの公演が終了した頃に当たる。それからカフカが日付と共に日常的に文章を記し、日記と呼べるような記述が始まるのは、ようやくその年の秋になってからである。それを考慮すれば、一九一〇年のイディッシュ劇体験は、日記に記される機会を逃したのだと言えなくもない。だが、そうだとしても、まさしくその五月一七／一八日という日付が記されたノートが、そもそもは舞台鑑賞に関する記述から始まっている点は看過できない。それは、ペテルブルク帝室ロシアバレー団の一九〇九年のプラハ公演に関する記述である。ノートには、エフゲーニア・エドゥアルドヴァという女性ダンサーの印象について記されている。従って、カフカが一九一〇年に観たはずのイディッシュ劇にしても、それがカフカの印象に残ったのであれば、日記という形式を取ろうが取るまいが、やはり文章としてノートに残されていてもおかしくはなかったわけである。

　こうした点を踏まえると、カフカは一九一〇年の春に観たイディッシュ劇公演からは余り大きな印象を受けなかった可能性が高い。ところが、翌年の秋には、「彼女がユダヤ人女性であるがゆえに、我々がユダヤ人であるがゆえに、（……）僕の頬はわなないていた」。この差は何であろうか。イディッシュ劇というものの性質を考えれば、両公演の間でそれほど大きな質の差があったとは考えにくい。そこから、この一年余りの間でカフカ自身の心境に大きな変化があったと察せられる。

『ユダヤ女たち』をめぐる架空の書評

カフカは、一九一一年の秋にイディッシュ劇と出会ったためにユダヤ人としての自己意識が高まったのではない。むしろ、ユダヤ的なものを求める気持ちがこの一年程度の間に高まっていたために、イディッシュ劇の中にそれを見出した、あるいは見出そうとした。それでは何故この時期、カフカのユダヤ人としての自己意識に変化が生じたのか。日記のある記述がその手掛かりとなるだろう。

　カフカの日記ノートの一冊目と二冊目には、マックス・ブロートの小説『ユダヤ女たち』の書評という体裁のテクストが残されている。『ユダヤ女たち』が出版されたのが一九一一年五月なので、その頃に書かれたテクストであると考えて差し支えないだろう。いま、その一冊目のノートのテクストをA稿、二冊目のノートのテクストをB稿と名づけることにしよう。この二冊のノートは、この頃はまだ創作ノートとして並行的に用いられていたために、A稿とB稿のどちらが先に成立したのかを断定的に述べることはできない。だが、内容的には、B稿の方がA稿よりも多くを含んでおり、A稿が先に成立した可能性は高い。以下がそのA稿の全文である。

> 読者は、同時代の西ヨーロッパのユダヤ人小説においては、直ちにその小説の筋の下か上にユダヤ人問題の解決策を探して見出すことに慣れているが、『ユダヤ女たち』にはそうした解決策が示されておらず推定すらされていない。よって、読者が直ちに決然としてそこに『ユダヤ女たち』の欠点を認識し、ユダヤ人たちが過去からも未来からも政治的に鼓舞されることなく白日の下に曝され続ける宿命にあるとすれば、それをただ不快に傍観するということはあり得る。その際に読者はこうも言うに違いない。とりわけシオニズムの出現以来、ユダヤ人問題の解決の可能性は非常に明瞭に整備されているだけに、作家は自分に割り当てられ

> た問題に適った一定の解決策を見つけるため、結局のところ、体の向きを変えさえすればよかったのだと。（T, 36）

いかにも文芸欄の書評風の文体であるが、それは別にして、内容に関しては、ブロートに対してかなり批判的であるのが見て取れる。他方のB稿も、内容としては途中までA稿とほとんど同じことが書かれている。

> 我々はいまや、西ヨーロッパのユダヤ小説において、そうした小説が幾つかのユダヤ人グループだけでも包括しようとするや否や、筋の下や上に直ちにユダヤ人問題の解決策を探して見出すことにほとんど慣れている。（……）要は、我々はそこに物語の欠点を認識してしまうし、シオニズムが存在してからというもの、今日では、ユダヤ人問題をめぐる解決の可能性は非常に明瞭に整備されており、あと数歩だけでも踏み込んでみたら、作家は自分の物語に適った解決可能性を見つけ出せたに違いないと言えるだけに、我々はより一層、そうした解決策の提示を求める正当な権利があるように感じるのだ。（T, 159f.）

一見して明らかなように、内容は概ね同じではあるが、A稿とB稿では文体が異なる。A稿は「読者」を主語とした文章だが、B稿ではそれが「我々」になっている。こうしたB稿の文体は後ろの段落においても継続している。

> 『ユダヤ女たち』には、非ユダヤ系の傍観者、声望ある対立的な人間が欠けている。そうした人物たちが他の物語であればユダヤ的なものを引き出し、その結果、そのユダヤ的なものは敵対者に向かって突進し、

> 不審、疑念、嫉妬、驚愕に陥り、そして最終の最後に自信を得るのであり、いずれにせよ、敵対的な人物と対峙して初めてすっくと体を起こすことができるのである。まさしくそれを我々は求めているのであり、その他のユダヤ人群衆の解消策を我々は認めない。こうした感情を引き合いに出すのはなにもこうした場合だけに限らず、方向性においては少なくとも一般的なものである。だから、イタリアで散策している最中に我々の足元でトカゲらがぴくっと動くのを見つけたら我々は喜び、すぐさまそちらへ身をかがめたいと思う。だが、もしどこかの店で何百というトカゲがきゅうりの酢漬けにでも使うような大きなビンの中でごちゃごちゃ這いまわっているのを見たら、我々にはなす術もない（T, 160f.）

回りくどい表現であるが、端的に言えば、『ユダヤ女たち』には、ユダヤ人である主人公からユダヤ的なものを引き出す、非ユダヤ系の敵対的な登場人物が必要であったという旨の批判が展開している。実は、内容的にこれとよく似た書評が、一九一一年五月一九日発行のシオニスト系の週刊誌『自衛』（*Selbstwehr*）に掲載されたことが知られている。[8] その書評を記したのは、フーゴ・ヘルマンというシオニスト作家である。カフカがB稿を書いたのは、その前後の記述から、三月二六日から五月二七日までの間であることはおおよそ確かであるから、カフカが『自衛』に掲載された書評に触発されてB稿を（恐らくはA稿も）記した可能性は十分に考えられる。[9]

　これらのテクストは、カフカ自身の固有の考えに基づく書評であると受け止められることが多かったように思われる。だが、そのように判断するのは些か性急である。何故ならば、B稿における「我々」とは何者なのか、少し考えてみる必要があるからである。語り手によれば、「我々」読者にとって、専らユダヤ人ばかりが登場する小説を読まされるのは、何百というトカゲがビンの中で密集している光景を見せられるように「なす術もない」

が、もし敵対的な非ユダヤ系の人物が登場していれば、イタリアで散策中にトカゲが「ぴくっと動く」のを目にするのと同様の喜びが得られたであろうという。この場合、トカゲは明らかにユダヤ人の隠喩である。そのトカゲが「ぴくっと動く」のは、散策途中である「我々」の存在に気づいたためである。このトカゲの反応には、ユダヤ人が敵対的な非ユダヤ系の登場人物を前にして示す反応が重ね合わされている。すると、トカゲを足元に見て喜ぶ「我々」とは、ユダヤ人の反応を引き出す敵対的な非ユダヤ系の作中人物と、そのユダヤ人の反応を小説として読む読者が一体となった人物であることになる。[10] つまり、カフカはここで、『ユダヤ女たち』に対する自らの固有の批評を記しているのではなく、また、フーゴ・ヘルマンのようなシオニストたちの見解を模倣して記しているのでもなく、もし反ユダヤ的な思想や感情を持つ人物がブロートの小説を読んだら、その人物はどのような感想を抱くか想像して書いているのだと考えられる。

語り手が反ユダヤ主義者であると考えれば、「要は、我々はそこに物語の欠点を認識してしまう」という語り手の高圧的な言動も説明がつく。そして、何よりも、「何百というトカゲがきゅうりの酢漬けにでも使うような大きなビンの中でごちゃごちゃ這いまわっている」という表現は、自らもユダヤ人であるカフカが自身の言葉として使うには、余りにも悪辣過ぎる。実際、トカゲは、反ユダヤ主義者が用いるお決まりのユダヤ人の隠喩であったという指摘もある。[11]

ブロートの『ユダヤ女たち』について書かれたテクストが、反ユダヤ主義者を書き手として想定した架空の書評であったとすれば、その意味するところは非常に大きい。何故ならば、それはカフカが、反ユダヤ的な思想や感情が社会に存在することを認めた恐らく最初のテクストとなるからである。オーストリア＝ハンガリー帝国領のボヘミアでは、一九世紀後半からチェコ人が政治的に抬頭し始めたことに伴い、支配階層であるドイツ人のユダヤ人への接近が起き、両者の関係は、ドイツやウィーンなどに比べると友好的であったとされる。もっとも、世紀転換期のプラハのユダヤ人たちも、他民族からの敵意に対して、一定の緊張感を保ちながら生活しなければならなかったはずである。

一八九七年一二月、プラハでは〝一二月の嵐〟と呼ばれる暴動が起きている。この事件は、同年四月、二重帝国のオーストリア側の首相であったカジミール・バデーニが、ボヘミアとモラヴィア地域を対象に言語令を公布したことに端を発する。この言語令とは、行政でのチェコ語とドイツ語の完全平等化を四年以内に目指すものであったが、ドイツ語を解するほとんどのチェコ人公務員にとって、これは特に新たな負担とはならない。それに対し、チェコ語を解さない多くのドイツ人公務員にとっては、それは、四年以内のチェコ語習得の義務づけを意味した。この政策の背景には、同年三月の帝国議会選挙で第一党となった、民族主義的な青年チェコ党の協力を取りつけるという狙いがあったとされる。当然ながら、言語令に対しドイツ人は大きく反発し、議会で議事妨害戦術が続けられた結果、一一月にバデーニは退陣し、言語令は施行停止された。この政治的混乱はプラハにおいてチェコ人による暴動を誘発することになったが、当初、ドイツ系機関への襲撃に始まった暴動は、やがてユダヤ人をも標的とし始め、ユダヤ系の商店や家屋などで数千枚の窓ガラスが割られる被害が発生している。[12]

カフカ家は被害を免れたようだが、それでもカフカ自身、十四歳のときにこの暴動を目撃していることになる。ところが、青少年期のカフカの手紙には、この事件に限らず、ユダヤ人に対して敵対的な社会状況が存在することを窺わせるような記述はまったくと言っていいほど見当たらない。もちろん、それについては色々な見方があるだろう。例えば、ジュリアーノ・バイオーニは、ユダヤ人子弟ばかりが通うプラハ中心部の学校でドイツ語による教育を受け、言わばドイツ文化に同化していた少年カフカにとって、チェコ人民族主義者たちから向けられる反ユダヤ的行動は、自らをドイツ人と一体化させてしまえば、必ずしも自己認識を深刻に揺るがすほどのものではなかったのではないかと考えている。[13]

だが、だとすれば、〝一二月の嵐〟の僅か一月後の一八九八年一月、フランスで作家のエミール・ゾラが公開書簡「私は弾劾する」を発表したことをどう受け止めればよいのだろうか。ドレーフュス事件として知られるこの冤罪事件は、一見するとフランス社会に同化していたはずのユダヤ人将校もまた、根強い偏見や差別を免れられなかったという現実を示している。この事件は当時、プラハでも盛んに報道されていたはずだが、この事件を知ってもなお、ユダヤ人を標的とした暴動を、自らをドイツ文化に同化した存在と見なして受け流すことはカフカにとって可能であっただろうか。

更に、一八九九年にはヒルスナー事件も起きている。ボヘミアの農村で若いチェコ人女性が他殺体で発見され、ユダヤ人青年が殺人容疑で逮捕され死刑判決を受けた事件だが、問題は、それが儀式殺人とされた点である。ユダヤ人はキリスト教徒を殺害してその血を過越祭（ペサハ）の儀式に用いるという迷信は、二〇世紀に入っても存続していた。この事件では、後にチェコスロヴァキア共和国初代大統領となるトマーシュ・マサリクが再審を求めて運動を起こしたことから、〝オーストリアのドレーフュス事件〟とも呼ばれる。だが、カフカは、そうした社会状況についても沈黙したままである。このことは、マルト・ロベールが述べるように、カフカはユダヤ人差別に対して〝目を閉ざしていた〟可能性を示唆しているように思われる。[14]

従って、ブロートの小説をめぐる架空の書評において、カフカは、突然に〝目を開いた〟ことになる。カフカがこの架空の書評を記したのは一九一一年の五月頃と考えられた。先に述べたように、カフカは、一九一〇年の春にイディッシュ劇を観たときには何も反応を示さなかった。すると、カフカが反ユダヤ主義を直視するようになったことが、この年の秋のイディッシュ劇の〝再発見〟へとつながったのだろうか。ここにはもう一つ疑問が生じる。何故カフカはこの時期に突然、反ユダヤ主義を直視するようになったのだろうか。

シオニズムへの不信

カフカが反ユダヤ主義を直視するようになった理由は、『ユダヤ女たち』の架空の書評から読み解けるかもしれない。反ユダヤ的なこの架空の評者は、「ユダヤ人問題をめぐる解決の可能性」の提示を小説に求めていた。更に評者は、登場人物たちからユダヤ的なものを引き出すために、作者はユダヤ人に対し敵対的な人物を小説に登場させるべきであったとも述べていた。先述のように、同じような批判は、シオニストの側からも寄せられていた。つまり、カフカは、反ユダヤ主義者である架空の書評者に、シオニズムを信奉するユダヤ人と同じような意見を述べさせていることになる。一見すると、反ユダヤ主義者とシオニストは真っ向から対立し合うようにも見える。だが、両者には、実は同質的な側面がある。

そもそも、シオニズムとは、ユダヤ人のための祖国建設を目指す運動である。その始まりは、一八八一年、当時のロシア帝国領、現在のウクライナ領のヘルソンで起きたポグロム（ユダヤ人襲撃）にあるとされている。カフカの生きた時代、ヨーロッパのユダヤ人の大多数は、当時のオーストリア＝ハンガリー帝国領からロシア帝国領にまたがる地域に暮らしていた。ロシア帝国のユダヤ人は、一部の特権階級を除き、居住地域を現在のリトアニア、ベラルーシ、ウクライナに相当する地域とロシア領ポーランドに制限されていた。[15] このポグロムを一つの契機として、ロシア帝国ではユダヤ人のパレスチナあるいはアメリカへの大規模な移住運動が起きているが、この時点ではまだ、それはロシア領内のユダヤ人の問題でしかない。その移住運動が西側のユダヤ人からも自らの問題として認識されるようになったのは、オーストリア出身のテオドール・ヘルツルが一八九六年に著書『ユダヤ人国家』を発表してからである。その翌年には、第一回シオニスト会議がバーゼルで開催され、ドイツ語圏とロシア語圏のユダヤ系知識人たちが集まっている。シオニズムが広域的かつ現実的な問題となったのはこの段階からである。

もっとも、祖国建設といっても、その目的は必ずしも全てのシオニストたちの間で一致していたわけではない。ロシア帝国系のシオニストの内、少なくとも主流派は、パレスチナに実際に赴いて祖国建設を目指したのに対して、オーストリア＝ハンガリー帝国系のシオニストの指導者層の多くは、パレスチナを自分たち自身の祖国とは考えていなかったとされる。この当時、ドイツ語圏以西のユダヤ人は西欧ユダヤ人（Westjude）、ロシア帝国のユダヤ人は東方ユダヤ人（Ostjude）とも呼ばれていたが、西欧ユダヤ人は比較的、西欧社会への同化が進んでいたのに対し、東方ユダヤ人は独自の文化や風習を保持していたとされる。オーストリア＝ハンガリー帝国領に関して言えば、プラハを含むボヘミアに暮らすユダヤ人は西欧ユダヤ人に位置づけられるが、同じ帝国内でも、当時で言うガリツィア地方、現在のポーランド南東部からウクライナ西部にかけての地域のユダヤ人は、東方ユダヤ人と見なされる。カフカが出会ったイディッシュ劇団が拠点としたレンベルク（リヴィウ）は、ガリツィア地方の都市である。

西欧のシオニストたちが危惧したのは、流動化した東方ユダヤ人が西部に大量に流入すれば、西欧市民との間で社会的摩擦が引き起こされて反ユダヤ的な機運が高まり、延いては、その反発の矛先が、東方ユダヤ人のみならず、自分たち西欧ユダヤ人にも及ぶことであった。従って、西欧シオニストにとって祖国建設とは、東欧地域から西側に流入してくるユダヤ人たちの居住地確保という意味合いがあったわけである。[16] つまり、シオニズムは東方ユダヤ人の社会的・政治的な解決策でもあったわけであり、その限りでは、シオニストと反ユダヤ主義者は、利害が一致していたとも言える。[17]

もちろん、カフカの暮らしたプラハで影響力を持っていたのは、そうした政治的なシオニズムとはやや系統の異なる、文化シオニズムと呼ばれる思想であったことが知られている。端的に言えば、文化シオニズムとは、様々な地域に離散して生きるユダヤ人を精神的に一つに束ねるような、新たなアイデンティティの構築とユダヤ文化の創生を目指す思想である。カフカの架空の書評で扱われている『ユダヤ女たち』という小説は、オーストリア文化に染まった中流の西欧ユダヤ人青年を主人公とする。[18]従って、架空の書評者がシオニズムを口にするとき、それは東方ユダヤ人の居住地問題解決策としてのシオニズムではなく、精神的・文化的運動としてのシオニズムである。

西欧に同化したユダヤ人は、社会の不安定化の直接の要因とはならないだろう。では、彼らのどのような点が反ユダヤ主義者たちの目に問題と映り、また、文化シオニズムに対してはどのような解決策が期待されていたのだろうか。その手掛かりは、当時大きな波紋を呼んだある評論から得られるだろう。それは、ドイツの保守系の高級芸術雑誌『芸術の番人』（*Kunstwart*）の一九一二年三月号に掲載された、『ユダヤ系のドイツ文壇』という評論である。著者は、ドイツのユダヤ系の作家でジャーナリストのモーリッツ・ゴルトシュタインという人物である。ゴルトシュタインは、ドイツ・オーストリアの文学界、演劇界では多くのユダヤ人が活躍しているが、彼らはドイツ社会からある種の違和感をもって受け止められていると指摘している。ゴルトシュタインの考えによれば、そうした同化ユダヤ人たちの活躍は、ドイツ人にしてみれば、何か自分たちの固有の文化が侵されているように感じられる。それを解消するためには、ユダヤ人はドイツ文化に完全に同化するのではなく、文化的自立を目指さねばならないという。[19]

必ずしも思想が一致しているわけではないにせよ、この時期に多くの西欧ユダヤ系知識人たちが、自分たちの固有のユダヤ文化を希求し始めたのは、ヨーロッパにおけるユダヤ人差別がこの頃から新たな局面を迎えつつあったことへのユダヤ人側の反応でもあったのかもしれない。宗教感情に由来するユダヤ教徒の迫害は、中世の十字軍の頃から確認されている。だが、近代の科学の発展は、差別の性質も変えた。動植物や鉱物など地上のあらゆるものが科学的な眼差しによって分類される時代が訪れると、そうした分類は人間にも及び、〝人種〟という概念が誕生する。やがて、ユダヤ教徒はユダヤ人という〝人種〟として新たな差別の対象となってゆく。「反ユダヤ主義」という言葉は、ドイツ語のアンティ・セミティスムス（Antisemitismus）の訳語だが、直訳すれば反セム主義である。この言葉が広まるきっかけは、ドイツ人ジャーナリストであるヴィルヘルム・マルが一八七九年に設立した「反セム同盟」（Antisemitenliga）にあるとされる。セム系言語（ヘブライ語とアラビア語）の話者は、いつしか〝セム人〟として認識され、そこから想像力の飛躍も手伝い、Antisemitismus は、事実上、「反ユダヤ主義」を意味する言葉となる。[20]

反ユダヤ主義のこうした展開を前にして、ユダヤ人の側から、ユダヤ的なるものをもはや隠すのではなく、むしろ積極的に掲げて対抗しようとする動きが現れたことは理解できる。カフカの暮らすプラハにおいて、若い知識人の間で文化シオニズムが広まったきっかけは、思想家のマルティン・ブーバーの講演であったとされる。ブーバーは、一九〇九年一月と一九一〇年四月、更に同年一二月と合計三回、プラハで講演を行っている。[21] 実際、カフカとは大学時代からの付き合いであるマックス・ブロートがシオニズムを支持し始めたのは一九〇九年頃と見られている。[22] 一九一一年に出版された『ユダヤ女たち』は、ブロートがシオニストとしての明確な自覚のもとに著した最初の長編であったとされる。

ブロートが早い段階からシオニストになったのとは異なり、カフカのシオニズムに対する姿勢は終生曖昧で一貫していない。一九二二年一月二三日の日記で、カフカはそれまでの人生で失敗した企てを列挙しているが、その中には、「反シオニズム」と「シオニズム」の両方が含まれている。第一次世界大戦勃発を機にカフカはシオニズムに対して一定の理解を示すようになるが、それまでは懐疑的だったと思われる。カフカがシオニズムに対して不信感を抱いていた理由は、恐らく、一九一一年の架空の書評から読み取れるだろう。そこでは、シオニストはあたかも反ユダヤ主義者の手先として、ユダヤ人問題の解決に協力する立場にあるかのように描かれている。その当否はともかくも、そうした認識を持つがゆえに、カフカには周囲の友人たちと同じようにシオニズムに共感することができなかったというのは考えられる。

そうした理由からシオニズムを拒むということは、同時に、反ユダヤ主義という存在に気づかぬふりをし続けるのはもはや不可能であることを意味する。ドイツ語で教育を受けたカフカにとって、教養の基本はドイツ文学とドイツ文化である。ゴルトシュタインが投稿した『芸術の番人』を、カフカは学生時代には定期講読していた。[23] だが、カフカはもはや、そうナイーヴに自らをドイツ文化に一体化させることはできない。かといってシオニズムにも共感できないが、いずれにせよ、自分がユダヤ人であるということだけは否応なく自覚させられる。一九一一年の秋、カフカがイディッシュ劇を〝再発見〟したのはそうした状況下だっただろう。

カフカは、東方ユダヤ人であるイディッシュ劇の役者たちに、生き生きとしたユダヤ文化を発見したとしばしば言われる。[24] カフカにとって、それは間違いなく新鮮で興味深い体験だっただろう。だが、それに加え、リッチー・ロバートソンが指摘するように、カフカは役者たちと交わるときに、「多かれ少なかれ敵対的な周囲のキリスト教徒から貼られたユダヤ人というレッテル」を忘れることができたのかもしれない。[25] 実際、イディッシュ劇と再び出会った日の日記には、「彼女がユダヤ人女性であるがゆえに、我々がユダヤ人であるがゆえに、キリスト教徒への欲求や好奇心もなく、僕の頬はわなないていた」と記されていた。「キリスト教徒への欲求や好奇心もなく」という言葉が、普段、カフカがどれだけキリスト教徒――厳密に言えば改宗したユダヤ人も含まれるが、この場合はとりわけドイツ人――の存在を意識していたかを示唆している。いつの頃からかカフカには、自分あるいは自分たちユダヤ人が他の民族からどう見られているのか想像し、彼らの眼差しを意識する習慣がついていたのだと思われる。

〈小さな文学〉と〈大きな文学〉

一九一二年一月の日記に記されていたように、イディッシュ劇を通じて自らの内に眠るユダヤ的なものを覚醒し発展させようという当初のカフカの試みは、失敗に終わった。そこから分かるように、カフカは、ユダヤ文化の創生を掲げるシオニズムには共感しないが、それでもユダヤ的なものを希求する気持ちは抱いていた。カフカは、ユダヤ人であり、ドイツ語作家である。その両方を矛盾なく両立させる必要がカフカにはあった。〈小さな文学〉論は、そうした要請の中で生まれたものである。

〈小さな文学〉論とは、一九一一年一二月二五日から二七日までの日記に記された断続的な論考を指す。それは、「僕がレヴィを通じてワルシャワの現代のイディッシュ語文学について、それから部分的には自分自身の洞察を通じて現代のチェコ語の文学について知っていることから示唆されるのは（……）」（T, 312）という書き出しから始まる。ここから一見して分かるように、カフカが論じているのは、イディッシュ語文学とチェコ語の文学の洞察から帰納的に導き出された文学の一般論である。その文学とは、ロバートソンが述べるように、「自らのアイデンティティを主張しようとし、また、自分たちより大きな文化的威信と政治的パワーを行使してくる隣国の影響力から自らを守ろうとする、あらゆる小国の文学」ということになる。(26)

カフカは一二月二五日と二六日の日記で、そうした小国あるいは小言語の文学について一通り論じた後、一二月二七日の日記に、「小さな文学の特性についての概要」という表題と共に、次のような事項を箇条書きしている。

小さな文学の特性についての概要

良い意味での成果が、ここでもあそこでも見られる。個別の点では、ここでは、より良い成果すら見られる。

1「活気」

a 論争　b 諸流派　c 雑誌

2「重圧からの解放」

a 主義のなさ　b 小さな主題　c 容易な象徴形成　c 無能力者の減少

3「大衆性」

a 政治との関連　b 文学史　c その立法は文学自らに委ねられていると、文学を信じること　(T, 326)

カフカが「小さな文学」という言葉を用いてその特性を理論的に整理しようとしたのは、このときだけである。カフカは「ここ」や「あそこ」と記しているが、「ここ」とは「小さな文学」を指し、「あそこ」は「大きな文学」を指している。

カフカにとって、「小さな文学」は「大きな文学」との比較によって捉えられるべきものである。「大きな文学」とはカフカが実際に用いた言葉であるが、それはドイツ語のような大言語で書かれた文学を指す。カフカは、そうした大きな文学とは異なり、小言語の文学にはその才能を前に多くの人が委縮してしまうような大作家が不在であるために、質は高くなくとも生き生きしているという旨を記している。恐らく、このように記したとき、カフカの脳裏には、そうした大作家として思い当たるものが既にあったはずである。カフカは、同じ日の日記に続けて次のように書いている。

> ゲーテは、その作品の力によって恐らくドイツ語の発展を抑制している。たとえ散文が合間にしばしばゲーテから離れるとしても、結局は、まさしく現在のように、より強力な羨望と共にゲーテへと戻っている。そして留まることを知らない依存心が隙もなく満たされた光景を享受しようと、古い、ゲーテに備わってはいるが、その点を除いたらゲーテとは関係のない表現さえも不当に着服している。(D, 318)

ハロルド・ブルームは、あらゆる重要な作家は文学上の偉大な〈父親〉の影響に苦しみ、その影響を押しのけたり、逃れようとしたり、押さえつけようとしたりするという、「影響の不安」を唱えた。カフカもまた、ドイツ語作家として創作を続けるのであれば、更に言えば、ドイツ語作家として大成を目指すのであれば、ゲーテを無視して通ることはできない。恐らく、重要ではない多くの作家は、ゲーテがドイツ語の文学の発展を抑制しているという認識に至ったとしても、本気でゲーテに立ち向かおうとはしないだろう。ところが、カフカは、「小さな文学の特性についての概要」を記したとき、ゲーテにはない文学を本当に探そうとしていたように思われる。

年が明けてからカフカは、イディッシュ語文学とゲーテについて熱心に勉強し始めた。一九一二年一月二六日から一月三一日にかけての日記には、『ユダヤ・ドイツ語文学の歴史』というフランス語書籍の内容が要約して記されており、イディッシュ語作家の名前や作品名も書きとられている。他方で、第一部でも一部引用したが、一月の日記には、次のような文面も見られる。

このように雨がちで静かな日曜日は過ぎる。僕は寝室に坐って静かにしているが、書くことを決心する代わりに、例えば一昨日は自分の全てを丸ごと一緒くたにして自分自身を執筆の中に注ぎ出せたらと思ったわけだが、いま、かなり長い間自分の指を見つめていた。どうやら、今週はまったくゲーテに影響されていたようだ。この影響の力がちょうど尽きて役に立たなくなったのだと思われる。（T, 358）

「自分の全てを丸ごと一緒くたにして」注ぎ出そうという試みから生まれたのが、後に『突然の散歩』と名付けられるテクストであると考えられた。注目すべきことに、カフカは、「今週はまったくゲーテに影響されていたようだ」と記している。この記述を額面通りに受け取るならば、カフカを一週間の間〝書くこと〟へと駆り立て、『突然の散歩』を生み出した原動力は、ゲーテであったことになる。更に、二月一一日の日記には、ヴォルデマー・ビーデマンという一九世紀の人物が編纂した『ゲーテの会話』からの引用や書き抜きが数頁にわたって記されている。

恐らく、イディッシュ語文学とゲーテをめぐる一連のカフカの取り組みは、根本においてつながっている。カフカは、単にユダヤ人としてイディッシュ語文学に関心を寄せていたのではないだろう。そこには、ドイツ語作家として、新たな文学表現を切り拓くための手掛かりを求める狙いもあったはずである。その限りにおいて、〈小さな文学〉は、二つの意味を孕む。一つには、それはドイツ語のような大言語の文学に対する、イディッシュ語のような小言語の文学である。その意味では、ドイツ語で書くカフカは大きな文学の作家である。だが、そうした小言語の文学に学び、その特性を取り入れたものを〈小さな文学〉と呼ぶとき、それは大きな文学の内側に構築されるべき領域となる。ドゥルーズ＝ガタリは、「小さな文学」を意図的に「マイナー文学」と読み替えたが、それは、マイナーな言語で書かれた文学ではなく、社会的にマイナーな者が大言語を用いて書いた文学を指していた。それは概ねこの二番目の意味での〈小さな文学〉を意味する。

〈小さな文学〉の行方

カフカがこうして〈小さな文学〉という概念に辿り着くまでを追跡することはそう難しくない。だが、〈小さな文学〉のその後の行方を捜すのは様々な困難が伴う。そもそも〈小さな文学〉は実現したのか。仮にしたとすれば、どのテクストで、どのようにして実現したのか。例えば、「マイナー文学」を唱えるドゥルーズ＝ガタリは、言語の非領域化、政治性との結合、集団的な言表行為の三つを「マイナー文学」の本質的特徴として挙げている。[27]だが、その主張の妥当性に関しては、幾らか精査する必要がある。

まず、ドゥルーズ＝ガタリによれば、カフカのドイツ語はチェコ語から影響を受けた不正確なものであり、その言語的な貧困がドイツ語を内部から非領域化しているという。だが、カフカのドイツ語は果たしてそれほど不正確であろうか。この主張に関してドゥルーズ＝ガタリは、エルンスト・ヴァーゲンバッハの『若き日のカフカ』に大きく依拠している。そこには確かに、不自然な「紙のドイツ語」であるプラハ・ドイツ語の特徴が列挙されている。それは、例えば前置詞の誤った使用であり、再帰代名詞の多用、定冠詞の脱落、語彙の貧困化である。[28] 更に、プラハの作家たちがしばしば「〜のような」を用いた怪しげな比喩を乱発したことも述べられている。[29] カフカに関しても、「〜のような」を用いた比喩がしばしば見受けられると指摘されていた（本書第I章第1節を参照）。だが、初期の『ある闘いの記録』以降、カフカは次第に過剰な比喩や形象を抑制していく傾向にあり、他のプラハの作家たちに比べれば、カフカは不自然なドイツ語を避けているように思われる。

もっとも、そのカフカにも標準的なドイツ語から外れる用法が見られないではない。例えば、従属接続詞bisは、標準語としては「〜するまで」を意味するが、カフカはそれを「〜するとき」の意味で用いる癖があった。実際、一九一二年に書かれた『変身』では、bisがそのような意味で使われている。

女性たちが父の両脇の下に手を伸ばしたときにようやく、彼は眼を開け（……）
Erst bis ihn die Frauen unter den Achseln faßten, schlug er die Augen auf（……）（D, 174）

だが、こうした用法に関して、カフカと友人たちとの間で、いわゆる〝bis論争〟が起きていることを忘れてはならない。カフカは、一九一七年九月二二日にフェリックス・ヴェルチュに宛てた手紙で、bisを従属接続詞として用いる場合、本当に「するまで」という意味でしか使えないのかどうか、グリム・ドイツ語辞典で調べてほしい旨を依頼している。その後、この論争に決着が着いたのかどうかは定かでない。だが、カフカの語法には確かに変化が起きている。翌年の一月にマックス・ブロートに宛てられた手紙において、カフカは、「もし今度僕が行くとき」（Wenn ich nächstens komme）と記そうとして、思わず „Bis“ と書いてから „Wenn“ に改めている（Br

1918–1920, 11f.)。更に、一九二二年の『断食芸人』には、次のような一文が認められる。

> 一人の者が数字の表を頼りに断食芸人のことを思い出すまで誰も分からなかった。
> **niemand wußte es, bis sich einer mit Hilfe der Ziffertafel an den Hungerkünstler erinnerte.**　(D, 348)

カフカが目指すのは、標準的なドイツ語である。不正確な言語使用によって、ドイツ語を内部から方法的に非領域化していると考えるのはやはり無理がある。

次に、ドゥルーズ＝ガタリが第二の特徴として挙げる政治性とは、とりわけ家庭内における父と子の対立構造に資本主義と官僚組織の支配関係を見て取るものであり、それはカフカ論というよりも、彼らの『アンチ・オイディプス』と共に理解されるべきものである。三番目に、集団的な言表行為としてドゥルーズ＝ガタリが指摘したのは、民族の英雄たちの中に溶け込んでゆくヨゼフィーネであった。だが、この点に関してドゥルーズ＝ガタリは、一つ重要な見落としをしている。それは、『ヨゼフィーネ』の語り手が、〈私たち〉という言葉を多用している点である。確かに、個人の表現活動よりも集団的価値が優先されるネズミ族に、マイナーな民族共同体の特性を読み取ることは可能である。しかし、言表行為の集団化という点に関して言えば、注目すべきはヨゼフィーネの運命よりも、むしろ語り手の〈私たち〉という言説の方である。何故、カフカの語り手たちは、しばしば〈私たち〉を多用するのだろうか。『ヨゼフィーネ』は、〈小さな文学〉論の記述を連想させるテクストでもあった。すると、この〈私たち〉こそがカフカの〈小さな文学〉の発展を探り出す鍵となるのではないか。

2　架空の語り手と架空の受け手

カフカの創作において『判決』が重要な転機となっていることは、これまでに繰り返し述べた。だが、それは何よりもテクストを生産する側の転機であった。言ってみれば、水の中を前に進むように物語が展開したゆえに、それは作者にとっての転機となったのである。もちろん、『判決』の前後では、書かれたテクストにも質的な変化が生じている。従って、それがテクストという客体からも裏付けが可能な転機であるには違いない。

そうしたテクスト上の変化という意味では、カフカには、もう一つ大きな転機が存在することが知られている。それが一九一七年頃を境とした語りの転換である。『判決』や『変身』など、それまでのほとんどの物語は、いわゆる〝三人称小説〟として書かれていたが、この時期から、語り手が〝私〟あるいは〝私たち〟として登場する物語が顕著に増大していく。この時期には、内省的な『狩人グラックス』も書かれていることから、作者自身の創作姿勢における変化が、語りという具体的な形となって現れた可能性は高い。

カフカの語りは、カフカ研究の中でもとりわけ長い歴史を持つ。しかし、そこにはある重要な視点が欠けているように思われる。まずはそれを認識することから始めなければならない。

カフカの語りの変化

カフカの語りをめぐる研究は、フリードリヒ・バイスナーに遡る。バイスナーは、『失踪者』では語り手と主人公がほぼ一体化していることを指摘し、「ただカールの考えただけしか、専らカールの考えたことだけしか語り手は伝えることを知らない」と述べた。[30] 概ね同様のことは『判決』にも当てはまるが、カフカは、そうした語りの物語だけを書いたわけではない。その後のカフカの語りの研究は、個別のテクストごとに語りの特徴を調べ、そこからカフカの創作の全体の傾向を探る方向へと向かう。

まず、ハインツ・ヒルマンは、カフカの語りの種類を物語のジャンルと結びつけて捉えた。ヒルマンによれば、カフカの物語は、「観察」、「寓話」、「叙事」、「長編」、「報告」の五種類に分類可能であるという。[31] この内、「観察」は、カフカの最初の作品集『観察』に収められたテクストのためのカテゴリーである。「叙事」は、『判決』のように、〝三人称語り手〟が進展しつつある出来事を主人公に極めて近い視点から描き出す物語を指す。「報告」は、それとは対照的に、物語に登場する報告者によって出来事が間接的に語られる物語として定義される。

このジャンルとしての五つの分類に関して、ヴァルター・ゾーケルは、二つの重要なことを指摘している。一つ目は、語りの形式という観点で言えば、この五つの内、「寓話」と「報告」、並びに「叙事」と「長編」は、特に違いがないという点である。そこでゾーケルは、この四つのジャンルを語りの形式として「叙事-長編」と「寓話-報告」の二種類にまとめた。[32]「叙事-長編」形式は、物語には直接登場しない語り手が、まるで主人公の視点と一体化したかのように語ることが特徴とされ、他方の「寓話-報告」形式は、〝私〟という語り手と生起する出来事の間に一定の距離が生じていることが特徴とされる。二つ目の指摘とは、カフカの語りは、一九一七年頃を境として「叙事-長編」形式から「寓話-報告」形式へ転換しているというものである。

もちろん厳密に言えば、必ずしもこれに当てはまらない個別のテクストは存在する。例えば、一九一四年に書かれた『審判』では、語り手は必ずしも主人公と同じ視点から語ってはいないことが指摘されている。[33]『流刑地にて』も「叙事」の形式であるが、語り手は主人公である将校からは距離を置き、どちらかと言えば中立的な姿勢を保っている。他方で、『一枚の古文書』は〝私〟によって語られているが、語り手は出来事に対して十分な距離を取っておらず、「叙事」としての性格の方が強い。(34)だが、そうした若干の例外を除けば、ゾーケルは、確かにカフカの創作に起きている重要な転換を捉えている。とりわけ、「報告」に分類される『ある学士院への一通の報告書』が、「寓話」を多く集めた作品集『田舎医者』の最後に収録されていることは、カフカの作品が「寓話」から「報告」へ更に転換していることの現れであるというゾーケルの指摘は、その当否は別にしても興味深い。(35)

　ゾーケルの認識に従えば、カフカの物語は、ある時期から出来事に対して距離を置いた客観的な視点から語られるようになり、その客観性をもたらしているのが〈私〉であるということになる。この認識は、その後も概ね踏襲されているように思われる。一九七九年に刊行されたカフカ・ハンドブックにおいて、インゲボルク・ヘネルは、カフカは「一人称物語の中に、語り手にその対象から距離を取らせ、客観的に報告させることを可能にする形式を発見した」と記している。(36)例えば、『ジャッカルとアラビア人』のように語り手が観察者として登場するとき、もしくは、『ある学士院への一通の報告書』のように、語り手が自身の過去に関する報告者として登場するとき、語られた事柄は、「客観的な真実であるという印象」を与えると述べられている。(37)二〇一〇年刊行のカフカ・ハンドブックにおいても、作品集『田舎医者』収録諸作品の〈私〉という語り手たちは、時として出来事に対して観察者や報告者として向き合っており、言わば「脱個人化」が起きていると指摘されている。(38)

　しかし、ここに素朴な疑問が生じる。カフカのテクストの場合、何故、〈私〉として登場する語り手の方が〝三人称語り手〟よりも〝客観的〟であるように見えるのだろうか。一般論として言えば、〈私〉という語り形式が必ずしも客観性を保証するわけでないのは明らかである。実際、カフカ研究においても、〈私〉より〝三人称語り手〟の方が客観的であるという認識もかつては見られた。(39)すると、仮に〈私〉による語りの方がより客観的であるように見えるとすれば、そこには、まだ論じられていない別の要因が働いているのではないか。

その要因に関する手掛かりは、実は先程から登場している「報告」という言葉に既に現れている。誰かが何かを報告するとき、そこには報告を受ける者が存在するはずである。例えば、『ある学士院への一通の報告書』の場合、そこにはロートペーターの報告を受ける者として学士院の会員が想定されている。一般的に、報告を受ける者の存在が報告の内容や報告者の態度に影響を及ぼすことは十分に考えられる。にもかかわらず、報告を受ける者の役割がカフカ研究においてほとんど考慮されていないのはどうしてだろうか。

物語論の概観

文学研究の一分野に物語論というものが存在するが、元々、ドイツ語圏は物語論の伝統がある地域である。今日でこそ、物語を語っている〈声〉の主は作者ではなく語り手であるという認識が文学研究では定着しているが、そうした考え方の先駆的な研究として、ケーテ・フリーデマンの一九一〇年の論文が挙げられる。フリーデマンは、人は世界をそれ自体としてあるがままに認識しているのではなく、精神という媒体を介してしか認識できないのと同じように、物語もやはり、語り手という媒体を介したものなのだと指摘している。[40]
ドイツ語圏の物語論は、その後、物語、語り手、作者の関係性を理論的に究明することを目指して発展している。その集大成とも言えるフランツ・シュタンツェルの理論は、語り手が物語内に登場しない物語（いわゆる三人称小説）における語りの〈声〉の主は、物語という概念から演繹されるところの〈作者〉（〝内包された作者〟）なのかという問いから出発している。この問題に対してシュタンツェルは、物語を「深層構造」と「表層構造」に分け、〝内包された作者〟を前者に、〈声〉の主としての語り手を後者に位置づけ、物語論としての分析の対象を完全に後者の領域に限定することで解決を図ろうとした。[41] もっとも、こうして発展した理論体系では、語り手が物語を語る相手というものは考察の対象になりにくい。確かに、ヴォルフガンク・カイザーは、例えばゲーテの『若きウェルテルの悩み』を読む〝読者〟の中には、それを架空の出来事と承知した上で読む〝我々〟現実の読者の他に、その出来事が現実として起きている架空世界の中の〝読者〟もいることを指摘しているが、あえてこの二つの概念を明確に区別していなかったように思われる。[42]

それに対して、フランス構造主義のもとで一九六〇年代に誕生した、ナラトロジーとも呼ばれる物語論は、ドイツ語圏のものとは根本的に異なる発想の仕方をする。ロラン・バルトは、『物語の構造分析序説』において、ロマーン・ヤーコブソンの言語コミュニケーションを踏まえた、物語コミュニケーションという発想を提唱している。ヤーコブソンの言語コミュニケーションとは、コミュニケーションを「発信人」(Addresser) から「受信人」(Addressee) への「メッセージ」の伝達と捉えたものである。このメッセージが有効であるためには、参照されるべき「文脈」と、発信人と受信人双方が完全もしくは部分的に共有している「コード」、更に、コミュニケーションを開始・維持するための「接触」が必要とされる。[43] この仕組みが物語に援用されるとき、メッセージとしての物語は、やはり発信人から受信人へと伝達されることになる。バルトは、その発信人を „narrateur“、即ち、「語り手」と呼び、受信人を „narrataire“ と呼んだ。[44] これが、語り手の物語を受ける架空の存在を示す恐らく最初の術語であり、それを英訳した言葉が narratee である。[45]

日本語は、narratee を訳しにくい言語である。しばしば「聞き手」という訳語も使われるが、この言葉は、「読み手」ではないという意味合いをも含む。ドイツ語もまた同じような状況であり、ヴォルフ・シュミットは、narratee に相当する語として „fiktiver Adressat“ という術語の使用を提唱している。[46] それも踏まえ、本書では、

narratee の訳語として、〝架空の受け手〟という語を用いることにする。

　物語を架空の語り手と架空の受け手の間で成立するコミュニケーションとして捉えるということは、あらゆる物語には、必ず語り手と受け手が存在すると見なすことを意味する。ナラトロジーの術語を使えば、語り手は、自らが物語世界のなかに存在する「等質物語世界的語り手」（homodiegetic narrator）と、自らは物語世界の中には存在しない「異質物語世界的語り手」（heterodiegetic narrator）とに分かれるだろう。この用語は、〝一人称語り手〟や〝三人称語り手〟といった不正確な語よりも望ましいのかもしれないが、分かりにくい。そこで、本書においては、単に〝物語世界内に存在する語り手〟と〝物語世界内に存在しない語り手〟という言い方がされる。もちろん、架空の受け手にも、物語世界に存在する者と存在しない者がいるだろう。

　物語が架空の語り手と架空の受け手のコミュニケーションであるとき、物語の性質は、スーザン・ランサーが整理したように、語り手の「地位」（status）、語り手と架空の受け手の「接触」（contact）、語り手の物語内容あるいは語られた世界に対する「姿勢」（stance）の三つの要素によって決定されると考えることができる。[47] 従って、カフカの〈私〉という語り手が出来事に対して〝客観的〟であるように見えたとすれば、それは語り手の「姿勢」ばかりでなく、語り手の「地位」や架空の受け手との「接触」状況など、幾つかの要素が複合的に作用した結果である。先述のように、一九一七年頃のテクストを境に、カフカの語り手たちは物語世界の外から中へと移動した。それは、架空の受け手も物語世界の外から中へと移動し、語り手と受け手の「接触」が濃密化したことを意味しないだろうか。確かに、『巣穴』の語り手のように際限のない独白を続けるとき、語り手は受け手という存在をほとんど意識していないかもしれない。だが、『ヨゼフィーネ』の語り手が〈私たち〉と言うとき、語り手は、確かに架空の受け手の存在を意識している。

本書の第二部は、〈一九一七年以降に書かれたカフカの生前発表作品の一部では、物語世界内に登場する語り手が架空の受け手へ物語を伝える態度や伝え方そのものが物語の主題に基づいた描写対象となっている〉をテーゼとする。繰り返しになるが、一九一七年頃を境にして、カフカは語り手が物語世界に登場するテクストを多く書くようになった。その一部は作品集『田舎医者』や『断食芸人』に収録された。そこで、語り手と受け手のコミュニケーションという観点からカフカの語りを研究し、同時に、テクストの主題についても考察してゆくことにより、カフカの〈小さな文学〉の行方も見えてくるのではないか。そこに本書の狙いがある。

註

（1）例えば、Lauer（2006）を参照。

（2）Robertson（1988）、第一章を参照。

（3）例えば、Politzer（1978）, S. 481ff.; Pascal（1982）, S. 230; Auerochs,（2010）, S. 326 等を参照。

（4）Robertson（1988）, S. 52f. を参照。

（5）例えば、エヴェリン・ベックは、そのように高く評価している。Beck（1971）を参照。

（6）例えば、Baioni（1994）, S. 43f. や Rother（1995）, S. 13f. を参照。

（7）T Komm, 30 を参照。

（8）T Komm, 19 を参照。

（9）B稿の直前に記された日付は三月二六日である。また、B稿の直後には、ブロートの誕生日への祝いのメッセージの下書きが記されているが、ブロートの誕生日は五月二七日である。

（10）そうした読解の可能性を最初に提示したのはヴィヴィアン・リスカだと思われる。Liska（2009）, S. 17–20 を参照。本章における筆者の考察は、リスカに負う点が多い。もっとも、リスカは、これが想像上の反ユダヤ主義者の視点から書かれた架空の書評であるとまでは考えていないようである。

（11）Bruce（2007）, S. 31f. を参照。

（12）Stölzl（1975）, S. 62f. を参照。なお、マックス・ブロートの一家もこの暴動の被害を受けたと記されているが、その典拠は不明である。世紀転換期におけるチェコの政治状況については、佐藤雪野（1991）も参照した（とりわけ四四－四五頁）。

（13）Baioni（1994）, S. 7 を参照。

（14）Robert（［1979］, 1985）, S. 17 を参照。

（15）ロシア帝国におけるシオニズムの状況に関しては、鶴見太郎（2012）を参照した。法的身分としては、ユダヤ人は一八三五年以来、シベリアや中央アジアのムスリムや遊牧民と同様に、「土着民」と「外国人」の中間の「異族人」と位置づけられていたという。鶴見（2012）、六三頁を参照。

（16）下村（1996）、二四三－二六三頁を参照。

（17）下村（1996）、二五六－二六三頁を参照。

（18）『ユダヤ女たち』の研究としては、中村寿（2020）を参照。中村は、この小説はユダヤ小説になり切れていないという批判が当時のシオニストたちから出されていたことを紹介した上で、その批判の要因はどこにあったのか、テクストを綿密に分析し考察している。

（19）Goldstein（1912）, S. 281–294 を参照。

（20）一連の経緯は、平野（2022）を参照。

（21）Kilcher（2010）, S. 46 を参照。

（22）Robertson（1988）, S. 24 を参照。

（23）ヴァーゲンバッハ（1969）、九七頁を参照。

（24）「シオニズム」という言葉の命名者でもあるナータン・ビルンバウムは、やがて、東方ユダヤ人の伝統と言語にこそ真のユダヤ性が宿るという考えに至ったが、カフカもそうした考えに近かったとバイオーニは考える。Bioni（1994）,S.35–41 を参照。

（25）Robertson（1988）, S. 28 を参照。

（26）Robertson（1988）, S. 35 を参照。なお、一二月二五、二六日の日記に記された小言語の文学の考察については、次の文献で分かりやすく整理されている。Robertson（1988）, S. 34–39; Heinz（2010）, S. 138–140 を参照。

（27）ドゥルーズ＝ガタリ（1978）、二七−三三頁を参照。

（28）ヴァーゲンバッハ（1969）、七七−七九頁を参照。

（29）ヴァーゲンバッハ（1969）、七六頁を参照。

（30）Beißner（1952）, S. 28 を参照。

（31）Hillmann（1964）を参照。

（32）Sokel（1967）, S. 267 を参照。

（33）Leopold（1963）や Kudszus（1964）を参照。

（34）Strong（1979）, S. 472–485 を参照。

（35）Sokel（1967）, S. 268, 275 を参照。

（36）Henel（1979）, S. 222 を参照。

（37）Henel（1979）, S. 222 を参照。

（38）Blank（2010）, S. 220f. を参照。

（39）Binder（1966）, S. 299; Walser（1997）, S. 20f.; Jahn（1965）, S. 69–71; Krusche（1974）, S. 23f. を参照。なお、カフカの語りに関する研究史は、Schuster（2012）, S. 89–105 に包括的にまとめられている。

（40）Friedemann（1910）, S. 26 を参照。

（41）シュタンツェルはまた、〝内包された作者〟だけでなく、ヴォルフガンク・カイザーが呼ぶ「物語精神」やケーテ・ハンブルガーが呼ぶ物語の「機能」もまた、物語の深層構造に属すと考えている。Stanzel（1979）, S. 31; Kayser（1956）, S. 238; Hamburger（1968）, S. 115f., 153f. を参照のこと。

（42）Kayser（1956）, S. 227–229 を参照。

（43）Jakobson（1960）, S. 353 を参照。

（44） Barthes（［1966］, 2002）, S. 841 を参照。

（45） Prince（1982）, S. 7 を参照。また、物語論に関わる用語については、ジェラルド・プリンス『物語論辞典』（2001）も併せて参照のこと。

（46） Schmid（2014）, S. 95 を参照。

（47） Lanser（1981）, S. 224 を参照。

Ⅵ　〝お前と世界との戦いでは、世界の味方をしろ〟[1]

一九一七年七月、ヴォルフ書店の社主クルト・ヴォルフは、最新の作品原稿を送ってくれるように手紙でカフカに依頼した。カフカにとって二番目となる作品集の計画はそこから始まる。ヴォルフは、カフカの第一作品集『観察』を出版したエルンスト・ローヴォルト書店の共同経営者だった人物である。ヴォルフは後にローヴォルト書店を引き継ぎ、屋号をクルト・ヴォルフ書店に改めた。『観察』の版権もヴォルフ書店が持っていたため、この時点までの全てのカフカの著作、つまり、『観察』、『判決』、『機関助士』、『変身』は、クルト・ヴォルフ書店から出ていることになる[2]（やがて一九一九年には『流刑地にて』も同書店から出版されることになる）。

ヴォルフの打診に対し、カフカは直ちにタイプされた原稿を送付しており、更に、八月二〇日の手紙において、作品集の題名を『田舎医者』、副題を『小さな物語』とする意向を伝えている。手紙には、既に送付されている作品の配列を示すリストも同封されていた。リストには十五作品が列挙されているが、その内、『バケツの騎手』は、最終的に収録が見送られることになる。だが、それ以外の十四作品は、全てリストの順番通りに印刷されることになる。

しかし、この作品集の刊行は、すんなりとは行かなかった。カフカが作品集の題名と配列を指示してから何ヶ月もの間、編集部からカフカへは何の連絡もなかったと見られる。しかも、待たされた末にようやくカフカの元に送り届けられたゲラ刷りは、誤植だらけのものであった。まず、作品集の題名『田舎医者』は、本来なら不定冠詞のついたEin Landarztと表記されるはずであったが、実際に印字されていたのは、定冠詞のついたDer Landarztであった。更に、副題も『小さな物語』ではなく、『新観察』となっていた。挙句の果てには、作品の配列もカフカがリストで指示したものとは異なっている。本来なら、作品集の巻頭には『新人弁護士』が配置されるはずであったが、ゲラ刷りでは、巻頭の『新人弁護士』と二番目の『田舎医者』が前後入れ替わってしまっている。

カフカは、一九一八年一月二五日もしくは二六日の編集部宛の手紙で一連の間違いを指摘しているが、そこには次のように記されている。

> この本は十五の短編で構成するつもりでおり、その順番については、しばらく前にお手紙でそちらに提示致しました。それがどんな順番だったのか、目下私は暗記しておりませんが、いずれにせよ、『田舎医者』は巻頭作品ではなく二番目です。巻頭は『新人弁護士』です。いずれにせよ、当時提示した順番に従って本を組んで下さいますようお願い申し上げます。(Br 1918–1920, 23f.)

十五作品全ての配列を暗記しているわけではないが、それでも、『田舎医者』は二番目でなければならず、巻頭は『新人弁護士』でなければならないという指摘は興味深い。もちろん、編集部が作者の意向に反することを勝手に行えば、作者が抗議するのは当然なのだが、カフカにとってこの二作品の配置は、とりわけ重要であった可能性があるからである。

カフカは一時期、ヴォルフ書店の杜撰な仕事ぶりに業を煮やし、作品集の出版元を他社に変更することも検討

代替案 1[3]

1)	[田舎医者]	[2]	8)	ジャッカルとアラビア人	[7]
2)	兄弟殺し	[13]	9)	バケツの騎手	[3]
3)	一枚の古文書	[5]	10)	皇帝の使者	[10]
4)	[新人弁護士]	[1]	11)	十一人の息子たち	[12]
5)	天井桟敷にて	[4]	12)	ある夢	[14]
6)	鉱山の訪問	[8]	13)	法の前	[6]
7)	[隣村]	[9]	14)	ある学士院への一通の報告書	[15]
	＿＿＿＿＿		15)	家長の心配	[11]

していた。折しも、カフカは、ベルリンの出版業者エーリッヒ・ライスからカフカの著作を出版したいという打診を受けていた。一九一八年二月のことである。もし出版社を変えるとなれば、また活字を組むところからやり直さなければならないが、同時に、それは作品配列を変更するチャンスともなる。カフカは、ライスから送られてきた手紙の裏面に、新たな配列案を幾つかメモとして遺している。その第一案は上の通りである。

いま、比較のために、ヴォルフ書店に提出したリストの配列を括弧に入れて示してある。新たな案では、『田舎医者』が巻頭に置かれ、『新人弁護士』は四番目に移動している。他にも、巻末が『家長の心配』になるなど、大幅な配列変更が生じている。それに伴い、作品の印象そのものが変わってくる。

まず、当初の配列に即して作品を眺めてゆくと、馬がよく登場することに気づかされる。[4] 巻頭の『新人弁護士』では、アレクサンドロス大王の軍馬は、二千年の時を越えて弁護士として現代に出現する。この作品は、「彼は読書をし、私たちの古い書物のページをめくるのです」(D, 252) という記述で終わっている。すると、彼が手にする「古い書物」こそが、この作品集『田舎医者』そのものであると想像することも可能なわけである。[5] 次の『田舎医者』では、馬車に乗せられた医者は、「この世のものではない馬たち」(D, 261) に引かれて永久にこの世界を彷徨い続ける。幻の三作目となった『バケツの騎手』でも、主人公が跨るバケツには馬のイメージが重ねられている。『天井桟敷にて』では、女曲芸師は人馬一体となってサーカス小屋の中を走り回り、四作目の『一枚の古文書』では、都に侵入した遊牧民の馬たちは、彼らの主人と共に同じ肉塊に喰らいつく。更に、作品集の後半は、あたかも『田舎医者』の余韻のように、馬に乗って隣村へと出かけるだけで人生の幸福を台無しにしかねないことを危惧している老人の話から始まる。これらの物語が別々の作品であるという限りでは、そこに登場する馬たちは、別々の物語世界の生き物である。だが、これらの作品が一体となって一つの大きな物語世界を構成していると考えたとき、表題作『田舎医者』に登場する「この世のものではない馬たち」が、世界のあちこちに出没していると読むことも可能なわけである。

ところが、カフカが記した代替案では、『田舎医者』、『兄弟殺し』、『一枚の古文書』の三作品が最初に連続して配置されている。すると、何処からか血の匂いが漂い始める。腹にぱっくりと傷口を開いて横たわっている少年の血、首と腹を刺されて斃れた男から流れ出る血、そして、都に侵入して来た遊牧民のために街中で屠殺される牛から流れ出る血。更に、この代替案において巻末を飾るのは、オドラデクという生き物なのか何なのかよく分からない不思議な存在が、自分の死後も生き続けることを心配する男を描いた『家長の心配』である。

この配列案を考え出したカフカの当時の心境は察せられる。このときのカフカの状況は、作品集の計画が始まった一九一七年の夏からは一変してしまっていた。結核の罹患である。新たな作品配列において強調されている血は、喀血された血の暗示であり、自分の死後を案じる『家長の心配』は、作品集を残して死ぬ作者の心配でもあるだろう。カフカは、一九一八年三月二六/二七日のブロート宛の手紙で次のように記している。

> ヴォルフとの仲介をありがとう。この本をうちの父に捧げようと決意してからは、それが直ちに出版されるということが問題なのだ。だからと言って、それで父と和解できるだろうということでもないけれど。この反目は根絶し難いものなのだ。だけど、それでも何かやることくらいはあっただろうに。どうせパレスチナには移住しなかったとはいえ、それでも指で地図の上を辿ってそこに行くくらいはしたのに。それで僕は、ヴォルフがこんな風に僕に抵抗し、返事もせず、何も送ってよこさず、そしてこれが恐らく僕の最後の本なわけだから、原稿をライスに送るつもりなのだ。彼は僕に親切に申し出てくれたからだ。(Br 1918–1920, 33)

「恐らく僕の最後の本」という言葉から、この作品集が自分の遺作になるだろうというカフカの覚悟が伝わってくる。

それに加えて、カフカが、作品集を父に捧げるつもりであると述べている点も目に留まる。ヴォルフ書店から実際に刊行された作品集の扉と本文頁の間には、「父へ」という献辞の頁が挟まれている。だが、作品の題名と配列を編集部に指示した一九一七年八月二〇日付の手紙では、献辞のことは一切触れられていなかった。恐らく、カフカが作品集を父に捧げようと決めたのは、結核に罹患してからである。というのも、カフカがあの間違いだらけのゲラの訂正の指示をした一九一八年一月の手紙には、短く、「更に、〝父へ〟と記された献辞の頁を前の方に挿入して下さい」(Br 1918–1920, 24) と記されている。

もっとも、作品配列の別案は、これだけではなかった。一つ目の案は確かに、当初の計画を抜本的に変更するような発想であった。だが、それに続いて第二案、第三案とメモが進むにつれて、結局、アイディアは、ヴォルフ書店で準備中の元の配列に戻ってゆくかのようである。ここでは第三案を見てみよう。

代替案 3 (6)

1)	新人弁護士	[1]	9)	バケツの騎手	[3]
2)	田舎医者	[2]	10)	ある夢	[14]
3)	〈隣村〉	[9]	11)	家長の心配	[11]
4)	鉱山の訪問	[8]	12)	皇帝の使者	[10]
5)	天井桟敷にて	[4]	13)	ジャッカルとアラビア人	[7]
6)	兄弟殺し	[13]	14)	十一人の息子たち	[12]
7)	一枚の古文書	[5]	15)	ある学士院への一通の報告書	[15]
8)	法の前	[6]			

巻頭に『新人弁護士』、二番目に『田舎医者』、巻末に『ある学士院への一通の報告書』という配置は、当初の計画通りに戻った。確かに、それ以外の作品の配置については、試行錯誤の痕跡が窺える。例えば、第三案では『天井桟敷にて』と『一枚の古文書』が連続しないように配慮され、元の配列に比べて馬の印象が幾分抑制されている。だが、それは別案というよりも元の案に対する修正案であるという印象を受ける。

　結局、作品集はヴォルフ書店から、『バケツの騎手』を除けば全て当初指定した通りの配列で刊行された。一連の経緯は、〝作品集という一つの作品〟を作ろうとするカフカの苦慮を伝えている。そもそも、この十五作品は、一九一四年から一九一七年にわたって制作されており、一つの作品集としての構想が当初からあって書かれたわけではない。確かに、巻頭から巻末までの全ての作品を通して、主題が順次展開していっていると見なす考え方もある。(7) だが、配列に関してカフカがとりわけ強いこだわりを示しているのは、巻頭の『新人弁護士』と巻末の『ある学士院への一通の報告書』、並びに表題作の『田舎医者』だけである。それ以外の作品の配置に関しては、どうやらカフカ自身にも決め手があったわけではない。

　それと同じような状況は、カフカの第一作品集『観察』でも認めることができる。十八作品を収録したこの作品集の巻頭には『街道沿いの子供たち』が、巻末には『不幸なこと』が配置されている。まず、街道を疾走する子供たちを描き出した巻頭作品は、次のように締め括られる。

「そこにいる連中っていったらね、考えてみろよ、眠らないんだぜ！」／「なんでなんだ？」／「そいつらは疲れないからさ」／「なんでなんだ？」／「そいつらはバカだからさ」／「バカは疲れないのか？」／「どうやったらバカが疲れるっていうんだ？」（D,14）

他方、巻末の『不幸なこと』は、深夜にアパートの自室の中をぐるぐると歩き回っていたところを幽霊に遭遇した男の物語であるが、それは次のように締め括られる。

「なら結構ですよ」と私は言ったが、本来ならゆっくりと散歩にでも出られるところだった。だが、私はひどく心細かったので、それよりも床に上がって眠りに就いたのだった。（D,40）

こうして夜も眠らずに疾走する（執筆する）作者の夢想として紡ぎ出された物語は、遂に作者が眠りに就くとき終幕を迎えるというわけである。

カフカは、作品集『観察』の編集段階で、試し刷りを編集部から受け取っている。それは『街道沿いの子供たち』の冒頭部分を用いた二頁だけの試し刷りであったが、そこに振られた頁番号は二六と二七であった。それに対してカフカは書面で次のように反応している。

> 試し刷りの頁番号は最終的なものではないと良いのですが。と言いますのも、『街道沿いの子供たち』は一番目の作品のはずだったからです。目次を一緒にお送りしなかったのは私のミスでした。そして悪いことに、私にはこの間違いを直せないのです。この巻頭作品と巻末作品である『不幸なこと』を除けば、原稿の配列がよく分からないからです。（D App, 42）

カフカは、十八もある収録作品の全ての配列を暗記していたわけではなかった。それどころか、カフカが配置を記憶していたのは、最初と最後の作品だけであるという。恐らく、概ねその通りなのだろう。作品集『田舎医者』のゲラの配列間違いへ抗議した際にも、カフカは、「それがどんな順番だったのか、目下私は暗記しておりません」と述べていた。

作品集を作るに当たり、巻頭と巻末の作品の対応関係に気を配るというのが、カフカのやり方だったようである。カフカにとって、第二作品集『田舎医者』は、『新人弁護士』に始まり『ある学士院への一通の報告書』で終わる必要があった。では、何故そうでなければならなかったのか。両作品とも動物から人間への変身を主題とするという指摘はしばしば目にする[8]。だが、結核を発病し死を覚悟したカフカが、どうしても父に捧げたかったのは、単なる変身の物語なのだろうか。もちろん、この配列案が考え出されたのは結核罹患前である。だが、そうだとしても、発病後に記された代替案も、結局、『新人弁護士』に始まり『ある学士院への一通の報告書』に終わる配列に落ち着いているわけである。作品集『田舎医者』は、やはり巻頭と巻末の二作品によって、父に捧げられるのにふさわしい何らかの性格が付与されていると見るべきである。

1　語り手の眼差し――『新人弁護士』――

『新人弁護士』はしばしば、「方向性の喪失」の物語であると言われる。[9] アレクサンドロス大王の軍馬が現代において弁護士になったのは、現状の「打開策」である、現実との「折り合い」である、あるいは、「迷走」である等々、ニュアンスの違いはあるにせよ、本来あるべき状況とは異なる、何か奇妙なことが起きていると受け止める評者が多い。反対に、ブケファルスはアレクサンドロスという暴君から解放されたという、積極的な受け止め方をする評者は余り見かけない。[10]

ある意味で、それは無理もない話である。何故ならば、この物語の語り手自身が次のように述べているからである。

> 当時からして既にインドの門は到達し得なかったにせよ、その方向は、王の剣で示されていました。今日では、門はまったく異なった方に、より遠くに、より高くへと撤去されてしまい、誰もその方角を示しません。剣を持つ者はたくさんいますが、ただそれを振り回すばかりです。その剣を目で追おうとすれば、混乱してしまうのです。（D, 252）

現在は強力な指導者が不在の〝方向性の喪失〟の時代であり、その指導者を乗せるべき馬はやむを得ず弁護士になった、少なくとも語り手はそう考えているようである。だが、それがそのまま作品の主題であるとは限らない。そもそも、この語り手は何者であり、誰に向かって、何故語り掛けているのだろうか。従来の研究には、まさしくそうした視点が欠けている。確かに、この物語は語り手とその親しい関係にある架空の受け手との会話か、もしくは書簡の文面であるというラルフ＝ヘニンク・シュタインメッツの指摘は的確である。[11] しかし、だとすれば、語り手は受け手に何を言おうとしているのだろうか。

紳士たちのうわさ話

「私たちのところには、ブケファルス博士という新人弁護士がいます」（D, 251）。物語『新人弁護士』はこの一文で始まり、「（ブケファルスは）私たちの古い書物のページをめくるのです」（D, 252）という言葉で締め括られる。「私たち」（wir, unser）という言葉は、テクスト全体を通して二回しか使われていないにもかかわらず、それがこうして最初と最後に配置されているのは、意図的であるという印象を受ける。この語り手の正体は明示されていない。だが、手掛かりはある。語り手は弁護士会がブケファルスの受け入れを決定した経緯に言及しており、その会合の出席者たちの具体的な発言内容までも把握している。そこから、語り手自身もまた、その会合の場に居合わせた一人、つまり、弁護士会の会員であると推察される。つまり、語り手の言う「私たち」とは、自分が所属する弁護士会全体を指しているわけである。[12]

　それでは、語り手は誰に向かって語っているのだろうか。語り手の話題は、この新人弁護士の目撃談と弁護士会の裏話、そして現代という時代をめぐる語り手の個人的な見解など、いずれも、改まった場で話すような事柄ではない。特に、弁護士会での協議内容は、本来、部外者に吹聴されるべきことではないだろう。そこから、語り手は打ち解けた相手に向けて私人として語っていることが想像される。例えば、これは友人たちとの食事の席での話題であると想像することも可能であるし、あるいは友人宛の手紙であると考えることもできるだろう。

そうしたカジュアルな場であるだけに、語り手の言葉の端々からは、新人弁護士に対する語り手の個人的な感情が窺える。まず、冒頭の「私たちのところには、ブケファルス博士という新人弁護士がいます」という一文は、原文で見ると „**Wir haben einen neuen Advokaten, den Dr. Bucephalus.**“ となっている。冒頭の „**Wir haben**“ は、英語でいう „**we have**“ に相当する。やや砕けた言い方であるとも受け取られるが、ローラント・ロイスは、この言い方から「所有」を連想している。[13]

次に、語り手は、ブケファルス博士を自ら目撃したときの様子を次のように述べている。

> 彼の外見には、まだ彼がマケドニアのアレクサンダーの軍馬だった当時を思い起こさせるものは僅かしかありません。しかし、事情に通じている人であれば、幾つかのことに気づきます。何しろ最近、私は、あるまったく愚鈍な廷吏ですら、外の階段で、この弁護士が腿を高く上げて一歩一歩大理石を打ち鳴らしながら石段を上っているところを競馬の慎ましい常連客の専門眼で驚嘆して眺めているのを目撃しました。(D, 251)

語り手は最初に、ブケファルスには軍馬だった往時の名残は僅かしかないと断っている。ところが、その言葉に反して語り手は、「事情に通じている人であれば、幾つかのことに気づきます」と続け、結局、この弁護士の身体に関わる話題を始める。だが、「幾つかのこと」と初めに述べておきながら、語り手が実際に伝えるのは、この弁護士が「腿を高く上げて一歩一歩大理石を打ち鳴らしながら」階段を上っていたという出来事一つだけである。

階段の歩き方がまるで馬のようである――ちょっと聞くと、もっともらしく思える。だが、これが語り手の唯一の論拠だとしたら、その主張は随分と説得力に欠けはしないだろうか。[14] しかも、語り手は〝事情に通じている人であれば気づく〟と言っているが、語り手はむしろ、ブケファルスの身体動作にその出生の名残を見つけようと最初から待ち構えている。[15] そのような目で見れば、何事もそう見える。

　語り手は更に、自分の目撃談に証人を登場させている。自分と同じようにブケファルスの動作に目を留めていた第三者を登場させることで、語り手は自分の主張に説得力を持たせたいわけである。だが、実際のところ、廷吏がどのようなつもりでブケファルスを見ていたのか、あるいは本当にブケファルスを見ていたのかは誰にも分からない。それどころか、そもそも廷吏などというのは語り手のフィクションで、そこには目撃者なんて存在しなかったのかもしれない。

「あるまったく愚鈍な廷吏ですら、（……）競馬の慎ましい常連客の専門眼で」。この語句は、とりわけ入念に構想されていることが窺える。語り手は、廷吏に „einfältig“ という形容詞をつけている。この語は、〝純真で素朴な〟という意味も表すが、ここでは、〝愚鈍な〟廷吏ですら、ブケファルスの動作に気がついたと語り手は言いたいのだろう。更に、語り手は「愚鈍な」という形容詞と著しく不釣り合いな「専門眼」という語を用いている。その〝専門分野〟とは、庶民がささやかな掛け金で楽しむ競馬に過ぎないわけであるが、それを語り手は、わざわざ「競馬の慎ましい常連客の専門眼」という持って回った言い回しで皮肉を効かせようとする。[16] この一連の表現から語り手の性格が浮かび上がってくるわけだが、何よりも語り手は、曲がりなりにも弁護士であるブケファルスを競走馬と見なすかのような言い回しをしている点を見落としてはならない。その言葉には、多分に偏見と悪意が潜んでいる。

　次の段落でも、ブケファルスに対する語り手の冷ややかな態度は続く。

> 全体としては、弁護士会（Barreau）はブケファルスの受け入れに同意しました。ブケファルスが今日の社会秩序において困難な状況にあること、また、その世界史的意義も同様に考慮して、彼がいずれにせよ迎え入れるに値するということが、驚くべき明察さをもって言い交わされたのです。（D, 251）

「全体としては（……）同意しました」という言い方は、個別には反対意見があったことを示唆する。[17] 注目すべきは、ブケファルスを擁護する意見が出たことに関して、語り手が、「驚くべき明察さをもって言い交わされた」と述べている点である。多くの研究者が述べてきたように、「驚くべき明察さ」という言葉には、語り手の皮肉が込められているだろう。[18] 一体、語り手はこの議論には加わらずに傍観者に留まっていたのだろうか。それとも、この会合で反対意見を述べたらしい幾人かの内の一人が、他ならぬ語り手自身だったのだろうか。[19]

このように、語り手がブケファルスに対して好意的とは言えない態度を取っていることが浮かび上がってきたいま、この物語の締め括りの文章もまた、当初とは異なって見えてくるだろう。

> たぶん、それゆえに、ブケファルスがそうしたように、法律書に没頭するのが本当に最善なのでしょう。自由に、わき腹を騎士の腰に圧迫されることなく、静かなランプのそばで、アレクサンダーの回戦の轟音から遠く離れて、彼は読書をし、私たちの古い書物のページをめくるのです。（D, 252）

語り手は、〝インドの門〟の喩えを用いて現代社会の〝方向性の喪失〟を論じ、ブケファルスが今日、法律家となることに理解を示そうと努めていた。だが、その努力にもかかわらず、語り手の結論は、〝たぶん最善である〟に留まる。この「たぶん」の一語から、語り手の根強い疑問を読み取ることが可能であろう。[20]それを踏まえると、語り手が最後に述べる「私たちの古い書物のページをめくるのです」という言葉にも、ブケファルスが「私たちの古い書物」を不当にも手にしているという意味合いが込められているのかもしれない。

語り手がブケファルスに否定的な感情を抱く理由というのは、よく分からない。もしかすると、軍馬が人間に従属する存在であることが原因なのかもしれない。あるいは、ブケファルスが、かつて「わき腹を騎士の腰に圧迫」されていたことにも関係があるのだろうか。確かに、その光景は性交を連想させる。しばしば指摘されるように、**Bucephalus**という名前からも**phallus**（男根）が読み取れるだろう。[21]性的なものを多重にも連想させるがゆえに、ブケファルスは法に携わる者としてふさわしくないと語り手は考えるのだろうか。そして、ブケファルスの上に跨っていた**Alexander**の名前の中に**lex**（法）が潜んでいるのは興味深い対照である。[22]

恐らく、『新人弁護士』は、現代社会の〝方向性の喪失〟を主題とした作品ではない。むしろ、ブケファルスを同業者として迎えることに不快感を抱いている語り手の姿勢そのものがこの作品の主題に関係しているはずである。忘れてはならないのは、この物語には、ブケファルスに対して否定的な態度の人間が、潜在的にもう一人は存在するという点である。それが架空の受け手に他ならない。語り手はいま、親しい間柄にある架空の受け手を相手に語っている。この種の他人の悪口は、一つ間違えれば自らの信用を損なうことになる。そうした話題をあえて向けるからには、語り手には、相手が自分に共感してくれるはずだという確信があるのだろう。言ってみれば、この話題、あるいはこの場の雰囲気は、語り手と受け手が半ば一体となって作り上げたものである。一体、彼らの否定的な態度には何が込められているのだろうか。

トロカデロからバロー（弁護士会）へ

カフカの創作ノートである八つ折り判ノートBには、『新人弁護士』の草稿が残されている。このノートを見ると、『新人弁護士』は、書かれた時点で既にほとんど完成しており、余り大きな推敲もされていないのが分かる。だが、カフカはこの物語に先立って、断片的ながら、ブケファルスをめぐる物語を何度か試みていたのも見て取れる。内容も語りの形式も確かに『新人弁護士』とはかなり異なっているが、それでも、そうした断片には、やはりブケファルスという弁護士が登場している。

まず、一つ目の断片では、弁護士ブケファルスのある朝の出来事が描かれている。あるいは、〝ブケファラス〟と書くべきなのかもしれない。カフカの残したテクストでは、この主人公の名前は何度も書きかえられている。最初の断片ではブケファラス（Bucephalas）と書かれ、それが『新人弁護士』の草稿でブケファロス（Bucephalos）に変わり、出版稿ではブケファルス（Bucephalus）になる。単に語尾がギリシア語形からラテン語形へ変化しただけと言ってしまえばそれまでだが、このラテン語化は、何か主人公の運命を暗示しているように見えなくもない。

いずれにせよ、その断片では次のような物語が書かれている。ある朝、ブケファラスは家政婦を自分の寝室に呼びつけて、彼の兄弟がある企業を相手に起こした大きな裁判がこれから始まるため、数日間は家に帰れないと告げる。そんな話を突然に聞かされた家政婦は驚き、同時に訝しく思う。というのも、この弁護士には確かにアドルフ・ブケファラスという兄弟がいるが、小さな八百屋の店主だからである。そんな人物が企業相手に大きな訴訟を起こすなどということが、家政婦にはにわかに信じられない。そんなことを考えながら、家政婦が弁護士に言いつけられた朝食を用意して再び寝室に戻ると、弁護士はもうそこにいなかった。断片はそこで終わっている。結局、訴訟の内容に関しては何も述べられていないが、この断片の最後の記述がそれについて何かを示唆しているように思われる。

実際に、今しがた主人は門から外に出て行ったのだ。帽子をあみだにかぶり、コートの前は閉じずに、書類のファイルを体に押し付けて、杖をコートのポケットに引っ掛けて。パリからの手紙 (NSF I, 326)

まさしく、「パリからの手紙」という言葉でこの断片は途切れている。兄弟の起こした訴訟というのは、パリと関係があるらしい。

八つ折り判ノートBのファクシミリ版を見ると、「パリからの手紙」という語の次に、「私たちのところには、ブケファロス博士という新人弁護士がいます」という、やがて『新人弁護士』の第一文となるべき文章が書かれているのが分かる。ところが、ここから直ちに『新人弁護士』のテクストが展開しているのではない。この一文の直後には、『新人弁護士』とはまったく異なるテクストが記されている。そのテクストは、「パリのトロカデロは」、「あなたはパリのトロカデロをご存知ですね」(NSF I App, 281) という呼びかけで始まる。だが、それも結局は断片に留まり、しかも、後から作者自身によって抹殺されている。[23]

ノートにしておよそ一頁半にわたる抹殺された断片には、パリのトロカデロには暖房のない建物があり、冬、そこで裁判が行われ、ブケファルス弁護士が原告側の代表を務めるという旨のことが記されている。これはブケファルスの兄弟の訴訟をめぐる先の断片を髣髴とさせるが、ここでも結局、訴訟の中身は一切明らかにされない。いずれにせよ、後に『新人弁護士』と名づけられることになる物語をまさに書こうとしたところで、カフカは咄嗟にそれを止めて、同名の主人公をめぐる別の物語を書き始めた。「パリからの手紙」や「パリのトロカデロ」

という記述から察せられるように、それは一貫してパリでの訴訟と関係している。そもそも、カフカの物語というのは、地名が明示されること自体が稀である。にもかかわらず、外国の都市の、それも具体的な地区の名前まで言及されていることに、何か作者の強い意図が感じられる。

　このトロカデロという地名は、ドレーフュス事件に関係している可能性が一部の学者によって指摘されている。[24]歴史にその名を残すこの冤罪事件は、一八九四年、参謀本部の実習見習い生だった陸軍大尉アルフレッド・ドレーフュスが、在仏ドイツ大使館へ軍の内部情報を漏らした容疑で逮捕されたことに端を発する。逮捕当時のドレーフュスの住所が、トロカデロ通り六番であった。[25]ドレーフュスは、軍法会議にて十分な審議もないまま終身刑に処せられ、フランス領ギニアに幽閉される。その後、情報漏洩の真犯人はエステラジーという別の軍人である疑いが浮上したが、ドレーフュスが真犯人であることを強く印象づける証拠がこのタイミングで新たに発見され、軍部は体面を保つためにもエステラジーを十分に追及せずに無罪とした。だが、後にその証拠そのものが、捜査に当たった情報部の将校による捏造であったことが発覚し、この事件は軍上層部全体のスキャンダルにまで発展してしまった――この将校は、捏造発覚後、逮捕勾留中に死亡しており、自殺したと見られている。ドレーフュスは、改めて軍法会議にかけられたが、再度有罪判決が言い渡され、その直後に大統領令により特赦が降りた。ドレーフュスはそれでもなお無罪を求めて控訴し、一九〇六年、破棄院はドレーフュスに無罪を言い渡した。

　ピエール・ミケル著『ドレーフュス事件』の訳者である渡辺一民は、この無罪判決について、訳注にて次のように記している。「ドレーフュス無罪確定という破棄院の処置については、それが法律上適法かどうか問題がある。つまり破棄院は上告された判決を妥当として認めるか、破棄してやり直しを命ずるかの権限のみを有するというのがそれまでの通念であったが、一九〇六年の決定は破棄して軍法会議にさしもどさず、みずからドレーフュスの無罪を宣告したのである。ここにも政治の裁判権への干渉がみられる」。[26]「ドレーフュス事件は何よりも輿論の事件であった」。[27]ドレーフュスがユダヤ系の出自であったために、この事件が左右両派による論戦に発展したことはよく知られている。右派の新聞紙上には反ユダヤ的な言説が溢れ返った一方で、作家のエミール・ゾラは、「私は弾劾する」（J'accuse !）と題された公開状を一八九八年に発表し、軍部の対応を強く批判した。ゾラの公開状発表からドレーフュスの無罪確定までの期間は、カフカの満十四歳から二十三歳までに当たる。先に述べたように、カフカがこの事件をこの時期にどう受け止めたか、それを示すような資料は残されていない。

　だが、一九一二年二月二八日のカフカの日記には、極めて重要なテクストが残されている。それは、ある男が日曜版の新聞を開いたところ、そこに自分が書いたのとそっくりの論文が掲載されているのを発見したという内容である。剽窃が行われたと確信した彼は、自分の原稿を流出させた疑いのある女性と論文を掲載した新聞の編集部を次々に訪れて抗議する。どうやら、問題となっている論文も登場する編集部の人々も実在するようであるが、書かれた物語自体はカフカの創作と見られる。そして、主人公が抗議の際に口にする、言わば決め台詞が、「私は弾劾する」（„J'accuse“）である（T, 389f.）。恐らく、„J'accuse“というフレーズは、この頃までには手垢がつくほど世の中で使い回されていたことだろう。だが、そうだったとしても、ユダヤ人であるカフカにとって、この言葉には依然として相応の重みがあったはずである。しかも、この断片では、情報流出と新聞が重要な鍵となっているが、まさにこれは、情報漏洩事件として始まり、最終的に新聞メディアを大きく巻き込む世論戦に至ったドレーフュス事件を喚起させる要素でもある。八つ折り判ノートの断片に登場する弁護士の兄弟の名前アドルフ（Adolf）も、心なしか、ドレーフュスの名前であるアルフレッド（Alfred）のアナグラムのように見えてくる。

改めて『新人弁護士』に目を向けると、ブケファルスとドレーフュスの間に相似点が見えてくる。弁護士会に登録されたブケファルスは、いま、弁護士として人生を歩み始めようとしている。かつての軍馬は、現代社会に適応することで、〝方向性の喪失〟どころか、社会的成功を掴もうとしている。アルザス地方のユダヤ系家庭の生まれのドレーフュスもまた、理工科学校を卒業後に任官し、「参謀本部の予備校」[28]とも言える陸軍大学校も卒業している。逮捕の瞬間まで、ドレーフュスは軍人として順調に出世街道を歩んでいた。この事件の背景には、軍の内部におけるユダヤ系軍人に対する根強い偏見があったと言われている。例えば、ドレーフュスは陸軍大学校を九番の席次で卒業しているが、これは、ユダヤ人将校を嫌う校長ボンヌフォンが、ドレーフュスの成績を意図的に悪くつけた結果であるとされる。[29]そんなドレーフュスが、その出世を快く思わない他のキャリア軍人たちから陰で色々と噂されていたであろうことは想像に難くない。[30]そしてブケファルスもまた、同業者である語り手によってまさしくちょうど陰で悪く言われているところである。

ブケファルスという存在が西欧ユダヤ人を暗示しているとすれば、語り手は、反ユダヤ主義者を連想させる。一九世紀の末頃から抬頭してきた反ユダヤ主義は、ユダヤ人を一つの〝人種〟として差別の対象にしたわけだが、それに伴い、〝ユダヤ人種特有の身体的特徴〟に関するいかがわしい言説も多数生まれた。『新人弁護士』の語り手もまた、ブケファルスの身体に眼差しを向け、その動作と出自を結びつけて考えようとしている。異質な出自を持つ主人公に対して敵対的な感情を抱く人物の言説として書かれたこの物語は、反ユダヤ主義者は自分たちユダヤ人をどう見ているか思いをめぐらす作者の想像力によって裏打ちされている。

『新人弁護士』が、ドレーフュス事件に象徴されるような、社会的成功を収めた西欧ユダヤ人の置かれた立場を表現したものだとすると、ここに、もう一つ問いが生まれる。『新人弁護士』の語り手は、「弁護士会」を指す言葉として意図的にフランス語のバロー（Barreau）を用いているのだろうか。仮にこの語がフランスの弁護士会を示しているのだとすれば、語り手は、まさしくドレーフュス事件の舞台となったフランスの出来事を話題にしていることになる。それとも、カフカの同時代のプラハでは、Barreauという語が使われていたのだろうか。[31]

ここに参考資料となる一通の手紙がある。発信人はウィーン大学法学・国家学部私講師フェリックス・コルンフェルト、宛先は同大学法学・国家学教授団で、日付は一九三〇年七月三日である（これがカフカの誕生日なのは単なる偶然である）。コルンフェルトは、法学・国家学部長より教授資格認可（venia legendi）の返還を求める懲戒通告を受け取っており、この手紙は、それに対する反論である。

> しかし、その時間と労力を長年にわたって愛する学問研究に対価なく捧げて来たBarreauの名声ある会員に論旨退会（consilium abeundi）の処分さえも下されるということは、たとえそれが法的に根拠づけられたものであったとしても（しかし私の場合それに該当しませんが）、どれほど断固として拒否しても拒否し切れるものではありません。[32]

これが懲戒処分の危機にある発信人が教授団に宛てた自己弁明の手紙であることを踏まえれば、Barreauが、公の場での使用にも耐えられる表現であったことが察せられる。現在のドイツ語では廃れているBarreauという言葉が、一九三〇年のウィーンではまだ使われていたのであるから、それよりも遡る一九一〇年代半ばのオーストリア＝ハンガリー帝国領のプラハでも使われていた可能性は高い。

従って、Barreauの一語を根拠にして、『新人弁護士』がフランスを舞台とした物語であると断定することはできない。しかし、カフカは先行する断片でも、「パリからの手紙」、「パリのトロカデロ」という言葉によって、一貫して物語をフランスに関係づけようとしており、その姿勢は『新人弁護士』にまで及んでいると考えるべきである。[33] カフカは、ドレーフュス事件の起きたフランスを暗示する記号を物語の中に残そうとした可能性がある。

2　語り手への眼差し――『ある学士院への一通の報告書』――

作品集『田舎医者』は、動物物語という装いを取りつつも、異質な者に対し排他的な姿勢を見せる社会を描いた『新人弁護士』を巻頭に据えたことで、明らかに一つの性格のあるものになっている。それでは、巻末の『ある学士院への一通の報告書』はどのような物語であろうか。この作品は、文化シオニストであるマルティン・ブーバーが創刊した月刊誌『ユダヤ人』(*Jude*)の一九一七年一一月号に初出発表された。この雑誌の一〇月号にもカフカの『ジャッカルとアラビア人』が掲載されている。そのことから、両作品は早くからユダヤ人問題という観点から注目されてきた。だが、しばしばユダヤ的解釈は、形象の恣意的とも言えるような読み解きに陥った点は否めないように思われる。例えば、主人公ロートペーターが船内で蒸留酒を飲んで人間の言葉を発する経緯は、キリスト教の秘跡・礼典に基づく改宗を示し、ロートペーターの黄金海岸での生活は旧約聖書時代のユダヤ人の歴史を、船の中の檻はゲットーを示しているといったふうに。[34]

そうした解釈の仕方というのは、必ずしも妥当ではないかもしれない。そもそも、カフカからブーバーに送付された十二の作品の中から『ジャッカルとアラビア人』と『ある学士院への一通の報告書』を選んで掲載を決めたのは、ブーバー自身であると言われている。しかも、その掲載決定の知らせに対し、カフカは一九一七年五月一二日付の手紙で次のように述べている。

> 親切なご返事に感謝申し上げます。これで私も『ユダヤ人』に出すわけですね。ずっと無理だと思っていました。これらの作品をどうか、寓話とは呼ばないで下さい。これは実際、寓話ではないのです。もし総合的な題名が一つ要るのであれば、一番良いのはたぶん、『二つの動物物語』でしょう。（D App. 307f.）

文学において、動物は人間社会の寓意として用いられてきた経緯がある。猿を主人公とする物語が『ユダヤ人』という雑誌に掲載されれば、過剰なまでの謎解きが誘発されることを見越し、それを抑止するためにカフカは、「動物物語」という題名をつけたのだと考えられないでもない。

猿は、必ずしもユダヤ人の暗示とは限らないのではないか、そう考える研究者も少なくない。ヨーロッパの文学には、猿が登場する作品は数多くある。その伝統に『ある学士院への一通の報告書』を位置づけた研究も存在する。例えば、ヴァルター・ゾーケルは、ロートペーターは本質を理解せず模倣に徹することによって成功を掴んだ芸人であると捉え、その限りにおいて、一二、三世紀のラテン語文献に見られる、「無理解な模倣者」の隠喩としての猿（Simia）に連なると考えている。[35] 確かに、二〇世紀の小説が結果として中世のラテン語文学に通じるものを持つということは、大いにあり得るだろう。だが、カフカ自身がそれを企図したかと言えば、疑問が残る。ゾーケルも参照文献として挙げているように、専門外の人間が中世ラテン語文学の実像を知ることができるようになったのは、多分にエルンスト・クルツィウスの一九四八年の著書『ヨーロッパ文学とラテン中世』のおかげである。果たして、カフカに中世ラテン語文学について学ぶ機会はあっただろうか。

恐らく、カフカを中世ラテン語文学と結びつけるよりも、一八世紀以降のヨーロッパ文学と比較する方が現実的だろう。近代のヨーロッパ文学には、人間の言葉を話す〝学識ある猿〟という系譜が存在することが幾人かの研究者によって指摘されている。それによると、人間が猿の世界へと旅をする文学作品は古くから存在するが、猿が人間社会に登場する作品を最初に書いたのは、一八世紀のフランスの作家レチフ・ド・ラ・ブルトンヌであるという。[36]

この〝学識ある猿〟の系譜には、ドイツの作家Ｅ・Ｔ・Ａ・ホフマンの短編『さる教養ある若者についての報告』（一八一四）も属す。この物語は、かつて森の中で暮らす猿であった若者ミロが、やはりかつての猿であり、現在は米国に暮らす恋人に宛てた手紙という体裁で語り出される。その手紙には、この若者が人間の言語を習得して音楽家に至るまでの半生が綴られている。つまり、人間に変身した猿が自らの半生を報告するという形式に関しては、カフカに先行する作品が存在するわけである。

しかし、ホフマンとカフカの作品には少なくとも二つの重要な違いがある。第一に、ミロは人間の言葉を習得する以前の出来事についても語っているが、ロートペーターはそれについては何も語っていない。第二に、ミロは、自分と同じようにやはり人間の言語を習得した猿に語りかけているのに対して、ロートペーターは人間に向かって報告している。果たしてこの違いは何を意味するだろうか。これまで多くの研究者は、ロートペーターは人間の言語を習得する以前のことを十分に言語化できないために過去を語れないのだと見なしてきた。[37]だが、可能性はそれだけだろうか。語り手は、全般的に平易で明快な言葉で半生を振り返っている。にもかかわらず、突然、学士院への報告としてはやや場違いな、真意の分かりにくい形象表現を用いるときがある。それをどう解釈するかにより、この物語の読み方は、従来とは変わってくるだろう。

口実か本音か

『新人弁護士』と『ある学士院への一通の報告書』には共に、〝辿り着けない門〟という比喩が備わっている。今日の社会に英雄が現れることがいかに困難であるか。『新人弁護士』の語り手は、気の利いた比喩でそれを論じ、受け手の関心を引こうとしていた。では、『ある学士院への一通の報告書』の主人公ロートペーターは、どのような狙いがあって比喩を用いたのか。

それは、この喩えが導入される直前の話題に目を向ければ自ずと明らかである。ロートペーターは、彼が人間になる前の、自分がまだ猿だった時代のことについて報告するように学士院から求められていた。だが、ロートペーターはその要請には応じていない。「自由な猿である私は、自らにこのくびきを負わせました。それによって、私の記憶はどんどんと閉ざされていったのです」（D, 299）と彼は述べる。自分の記憶が〝閉ざされる〟とは、既に半ば隠喩的な言い回しである。この表現に即して、失われた記憶というものを、何か閉ざされた扉の向こう側の世界として思い描くことも可能だろう。その場合、記憶の回復とは、閉ざされた門扉を開けてその内側へ踏み込む行為として形象化できる。だが、門の中に入るのはいかに困難なことであるか、ロートペーターは強調して語る。

> もし周りの人たちが望んでいたならば、最初、後戻りすることは私の決断次第であり、天が地上に築いた大きな門は開かれていました。しかし、その門は、私が鞭で前へと駆り立てられて発達していくのに従って次第に低くなり、狭くなります。他方で私は人間世界でますます気分が良くなり、包み込まれていっているように感じました。過去から私に吹きつける嵐は穏やかになってゆきました。今日では、かかとをひんやりさ

> せるそよ風ほどでしかありません。そして、遠くのその穴は、そこから風が吹いて来るのであり、私自身もかつてそこから来たわけですが、非常に小さくなっているために、そもそもそこまで戻るだけの力と意志が十分にあったとすればですが、私はそこを通り抜ける際に自分の皮を肉から剥いでしまうことでしょう。率直に申しますと、私はこうした事柄には喩えを好んで用いるのですが、率直に申しますと、皆様の猿性も、ですよ、皆様が何かこうした類のことを克服なさって来た限りは、私の場合と比べましても遠く離れうることはないのです。この地上のどなたのかかとも、むずむずとするのです。小さなチンパンジーと同じように偉大なアキレウスも。（D, 299f.）

ロートペーターは、自分の意志と努力次第では遠く離れた門まで引き返せないでもないが、かつての門は小さな穴に変わってしまっているために、もはやそこをくぐり抜けることは不可能であるかのように述べる。その上で、その小さな穴から吹き抜けてくるそよ風は、誰のかかとをも――「偉大なアキレウス」のかかとをも――くすぐるのだと言い張る。

　一体、彼は何の話をしているのだろうか。門の喩えは、「私の記憶はどんどんと閉ざされていった」という状況を言い換えて説明するためのものではなかったのか。いつの間に、門は、アキレウスをも巻き込んだ猿と人間の境目に変わってしまったのだろうか。あるいは、これはロートペーターの饒舌さが招いた、意図せざる論点変更であると言うことも可能かもしれない。しかし、猿の時代を思い起こせるのか否かという、この報告において最も重要な点が、いずれにしてもはぐらかされてしまったことは看過されるべきでない。

　不思議なことに、ロートペーターは、ハーゲンベック社によって捕獲されたときの様子や、船の中で人間の言葉を発するに至るまでの経緯を細部に至るまで語っている。もし猿の時代が想起不可能なのであれば、その当時の記憶もまた想起不可能なのではないのか。まるで受け手がそうした疑問を抱くのを見越しているかのように、語り手は、幾つもの箇所で弁明の言葉を挟み込んでいる。

それは中でも特に一つの感情です。出口がない。もちろん、私は、当時の猿の感情を今日人間の言葉でなぞることしかできませんから、それを歪曲してしまっています。しかし、もし私がかつての猿の真実にもはや到達できないとしても、少なくとも、それは私の描写している方向にあります。それは間違いありません。(D, 303)

私には出口がありませんでした。でも、それを手に入れなければならなかった。出口がなければ生きられなかったのです。箱の壁にずっと身を押しつけている――そしたら間違いなく私は死んでいたでしょう。しかし、ハーゲンベック社では、猿は木箱の壁に属します。そう、そこで私は、猿でいるのをやめました。明快な、美しい考えの進め方です。それを私はなんらかのやり方で腹の中で考え出したに違いありません。猿は腹で考えますから。(D, 304)

私は今日の歯では、普段のくるみ割りですら気をつけないといけません。ですが当時は、扉の錠を噛み切ることもたぶん、時間をかければできたに違いありません。私はそうしませんでした。それによって何が得られたでしょうか。頭を外に突き出す間もなくして、私は再び捉えられ、もっとひどい檻に閉じ込められたで

> しょう。あるいは気づかれずに別の動物のところに、例えば向かいの大蛇のところに逃げ込むこともできたでしょう。そうしてあいつらに締め付けられて窒息というわけです。あるいは、こっそり甲板まで抜け出して船上から海に飛び込むことすら成功したでしょう。そしたら私はしばしの間大海原に漂った末におぼれたでしょう。絶望的な行為です。私はこんな風に人間のように計算したのではありません。ですが、周囲の影響のもと、私は、あたかも計算したかのような振る舞いをしたのです。（D, 306f.）

当時の心境を断定的に述べた後に、それが人間の言語を習得した現在の視点からの再構成であると、ロートペーターは繰り返し弁明している。彼は、当時の心境を脚色しながら語っているのだろうか。確かに、虚実交えた巧みな話術で人を引き付けるのは、芸人という職業柄、彼の得意とするところに違いない。[38] だが、当然ながら、別の捉え方も成り立つ。ロートペーターは、人間の言語習得以前の記憶を保持しているにもかかわらず、あたかもそれを言語化することに障壁を抱えている振りをしているのではないか。

もしそうであるとするなら、彼は、記憶という口実を設けて学士院の要請を拒んだことになる。そして、この物語は、語り手が巧みに話題を反らして受け手を煙に巻く様子を描写した作品であるということになる。確かに、彼にはそうするだけの動機があるだろう。そもそもロートペーターは、人間に捕獲されてむりやりヨーロッパに連れて来られたのであった。その運命を受け入れ、人間社会で生きていくためにあらゆる努力をした末に、彼は現在の生活を送っている。ところが、謝罪するどころか自分の経験と知識を利用しようとする人間たちの要請に、彼が不快感を覚えたとしてもおかしくない。

だが、ロートペーターには、たとえそうしたくとも学士院の要請をきっぱりとは拒めない事情がある。どんなに高い能力をもって人間の言語を習得したところで、彼は、所詮は芸人の猿に過ぎない。芸人は、大衆の人気を得て成り立つ職業である。猿のくせに人間に逆らった――こう思われたら最後、大衆の不興を招き、今の生活を失いかねない。つまり、ロートペーターには、どの道、学士院の要請を明確に拒否するという選択肢はないわけである。もし断わるのであれば、何かしら口実が必要となる。

　ロートペーターは、成功者とはいえ、結局は立場の弱い存在に過ぎない。この点は多くの研究者も見過ごしがちである。ことによると、ロートペーターは記憶を口実にして学士院の要請を断ったと解釈しているのは、まだ一人しかいないかもしれない。それはこの作品を西欧ユダヤ人の同化の寓意と捉えたウィリアム・ルービンシュタインである。ルービンシュタインは、ロートペーターが学士院の要請を断ったのは、彼が他の猿たちと似ていると指摘されて怒ったからだと考える。[39]確かに、同化に成功した者はしばしば、同化していない同郷者たちと一緒にされるのを嫌う傾向にあるとも言われる。ルービンシュタインの解釈に対しては、その後、異論が一度唱えられているのが確認できる。しかし、そこから更なる論争が発展した様子は見られない。[40]恐らく、ロートペーターは過去を語り得ないという考え方が次第に優勢になっていくにつれ、それと対立する解釈が存在すること自体が忘れ去られていったというのが実情なのだろう。

　ロートペーターが西欧に暮らすユダヤ人のような社会的少数者を表しているとすれば、それはこの作品が「寓話」であることを否定したカフカの反応と一見矛盾する。だが、カフカはこのテクストが狭義の寓話として理解され、一つ一つの形象から謎解きが行われること――例えば、「檻」はゲットーを表すというふうに――を拒んだのであって、ロートペーターに西欧ユダヤ人が重なることを完全に否定したわけではないのではないか。

時には人間、時には動物

この問題を解く鍵は、カフカが指定した「動物物語」という言葉にあるだろう。『ある学士院への一通の報告書』は月刊誌『ユダヤ人』の一九一七年一一月号に、『ジャッカルとアラビア人』は同じく一九一七年一〇月号にそれぞれ初出発表されたが、その際、いずれにも『二つの動物物語』という題名が上位につけられていた。[41] この「動物物語」という言葉は、恐らく、西欧の文学的伝統を参照するだけでは理解できない。確かに、『ある学士院への一通の報告書』は、〝学識ある猿〟という一八世紀以来の文学的伝統に連なり、ホフマンを受け継ぐ作品でもある。だが、カフカは、動物が登場する、それとは別系統の文学が存在することも知っていたはずである。

一九一二年一月二六日から一月三一日にかけてのカフカの日記には、マイヤー・ピネ著『ユダヤ・ドイツ語文学の歴史』というフランス語文献の読書メモが残されていた。日記には、複数のイディッシュ語作家の名前や作品名が記されているが、その中には、メンデレ・モイヘル・スフォリムという筆名でも知られる、ソロモン・ヤーコプ・アブラモヴィチの名前も含まれている。アブラモヴィチは当時のロシア帝国領、現在のベラルーシに当たる地域の出身であるが、『ユダヤ・ドイツ語文学の歴史』には、アブラモヴィチの生い立ちと主要作品の解説が記されている。その中には、『雌馬もしくは動物の保護——狂人イスロリクの書類の中から発見された物語』（一八七三）という作品に関する記述も含まれていることが知られている。[42]

ピネは、その作品について次のように記している。

> 『雌馬』の構成を司る寓意的な発想、それも、ユダヤの民衆を動物に変身した大公として提示するという発想は、確かに新しくない。しかし、この書物において驚嘆すべきは、そこに現れたユダヤ人問題の力強い構

想であり、とりわけ、作者が百頁以上にわたって我々に、時には人間、時には動物、あるいは双方同時の、しかも、どの言葉や態度をとっても自分自身に忠実であり続けているこの奇妙な存在を提示することを可能にしている才能である。[43]

東方ユダヤ人の民衆風俗に関するアブラモヴィチの理解と知識が、〝時には東方ユダヤ人、時には動物〟であるような、生き生きとした登場人物を生み出しただろうことは想像に難くない。果たして、この著作を読んだカフカの目にもこの記述は留まっただろうか。これに触発されたカフカが、今度は、〝時には西欧ユダヤ人、時には動物〟であるような存在を生み出したとは考えられないだろうか。

ロートペーターは、実際に、動物そのものとしての側面も併せ持っているだろう。例えば、空中ブランコ芸が話題となった際、彼は次のように述べている。

> 私に関しては、当時自由を求めてはいませんでしたし、いまもそうです。ついでに申しますが、人間は余りにもしょっちゅう自由を履き違えています。自由をもっとも崇高な感情に数えるのと同じように、それに相当する錯覚をもっとも崇高なものに数えているのです。私はよく、サーカスで自分の出番の前に二人組の芸人が天上でブランコの仕事をしているのを見ます。彼らは揺すり、揺らし、飛び跳ね、手を取り合って宙に浮かび、一人が相方の髪を歯でくわえて持ち上げています。「これが人間の自由なのか」と私は思いました。「身勝手な動きだ」と。神聖なる自然の嘲笑よ！　この瞬間の猿族の笑いを前にどんな建物も持ちこたえないでしょう。（D, 304f.）

人間がしばしば自由を誤解しているという指摘はその通りである。だが、果たして空中ブランコを自由と履き違える人間がどれほどいるだろうか。

ここには、人間に変身した猿をめぐる、ある種の古典的なモチーフが潜んでいるように思われる。ロートペーターの先達であるホフマンのミロは、ある「発作」について報告している。

> 最近私は優雅な服装をして数人の友だちと公園を散歩していました。突然私たちは、亭々たる胡桃の木のそばに立ちどまりました。抗いがたい欲望が、私からあらゆる配慮というものを奪ってしまいました。巧みに一跳び二跳びすると、私は高い梢の上で身体を揺って胡桃に手を伸ばしていたのです。私の大胆な行為に、みんなは驚きの叫びをあげました。私が身につけた文化はこのような突飛な行為を許さないのだ、ということを再び思い出して木を降りてきたとき、(……)私はただただ恥じ入るばかりでした。[44]

猿はどんなに人間の教養を身につけようとも、かつての野生に戻って理性を失う瞬間がきっとあるはずだという想像が、この描写の背景にある。これと同じように、〝猿でいるのをやめた〟ロートペーターもまた、野生への後退を予防するために空中ブランコのような運動を自らに禁じなければならなかっただろうか。「猿族の笑いを前にどんな建物も持ちこたえない」とロートペーターは述べる。だが、人間が立てた建物は、どうしたところで猿の鳴き声程度では崩れない。ロートペーターの嘲笑は、結局のところ、空威張りに過ぎないのである。

この一連の主題はホフマンへのオマージュだったのかもしれない。もっとも、カフカは似たような発想を『変身』で既に試みている。害虫に変身してから二ヶ月ほど経過した頃、グレーゴルは、部屋の壁や天井をはい回るという秘かな喜びを見つけ出していた。

> 母のこうした言葉を聞いて、グレーゴルは、人に直接話しかけられることが少ないために、（……）この二ヶ月の間に悟性が混乱してしまったに違いないと気づいた。（……）彼は本当に、受け継いだ家具によって心地よく調度された暖かな部屋をほら穴へと変えてしまうつもりだったのだろうか。そしたら彼は確かに、邪魔されずにあらゆる方向にはいずり回ることができるであろうが、それは彼の人間としての過去を同時に、すぐに完全に忘却することでもあるというのに。（……）何も持ち出されてはならない。全てはそのままでなければならない。家具が彼の状態にもたらす良い効果が彼には欠かせなかった。そしてもし家具が、彼が分別なくはいずり回るのを阻止していたのであれば、それは損害ではなく、むしろ大きな利点であった。（D, 162f.）

動物になったグレーゴルにとって、運動は彼の人間性喪失を促進させる効果にしかならない。カフカは、この主題をどうしても表現したかったのだろうか。それまで主人公と一体化したかのような姿勢で語り続けてきた語り手は、突然それを破り、主人公の置かれた状況を客観的に観察している。これは『判決』以来継続してきた語り手法では表現が困難な主題にカフカが直面した瞬間でもある。

　動物そのものとしてのロートペーターをめぐる主題は、しばしば解釈が分かれる次の記述にも表れている。

> そして皆さん、私は勉強しました。必要があれば、誰だって勉強します。出口を求めていれば、勉強します。

わき目も振らずに勉強します。鞭を持って自分自身を監督もするし、厭うことなく自分を責め苛みます。猿の本性が疾走し、丸まり転がって私の中から外へと飛び出したため、それによって、私の最初の先生自身がほとんど猿のようになってしまいました。そして彼は、直ちに授業を取りやめて療養所へと運びこまれなくてはいけなくなってしまいました。幸運にも彼は間もなく退院しました。（D, 311）

“猿の本性が飛び出す”とは、いかなる意味なのだろうか。ある評者は、これをユダヤ人の改宗の寓意として解釈するのを拒むために、あえて比喩ではなく文字通りに受け取ろうとする。[45] またある評者は、ロートペーターは現実を正しく認識できていないがゆえに、こうした表現を用いるのだと考える。[46]

だが、ロートペーターはそれほど現実を誤認しているわけではない。彼は自分の教育係を「先生」（Lehrer）と呼ぶ。ロートペーターを教育していたのは、一般的には調教師（Dressur）と呼ばれる職業の人であるが、彼はあえてそれを「先生」と呼ぶ。もちろん、ロートペーターが調教師という言葉を知らなかったわけではない。実際、彼はこの言葉を別の箇所で使っている――「私がハンブルクで最初の調教師に引き渡されたとき（……）」（D, 311）。ロートペーターが調教師を先生と呼ぶのは、自らを人間と見なそうとする彼の意志の現れである。調教は、褒美と処罰による飼い慣らしである。だが、人間になろうとするロートペーターは、「鞭を持って自分自身を監督もする」。この徹底した自己規範に基づく教育は調教とは根本的に相いれない。あるいは人間になろうとする動物とそれを飼い慣らそうとする調教師は激しくぶつかり合い、それが原因で調教師は療養所行きとなってしまったのだろうか。

興味深いことに、八つ折り判ノートEには、ロートペーターの報告書を読んだ教師が彼に宛てて書いた手紙という想定の断片が記されている。

ロートペーター様

私は、あなたが科学学士院へお書きになった報告書を大変興味深く、ええ、胸の高鳴りと共に読みました。驚くことはありません。私はあなたの最初の教師だったのですから、私のためにこのように親しげな追憶の言葉を見つけて下さったのでしょう。恐らく、私のサナトリウムでの療養に言及するのは、熟慮の上で避けるべきだったのでしょうが、あなたの報告書が、それを際立たせる率直さでもって些細な事柄でさえも、それが少々私の体面を傷つけるにもかかわらず、執筆のときにたまたま思いついたとき、押さえつけることができなかったのが私には分かります。しかし、本当はいま、そのことについて話したかったわけではありません。実は別の用件なのです。（NSF I, 415f.）

発信人は、ロートペーターが自分の精神疾患へ言及したことに苦情を述べる一方で、一定の理解も示している。〝猿の本性が飛び出す〟は、文字通りの意味ではなく、彼と調教師のぶつかり合いの暗示だったのではないか。この断片はそうした想像を掻き立たせてくれる。

ついでに述べるならば、動物を調教することにサディスティックな喜びを抱く人間は、カフカのテクストに既に登場している。『変身』のグレーゴルは、部屋の中を「分別なくはいずり回る」ことを望んでいたが、幸運にも部屋の家具がそれを阻害していた。だが、妹はそれを撤去してグレーゴルの動物化を促進してしまいたいと密かに願う。

> もちろん、彼女にこの要求をする気にさせたのは、単なる子供じみた反抗と、最近、こんな風に期せずして苦労して勝ち取った自信ばかりではなかった。（……）しかし、たぶん、事あるごとに満足を求める、この年齢の少女の熱狂的な性向もはたらいていたのだ。それによってグレーテはいまや、グレーゴルの状態を更に驚愕を催させるものにしてしまいたいという誘惑に駆られた。そうすれば、彼女は彼のために、いままで以上に奉仕できるのだ。（D, 162f.）

部屋をはいずり回りたいと願うグレーゴルの観察に続いて、ここでも語り手は、妹の心理に言及するために、主人公との一体化を中断している。[47] 確かに、これは作品として目立つほどの瑕疵ではないかもしれない。だが、カフカのような厳密な仕事を自らに課す書き手にとって、それは看過し難い歪みである。『判決』、『機関助士』と続いてきた、物語世界に存在しない語り手が主人公と一体となった語りは、少なくともカフカの生前発表作品に限れば、『変身』を最後にほぼ使われなくなる。

　人間であろうとする、あるいは人間になろうとするロートペーターは、確かに動物である。カフカの創作過程を辿ると、この複雑な主人公を的確に描くためにカフカが苦慮している様子も見て取れる。『ある学士院への一通の報告書』の草稿は部分的に八つ折り判ノートに残されているが、カフカはそれに先立って二つの断片を残している。その内、最初の断片では、巡業のため訪れた地方都市に滞在中のロートペーターを、当地在住の〈私〉という語り手が訪ねるという出来事が語られる。だが、ロートペーターはホテルの自室に籠っており、語り手は彼に会うことができない。二つ目の断片では、最初の断片に登場した男性と同一人物らしい〈私〉とロートペーターの対話が繰り広げられる。そこでは、次のようなやり取りが展開する。

「どこかお加減でも？　調教師を呼んできましょうか？　ふだん今頃はお食事の時間ではありませんか？」

「いえ、いえ。もう大丈夫です。これが何なのかお話しましょう。ときどき私はこうした人間への嫌悪感に襲われるのです。そして吐き気を催さずにはいられなくなるのです。もちろんそれは個々人とは関係ありませんし、あなたがここにいらっしゃるからではありません。全ての人に対してそうなのです。これは別に奇妙なことではありませんよ。もしあなたが例えば猿とずっと共同生活を営めば、きっとどんなに自制しても同じような発作に襲われるでしょう。ところで、私にこんな風に吐き気を催させるのは、実のところ一緒にいる人間のにおいではないのです。むしろ、私が身につけた人間のにおいであって、それが私の古い故郷のにおいと混ざり合ったものなのです。（NSF I, 386f.)

人間のにおいと故郷のにおいが混ざり合ったにおいに嫌悪する登場人物に、まさしく西欧ユダヤ人のように、同化して生きる者の苦悩が重ね合わされているとしても不思議はない。

もっとも、この断片で描かれたロートペーターは、神経質で苦悩に満ちている分、人間的過ぎる。『ある学士院への一通の報告書』に登場するロートペーターは、少なくとも表面上は、より動物的である。彼は、狂気に陥ったメスのチンパンジーについて次のように述べている。

夜遅くに宴会や学会、あるいは和やかな会合から家に帰って来ると、半分調教されたチンパンジーの女の子

> が私を待っています。そして猿の流儀で彼女と楽しくやるわけです。ですが日中は彼女を見ないようにしています。彼女は、調教されて頭のおかしくなった動物の狂気の眼差しをしています。それが分かるのは私だけです。そして私にはそれが耐えられないのです。(D, 313)

雌のチンパンジーは、ロートペーターのような強靭な精神力を持たないチンパンジーが彼と同様の環境に置かれたときの末路を示している。ホフマンの主人公ミロは、米国に住む恋人に宛てて手紙を記していたが、その恋人もまた、人間化した猿であった。カフカのテクストでは、猿のカップルが共に人間化に成功するという幸運は起きない。この雌チンパンジーの狂気から、先程の断片で描かれたような苦悩の残響を聴くことは可能である。だが、ロートペーターは、夜の間だけ彼女と楽しくやって日中は見ないようにするという、合理的過ぎるがゆえに、どこかかえって動物的な解決手段によって折り合いをつけてしまう。ジョージ・エリオットは、『フロス河の水車場』で次のように記している。「しかしマギーは、人間をもっとも思考力あるチンパンジーから区別し、人間としてのほこりたかい地位をべつに保たしめる、あの悲哀を感じうる高等な力をあたえられていた」[48]。

学士院は、ロートペーターに彼がまだ猿だった時代のことについて報告するように求めた。だが、結局、学術的な報告は得られず、報告の場は、彼の人気取りのために利用されてしまった格好になる。門の喩えは、巧妙に論点をはぐらかすための方策であった可能性が残る。この物語の最初の一般読者となった、雑誌『ユダヤ人』を手にしたユダヤ系の市民たちは、ロートペーターはありのままの真実を語っていると考えただろうか、それとも、口実を述べて話題をそらしたと考えただろうか。今となっては、確かめようもない。

3　〈小さな文学〉の誕生

作品集『田舎医者』は、『新人弁護士』に始まり『ある学士院への一通の報告書』に終わる。『新人弁護士』では、優位な階層の集団が異質な出自を持つ者に対してしばしば示す排他的で差別的な態度が描写されており、『ある学士院への一通の報告書』では、それとは対照的に、異質な出自を持つ者が優位な階層の人々と接する場合、どのように振る舞わねばならないかが描写されていると考えることができる。いずれも、西欧ユダヤ人の置かれた社会状況を反映していることが想像される。すると、ここに新たな問いが生まれる。果たして、カフカが一九一一年に構想した〈小さな文学〉は、ここに始まったと考えることは可能なのだろうか。

もう一人の〈父〉へ

作品集『田舎医者』は、一九二〇年の始めにようやく出版された。ヴォルフ書店から杜撰なゲラ刷りが返却され、カフカが出版社を変更しようか迷っていた頃から、更に二年もの年月が経過していた。作品集には、カフカの希望通り、「父へ」という献辞が挿入された。カフカは生涯に七冊の著作を刊行しているが、その校正作業中に作者が没した作品集『断食芸人』を除けば、六冊の内で献辞が入っているのは、『観察』と『判決』、そして『田舎医者』の三冊だけである。『観察』には「M. B.のために」と記されているが、これはマックス・ブロートを指している。作品集『観察』に収められた作品の多くは、まだカフカの日記と創作とが多分に一体化していた時期の産物であり、カフカの日々の生活において重要な役割を果たしていたのがブロートであった。『判決』には「F.のために」と記されているが、これは、この作品が執筆された頃に文通し始めたフェリーツェを指す。主人公の婚約者フリーダ・ブランデンフェルトのイニシャルがフェリーツェ・バウアーと同じであることはよく指摘される。カフカは、やみくもに献辞を入れるような作家ではない。『観察』にせよ『判決』にせよ、カフカは、創作に貢献のあった人たちへ感謝の思いを込めて作品を捧げている。同様に、作品集『田舎医者』に関しても、カフカはただ病気だけを理由に父に捧げようとしたのではなく、この作品集を捧げるのに最も相応しい人物が父であったと考えるべきである。確かに、カフカは父との折り合いが悪かったとされる。父子の対立は、しばしばカフカの創作の特徴であるとも言われる。だが、『変身』ですら既に、単なる父子の対立の物語ではない。ドゥルーズ＝ガタリは、的確にも次のように記している。「グレーゴルは、父から逃れるためだけにゴキブリになったわけではない。同時に、いやむしろ、父が見つけられなかったその場所で出口を見つけるためであり、主任、会社、役所を逃れて、声がブンブンいうだけのあの領域に達するためである」[49]。父子を取り巻く社会そのものへ父の目を向けさせることに成功したとき、たとえ子は父の期待するような出口を見つけられなかったとしても、両者が理解し合う余地が生まれるかもしれない。

一九一一年一二月の日記に記された〈小さな文学〉論の中には、次のような記述が見られる。「文学的な出来事を政治的配慮の中へ吸収すること、父子の対立を高貴なものにし、話し合いの可能性を持たせること、特別に痛みを伴うが、それでも許容しうるような、解放をもたらすような仕方で国民的欠点を描写すること」(T, 313)。『新人弁護士』も『ある学士院への一通の報告書』も、政治的問題の文学的な表現である。そうした二作品を巻頭と巻末に配置した作品集が、和解の可能性を求めて父に捧げられたとき、作品集『田舎医者』は〈小さな文学〉の実践であると言えるのではないか。

そう考えたとき、この作品集の副題である「小さな物語」(Kleine Erzählungen)という言葉に目が留まる。ヴォルフ書店から届いた最初のゲラ刷りでは、この「小さな物語」という副題が何故か「新観察」に変わっており、カフカは即座に訂正を指示したのであった。この「小さな」という言葉に〈小さな文学〉（kleine Literatur）の〝小さな〟の意味が込められている可能性が考えられる。

カフカが著作に副題をつけたのはこれが初めてではない。『判決』には「ある物語」（Eine Geschichte）、『機関助士』には「断片」（Ein Fragment）という副題が添えられていた。『機関助士』が「断片」なのは、元々これが長編『失踪者』の一部分であることに由来するだろう。『判決』の副題に使われた**Geschichte**という名詞は、**geschehen**（起きる）という動詞と同じ語源を持ち、〈物語〉だけではなく、〈歴史〉や〈出来事〉も意味する。それにより、「ある物語」（Eine Geschichte）という副題は、読者の注意を〈出来事〉へと向けさせる。実際、父が死刑判決を下してから息子が部屋を飛び出し、橋から川へと飛び込み、そして橋の上に無限の交通が始まるまでの一連の〈出来事〉が、一筋の流れのように展開しているのがこのテクストの特徴である。もちろん、この副題からは更に、一九一二年九月二三日の日記に記された、「まるで僕が水の中を前に進むように物語（Geschichte）が僕の前に展開していく」という記述の残響を聞き取ることも可能だろう。

それに対して、『田舎医者』の副題である「小さな物語」に使われているのは、**Erzählung**という名詞である。日本語にすると**Geschichte**も**Erzählung**も〈物語〉となってしまうが、**Erzählung**という語は、**erzählen**（語る、叙述する、報告する）という動詞の派生語である。**Erzähler**（語り手）という言葉も、同じくこの動詞の派生語の一つである。つまり、「小さな物語」（Kleine Erzählungen）という副題は、〈出来事〉よりも、語り手の〈叙述〉に注意するように読者を促している。実際、『新人弁護士』も『ある学士院への一通の報告書』も、語り手が語る態度や振る舞いそのものが重要であった。

もっとも、『田舎医者』に収録された十四作品の内、架空の受け手を前にした語り手の態度や振舞いそのものが描写対象になっていると言えるテクストは、巻頭と巻末の二作品くらいであるというのも事実である。確かに、『皇帝の使者』も架空の受け手の扱い方に作者の創意工夫が認められるが、それはまた別の問題である。また、後に述べるように、『一枚の古文書』や『ジャッカルとアラビア人』の登場人物が用いる〈私たち〉も政治性を孕んでいるが、それは狭義の語り手の叙述ではない。繰り返しになるが、『田舎医者』に収録されたテクストは、一九一四年から一九一七年までの長期間にわたって書かれた。『新人弁護士』と『ある学士院への一通の報告書』は、それ自体としてはその間の数ある試みの一つに過ぎない。だが、それを作品集の巻頭と巻末に配置し、更には「小さな物語」という副題を添えたとき、カフカは、作家として非常に大きな一歩を踏み出した。その歩みをカフカはその後も続けることになる。

　ここで改めて「父へ」という献辞について考える必要がある。この作品集に込められた作者の様々な思いは、カフカの実父ヘルマン・カフカには恐らく理解できなかっただろう。また、カフカもそれを期待してはいなかったはずである。もちろん、作家には、そこに込められたメッセージがちゃんと相手に汲み取ってもらえるかどうかに関係なく、誰彼に作品を捧げる権利がある。だが、カフカには、自分の用いた表現手法の新奇性と主題の独自性を知ってもらいたいと願う、もう一人の〈父〉がいたはずである。

　それはゲーテである。そもそも、カフカが〈小さな文学〉という可能性に着目したのは、ゲーテという大作家の重圧によって閉塞しているドイツ語文学の現状を打開する道を模索していたからであった。従って、作品集『田舎医者』において〈小さな文学〉が誕生したとカフカが認識したとすれば、それは文学における〈父〉ゲーテに報告する必要があっただろう。実父とは異なり、それはカフカの文学的試みの斬新さや意義を十全に理解してくれるはずの、もう一人の〈父〉である。

活気と大衆性

改めて作品集『田舎医者』巻頭の『新人弁護士』を振り返ると、そこからは、もう一つ別の表情が見えてくる。インドは、かつてのアレクサンドロス大王にとっても遥か遠くの地であったが、現代社会において、フロンティアとしての「インド」は、当時よりも更に遠くなったと語り手は述べる。「インド」というのは、ドイツ・ロマン派にとって、ある特別な意味合いを持つ土地であった。例えば、フリードリヒ・シュレーゲルは、インドを「新たなポエジーの源泉」と呼んでいる。[50] それを踏まえたとき、夜な夜な法律書の勉強に没頭する弁護士は、新たな文学の源泉を目指して疾走する（執筆する）作家の姿としても読むことが可能となる。[51] あるいは、現代社会におけるブケファルスの出現は、新時代の文学の騎手としてのアレクサンドロスの到来を予言する存在でもあるかもしれない。[52]

恐らく、『新人弁護士』は、二つの貌を持つ。一つは、新たな文学もしくは「新たなポエジーの源泉」を目指して夜な夜な執筆する作者自身の肖像である。もちろん、カフカは、『新人弁護士』の次に配置された表題作『田舎医者』の主人公が、「この世のものではない馬たち」の引く馬車に乗せられ、狩人グラックスのように永久に彷徨い続ける運命にあることと、そしてそれもまた自らの肖像であることを十分に自覚していただろう。そして、もう一つは、反ユダヤ主義の文学的表現としての貌である。ユダヤ人に対して敵対的な者はどのような考え方をするのか想像し、そうした人物に語らせるという、『ユダヤ女たち』をめぐる架空の書評で用いた語りの手法を、カフカはこうして『新人弁護士』で活用した。

新たな文学を求め、インドという「新たなポエジーの源泉」を目指してブケファルス＝カフカが遡行する一方で、時代を超え、その〝流れ〟を下って西欧へとやって来た表現者が存在する。イギリスの女性ラッパーで歌手のM. I. A. は、スリランカに出自を持つが、二〇一三年に四番目のアルバム『マタンギー』を発表している。そこに収録されたBoom Skitという曲は、次のように始まる。

> 茶色い女、茶色い女／音楽を止めろ／いいか、アメリカじゃあ／お前のサウンドなんか誰も聞きたかないんだ／ブンブンいうジャングル音楽／そのイカれた曲持って／インドに帰んな
>
> Brown Girl Brown Girl/ Turn your shit down/ You know America/ don't wanna hear your sound/ Boom Boom jungle music/ go back to India/ With your crazy shit

この歌詞は、直接的には、ある騒動――M. I. A. が、二〇一二年にアメリカン・フットボールの決勝戦〈スーパーボウル〉のハーフタイム・ショーに出演した際、カメラの前で中指を突き立てたことで、主催側から巨額の損害賠償を求めて裁判を起こされた――をきっかけとしている。M. I. A. は、こうした些細なパフォーマンス一つで訴えられたことの背景には差別があると感じ、自分に向けられた差別的眼差しを想像して曲を書いたわけである。「インドに帰んな」とM. I. A. に告げる発話者は、一見したところ、インドとスリランカの区別がついていないようである。だが、同時にこのアルバムのタイトルである〈マタンギー〉が何を指すのか考える必要がある。それは、M. I. A. ことマタンギー・アルルプラガーサムでもあり、彼女の名前の由来となったヒンドゥー教の音楽の女神マタンギーでもあるだろう。すると、この発話者が呼びかけているのは、M. I. A. と音楽の女神とが一体

となった人物ではないか。「ブンブンいうジャングル音楽」は、差別発言でもあり、インドの音楽の女神の新たなサウンドに対する率直な反応でもあるだろう。アルバム『マタンギー』のジャケット写真には、背のない椅子に腰掛けて左足を垂らし、右足だけ胡坐を組んでいるM. I. A.の姿が写っている。それは、宗教画の中で女神マタンギーがしばしば取る姿勢でもある。

トルコの作家オルハン・パムクは、「小説家は、自分と異なる人びと、つまり、他の共同体、人種、文化、階級、国家に属す人びとを理解しようとする、まさにその努力において政治的になる」と述べた。[53] 反ユダヤ主義者の考え方を想像しながら創作したカフカは、その意味においてまさしく政治的な小説家であった。M. I. A.は、その意味に限らず政治的な音楽家である。スリランカ・タミル人家庭に生まれ、スリランカ内戦を経験したM. I. A.は、十歳のときに難民として母や兄弟と共にイギリスに渡っている。父親は反政府活動に身を投じていた。

「シンハラ人優遇のスリランカ政府軍と／反政府組織を結成して応じたタミル人は／停戦と停戦破棄をいくどもくり返して／すさまじい戦闘をくり広げた／タミル人武装勢力は少年少女を徴兵して／ジャングルでの特訓で兵士に仕立て／銃を持たせて次々と戦場へ送り込んだ／二十六年間に及ぶ内戦だった／犠牲者七万人と百万人を超す避難民と／折り重なった少年兵や少女兵たちの死は／タミル人国家創建の礎とはならなかった[54]」。山本博道の「小さな島で」という詩の一節である。スリランカ内戦は二〇〇九年五月に終結したが、その最後の数ヶ月間でおびただしいタミル人一般市民が犠牲になったとされる。当時、グラミー賞とアカデミー賞にノミネートされていたM. I. A.は、メディア出演の機会を利用してスリランカ情勢の緊迫化を幾度も訴えたが、それがテロを擁護しているという反発を招いたことが、M. I. A.を主人公としたドキュメンタリー映画MATANGI / MAYA / M. I. A.(二〇一八)で描かれている。

その翌年に発表されたのが、M. I. A. の第三アルバム /\/\/\ Y/\ である（タイトルは MAYA と読む。M. I. A. の通称である）。アルバムのジャケット写真には、スカーフを被り、どこかイスラム教徒の女性を思わせるいで立ちの M. I. A. が写っている。そして、LOVALOT という収録曲において M. I. A. は、「私は本当に多くを愛している」（I really love a lot）という一節を、実際には、「私は本当にアラーを愛している」（I really love Allah）と歌っている。こうして M. I. A. は、自分に向けられた〝テロリスト〟という罵倒語を文字通りに受け、紋切り型の〝テロリスト〟を演じて見せている。

同様に、アルバムのタイトルにもメッセージが込められているだろう。アルバム最後の収録曲 Space は、ニューヨーク・タイムズ紙が二〇一〇年、「今年行くべき旅行先」にスリランカを選出したことに対する抗議の曲だとされる。[55] M. I. A. は、インタビューにおいても、商業検索エンジンで „Sri Lanka“ と入力して検索しても、風光明媚なリゾート地としての情報が出るばかりで、凄惨な内戦に関する情報に辿り着いたのは、ようやく五六頁目であったと述べており、インターネット検索の情報選別のあり方に疑問を呈している。[56] そこから、/\/\/\ Y/\ というアルバムのタイトルが意味するところは、„Sri Lanka“ と入力して検索しても内戦に関する情報が出てこないのは、„/\/\/\ Y/\“ と入力して検索してもほとんど何も情報が得られないのと同じことなのか、という問題提起であると察せられる。

カフカは一九一一年に記した「小さな文学の特性についての概要」の中で、小さな文学の要件として、「活気」、「重圧からの解放」、「大衆性」の三つを挙げていた。カフカの考えでは、文学に活気を与えるのは「論争」であり、文学を大衆的にするのは「政治との関連」であった。まさしく論争的で政治的という点で、M. I. A. の音楽もまた、〈小さな音楽〉である。あるいは、それ以上にドゥルーズ＝ガタリ的な〈マイナー音楽〉に近いだろうか。アルバム『マタンギー』の表題曲「マタンギー」では、「マタンギー」という声の後にネズミの鳴き声のような音が挿入され、それはやがて電子音に変わってゆく。グレーゴル・ザムザの声にも虫の鳴き声が混入していたが、それ以上の音の非領域化が起きている。

自分に対して敵対的な人物の考え方を想像して書くこと、自分に向けられた比喩的な罵倒語を文字通りに受け取ること。比喩を文字通りに受け取るというのは、捨て身の抵抗でもある。グレーゴルの〈変身〉には、家族から一方的に押しつけられた借金の返済、そして家族の扶養からグレーゴルを解放したという意味合いがあった。文字通りに役立たずの〈害虫〉になるということは、あらゆる責任を自分に押し付けてくる家族への捨て身の反抗でもある。クラウス・ヴァーゲンバッハは、隠喩表現を文字通りに形象化するというカフカの手法は、プラハのドイツ語のよそよそしさに起因すると考えているが、恐らく、そればかりではない。[57]

『新人弁護士』や『ある学士院への一通の報告書』を含めた作品集『田舎医者』の収録作品の多くは、一九一七年に書かれた。それは『狩人グラックス』の時期でもあり、カフカはそれまでとは異なる〝書くこと〟を模索し始めようとしていたはずである。恐らく、この二つの変化が同時に生起しているのは、偶然ではない。『判決』という成功体験は、〈小さな文学〉構想を陰に追いやったが、その『判決』のような創作を理想とし続けることへの疑問が生じ始めたとき、カフカは再び〈小さな文学〉と真剣に向き合うようになった。カフカが発見したのは、架空の受け手を前にした語り手の振る舞いを表現対象にするということであったが、カフカは、語りの表現手法を更に探究していくことになる。

註

（1）NSF II, 124 を参照。

（2）D App, 40 Fußnote 1 を参照。作品集『田舎医者』の成立経緯の詳細は D App, 288ff. を参照。

（3）D App, 295 を参照。括弧、罫線とも原文ママ。ただし、原文では作品名の多くは略称で記されているが（例えば『殺し』など）、ここでは正式な題名で表記してある。また、数字も筆者が補った。

（4）同様の指摘として、例えば、Kittler（1979）, S. 212f. を参照。

（5）Steinmetz（1991）, S. 78 にそうした発想が見られる。

（6）D App, 296 を参照。

（7）グレゴリー・トリフィットは、『新人弁護士』で提示された「職業」、「法律」、「自由」といった諸問題が『ある学士院への一通の報告書』に至るその後の諸作品で展開していると主張する。Triffitt（1982）, S. 156 を参照。

（8）例えば Binder（1975）, S. 235 を参照。フリードリヒ・キットラーも同様の見解を述べているが、巻頭と巻末作品だけでなく、二番目の『田舎医者』と最後から二番目の『ある夢』も〝死〟という点で対応関係にあると述べている。Kittler（1979）, S. 212f. を参照。

（9）Fingerhut（1969）, S. 101; Neumann（1979）, S. 330f.; Kurz（1983）, S.115; Rudloff（1998）, S. 44 などを参照。

（10）その積極的な評価として、Sokel（1977）, S. 209 を参照。

（11）Steinmetz（1991）, S. 73 を参照。

（12）同様の見解は、Kurz（1983）, S. 120; Steinmetz（1991）, S. 76;Reuß（2004）, S. 11 など。

（13）Reuß（2004）, S. 11 を参照。

（14）ローラント・ロイスは、「幾つかのこと」が何なのか示されていないために、その主張には信憑性が伴っていないと指摘する。ロイスが述べているように、「事情に通じている人であれば、幾つかのことに気づきます」という文の後には、普通ならば、〝例えば〟などが続くはずである。Reuß（2004）, S. 13 を参照。

（15）これと似たような指摘として Kraft（1972）, S. 13 を参照。

（16）ロイスは、語り手が廷吏の眼差しを「競馬の慎ましい常連客の専門眼」と述べるとき、図らずも、自分自身がそういう眼差しの人間であることを曝け出しているのだと考える。Reuß（2004）, S. 14 を参照。これはこれで面白い解釈である。

（17）Reuß（2004）, S. 17 に同様の見解が見られる。

（18）ゲルハルト・クルツは、「この文章は皮肉な慇懃さと誠真の認知の間でさまざまに色が変わって見える」と述べる。Kurz（1983）, S. 124。ヴェルナー・クラフトは、この段落の文章が、世界史的意義を考慮しても、ブケファルスは、結局は「いずれにせよ迎え入れる」以上のものではないと述べているようにも読み取れることを指摘する。Kraft（1972）, S. 14 を参照。ローラント・ロイスは、「驚くべき明察さをもって」という言葉について、この新人弁護士にこれほどの信用が与えられたことに語り手は驚いているようにも読めると指摘する。Reuß（2004）, S. 17 を参照。

（19）ロイスは、「テクストは、彼がいずれにせよブケファルスの受け入れに不賛成であると理解するように促している」と述べる。Reuß（2004）, S. 17 を参照。

（20）ゲルハルト・クルツは、この「たぶん」が、これが本当に最善なのかどうかという、抑え難い疑問を露呈させていると述べる。Kurz（1983）, S. 121 を参照。

（21）Kurz（1983）, S. 122; Rudloff（1998）, S. 50 を参照。

（22）Kurz（1983）,S. 121 を参照。

（23）Franz Kafka. Oxforder Oktavheft 2, S. 106f. を参照。

（24）アンソニー・ノーシーは、トロカデロに関する断片がドレーフュス事件またはパナマ事件に関係すると考えている。ノーシーによれば、当時トロカデロ通りには、ドレーフュス事件の報道に関わった日刊紙ル・マタンの編集部が置かれていたが、この新聞社の社主モーリス・ビュノー＝ヴァリヤは、かつてパナマ運河の建設事業会社の上級職に勤務し、更に、その弟のフィリップ・ビュノー＝ヴァリヤは、関連の建設会社に出資していた経歴を持つ。パナマ事件とは、フランス政財界を巻き込んだ、この会社の資金の横領事件である。ノーシーは、カフカの母方のおじに当たるアルフレド・レヴィとヨーゼフ・レヴィの兄弟が、ビュノー＝ヴァリヤのパナマでの事業に従事していたことを明らかにしている。こうした背景を根拠に、ノーシーは、「トロカデロ」の記述にドレーフュス事件とパナマ事件両方が関係していると考えている。ノーシー（1992）、一〇－六四頁を参照。

（25）ミケル（1990）、二八頁を参照。ノーシー（1992）の日本語訳者である石丸昭二は、アルフレド・ドレーフュスの住所がトロカデロ通りにあったことに着目し、カフカの「トロカデロ」断片が暗示しているのは、パナマ事件ではなくてドレーフュス事件の方であると考える。ノーシー（1992）、一六四－一六五頁を参照。

（26）ミケル（1990）、一三〇頁を参照。

（27）ミケル（1990）、九頁を参照。

（28）ミケル（1990）、一二二頁を参照。

（29）ミケル（1990）、一二二頁、三六頁を参照。

（30）逮捕前のドレーフュスをめぐるエピソードを稲葉三千男が幾つか紹介している。稲葉（1979）、三九－四一頁を参照。

（31）ペーター＝アンドレ・アルトは、これがフランス弁護士会の話題であると考えている。Alt（2005）, S. 513 を参照。ヴェルナー・クラフトは、この時代のプラハでは、弁護士会を指す語としてフランス語がまだ使われていたのだと考えている。Kraft（1972）, S. 13 を参照。

（32）Olechowski/ Ehs/ Staudigl-Ciechowicz（2014）, S. 91 を参照。

（33）ロイスもまた、„Barreau“を「トロカデロ」というフランスを思い起こさせる記号の名残として受け止めている。Reuß（2004）, S. 9 を参照。

（34）Rubinstein（1952）, S. 374f. を参照。

（35）Sokel（1983）, S. 383; クルツィウス（1971）、七八五頁を参照。

（36）Bridgwater（1982）, S. 449f. を参照。また、Neumann（［1996］, 2013b）も併せて参照。

（37）Schulz-Behrend（1963）, S. 1–6; Sokel（1983）, S. 369; Philippi（1966）, S. 126; Cohn（1978）, S. 152f.; Neumann（2004）, S. 276; Fromm（2006）, S. 484–494 を参照。

（38）ロイ・パスカルはそのように考える。Pascal（1982）, S. 202 を参照。

（39）Rubinstein（1952）, S. 374 を参照。

（40）異論としては Schulz-Behrend（1963）を参照。

（41）D App, S. 332; 362を参照。『ユダヤ人』の当時の誌面は次のURLから参照可能である。https://sammlungen.ub.uni-frankfurt.de/cm/periodical/pageview/3102702［二〇二四年八月二〇日最終閲覧］

（42）Bridgwater（1982）,S. 459を参照。

（43）Pinès（1910）, S. 186を参照。

（44）ホフマン（[1814], 1989）、一七八－一七九頁を参照。

（45）Sokel（1983）, S. 387を参照。

（46）Kassel（1969）, S. 149を参照。

（47）これについてハルトムート・ビンダーは次のように述べている。「ここでは部分的に、グレーゴルの観察能力を大きく越える事情が演じられる。つまり、著者の視点を持つ語り手の責任に帰さなければならないのである。しかし、それはある程度、この瞬間に支配的な状況に合っている」。Binder（2004）, S. 220を参照。

（48）エリオット（1965）、三二頁を参照。

（49）ドゥルーズ＝ガタリ（1978）、二一頁を参照。

（50）Schlegel（[1800], 2010）, S. 196を参照。また、Willson（1964）を参照。

（51）例えば三原弟平も、ブケファルスを含めて、作品集『田舎医者』に登場する馬たちの騎行の原イメージには、一九一二年九月の『判決』執筆があると考えている。三原（1991）、一六一頁を参照。

（52）Kurz（1983）, S. 120; 123を参照。リッチー・ロバートソンは、方向性の定まらない現代社会において求められているのは、政治的指導者（アレクサンドロス）ではなく、精神的指導者（モーセ）であると解釈する。Robertson（1988）, S. 187を参照。

（53）パムク（2021）、二二五頁を参照。

（54）山本（2023）、二二九－二三〇頁を参照。

（55）Escobedo Shepherd, Julianne（13 January 2010）. “That New MIA Track is Actually a Protest Song Called “Space Odyssey”. https://www.thefader.com/2010/01/13/that-new-mia-track-is-actually-a-protest-song-called-space-odyssey/ を参照。［二〇二四年八月二〇日最終閲覧］

（56）Denver, Nate（24 May 2010）. "M.I.A." https://web.archive.org/web/20100601084531/http://www.complex.com/GIRLS/Cover-Girls/MIA?page=4を参照。［二〇二四年八月二〇日最終閲覧］

（57）ヴァーゲンバッハ（1969）、八八頁を参照。

VII 語っているのは誰なのか
——『断食芸人』、『最初の苦悩』、『小さな女性』——

アルゼンチンの作家J・L・ボルヘスは、出典は挙げていないが、マックス・ブロートが、プラトンのテクストの中で最も心を打つのは『パイドン』の中の「プラトンはたしか、病気だったと思います」という一文だと述べたと伝えている。[1] この対話篇において、パイドンは、ソクラテスが人生の最期に何を語ったのかをエケクラテスに語っている。パイドンは、ソクラテスの死に立ち会った顔ぶれを挙げているが、その際に、プラトンは病気で不在であったと述べている。それゆえに、プラトンは本当はソクラテスの最期には立ち会わなかったのだと見なされることもあるが、ボルヘスは、あの対話篇を書いた以上プラトンはその場に居合わせたはずであり、自身について三人称で語っているのは、重大な瞬間に立ち会ったことを多少ぼかそうとしているからだと考える。[2] その上でボルヘスは、プラトンは、「プラトンはたしか、病気だったと思います」という記述に文学的な美を感じていただろうと述べる。

カフカの第三作品集『断食芸人』がベルリンのシュミーデ書店から出版されたのは一九二四年八月である。[3] だが、カフカは同年の六月三日に既に他界している。亡くなる前日、あるいはその当日までカフカは作品集の校正作業に取り組んでいたという。[4] カフカの死後、編集作業はブロートに引き継がれたが、ブロートは、作品集の体裁に関わる二つの重要な決定を行っている。まず、この作品集の題名を『断食芸人』、副題を「四つの物語」に決定したのはブロートである。次に、作品の配列を最終決定したのもブロートである。

作品集の題名に関して言えば、果たして、これがカフカの意向を汲んだものだったのかよく分からない。ブロートは一九五四年に刊行されたカフカの伝記の中で、次のように回想している。「私がカフカをシュミーデ書店の責任者に引き合わせたとき、彼は長々とした交渉術などを用いるまでもなく、四つの短編の刊行に同意した。彼はそれらに（その内の一つから）『断食芸人』という共通の題名をつけた」[5]。だが、この記述は幾つかの点で事実に反していることが知られている。

まず、シュミーデ書店と出版契約が交わされた時点では、後にまた述べるように、収録予定作品は四つではなく、三つであった。次に、これが決定的な矛盾だが、ブロートは、カフカがシュミーデ書店と契約を交わした際に同席していない。ひょっとするとブロートは、カフカの第一作品集『観察』の出版経緯と記憶違いをしていたのかもしれない。カフカとブロートは一九一二年の夏の旅行でライプチヒに立ち寄っている。そこでブロートは、面会の約束をしていた出版社主エルンスト・ローヴォルトを単身で訪れている。その面会で話題がカフカに及んだことから、ブロートはカフカをローヴォルトに引き合わせ、三人で昼食を共にしている[6]。これが、作品集『観察』がエルンスト・ローヴォルト書店から出版されることになるきっかけである。

話を元に戻せば、シュミーデ書店が『断食芸人』という題名案を知ったのは、恐らくカフカの死後だったはずである。その証拠として、編集部が一九二四年七月一日付でブロートに宛てた手紙が現存している。手紙の中で編集部は、作品集の題名を『断食芸人』にするという、恐らく現存しない手紙でブロートが示したと見られる提案には賛成できないと述べた上で、別の題名を求めている[7]。編集部が難色を示したのは、作品集の題名と収録作品の題名が重複するという点であった。だが、それに対してブロートは、『断食芸人』という案をなおも強く希望したと見られる。編集部からブロートに送られた七月五日の手紙からは、編集部も最終的にブロートの案に合意した様子が見て取れる。こうしてカフカの死から一ヶ月を経て作品集の題名が決定した。もっとも、ブロートが、題名を『断食芸人』にしたいという意向をカフカ本人から聞かされていた可能性は否定できない。

作品集の副題もまた、決定されたのはカフカの死後のことである。カフカが死の間際まで取り組んでいた校正用紙には、「四つの短編」（Vier Novellen）という文字が、作品集の仮の題名として印刷されている。[8] 前出の七月五日の手紙で、編集部はブロートに対し、この「四つの短編」という名称を取り去るか、それとも残すかと訊ねている。それに対してブロートは、「四つの短編」を「四つの物語」（Vier Geschichten）に改めた上で、それを副題とするよう指示したことが、後の編集部の手紙から窺える。[9]

次に、作品集の配列についても、やや複雑な経緯がある。カフカがシュミーデ書店と契約を交わしたのは、一九二四年三月七日である。[10] カフカは既に一九二三年の夏にシュミーデ書店と接触していたと見られるが、作品集『田舎医者』のことでクルト・ヴォルフ書店との信頼関係が著しく損なわれていたことを踏まえれば、出版社変更は何ら不思議ではない。いずれにせよ、カフカは一九二四年三月にシュミーデ書店と契約を交わしたわけだが、その契約文書には、次のような文言が含まれている。

> 著者は、次の三つの短編を含む短編集の単独かつ独占的な出版権を出版社に移譲するものとする。その短編とは以下の通りである。―『断食芸人』―『最初の苦悩』―『小さな女性』（……）（D App. 391）

（記号〝―〟は、原本では改行されていることを表す。）

この契約時点では、『歌手ヨゼフィーネもしくはネズミ族』はまだ執筆されていなかった。従って、作品集が当初、右掲の三作品だけで構成される予定だったこと自体に不思議はない。問題は、その三作品が列挙された順番である。というのも、作者も出版社も、ここに明記された順番に従って作品を配列するつもりだったと思われるからである。

三月七日に契約を交わした時点で、カフカの病状は極めて悪化していたと見られる。三月一四日にはブロートがベルリンまでカフカを迎えに来ており、その付き添いのもと、カフカは三月一七日にプラハに戻っている。[11] カフカは、四月五日までプラハの両親の元に滞在し、それからウィーンの療養所に入所している。『ヨゼフィーネ』は、その三週間足らずのプラハ滞在の間に書かれたと考えられている。[12] どうやら、この第四の物語は、完成してから比較的すぐの段階で作品集への採録が決まったようであり、五月にカフカの元に送り届けられた第一回目の校正用のゲラ刷りは、既に四作品構成となっている。[13]

恐らく、このゲラ刷りの校正の段階で、当初『歌手ヨゼフィーネ』と題されていたテクストは、『歌手ヨゼフィーネもしくはネズミ族』に改められたと見られる。[14] だが、校正に用いられたゲラ刷りは現存しないために、このときの作品配列がどうだったのかは分からない。この第一回目の校正結果を反映させた全紙版が、二回目の校正用にカフカの元に届けられたのは、五月二七日である。[15] この全紙版は、カフカ批判版全集の編纂時には個人の所蔵となっており、全集の編纂者は、その一枚目（十六頁分）だけを確認することが許された。その全紙において巻頭に配置されていたのは、『断食芸人』であった。[16] これは三月七日の契約書に明記された順番とも一致する。

ブロートは、先にも言及したカフカの伝記において、カフカが亡くなる日の前日に、全紙版を用いた第二回目の校正に取り組んでいたと回想している。それによれば、カフカは、出版社が作品の並べ替えの指示に十分に注意を払わなかったと不快感を示していたという。[17] 仮にその回想が正しいとすれば、カフカは第一回目の校正段階で出版社に配列変更の指示を出していたにもかかわらず、それが全紙版に正しく反映されていなかったことになる。果たして、全紙版の配列はゲラ刷り版のままだったのか、それとも、カフカが指示したのとも異なる別の配列に変わってしまっていたのかは分からない。だが、仮にゲラ刷り版と全紙版で『断食芸人』の位置に変動がないとすれば、ゲラ刷り版は、三月七日の契約書に明記された順番で並べられた三作品に、後から採録が決まった『ヨゼフィーネ』を追加した作品配列、即ち、『断食芸人』、『最初の苦悩』、『小さな女性』、『歌手ヨゼフィーネもしくはネズミ族』の順で組まれていた可能性が高い。

先に述べたように、作品集の配列を変更するよう最終的に指示したのは、ブロートである。何故ならば、全紙版の一枚目に記された、作品配列を変更する旨の指示書きはブロートの筆跡によるものだからである。その結果、作品集『断食芸人』は、『最初の苦悩』、『小さな女性』、『断食芸人』、『歌手ヨゼフィーネもしくはネズミ族』の順で配列された四作品から構成されることになった。だが、ブロートの配列変更の指示が、第一回目の校正の段階でカフカが本来出していたはずの指示の実質的な再要請であったとするならば、この最終的な配列は、カフカの意志に基づいていることになる。

カフカは、作品集の巻頭と巻末の作品の対応関係に気を配る作家であった。実際、第一作品集『観察』も、第二作品集『田舎医者』も、最初と最後の作品が対応していると考えることができた。カフカが第三作品集においてもそうした構成の仕方を継続しているとすれば、カフカが当初、作品集が『断食芸人』に始まり『小さな女性』で終わることに何らかの意味を見出していた可能性は高い。カフカの死後、出版社は『ヨゼフィーネ』を文言に書き加えた追加契約書を発行しているが、そこには、作品集の四つの収録作品の名前が、その最終的な配列と同じ順番で明記されている。[18] そのことからも、三月七日の契約書に記された三作品の順番は、そのまま作品集の配列だったはずである。

恐らく、カフカが校正段階で配列変更を要請したのは、第四の物語として『ヨゼフィーネ』が加わったことにより、作品集全体の性格が変わったためであると考えられる。仮にブロートが決定した最終的な配列がカフカの意志に基づいているとすれば、当初は『断食芸人』に始まり『小さな女性』で終わるべきであった作品集は、『最初の苦悩』に始まり『歌手ヨゼフィーネもしくはネズミ族』に終わるべきものに変わったことになる。当然、そこから次のような問いが生まれる。当初の、三作品の予定だった作品集の配列は何を示唆しているのか。そして、四作品からなる最終配列は何を伝えているのか。この問題に取り組むためには、まずは、当初の三作品についての考察から始める必要がある。

1　匿名の語り手──『最初の苦悩』と『断食芸人』──

作品集を当初構成していた『断食芸人』、『最初の苦悩』、『小さな女性』の内、最初の二つは一九二二年に、『小さな女性』は一九二三年から二四年にかけての冬に書かれている。まず、『最初の苦悩』は、クルト・ヴォルフ書店が発行する雑誌『ゲーニウス』に初出発表されているが、その原稿を受領した旨の手紙が社主クルト・ヴォルフからカフカに送付されたのが一九二二年五月一〇日であった。[19] 次に、『断食芸人』に関しては、先にも述べたように一九二二年五月二五日の日記に「一昨日、H.-K.」と記されていることから、カフカはこの頃までに『断食芸人』の執筆に取り組んでいたものと推定される。[20]

『最初の苦悩』と『断食芸人』は、一九一七年以降のカフカの発表作品の中では、一見すると例外的な位置づけにある。一九一七年以前に書かれたカフカのテクストの多くは、物語世界に存在しない語り手（heterodiegetic narrator）によって語られているが、一九一七年頃以降に書かれた創作テクストの多くは、物語世界内に登場する語り手（homodiegetic narrator）によって語られている。ところが、『最初の苦悩』と『断食芸人』は、そうした傾向に反し、物語世界内に登場する語り手によって語られているようには見えない。しかし、だからと言って、それはもはや『判決』のような、語り手が主人公と一体化したかのような語りでもない。また、これより後に書かれた『小さな女性』と『ヨゼフィーネ』では、明らかに物語世界内に登場する語り手が物語を語っている。そのため、あたかも『最初の苦悩』と『断食芸人』だけが、一九一七年以降のカフカの発表作品の中で例外的な存在であるかのように見える。

　だが、本当にこの二作品は例外的な存在なのだろうか。見過ごしてはならないのは、これまでに幾人もの研究者たちが、『最初の苦悩』や『断食芸人』の語り手には人格的な特徴が備わっていると指摘してきた点である。ハーバート・ダイナートは、『断食芸人』の物語の前半部分が一回性の出来事ではなく、幾度も繰り返された、似たような出来事の類型化によって構成されていることを指摘した。仮に、その同じような出来事の繰り返しの日々を語り手が類型化することなく淡々と語り続けたとしたら、一つの長編小説が出来上がっただろう。その意味では、『断食芸人』は、言わば、「存在しない長編の凝縮」であり、断食芸人と現場監督の最後の会話だけが、「言葉通りに引用されねばならなかった」と見なすことができる。[21]

　このように複数回繰り返された出来事を一回だけで語る手法を、後に、ナラトロジーの理論家ジェラール・ジュネットは、反復的語りと名付けた。ジュネットも述べるように、人間には異なる時に生起した出来事を頭の中で一つにまとめる傾向があり、こうした語り手法は、マルセル・プルーストの小説『失われた時を求めて』のような回想の物語にしばしば用いられる。[22] つまり、『断食芸人』の語り手は、ある時には過去の似たような出来事を一つにまとめて回想し、またある時には、登場人物たちが交わした一度だけの会話をそのままの形で引用していることになる。語り手にそのように過去を想起させているものがあるとすれば、それは語り手自身の記憶のはずである。そこから、ブリギッテ・フラッハが主張したように、『最初の苦悩』も『断食芸人』も匿名の人物による回想であるという仮説が生まれるわけだが、その主張は、これまでほとんど顧みられることがなかった。[23]

それでは、仮にこれらの物語が匿名の人物の回想として語られているのだとすれば、語っているのはどのような人間だろうか。奇しくも、二人のイギリスの学者が、『断食芸人』の語り手の言葉遣いに注目することで語り手がどのような人物なのかを特定しようと試みている。まず、リチャード・シェパードは、語り手が用いる「決して～ない」（niemals）、「どんなことがあっても」（unter keinen Umständen）、「単に」（lediglich）などの言い回しに着目した上で、語り手は「行政職員か法律家」であると考えた。[24] 他方で、ロイ・パスカルは、「完全に不可能な」（völlig unmöglich）など、書き言葉にしてはやや誇張した言い回しに注目し、語り手は書くことよりも話すこと、それも聴衆の注意を引きつける話し方に長けた人物であると考え、語り手は「ショー・ビジネス」の人間であると判断した。[25]

どうやらパスカルは、先行するシェパードの研究の存在を把握していなかったようである。[26] 両者は、偶然にも同じように『断食芸人』の語り手に着目し、同じようなやり方でその正体を捉えようとして、まったく異なる結論に達したわけである。確かに、いずれの研究も作品解釈としては説得力に欠ける部分を残しているが、その斬新な着眼点により、『断食芸人』の語りをめぐる研究が更に発展してもおかしくはなかった。だが、そうならなかったのは、一九八〇年代前半からカフカ研究が一つの転換期を迎えつつあったことも恐らく関係している。この頃

図Ⅰ[27]

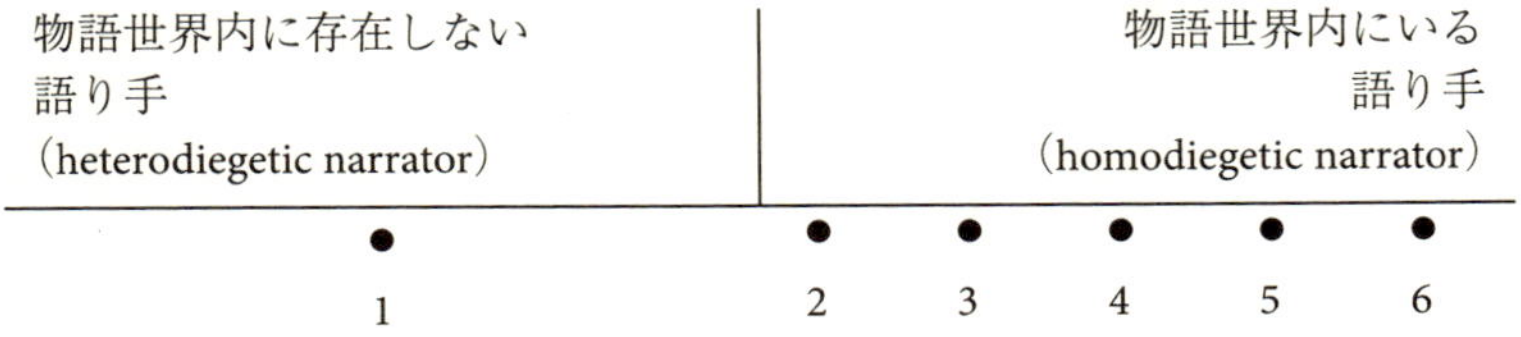

1	語られた物語に参加していない語り手（物語世界に居場所がない）	4	脇役
2	物語に関与していない観察者	5	主人公の一人
3	物語に関与している観察者	6	主人公

から批判版全集の刊行が始まり、研究者たちの関心は、カフカの創作過程へと向かった。カフカの語りという、それまで綿々と続いてきた研究は、この時期に途切れてしまったように見受けられる。

だが、語り手は何者かという問いは、改めて取り組み直す余地が残されているはずである。もちろん、反省すべき点はある。そもそも、シェパードやパスカルが試みたような、語り手の言葉遣いだけに注目するやり方は有効だったのだろうか。むしろ、スーザン・ランサーが提唱したように、語り手の「地位」、語り手と架空の受け手の「接触」、語り手の物語内容に対する「姿勢」の三点について考察すべきだったのではないだろうか。

更に言えば、語り手が〝人物〟であるとは何を意味するのだろうか。上の図は、ナラトロジーの分野における標準的な語り手の分類である。一般的には、〈語られた物語に参加していない語り手〉は〝三人称語り手〟として、また、〈主人公〉は〝一人称語り手〟としても知られている。四番の〈脇役〉は、例として、コナン・ドイルの『シャーロック・ホームズ』の語り手ワトスン医師が挙げられる。二番と三番は区別がつけづらいが、〈物語に関与していない観察者〉の例として、ヴォルフ・シュミットはドストエフスキーの『カラマーゾフの兄弟』を挙げている。この長編の語り手は、主人公アレクセイの伝記作家を自称していることから、アレクセイと同じ物語世界の中の住人である。だが、語り手は物語の内部には姿を見せず、登場人物たちも語り手の存在を認知していない。それに対し、〈物語に関与している観察者〉の例としてシュミットは、やはりドストエフスキーの『悪霊』を挙げている。この長編の語り手は、物語の一登場人物として主人公たちと接触し言葉も交わすが、語り手は物語の進展に関わるような出来事には介入せず、あくまでも距離を置いた観察者としての立場に留まっている。[28] こうした区分けに即して考えれば、シェパードやパスカルが考えた、法律家やショー・ビジネスの人間としての語り手は、「物語に関与していない観察者」に相当すると思われる。

ここで重要なのは、〝語り手に人格が備わっている〟、あるいは、〝語り手は人物である〟という徴表は、前記の語り手の番号に一切左右されないという点である。実際、「語られた物語に参加していない語り手」が人格を持ち、物語世界の内部を覗き見るようにして語る〝作者的視点〟は、かつて幅広く用いられた。例えば、一七九五年刊行のゲーテの長編『ヴィルヘルム・マイスターの修業時代』では、語り手はある章を次のように締め括っている。「婆やはぶつぶつ言いながら席をはずした。われわれも彼女にならって姿を消し、仕合せな彼らを二人だけにすることにしよう」[29]。

近代以降における小説の発展は、語り手法の発見と発明の歴史であると述べても、あながち過言ではない。例えば、一八六二年に刊行されたヴィクトル・ユーゴーの『レ・ミゼラブル』では、『ヴィルヘルム・マイスターの修業時代』と同じように、作者的な全能の語り手が語っている。「われわれは前にこの人の内心の奥底をのぞいたことがあるが、更になおのぞくべき時がきた」[30]。だが、それに先立つ一八五六年には、ギュスタフ・フロベールの『ボヴァリー夫人』が刊行されている。そこでは、存在感をほとんど消した語り手が写実的な語りに徹しているが、語り手の位置に不思議な転換が起きていることでも知られている。「私たちが自習室で勉強していると、そこへ校長が、平服を着た『新人』と、大きな机をかついだ小使を連れてはいってきた」[31]。このように始まるとき、語り手は確かに自習している生徒の中に混じっていたはずである。ところが、数段落後には、語り手は〈物語世界内に存在しない語り手〉へと後退し、それ以降、語り手が物語の中に再び登場することはない。

カフカは、一九一二年一一月一五日のフェリーツェ宛ての手紙の中で、自らをフロベールの「精神上の子」とすら呼んでいる（Br 1900–1912, 237）。そのカフカが一九一四年くらいまで用いた語りの手法は、比較的、フロベールのそれに近い。ところが、一九一七年頃から語り手が物語に登場するテクストを書き始めたとき、カフカは、明らかにフロベールの語りの手法から離れている。『ボヴァリー夫人』にせよ、『感情教育』にせよ、フロベールの主要な作品において用いられているのは、物語世界外の語り手である。確かに、『ある犬の研究』は、カフカなりの『ブヴァールとペキュシェ』である。だが、語りの手法という点では、両者はまったくの別物である。

果たしてカフカが『最初の苦悩』や『断食芸人』において用いたのは、物語世界外の語り手が物語世界の中を覗き見るようにして語る、フロベール以前から存在する手法だろうか。それとも、カフカは何か新たな手法を試みようとしていたのだろうか。ここで思い起こされるのが、『断食芸人』の語り手はショー・ビジネスの世界の人物であるという、先のパスカルの主張である。考えてみれば、この物語そのものがまさにショー・ビジネスの世界を舞台としている。だとすれば、実は登場人物の中に語り手が紛れているという可能性も捨てきれないのではないか。

〈彼〉か〈私〉か

『最初の苦悩』と『断食芸人』が共に芸人を主人公としているという点は、これまでも繰り返し指摘されてきた。だが、双方には物語の構成上の共通点も見られることは存外見過ごされているのかもしれない。それは、いずれも物語の前半で〈反復的語り〉が用いられ、後半では、一回性の出来事、とりわけ一度だけ交わされた会話が直接話法によって引用されているという点である。『最初の苦悩』は全部で五つの段落から構成されているが、最初の三つの段落は〈反復的語り〉によって語られ、第五段落では、「最初の苦悩」という題名の由来ともなる、一回性の出来事が語られている。

〈反復的語り〉は、例えば、空中ブランコ芸人の日常の生活風景を描く際に用いられている。

> 普段は、彼の周囲は静かだった。ほんの時々、例えばお昼時に空っぽの芝居小屋の中に迷い込んだどこかの従業員が、物思わしげに、ほとんど眼差しを宙に漂わせるようにしながら、上を見上げることがあった。そこでは空中ブランコ芸人が、誰かが自分を観察しているとは知りようもないまま、芸をしたり、休憩したりしているのだった。(D, 318)

これは、ある特定の日の特定の出来事ではない。これと似たような出来事は幾度となく繰り返されており、語り手もまた、それを幾度も目撃していることになる。

もしもこの物語の中に、物語を回想として語っている匿名の人物が潜んでいるとすれば、それは、当然ながら、「最初の苦悩」という題名の由来となった出来事の目撃者でもあるはずだ。空中ブランコ芸人が言い放った、「両手にたった一本のこの横木だけなんて。これでどうやって生きろって言うんだ！」（D, 320）という言葉は、この物語で使われる唯一の直接話法である。そのことは、語り手自身もこの言葉を直接耳にし、強く印象に残っていたことを暗示しているようにも見える。このとき、空中ブランコ芸人と興行師の他に誰がその場に居合わせたのかは分からない。ひょっとしたら、使用人がいたかもしれない。だが、使用人がこの物語を語っているとすれば、幾らか不自然な点が残る。何故ならば、語り手は、空中ブランコ芸人に関しては一貫して外面的な観察に留めていながら、興行師の心中には踏み込んで語っているからである。

> 確かに興行師は、空中ブランコ芸人が必要以上に長く苦しむことがないように手配をしていたが、（……）それでも、空中ブランコ芸人がやがて足を縄梯子の上に置くや否や、たちまち再びブランコからぶら下がるときが、興行師の人生の中でいつだって一番美しい瞬間であった。（D, 318f.）

語り手にとって、空中ブランコ芸人よりも興行師の方が、より心中が察せられる、より近しい人物のようである。同様のことは、この物語の結末部分についても言える。

> 彼自身はしかし、穏やかではなかった。強く心配しながら彼は、秘かに本越しに空中ブランコ芸人を観察していた。一体いつ、こうした考えが彼を苛み始めたのだろうか。これはその内、完全に止むことがあり得るものなのだろうか。絶えず増大するのとは違うだろうか。これは曲芸師としての存在そのものをも脅かしはしないだろうか。そして興行師は、泣き止んだ後に一見安らかに眠っている空中ブランコ芸人の子供のよう

> に滑らかな額に、いまや、最初のしわが刻み込まれていくのを本当に見たように思った。（D, 321）

空中ブランコ芸人が感情を爆発させた直後のことであるにもかかわらず、語り手は、芸人の胸中ではなく、興行師の胸中に焦点を当てているのである。

　ひょっとすると、語り手は、実は興行師自身なのではないだろうか。こう考えたとき、右記の引用文の「興行師」及びその人称代名詞が、〈私〉に書き換え可能であることに気づかされる。

> 私自身はしかし、穏やかではなかった。強く心配しながら私は、秘かに本越しに空中ブランコ芸人を観察していた。一体いつ、こうした考えが彼を苛み始めたのだろうか。これはその内、完全に止むことがあり得るものなのだろうか。絶えず増大するのとは違うだろうか。これは曲芸師としての存在そのものをも脅かしはしないだろうか。そして私は、泣き止んだ後に一見安らかに眠っている空中ブランコ芸人の子供のように滑らかな額に、いまや、最初のしわが刻み込まれていくのを本当に見たように思った。

『最初の苦悩』は、歪みを一切生じさせることなく、「興行師」という言葉を全て〈私〉に書き換えることができる物語である。これは偶然なのだろうか。それとも、作者によって意図的にそう設計されており、まさしくそれによって、この物語が、実は興行師の回想であることが示唆されているのだろうか。

　〈興行師〉が〈私〉と置き換え可能であるという『最初の苦悩』の特徴は、同時期に書かれていた長編『城』の書き換えを思い起こさせる。先に述べたように、カフカは当初、『城』を〈私〉に語らせていた。だが、その執筆途中で、カフカはそれまでに記した〈私〉を全て〈K.〉に書き換えたことが知られている。例えば、ある個所における書き換え前の原稿の状態を再現すると、次のようになる。

そこにバルナバスは立ち止まっていた。我々はどこにいるのだろうか。もう先には進めないのだろうか。バルナバスは私に別れを告げるつもりなのだろうか。そうはさせまい。私はバルナバスの腕にきつくしがみついたために、ほとんど私の方が痛いほどだった。それとも信じ難いことが起こって、我々は既に城の中にいるか、あるいはその門の前にいるとでも言うのだろうか。だが、私の知る限りでは、我々はまったく坂を登って来なかった。それともバルナバスは気づかないほど緩やかな上り坂に私を案内したのだろうか。（S, 50 と S App. 165 を基に筆者が構成）

カフカは、人称代名詞や動詞の語尾などの最小限度の手直しだけで、原稿を書き直すことに成功している。それが可能となったのは、この長編が、過去の出来事を回顧する現在の〈私〉の視点ではなく、当時の〈私〉の視点で語られていたからである。そういう意味では、『城』で用いられた〈私〉は、一九一七年頃から頻繁に用い始められた〈私〉とは性質が異なっている。むしろ、実質的には、それは〝三人称小説〟として書かれたそれ以前の長編や物語の語り手法に近かった[32]。

カフカが、『城』の書き換えから着想を得て、〈彼〉と〈私〉が入れ替え可能な物語を『最初の苦悩』で実践した可能性は、創作の順序としてはあり得ることである。『最初の苦悩』の手稿は現存しているが、カフカがその原稿紙として使った紙と『城』の原稿紙は、元々は一冊の同じノートから剥ぎ取られたものであることが知られている。『城』の手稿の内、研究者によって「城ノートI」と呼ばれるノートは、異なる様々なノートから剥ぎ取られた三十七葉の紙で構成されているが、その内、第二九葉目から第三二葉目までの四枚の紙は、第一二冊目の日記ノートから剥ぎ取られたものであることが判明している。更に、『最初の苦悩』の手稿が記された一枚の紙もやはり、この日記ノートから剥ぎ取られたものであることが分かっている。しかも、その破り取られた痕跡から、この『最初の苦悩』の一枚と『城』の四枚は、元々は連続した中紙であった可能性が高いという。批判版全集の編纂者は、この都合五枚の紙に記された文字の具合から、『最初の苦悩』が書かれたのは、カフカが『城』の四枚の紙に原稿を記したよりも後であると判断している。この四枚の用紙に記されているのは、『城』の第四章の終わりの部分である。そこから、一九二二年の初頭から『城』の執筆に取り組んでいたカフカは、その第四章を書き終えたところで長編執筆を中断して『最初の苦悩』を書いたことが推定される。[33] また、長編にて〈私〉が〈K.〉へと切り替わったのは、第三章の途中である。[34] つまり、長編の書き換えの際の偶然の発見が『最初の苦悩』につながった可能性は、大いにあり得る。

カフカは、『最初の苦悩』を雑誌『ゲーニウス』に投稿した後、マックス・ブロートに宛てて、「もしこの厭わしい小さな物語をヴォルフの引き出しから奪い、彼の記憶から抹消できたとしたら僕は嬉しいのに」(Br, 375) と記している。そこから、カフカはこの作品を余り好んでいないものと考えられてきた。それはある程度理解できる。空中ブランコ芸人が襲われたのは、単なる禁欲的生活に伴う疲労ではない。むしろ、そうした厳しい生活がこれからも果てしなく続くということ、そして、それが人並な生活の完全な放棄を意味することを悟ってしまったために引き起こされた、発作的な絶望である。[35] その意味では、空中ブランコの揺れは、芸人自身の心の揺らぎの暗示でもある。こうした主題がこの時期のカフカ自身にとっても切実なものであったであろうということは、この物語が書かれてから数ヶ月後に、今度は他ならぬカフカ自身が演じて見せた騒動――ゲオルゲンタール旅行をめぐる騒動――からも察せられる。カフカは、創作のために身体を酷使し病を招いたことを後悔していた。『最初の苦悩』は、病状の悪化に伴う、作者が精神的に不安定な時期の産物である。

このテクストに漂う些か感傷的な気分は、それが自分自身に根差しているために、カフカにとってある種の羞恥心を抱かせるものがあっただろう。だが、この物語は、実は見た目ほどナイーヴではないのかもしれない。確かに主題は感傷的かもしれないが、それを実験的な語りによって表現しようとする作者の冷静な精神も働いていたと考えられるからである。その意味では、『最初の苦悩』は、〝書くこと〟を批判的に再検討しようとした長編『城』の精神を共有しているはずである。〝書くこと〟をめぐる内省は、『城』から『ある犬の研究』へと創作が進むにつれ、次第に辛辣な自己風刺へと変わっていった。その変化は、『最初の苦悩』よりも後に書かれた『断食芸人』にどのような影響を及ぼしているだろうか。

全てを目撃した人物

ナイーヴさを装うのは老獪な人間である。一見すると単純な構成の物語のように見える『断食芸人』も、実際はそうではない。ミヒャエル・ニーハウスが指摘したように、この物語は、（1）断食芸人の興行時代、（2）サーカスに移籍後、（3）最期という三つの部分からなり、（1）の大部分と（2）の一部分が〈反復的語り〉によって語られている。[36]〈反復的語り〉の最たるものは、四十日間続いた断食興行の最終日の様子の描写である。

彼は目を上げて、見た目にはとても親しげながら、実際にはとても冷酷な女性たちの目を覗き、そして彼の

> 細く弱い首の上に乗っている重た過ぎる頭を揺すった。だが、やがて毎回起こったことが起きた。興行師がやって来て、無言のまま――演奏の音で話すことは無理だった――断食芸人の上に腕を上げ、そうしてあたかも彼は、この寝藁の上の被造物を、この哀れな殉教者を一度ご覧あれと天を招いているようだった。この殉教者というのはもっとも断食芸人だったわけだが。ただし、それもまったく別の意味において。そして興行師は、断食芸人のか細い腰のくびれ周りを掴み、その際に彼は過剰な用心深さによって、彼がいかに壊れやすい物を扱わねばならないかということを真実らしく見せようとした。そして彼を（……）そうこうしている間に真っ青に青ざめた女性に託した。こうなった以上、彼は全てを耐え忍んだ。頭は胸の上に深く沈んでいた。それは、まるで頭が転がり落ちて、不可解にもそこで持ちこたえているかのようであった。体は落ち窪み、脚は自己保存本能によってひざで互いに堅く押し付け合っていて、地面を引っかいていた。それはあたかも、それが本当の地面ではなく、両足がまずは本当の地面を探しているかのようだった。そして彼の体の全重量が、と言ってもとても軽いのだが、女性のうちの一人にのしかかった。その女性は、助けを求めて、息せき切って、――この名誉ある仕事を彼女はこんな風には想像していなかった――まず、首をできる限り伸ばして、少なくとも顔が断食芸人に触れるのを防ごうとした。だが、それがうまくいかず、そして幸運な相方が助けてくれずに、断食芸人の手を、この小さな骨の束を、震えながら前へと引いて行くだけで満足していたので、彼女はすっかり魅了されたホールの観衆の爆笑のもと、泣き出してしまった。そしてずっとそばに控えていた一人の使用人に慰めてもらわなければならなかった。（D, 339f.）

右記のテクストは、ドイツ語の原文では、「興行師がやって来て」から「一人の使用人に慰めてもらわなければならなかった」まで、セミコロンで連結された長い二つの文だけで構成されている。それによって、興行師が舞台に登場してから女性が泣き出して使用人に慰めてもらうまでの一連の出来事が毎回起きていたことが示唆されている。

語り手は、女性の様子を事細かに描写しているように見えるが、これは類型化された人物像である。恐らく、女性の顔触れは毎回異なっても、決まって彼女たちは泣き出していたのだろう。それどころか、それは最初から織り込み済みで、演出の一部にすらなっていたものと察せられる。[37]『最初の苦悩』でも、空中ブランコ芸人が日中練習している最中に、決まって部外者が劇場に迷い込んだということが語られていた。「物思わしげに、ほとんど眼差しを宙に漂わせるようにしながら」、空中ブランコを見上げていたその姿は、やはり同じように語り手の記憶の中で類型化された人物像なのである。

『最初の苦悩』では、空中ブランコ芸人が感情を爆発させた瞬間の言葉が、直接話法で引用されていた。それと同じように、『断食芸人』においても、その最期の会話が直接引用されている。

> 「何故なら」と断食芸人は言い、頭を少し持ち上げ、キスをするみたいに唇をとがらせて、聞き漏らすことのないように監督の耳の中に向けて言った。「何故なら、自分の口に合う食べ物が見つからなかったからです。それが見つかっていたとしたら、センセーションなんか起こさなかっただろうし、あなたたちと同じように満腹まで食べていたことでしょう」。これが最期の言葉だったが、死によって曇った彼の瞳にはまだ、もはや誇りに満ちてはいないのだが、更に断食を続けようとする固い確信が残っていた。(D, 348f.)

語り手は、断食芸人の言葉一つ一つだけでなく、その動作や仕草をも詳細に伝えている。この物語では、加えて間接話法も巧みに使われている。断食芸人が興行一座の解散の後に受けたサーカスの採用面接の様子は、次のように語られる。

> 反対に断食芸人は、それは完全に信用するに値したが、以前とまったく同じように断食すると確約した。それどころか彼は、もし自分の好きにさせてくれるのであれば、それはあっさりと彼に約束されたのだが、本当はいまからようやく世間を正当なやり方であっといわせるところだとさえ主張した。しかし、それは時代の空気というものを考慮すれば、断食芸人は熱中の余りすぐにそれを忘れていたが、専門家たちにただ微笑みを呼び起こすだけの主張というものであった。（D, 344）

語り手は断食芸人の発言だけでなく、サーカス側の反応や、その場の空気感をも伝えている。

　仮にこの物語を語っているのが物語世界に存在する人物であるとすれば、これらを語る能力を有する者は、かなり限られる。その人物は、第一に、興行時代の断食芸人を長期にわたって観察し続けていなければならず、第二に、断食芸人のサーカスの採用面接の様子を知っていなければならず、第三に、サーカスに移籍後の断食芸人の様子、とりわけその最期の様子を知っていなければならない。

　果たしてそんな者は存在するだろうか。まずは、究極の一回性の出来事である断食芸人の死を目撃した人物を確かめることから始めよう。

> あるとき、檻が一人の監督の目を引き、どうしてまださほど使い古していないこの檻が、中に腐ったわらが入ったまま使わずに放置されているのかと使用人たちに訊ねた。一人の者が数字の表を頼りに断食芸人のことを思い出すまで誰も分からなかった。（D, 348）

この記述から、断食芸人の死に立ち会ったのは、現場監督と使用人たちだけであると考えてよいだろう。従って、もし語り手が登場人物の中に潜んでいるとすれば、その者は、この中に隠れていることになる。

ここで、ドイツ語の原語に注目する必要がある。語り手はいま、「使用人たち」という言葉に対して、„die Diener“という語を用いた。『断食芸人』の語り手は、この Diener という名詞をそう何度も使わない。実際、いま「使用人たち」（„die Diener“）と呼ばれた集団は、次の瞬間には、„Personal“と呼ばれているからである。

> 「君はまだ断食しているのか」、「一体いつになったらやめるのか。」と監督が訊ねた。「お許しください、皆さん」と断食芸人はささやいた。耳を鉄格子に押し付けていた監督だけが、その言葉を聞き取った。「きっと」と監督は言い、指を額に当てて断食芸人の状態を使用人たち（dem Personal）に示唆しながら、「君を許すよ」と続けた。（D, 348）

この Personal も使用人という意味を持つが、使用人全体を集合的に指す言葉である。語り手はそれよりも前の箇所においても、サーカスの従業員たちを、やはり Personal という語で指し示していた。

達成された断食日数を示す表は、最初の内は毎日入念に更新されていたが、もう暫くの間同じ数字のままであった。というのも、最初の一週間が過ぎてから、使用人たち（das Personal）はこの小さな仕事にさえもううんざりしたからである。（D, 347）

どのような語であれ、語り手がサーカスの従業員に言及するのは、この三回だけである。つまり、二回にわたって語り手はPersonalという語を用いながら、何故か一回だけDienerという語を使ったわけである。だが、実は語り手は、Dienerという語を、これとは別にもう一回だけ使っている。しかも、我々はそれを既に目撃している。

彼女はすっかり魅了されたホールの観衆の爆笑のもと、泣き出してしまった。そしてずっとそばに控えていた一人の使用人（Diener）に慰めてもらわなければならなかった。

断食興行の千秋楽では、断食芸人を支えていた二人の女性の内、いつも決まって一方が泣き出してしまい、その度に「使用人」（Diener）が慰めていた。この言葉の一致は示唆に富む。ひょっとすると、監督に呼び出された「使用人たち」（die Diener）の中に、かつて断食芸一座で働いていた使用人が紛れていなかっただろうか。語り手は、「一人の者が数字の表を頼りに断食芸人のことを思い出すまで誰も分からなかった」と述べる。この「一人の者」こそが、あの舞台脇で控えていた使用人であったとしたらどうであろう。仮にこの二人の使用人が同一人物であると考えた場合、この人物は、断食芸人の興行時代とサーカス時代の両方を知っていることになり、物語の語り手に求められる全ての要件を満たす。実際、一座の解散によって仕事を失った使用人と断食芸人が一緒にサーカスの採用面接に臨んだのだと考えれば、面接の描写も説明がつく。

「一人の者が数字の表を頼りに断食芸人のことを思い出すまで誰も分からなかった」（niemand wußte es, bis sich einer mit Hilfe der Ziffertafel an den Hungerkünstler erinnerte）。この文章に不思議な何かが感じられるのは、断食芸人を思い出すという重要な役割を担うはずの登場人物が、一人の者（einer）という、随分と簡素な言葉一つで済まされているからでもある。それに加え、先述のようにカフカには従属接続詞 bis を「～するとき」という意味で用いる癖があったことも大きい。カフカは、ここではそれを「～するまで」という規範的な用法で使用している。何か、書き慣れないものをあえて重要な箇所で使おうという思惑がカフカにはなかっただろうか。

ここでもう一度 Personal という語に戻ろう。語り手自身が das Personal（使用人たち）という集団の中に含まれているとすれば、その集団は潜在的に〈私たち〉でもある。だとすれば、先程の引用箇所は、次のように書き換えられることになるはずである。

> 達成された断食日数を示す表は、最初の内は毎日入念に更新されていたが、もう暫くの間同じ数字のままであった。というのも、最初の一週間が過ぎてから、私たちはこの小さな仕事にさえもうんざりしたからである。

『最初の苦悩』が、「興行師」を〈私〉に置換可能な物語であったように、『断食芸人』もまた、「使用人たち」（das Personal）を〈私たち〉に置換することが可能な物語なのかもしれない。

断食芸人が越えた一線

『断食芸人』は、それが物語世界に存在しない語り手によって語られているようにも、また、登場人物の一人によって語られているようにも見える。それでは、語り手をどう想定するかの違いにより、物語の解釈にどのような相違が生じてくるのか。

『断食芸人』は、カフカのテクストの中でもとりわけ解釈の種類が多い。それは結局、読み手が誰の側に立つかで物事の見方が変わってくるからでもある。世界一の断食芸人としての認知を求めた主人公の側なのか、無関心をきめた世間の側なのか。例えば、ベノ・フォン・ヴィーゼは、断食芸人を全面的に肯定し、それは「禁欲に基づく自由な精神的存在」であると解釈した[38]。そうすると必然的に、世間には否定的な評価が下されることになる。実際、ヴィーゼは、断食芸人を忘れ去った観衆たちは精神世界から疎外された存在であると見なし、断食芸人の死後、豹の周囲に集まった人々は、「動物的世界に帰ってしまった」大衆を象徴的に表すと解釈している[39]。

もっとも、ヴィーゼのように断食芸人を孤高の精神的存在として全面的に肯定する評者は少数派に留まる。多くの研究者は、むしろ断食芸を偽りの芸として否定的に捉えている。古く遡れば、ハーバート・タウバーが、断食芸人は慢性的な食欲不振を患っているに過ぎず、卓越しているのではなく、能力が欠如しているのだと述べた[40]。その考え方は、表現を変えながら、その後も受け継がれている。インゲボルク・ヘネルによれば、生を否定して超越しようとする衝動を他ならぬ生の中に留まって芸として見せることは欺瞞の疑いがある[41]。ヴァルター・ゾーケルによれば、「断食芸人の断食芸とは、生来の欠如を大いなる芸の成果と偽った野心」に過ぎない[42]。こうした流れを受けて、ヨスト・シレマイトもまた、一九七九年のカフカ・ハンドブックに、「断食芸人は、彼にとって自然であり、それ以外に何もできないということから発するものを芸と偽り、驚嘆して見られようとして観衆を欺いていた」と記した。[43] ここまで来れば、何も欺かない豹の方が断食芸人よりもむしろ好ましいという評価もできるだろう。[44]

このように、断食芸は欺きであるという考え方は根強い。だが、断食芸人が単に世間を欺いていたのであれば、何故、語り手は彼を次のように擁護するのだろうか。

> そしてこの時期のあるとき、一人ののらくら者が立ち止まり、古い数字を笑いものにしてペテンという言葉を口にしたとき、これはこうした意味で、無関心さと生来の悪意が作り出せるもっとも不愉快な嘘であった。何故なら、彼は真面目に働いていた。だが、世間が彼から報酬をだまし取ったのだ。（D, 347）

『断食芸人』の語り手は、いずれにも与せず、価値判断を行わない「即物的な報告者」であるという意見もある。[45] だが、語り手はここで明らかに断食芸人に肩入れしている。そこから、実は語り手自身もまた、断食芸人に欺かれた一人であるという極論も生まれるわけである。語り手は行政職員か法律家であると述べた前出のリチャード・シェパードこそ、まさしくそうした考えの一人である。シェパードはその上で、『断食芸人』は、〝物語を物語るという行為の破綻した物語〟であると判定し、カフカの中に近代文学を超えた現代文学（あるいはポスト・モダン文学だろうか）の要素を認めようとした。

もちろん、それ以外にも、語り手は断食芸人と世間のそれぞれの視点を取り入れることで、両者の溝を浮かび上がらせているという考え方も存在する。[46] だとすれば、語り手は断食芸人と世間の溝を浮かび上がらせはするが、両者の仲介を図らず、自ら判断を下すこともない冷笑的な存在であるという結論に至るだろう。[47]

だが、これまでの研究を振り返ると、何か二つの重要な問題が見過ごされているようにも思われる。第一に、語り手はしばしば言われるように世間の側に立って語っているだろうか。改めて、断食興行の最終日の光景に注目しよう。

そして彼の体の全重量が、と言ってもとても軽いのだが、女性のうちの一人にのしかかった。その女性は、助けを求めて、息せき切って、（……）まず、首をできる限り伸ばして、少なくとも顔が断食芸人に触れるのを防ごうとした。だが、それがうまくいかず、（……）彼女はすっかり魅了されたホールの観衆の爆笑のもと、泣き出してしまった。

観衆は、断食芸人を嫌がる女性の様子がおかしいばかりに一斉に笑い出したが、語り手は、観衆のそうした熱気や興奮を共有していない。それは、これが〈反復的語り〉によって語られているのと関係している。ほとんどの観客と異なり、語り手はこうした光景はもう見慣れている。観衆の笑い声は、まるでどこか遠くで響く木魂のようにしか語り手の注意を引き付けていない。

それにしても、女性は何故、断食芸人に触れるのをこれほどまでに嫌がるのか。それは、四十日間も檻の中に籠り続けた男がどれほど不衛生なものか想像さえすれば、容易に分かることである。興味深いのは、むしろ、語り手が断食芸人の不衛生さには一切言及せず、まるでそれに気づかないかのように振る舞っている点である。断食芸人の最期を伝える際にも、僅かに、「腐った寝藁」（D, 348）という言葉が、断食芸人の排泄物等が放置され続けてきたことを暗示している。しかし、断食芸人が悪臭に満ちているということは、語り手の振る舞いからはまったく感じられない。

ところが、豹の場合はそれとは状況が幾分異なる。断食芸人の死後、檻に投入された豹は次のように描写される。

> この豹には何一つ不足はなかった。好物の餌は、長い時間思いめぐらしたりなどせずに番人たちが運んできた。豹は、自由が足りないなどとは一度とて感じたことがないように思われた。この高貴な、あらゆる必要なものをはちきれんばかりに備えた肉体は、自由さえも持ち歩いているように思われた。歯列のどこかにそれはめ込まれているように思われた。そして、生の喜びが余りに強烈な灼熱となって口の中から生じてくるので、観衆にとってそれをこらえるのは容易ではなかった。しかし、彼らは自制して檻の周囲に群がり、決して立ち去ろうとはしなかった。(D, 349)

語り手は「生の喜びが余りに強烈な灼熱となって口の中から生じてくる」と述べる。「生の喜び」が、生肉に喰らいついたばかりの豹の口腔から漂う〝げっぷ〟であることは容易に想像される。カフカは、創作テクストの中では隠喩をほとんど用いない作家であり、この装飾的な置換隠喩は例外的な存在である。語り手は、断食芸人に関しては、あたかもその生理的な厭わしさには気づいていないかのように振る舞っているが、豹に関しては、確かに上品な言葉で言い換えてはいるが、それでも悪臭漂うことは誰でも分かるように表現している。それは語り手が、動物とは異なり、断食芸人の人としての尊厳を守らねばならないことを理解している証左である。

第二に、断食は言われるほど欺きなのだろうか。確かに、それは体得した〝芸〟ではない。だが、断食芸人が常人離れした断食能力を有していたのは事実であり、それを〝見世物〟にしていたという限りでそこに偽りはなかったはずである。それも、断食芸人は断食に対しては潔癖な姿勢を貫いており、自分が断食に際して不正を行っていると疑われることを何よりも嫌がっていた。断食芸人は、サーカスに移籍した後に念願の無期限の断食に挑戦したのだった。だが、その断食には、必要とされる監視も何も与えられなかったために、本来は認められるべき正当な記録が認知される機会が奪われたわけである。その意味において、語り手が述べた、「彼は真面目に働いていた。しかし、世間が彼から報酬をだまし取ったのだ」という憤懣は間違っていない。

　断食芸人が誰にも顧みられない中で断食に挑んでいる姿は、確かに心痛むものがある。「のらくら者」の一件は、断食が見世物としてはもう破綻していることを決定的に印象づけた出来事であった。それは、これ以上断食を続けたとしても名声は得られないことが、火を見るよりも明らかとなった瞬間である。ところが、もはや断食芸を継続する職業的な意義は喪失したにもかかわらず、断食芸人は断食をやめなかった。それも、餓死するまで断食を続けた。それは断食芸人の断食の目的が、ある段階から名声とは別の何かに置き換わった可能性を示唆している。

　そのことをロジェ・カイヨワによる遊びの分類を手掛かりに論じたのがゲルハルト・ノイマンである。カイヨワの遊びの分類には、〈競争〉、〈運〉、〈模倣〉、〈眩暈《めまい》〉の四つがある。[48] ノイマンによれば、誰にも注目されずとも断食を続けた断食芸人は、他者と断食日数を競うという〈競争〉、〈運〉試し、与えられた役割の〈模倣〉という三つの遊びの要素を拒否し、〈眩暈〉を唯一の目的に選んだと解釈することが可能である。[49]『流刑地にて』には、処刑装置がもたらす恍惚の死に魅せられた将校が登場した。また、『断食芸人』のすぐ後に書かれた『ある犬の研究』でも、断食に伴う恍惚体験に魅せられた学者犬が登場している。言うなれば、いずれも〈眩暈〉体験に至上の価値を置いていた。それらを併せて考えると、断食芸人もまた断食に陶酔的な魅力を見出していたと解釈することには、説得力がある。ノイマンの言うように、誰からも注目されることなく死に行く断食芸人は、社会的な意味体系を根底的に拒否したことを表す記号、言うなれば、「一つの非記号という記号」になったと考えることもできるだろう[50]。

もっとも、これだけでは、断食芸人という登場人物を理解したことにはなっても、物語としての『断食芸人』を理解したことにはならない。確かに、断食芸人は「一つの非記号という記号」になったかもしれない。だが、果たして語り手はそれを肯定しているのだろうか。「彼は真面目に働いていた。しかし、世間が彼から報酬をだまし取ったのだ」という言葉で締め括られた段落と「だが、再び多くの日々が過ぎた」で始まる次の段落との間には、空白の行が設けられている。この空白を境にして語り手の姿勢に変化が生じている。語り手は断食芸人と監督の対話を直接話法で逐一正確に伝えているが、それは語り手がこの事件の目撃者であることの示唆であると受け止められるのと同時に、語られた出来事に対する語り手の心理的距離の現れとも受け止められる。断食芸人の最期の告白に際しても、語り手は、「これが最期の言葉だったが、死によって曇った彼の瞳にはまだ、もはや誇りに満ちてはいないのだが、更に断食を続けようとする固い確信が残っていた」と述べるに留めている。衷心の哀悼と受け取れなくもないが、よそよそしさが感じられないでもない。

断食芸人が、自己享楽として断食を行っていたのだと考えれば、そこに〝書くこと〟をめぐる作者フランツ・カフカの姿を重ね合わせることは難しくない。しばしば引き合いに出されるが、一九一二年一月三日の日記にカフカは次のように記している。

> 僕の組織体の中で、書くということが僕という存在のもっとも収穫の多い方向であらねばならないと判明したとき、全てのものがそちらに殺到し、あらゆる能力を置き去りにしてしまった。その能力は、そもそもの

初めは、セックス、食事、飲酒、音楽による哲学的瞑想の喜びへと向かっていたものだった。僕はこれらの方面のことではどれもやせ衰えた。これは不可欠だった。というのも、僕の力など全部ひっくるめてもほんの僅かでしかないのだから、その力は一つに結集してようやく、書くという目的に幾分か役立ち得たからだ。

（T, 341）

〝書くこと〟に集中した結果、他方面の欲望に関しては〝やせ衰えた〟と二十八歳の青年は記している。カフカは、しばしば隠喩を文字通りに形象化してみせるわけだが、断食芸人とは、まさに諸々の欲望を放棄して〝書くこと〟に集中した作者自身の詩的自画像とも見なせる。

ただし、一九一二年と一九二二年では作者の置かれた状況は余りに異なる。一九一七年に結核を罹患したカフカは、一九二二年当時、〝書くこと〟という自己享楽の追求が死の病をもたらしたと認識しつつあった。マックス・ブロートに宛てた、あの長大な告白の手紙が書かれたのは、『断食芸人』が書かれてからせいぜい一ヶ月後のことである。従って、見世物としての一線を越えて死に至る自己享楽を選んだ断食芸人に対する語り手の距離は、〝書くこと〟に文字通りに命をかけた作者自身を相対化し、批判的に捉えようとする試みであると解釈することも可能である。『断食芸人』と同時期に書かれた『城』にもやはり、そうした相対化の傾向が見られた。

だとすれば、断食芸人の死の直後に檻に投入された生命力溢れる豹は、やはり、断食芸人＝カフカに対する反命題であると考えるべきなのかもしれない。その点において、「自身の立場は断食芸人により近いカフカは、自分の物語を自己批判としても理解しようとしていた」と述べたペーター・バイケンは、この物語の意義を洞見した数少ない評者の一人であったと言えるだろう。[51]

カフカは、〝書くこと〟への自らの姿勢を登場人物に託して形象化するとき、その人物に批判的な眼差しを向ける別の登場人物をしばしば用意している。死刑囚の背中に罪状を書記する処刑装置に魅せられた将校は、旅行者という、その価値観を共有しない人物の眼差しに曝された。『城』では、バルナバスの仕事はK.によって批判的に検証される。

『断食芸人』の場合も、カフカは、作者自身に近い関係にある主人公の顛末を、それとは別の人物に語らせることで自己相対化を図っているように思われる。その際、語り手が断食芸にまったく無理解な人物では——たとえば法律家のような——作者の自己対話は成立しない。使用人というのは、芸人と生活を共にし、観客の反応にときに共に喜び、ときに共に怒りもするが、芸に対する芸人のこだわりに対して完全に共感する立場ではない。断食芸人とも世間とも微妙に異なる、この物語の独特の視点は、そうした特有の立場に由来すると考えることが可能である。カフカはこの時期、自らの死を意識している。頑なに自分の生き方にこだわり、遂には死を選んだ断食芸人を、その芸人に対し一定の理解を持つ者の視点から批判的に描くことは、カフカにとって重い意味があったはずである。

語り手の疚《やま》しさ

このように、語り手の正体が使用人であると考えたとき、語り手が物語を匿名で語らなければならない事情も自ずと見えてくる。語り手は、断食芸人を笑いものにした観客を「のらくら者」と呼び、「世間が彼から報酬をだまし取った」と述べていた。二〇世紀の前半という時代、旅回りのサーカスに生きる者がこうした暴言を吐くことは、現在以上に許されなかっただろう。客商売に従事する者は、匿名でなければ本音は曝け出せない。

この語り手には、感情的な一面がある。先述のように、「世間が彼から報酬をだまし取ったのだ」で終わる段落と次の段落の間には、空白の行が設けられていた。作品集『断食芸人』に収録されたテクストでは、この種の空白は、この一箇所にしか設けられていない。ところが、一九二二年に雑誌『ノイエ・ルントシャウ』に発表された初出稿では、空白の行は、これとは別にもう一箇所備わっていた。

> やがて賑やかなおしゃべりの中で（……）食事が運ばれて来た。（……）オーケストラが一発の大きなファンファーレで全てを確かなものにした。人々は去って言ったが、見たものに満足しない権利など誰一人持ち合わせていなかった。誰一人。その権利があったのは断食芸人だけだった。いつだって彼だけだった。（D, 340f.）

初出稿では、「いつだって彼だけだった」で終わる段落と次の段落の間に空白の行が挟み込まれている。[52] この境目は、物語の出来事上の節目にはなっていないことから、空白は、感情が高ぶった語り手が気を一旦落ち着かせるための間合いであったと考えることができる。

　断食芸人をよく知る人物が、匿名という条件の元、時折憤りによって気持ちを高ぶらせながら回想している、そんな状況が見えてくる。もっとも、語り手が匿名でなければならないのは、語り手が世間を公然と批判しているためばかりではないだろう。語り手は、「世間が彼から報酬をだまし取った」と言う。だが、語り手が使用人であるとすれば、語り手自身もまた、〝報酬をだまし取った世間〟との共犯関係を完全には免れられない。語り手が次のように述べていたことをここで思い出さなければならない。

達成された断食日数を示す表は、最初の内は毎日入念に更新されていたが、もう暫くの間同じ数字のままであった。というのも、最初の一週間が過ぎてから、使用人たちはこの小さな仕事にさえもうんざりしたからである。

語り手も「使用人たち」の中に含まれているとすれば、彼もまた、この「小さな仕事」を放置した一人であることになる。語り手が断食芸人と同時期にサーカスに移籍した使用人であると考えれば、新たな職場に馴染むために、彼が他の使用人たちに同調したことは理解できる。だが、そうだとしても、断食芸人が世間から認められる機会を奪ったという責任は伴う。

あるいは、語り手はそのことで良心に疚しさを感じているために、断食芸人に関する顛末を、かつて超人的な断食能力を持つ者がいたことを、匿名で架空の受け手に告白しているのだろうか。だとすれば、これは語り手の贖罪の物語でもある。テクストには、語り手の匿名性を保つための様々な工夫が見受けられる。例えば、物語冒頭で語り手は次のように述べている。

> ここ何十年かの間に断食芸人たち（Hungerkünstlern）への関心は非常に後退した。（……）当時、町中が断食芸人（dem Hungerkünstler）にかまっていた。（D, 333f.）

最初にテクストに登場する「断食芸人」という言葉は、無冠詞の複数形である。それによって、断食芸人というものが、かつて不特定多数存在したことが示唆されている。ところが、二回目に「断食芸人」という言葉が使われるときには、それは定冠詞つきの単数形になっている。この定冠詞のついた「断食芸人」は、この物語の主人公のことなのかもしれない。だが、当時はそれぞれの都市に一人は断食芸人がいて、それぞれの都市がその断食芸人に熱中していたものだという風に読めないでもない。[53] 物語は、そうこうしている内にいつの間にか、特定の断食芸人をめぐる話題に移行している。語り手は、自分の身元の特定につながるような情報を伏せながらも、ごく自然に物語を展開させているようにも見える。

語りの手法という点で言えば、『最初の苦悩』と『断食芸人』は、極めて前衛的か、さもなくば、ごく平凡なテクストである。つまり、物語世界に存在しない語り手によって語られているように装いながら、実際には登場人物の一人によって語られているとすれば、両者とも前衛的で実験的な作品だったことになるだろう。しばしばヌーヴォー・ロマンの一角に数えられるフランスの小説家アラン・ロブ＝グリエは、一九五九年に『迷路の中で』という短編小説を発表している。一見すると、物語世界内に存在しない語り手が、主人公である身元の知れぬ兵士について、この兵士の視点から語っているように見える。だが、主人公である兵士が街中で偶然に出会った人物が、物語終盤で〈私〉として登場する。それにより、この物語は、身元不明のまま死亡した兵士の最後の数十時間の行動を、その目撃者の一人である〈私〉が兵士の視点から再現しようとした試みであったことが判明する。ブライアン・リチャードソンによれば、この作品が、登場人物の一人である語り手があたかも物語世界内に存在しないかのように語る手法の嚆矢であるという。[54]

カフカは、フランスの実験小説の手法を三十年以上も先取りしたのだろうか。一つ言えるのは、カフカが、以前から実験的な語りの手法を色々と模索していたということである。例えば、「一九二〇年の原稿群」には、次のように始まる断片が残されている。

> 雨の日。きみは水たまりの輝きを前にして立っている。疲れてはいないし、悲しいわけでも、物思いに沈んでいるのでもなく、単にそこできみ自身の諸々の重みに耐えながら誰かを待っている。そこできみはある声を耳にする。言葉以前に、その響きからしてもう、きみを微笑ませてしまう。（……）きみは、以前にも彼に会ったことがあるに違いないという気がする。当然、きみは既に彼に会ったことがある。何故なら、彼はきみの昔の仕事仲間だからだ。きみは彼とここで会って、長いこと保留になっている案件についてじっくり話し合う約束をしていたのだ。しかし彼はきみの前に立っているにもかかわらず（……）、きみは難儀の末にやっと彼を認識する。何かがきみを妨げていて、きみはそれを押しのけようとし、（……）それゆえに彼の腕を掴む。だが、きみは直ちに手を離さなければならない。ぞっと身震いするのだ（……）。きみは自分の手を見つめる。そこには何もないにもかかわらず、吐き気を催すまでにむかむかとするのだ。（NSF II, 246）

もしカフカがこの調子で一つの小説を書き上げていたら、それは、「きみは真鍮の溝の上に左足を置き、右肩で扉を横にすこし押してみるがうまく開かない」で始まる、ミシェル・ビュトールの『心変わり』のような文体の小説になっていただろう。[55] ロブグリエと共にビュトールもヌーヴォー・ロマンの担い手と見なされることがあるが、ビュトールがこの作品を発表したのは一九五七年だった。そこで企図した試みについて、ビュトールは、あるインタビューで次のように語っている。「物語がある人物の視点から語られることがぜひとも必要でした。その人物がある事態をしだいに意識してゆく過程が主題となるのですから、その人物は〈わたし〉と語ってはなりません。その作中人物そのひとの下部にある内的独白、一人称と三人称の中間の形式にある内的独白が、わたしに必要だった。この〈きみ〉という呼称のおかげで、わたしには、その人物の置かれている位置と、その人物の内部で言語が生まれてくるときの仕方のふたつを描くことが可能になるのです」[56]。

カフカのテクストにおいても同様に、〈きみ〉という声は、主人公の内部から発せられていると考えることができる。〈きみ〉は、〈私〉自身でもあり、〈私〉の中の〈彼〉でもある。こうして〝二人称小説〟が発見されてしまうと、それまでの〈私〉と〈彼／彼女〉の敷居というのは、途端に低くなる。

カフカが一九二〇年に残した断片には、更にもう一つ大きな特徴が見られる。それは、語り手の姿勢がテクストの途中で変化していると見られる点である。待ち合わせた男性と落ち合った〈きみ〉は、一軒の薬局の中に入ってゆくのだが、その直後から、語り手は、薬局で働く従業員やそこを訪れる人々の描写に徹し始める。語り手は、もはや〈君〉という語りかけを一切行わなくなる。薬局の中の人々もまた、今しがた外から入って来たばかりのはずの〈きみ〉を気にかける様子が見られない。薬局の中に入った瞬間、〈きみ〉と語りかけていた語り手は物語世界の外へと退出したのだろうか。そうした意味では、このテクストは、〈私たち〉生徒の中に混じっていたはずの語り手がいつの間にか物語世界の外へと後退している、フロベールの『ボヴァリー夫人』をも髣髴とさせる。『ボヴァリー夫人』は、物語世界に存在する語り手とそうでない語り手は、決して固定的なわけではなく、転換可能であることを示している。一九二〇年の断片において、カフカは、単に〈きみ〉という語りを試しただけではなく、そうした転換の実践をも目論んでいたように思われる。一九一七年、『皇帝の使者』や『新人弁護士』といった、語り手と受け手の関係性に着目し、斬新な手法のテクストを書いたカフカは、その後も新たな語りの手法の探求を続けていた。そう考えたとき、『最初の苦悩』や『断食芸人』も、そうした前衛的な語りの成果であると見なして不都合はないように思われる。

2　つきまとわれる語り手――『小さな女性』――

当初、作品集を締め括るはずだった『小さな女性』が書かれたのは、一九二三年一一月末から二四年一月末までの間だと推定されている。[57] それは、二三年九月から翌年三月まで続いた、カフカとドーラ・ディアマントとのベルリンでの同棲期間に当たる。このベルリンの半年間は、一九二二年の秋に『ある犬の研究』を書いて以来、およそ一年振りにカフカが創作に集中した時期でもあった。『小さな女性』は、『巣穴』と並び、この時期の主要な成果である。この内、『巣穴』からは、〝書くこと〟に対する葛藤を克服した、〈流れとの決別〉とでも呼べるカフカの新境地が窺えた。批判版全集の編纂者によれば、『小さな女性』の草稿は『巣穴』と同じ用紙に書かれており、しかも、『小さな女性』の方が『巣穴』よりも後に書かれた可能性があるという。だとすれば、『小さな女性』もまた、カフカの新境地を反映しているだろうか。

『小さな女性』は、カフカの創作テクストの中では、余り注目されない方の部類に入る。結局、作品集『断食芸人』では四作品中の二番目という目立たない順位に配置されたが、それも影響しているかもしれない。だが、たとえ一時期とはいえ、『小さな女性』が作品集の巻末を飾る予定であったことを忘れるべきではない。カフカは、それに相応しい何かをこのテクストに見出していたはずである。

重要なことに、この物語をカフカの創作あるいは〝書くこと〟に関係づけようとする研究が、僅かながらも見受けられる。マルコルム・パズリーは、小さな女性と〈私〉の対立を、カフカの人格内部における文学に関する部分と市民的で俗な部分との闘争であると解釈した。[58] パズリーの解釈においてとりわけ良く知られるのが、小さな女性の身体的な描写の記号的な読み解きである。例えば、「生まれつきかなりやせ型であるが、コルセットできつく締めつけていて」であるとか、「黄色味を帯びた灰色の、言わば材木色の生地からできた服をいつも着ている」といった、小さな女性の外見や服装をめぐる記述は、表紙に包まれて糸で綴じられたノート、即ち、カフカの創作ノートを表しているとパズリーは解釈した。[59]

パズリーは似たような記号的解釈を、作品集『田舎医者』に収録された『鉱山の訪問』と『十一人の息子』でも試みている。前者は、鉱山を訪れた十人の鉱山技師の特徴を次々と描写したテクストであるが、パズリーによれば、これは一九一七年の年鑑『新たな長編小説』に収録された十作品あるいは十人の作家を暗示している。[60]同様に、『十一人の息子』で描かれた十一人の息子たちも、カフカの十一のテクストを暗示しているという。また、その十一個の内訳については複数の可能性が他の評者から提示されている。[61]いずれの解釈にも、妥当性があるように思われる。カフカが『小さな女性』においても同じように、創作をめぐる寓意的なテクストを書いた可能性は、十分にあり得るだろう。

だが、果たして〈私〉は作者の人格の一部を表しているのだろうか。もしも『小さな女性』が『判決』と同じ一九一二年頃に書かれたのであれば、パズリーが述べるように、芸術家として生きようとする自我と小市民的幸福を願う自我との葛藤が描かれていると解釈することもできたかもしれない。だが、『小さな女性』が書かれたとき、カフカは、フェリーツェとの二度にわたる婚約とその破棄、結核、病気退職を経た末に、二十歳年下の女性と同棲中である。もはや市民的幸福の道と芸術の道の分岐点はとうに過ぎ、後者の道を行けるところまで来てしまった作者にとって、市民的幸福をめぐる葛藤が今更主題になるとは考えにくい。

あるいは、〈私〉の方こそが創作に挑む作者を表していると考える評者もいる。ヴィヴィアン・リスカは、カフカの現存する最後の日記である、一九二三年六月一二日の記述に注目している。「執筆の最中の不安が次第に高まっていく。（……）言葉のどれもが、精霊の手の中で向きを変え――この手の振り方は特徴的な動きだ――投げ槍となり、話者へと向かって来る。こうした言葉は特にそうだ。そして無限に続く」。精霊との戦いが決着のつかないまま続く限り、作者にとって生きることの原動力ともいえる〝書くこと〟も続くだろう。それと同様に、〈私〉と小さな女性の戦いが膠着状態のまま世間の判定が先延ばしされ続ける限り、〈私〉の安泰が続くとリスカは述べる。

だが、この比較は果たして妥当なのだろうか。小さな女性と〈私〉の戦いでは、相対的に〈私〉が優位に立つ。何故ならば、現状維持できれば、それは〈私〉の勝利だからである。他方で、精霊との戦いの比喩において、カフカは、たとえ勝ち目が薄くとも挑まねばならない挑戦者として自らを描いている。つまり、精霊との戦いの比喩と『小さな女性』を比較した場合、精霊と戦うカフカに対応しているのは、〈私〉ではなく「小さな女性」の方なのである。反対に、〈私〉に対応するのは、カフカの前に敵として立ちはだかる精霊の方である。リスカ自身、〈私〉が「この些末な事案をごくあっさりと手で覆ってしまえば、私はなおもずっと、世間から煩わされることなく、これまでの生活を静かに続けさせてもらえるだろう」と述べたときのその〝手〟の動きを、言葉の向きを変えてしまう精霊の〝手〟の動きと比較していたはずである。[62]

『小さな女性』は、カフカが住んでいたベルリンのアパートの解約をめぐるカフカと家主の女性との諍いから着想を得て書かれたとも言われている。[63] あるいはそうかもしれないが、それは直ちに〈私〉が作者を表していることを意味しない。それならば、〈私〉とは結局、何者なのか。この問いこそが、このテクストを読み解く重要な手掛かりとなるだろう。

〈私〉とは何者か

『小さな女性』において語り手が打ち明けるのは、まだ世間の気づいていない秘密である。どうやら、語り手が本当に心配しているのは、この女性との関係そのものではない。むしろ、二人の関係が世間で噂となり、それによって自分の評判に悪影響が及ぶことを〈私〉は恐れている。

> 私は、彼女が、少なくとも部分的には、世間の疑いを私に向けるために単に苦しんでいる振りをしているのではないかとさえ疑っている。(……) たぶん彼女は、公衆がいずれ眼差しをはっきりと私の方へ向けたときには、公衆の全体的な怒りが私に対して起こり、その怒りが巨大な権力手段でもって彼女のどちらかと言えば弱くて個人的な怒りがなし得るよりもずっと力強く迅速に私を完全な最終局面へと至らしめるだろうとさえ期待しているのかもしれない。そしたら彼女は引き返し、ほっと息をついて私にそっぽを向くだろう(……)よって、私はこうした観点からは完全に安心していて大丈夫なのだろうか? いや、そうではない。というのも、もし私が自分の振る舞いによって彼女をほとんど病気にしているなどということが本当に知れ渡りでもしたら、(……) そしたら世間がやって来て、一体どうして君はこの哀れな女性を君の手の付けられない性分によって苦しめるのかね、とか、君は彼女を死に追いやろうとするつもりなのかね、君は一体いつになったらそれをやめるだけの分別と率直で人間らしい気持ちを持つのかねと問うわけだ。——もし世間が私にそんな風に質問するとしたら、彼らに答えるのは難しいだろう。(D, 324ff.)

ここで語り手は、小さな女性の苦悶が実は演技であるとはつゆも疑っていない公衆によって非難されるという、一つの非現実世界を空想している。

一組の男女と世間からなる、これと似たような関係性をカフカは既に他のテクストで記したことがある。それが長編『城』におけるペーピの独白部分である。ペーピは、K.と駆け落ちして紳士亭を去ったフリーダの代役として、一時的に紳士亭の接客係に抜擢された。だが、フリーダが僅か数日で戻ってきたために、元の配置に戻された。そのことに強い不満を抱いたペーピは、フリーダが城の役人クラムの愛人であるという噂は、最初から全部フリーダの考え出した嘘なのではないか、彼女は単にクラムの愛人である振りをして村人たちを欺むいていたのではないかと疑っている。このペーピの妄想と『小さな女性』の語り手の想像は、一組の男女と二人の関係の真相を決して知ることのできない世間という、F、M、Wを頂点とする三角形を共に形成している。『城』では、女は男の愛人である振りをしているのではないかと二人の少女が疑い、『小さな女性』では、女は世間に向かって男から迫害されている振りをしているのではないかと当事者である男は疑っている。恋愛か暴力かという別を措けば、双方における違いは視点の取り方だけである。

この相似した二つの三角形において、『小さな女性』の〈私〉と同様にMの位置にいるのがクラムである。クラムという人物は、作者にとって最も創造的な瞬間に現れる〝流れ〟を想像させる存在であった。その結果、かつてクラムの愛人であったガルデナや現在の愛人であるとされるフリーダ、更にはクラムを待ちわびるペーピといった女性たちには、かつて到来した〝流れ〟を想起する、あるいは到来を希求する作者自身の姿が瞬間的に重なるのであった。

カフカが『城』において創作のある種の受動的側面を女性の登場人物に託していると思しき点は重要である。フリーダと同じくFの位置にいる〈小さな女性〉の服装は、パズリーが指摘したように、カフカの創作ノートを暗示している可能性がある。kleine Frau（小さな女性）という語の頭文字が、Franz Kafka の頭文字と左右対称になっている点も注目せねばならない。[64] そこから、小さな女性はカフカ自身を表していることが想像されるのである。

結局、〈私〉は何者なのだろうか。〈私〉と小さな女性はフロイト＝ラカン的な意味での鏡像関係にあるという解釈も存在する。[65] だが、次の記述は、他の可能性を示唆している。

> 万が一公衆がいつかこの問題にそれでも関わるということがあるとすれば、確かに私は無傷ではその審判手続きを終えられはしないだろう。けれど、私は公衆に知られていないわけではないし、何らやましいことなく昔からずっと生きており、彼らと信頼関係もあり、また信頼されるにふさわしいということはたぶん考慮に入れられるだろう。そしてそれゆえに、この遅れてやって来た、病める小さな女性は、ついでに言うとこの女性は、私以外の誰か他の者ならたぶんとっくに、付きまとう毬《いが》と見なして公衆のためにも靴底でそっと踏み潰していたことだろうが、この女性は、最悪の場合でも、公衆が大分昔に私が彼らの尊敬に値する一員である旨を宣言した表彰状に小さく厭わしい飾り文字を書き加えるのがせいぜいだということもやはり考慮されるだろう。（D, 332）

「表彰状」という言葉によって、〈私〉が何らかの功労によって社会的な栄誉を授けられた存在であることが示唆されている。カフカは当時まだ無名の作家に過ぎなかったわけだから、この点に関しても、〈私〉がカフカを指していることは考えにくい。更に、語り手によれば、小さな女性は「最悪の場合」、〈私〉の表彰状に「小さく厭わしい飾り文字」を書き加えることになりかねないという。〝表彰状に飾り文字を書き加える〟という表現を、〝経歴の汚点〟などと捉えてはならない。表彰状とは、功績を称えるためのものである。この隠喩は、もしも小さな女性の功績が世間に認められた場合、彼女の名前もまた、飾り文字によって〈私〉の名前と共に記されることになるという意味である。

このことは、〈私〉が、小さな女性とは同業者同士である可能性を示唆している。まだ功績が世間から認められていない小さな女性は、生前、無名作家であったカフカと対応している。すると、〈私〉とは、既に社会的な認知と名声を得た、カフカの先達の作家ではないだろうか。しかも、小さな女性が〈私〉に一方的とも言える敵意を抱いていることからも、〈私〉とは、カフカにとって自分を苛立たせ、不安にさせ、精神的に圧迫させる存在であると推測される。

一体、カフカにこれほどまでに強い対抗意識を抱かせる作家が、ゲーテ以外にいるだろうか。カフカは、一九一一年一二月二五日の日記において、ゲーテはその才能によってドイツ語文学の発展を阻害していると記していた。だが、ゲーテはカフカにとってやはり特別な存在であり続けた。カフカは、翌年の夏にはヴァイマルを旅行で訪れ、ゲーテの家を見学している。また、カフカの創作の中にもゲーテの影響を認めることができるだろう。

ヴァイマルを訪れた年の秋に、カフカは、主人公が虫になるというモチーフで知られる『変身』を書いている。だが、このモチーフ自体は、必ずしも新しい着想ではない。現存する中ではカフカの最も古い創作である『田舎の婚礼準備』では、主人公がベッドで「クワガタ」か「コガネムシ」の姿になって横たわっている想像上の光景が描かれていた（NSF I, 18）。このモチーフは、ゲーテの『若きウェルテルの悩み』を下敷きにしている可能性がある。実際、ウェルテルは一七七一年五月四日の手紙で「コガネムシ」になりたいと記している。[66]その意味では、『若きウェルテルの悩み』の影響は『変身』にも及んでいる。

その他にも、『変身』には『若きウェルテルの悩み』を連想させるような記述が幾つか備わっていることが知られている。グレーゴルの住居はシャルロッテン通りにあり、グレーゴルの父は、オーストリアのヴェルトハイム社製の家庭用金庫（Wertheimkassa）にへそくりを隠していた。「シャルロッテ」からはロッテが、ヴェルトハイム（Wertheim）からはウェルテル（Werther）が連想される。また、ウェルテルはピアノを演奏するロッテの首にキスをするという夢を見るのに対し、グレーゴルはヴァイオリンを弾く妹の首にキスをする欲望を抱く。[67]

改めて『小さな女性』を振り返ると、〈私〉の正体がゲーテであるという暗示が、物語の中に幾つか潜んでいるように思われる。第一に、小さな女性は〈私〉に激しい怒りを抱いているわけだが、テクストでは、そんな彼女の様子に関して、〝悩む〟（**leiden**）や〝悩み〟（**Leid**）といった言葉が盛んに使われている。「だけど何故彼女はそれほどにまで悩むのだろうか」（D, 322）、「だが私はそれが恋の悩みではないということを十全に承知している」（D,323）など。実に、動詞 **leiden**（分詞を含む）だけで八回、名詞 **Leid** が四回、更に、名詞 **Leidenschaft**（情熱）も一回使われている。突き詰めて言ってしまえば、『小さな女性』とは、男性である〈私〉に対する激しい怒りに悩まされる女性の物語であり、それは女性への激しい恋の悩みを描いた、『若きウェルテルの悩み』（*Die Leiden des jungen Werthers*）のパロディとして浮かび上がってくる。

第二に、小さな女性との関係に悩んだ〈私〉は、それを次のように友人に相談した。

> 最近私は、ある親しい友人にこの問題について幾らか仄めかしたのだった。それもちょっとしたついでに、軽く一言二言触れただけだが、私は全体の意味を、結局のところ外見からすれば私にとってとても些末ではあるのだが、それでも幾らか真相の下へと押し込んだ。奇妙なことに、その友人はそれでも聞き流し

はせず、それどころか自分でこの問題に意味的な付け足しを行って、関心をそらさずに聞き続けた。しかしながら更に奇妙なのは、ある決定的な点において彼が問題を過小評価していることであり、それというのも、彼は、しばし旅に出るようにと私に真面目に助言したのだった。(D, 329)

語り手と小さな女性の関係を誤解した友人は、ヴァイマル公国の宮廷顧問官であったゲーテが、一七八六年、突然に休職して密かにイタリアに旅立ったために、シャルロッテ・フォン・シュタイン夫人との恋愛関係が破局したのを思い起こし、今度もまた旅に出るのが女性と手を切る最も簡単な方法だと言いたかったのだと解釈することができる。

第三に、〈私〉は小さな女性の手の形に興味を示していた。

私が彼女の手から抱いた印象というのは、そのまま繰り返せばこうである。彼女の手のように、それぞれの指があんな風に深く切れ込んでいる手を私はいまだに見たことがない。だが、彼女の手は決して何か解剖学的に変わっているというのではない。それはまったく普通の手だ。(D, 322)

小さな女性の服装がカフカの創作ノートの記号的な暗示であると解釈できたのと同じように、この謎に満ちた記述もカフカに関する何かの記号ではないかと研究者が考えるのは、半ば当然である。マルセル・クリングスは、小さな女性が身につけているコルセットは、ユダヤの律法書(トーラ乃至モーセ五書)を巻物としてつないでいるひもを表し、「黄色味を帯びた灰色」とされる彼女の服の生地は羊皮紙を、服の房飾りは律法書の装飾を表していると解釈し、その上で、女性の長い五本の指は、モーセ五書そのものを暗示していると考えた[68]。

もっとも、この解釈には幾分問題がある。通常、人の手には五本の指が備わっている。そうした普遍的な人間の特徴によって特定の個人の特性を表すことはできない。恐らく、注目すべきなのは、むしろ、〈私〉が小さな女性に向ける「解剖学的」眼差しそのものである。ゲーテは形態学にも熱心に取り組み、生物の諸器官の構造を解剖学的、発生学的に観察した文書も残している。そこから、ゲーテの自然科学者としての眼差しが、小さな女性の手に対しても向けられていると受け止めるべきであるように思われる。

だが、そうだとしても、何故、形態学者としてのゲーテの眼差しが小さな女性の手に注がれるのだろうか。その手掛かりは、ゲーテではなく、カフカの同時代の言説に潜んでいるだろう。カフカがちょうど『城』を執筆していた頃に当たる一九二二年三月一五日並びに六月一六日の日記には、ドイツの反ユダヤ主義の思想家ハンス・ブリューアーが同年に刊行した著書『ユダヤ人の分離』に関する読書メモが残されている。そこからは、カフカがこの著作について批評を書こうとしながらも、上手くまとめられずにいる様子が見て取れる。

カフカが『ユダヤ人の分離』をどう読んだかは措くとして、当のブリューアーの著作そのものに目を向けるのは有益である。というのも、そこには次のような文章が記されているからである。

> ユダヤ人の分離の結果は、ユダヤ人的な人間類型が明らかにドイツ人から骨相学的に浮き出ているという点である。(……)ユダヤ人の動き、歩き振り、身振り、指が手から伸び出た具合、首筋の髪の毛の生え際、目、舌などから、間違いなく、これ以上の間違いはあり得ないと思うだろう[69]。

先述のように、ユダヤ人が一つの〈人種〉であると見なされるようになると、ユダヤ人の固有の身体的特徴なるものに関する似非科学的言説が、反ユダヤ主義者の間で広まっていった。ブリューアーの記述は、当時、手の指にはユダヤ人の身体的特徴が現れやすいという言説が存在したことを示唆している。

思い起こせば、『新人弁護士』の語り手もまた、ブケファルスの歩き振りに探るような眼差しを向けていた。当時の反ユダヤ主義者たちの眼差しは、ユダヤ人の全身に注がれていたことだろう。そして恐るべきことに、小さな女性＝カフカの指に注がれる〈ゲーテ〉の眼差しには、形態学者としてだけでなく、反ユダヤ主義者としてのそれも含まれている。ゲーテが実際に反ユダヤ主義者であったかどうかは、ある意味で問題ではない。重要なのはむしろ、動植物や人間を類型的な特徴に基づいて分類し、整理してゆく一八世紀の科学的精神の先に待ち構えていたものの一つが、二〇世紀の反ユダヤ主義であったということである。

カフカは、反ユダヤ主義者がユダヤ人である自分たちのことをどう思っているのか想像して書くというアイディアを一九一一年の架空の書評で試み、更にそれを『新人弁護士』でも実践してきた。カフカは今回、ゲーテに対する自分の挑戦を被挑戦者であるゲーテの視点から描くという試みに出たと思われる。すると、この物語には、カフカの不敵なまでの自信が漂っていると言ってもよいのではないか。確かに、小さな女性と〈私〉の対決は、現状においては〈私〉の方が有利であろう。小さな女性がどれほど世間の注目を自分に向けさせようとしても、世間は大して彼女に関心を示さないことを〈私〉はよく理解している。カフカは、このテクストが書かれた時点で六冊の著作を出しているものの、世間にしてみればまだ無名作家に過ぎない。カフカとゲーテを比較するなど、大衆にとってはナンセンスである。にもかかわらず、カフカは物語の最後で、〈私〉に次のような不安を吐露させている。

> だが、私が年とともに少しずつ不安になって来ていることは、事案の本来的な意義とはまったく無関係である。（……）部分的には、これは単に老化現象をめぐる問題に過ぎない。若者にはどんな服だってよく似合う。（……）若者なら何か窺うような眼差しを向けられても構わないだろう。本人はそんなものを別に悪く取りはしないし、そんな眼差しなどまったく気付かれもしない。本人にすら。だが老人に残っているものと言えば残余だ。どれもが必要とされるが、どれとして新しく直されるでもなく、どれもが観察の目に曝されている。老いゆく者の窺うような眼差しというやつは、本当にまったくもって窺うような眼差しなのだ。そして、その眼差しに気づくのは難しいことではない。もっとも、やはり本当に何か事態が悪化しているというわけではないが。
>
> 　こうしたことから、これは次第に明瞭になっていくし、私の考えは変わらないのだが、もし私がこの些末な事案をごくあっさりと手で覆ってしまえば、私はなおもずっと、世間から煩わされることなくこれまでの生活を静かに続けさせてもらえるだろうと思われる。この女性のあらゆる猛威にもかかわらず。（D, 332f.）

世間はまだ気づいていないが、〈私〉は老いを感じ始めている。ゲーテの文学もさすがに時代にそぐわなくなり始めている。〈私〉は、この些末な事案を「手で覆ってしまえば」、これまでと同様の安泰な生活が続くだろうと、一応、述べてはいる。だが、「この女性のあらゆる猛威」が気掛かりであるがゆえに、〈私〉はこの問題について延々と語り続けてきたわけである。従って、ゲーテにこのように一抹の不安を吐露させることによって、カフカは、ゲーテが脅威を感じるほどの創作を行ってきたという自負をこの作品に込めているように思われるのである。

同時に、そこには、世間の評価はまだ追いついていないにせよ、やがて自分の文学がゲーテに劣らず評価される日がきっとくるはずだという、密かな、だが揺るがぬ自信が込められていただろう。

あらゆる猛威

カフカの第三作品集は、当初、『断食芸人』、『最初の苦悩』、『小さな女性』の順番で構成される予定だったと見られる。その巻頭の『断食芸人』と巻末の『小さな女性』を相対させたとき、『小さな女性』のテクストの最後の言葉である、「この女性のあらゆる猛威」の受け止め方が微妙に変わってくることに気づかされる。つまり、これが単に一つの作品のみならず、作品集全体を締め括る言葉であると捉えたとき、「あらゆる猛威」とは、収録された他の二作品をも指していると受け止めることができる。実際、『断食芸人』と『最初の苦悩』のいずれにおいても、時代を先取る実験的な語り手法が駆使され、〈語っているのは誰なのか〉という問いが内包されていると考えることができた。その意味において、この作品集は確かにゲーテにとって猛威となるだろう。

そのように考えると、「小さな女性」（kleine Frau）という名前の見方までも変わってくる。先にも述べたように、一つには、これは作者フランツ・カフカの暗示でもあるだろう。だが、それに加え、この「小さな」は、作品集『田舎医者』の副題の「小さな物語」と同様、〈小さな文学〉の「小さな」でもあり得る。我々は先に、カフカは『新人弁護士』と『ある学士院への一通の報告書』によって〈小さな文学〉を実現化させたと考えた。その〈小さな文学〉を成り立たせているのは、政治的主題もさることながら、架空の受け手を前にした語り手の振舞いそのものを描写対象にするという手法でもあった。『断食芸人』と『最初の苦悩』は、西欧ユダヤ人に関する政治的主題を扱ってはいないだろうが、これが匿名の回想であると考えれば、確かに、〈小さな文学〉の更なる発展として位置づけることができる。

そもそも、カフカが〈小さな文学〉という発想に至ったのは、ゲーテという巨大な存在を前にドイツ語文学が閉塞していると感じたからであった。従って、政治的主題を表現することは、文学に活気を与えるための手段の一つであり、必ずしもそれ自体が目的ではない。一九二二年頃のカフカは、〝書くこと〟をめぐって葛藤を抱えていた。その葛藤の中から生まれた『最初の苦悩』や『断食芸人』も、新たな語りの手法を駆使することで〈小さな文学〉となり得る。『小さな女性』もやはり、語り手の振舞いが描写対象であるという点において、〈小さな文学〉の一環と言えるだろう。しかも自分とは異なる地位の人間の考え方を想像することを政治的と呼ぶ意味において、また、そこには反ユダヤ主義的な言説も反映されているという点において、『小さな女性』は、相応に政治的な物語である。その手法は、反ユダヤ主義者を書き手として想定した一九一一年の架空の書評に遡る。カフカの文学が、いかに息の長い、地道な取り組みの産物であるかが見て取れる。

カフカの健康状態を考えれば、作品集はそのまま、ゲーテへの挑戦の言葉を作者の遺言として終わっていてもおかしくはなかった。だが、実際には、出版契約後に『歌手ヨゼフィーネもしくはネズミ族』が書かれ、作品集に新たに採録された。このカフカの絶筆が、一九一一年に書かれた〈小さな文学〉論の記述を髣髴とさせることは、以前より指摘されていたが、この作品と十年以上も昔の日記との間につながりが生まれる理由はまだきちんと説明されていなかった。しかし、カフカが『小さな女性』において自らを〈小さな文学〉の作家として描いている可能性が浮かび上がったいま、それから数ヶ月後に書かれた遺作が、〈小さな文学〉論そのものに類似していたとしても、何ら不思議はないだろう。それどころか、『小さな女性』の執筆を契機として自らの文学的使命を再認識したカフカが、このテクストで〈小さな文学〉の作家としての最後の仕事に挑んだ可能性が考えられるのである。

註

（1）ボルヘス（2017）、三六―三七頁を参照。
（2）同様のことを『パイドン』の訳者である松永雄二も記している。プラトン（1975）、一六一頁を参照。
（3）作品集の出版が最初に広告されたのは一九二四年八月二七日であるが、同書が新刊書のリストに載ったのは同年一一月になってからである。D App, 399を参照。
（4）D App, 395を参照。
（5）Brod（[1954], 1980b）, S. 173を参照。
（6）D App, 35f. を参照。
（7）D App, 398を参照。
（8）D App, 386f. を参照。
（9）D App, 398を参照。
（10）D App, 391を参照。
（11）D App, 391を参照。
（12）D App, 462を参照。
（13）D App, 393f. を参照。
（14）D App, 462を参照。
（15）D App, 395を参照。
（16）D App, 387を参照。
（17）Brod（1980b）, S. 184f. を参照。

（18）D App, 397 を参照。

（19）D App, 402f. を参照。

（20）D App 437 を参照。

（21）Deinert（1963）, S. 82 を参照。

（22）Genette（1972）, S. 147ff. を参照。

（23）Flach（1967）を参照。

（24）Sheppard（1973）, S. 219 を参照。

（25）Pascal（1982）, S. 111 を参照。

（26）Pascal（1982）, S. 244; Note 1. の編集者のコメントを参照（この著作は Pascal の没後出版である）。

（27）この分類と図は、Lanser（1981）, S. 160, Figure 7 に基づいている。なお、Schmid（2014）, S. 89 の図及び Martinez/ Scheffel（1999）, S. 85 の図も参考にした。

（28）Schmid（2014）、S. 89 を参照。

（29）ゲーテ（［1795］, 2000）、上巻一一頁を参照。

（30）ユーゴー（［1962］, 1987）、第一巻三八三頁を参照。

（31）フロベール（［1856］, 1960）、七頁を参照。

（32）これは Dorrit Cohn も指摘しているところである。Cohn（1968）, S. 36 を参照。

（33）D App, 408 及び S App, 31ff. を参照。

（34）手稿における〝K.〟への切り替え箇所は S App, 66 に示されている。

（35）同様の趣旨の解釈は Engel（2010c）, S. 487 にも見られる。

（36）Niehaus（2015）, S. 118ff. を参照。

（37）同様の指摘として、Biemel（1968）, S. 44; Niehaus（2015）, S. 119 を参照。

（38）Wiese（［1957］, 1977）, S. 333 を参照。

（39）Wiese（1977）, S. 342 を参照。
（40）Tauber（1948）, S. 191 を参照。
（41）Henel（1964）, S. 232ff. を参照。
（42）Sokel（1983）, S. 569 を参照。
（43）Schillemeit（1979）, S. 387 を参照。
（44）そうした見解としては、Biemel（1968）, 64f. を参照。
（45）Deinert（1963）, S. 79 を参照。
（46）Müller（2003）, S. 301 を参照。
（47）Auerochs（2010）, S. 319 を参照。
（48）カイヨワ（1990）を参照。
（49）Neumann（[1984］, 2013a）, S. 262 を参照。
（50）Neumann（2013a）, S. 264 を参照。
（51）Beicken（1974）, S. 323 を参照。
（52）D App, 449 を参照。なお、初出稿のファクシミリは以下のサイトから閲覧可能である。http://www.deutschestextarchiv.de/book/show/kafka_hungerkuenstler_1922［二〇二四年八月二〇日最終閲覧］
（53）このことは Niehaus（2015）, S. 121 で的確に指摘されている。
（54）Richardson（2006）, S. 10 を参照。
（55）ビュトール（2005）、五頁を参照。
（56）ビュトール（2005）、四六五－四六六頁を参照。
（57）NSF II, 144f. を参照。
（58）Pasley（1971/72）, S. 128 を参照。
（59）Pasley（1971/72）, S. 130、並びに Auerochs（2010）, S. 320 も参照。

（60）Pasley（1965）を参照。

（61）Mitchell（1974）と Böschenstein（1980）も似たような解釈を試みている。

（62）Liska（2009）, S. 42 を参照。

（63）Binder（1975）, S. 300 を参照。

（64）同様の指摘は、Lange-Kirchheim（1986）, S. 193 を参照。

（65）Lange-Kirchheim（1986）を参照。

（66）Klopschinski（2010）, 385f. を参照。

（67）Klopschinski（2010）, 376f. 387 を参照。

（68）Krings（2016）, S. 292 を参照。

（69）Blüher（［1922］, 2018）, S. 55 を参照。

Ⅷ　彼女が〈私たち〉と言うとき

かの白鳥たちは、みずからの死期がきたと感知すれば、平常にもむろん歌うことはあるものの、そのいまわの際の歌声はとりわけはげしく、またきわだって美しくもある。それはみずからの仕えまつる神（アポロン）のみ許へと、いまこの世を立去っていくのを、悦べばこそなのだ。

プラトン『パイドン』[1]

西欧では、作家や詩人の絶筆は〈白鳥の歌〉とも言われるが、カフカの場合、それは〈ネズミの歌〉といったところであろうか。『歌手ヨゼフィーネもしくはネズミ族』が書かれたのは、作者の死の二ヶ月ほど前であった。それはカフカがドーラ・ディアマントとのベルリンでの生活を切り上げ、結核の療養施設への入所をプラハで待っていた間のことである。

カフカの遺作は、『新人弁護士』や『ある学士院への一通の報告書』などと同様に動物をめぐる物語である。だとすれば、やはりこの物語においても、架空の受け手に対する語り手の姿勢そのものが表現対象になっているのではないか。実際、この物語の語りに目を向けると、直ちに、一つの際立った特徴が目に留まる。それが、語り手の〈私たち〉（wir）の多用である。

〈私たち〉は、組織や共同体が外部に向けて発信する声明にも、その共同体の成員にむけたメッセージにも用いられる。文学における語りの人称としての〈私たち〉は、大きく二種類に分けられる。一つは、語り手が架空の受け手に対する呼びかけとして用いる〈私たち〉である。ゲーテの長編『ヴィルヘルム・マイスターの修業時代』において、語り手は、「婆やはぶつぶつ言いながら席をはずした。われわれも彼女にならって姿を消し、仕合せな彼らを二人だけにすることにしよう」と述べていた。この場合の「われわれ」は、語り手と架空の受け手の両方を指しているわけだが、もちろん、これは修辞的な呼びかけに過ぎない。通常、この種の〈私たち〉だけが用いられたテクストは、〈私たち〉の物語とは見なされない。

もう一方は、語り手が自分自身と物語に登場する他の人物たちを指して〈私たち〉と言う場合である。とりわけ、語り手が物語の中心人物として〈私たち〉を多用するとき、それは〈私たち〉の物語と認識される。こうした物語においてしばしば重要となるのは、〈私たち〉が実際に指すのは誰なのかという点である。〈私たち〉は、必ずしもそれが包含し得るメンバーの全員を指すとは限らない。事実上、〈私たち〉の中に語り手自身は含まれていないということすら起こり得る。[2] 例えば、カフカも読んだローベルト・ヴァルザーの小説『ヤーコプ・フォン・グンテン』において、語り手のヤーコプ少年は、彼が寄宿生として学ぶベンヤメンタ学院の授業について次のように述べている。

> だがおそらくはこのすべての無意味で滑稽なことの背後に、秘密が隠されているのだろう。滑稽なことだって。僕たちベンヤメンタ学院の生徒は決して滑稽なことだなんて思ったことはない。僕たちの顔つき、僕たちの振舞いはとても真剣だ。(……)僕たち生徒は一般に笑うのが好きではない。つまり笑うことがほとんどできないのだ。僕たちには笑うのに必要な陽気さと軽薄さが欠けている。僕の思い違いだろうか。[3]

ヤーコプ少年は、将来奉公人となる少年たちが学ぶ私塾ベンヤメンタ学院の生徒たちを代表して語っている。だが、ほとんどの生徒たちが労農階層の出身である中で、ヤーコプだけが貴族の家柄の子であり、生まれも育ちも彼らとはまったく異なる。従って、〈僕たち〉は「笑うことがほとんどできない」と語り手は述べているが、それが果たして他の少年たちの特性として妥当なのかは語り手本人もよく分かっていない。また、仮に妥当だったとしても、語り手自身は、恐らく、その〈僕たち〉の特性を共有していないはずである。にもかかわらず、ヤーコプ少年が〈彼ら〉ではなく〈僕たち〉を主語としているのは、他の少年たちに対する仲間意識、連帯意識を持とうとする語り手の気持ちの現れである。

〈私たち〉という語りが成立するか否かは、ある程度において、語り手自身の意志によって決まる。語り手に〈私たち〉と語る意志がなければ、〈私たち〉は、〈私〉と〈彼ら／彼女ら〉に分裂する。もしかするとそれに加えて、話者が〈私たち〉の特性について述べるためには、話者は、その〈私たち〉と名指された集団に他者的な眼差しを向けられるだけの素地を持たないといけないのかもしれない。ヤーコプ少年は、ベンヤメンタ学院の中で異色の存在だった。

もちろん、〈私たち〉の語りにおいて注目すべきは、〈私〉と〈私たち〉の関係ばかりではない。〈私たち〉の物語もやはり、語り手と架空の受け手とのコミュニケーションである。〈私たち〉は、受け手である〈あなた／あなたたち〉に物語を語る。あるいは、〈私〉は〈私たち〉を代表して、〈あなた／あなたたち〉に物語を語る。そうした語りをスーザン・ランサーは、〈共同体の声〉（communal voice）と名づける。それは、特定可能な共同体の内部から物語的な語りとして発せられる、「一つの集団的な声もしくは物語る権限を共有している複数の声の集合」と定義される。[4] ヤーコプ少年が、〈僕たち〉ベンヤメンタ学院の少年たちを代表して語るとき、その声は〈共同体の声〉となっているわけである。

〈私たち〉の語りと〈共同体の声〉は別個の概念である。語り手が〈私たち〉と語るとき、それが全て〈共同体の声〉になるわけではない。むしろ、〈私たち〉の語りであり、なおかつ〈共同体の声〉であるような語りが存在すると考えるべきである。カフカの『ヨゼフィーネ』は、まさしくそうした物語の一つである。〈共同体の声〉についてランサーは、周縁的で抑圧された共同体、とりわけ、女性の共同体において多く用いられると述べる。[5]〈私たち〉の語りについてブライアン・リチャードソンは、女性文学や第三世界のポスト・コロニアルの文学に多く見られると指摘している。[6] 恐らく、天敵に怯えながら生きるカフカのネズミ族を周縁的な存在と呼び、そこに西欧ユダヤ人の存在を重ね合わせて読むことは、——これまでも多くの評者がそう読解してきたように——そう難しい話ではない。

だが、この物語に込められているのはそれだけであろうか。極めて少数ではあるが、この物語の語り手は女ネズミであるという見方が存在する。カフカは、『断食芸人』、『最初の苦悩』、『小さな女性』において、〈語っているのは誰なのか〉という問いを投げかけていたと思われる。それを踏まえると、最後の物語においても、カフカが語りに関して何らかの仕掛けを行った可能性は否定できない。しかし、カフカの〈私たち〉に焦点を当てた研究というのは、驚くほど少ない。その点において、ヴィヴィアン・リスカがカフカの初期のテクストの〈私たち〉に着目した論考は、非常に大きな意義がある。[7] だが、『ヨゼフィーネ』を含めて、カフカの〈私たち〉を包括的に論じる試みは、依然として未着手なのではないかと思われる。

1　生前発表作品における〈私たち〉の転換

カフカはそもそも、生前発表作品に関して言えば、〈私たち〉の語りを決して多用してはいない。『ヨゼフィーネ』を除けば、語り手が〈私たち〉を用いているのは、第一作品集『観察』に収められた幾つかのテクストと、第二作品集『田舎医者』収録の『新人弁護士』、『一枚の古文書』、『ジャッカルとアラビア人』『鉱山の訪問』くらいである。しかも、そうしたテクストにおいて、語り手が地の文で用いる〈私たち〉の言説は、必ずしも用法として興味深いものばかりではない。

ところが、作中人物が対話の中で用いる〈私たち〉も広義的な意味での〈私たち〉の語りに含めた場合、様相は変わってくる。例えば、『ジャッカルとアラビア人』に登場するジャッカル族の長老が用いる〈私たち〉は、〈共同体の声〉そのものである。あるいは『流刑地にて』では、登場人物の一人である将校は、自らの社会的帰属を極めて意識して〈私たち〉を用いている。実際、『流刑地にて』と作品集『観察』に採録された初期作品を比較すれば、〈私たち〉の用法の違いは歴然としている。

カフカにおいて〈私たち〉の転機はどこにあったのかと考えたとき、やはり、一九一一年が重要な時期として浮かび上がってくる。カフカは、マックス・ブロートの小説『ユダヤ女たち』の書評という体裁のテクストを日記に残しているが、それは、反ユダヤ主義者がブロートの小説を読んだらどのような感想を抱くか想像しながら書かれたものと見られた。その架空の書評文では、〈私たち〉を多用した文体が用いられている。これが、カフカの〈私たち〉の最初の重要な用法である。その後、カフカはイディッシュ劇を〝再発見〟したわけだが、そのイディッシュ劇体験は、カフカにとって〈私たち〉という言葉についての意識を新たにする機会でもあっただろう。この時期のカフカの日記と、一九一二年二月一八日に行われた、いわゆる「ジャルゴンに関する講演」の原稿がそのことを示している。

〝私たちのところでは……〟

カフカの第一作品集『観察』は、カフカの転機となった『判決』以前に書かれたテクストの集成であった。その十八篇の収録作品の中で、語り手が〈私たち〉を用いているものとしては、例えば、『通りすがりの者たち』や『ぼんやりと外を眺めること』、『街道沿いの子供たち』などが挙げられる。この内、『通りすがりの者たち』と『ぼんやりと外を眺めること』は、一九〇八年、雑誌『ヒュペーリオン』に初出発表されている。[8] 従って、カフカの発表作品としては、この二篇は最初期の部類に入るが、いずれにおいても、〈私たち〉は、語り手による架空の受け手への修辞的な呼びかけである。ここでは、その内の『通りすがりの者たち』を見てみることにしよう。

> 夜半に横丁を散歩していて、一人の男が、その横丁は私たちから見て上り坂になっていてしかも満月なので、もう既に遠くから見えるのだが、こちらに向かって歩いて来たら、私たちは彼に飛びかかるのはよしておこう。たとえ彼が弱そうでぼろぼろの服を着ていたとしても、たとえ誰かが彼の後ろからやって来て叫び声を上げたとしても、私たちは彼をそのまま歩かせてやろう。(D, 26)

語り手は、〈私たち〉と呼びかけることで、架空の受け手を物語世界の中へと誘う。その結果、語り手も受け手も物語の中の登場人物となり、彼らは物語世界の出来事を〈観察〉することになる。

『街道沿いの子供たち』は、成立時期は特定されていないが、遅く見積もっても一九一〇年六月以前に書かれたものと推定されている。[9] 物語に少年として登場する語り手は、両親の家で独り過ごしている間は、人称代名詞として〈僕〉（ich）を用いている。ところが、この少年が他の少年たちの仲間になると、それが〈僕たち〉（wir）に変わる。

　一人の子がインディアンの鬨の声を上げた。僕たちは経験したことのないほどの駆け足となり、ジャンプしたとき向かい風が僕たちの腰を浮かせた。（D, 12）

子供たちが疾走の興奮と喜びを一体となって感じ取っている様子が〈僕たち〉から伝わって来るだろう。やがて主人公の少年は他の少年たちと袂を分かつが、そのとき、再び物語の人称は〈僕〉に戻る。カフカの初期のテクストは世紀転換期の文学の影響を感じさせるが、〈私たち〉一つとってもやはり、作者が言語的な虚構世界を作り出そうと、あれこれの手法を試みているのが見て取れるだろう。

　カフカの〈私たち〉に関して、重要な転機となっているのが、マックス・ブロートの長編『ユダヤ女たち』をめぐる架空の書評である。それを改めてもう一度見てみよう。

　『ユダヤ女たち』には、非ユダヤ系の傍観者、声望ある対立的な人間が欠けている。（……）まさしくそれを我々は求めているのであり、その他のユダヤ人群衆の解消策を我々は認めない。（……）だから、イタリアで散策している最中に我々の足元でトカゲらがぴくっと動くのを見つけたら我々は喜び、すぐさまそちらへ身をかがめたいと思う。だが、もしどこかの店で何百というトカゲがきゅうりの酢漬けにでも使うような大きなビンの中でごちゃごちゃ這いまわっているのを見たら、我々にはなす術もない。

いま、「我々」は、架空の受け手である〈あなたたち〉シオニスト作家たちに対して要望を突きつけているところである。この場合、反ユダヤ主義者である〈私たち〉は、〈あなたたち〉シオニストよりも社会的には強者である。〈私たち〉は、ときに威圧的な言葉として機能する。

社会的に優位な者が、そうでない者に対して用いる〈私たち〉は、一九一四年に書かれた『流刑地にて』に認めることができる。この物語の語り手は『判決』と同様、物語世界には存在しない。このテクストにおいて〈私たち〉を効果的に用いているのは、登場人物である。

物語は、二人の人物の対話を中心に展開する。その一人は植民地の将校であり、彼は、前司令官によって考案されたという残虐な処刑装置の熱烈な崇拝者である。もう一人は、世界各地の植民地を視察して回っているヨーロッパからの旅行者である。重要なのは、旅行者と将校は、ヨーロッパと南洋の植民地という、それぞれ異なる社会に属しているという点である。旅行者は自分が植民地社会でどう受け止められるか想像し、将校もまた、植民地社会の人々が旅行者をどう受け止めるだろうかと想像する。興味深いのは、両者の想像が微妙にずれている点である。

まず、旅行者は次のように考える。

> 旅行者は思案した。よその土地の問題に決定的に関わるのはいつだって憂慮すべきことだ。自分はこの植民

> 地の市民ではないし、宗主国の市民でもない。もし自分がこの処刑を非難したり阻止しようとしたりすれば、きっとこんな風に言われることだろう。「お前はよそ者なんだから黙っていろ」と。それに対して自分は何も言い返せないだろうし、それどころか、私はただ見聞を広めるために旅行しているのであって、決して何かよその裁判制度を変えようとしているのではなく、本件についてもよく把握していないとだけ付け加えることしかできないだろう。（D, 222）

「お前はよそ者なんだから黙っていろ」。この言葉に集約されるように、旅行者は、植民地の人々と自分の間には〈私たち〉と〈あなたたち〉の壁があり、彼らの社会の問題に必要以上に口出しすることは許されないだろうと考えている。ところが、将校の方は、それとはまったく違ったことを想像している。

> 「私は昨日、司令官があなたを招待したとき、あなたのすぐそばにいたのです。（……）私は直ちに、司令官がこの招待で何を目論んでいるのか分かりました。彼の力をもってすれば、私の勤務評価にマイナスの査定をつけるくらい容易なのですが、あえてまだそれはやらずに、それよりか私をあなたの、名声ある外国人の判断に触れさせようとしているのです。（……）あなたはしかし、数多くの民族の色々な特性を見てきており、それを尊重することを学んでこられたわけです。だからあなたは恐らく、ご自身の母国でたぶんなさるようには、全力でこの訴訟手続きについて反対を表明するということはなさらないでしょう。しかし、司令官はそうしたことはまったく望んでいないのです。ちょっとした、ほんの不注意な言葉で十分なのです。（……）あなたは例えばこう言うわけです。『私たちのところでは、訴訟手続きは異なります』だとか、『私たちのと

ところでは、被告人は判決の前に尋問を受けます』だとか、『私たちのところでは、判決を受けた被告人には、その内容が知らされます』だとか、『私たちのところでは、死刑以外にも刑罰があります』だとか、『私たちのところでは、拷問は中世のものです』などです。これらの意見はどれも、あなたにとっては自明に思われるものでもあり、また正しくもあるわけです。いずれも、私の手続き方法を攻撃したわけでもない、他意のない意見です。ですが、司令官はそれをどう受け止めるでしょうか。私には、この人のいい司令官がすぐさま椅子から立ち上がってバルコニーへと駆け出す様が目に浮かびます。（……）そして彼はこう言うわけです。『諸国の裁判手続きについて調査することを決意しておられる西欧の偉大な学者が、今しがた、我々の訴訟手続きは古くからの慣習に照らして非人道的であると仰せられた。こうしたお方からそのような判断を示された以上、この訴訟手続きを許容することは、当然ながら私にはもはや不可能である。よって、本日、私は次のように命じる』云々と（……）」。（D, 227ff.）

将校は、旅行者の発言には、たとえそれが「私たちのところでは…」という〝他意のない意見〟であったとしても、植民地の制度をがらりと変えてしまうほどの影響力があると信じ込んでいる。また、そう思うがゆえに、将校は、旅行者が自分を支持さえしてくれれば死刑制度は維持されると考えており、自分への協力を旅行者に懇願するわけである。

両者の想像にこれほどの開きが生じるのは、それぞれが所属する社会が異なるからである。ヨーロッパ市民が「私たちのところでは…」と口にすれば、それだけで植民地の人々に強い影響を及ぼすはずだと将校が想像してしまうのは、彼自身、ヨーロッパ市民は植民地の住民よりも社会的属性が上位であると感じているためである。

将校はそのことに反発する一方、その権威にすがろうともしている。そうした矛盾した態度に、植民地の人間の複雑な心境が現れている。

　見方を変えれば、植民地の市民の複雑な心理が、ヨーロッパからの旅行者によってあぶり出されたとも言えるわけである。こうした展開は、ある記述を想起させる。それは一九一一年の架空の書評に記された、あの記述である。

> 『ユダヤ女たち』には、非ユダヤ系の傍観者、声望ある対立的な人間が欠けている。そうした人物たちが他の物語であればユダヤ的なものを引き出し、その結果、そのユダヤ的なものは敵対者に向かって突進し、不審、疑念、嫉妬、驚愕に陥り、そして最終の最後に自信を得るのであり、いずれにせよ、敵対的な人物と対峙して初めてすっくと体を起こすことができるのである。

反ユダヤ主義者である架空の書評者は、ユダヤ人に対し敵対的な人物を登場させることで、ユダヤ人からそのユダヤ的本性を引き出すことができると指摘する。先にも述べたように、これと同様の趣旨の批判は、実際にシオニストの側からも提示されていたのであった。カフカ自身も、その指摘をもっともであると考えていたのだろうか。カフカは、『流刑地にて』でその手法を自ら実践しているようにも思われる。

　このテクストが、ポストコロニアリズムの観点から顧みられるようになって久しい。現在では、この物語に登場する旅行者が、実在の人物をモデルとしていた可能性も明らかになっている。ヴァルター・ミュラー＝ザイデルは、モデルとなった可能性のある人物として三人を挙げているが、中でもとりわけ注目すべきが、ロバート・

ハインドゥル（Robert Heidle）である。ハインドゥルは、ドイツ刑法に流刑を導入すべきかを検討していたドイツ帝国議会の委託により、一九〇九年から一〇年にかけて、ニューカレドニア、オーストラリア、アンダマン諸島並びに中国の流刑地を実地調査している。その調査旅行を基にハインドゥルが一九一二年に出版したルポルタージュが『流刑地旅行記』（*Meine Reise nach den Strafkolonien*）である。この著作は、専門書店からではなく文芸書も手掛ける大手出版社から刊行されたため、裏づけこそないが、カフカも目にしていた可能性は高い。実際、ハインドゥルの『流刑地旅行記』とカフカの『流刑地にて』には、幾つかの類似点が存在することが指摘されている。例えば、ニューカレドニアでは、カフカの物語のように、司令官がギロチンの処刑に立ち会っており、しかも、五人の人間を三分ほどの間に次々と自動で処刑できるギロチン装置が現地で発明されていたという。[10]

もっとも、ここで留意しなければならないのは、カフカ自身に近い立場にあるのは、そうした〝見る者〟の側ではなく、将校のような〝見られる者〟の側であるという点である。カフカは、植民地の将校の立場に西欧ユダヤ人の境遇を重ねていた可能性がある。同時に、先にも述べたように、そこには作者自身の〝書くこと〟をめぐる問題も重なり合っているだろう。その意味では、旅行者には両立が難しい二つの役割が与えられていることになる。一つは、植民地の人々と対峙する役割である。カフカにとって植民地の人間は多分に西欧ユダヤ人と重なり合うために、その限りにおいて、作者は植民地将校に共感するだろう。だが、旅行者は、〝書くこと〟を絶対視している作者自身に対する批判的な精神の担い手でもある。その意味では、作者の詩的自画像である将校は、部外者である旅行者の批判的な眼差しに曝される必要があった。

その将校の死に伴い、旅行者は、与えられた役割の内の一つから解放されることになる。そのとき、旅行者は思いがけない一面を覗かせる。

> 兵士と既決囚は、茶屋で知り合いに引き止められていたのだった。だが、彼らはすぐにその知り合いらから無理にでも離れねばならなかった。というのも、彼らが旅行者の元へと駆け出したとき、彼はもうボートに向かって伸びている長い階段の真ん中の辺りにいたからだ。彼らは恐らく、最後の瞬間に、一緒に連れて行ってくれと旅行者に無理やり頼み込むつもりだったのだろう。（……）しかし彼らが下まで降りて来たとき、旅行者はもうボートに乗っていて、船頭がまさしく岸からボートを離そうとしていた。彼らはまだボートに飛び乗ることもできただろうが、旅行者は床から重たい、結び目のついた綱を持ち上げ、それでもって彼らを脅し、飛び乗るのを妨げたのだった。（D, 248）

カフカが、この物語を終わらせることに苦労していたのは、先に述べた通りである。旅行者は綱を振り回して兵士と既決囚がボートまでついて来るのを妨げている。それは物語が更に続くことを防ぐ強引な措置でもあるが、同時に、〝書くこと〟をめぐる作者自身への批判者という役割を終えたいま、植民地の人々に対する旅行者の尊大な一面が露呈した瞬間でもある。

〝私の母も、母の母も……〟

「私たちのところでは…」という言い方は、たとえ本人に他意はなかったとしても、相手を傷つける場合がある。それは、この言葉が〈私たち〉が〈あなたたち〉よりも優れているという意味を示唆することがあるからである。『流刑地にて』に関して言えば、旅行者は、実際には「私たちのところでは…」とは口にしていない。それはあくまでも将校の想像の世界である。だが、社会的に優位な階層に属す人間にこの言葉を言われたとき、人はいかにその意味を忖度してしまうかということを、この想像は物語っている。

　そうした強い者の〈私たち〉は、第二作品集『田舎医者』の幾つかのテクストにも認めることができる。まず、『新人弁護士』の冒頭において語り手は、「私たちのところには、ブケファルス博士という新人弁護士がいます」と述べていた。この〈私たち〉からは、ブケファルスという異質な出自を持つ者に対して冷ややかな語り手の態度が見え隠れする。だが、作品集『田舎医者』には、それとは異なる使われ方の〈私たち〉も認められる。それが『一枚の古文書』と『ジャッカルとアラビア人』である。

『一枚の古文書』は、食肉をめぐるモチーフが生々しい物語である。首都に突然流れ込んで来た遊牧民と彼らの馬は、肉屋の店頭にある肉を次々と平らげてしまう。そのために、肉屋は首都の街中で牛を屠り始める有様である。つい、読み手はそうしたモチーフにばかり気を取られがちであるが、この物語において重要なのは、そればかりではない。物語の第一段落と最終段落を見比べれば、それらが〈私たち〉に関して意識的に構成されているのが分かる。まず、第一段落では次のように記されている。

> それは、あたかも祖国の防衛において多くのことがなおざりにされてきたかのようであった。我々はこれまでそのことに気を配らず、我々自身の仕事に専念していた。だが、このところの出来事に我々は憂慮している。（D, 263）

この語り手の正体は、直後の段落から、街の中心部に工房を構える靴職人であることが分かる。そこから、語り手は、自分と同じような首都の商工階層の住民を「我々」と呼んでいるのだと察せられる。いま、語り手は一国の首都に起きた混乱ぶりを住人の一人として受け手に伝えようとしている。

もっとも、「このところの出来事に我々は憂慮している」と語り手は述べるが、他の市民たちは実際、どの程度その危機意識を共有しているのかはよく分からない。それに対して物語の最終段落からは、〈私たち〉全体の危機意識が浮かび上がってくる。

> 「どうなることだろう」と我々みなが自問している。「我々はこの重荷と苦難をどれくらい耐え続けることになるのだろう。(……) 我々手工業者と商人に祖国の救援が任されている。だが我々にはそうした使命を果たす能力はないし、そうした能力があるなどと自慢したこともない。これは誤解だ。我々はそのために破滅に向かっている」。(D, 266f.)

この段落の直前まで、語り手は、第一段落と同じように、出来事の経緯を架空の受け手に説明するように語っていたはずである。ところが、最終段落では、語り手の姿勢は突如として変化している。語り手は、集まって協議する市民たちの声を伝えているようにも見えれば、語り手もまた、市民たちと一体となって「我々」の言説の中に溶け込んでしまったようにも見える。それをどう受け止めるかということ自体も、読み手の解釈に委ねられている。

この作品の題名は『一枚の古文書』だが、創作ノートに残された草稿を見ると、当初、物語の題名は『中国の一枚の古文書』であったものの、後から「中国の」をカフカが削除したことが分かる。[11] 草稿からは更に、カフカが「だが我々にはそうした使命を果たす能力はない」近辺まで記した後、この「古文書」を中国語からヨーロッパ言語に翻訳した人物の註釈という体裁の文章を書いていたのが分かる。[12] 従って、最終段落における突如の語りの変化は、この物語が記された古文書が不完全な形で伝承されているためであると解釈することも不可能ではない。

いずれにせよ、「我々」の言説からは、彼らの危機感に満ちた集団意識が伝わってくる。第一段落で述べられているように、平時であれば、彼ら商工業者たちはそれぞれの仕事や家庭を持って暮らしており、市民同士の連帯は、もっと緩やかなはずである。しかし、個人の力ではもはや打開できないほどの混乱を前に、彼らには、〈有事の我々〉とでも呼ぶべき集団心理が発生している。このテクストが書かれたのは第一次世界大戦の最中であり、ここには、社会で実際に飛び交っていた様々な〈有事の我々〉の言説が反映されている可能性がある。加えて、この物語に登場する異民族というモチーフには、一九一四年にオーストリア軍とロシア軍の戦場となったガリツィア地方からプラハに避難して来た東方ユダヤ人難民の姿が重ねられていると考えることも可能だろう。当時、プラハのユダヤ人社会では難民救済委員会が設けられ、マックス・ブロートの両親もその活動に従事していたことが知られている。一九一四年一一月二四日の日記には、カフカが難民たちの避難所を訪れた際の様子が記録されている。[13] そこから、「我々」には、東方ユダヤ人難民の援助に奔走するプラハの西欧ユダヤ系市民の姿が重なっていると考えることもできるだろう。どちらにしても、異民族というモチーフを手掛かりに、〈有事の我々〉の言説を描写することが、この作品の主たる狙いの一つである。

『一枚の古文書』と並んで〈私たち〉の言説で目を引くのが、『ジャッカルとアラビア人』である。この作品は、マルティン・ブーバーが主催する雑誌『ユダヤ人』に『ある学士院への一通の報告書』と共に発表されたという経緯もあり、物語をユダヤ人の境遇の暗示として解釈する評者は少なくない。

例えば、自分たちに平安をもたらしてくれる人物の到来を幾世代にわたって希求し続けるジャッカル族は、メシアの到来を待望し続けるユダヤ人を表すと考えることが可能だろう。イェンス・ティスマーによれば、ジャッカルは、旧約聖書においても悲惨な境遇の比喩として使われているという。近代に入っても、ユダヤ人作家のハインリヒ・ハイネが、ユダヤ人の悲惨な境遇をジャッカルに例えており、ドイツ人作家であるアーダルベルト・シュティフターも、人間に寄生し動物の屍骸をあさるジャッカルにユダヤ人を重ねるような記述を残していることが指摘されている。[14]そうした過去の用例を踏まえれば、ジャッカルは離散して生きるユダヤ人を、アラビア人はユダヤ人が寄留するヨーロッパのキリスト教徒社会を表すと解釈することは、何ら不自然ではない。あるいは、旧約聖書に描かれた、エジプトに寄留するイスラエル（ヤコブ）とその子孫たちを連想することも可能かもしれない。[15]

だが、留意しなければならないのは、この物語が雑誌『ユダヤ人』へ掲載されることが決まった際、カフカは、それらに「寓話」という題名がつけられるのを嫌い、「動物物語」と題された点である。東欧のイディッシュ語作家がユダヤ人を動物として描き、しかもそれが「時には人間、時には動物」であるような、非常に生き生きとした存在となっていることをカフカが学んだ可能性があるのは先に述べた通りである。「動物物語」の一つである『ある学士院への一通の報告書』に登場するチンパンジーは、キリスト教徒社会に生きる西欧ユダヤ人の暗示でもあり、同時に、動物そのものでもあると見られる。同じことは、カフカが描いたジャッカルにも当てはまらないだろうか。

この点に関して、しばしば引き合いに出される文献が存在する。カフカが創作を行っていた当時、ドイツ語圏で人気を博した『ブレーム動物事典』である。カフカの描いたジャッカルは、生態や鳴き声など、幾つかの特徴が『ブレーム動物事典』のキンイロジャッカルに類似することが指摘されており、カフカがこの図鑑を参照した可能性が考えられている。[16] だが、カフカのジャッカルには、もう一つ注目すべき点が存在する。それはジャッカル族の長老の言葉と関係する。

「私は、この辺り一帯の長老のジャッカルである。ここでそなたにお目にかかれて嬉しく思うぞ。私はもうほとんど希望を捨てていた。というのも、私たちは果てしなく長いことそなたを待っていたからだ。私の母は待っていたし、その母も、更にその母も、全てのジャッカルの母に至るまで皆待っていたのだ。信じてほしい」。（D, 270）

「私の母は待っていたし、その母も、更にその母も、全てのジャッカルの母に至るまで皆待っていた」。この言葉から、ジャッカル族の神話的な祖は雌ジャッカルであるということが分かる。言い方を変えれば、その雌ジャッカルの娘も、そのまた娘も、いま語りかけている長老ジャッカルの母に至るまで、ずっと「そなた」を待ち続けてきたということになる。すると、いま話している長老ジャッカルだけが例外的に雄なのだろうか。むしろ、この長老もやはり雌であると考えた方が自然ではないか。確かに、ジャッカルが „Ich bin der älteste Schakal“（「私は長老ジャッカルである」）と述べるとき、男性定冠詞の der が用いられている。だが、それは単に Schakal という語が男性名詞であるため、その文法上の性に対応した冠詞を用いているに過ぎないとも考えられるはずである。それは語り手が長老ジャッカルに対して男性の人称代名詞 er を用いていることに関しても同様である（もっとも、語り手は、長老ジャッカルを単に雄であると思っただけなのかもしれないが）。

もしこの長老ジャッカルが雌であるとすれば、「私たちは果てしなく長いことそなたを待っていた」というときの〈私たち〉は、いまその場にいるジャッカルの群れを指すばかりではなく、神話時代から現在に至るまで、幾代もの群れを率いてきた雌ジャッカルたちを指すことになる。だが、そうだとすれば、一つの疑問が生まれる。ジャッカルとは、雌を中心に群れを形成する動物なのだろうか。確かに、現在では、「キンイロジャッカルは家族群で生活し、ペアとその子供たちが群れの単位である」と認識されているようである。[17] だが、先に言及した『ブレーム動物事典』には、次のような記述が見られる。

> ジャッカルの交尾期は春であり、発情した雄が発する堂々と力強い雄たけびによって始まる。九週間後、雌ジャッカルは五匹から八匹の子供らを巧みに隠されたねぐらで産み、養い、保護し、狼のような、あるいは狐のような仕方で子供らに生業を教え、そして約三ヶ月後に陸地の奥へと移動していく。[18]

この記述からは、雌ジャッカルは単独で子供たちを養い、土地を移動しているようにも読める。そこから、この図鑑を読んだカフカが、ジャッカルの群れのリーダーは雌であると考えたとしても不思議はないように思われる。

この時期、カフカは女性の語りを模索していた可能性がある。『ジャッカルとアラビア人』は、その草稿が創作ノートに残されているが、同じノートには、一般に『橋』と呼ばれる、本来は無題の未発表テクストも記されている。この物語は、擬人化された橋を語り手としているが、人里離れた山間に掛かる橋は、ある日、この山にやって来て自分の背中の上を歩く歩行者の姿を見ようと姿勢を変える。だが、その途端、橋はバランスを崩して谷間に崩落してしまう。興味深いことに、ルース・グロスは、この語り手は女性であると解釈している。『城』の〈交通〉がそうであったように、カフカのテクストにおいて、〈交通〉は、文通も含めた男女間の関係をしばしば暗示する。そこから、歩行者を待ち続ける橋は、男性との〈交通〉の機会を待ち受ける女性の形象化であると捉えることができるからである。[19]

もっとも、「私たちは果てしなく長いことそなたを待っていた（……）。私の母は待っていたし、その母も、更にその母も、全てのジャッカルの母に至るまで皆待っていたのだ」という語りから、何か女性的と言えるような固有の特徴を見出せるかと言えば、それは難しいかもしれない。この語りは、ジョイスの『若い芸術家の肖像』に登場する一人の人物の言葉を連想させる。「わたしはカトリック教徒、しかも、父親や、その父親や、そのまた父親とおなじようにれっきとしたカトリック教徒です。わたしたちはみんな信仰を売りわたすくらいならあえて死をえらぼうとするきっすいの信者なんだ」[20]。世代を越え、一族の男たちを〈私たち〉として結びつけているのは信仰であり、それを守ろうとする信念である。同様に、カフカのジャッカル族が世代を越えて救済者の到来を待ち続けるのも、一つの信仰あるいは信念に他ならない。ジャッカル族はユダヤ人の暗示としても読めるのだった。そのユダヤ人は、アブラハムの子のイサクの子のヤコブという風に父から息子へと代を継いでいくわけだから、カフカはあえてそれを女系に変えたとも言える。そういう意味では、長老の言説そのものに必ずしも女性的な特徴が現れているわけではないだろう。

もっとも、作品集『田舎医者』に限って見れば、ジャッカルの〈私たち〉という言葉の使い方は、他のテクストに比べればやはり特徴的である。『家長の心配』には、オドラデクという不思議な生き物が「私の子供、そして子供の子供」（D, 284）の時代になっても家の中に居続けるのではないかと懸念する父親が登場する。「オドラデクが私の後もまだ生き続けるだろうという想像は、私にとってほとんど心苦しいほどである」(D, 284) と父親は述べる。ジャッカル族の長老が〈私たち〉の問題を気にかけるのに対して、一家の父が語るのは、〈私の心配〉であって〈私たちの心配〉ではない。

『ジャッカルとアラビア人』は、カフカの〈私たち〉における、一つの転機なのかもしれない。『流刑地にて』や『新人弁護士』では、〈私たち〉は社会的な強者の口にする言葉である。だが、長老ジャッカルの〈私たち〉は、それとは様相が異なる。

「君らの振る舞いはしかし、私をその気にさせたとは言い難いな」と私は言った。「私たちの不作法をどうかご容赦ください」と彼は言い、ここで初めて生来の声の持つ哀調を利用した。「私たちは哀れな動物です、私たちには歯しかないのです。良きにつけ悪しきにつけ、何をしようにも私たちにあるものと言ったら歯だけなのです」。「それで、望みは何なのだ」と私は、ほんの少し気持ちを落ち着かせて尋ねた。(D, 273)

「私たちは哀れな動物です、私たちには歯しかないのです」。このようにして、長老ジャッカルは旅行者の憐みの心に訴えかけ、自分たちへの協力を乞うている。この〈私たち〉に、『ヨゼフィーネ』の語り手の〈私たち〉の予兆を見て取ることができる。

そのことはきっと私たちの非音楽性とも関係しています。私たちは音楽に対しては余りに年を取り過ぎているのです。音楽の興奮や飛躍は私たちの重苦しさには適さず、私たちはうんざりしてそれを拒絶してしまいます。私たちはチューチュー鳴きへと引きこもってしまったのです。そこら辺でちょっとだけチューチュー鳴くこと、それが私たちにはちょうどいいのです。(D, 365)

ある者が民族を代表して〈私たち〉と言うとき、そこには聞き手がいるはずだということを、長老ジャッカルの言説は気づかせてくれる。ジャッカルが旅行者に語りかけているのと同じように、ネズミの語り手もやはり〈誰か〉に向かって語りかけている。

カフカがマルティン・ブーバーへの手紙の中で述べた「動物物語」とは、やはり、人間、とりわけ西欧ユダヤ人の暗示でもあり、同時に動物そのものでもあるような存在を提示するテクストを指していたのだろうか。ジャッカル族はヨーロッパに寄留する西欧ユダヤ人を連想させ、かつ、母系の一族であるという点で、(たぶんカフカの認識する)ジャッカル族の生態にも一致する。後者に関しては、先行のカフカ研究においてはほとんど見過ごされてきたが、フランスの映画監督ジャン゠マリー・ストローブが二〇一一年に制作した映画『ジャッカルとアラビア人』において、女性がジャッカル役を演じているのは、興味深い解釈である。

〈私たち〉と〈私〉——未実現の関係性

カフカの生前発表作品における〈私たち〉には、二度の大きな変化が生じている。『観察』では、〈私たち〉はまだ世紀転換期の文学を思わせる単に技巧的な手法だが、中期以降の作品では、それが社会的な意味合いを含む言葉に変わっている。『新人弁護士』において、〈私たち〉は、多数派の人間によって、異質な出自を持つ者に対して差別的な眼差しと共に用いられる言葉であった。この変化について考える上で、一九一一年の架空の書評は重要な意味を持つ。そこでは、〈私たち〉は、反ユダヤ主義者がシオニズムに共感するユダヤ系知識人たちに対して使う言葉だったからである。カフカの想像における反ユダヤ主義者の尊大な態度は、〈私たち〉という言葉と結びついている。

しかし、『ジャッカルとアラビア人』では、〈私たち〉は周縁的な存在から発せられる言葉へ変化している。ここに広義的な〈共同体の声〉を認めることは可能であり、語りという点に限れば、『ヨゼフィーネ』の兆候が早くも現れている。しかも、〈私たち〉を口にするジャッカルは、女性（雌）であると察せられることから、その点でも、『ジャッカルとアラビア人』は、カフカの最後のテクストの先駆けとなっている可能性がある。

だが、こうして生前発表作品における〈私たち〉を概観すると、一つのことに気づかされる。それは、『ヨゼフィーネ』の語り手が行うような、〈私たち〉と〈私〉の有意な使い分けがまだ認められないという点である。カフカがそれを知らなかったわけではない。何故ならば、創作以外の場では、そうした使い分けは『判決』以前から既に行われているからである。

カフカは一九一一年、イディッシュ劇を〝再発見〟したわけだが、その感動を「彼女がユダヤ人女性であるがゆえに、我々がユダヤ人であるがゆえに、キリスト教徒への欲求や好奇心もなく我々聴衆を惹きつけているこの女性を何度も見ながら、僕の頬は、わなないていた」と日記に記していた。後に幻滅を味わうにせよ、カフカはこのとき確かに、観衆が〈我々ユダヤ人〉という意識のもとで一体化していたように感じたのであった。この感動をきっかけにカフカは俳優たちと交流を深めてゆくが、一九一一年一〇月二二日の日記には次のように記されている。

我々がこのとても善良でまったく稼ぎのない、しかもその上、得られる感謝や名声は十分とは程遠い役者たちに抱く同情というのは、実際のところ、数多くの尊い努力、とりわけ我々の努力が迎える悲劇的な運命に対する同情に過ぎない。そしてそれは、外面的には他者に向けられているが、実際には我々自身へのものであるがゆえに、不釣り合いなほどに強い。それにもかかわらず、少なくとも役者たちとこれだけ密接に結びついているために、僕は今やそれを解くことさえもできない。僕がそのことを認識しているために、反抗心から彼らへの結びつきは更に強くなるのだ。(T, 98)

カフカは、〈我々〉プラハのユダヤ人がイディッシュ劇の俳優たちに抱く同情心というのは、実は、自分たち自身への慰めであることを見抜いている。更に、自分もそうした〈我々〉の一人であるという自覚がカフカにはある。だが、そのことを自覚しているがゆえに、彼らへの友情が本物であることを自らに証明しようと、カフカは反抗的なまでに彼らと強く結びつこうとしている。結果として、カフカも確かに〈我々〉プラハのユダヤ人の一人には違いないわけだが、その思考の仕方も行動の仕方も、〈我々〉の大多数からは外れた立ち位置にいる格好になる。

　カフカがイディッシュ劇の役者との交際から何を学んだのか見極めるのは難しいが、少なくともその一つは、自分は〈我々〉共同体の中の周縁者であるという意識ではなかっただろうか。カフカは一九一二年二月に「ジャルゴンに関する講演」を行っているが、そこからもそうした意識が窺えるように思われる。この講演で、カフカは、ジャルゴンあるいはイディッシュ語について一通りの学術的、文化史的な解説を行っている――イディッシュ語はスラブ語系の語彙を多く含んではいるが、言語としてはドイツ語の方言であり、しかも中高ドイツ語の特徴を今なお留めている、等々。だが、カフカの真の狙いは、そうした諸事実の理解を深めることではなかっただろう。

カフカが聴衆に強く訴えかけようとしているもの、それは、講演の序盤と終盤の〈私たち〉から窺える。まず、講演の序盤でカフカは聴衆に次のように語りかけている。

> 西ヨーロッパにおける私たちの諸関係は、ざっと注意深く見渡すと、とても秩序だっています。全てが順調であると言ってもいいでしょう。私たちはまさしく喜ばしい融和のもとに生きており、もし必要とあれば互いに理解し合い、もしそれが適当であるならばお互いに関り合いを持たずに間に合わせています。そして、そうした場合ですらお互いに理解し合っているのです。一体誰がそうした物事の秩序から外に出て、混乱したジャルゴンを理解できるというのでしょう。あるいは、一体誰がそうしたいという意欲を持ち合わせているというのでしょう。（NSF I, 188）

カフカは、〈私たち〉という言葉によって聴衆を代表しながら、プラハの主として中流のユダヤ系市民たちがジャルゴン（イディッシュ語）に対して抱いている思いを端的に代弁してみせる――誰もジャルゴンを理解したいなどと望んでもいない。彼らが何故そう感じるのか、カフカはこの講演では一切述べていない。そこには、講演者と聴衆の間の言わば暗黙の了解事項があったはずである。

　その暗黙の了解事項に関して、先に言及した、モーリッツ・ゴルトシュタインの評論『ユダヤ系のドイツ文壇』は再び手掛かりを与えてくれるだろう。この評論の中には次のような一節が見られる。

> 我々は更に、他の者たちが我々の文学や芸術、文化の業績について何と言っているかと、気にかけてはなら

ないだろう。仮に彼らが、自分たちのドイツ性が我々の〝仲介業者〟や〝株屋〟、我々の〝成金〟とその〝ジャルゴン〟によって堕落させられていると思っているとしても、それに抵抗するなり、我慢するなり、彼らの好きにさせておけばよいだろう。(21)

ゴルトシュタインは、一見ドイツ社会に同化しているはずのユダヤ系の作家や演劇人たちの創作活動が、ドイツ社会で反発を招いていると主張しているのであった。この引用からも分かるように、ユダヤ人の話す〝ジャルゴン〟は、ドイツ社会において否定的な意味合いをもって受け止められているとゴルトシュタインは認識している。恐らくその認識は、ドイツだけではなく、プラハのユダヤ人たちにも共有されていたはずである。

確かに、チェコ人の政治的抬頭に伴い、一九世紀後半からドイツ人のユダヤ人への接近が起き、両者の関係は、他の地域に比べても良好であったと言われる。それに加え、プラハのユダヤ人は、そもそもドイツ人との接触が比較的少ない環境で生活をしていたとされる。だが、そうだとしても、経済的に成功したユダヤ人ほど、文化施設などで支配階層のドイツ人と接触する機会が増える。そうした代表的な文化施設の一つとして知られるのが、一八六二年にプラハの中心部に設立されたカジノ（Casino）である。そこは講演や朗読などの催しが行われる、プラハの上層階層の重要な集まり場であったが、世紀転換期頃からユダヤ系市民にも門戸が開かれ、一九〇七年には会員の四八パーセントがユダヤ人であったという。(22)そうした場において、自分たちはドイツ人からどう見られているだろうかと気にするユダヤ系市民がいることは想像に難くなく、自らもユダヤ人であるがゆえに、そうした心理がカフカにはよく分かるはずである。カフカは、一九一三年一月二三／二四日のフェリーツェ・バウアーへの手紙の中で、ある知り合いの男性について次のように記している。「彼は自分がドイツ人のように感じていて、当地のカジノの会員になっています。これは一般の団体ですが、こちらのドイツ人たちの間ではもっとも重要なところです。彼は恐らく毎晩そこに通っています」（Br 1913–1914, 108）。カジノに毎晩のように通うユダヤ人も存在したわけだが、カフカには理解し難いことだっただろう。

　そうした背景を踏まえたとき、カフカの講演の締め括りの言葉の意味合いが見えてくる。カフカは、ジャルゴンは多くの点でドイツ語と共通していながらも、決して標準ドイツ語には訳せない言葉であると述べた上で、講演を次のように締め括る。

> しかし、皆さんが一度ジャルゴンを理解なさったときには、（……）かつての落ち着きを再び感じることはないでしょう。そしてジャルゴンの真の調和を感じ始めることになり、それが余りに強力であるため、皆さんは恐れを感じることでしょう。しかし、それはジャルゴンに対する恐れではなく、皆さん自身に対する恐れです。皆さんは、この恐れに打ち勝って余るほどの強い自信を直ちにジャルゴンから得られるのでもなければ、この恐怖を独りでは耐えられないでしょう。それをどうかできる限り味わって下さい。やがてそれが薄れるとき、（……）そのときには皆さんがこの恐怖もお忘れになっていることを私は願っております。と言いますのも、私たちは皆さんを罰したいとは思っていないからです。（NSF I, 193）

カフカはここで、聴衆にジャルゴンを受け入れさせるために一つの論法を用いている。それに従えば、標準ドイツ語には訳し得ないはずのジャルゴンの独自の意味合いをもし聴衆が理解できるとすれば、それは彼らの身体にジャルゴンが沁みついているからに他ならない。[23] 冒頭でカフカが代弁してみせたように、聴衆あるいはプラハのユダヤ系の中流市民の多くは、そもそもジャルゴンを理解したくない、いやむしろ、ジャルゴンを理解できる人間だと思われたくない。従って、ここにはある種の居心地の悪い結論が待ち受けているわけである。カフカが、「私たちは皆さんを罰したいとは思っていない」と述べるのはそれゆえである。

この最後の言葉は、挑発的であるようにも見える。文面だけを見れば、カフカは、ジャルゴンを認めざるを得ないような袋小路に聴衆を追い込み、彼らの当惑を意地悪く楽しんでいるように読めないこともない。だが、カフカが語りかけている相手は、イディッシュ劇の俳優を招いた朗読会にわざわざ足を運んでくれた聴衆たちである。主役はカフカではない。その会の冒頭の挨拶のような講演で、聴衆を不快にさせるだろうか[24]。むしろ、「罰したいとは思っていない」は、カフカの本心だと思われる。聴衆がジャルゴンに否定的な感情を抱いているとすれば、それは、ジャルゴンが西欧社会において否定的な意味合いを持つ〝訛り〟だからである。だが、もし聴衆たちが、ジャルゴンを一つの文化として受け止めるようになれば、それはイディッシュ劇とその俳優に対する理解の向上にもつながるだろう。

改めてカフカがこの講演で用いた二つの〈私たち〉に注目すると、それが異なる集団を指していることに気づかされる。講演冒頭の〈私たち〉は聴衆を指す。だが、講演終わりのそれは、役者を指している。講演のような大勢の人を前にした語りでは、語り手の〈私たち〉が指す集団は、話の時々で変化する。〈私〉であるカフカは、市民と旅回りの役者という二つの異なる集団間を自在に行き来することが可能な存在である。〈私〉は一方の社会の中では変わり者かもしれないが、別の異なる共同体においても信頼を得ているために両者の橋渡しとなり、結果として、前者の共同体を利する可能性がある。

〈私〉と〈私たち〉の関係性は、『ヨゼフィーネ』以前の生前発表作品からは窺えなかった。だが、カフカの創作ノートに目を向ければ、語り手が〈私〉と〈私たち〉を使い分けているようなテクストは幾つも認められる。従って、カフカがそこでどのような試みを行っているのか整理することが、我々の次の課題である。

2　カフカの創作ノートに残された〈私たち〉

〈私たち〉の語りには幾つもの種類がある。スーザン・ランサーは、特定可能な共同体の内部から物語的な語りとして発せられる、「一つの集団的な声もしくは物語る権限を共有している複数の声の集合」を〈共同体の声〉と定めていた。ランサーは、その〈共同体の声〉の実践方法として、「単独形式」、「同時複数形式」、「連続形式」の三つを挙げている。[25]まず、「単独形式」は、物語に登場する一人の語り手が集団を代表して語る手法を指す。この場合、語り手はしばしば〈私たち〉と〈私〉の両方を用いることになるが、そうした特徴を備えた語りがどれも〈共同体の声〉であるというわけではない。語りが〈共同体の声〉になっているかどうかは、語り手がまさしく共同体員の思いを代表して述べているかどうかにかかっている。

二番目の「同時複数形式」は、語り手が〈私たち〉という集団に完全に一体化している語りを指す。そこでは、〈私〉という語り手個人を〈私たち〉という集団から区別することはできない。三番目の「連続形式」は、共同体の内部の複数の人物が交代で語り手を務め、共同体の事案について語る手法である。例えば、イタリアの作家イニャツィオ・シローネが一九三三年に発表した小説『フォンタマーラ』で用いられているのがそうした手法である。[26]この作品は、フォンタマーラ村という寒村からやって来た農夫一家三人がシローネに語った内容を、シローネ自身が文章化してまとめたものであるという体裁を取っている。その一家の三名は、それぞれが目撃した出来事を順番に語っていくが、そこから最終的に、ファシストたちによって引き起こされたフォンタマーラ村の悲劇が浮かび上がって来る。重要なのは、彼らが語っているのは、彼ら個人の身の上話ではなく、村落共同体全体の事案であるという点である。彼らは、自分たちの村で起きた不正と暴力を告発するために、事の顚末を作者に語っている。それゆえに、たとえ語り手が〈私たち〉を多用していなくとも、この物語は〈共同体の声〉となっている。

カフカの創作ノートの中で〈私たち〉の語りがとりわけ多く見られるのは、一九一七年頃に用いられた「八つ折り判ノート」と「一九二〇年の原稿群」である。カフカは、これらのノートにおいてランサーの唱える三つの形式のうち、実に「単独形式」と「同時複数形式」の二つを実践している。そこから、カフカはやみくもに〈私たち〉の物語を書いていたのではなく、種類の異なる様々な〈私たち〉を方法的に探究しようとしていたことが窺える。もっとも、見た目によって容易に判定できる「同時複数形式」とは異なり、「単独形式」は明瞭な判別基準があるわけではなく、評者によっては判定の仕方に違いが生じるだろう。私見では、厳密に「単独形式」と呼べるのは、『法律の問題について』と題された、「一九二〇年の原稿群」の中のテクストだけである。それは、唯一『法律の問題について』だけが、『ヨゼフィーネ』と同じ形式の語りで書かれていることをも意味する。従って、まずはカフカが創作ノートで試みた〈私たち〉を一つ一つ辿ってゆき、カフカが主題として何を表現しようとして『法律の問題について』に到達したのかを明らかにせねばならない。

少年少女たちの共同体

カフカの〈私たち〉の内、「同時複数形式」は比較的早くから実践されている。その最初の創作は、既に一九一四年一月四日の日記に認めることができる。それは海辺で遊ぶ子供たちを描いた、ごく短いテクストである。

私たちは砂地にくぼみを掘ったが、その中ではとても快適であった。夜中、私たちはくぼみの中で丸く縮こまり、父はそのくぼみを丸太とその上に被せた木の枝で覆ってくれた。私たちは、嵐と動物たちから極力守られていた。（……）私たちは、両親を別にすれば、五人の男の子と三人の女の子であった。くぼみは、私たちには余りに狭かったが、もし私たちが夜中、こんな風にお互いに近寄って相前後していなかったら、不安を感じたことだろう。(T, 619f.)

海辺のキャンプという非日常的な出来事を経験する子供たちの興奮が伝わってくるようなテクストである。もし語り手がこの中に含まれているとすれば、それは「五人の男の子と三人の女の子」のいずれかである。しかし、その中の誰が語り手なのか特定できるような手掛かりは与えられていない。

　この試みはある種の突発的なものに終わり、カフカはその後、この語り手法を長らく放置することになる。再びこの手法が取り上げられたのは、ようやく「一九二〇年の原稿群」になってからである。そこには、「同時複数形式」と見なせるようなテクストが三つほど残されているが、その内の二つは、一九一四年の日記と同様、子供たちを描いたものである。一つは、「それは小さな沼であった」で始まる無題の断片であり、もう一つは、「テーブルの上には大きなパンの塊があった」で始まる、やはり無題の断片である。両者に共通しているのは、〈私たち〉が、恐らく思春期前の兄弟たちであるという点である。例えば、後者は、幾ら切ろうとしても切れない不思議なパンをめぐる物語である。

僕たちは床に就いたけれど、時々、夜中の異なる時間帯に代わる代わるベッドから起き上がって、父の様子を見ようと首を伸ばすのだった。大男の父は、まだずっと長い上着を着たまま、右足を前に出し、ナイフをパンの中に切り込ませようとしているのだった。僕たちが朝早くに目を覚ましたとき、父はナイフを置いて言った。「見てくれ。まだ切れないんだ。まったく難儀するよ」。僕たちは手柄を立てたいと思い、自分で試してみようとした。父もまたそれを許可した。けれど、僕たちはナイフを、その柄は父が握っていたので赤く燃えるほどであったので、持ち上げることすらできず、僕たちの手の中でまさしく躍り上がった。(NSF II, 282f.)

大の男が一晩かけても切れないパンの塊は、その表面につけた切り込みすら元通りに塞がってしまうという。この不思議なモチーフと物語の語りの手法は密接な関係にある。どうやら〈僕たち〉は、まだ、現実の世界のすぐ隣には不思議な世界が潜んでいると信じられる年頃なのだろう。二人の兄弟が一体となって区別できないのも、彼らの自我がまだ十分に発達していないことの証であるとも言える。海辺のキャンプを描いた一九一四年の日記についても言えることだが、カフカにしては珍しく、無垢の少年時代の抒情性といったものが漂っている。

　ところが、「一九二〇年の原稿群」に残された三つ目の「同時複数形式」の断片は、それとは明らかに趣が異なる。それは「私たちは五人の友人だ」で始まる無題のテクストである。

私たちは五人の友人だ。私たちは以前、一軒の家から次々と出て来た。最初に一人がやって来て門の脇に立った。それから二人目が門の中から出てきて、というよりも水銀の玉が滑るようにして滑り出て来て、一人目から遠くないところに立った。それから三番目、四番目、五番目と続く。最終的に、私たちは皆、一列に

> 立っていた。（……）それ以来、私たちは共に生活している。もしも直ちに六人目が加わろうとさえしなければ、平和な生活なのだが。（……）私たちは彼を知らないし、彼を私たちの中に加えたいと思わない。私たち五人も確かに以前はやはり互いに知らなかったし、何となれば、今でもやはり互いに知らない。しかし、私たち五人の中で可能であり我慢できることは、あの六人目とでは不可能であり、我慢できないのだ。それに加えて、私たちは五人であり、六人にはなりたくないのだ。（……）彼は唇を大きく反らして不満を示せばいいだろう。私たちは彼を肘で突き返すだけだ。だけど私たちが彼を強く突き返したところで、彼はまたやって来るのだ。（NSF II, 313f.）

これは、かつてのブロート版カフカ作品集では『共同体』と名づけられていたテクストである。見ての通り、語り手は自分を含めて五人の人間からなる共同体について紹介している。もっとも、その五人を識別するような特徴は何も与えられていない。彼らを個人として区別し得るのは、唯一、最初に門に並んだときの順番だけである。しかし、語り手はその第何番目の人物であったのか明らかにされていない上に、このテクストには特定の個人の視点や体験が一切反映されていないために、それを推測することもできない。まさにそれゆえに、これは〈私たち〉という集団による言説となっている。

　先の断片とは異なり、この〈私たち〉には家族や兄弟といった血のつながりがない。しかも、この五人は、「友人」とは言いながら、実は、お互いのことを今でもよく分かっていない。恐らく、彼らにとって重要なのは、お互いが親しい間柄であるかどうかということよりも、彼らが共同体結成当初からのメンバーであるという事実そのものなのである。それゆえに、〈私たち〉の一員としての資格を満たさない第六番目の人物は、排除され続けるわけである。

この共同体を国家のような共同体の戯画として読むことは、そう難しい話ではない。どの国家にも建国神話とでも呼ぶべき物語があり、その物語への関与の具合によって、しばしば国民の中の特定の集団がより大きな影響力を持つことになる。テクストをそのように読解するとき、当然ながら、ユダヤ人というカフカの立ち位置は大きな意味を持つ。カフカのようなプラハのユダヤ人は、一九一八年まで存続したオーストリア＝ハンガリー帝国においても、また、このテクストが書かれた当時の政体であるチェコスロヴァキア共和国においても、決して〈私たち〉という集団の中核にはなり得ない存在であり、むしろ、排除され続ける第六番目の人物に圧倒的に近い立場にあったわけである。カフカは、『新人弁護士』などのテクストと同じように、この断片においても、自らを第六番目の人物に重ね、彼を排除し続ける〈私たち〉を語り手として描いた可能性が考えられる。[27]

カフカは、〈私たち〉という言葉がときに孕む暴力性を理解する作家である。〈私たち〉は、そう名指された集団からある者たちを排除することもある。それどころか、共同体は自らの結束を維持するために、〈私たち〉の一員ではない〈彼ら／彼女ら〉を利用することすらあるだろう。カフカのテクストは、〈私たち〉が持つそうした排他的な側面を、他ならぬ〈私たち〉という語りを通じて浮かび上がらせている。

もっとも、それはごく短い、しかも寓意的なテクストだからこそ可能な手法である。同様の語り手法によって、ある一定以上の分量の物語を書き上げようとすれば、恐らく、様々な困難が発生するだろう。そもそも、自我が発達した大人たちが、一体となって〈私たち〉と語る状況というのは、極めて限定的である。偶然にも、カフカが五人の共同体をめぐる断片を書いた一九二〇年、ロシアではエヴゲーニー・ザミャーチンが小説『われら』を執筆している。このディスユートピア小説で描かれているのは、完全な意味での全体主義が実現し、日常生活の隅々までが集団行動によって規定された社会において、克服されたはずの〈私〉という自我が芽生えていく過程であった。

恐らく、カフカも試みていたように、「同時複数形式」の語りが最適となる集団は、結局、血縁的なつながりのある少年少女たちなのだろう。終始一貫して「同時複数形式」で書かれた小説は文学史上、決して多くはないが、例を二つ挙げることができる。一つは、アメリカの女性作家ジョーン・チェイスが一九八三年に発表した小説『ペルシアの女王の君臨する間』である。この作品において、語り手である〈私たち〉を構成しているのは、シーリアとジェニーという姉妹に、彼女たちとは従姉妹関係に当たるアンとケイティの姉妹を加えた四人である。

> 私たちはアイスクリームをなめ、注意深く、静かにコーンを溶かし、私たちの内側でそれが消えてなくなっていくのを味わっていた。（……）光の筋の中で、私たちは彼らが抱き合い、お互いの腕の中へと転がるのを見た。シーリアの花柄のスカートが太ももの辺りに引っ張り上げられていた。（……）そして彼女は再び服を身につけた。私たちの心臓は飛び上がり、ズドンと落ちた。その瞬間、私たちはリビーおばさんから自由になっていた。私たちは、それが何と呼ばれているのか、あるいは、その代価というものについては気にしなかった。いつか、私たちもそれを経験するのだ。[29]

いま、シーリアとそのボーイフレンドの逢瀬の様子を、〈私たち〉三人の少女がのぞき見している。この〈私たち〉のメンバーは固定されているわけではなく、小説が展開する過程で幾度も入れ替わる。そのため、四人の少女の内の誰か特定の一人が語り手を担っているというわけではない。

二つ目は、フランス語で創作するハンガリー出身の女性作家アゴタ・クリストフが一九八六年に発表した『悪童日記』である。この小説の主人公である〈ぼくら〉は、まだ幼いが、高度に発達した知性を持つ双子の兄弟である。

> ぼくらは下書き用紙と鉛筆と〈大きなノート〉を用意し、台所のテーブルに向かって坐っている。ぼくらのほかには、誰もいない。
>
> ぼくらのうちの一人が言う。
>
> 「きみは、『おばあちゃんの家に到着する』という題で作文したまえ」
>
> もう一人が言う。
>
> 「きみは、『僕らの労働』という題で作文したまえ」
>
> ぼくらは書きはじめる。一つの主題を扱うのに、持ち時間は二時間で、用紙は二枚使える。
>
> 二時間後、ぼくらは用紙を交換し、辞典を参照して互いに相手の綴り字の誤りを正し、頁の下の余白に、「良」または「不可」と記す。「不可」ならその作文は火に投じ、次回の演習でふたたび同じ主題に挑戦する。「良」なら、その作文を〈大きなノート〉に清書する。[30]

〈ぼくら〉に個別の名前は与えられておらず、読者は、両者を互いに区別することはできない。〈私たち〉の担い手が幼い兄弟たちであるという点において、これはカフカが残した、切れないパンをめぐるあの断片に近い。興味深いのは、こうして〈私たち〉の物語を書き上げたのが、いずれも女性作家であるという点である。

祖国の人々を代表して

語り手が〈私たち〉に完全一体化した「同時複数形式」の物語は、何度か試みられたものの、いずれも小さな断片に留まり、結局、カフカがこの形式をそれ以上発展させることはなかった。この語り形式は、思春期までの少年少女たちを抒情的に描くのには適しているかもしれない。だが、カフカが求めたのは、恐らく、そうした主題ではない。

先に述べたように、カフカは「単独形式」としての〈共同体の声〉も試みていた。それが『法律の問題について』である。そこで語り手は、自分の国の社会状況を架空の受け手に紹介している。一見すると、そうした物語状況は、カフカにとって特段新しい試みでもない。例えば一九一七年の『万里の長城の建設に際して』においても、語り手は、中国国外に住む架空の受け手に向かって中国の様々な事情を紹介していた。しかも語り手はその際に〈私たち〉を用いている。カフカはそれ以外にも、共同体や法、あるいは統治といった主題を扱うテクストを幾つか残しており、その中には物語世界に登場する語り手が〈私〉と〈私たち〉を用いて語っているものも少なくない。だが、これまで多くの評者は、それらのテクストで〈何が語られているか〉という点にばかり注目し、〈どのように語られているか〉には余り注意を向けてこなかった[31]。その見落とされてきた語りに注意を向けたとき、カフカが次第に〈共同体の声〉としての語りを完成させてゆく過程が見えてくる。

『万里の長城の建設に際して』は、土木技術者を語り手としている。その話題は、万里の長城の建設方法に始まり、工事の計画に際しての指導部の働き、中央政府と地方との関係、更には、皇帝の果たす象徴的な役割にまで及んでいる。その語りに関して重要なのは、話題の変遷に伴い、語り手が口にする〈私たち〉が指す集団も移り変わっていくという点である。例えば、語り手が万里の長城をめぐる話題の中で自分の故郷に言及するとき、〈私たち〉が指すのは、語り手の故郷の人々である。

> 私は中国の南東部の出身だ。北方民族もそこでは脅威とはならない。私たちは彼らについて古の書物で読んではいるのだが、(……)。子供が言うことを聞かないとき、私たちは子供にこうした絵を見せるものだ。するとたちまち子供らは泣きながら私たちの首にしがみついてくるのだ。だが、北方の国々について私たちはそれ以上のことは知らないし、彼らを見たこともない。そして自分たちの村に留まり続ける限り、私たちは彼らを見ることは決してないだろう、たとえ(……)(NSF I, 347)

良い子にしていなかった罰として見せられる恐ろしい絵本、泣き出す子供たち。これは、ある地域の人々が共有する経験や記憶である。語り手は、「子供らは泣きながら私たちの首にしがみついてくる」と述べるが、若くして故郷を離れた語り手が、子供を持つ〈私たち〉大人の一員であったとは考えにくい。むしろ、絵本を見せられて泣きながら父や母に謝ったのは、幼い頃の語り手自身であったに違いない。

語り手の話題が長城の建設に及ぶと、当然ながら、語り手の〈私たち〉は、故郷の外の人々を指すことになる。それでは、話題が最終的に皇帝へと及ぶとき、〈私たち〉は一体誰を指すのであろうか。語り手によれば、民衆は皇帝に関する具体的なイメージをほとんど何も持っていないが、その最大の要因は、「民衆の想像力と信じる力の弱さ」(NSF I, 355)にあるという。その上で、語り手は次のように述べる。

> それだけにより一層目につくのは、まさしくこの弱さが民衆の最も重要な結合手段の一つであると思われる

> 点である。その上、更に思い切った表現をしてもよいとすれば、それはまさしく私たちが生きる地面なのである。ここで色々と詳しく欠点を論じていくということは、私たちの良心ではなく、余計に腹立たしいことに、私たちの両脚を揺さぶることを意味するのだ。それゆえに私はこの調査において、この問いをこれ以上追求するのは差し当たってよしておこうと思う。（NSF I, 356）

語り手が「この弱さが民衆の最も重要な結合手段の一つである」と述べるときの「弱さ」とは、「民衆の想像力と信じる力の弱さ」のことである。語り手は、その「想像力の弱さ」を「私たちが生きる地面」に喩えている。その上で、「民衆の想像力の弱さ」を欠点として批判することは、「私たちの両脚を揺さぶること」をも意味すると述べている。そこから、「民衆の想像力の弱さ」という「地面」の上に生きる〈私たち〉が、民衆自身ではあり得ないのは明らかである。

　では、この場合の〈私たち〉は、どのような人々を指していると考えるべきなのだろうか。恐らく、それは語り手のような帝国官吏である。語り手が言うように、帝国はある種の虚構なのだろう。だが、そうだとしても、その虚構を支える少数のテクノクラートが存在するのも確かであり、語り手はまさしくそうした一人である。従って、万が一民衆が帝国という存在をもはや信用せず、社会が不安定化した場合、その地位が脅かされかねないのは、語り手のような官吏である。

　奇しくも、このテクストが書かれた翌年、オーストリア＝ハンガリー帝国は崩壊する。帝国の跡地には幾つもの新国家が誕生し、ボヘミアの地にはチェコスロヴァキア共和国が建国する。カフカは、半官半民の労災保険協会の職員であったが、新国家誕生後も、引き続き同じ職場で働くことができた。[32] 果たして、『万里の長城の建設に際して』の語り手の考え方が作者の固有のものなのかどうかは分からない。だが、いずれにせよ、この語り手にとっては、帝国領内の民衆がほどよく蒙昧であってくれた方が好都合であり、それゆえに、語り手はこの問題については口を閉ざさざるを得ない。

『万里の長城の建設に際して』は、語り手自身の成長と出世に伴って、〈私たち〉が指す集団も変化してゆく。もちろん、語り手は、中国国外の受け手に向かって語っているわけだから、中国人を代表して語っているという意識がないわけではないだろう。だが、語り手は常に特定の集団を代表しているわけではない。その意味で、『万里の長城の建設に際して』は、〈共同体の声〉というよりも、語り手の〈個人の声〉なのである。

このテクストで話題となっていた北京の中央政府と地方との関係は、カフカのその後のテクストにおいて変奏している。例えば、「一九二〇年の原稿群」の中に見られる、「私たちの町は、国境沿いではまったくなく」で始まる無題の断片もそうした一つである。このテクストは、ブロート版作品集では『拒否』という題名がつけられていた。

> そこここの国境の戦争についてのニュースは私たちのところにも入って来るが、首都の状況について私たちは何も知らない。私たちというのは市民のことだが、（……）（NSF II, 262）

物語の舞台は首都からも国境からも遠く離れた小さな町である。『万里の長城の建設に際して』とは異なり、〈私たち〉が誰を指しているのかは明白である。そして、話題になっているのは、町は徴税局長によって何十年と治められているという、〈私たち〉この町の市民であれば誰もが知っているような事柄である。だが、語り手の抱く疑念、つまり、町を実質的に統治する徴税局長は、果たして本当に中央政府から承認された役人なのだろうかという疑念は、一体どこまで他の市民たちに共有されているのだろうか。確かに、語り手は、自分の故郷を外の世界に向けて紹介してはいる。だが、語り手は〈共同体の声〉としてというよりも、一人の報告者として語っているという印象を受ける。

その意味では、このテクストにおける語りは、アルベール・カミュの『ペスト』のそれに近いのかもしれない。『ペスト』の語り手（実はリユー医師）は、「話者自身がそのとき体験したことは多くの市民と同時に体験したのであるから、それをここに、すべての市民の名において書くことができると確信するのだ」と述べる。[33] 実際、語り手は幾度となく〈私たち〉オランの市民の名において語っている。そうしたとき、テクストは確かに〈共同体の声〉のような様相を呈する。しかし、語り手は医師である。疫病に関する知識は一般市民を遥かに上回っているわけであり、疫病に対峙する姿勢も、当然ながら一般市民とは異なる。更に、語り手の観察の眼差しは市民たちの行動にも向けられている。従って、ここでも語り手は医師という専門家の立場から報告しているのであり、市民たちの思いを〈共同体の声〉となって伝えているわけではない。

このように極めて厳密であろうとすると、〈共同体の声〉と判定できるようなテクストは、一般的にそう多くはない。だが、取りも直さず、そのことが『法律の問題について』の語りの独自性を際立たせている。『法律の問題について』は、『拒否』の比較的すぐ後に書かれているが、そこで話題になるのは、貴族が秘密の法律に基づいて国を統治しているという語り手の祖国についてである。[34]

先行する『万里の長城の建設に際して』や『拒否』のようなテクストと異なり、語り手には、民衆を代表して語ろうとする意識が非常に強い。まず、物語の冒頭において語り手は次のように述べている。

私たちの法律は残念ながら一般的には知られていません。それは、私たちを支配している小さな貴族の集団の秘密なのです。私たちは、これらの古い法律が厳密に遵守されていると確信していますが、それでも、知らない法律によって支配されるということは何か極度に苦しいものです。(NSF II, 270)

いま、語り手は、少数の貴族によって統治されているという祖国について話し始めたところであるが、ここからは、〈私たち〉延いては〈私〉が、貴族によって支配された平民階層の人間であるということが窺える。語り手によれば、〈私たち〉は、貴族が古い法律を遵守していると確信している。ところが、次の段落において語り手は、いま述べた内容とはまるで正反対の見解を述べている。

　ところで、こうした仮象の法律は本来、単に推測され得るものに過ぎません。そうした法律は存続し、そして貴族に秘密として委ねられているというのが伝統ですが、それは古く、その古さのために信じるに足る伝統であるという以上のものではありませんし、あり得ません。というのも、こうした法律の性質が、その存続が秘密に保持されることをも求めているからです。もし私たちが民衆の内において、即ちもっとも古い時代から貴族の行動を注意深く辿り、それに関する私たちの祖先の書き付けを所有し、それを良心的に継続したとすれば、もし私たちが無数の事実の中に、あれこれの法的決定を推論させるような、ある種の方向性を認識し得ると信じるならば、そして、もし私たちが細心の注意を払って篩にかけられ、整理された諸々の推論の帰結に従い、現在と未来についてほんの少しばかり考えてみようとするならば、こうした全てのこと

　が最高度に不確かであり、たぶん頭の中での遊戯でしかないというわけです。というのも、私たちがここでその正体を解き明かそうとしている法律というのは、たぶんまったく存在しないからです。（NSF II, 271）

先程、語り手は〝私たちは古い法律が守られていると確信している〟と述べていたはずなのに、今度は、「私たちがここでその正体を解き明かそうとしている法律」は存在しないという、矛盾した結論に至っている。

　この一見した矛盾は、語り手が種類の異なる〈私たち〉を用いているためであると考えたとき、解決される。最初の段落の〈私たち〉が指しているのは、語り手自身を含む平民階層の人々である。だが、後から引用したテクストの〈私たち〉は、恐らくそれとは異なる。「私たちがここでその正体を解き明かそうとしている法律」という文言から察せられるように、この場合の〈私たち〉とは、語り手の祖国の法律について考えるべく「ここ」に集まった人々、即ち、架空の受け手を指していると考えるべきである。つまり、語り手はいま、架空の受け手に〈私たち〉を用いて呼びかけながら、祖国の法律について語っている状況にあると考えられる。[35]

　こうした〈私たち〉の使用で思い出されるのは、カフカが一九一一年に行なった「ジャルゴンに関する講演」である。この講演の冒頭でカフカは、聴衆に〈私たち〉と呼びかけていた。『法律の問題について』の語り手もいま、もしかすると外国の人々に向けて講演を行っているか、もしくは手紙等を通じて語りかけているところなのかもしれない。[36]更に言えば、『法律の問題について』という題名もまた、作者であるカフカがこのテクストにつけた題名であり、同時に、物語の語り手が自分の講演につけた題名でもあると考えることができる。

　もっとも、ここで新たな疑問が生じる。法律は恐らく存在しないと受け手に対して述べているからには、語り手自身は、古い法律が遵守されているとは信じていないはずである。にもかかわらず、他方で、〝私たちは確信

していま す〟と述べるのは何故だろうか。どうやら、語り手は学識ある人物と見受けられる。だとすれば、いくら同じ平民階層に属しているとはいっても、語り手と民衆とで法律の問題についての認識に違いが生じていても不思議はない。[37] こうしたとき、例えば、『万里の長城の建設に際して』の語り手であったならば、〝私たちは確信しています〟とは言わずに、〝民衆は確信しています〟や〝彼らは確信しています〟といった表現を用いただろう。言い換えれば、そうしないからこそ、〈共同体の声〉が発生しているわけだが、何故、語り手は〈共同体の声〉を務めようとしているのだろうか。

その手掛かりは、テクストの後半から得られるだろう。テクスト前半では、法律は果たして存在すると言えるのかどうかが焦点となっていた。それに対して後半では、法律の存在に疑問が持たれるのは厳たる事実であるにもかかわらず、貴族の専制支配がなおも存続しているのは何故なのかという問題が取り上げられている。語り手によれば、その原因の一つは、民衆の側にある。

> (……)民衆の遥かに圧倒的大多数は、その原因は次の点にあると見ています。即ち、伝統がまだ遥かに不十分である点、従って、むしろまだ伝統を研究せねばならないという点、(……)そして、それが十分に達するまでには更に幾世紀か要するに違いないという点です。こうした展望が現在においてもたらす暗鬱さを晴らすのは、いつの日か、伝統とその研究が幾分ひと息ついて終了し、全てが明らかとなり、法はだから民衆のものになって貴族が消滅する時代が来るだろうという信念だけなのです。それは何も貴族に対する憎しみから言っているのではありません。そんなことは誰も、何一つ言いません。それならば私たちはむしろ、私たち自身を憎みます。何故なら私たちは依然として法にふさわしくなれないわけですから。(NSF II, 272)

民衆は、法律に関する伝統の研究がまだ不十分であるがゆえに、「法」は自分たちのものにならないと考えているという。客観的に見れば、民衆のそうした考え方は間違っている恐れがある。というのも、語り手の説明を聞く限りでは、貴族は、実際には存続しない法律をあたかも保持しているかのように振舞っている可能性が非常に高いからである。もしそうだとすれば、法律に関する研究が平民階層の間でどれほど進展したところで、貴族が自分たちの特権をみすみす手放すとは考えにくい。語り手によれば、民衆は自分たちが「法にふさわしくなれない」ことを理由に自己嫌悪しているというが、民衆が貴族を憎む代わりに自己嫌悪に陥ってくれるのであれば、貴族にとってこれほど好都合な話はない。その間、彼らの地位と権力は安泰だからである。

もっとも、語り手は、民衆のそうした無智蒙昧が貴族支配の原因の全てだとは考えていない。語り手は、知識層にも原因を求めている。

> 法律だけではなく、貴族を信じることをも批判するような党派は、直ちに民衆全体をリードすることでしょう。しかし、そうした党派は成立し得ません。何故ならば、誰もあえて貴族を批判しないからです。こうした包丁の峰の上に私たちはいるのです。ある作家がかつてこれをこんな風に言い表しました。「私たちに課されている、目に見えて疑いの余地のない唯一の法は貴族である。私たちはこの唯一の法を捨て去ることを自ら望むべきなのだろうか」。（NSF II, 272f.）

もし「法律だけではなく、貴族を信じることをも批判するような党派」が現れれば、それは直ちに「民衆全体をリードする」はずだと語り手は述べる。しかし、「誰もあえて貴族を批判するようなことはしない」ために、そうした党派も成立しないという。

『法律の問題について』は、読む角度によって見え方が異なってくるテクストである。その前年に書かれた『父への手紙』では、決着することなく継続する父子の対立が描かれていた。その対立が『法律の問題について』で変奏していると考えるならば、貴族と平民階層の関係もまた、不可逆的な対立へとエスカレートすることなく、今後も現状が維持され続けるだろう。[38] 状況を進展させるような決定が絶えず回避され、先延ばしにされ続ける世界を、カフカは『審判』や『法の前』でも描いてきた。

だが、もしそうだとするならば、「こうした包丁の峰の上に私たちはいる」という一文はどう受け止めるべきなのだろうか。「包丁の峰の上」というのは、事態がどちらの側に転ぶのか分からない、際どい状況を指すドイツ語の慣用表現である。その〝事態〟の内の一方は、現状維持であろう。それでは、もう一方は何なのか。それを示唆しているのが、「私たちに課されている、目に見えて疑いの余地のない唯一の法は貴族である。私たちはこの唯一の法を捨て去ることを自ら望むべきなのだろうか」という最後の一文である。平民である〈私たち〉が貴族という唯一の法を自らの意志で捨て去ること、それは革命に他ならない。そこから、社会はいま、革命が起きかねない際どい状況にあると語り手は認識しているようにも読める。このテクストが書かれたのは一九二〇年であるということもここで思い起こさねばならない。ロシアの労働者と兵士が革命家の扇動によりボリシェヴィキ革命（十月革命）を起こしたのは、僅か数年前のことである。

革命が成功するか否かは、結局のところ、革命の呼びかけに人々がどれだけ呼応するかどうかにかかっているだろう。そこで改めて語り手の言説を振り返ると、語り手は、〈私たち〉を用いながら民衆の心理を分析していることに気づかされる。語り手は最初に、「私たちは、これらの古い法律が厳密に遵守されていると確信していますが、それでも、知らない法律によって支配されるということは何か極度に苦しいものです」と述べていた。そこからは、民衆は決して貴族支配を苦にしていないわけではないことが伝わってくる。次に、「それならば私たちはむしろ、私たち自身を憎みます。何故なら私たちは依然として法にふさわしくなれないわけですから」という発言は、民衆の中には、憎しみという負のエネルギーが存在していることを伝えている。確かに、その憎しみは現在のところ、民衆自身へと向けられている。だが、この社会には恐らく民衆の不満を政治的な声としてくみ上げるシステムが備わっていないため、もし巧みな扇動者が現れれば、充満した不満と憎しみは一気に体制に向かって噴出し、情勢が急進化しないとも限らない。先に述べたように、語り手は自らの祖国の状況について、架空の受け手に説明しているところである。そのような説明の場が設けられるということ自体、国際社会がこの国で革命が勃発するのを懸念していることの証と読めないでもない。

「私はこの調査において、この問いをこれ以上追求するのは差し当たってよしておこうと思う」。『万里の長城の建設に際して』の語り手はこのように述べていた。この架空の中国社会も、『法律の問題について』で論じられている社会も、体制がどうやら一見したほど強固ではないという点では一致している。異なるのは、それぞれの語り手の姿勢である。『法律の問題について』の語り手は、民衆の置かれた状況を民衆の視点から説明しようとしており、それゆえにまさしく〈共同体の声〉が発生しているわけだが、同時に、この語り手は、一連のテクストの中で架空の受け手の存在を最も強く意識しているという点も見過ごされてはならない。このことは、話者が共同体全体にまつわる事柄を受け手に聞いてもらう必要があると考えているとき、〈共同体の声〉が発生しやすいということを示唆している。イニャツィオ・シローネの『フォンタマーラ』に登場する農夫たちは、村で起きた暴力を外の世界に伝えるために作者にそれを語った。確かに、『法律の問題について』の場合、語り手はどのような理由から、何を目的として民衆を代表して語っているのか、必ずしも明確に描かれていない。だが、いずれにしても、語り手が明瞭に〈共同体の声〉となって語る物語をカフカはこのとき初めて書いたのである。

「一九二〇年の原稿群」以降、カフカは、〈共同体の声〉を余り試みなくなる。だが、一九二二年に使用された「断食芸人ノート」には、一つの注目すべき断片が残されている。それは、「私たちのシナゴーグには、テンくらいの大きさの動物が一匹住んでいます」(NSF II, 405)で始まる無題の断片である。語り手によれば、山間の小さな町にあるシナゴーグでは一匹の奇妙な動物が住み着いており、それはとりわけ女性礼拝区画の格子に好んで居座っているという。アイリス・ブルースによると、東ヨーロッパのシナゴーグの内壁にはしばしば、動物の絵が描かれていたという。[39] この物語において、語り手は〈私たち〉こそ用いるが、〈私〉は一度も使っておらず、「同時複数形式」のようにも、「単独形式」のようにも読める。もし前者であるとするならば、この物語は、ウィリアム・フォークナーの『エミリーに薔薇を』のように、町の人たちによる集団的な声によって語られていることになる。他方で、もし語り手が一人の人物であるとしたらどうだろうか。語り手によれば、女性信徒の中にはこの動物を嫌がり、礼拝中もわざとらしくそれを素振りに見せる人がいるという。ここで問題となるのは、シナゴーグが男女で礼拝区画が分かれた施設だという点である。すると、礼拝中の女性の様子を観察できる人物がいるとすれば、それはやはり女性ということになるのではないだろうか。

「私たちのシナゴーグには、…」の断片には、実は異稿が三つ存在する。いずれも、語り手としては物語世界外の語り手(いわゆる〝三人称語り手〟)が設定されている。シナゴーグを舞台とした物語において、語り手を物語世界の外から内へ移行させたとき、どのような違いが生じるか、カフカは自覚していたように思われる。つまり、

『ジャッカルとアラビア人』や『橋』で試みた女性の語りに、カフカは再び挑戦しようとした可能性がある。その場合、この断片の語り手が〈私〉を用いず、自分の意見や主張を前面には出さずに極めて控えめな態度で語っているのも、作者の意図に基づくことになるだろう。だが、そうだとすれば、何故語り手はこうも控えめな態度を取りつつも、それでいて架空の受け手という、共同体の外部の人間に向かって語る必要があるのか。そういった課題もまた、この断片からは見えてくる。

3　〈私たち〉の小さな音楽――『歌手ヨゼフィーネもしくはネズミ族』――

しばしば、『歌手ヨゼフィーネもしくはネズミ族』は朗らかな物語であると言われる。[40] 一匹のネズミが自分の鳴き声を音楽と称し、ネズミの共同体から認知を得ようとしたが、叶わず、やがて姿を消してゆく。そんな失敗と挫折の物語が朗らかに聞こえるとすれば、それは語り手が朗らかに語っているからである。あるいは、語り手が朗らかに物語を語る様子をカフカが描写したからでもある。その語り手は、ときに、ネズミの歌手ヨゼフィーネと民衆の双方から距離を置いた報告者であるとも言われる。[41] だが、中立な報告者は〈私たち〉を多用したりはしない。むしろ、語り手は〈私たち〉を代表して語ろうとしている。すると、〈私たち〉とは誰を指しているのだろうか。

〈私たち〉は何者か。これは、〈私〉は何者かという問いでもある。ある評者は、語り手は、ヨゼフィーネという異常な雌（女性）を優位な立場から自己満足げに観察する、正常な雄（男性）であると述べる。[42] だが、それとは正反対のことを述べる評者も存在する。ギュンター・ザーセは、語り手は「女性音楽学者」（Musikwissenschaftlerin）、あるいは「女性語り手」（Erzählerin）であると記している。残念ながら、ザーセはその判断理由を述べていない。[43]

しかし、ほとんどの評者が、自明であるかのように語り手は雄〈男性〉であると考えている中で、この物語の語り手を女性として受け止める評者が、たとえ少数であれ存在するということは、考慮に値する。

語り手は男女いずれなのかという問題は、二〇一〇年に刊行されたカフカ・ハンドブックの中でも、簡単に紹介されている。報告の執筆者自身は、語り手は〈男性〉でなおかつ〈学者〉であると受け止めているようだが、『ヨゼフィーネ』の先駆として、父親としての語り手が登場する『家長の心配』や『十一人の息子』、学者という仮面をつけた語り手が登場する『ある学士院への一通の報告書』、『ある犬の研究』、『万里の長城の建設に際して』といったテクストを挙げている。[44]

だが、これらのテクストは、果たして『ヨゼフィーネ』との比較対象として的確なのだろうか。語りという観点において『ヨゼフィーネ』を特徴づけるのは、〈私たち〉という言葉の使い方であり、スーザン・ランサーが言うところの〈共同体の声〉としての語りのはずである。その意味では、比較されるべきは『家長の心配』や『万里の長城の建設に際して』ではなく、『法律の問題について』である。あるいは、『ジャッカルとアラビア人』をここで思い出すことも有意義だろう。〈私たち〉ジャッカル族を代表する長老ジャッカルは、雄ではなくて雌であると考えられた。それと同じように、ネズミの語り手が用いる〈私たち〉もまた、語り手の属性について何かを示唆していないだろうか。

語り手は世界に向かって雑談する

「静かで平穏であることが私たちにとって最も好ましい音楽です」(D, 350)。この語り方は、直ちに『法律の問題について』の語り手を思い起こさせるだろう。このテクストの語り手は、祖国の民衆を代表してこう述べていた。

「私たちは、これらの古い法律が厳密に遵守されていると確信していますが、それでも、知らない法律によって支配されるということは何か極度に苦しいものです」。このとき、貴族と〈法律〉の関係が話題になっていたように、今度は、ヨゼフィーネと〈歌〉の関係が話題となる。ネズミ族は音楽を好まないとされるが、ヨゼフィーネという例外が存在する。とはいえ、ヨゼフィーネの歌唱とは、結局のところそれが〈歌〉なのか単なる鳴き声に過ぎないのか、それすら判断がつきかねるようなものでしかない。それにもかかわらず、語り手は、一見するとささやかな〈私たち〉ネズミ族の事案を、外の世界の受け手に伝えようとしている。だとすれば、語り手は、ヨゼフィーネについて話すことに何か隠れた意義を認めているはずである。

語り手は〈私たち〉を前面に出して語るために、〈私〉をごく控え目にしか見せない。だが、それでも瞬間的に〈私〉が垣間見えるときがある。

> 彼女はもうそこに立っていたものです。この華奢なひとは。とりわけ胸の下を不安げに震えさせ、それはまるで全ての力を彼女は歌に集中させているかのようで、あるいは、彼女において直接歌に役立たないものの全てからあらゆる力が、ほとんどありとあらゆる生存の可能性すらもが奪い取られているかのようで、彼女はむき出しになって曝され、ただもう精霊たちの庇護にだけ委ねられているかのようでした。彼女がこうして完全に引き離され、歌の中に没入している間は、吹き抜ける一陣の冷たい息吹でも彼女を死に至らしめてしまうかのようでした。しかしまさしくそうした瞬間においても、自称反対党である私たちは、互いにこんな風に言い合っていたものです。「あの子は普通に鳴くことすらできないんだね。歌ではなく――歌のことなんか話すのはよしましょう――この辺りでは普通の鳴き声を幾分むりに出すだけでも、あの子はこんなに

恐ろしく努力しなければいけないんだね」。こんな風に私たちには思われたものです。けれどもこれは、既に申しましたように、確かに避け難いとは言え、それでも一時的な、瞬く間に通り過ぎてしまう印象なのです。私たちですらさっそく、互いに身を寄せ合って温まりながらおどおどと呼吸をして耳を澄ませている群衆と同じ気持ちになってしまうのです。(D, 356)

語り手は、ヨゼフィーネの表現行為を確かに「歌」と呼んでいる。しかも、「むき出しになって曝され、ただもう精霊たちの庇護にだけ委ねられているかのよう」、「彼女がこうして完全に引き離され、歌の中に没入している間は、吹き抜ける一陣の冷たい息吹でも彼女を死に至らしめてしまうかのよう」といった言葉から示唆されるように、語り手は、歌に集中するヨゼフィーネの様子に確かに迫真性を認めている。ところが、その直後、まるでいま述べたばかりの言葉を覆すかのように、語り手は、「自称反対党である私たち」の意見を伝え始める――「歌のことなんか話すのはよしましょう」。

〈私たち〉の考えは、必ずしも〈私〉の考えではない。ヨゼフィーネの〈歌〉が何か特別なものというわけではないのは、語り手も確かに認めるところである――「私自身はそれを感じませんし、他の方々もそう感じているようには見受けられません」(D, 351)。だが、それでも、ヨゼフィーネの〈歌〉には訴えかける力があるのを語り手は感じている。〈私〉は、そのことを「自称反対党」である〈私たち〉の前では、そっと隠しているように見受けられる。この「自称反対党」は、恐らく、日頃から語り手と付き合いのある仲間同士なのだろう。語り手は、ヨゼフィーネをめぐる些細な意見の違いで議論するよりも、仲間たちと表面上同調して和を保つことを選んでいるように思われる。

カフカは読んでいなかっただろうが、イギリスの女性作家エリザベス・ギャスケルの一八五三年の小説『クランフォード』の語り手も、同じような〈私たち〉を用いている。この小説の第一章は、ずばり「私たちの社会」〈Our Society〉と題されているが、そこで語り手は、架空の受け手に向けて、住民のほとんどが女ばかりという架空の町クランフォードを紹介している。

> クランフォードの淑女の中には、貧しくて、日々の暮らしにもこと欠くような人が何人かいたと思います。でもスパルタ人のように、その苦しみを笑ってこらえるのでした。商売人じみたところがあるからと、私たちの誰も金の話はいっさい口に出しませんでした。貧しい人もおりましたけれども、私たちは皆貴族的だったからです。(……)私たちには、互いに訪問を交わすくらいの対等なあいだがらの知人が、貧乏ゆえにしたいことができないでいるようなことが万一あったとしても、知らん顔をするという、暗黙の了解ができあがっていたのです。私たちがパーティの行き帰りに徒歩で歩くのは、夜がとても美しく、空気がとても気持よいからなので、駕籠を雇うと高くつくからではないのです、さらさを着て夏絹を着ないのは、洗濯のきく生地のほうが好きだからなのです――などなどと、私たち一同は暮らし向きのきわめて質素な人間だという俗な事実に、やっきとなって目をつぶろうとしていたのです。[45]

一見すると、語り手もまた、「極めて質素な暮らし向き」のクランフォードの住人の一人であるように読める。しかし、この小説を読み進めていくと、実は、語り手はクランフォード近隣の工業都市の銀行家の娘であることが判明する。従って、「金の話」を生業とする富裕な家庭の出身である語り手は、クランフォードの女性たちとはまるで正反対の存在なわけだが、親しく交流している彼女たちへの友情と配慮から、語り手は一旦自らの出自を封印した上で、〈私たち〉と言っているわけである。

先にも述べたように、〈共同体の声〉となって語るためには、語り手は、その共同体においてある種の異質な存在でなければならないのかもしれない。ローベルト・ヴァルザーの『ヤーコプ・フォン・グンテン』のヤーコプ少年も、しばしば、〈僕たち〉ベンヤメンタ学院の生徒たちを代表して語るが、彼もまた、労農階層出身の少年たちが集まるベンヤメンタ学院において、貴族出身の異質な存在であった。同様にネズミの語り手もまた、ヨゼフィーネとは別の意味で、ネズミ族の中において多分に異質な存在であるように見える。

もちろん、テクストの中には、ネズミの語り手は〈学者〉であり、〈男性〉であるとしばしば受け止められてきた原因となる記述が存在するのも確かである。その一つはヨゼフィーネの〈歌〉をくるみ割りに喩えた〈くるみ割り論〉である。

> くるみを割ることとは、まったく芸術ではありません。なので、観衆を呼び集めて、皆を楽しませるためにくるみを割ってみせるなんてことは、誰もやりません。でもそれをやって、しかも狙い通りにいったら、それはもう単なるくるみ割りではないばかりか、私たちがくるみ割りを手際よくこなしてしまうために、この技術に関してそれまで見過ごしてきたことが判明するでしょうし、このくるみ割り師が初めて示すくるみ割りの本質も明らかになります。その際、くるみ割り師が、私たちの中の多くの方よりもくるみ割りが不器用であるとすれば、それは有利な効果にすらなり得るのです。(D, 353)

これが二〇世紀の前衛芸術論を思わせるということは、度々指摘されている。実際、このテクストは、マルセル・デュシャンやダダイスムの同時代に書かれている。だが、マーク・アンダーソンが指摘するように、ダダには、既存の芸術概念とそれを受容する社会への挑発という側面があるが、ヨゼフィーネの生きるネズミ社会には、そもそも、対決すべき既存の芸術というものが存在しない。[46] 芸術が未発達の社会からは、前衛芸術論も生まれない。つまり、語り手は高度な芸術理解に基づいてくるみ割り論を述べているのではなく、もっと素朴に、くるみ割りがネズミにとってごく身近な営みであるために、それを喩えとして持ち出していると考えるべきである。しかも、どうやら語り手は自分の意見を隠して「自称反対党」の一員を装っていた。もし語り手が学者であれば、そんな風に周囲に同調したり忖度したりすることなく、自分の見解を堂々と述べればよいはずである。そうしたことから、語り手は学者というよりも、むしろ、優れた直観力と洞察力に恵まれた、〈勘の良い素人〉であるという印象を受ける。

次に、語り手は男性（雄）であると見なされる要因となったのは、主として次の記述である。

> こんな風に民衆はヨゼフィーネを、手を自分の方に伸ばしている――お願いしているのか要求しているのか分かりませんが――子供の面倒を見る父親のように気遣っています。民衆にそうした父親らしい義務を果たす素質はないだろうとお考えになるかもしれませんが、実際にそうしているのです。少なくともこの場合、模範的なまでに。個々人にそれはできないと思われますが、こうした観点では、これは民衆全体には可能なことなのです。（……）しかし、ヨゼフィーネには誰もあえてそうしたことを言おうとはしません。そうしたら「あんたたちを守るために鳴いているのよ」と彼女は言うでしょう。「そうだね、そうだね」と私たちは

考えます。それに加えて、仮に彼女が反抗したとしても、それはまったく矛盾ではないのです。むしろ、それは完全に子供の流儀、子供の感謝であり、それを気にも留めないのは父親の流儀なのです。(D, 359)

しばしば、この「父親のように」という言葉によって語り手は男性であると判断されているが、注意深く読めば分かるように、語り手は、〝私たちはヨゼフィーネを父親のように気遣っている〟とは言っていない。見落とされがちであるが、語り手はしばしば〈私たち〉と〈民衆〉(Volk)を使い分けている。

語り手の〈私たち〉と〈民衆〉の使い分けが最もはっきりと現れているのが、ヨゼフィーネが労働免除を要求したが、失敗し、公の場から姿を隠したという一件が語られるときである。このとき、語り手は〈私たち〉をぴたりと用いなくなり、代わりに〈民衆〉を多用している。

この拒絶に関してやっぱり重要なのは、(……)事件そのものというよりも、民族の一員に対して民衆がこんな風に取りつく島の無いほどに突っぱねることができるのだということなのです。そして民衆はそれまでまさにこの同胞に対して父親のように、いや、それ以上にうやうやしく世話をしていただけに、なおさら取りつく島の無いものなのです。

ちょうど民衆の立場にいるのが一個人だとすれば、この人は、絶えず激しい要求を受けながらも最終的には譲歩に終止符を打つために、ずっとヨゼフィーネに譲歩して来たのではないかと思うほどです。(D, 370f.)

語り手は、それまでヨゼフィーネを父親のように世話してきた民衆を、自分とは異なる一個の人格になぞらえている。語り手の目に〈民衆〉は他者として映っており、そこに〈私たち〉という言葉が入り込む余地はない。こうした表現上の特徴は、第一に、語り手が民衆の対応に同意していない可能性を示唆している。同時に、語り手は、〝父親のような態度〟でヨゼフィーネに接する〈民衆〉とは性が異なるという可能性も見えてくる。

　この物語には、語り手が繰り返し〈私たち〉という言葉を用いるときがある。それは、子供が話題になるときである。

私たちの生活は、子供がほんの少しだけ歩み出して周囲を僅かに区別できるようになるや否や、大人とまったく同じように自分のことは自分でしなければならないというものなのです。私たちが経済的な理由によって散らばって暮らさねばならない地域は余りに広大で、私たちの敵は余りに数が多く、私たちの周りいたるところで待ち構えている危険は、まったく予想がつかないのです。私たちは、子供たちを生存闘争から遠ざけてあげることができません。そんなことをすれば、子供たちの早すぎる死を招くでしょう。こうした悲しい理由に加えて、確かに感動的な理由もあります。私たちの種族の多産性です。他族では子供たちは大事に面倒を見てもらえるのでしょう。そこでは小さな子たちのための学校も設けられるのでしょう。（……）私たちには学校がありません。けれども私たちの民族からは、極めて短い合間におびただしい群れの子供たちが生まれてきます。まだちゃんと鳴くこともできないのに、楽しそうにシューシュー、ピーピー言いながら。まだ歩くこともできないのに、のたうち回ったり、転げ回ったりしながら。まだ見ることもできないのに、不器用に群れを引っ張っていこうとしながら。子供たちってば！（……）確かに、これは何と美しい光景なんでしょう。他族の方たちはきっと私たちをとてもうらやましがるでしょうね。でも、私たちは子供た

> ちに、本当の子供時代というものを与えてあげることができないんです。それは副作用を伴います。ある種の、不滅で根絶し難い子供っぽさが民衆に浸透しているのです。（……）民衆のこうした子供っぽさによる恩恵を、ヨゼフィーネもまた以前から受けています。（D, 363ff.）

語り手はいま、多産性の喜びと子供たちを十分に養育してあげられないことへの悲しみを、〈私たち〉を代表する形で述べている。十分に養育してあげられないがゆえに、〈民衆〉には子供っぽさが残る。この負の連鎖はネズミ族の宿命であり、語り手にもそれを断ち切ることはできない。語り手の用いる〈民衆〉という言葉は、雄（男性）を指しているようにも見受けられたわけだが、対照的に、ここで用いられる〈私たち〉は、女性的あるいは母性的である。まるで、語り手は母ネズミたちの思いを代弁して語っているかのようである。

　評者の中には、語り手は〈私たち〉を用いて語っているがゆえに、中心的で優位的な集団に属する存在、即ち、雄（男性）であると述べる者もいる。[47] だが、その推論は必ずしも適当ではない。第一に、カフカが物語で語り手に〈私たち〉と言わせるとき、それは優位的な集団とは限らない。第二に、〈私たち〉を用いることは、男性の特権ではない。カフカ自身、『城』に登場する女性に「私たち女は…」と語らせていたが、〈私たち〉は男性だけの言葉ではないことを、カフカは、自身の読書体験からも知っていたはずである。

　カフカは、社会民主主義者であり、女性解放運動にも尽力したリリー・ブラウンの自伝的小説『ある女社会主義者の回想』を読んでいたことが知られている。[48] この小説では、ブラウンの分身である女性主人公が演説を行う様子がしばしば描かれているが、次の一節もそうした演説の一つである。

> あなた方は階級闘争を基盤としておられます。私たちもそうです。あなた方は資本主義的な経済秩序を憎んでおられます。私たちもそうです。しかしそれ自体を意識しないまま、あなた方は階級闘争を戦争の感覚で行おうとしておられます。あなた方は敵を打ち負かし、敵の土地を征服しようとしています。（……）私たちは、あなた方の心の憤懣を養分とする憎しみに共感することはできません。というのも、個人的な苦悶が私たちをあなた方の同志にすることはないからです。[49]

主人公は、〈私たち〉を努めて平和的で女性的な集団として演出し、何事も戦争の感覚で捉える〈あなた方〉（男性）に対比させようとしている。ここからは同時に、〈私たち〉を多用するのは、〈あなた方〉を説得するためであることにも気づかされる。すると、ネズミの語り手が〈私たち〉を多用しながら、ヨゼフィーネについて、あるいはネズミ族の宿命について、かくも懸命に外の世界に伝えようとするのにも理由があるのだろうか。

一人の者が民族を代表し、〈共同体の声〉となって語るのは、恐らく、使命感によるのだろう。ラッパーのM. I. A.は、スリランカの内戦終結から六年後の二〇一五年、イギリス公共放送チャンネル四に出演した際に次のように述べている。

> グローバルな次元で言えば、国連主導の調査はどの政府にとっても、また、タミルの人々にとっても重要だと思います。彼らは本当に平和と尊厳を必要としており、彼ら自身の生活を取り戻す必要があります。しかし、私たちはもっとシンプルなものを必要としています。もちろん、私たちはラージャパクサがハーグの国際法廷に行くのを見たいですし、戦争犯罪人が裁かれるのを見たいと思っています。[50] しかし同時に、彼らの

生活をもと通りにするために、私たちは基本的なものを必要としています。彼らは家を必要としてきましたし、収容所や刑務所から解放される必要があります。私たちは、子供たちが学校に通い、更なる教育を受ける機会を必要としています。私たちはチャンスと雇用を必要としています。[51]

既に三十年もの年月をスリランカ国外で過ごしているにもかかわらず、M. I. A. は、時折〈私たち〉と〈彼ら〉の間で揺れながら、〈共同体の声〉となってスリランカ・タミルの人々を代表して語ろうとしている。ひょっとすると、一人の人間が〈共同体の声〉となって世界へ語りかけるのは、自分がそうしなければ、重要な何かが世界から忘れ去られてしまうことを危惧しているからなのだろうか。

『ヨゼフィーネ』の世界において、このままであれば世界から忘れ去られてしまうものとは、何よりもヨゼフィーネという存在である。語り手はそれを次のように述べる。

けれどヨゼフィーネは世俗的な労苦から解放され、彼女の考えによればその労苦というのは選ばれた者にだけ用意されているのですが、喜んで私たちの民族の無数の英雄の中に消えて行くことでしょう。そして間もなくすれば、私たちは歴史を持たないものですから、彼女は一段と高まった救済のもとで忘れ去られていることでしょう。彼女の兄弟たちが皆そうであるように。(D, 377)

ネズミ族は歴史を持たないと語り手は言う。だが、物語の序盤で語り手は、ネズミ族には音楽に関する古い伝説が存在すると述べていた。従って、共同体に関わる重要な出来事の幾分かは、説話として口承され続けているのだろう。もっとも、そうした説話においては、往々にして、様々な時代の様々な人物をめぐる記憶が混然と一体化しているものである。つまり、やがて民族の無数の記憶の中に埋没してゆくことにより、ヨゼフィーネという個もまた、忘却されていく運命にある。語り手はそれを「一段と高まった救済」と呼んでいる。「救済」という言葉は、「民族の無数の英雄」と一体化して忘却されることが、何か望ましい状態であるかのような印象を与える。だが、果たして、それは語り手の本心なのだろうか。むしろ、語り手は、ヨゼフィーネが完全な忘却に陥るのを阻止しようとしているようにも見えないだろうか。語り手は、ネズミ族は歴史を持たないと何度か繰り返している。裏を返せば、それは架空の受け手たちは歴史を持つということでもある。つまり、ヨゼフィーネをめぐる物語をこうして架空の受け手に語ることで、語り手は、ヨゼフィーネの記憶を彼らに委ね、ヨゼフィーネを忘却から救い出そうとしているとも受け止められるのである。[52]

　この物語には朗らかさが漂っているという指摘が、ここで思い起こされる。

> チューチュー鳴くことは、私たちの無思慮な習慣となっていますから、ヨゼフィーネの聴衆の中にも鳴くものがいるのではとお考えになるかもしれませんね。（……）しかし、彼女の聴衆は鳴くことなく、鼠《そ》っと静かにしています。それはまるで、待ち焦がれていた平和の分け前に私たちがあずかり、それによって少なくとも私たち自身の鳴き声は妨げられてしまったみたいに、私たちは静かにしているのです。（D, 354）

ドイツ語には、文字通りに「子ネズミのようにおとなしい」を意味するmäuschenstillという言葉がある。語り手はそれをあえて洒落として使うことで、和やかな雰囲気を作り出そうとしている。[53] それも結局は、受け手の関心を惹きつけ、ヨゼフィーネのことを覚えてもらうための工夫ではないだろうか。確かに、そうして語り出される物語は、一見すると、余り重要ではない出来事のようにも見える。だが、『新人弁護士』や『ある学士院への一通の報告書』では、架空の受け手を前にした語り手の振る舞い自体に政治性が潜んでいると見なすことができた。同じように、一見他愛のない雑談に見えるこの物語にも、やはり政治性が潜んでいるのではないか。

民族の事案としての音楽

かねてより指摘されているように、『ヨゼフィーネ』の記述には、一九一一年一二月二五、二六日の日記に記された、ワルシャワやチェコの小言語の文学状況をめぐる考察を髣髴とさせるところがある。カフカは小言語の文学の社会的効用として、「外的生活においてしばしば不活発で絶えず分裂している国民意識の統一的な保持」(D, 312f.)を挙げる。それと同じように、普段はあちこちでせわしなく暮らしているネズミたちは、ヨゼフィーネの公演の間だけ一箇所に集まって沈黙の時を共有する。語り手はその光景を「歌の公演というよりもむしろ民族集会」(D, 361)であると評している。しかも、その集会におけるヨゼフィーネの音楽の効果について、語り手は次のように述べている。

> 他の者たちに沈黙が課せられているときに上がるこの鳴き声は、ほとんど民族から各々へと向けられたメッセージみたいなものなのです。諸々の重い決断の最中に響くヨゼフィーネのか細い鳴き声は、ほとんど敵対的な世の中の喧騒の真っただ中に置かれた私たち民族のみじめな存在みたいなものなのです。(D, 362)

ヨゼフィーネの声は、他のネズミたちよりもむしろ弱々しい。だが、そのためにかえって、彼女の声は、外敵に囲まれ危険に晒されて生きるネズミ族の運命を連想させる力を持つ。その結果、ヨゼフィーネの歌には、民族の置かれた状況を象徴するかのような効果が発生しているわけである。

カフカは、象徴的効果を小言語の文学にも認めている。

> 彼ら［引用者註：死んだ作家たち］が当時も現在も否定し難い影響を持っているということが何か余りにも事実化してしまうために、それが彼らの作品と取り違えられるまでになる。作品について話しているのに影響の方を念頭に置いている、それどころか、作品を読んでいるのに、ただ影響だけを見ているということが起きる。かの影響というのは忘れ去られず、そして作品も自力で記憶に影響を及ぼすことがないために、忘却は存在せず、再想起もない。（T, 315）

カフカは、この一月半前の日記に、チェコの作曲家ベドルジヒ・スメタナのオペラ『売られた花嫁』が、政治的作品ではないにもかかわらず、民族のシンボルのような存在になっていることを指摘している（T, 68）。人々が「作品を読んでいるのに、ただ影響だけを見ている」という事態は、そうしたときに起きる。もちろん、作品が芸術としても優れているのであれば、やがては、その価値も認められるだろう。だが、カフカは、小言語の文学は才能ある作家に乏しいために、作品そのものは得てして余り優れていないとも指摘している。その結果、作品が一旦民族運動と結びつけて記憶されてしまえば、良くも悪くも作品自体にはその評価を覆すだけの力がないため、作品は政治的象徴となり続ける。

これに近い現象をヨゼフィーネの音楽にも認めることができるだろう。ヨゼフィーネの歌には、その貧弱さゆえに、ネズミ族を象徴するかのような効果が伴っていた。すると、一見奇妙な理屈だが、ヨゼフィーネの声はもともと弱いのだから、たとえそれが民衆の記憶の中だけの存在になってしまったとしても、その損失は限りなく小さく、ヨゼフィーネの象徴的役割は記憶の中で依然として保たれると考えることもできる。実際、語り手は、次のように述べている。

　彼女の実際の鳴き声は、やがてその声についての記憶がそうなるのに比べて、取り立てて大きく生き生きとしていたでしょうか。果たしてそれは彼女の存命中も単なる記憶以上のものだったでしょうか。民衆はむしろその英知によって、まさしくヨゼフィーネの歌がこのように不滅なものであったがゆえに、こんな風に高く評価していたのではなかったのでしょうか。(D, 376f.)

こうして民族の象徴としてのヨゼフィーネの音楽は、彼女が姿を消したとしても、忘却されることはない。もっとも、ヨゼフィーネの声は媒体に記録されているわけではないため、彼女の声を記憶に留めている世代が全てこの世を去れば、結局、その声は忘れ去られる。更には、ネズミ族は歴史を持たないために、彼女の存在自体もやがて忘れられることになるだろう。

　語り手は、架空の受け手にヨゼフィーネについて知ってもらいたいからこそ、こうして物語を物語る。だが、恐らく、彼らに知ってもらいたいのは、ヨゼフィーネの音楽がこんな風に民族の象徴となっているという事実だけではないだろう。ネズミ族は音楽性に乏しいと何度も繰り返されていることから、そのネズミ族に音の芸術表現者が現れたということ自体が、大きなニュース価値を持つわけである。しかも、その音楽は、日常言語からコミュニケーションという目的を剥奪することによって生まれたものであり、そこからは、ある種の前衛性すら感じられる。〈勘の良い素人〉である語り手は、ヨゼフィーネの音楽には、動物界におけるネズミ族の評判の向上に資する何かがあるのを直観的に察した可能性がある。だからこそ、語り手は、一見すると些細な民族の内輪の出来事について、世界に向けて発信しようとしていると考えられる。

　名もない一個人が、民族的な使命感に駆られて〈共同体の声〉を担い、世界へと語りかける。それこそがこのテクストの主題なのだろうか。カフカは、一九一一年の小言語の文学をめぐる考察の中で、次のように記している。

> 小さな国民の記憶は、大きな国民の記憶よりも小さいということはなく、それゆえに、手持ちの素材がより徹底的に消化、摂取される。確かに文学史に精通した者は余り関わっていないが、文学は文学史の事案というよりも民族の事案であり、それゆえに、文学は、たとえ純粋ではないにしても、かえって確実に保たれる。何故ならば、小さな民族内部における国民的自覚が個々人に求める要請には、誰もが、自分自身に割り当てられた文学の一端を知り、担い、擁護する用意が常に取れていなければならない、そして、たとえそれを知らず、また担っていないとしても、いずれにせよ擁護する用意が取れていなければないという点が必然的に伴うからである。（T, 315）

『ヨゼフィーネ』は、語り手が「小さな民族内部における国民的自覚が個々人に求める要請」に従い、自ら行動を起こす様子を描いた物語として読解できるだろう。その意味では、この物語は、音楽が単に「民族の事案」

となっているがゆえに政治的なのではなく、むしろ、その「民族の事案」が忘却されるのを防ぐべく行動に出た個人の様子が描かれているゆえに政治的なのである。一見すると他愛もない語り手のおしゃべり自体が、実は政治そのものである。また、ここに西欧ユダヤ人をめぐる当時の社会状況が多少なりとも反映されているとすれば、二〇世紀初頭のプラハという多民族都市において、女性たちは、異なる民族間のコミュニケーションに際して、一定の役割を日常的に担っていたことが想像される。彼女たちのコミュニケーションの在り方に、カフカが、異なる者同士が相互理解を得る手掛かりがあると感じた可能性はあり得るだろう。

もっとも、ここで新たな問いが生まれる。ネズミ族の特性は、どの程度ユダヤ人の特性を暗示しているのか。まず、ネズミ族は音楽的素質に欠けるとされているが、カフカの時代、ユダヤ人は音楽的才能に乏しいという言説が実際に存在したことが知られている。[54] あるいは、ドイツ語には **Mauschel**（マウシェル）という、ユダヤ人（とりわけ商人）を軽蔑的に表す言葉が存在することを思い起こしてもいいだろう。**Mauschel** という綴りには **Maus**、即ち、〈ネズミ〉が隠れている。また、**Mauschel** から派生した **mauscheln**（マウシェルン）という動詞には、理解不能なイディッシュ語を話すという意味がある。この物語では、ネズミの鳴き声＝言語が重要な役割を担っているのだった。

非音楽性と並ぶネズミ族のもう一つの特徴が、非歴史性である。ネズミ族は歴史を持たないと語り手は何度も述べている。そうであるがゆえに、経典の民であるユダヤ人はネズミ族とは一致しないと指摘されたことがあるのも確かである。[55] それに対してリッチー・ロバートソンは、別の観点からユダヤ人の非歴史性を説明しようと試みる。それによれば、紀元後一世紀の著述家フラウィウス・ヨセフスが『ユダヤ戦記』と『ユダヤ古代誌』を著してから一九世紀に至るまで、ユダヤ人は通史的な歴史を持たなかったという。[56] 確かに、カフカは一九二三年から二四年にかけてベルリンのユダヤ教学アカデミーに通っていた。だが、そうした学術的見解は、一般の人々にどれだけ知られていただろうか。

ユダヤ人は歴史を持たないという趣旨の言説は、当時、もう少し別の形で流布していなかっただろうか。ここで再び注目すべきは、ドイツの反ユダヤ主義の思想家ハンス・ブリューアーが一九二二年に発表した『ユダヤ人の分離』である。カフカも読んだこの著作には、次のような記述が見られる。

いかなる民族も、国を持たぬ限りは歴史を持たない。ピリッポス以前のマケドニアは歴史を持たない。エストニア人やラトヴィア人、クール人、その他の辺境の民族は今日においても歴史を持たず、逸話的な存在である。国だけが、即ち、国家だけが歴史を持つことが可能であり、国家だけが政治の対象となる。[57]

この理屈に従えば、国を持たぬ当時のユダヤ人もまた、歴史を持たないことになる。〝歴史を持たないネズミ族〟の由来は、恐らくここにある。

カフカの創作手法に関し、これまでに、二つの特徴が浮かび上がっていた。一つは、主人公に対して敵対的な人物を語り手とするやり方であり、もう一つは、ある種の隠喩的な罵倒語の文字通りの形象化であった。国家を持たないゆえに歴史を持たず、音楽的素質に欠け、わけの分からないイディッシュ訛りの言葉を話す――反ユダヤ主義者たちが作り出した、そうした幾つもの言説を文字通りに形象化してみせたのが、ネズミ族だったと考えられる。

だが、そうだとすれば、ここにもう一つ問題が生まれる。カフカは、ヨゼフィーネに十分な理解を示さなかった民衆を、必ずしも肯定的には描いていない。「この民衆は自分たちの道を更に進むというわけです」(D, 376)。

ヨゼフィーネが公の場から姿を消した後のことを述べる際、語り手は、そのように突き放したように語っていた。ネズミ族にユダヤ人とりわけ西欧ユダヤ人が重ね合わされているとすれば、カフカは、同胞であるユダヤ人社会をも、やはりどこか否定的に描いていることになるのではないか。

　カフカの人生の最後の十二ヶ月間は、一見すると、ユダヤ的なものを切に希求していたように見受けられる。一九二三年の夏をカフカは、バルト海に面した保養地ミューリッツで過ごしているが、当地からカフカは、ギムナジウム時代の同級生であり、一九二〇年にパレスチナに移住したフーゴ・ベルクマンに宛てて次のように記している。

> お便りありがとう。これが、僕がパレスチナから受け取った最初のヘブライ語の文書でした。（……）僕の輸送可能性を試すために、僕は数年にわたる病床生活と頭痛を経て、バルト海への小旅行に出ているところです。いずれにせよ、幸運に恵まれたよ。ベランダから五十歩離れたところに、ベルリンのユダヤ民族ホームの保養所があるのだ。木の間から子供たちが遊んでいるところが見える。楽しげで、元気で、情熱的な子供たち。西欧ユダヤ人によってベルリンの危機から救われた東方ユダヤ人たちだ。（Br 436）

「僕の輸送可能性」という言葉は、病人であるカフカのパレスチナへの船旅を指している。どこまで本気で言っているのかは分からない。だが、カフカがこの夏の旅行に先立って、プアー・ベン＝トヴィムという、エルサレム出身で、パレスチナで復興された現代ヘブライ語を母語とする若い女性からヘブライ語の個人授業を受けていたのは事実である。[58] 手紙にはベルリンのユダヤ民族ホームに関する記述が見られるが、これは、かつてカフカの婚約者フェリーツェ・バウアーもその活動に関わった、第一次世界大戦で戦争孤児となった東方ユダヤ人の青少年の保護と教育を目的とした組織である。ベルリンから訪れている子供たちをめぐる記述は、「私たちには学校がありません」と訴えていたネズミの語り手を髣髴とさせるだろう。

もっとも、カフカの眼差しの向こうにいたのは、どうやら子供たちだけではなかったようである。手紙には記されていないが、このとき民族ホームの子供たちを引率していたのが、カフカの最後の恋人となるドーラ・ディアマントであった。「いずれにせよ、幸運に恵まれたよ」という言葉の行間から、この女性へのカフカの関心を読み取ったとしても、あながち間違いではないように思われる。カフカは、その年の九月からベルリンでドーラと生活を共にすることになるが、翌年三月初めまでのベルリン滞在中、カフカは先述のユダヤ教学アカデミーに聴講生として通っている。パレスチナ移住こそ実現しなかったものの、カフカの最晩年の生活からは、ユダヤ人としての意識と自覚の高まりが感じられる。

だが、ここには一つの註がつく。ネイハム・グレイツァーによれば、カフカはドーラと二人でユダヤ教学アカデミーに通っていたが、ユダヤ教指導者の中には婚姻関係にない男女が一緒に生活していることに不快感を示す人もおり、そのことを知ってから、カフカは施設に出入りしなくなったという。[59] 残念ながら、グレイツァーは出典を挙げておらず、その真偽のほどは分からない。だが、イディッシュ劇の際もそうだったが、純情で一途なカフカの性格を考慮すれば、いかにもありそうな話ではある。

もちろん、物語が全て作者の固有の体験に由来すると考える必要はない。しかし、このテクストが、死期の迫ったカフカがまさしく最後の力を振り絞るようにして記したものであることは、やはり軽視すべきではない。『新人弁護士』と『ある学士院への一通の報告書』の主人公たちが、冷たく無理解で差別的な世間に取り巻かれて孤独に生きていたのとは対照的に、ヨゼフィーネは同胞に囲まれて生きてはいる。しかし、そこには彼女が芸術家として認められる余地はほとんどない。だからこそ、語り手は、ヨゼフィーネの評価をネズミ族の外の世界に求めねばならなかった。ここに、最晩年のカフカの境地が重ねられていないだろうか。

最後に、もう一つ大きな問いが残されている。チンパンジーのロートペーターにしろ、ジャッカル族にしろ、カフカの動物たちは、「時には人間、時には動物」という存在であり、西欧ユダヤ人を暗示もすれば、動物そのものでもあると考えられた。同じように、ヨゼフィーネにも動物そのものとしての側面が備わっているのだろうか。先述のように、カフカは、動物物語を書くにあたり、『ブレーム動物事典』を参照していたと考えられている。その百科事典の第四版（一九一四年刊行）には、イエネズミに関して次のような記述が見られることが知られている。[60]

しばしば様々な雑誌において、いわゆる歌いネズミについて報告されている（……）。全ての報告は、自然に発せられるチューチュー、シューシューという音が、鳥の鳴き声のような旋律に聞こえるイエネズミが時折観察されるという点で一致している。（……）そのことは、優れた観察者である（……）も感じており、氏は、歌いネズミは半ば病気の、呼吸困難に苦しむ動物であると認識した。ノルによるネズミの死亡後の検査はこのことを追認しており、また他方面からも、この問題から詩的な魅力をはぎ取るような、類似した説明が行われている。即ち、寄生虫（線虫）によって炎症を起こし、狭くなった気管、肺における病的変異、猫条虫による膿疱で膨張した肝臓等である。詳細に観察された全ての歌いネズミは、実際に比較的短期間で死亡しており、人へなつきやすいのは、実は、病気で衰弱していたからだったのである。[61]

この記述によれば、肺や気管を病んで死期の迫ったイエネズミは、しばしば鳥の歌声のような鳴き声を発するという。それを踏まえたとき、歌を歌うヨゼフィーネの正体とは、肺を病み、死期の迫ったネズミであると考えることもできる。カフカ自身も肺結核に侵されていた。カフカが、死期の迫った歌いネズミに、やはり肺病による死が近づきつつある自らを重ね合わせた可能性は十分にあり得る。[62]

詩人は「大いなる病者、大いなる罪人、大いなる呪われた者」であるとアルチュール・ランボーも述べていた。[63]恐らく、カフカにとって〝書くこと〟に魅了されたこと自体が、ある種の病気だったと言っても過言ではない。その意味では、〝病める歌姫〟という形象が暗示するのは、文字通りの意味での作者の病気ばかりではないだろう。音楽のために集中力を高めるヨゼフィーネは次のように描かれていた。「とりわけ胸の下を不安げに震えさせ、それはまるで全ての力を彼女は歌に集中させているかのようで、あるいは、彼女において直接歌に役立たないものの全ての中からあらゆる力が、ほとんどありとあらゆる生存の可能性すらもが奪い取られているかのようで、彼女はむき出しになって曝され、ただもう精霊たちの庇護にだけ委ねられているかのようでした。彼女がこうして完全に引き離され、歌の中に没入している間は、吹き抜ける一陣の冷たい息吹でも彼女を死に至らしめてしまいそうでした」。強度の集中力をもって歌の中に没入しようとするヨゼフィーネの姿に、かつて〝書くこと〟を追い求めていたカフカを重ね合わせるのは、そう難しいことではない。[64]そのヨゼフィーネに対して、語り手はときには距離も置くが、それでも共感や同情を示している。そこには、人生を賭して〝書くこと〟に取り組んできた半生に対する、作者自身の自己肯定が重なっているようにも思われる。

ヨゼフィーネは間もなく「世俗的な苦悩から解放」されようとしているが、語り手は、その民族的な音の表現者が忘却されることのないよう、広い外の世界の記憶に委ねようとしている。カフカは、ヨゼフィーネばかりでなく、ネズミの語り手にも自らを重ねようとしていたのかもしれない。皇帝の使者は、皇帝が遺した最期の言葉を〈お前〉に届けようと宮殿を駆けめぐるが、死を間近にしたカフカもまた、この最後の作品を世に送り出そうとしていた。いつの日かそれが〈窓辺に坐るお前〉の元に届き、自分の文学を理解し評価してくれることを期待しながら。

〈最初の苦悩〉から〈世俗的な労苦からの解放〉まで

一九二四年六月三日、カフカは、第三作品集の校正途中で世を去った。先述のように、校正作業はマックス・ブロートによって引き継がれ、最終的に作品集は、『断食芸人』という題名のもと、『最初の苦悩』、『小さな女性』、『断食芸人』、『歌手ヨゼフィーネもしくはネズミ族』という配列で刊行された。恐らく、マックス・ブロートがこの作品集に与えた『四つの物語』（Vier Geschichten）という副題は、適切ではなかっただろう。作品集『田舎医者』と同様、この四つのテクストは、いずれもGeschichte（出来事）としての「物語」ではなく、語り手が物語を叙述する様子そのものが主題であるという意味で、Erzählungとしての「物語」である。作品集が『断食芸人』、『最初の苦悩』、『小さな女性』の三作品から構成される予定だった段階では、カフカは、やがて自分の文学がゲーテに劣らず評価される日がきっと来るだろうというメッセージを込められていると考えることができた。それでは、最終的な配列が仮にカフカの遺志を汲んだものであったとしたら、そこには何が込められているのだろうか。

これまでと同様、今回もやはり巻頭と巻末の作品が対応し合っているとすれば、巻頭の『最初の苦悩』と巻末の『ヨゼフィーネ』の関係が意味を持つはずである。その『ヨゼフィーネ』の最終段落には、次のように記されている。

けれどヨゼフィーネは世俗的な労苦から解放され、彼女の考えによればその労苦というのは選ばれた者にだけ用意されているのですが、喜んで私たちの民族の無数の英雄の中に消えて行くことでしょう。

〈世俗的な労苦からの解放〉という作者の最後の境地と対を組めるものがあるとすれば、それは結局、〈最初の苦悩〉より他になかっただろう。『最初の苦悩』は、次のようにして終わっている。

興行師は、泣き止んだ後に一見安らかに眠っている空中ブランコ芸人の子供のように滑らかな額に、いまや、最初のしわが刻み込まれていくのを本当に見たように思った。

このテクストが書かれた一九二二年は、カフカにとって精神的な危機の時期でもあった。カフカはその危機を乗り越えて新境地を開拓し、やがて『ヨゼフィーネ』に辿り着いた。その努力の過程は、巻頭の主人公の「滑らかな額に、いまや、最初のしわが刻み込まれていく」ところから、ヨゼフィーネが「世俗的な労苦から解放」されるに至るまでに集約されていると見て取れるだろう。そして、それらはいずれも、「選ばれた者にだけ用意」された労苦なのである。

註

（1）プラトン（1975）、二四五−二四六頁を参照。

（2）Margolin（1996）, S. 132 を参照。

（3）ヴァルザー（［1909］, 1979）、二六八頁を参照。

（4）Lanser（1992）, S.21 を参照。

（5）Lanser（1992）, S.21f. を参照。

（6）Richardson（2006）, S. 37–60 を参照。

（7）Liska（2009）を参照。

（8）D App, 34 を参照。

（9）D App, 48f. を参照。

（10）Müiller-Seidel（［1986］, 1989）, S. 80–87 を参照。

（11）NSF I App, 303 を参照。

（12）NSF I, 361 並びに HKA Oktavheft 3, 126f. を参照。

（13）T Komm, 169 を参照。

（14）Tismar（1975）, S. 311f. を参照。

（15）中澤英雄によれば、一九一〇年代のパレスチナ地域ではアラブ人は農場を経営するユダヤ人に労働者として雇用される関係にあったことから、物語の中のアラブ人を現実の中東のアラブ人と捉えることには慎重であるべきことを述べている。中澤（2007）、一八頁を参照。

（16）Heller（1989）, S. 111f. を参照。

（17）今泉（2014）、六八頁を参照。

（18）Brehm（1915）, Bd. 12, S. 2101 を参照。

（19）Gross（1985）, S. 61 を参照。

（20）ジョイス（2007）、六三頁を参照。

（21）Goldstein（1912）, S. 287 を参照。

（22）Alt（2005）, S. 39 を参照。

（23）ペーター＝アンドレ・アルトは、そうしたジャルゴンの身体性とカフカの〝書くこと〟の身体性が関係性を持つ可能性を指摘している。Alt（2005）, S. 235 を参照。筆者自身は、この場合の身体性は、あくまでも聴衆にジャルゴンを自分たちの固有のものとして認めさせるための論法であり、カフカの〝書くこと〟の身体性とは無関係ではないかと考える。

（24）この考え方を筆者はアイリス・ブルースから学んだ。また、ブルースは、雑誌『自衛』（Selbstwehr）にカフカの講演は上品で魅力的であったという報告が掲載されていたことを見つけ出している。Bruce（2007）, S. 45 を参照。

（25）Lanser（1992）, S. 21 を参照。

（26）シローネ（[1933], 2021）を参照。

（27）その意味では、リチャード・ティーバーガーが、この物語を〈私たち〉ではなくて第六人目の人物の側から捉えているのは、的確な読解である。もっとも、彼が排除されても戻って来ることを「正義の勝利」と見なしてよいのかどうかは留保が必要であるにせよ。ヴィヴィアン・リスカが言うように、その認めてもらおうという行動は、「望みのない望み」なのかもしれない。Thieberger（1979）, S. 365f.; Liska（2009）, S. 25 を参照。

（28）ザミャーチン（[1920], 2019）を参照。

（29）Chase（[1983], 2014）, S. 26 を参照。

（30）クリストフ（[1986], 2001）、四一－四二頁を参照。

（31）カフカにおける法などをめぐる研究としては、例えば、Hiebel（1983）を参照。

（32）このテクストと当時の中欧を重ねた読解としては、例えば Ekkehard（2004）, S 62f. を参照。

（33）カミュ（[1947], 2021）、一〇七頁を参照。

（34）NSF II App, S. 72f. を参照。

（35）このテクストは物語ではなく省察であるという見方もある。Thieberger（1979）, S. 369 を参照。確かに、ある一定の時間の中で生起する出来事を描くのが物語であると考えたとき、このテクストでは何も出来事が起きていないようにも見えるかもしれない。だが、語り手が架空の受け手を前にして語っている様子そのものが描写対象としての出来事であると考えたとき、これもやはり一つの物語なのである。

(36) エッケハルトは、このテクストを架空の手紙として捉えている。Ekkehard (2004), S. 139 を参照。

(37) エッケハルトは、語り手は民衆の出自であるが、貴族が設立した、現在は行政統治に関わるような機関に勤める人物であると考えている。Ekkehard (2004), S. 140 を参照。

(38) エッケハルトは、『法律の問題について』で『父への手紙』で描かれた父と子の対立が変奏していると考えている。Ekkehard (2004), S. 138–141 を参照。

(39) Bruce (2007), S. 162 並びに S. 164 掲載の写真を参照。そこには、カナダ・トロントに現存する最も古いシナゴーグ（Junction Shul、一九一一年建築）の天井板に描かれた動物が写っている。

(40) Auerochs (2010), S. 323f. を参照。

(41) 例えば、Hillmann (1964), S. 189; Pascal (1982), S. 220 を参照。

(42) Boa ([1996], 2002), S. 178 を参照。

(43) Saße (2003), S. 388, 390 を参照。

(44) Auerochs (2010), S. 319 を参照。

(45) ギャスケル ([1853], 2000)、六一八頁を参照。ただし、原文を参照の上で訳文を若干改めている。

(46) Anderson (2003), S. 172 を参照。

(47) Gross (1985), S. 63 を参照。

(48) これに関しては Bruce (2007), S. 124–130 を参照。

(49) Braun ([1909–11], 2015), S. 800 を参照。

(50) 二〇〇五年から二〇一五年までスリランカの大統領を務めたマヒンダ・ラージャパクサ（Mahinda Rajapaksa）を指す。

(51) このインタビューは、二〇一五年一月一三日に Channel4 ニュースで放送されたものである。テレビ局の URL：https://www.

channel4.com/news/mia-maya-arulpragasam-sri-lanka-president-tamil-rajapaksa を参照。また、インタビューは YouTube の番組公式チャンネルで公開されている。https://www.youtube.com/watch?v=MmbhjfCU8bY&t を参照。［二〇二四年八月二〇日最終閲覧］

（52）尾張充典は、語り手は歴史を持たない民族の中でたった一人、「物語（＝歴史）」を記録しているのであり、「この物語が語られるとき、あるいはこのテクストが読まれるとき、主人公のうた歌いは、（……）思い起こされるのだから」、語り手の述べる忘却は「偽りの忘却」であり、むしろ、ヨゼフィーネは「忘却から救済」されているのだと述べる。尾張（2008）、二五八－二六一頁を参照。

（53）同様の指摘が Pascal（1982）, S. 220 に見られる。

（54）Auerochs（2010）, S. 326 を参照。

（55）例えば Politzer（[1962], 1978）, S. 484 を参照。

（56）Robertson（1988）, S. 365f. を参照。

（57）Blüher（2018）, S. 14f. を参照。

（58）ハルトムート・ビンダーによれば、ベン＝トヴィムの祖父母は、当時のロシア帝国からポグロムを逃れてパレスチナに移住した東方ユダヤ人であり、ベン＝トヴィム自身は、子供のころからヘブライ語を身につけた最初の世代に当たる。Binder（1967）, S. 539 を参照。なお、ビンダーは、ベン＝トヴィムをヨゼフィーネのモデルとして捉えている点も述べておく。

（59）グレイツァー（1998）、一七三頁を参照。

（60）Heller（1989）, S. 122f. を参照。

（61）Brehm（1915）, Bd. 11, S. 359 を参照。

（62）フレデリケ・ミデルホフは、ヨゼフィーネは病気のネズミであるがゆえに歌声のような鳴き声を発しているのであり、そこでは病気と芸術は対立関係にあるのではなく、病気が芸術の構成要件になっていると解釈する。Middelhoff（2015）を参照。

（63）ポール・デメニー宛書簡（一八七一年五月一五日）より。ランボー（2011）、三二八頁を参照。

（64）同様の主張としては、例えば、古川（2016）、一八六－一八七頁を参照。

結論

「書くことは甘美な、驚くべき報奨だ。けど何の報奨か。昨夜、僕には子供の直観教育の明快さと共に明らかになった。これは悪魔への奉仕に対する報奨なのだということが」。ブロートへの手紙でこのように記したとき、カフカは重大なことに気づいてしまった可能性がある。〈書くこと〉が「悪魔への奉仕」への報奨なのだとすれば、その対価として、やがては自分の命が召し取られるのではないか――悪魔と契約を交わしたファウスト博士のように。長年勤めた労災保険協会を病気退職したばかりのカフカにとって、これは恐ろしい発見に違いない。

カフカの「悪魔への奉仕」は、実際のところ、明確にある日を境に始まったわけではないだろう。だが、象徴的な日付を求めることはできる。一九一二年九月二二日である。「執筆の厭わしい低地にいるのだという裏づけられた確信。ただこんな風にだけ書くことができる。ただこんな風な関連と、こんな風な肉体と魂の完全な開放によって」。『判決』の執筆体験がカフカにとって転機となったのは間違いない。しかし、創作における転機というものが、一体いかなる意義を持つのかは、結局、その作家が生涯を終えるときになってみないと分からない。「こんな風にだけ書くことができる」という確信が、十年後、「悪魔への奉仕」という判定にひっくり返らないとも限らないのである。

もっとも、『判決』はその後のカフカのテクストに確かに影響を及ぼした。中期のテクストに散見する階段や門を多用したモチーフは、いずれも『判決』に多くを負っている。もしかすると、カフカのあの有名な言葉は、そうした意味で理解されるべきなのかもしれない。「文学から見て、僕の運命はとても単純だ。僕の夢のような内的生活を描写することの意義によって、他の全ては副次的な問題へと追いやられた」(T, 546)。一九一四年八月六日の日記に残されたこの記述は、しばしば、カフカの文学を解釈する上での鍵と見なされてきた。だが、これは『変身』や『審判』を夢の出来事として解釈すべきであることを意味しているのではないかもしれない。むしろ、主人公たちを呑み込んでゆく空間世界、とりわけ階段や門が生み出す果てしのない世界がカフカの「夢のような内的生活」の産物ではなかっただろうか。

いずれにせよ、「夢のような内的生活」としての創作に耽溺することは、カフカにとって、二重の意味での葛藤を伴うものだったように思われる。まず、この言葉が日記に記されたのは、カフカがフェリーツェとの婚約を破棄したばかりの頃であった。「夢のような内的生活」に浸っていてよいものなのだろうかという良心的葛藤は、当時執筆中の『審判』にも影響している。カフカは、本当に「他の全ては副次的な問題」と割り切っていたのではない。次に、「夢のような内的生活」という言葉は、恐らく一九一四年一月八日の日記に残された、「僕がユダヤ人と何の関係がある?」(T, 622)という記述とも関係しているだろう。ちょうどその頃、カフカの妹のオトラがシオニズムに接近しつつあった。マックス・ブロートは、既に一九一一年頃からシオニスト作家となっていたが、シオニズムはカフカの周囲で着実に広まっていた。しかし、カフカは、ユダヤ文化の創生を掲げるシオニズムからは距離を置き続けていた。「夢のような内的生活を描写すること」は、単なる現実逃避ではない。むしろ、それはあえて周囲の流れに逆らった、非常に孤独で困難な道であったと考えるべきである。

だが、カフカは、そうした非政治的態度を完全に貫きはしなかった。転機は一九一七年に訪れた。それは未発表の断片『狩人グラックス』から窺えるように、カフカが『判決』のような〝書くこと〟とは異なる創作を模索し始めた時期である。伝記的に見れば、この頃、カフカは、一旦は婚約破棄したフェリーツェと縒りを戻し、改めて結婚生活と創作活動の両立を意識していた。そのフェリーツェは、東部戦線から逃れてきた東方ユダヤ人の子供たちを支援する、シオニスト系の団体の活動に携わっている。こうした環境の変化の最中に生まれたのが、『皇帝の使者』や『新人弁護士』、『ある学士院への一通の報告書』である。いずれも、語り手と受け手という物語の構造そのものに目を向けたテクストであるが、とりわけ、『新人弁護士』と『ある学士院への一通の報告書』からは、西欧ユダヤ人の置かれた社会状況に関係すると思われる政治的、社会的主題が読み取れる。〝書くこと〟をめぐる内的な姿勢の変化は、表現手法と主題の両方の変化として現れている。

　この変化は、しかし突然に生じたと考えるべきではないだろう。カフカは、『判決』以前に小言語の文学に関心を示していた。カフカが発見したのは、オーストリア＝ハンガリー帝国やロシア帝国の内部で生きるスラブ系やユダヤ系の小さな言語的・民族的集団が、必ずしも質は高くないが、民族的団結を維持する上で役立ちうる、政治的活気に満ちた文学を持っているという点であった。その発見は、ドイツ語作家としてのカフカにとって非常に示唆に富むものであった。この頃のカフカは、西欧ユダヤ人という自らの境遇に自覚的になってゆく時期でもあったが、先にも述べたように、カフカはシオニズム文学には関心を示していない。カフカの教養の基盤は、あくまでもゲーテに代表されるようなドイツ語文学である。しかしながら、そのドイツ語文学は、カフカの目には、ゲーテの強い影響から抜け切れずに停滞しているように映った。その閉塞状況を打開するためにはどうすればよいか。そこでカフカの目に留まったのが小言語の文学だった。

　そうした小言語の文学の特性を備えた〈小さな文学〉は、カフカによって実践されたのか、だとすれば、どこから始まったのか。これは確かに難問である。あるいは、ロシア帝国で起きていたポグロムを連想させるような描写が含まれているがゆえに、『判決』から〈小さな文学〉が始まったと考えることも不可能ではないかもしれない。しかし、『判決』はそれ以上に、カフカが〝書くこと〟そのものに魅了され、「夢のような内的生活」の描写に耽溺する決定的な契機であった。言うなれば、〝書くこと〟が確立されるよりも先に、〝書くこと〟の魔力がカフカを捉えたのである。そう考えれば、そうした〝書くこと〟への姿勢に変化が見られ始めた時期に、『新人弁護士』や『ある学士院への一通の報告書』のような政治的なテクストが書かれたということの意味は大きい。〈小さな文学〉はこのとき始動したと考えられるからである。

その場合、〈小さな文学〉は、その最初の構想から実現まで五年ほどの年月を要したことになる。それは〝書くこと〟へのカフカの姿勢に変化が起きるまでに要した年月でもあり、同時に、〈小さな文学〉を支える表現手法をカフカが見つけるまでに要した年月でもあるだろう。〈小さな文学〉には、ゲーテの模倣に陥って閉塞したドイツ語文学の現状の打開が求められる以上、それは抜本的に新しい文学でなければならない。当然ながら、そんな文学が一朝一夕に確立できるわけもない。結果的に言えば、カフカは、架空の受け手を前にした語り手の態度と振る舞いを描写対象とすることで新たな文学を切り拓いたわけだが、そこに至るには試行錯誤があっただろう。

『判決』が書かれた一九一二年から一九一七年にかけて、カフカの語りは徐々に変化している。『判決』では、物語世界に存在しない語り手が、主人公に一体化したかのような姿勢で語っていた。そうした語りは『機関助士』／『失踪者』においても継続しているが、『変身』に至って、そこに僅かながら歪みが発生している。語り手は、主人公グレーゴルとその妹の置かれた状況を対比的に描くために、一時的とはいえ、主人公との一体化を解いている。そして、一九一四年の長編『審判』と『流刑地にて』では、語り手と主人公はもはや必ずしも一体化していない。とりわけ『流刑地にて』では、語り手はむしろ主人公とは対立する人物に近い視点から物語を語っている。ここまで来れば、主人公が敵対的な語り手の眼差しに曝されるという、『新人弁護士』の語り手法まではあと一歩である。

その『新人弁護士』は、主人公に対して敵対的な語り手によって語られるという点で、一九一一年の架空の書評の手法を受け継ぐものである。この架空の書評は、ブロートの『ユダヤ女たち』を読んだ反ユダヤ主義者を書き手としているものだった。そこからは、反ユダヤ的な思想や感情を抱く者は自分たちのことをどう考えているのか想像をめぐらすカフカの姿が垣間見られるが、そうしたカフカの想像力が文学表現にまで昇華されたとき、カフカの〈小さな文学〉が始まった。

もっとも、西欧ユダヤ人の社会的状況を主題とした文学は、その後も継続的に書かれたわけではなかった。一九二二年の未発表テクストである『城』や『ある犬の研究』、あるいは、『最初の苦悩』や『断食芸人』などの発表作品からは、作者自身の〝書くこと〟をめぐる内省と葛藤が窺える。断食芸とは、結局のところ、深化も成熟も伴わない自己享楽だったのだろう。それならば、カフカ自身の〝書くこと〟も、やはり自己享楽に過ぎないのだろうか。断食芸人が自己享楽のために死んでいったように、作家もまた〝書くこと〟の自己享楽のために死んでいってよいものなのだろうか。七月四日のブロート宛の手紙は、カフカがこの酷な問いから逃げず、真正面から向き合っていたことを示している。

しかし、たとえ葛藤しつつも、カフカは同時に冷徹な作家であり続ける。『新人弁護士』や『ある学士院への一通の報告書』に始まる語りの手法の探求を、カフカは、『最初の苦悩』や『断食芸人』でも継続していたと見られる。これらのテクストには、新たな手法を探求し続ける作家の強靭な精神が宿っているように思われる。そうでなければ、この葛藤を克服したとき、カフカが創作の新たな、そして最後の飛躍的な発展を迎えることはなかっただろう。

『巣穴』と『小さな女性』は、言わば、それまでのカフカの創作の両面に対する総括である。『巣穴』が、〝流れ〟との決別という、〈書き手〉としてのカフカの新境地を表明するものであるとすれば、『小さな女性』は、自分が開拓した文学は、やがてゲーテにも劣らず評価される日がきっと来るという、〈作家〉としての確信を表明したものである。

これらのテクストはまた、形象が乏しいという共通した特徴を持つ。地面の下を主な舞台とする『巣穴』では、巣の形状を除けば、動物である主人公自身の姿も含め、光景らしき光景は描かれない。『小さな女性』もまた、ごく僅かな女性の身体描写を除けば、ほとんど何の形象も現れない。両者とも、物語を構成しているのは、主人公＝語り手の際限のない独白である。この形象性の乏しさは、一九二一年一二月六日のカフカの日記を想起させる。「隠喩は書くことに関して僕を絶望させる多くの物の一つだ。書くことの非自立性、ストーブを燃やす下女への依存、ストーブで暖まる猫への依存、暖まるあわれな年寄りにさへも依存。これらのどれも自立して、固有の原理に従って活動している。書くことだけが救いがたく、それ自身の内に安住しておらず、戯れであり絶望だ」(T, 875)。カフカは、どうやら狭義の隠喩に限らず、小説そのものが形象の力に過度に依存することに対して否定的な考えを抱いている。それを解決するために辿り着いたのが、『巣穴』と『小さな女性』のような、情景描写や人物描写を最小限度に留め、登場人物としての語り手に延々と独白を続けさせ、その中で主題を浮かび上がらせるやり方であった可能性は大いに考えられる。

形象性の乏しさという点は、遺作となった『歌手ヨゼフィーネもしくはネズミ族』にも受け継がれている。ただし、今度の場合、語り手は独白しているのではなく、架空の受け手の存在を強く意識している。その意味でも、これは『新人弁護士』や『ある学士院への一通の報告書』のような動物物語への回帰である。もっとも、『ある学士院への一通の報告書』からのおよそ七年の歳月は、作品の世界観にも表現手法にも、確実に変化をもたらしている。新人弁護士もロートペーターも、〝異質な者への眼差し〟に曝されて生きる社会的少数者であった。ここにカフカを含め、西欧社会に同化して生きるユダヤ人たちの息苦しさを重ね合わせて読むことは難しくない。だが、『歌手ヨゼフィーネもしくはネズミ族』からは、民族が一体となって生きることの安心感が漂ってくる。同時に、そこには別の息苦しさも伴う。それはヨゼフィーネのような、集団の大多数からは乖離した強い個性と性格を備えた者が直面する息苦しさである。

カフカが、このテクストをドイツ語新聞『プラハ報知』（*Prager Presse*）に発表したとき、その題名は『歌手ヨゼフィーネ』だった。しかし、作品集の校正の段階で、カフカは題名を『歌手ヨゼフィーネもしくはネズミ族』に変更している。二〇世紀の文学では余り見かけなくなったが、「もしくは」という語は、かつては作品の題名に主題を添えるためにしばしば用いられた——サド侯爵の『ジュスティーヌもしくは美徳の不幸』のように。だが、カフカの「もしくは」は、それとは種類が異なる。どちらかと言えば、それは論理学における「または」のように、〈AかBかいずれか、あるいはその両方〉の意味に近い。それでは、物語の主役はヨゼフィーネという個人なのだろうか、それともネズミ族という共同体だろうか、あるいは、その両方だろうか。

もちろん、音楽もしくは〝鳴くこと〟に魅了された歌手ヨゼフィーネには、〝書くこと〟に人生を捧げたカフカ自身が重なっているのだろう。その意味では、この物語は、〝書くこと〟に魅了されたカフカの人生の総括である。しかし同時に、これはネズミ族という共同体をめぐる物語でもある。音楽的才能に乏しいとされるネズミ族の特性が、当時の反ユダヤ主義的言説の反映である可能性は以前より指摘されている。それに加えて、ネズミ族は歴史を持たないという点も、国家を持たない民族は歴史を持たないという、反ユダヤ主義の思想家ハンス・ブリューアーの記述を踏まえている可能性がある。カフカには、隠喩的な罵倒語を文字通りに形象化するという創作上の傾向が見られることはかねてより知られていたが、カフカは、ユダヤ人に対する否定的な言説を物語の中であえて文字通りの意味で用いているように見受けられる。

ネズミ族は、ヨゼフィーネのような個性の強い者にとっては生きづらい社会でもある。語り手は、ヨゼフィーネを世界に紹介することで、彼女がこのままネズミ族の内部で忘却されていくのを防ごうとしているように見える。カフカは、死にゆく自らをヨゼフィーネに重ね合わせながら、自分の文学が世界に知られる日を夢見ていただろうか。晩年のカフカが熱心にヘブライ語を学び、パレスチナ移住を夢みていたことは知られている。だが、カフカは、一方で〈故郷〉を希求しつつも、自分にとって本当の意味で憩いとなる共同体は存在せず、ただ独り世界と対峙し続ける宿命にあることも理解していたのではないか。カフカは、パレスチナの理想と現実を知っていたはずである。ハンス・ブリューアーの『ユダヤ人の分離』には、次のような一節が記されている。

> ユダヤ民族にとって、戦士階層が存在しないのは厄介である。というのも、いまはまさしく、チャンダーラ〔訳者註：インドの下層民〕の群衆を通じた国民思想の氾濫が阻止されねばならない時だからである。それは武力を通してのみ可能である。（……）戦争は、民族が偉大になる唯一の手段である。こうした動機がユダヤ民族には欠けている。というのも、彼らにはマカバイ〔訳者註：マカバイ戦争を指揮し、ハスモン朝の礎を築いた紀元前二世紀のユダヤの英雄〕が欠けているからである。今日においてパレスチナに赴き、アラブ人との戦いにあ

えて挑むのは、個別的な英雄たちである。(1)

イギリス委任統治下のパレスチナで既に新たな民族対立が起きている。他方ヨーロッパでも、新しい勢力が誕生していた。ブリューアーは、「増大し続けるユダヤ人の分離に対するもう一つの症状が、鉤十字［訳者註：ナチスのシンボル］の抬頭である」と記している。(2) この鉤十字の集団がドイツで政権に就くのはそれから十年後であり、この段階で、カフカがどの程度それを深刻に受け止めていたかは分からない。あるいは、歴史の顛末を知る後世の読者は、作品を過度に当時の社会状況の中に押し込んで読解することは控えるべきなのかもしれない。しかし、そうだとしても、女性と思しき語り手が、他民族間の理解と融和を促すようなコミュニケーションに努めているテクストがカフカの絶筆であるということは、看過されるべきでない。

カフカの創作は、二つの極の間で大きく振れながら発展しているように見える。モーリス・ブランショが言うように、誰かに読ませるためではなく、自分のために書かれる文学こそが、恐らく究極的に純粋な文学なのだろう。その意味において、カフカの生前未発表テクストは、文学の極北で孤高の輝きを放っている。だが、カフカにもやはり、伝えねばならない〈物語〉があったはずである。それが〈あなた〉の手元に届き、それで社会が変わるわけではないとしても、それでも〈メッセージ〉を受け止めてくれるのをカフカは期待していただろう。カフカがこの二極間に残した軌跡とは、西欧ユダヤ人という出自と向き合い、更にはそれをインスピレーションの源泉とすらしながらも、〝書くこと〟という欲求に従い続けた一人の作家の生の証そのものなのである。

註

（1）Blüher（2018）, S. 58 を参照。

（2）Blüher（2018）, S. 49 を参照。

あとがき

本書は、様々な形で発表してきた研究を基に書かれた。第一部「創作と流れ」は、二〇一九年に東京大学大学院人文社会系研究科で審査された私の博士論文「執筆と流れ」を加筆修正したものである。第二部「〈あなた〉との出会い」は、学位取得後に発表した次の三報の論文に「ヨゼフィーネ」論を加えた上で大幅に書き改めたものである。

「語り手の眼差し、語り手への眼差し——フランツ・カフカ『新人弁護士』と『ある学士院への一通の報告書』」『詩・言語』八八号、二〇二〇年

「語っているのは誰なのか——フランツ・カフカの第三作品集を当初構成する予定だった三作品：『断食芸人』、『最初の苦悩』、『小さな女性』について」『詩・言語』九〇号、二〇二一年

「フランツ・カフカの一人称複数形〝私たち〟——初期の日記から中期発表作品まで」『詩・言語』九一号、二〇二三年

私がカフカの〝流れ〟に最初に注目したのは、二〇〇九年に『巣穴』論を書いているときだった。巣の下から地下水が溢れ出たという、研究者もほとんど言及していないような僅かな記述が気になり、それからカフカの創

作姿勢と〝流れ〟について考え始めた。だが、それに加えてもう一つ、関心を寄せる問題が私にはあった。それがカフカの生前未発表テクストと生前刊行作品の違いについてである。カフカ研究に携わる多くの評者は解釈に際して、テクストの生前発表・未発表を余り区別しない。しかし私には、両者の間には何か本質的な違いがあるように思われた。当初、その違いの要因を主としてモチーフや形象に求めていたが、ある時期から、語りの果たす役割を次第に強く意識するようになった。その結果、形象と語りという、異なる観点からカフカのテクストを論じ分けるという方針に至った。

　本書が完成するまでには、多くの方々のご指導、ご教示を賜っている。誰よりもまず、指導教員であり、博士論文審査委員会の主査でもある宮田眞治先生にお礼を申し上げなければならない。そもそも、『巣穴』の地下水についての、学術研究とは到底言えないような私の最初のアイディアをもっと掘り下げるようにと言って下さったのは先生だった。また、とりわけ二〇一六年頃から論文提出の二〇一八年までの間、何度も私の拙い原稿を読み、面接指導に時間を割いて頂いた。更に、本書第二部の原稿に関しても、論文の査読という形で貴重なご意見・ご指摘を頂いた。それから、論文審査委員である大宮勘一郎先生、山本潤先生、松浦純先生、尾張充典先生にもお礼を申し上げたい。特に松浦先生には、私の博士論文に対して長大なコメントをご執筆頂いた。私はと言えば、その数々のご指摘がいかに本質を突いているかということに、数年も経てからようやく気づくという体たらくであった。

　最後に、本書の出版のお声をおかけ下さり、また、編集と校正を担当して頂いた春風社の三浦衛氏にお礼を申し上げたい。カフカ没後百年となる本年、こうして本書を上梓できるのは無上の喜びである。一九八三年生まれの私は、カフカとはちょうど百歳違いになる。修士課程に進学した二〇〇六年から私はカフカを読み始めたが、一九〇六年、カフカはまだほとんど何も書いていなかった。それから、突破口となる『判決』やその後の数々の創作の節目を追体験するような感覚を抱きながら、私も今日まで過ごしてきた。しかし、そうした日々ももう過ぎた。本書の刊行は、私自身にとっても大きな区切りである。

なお、本書は、令和六年度科学研究費助成事業（科学研究費補助金）（研究成果公開促進費）「学術図書」〈課題番号：24HP5042〉の助成を受けて刊行されたものです。

二〇二四年十月

三根　靖久

ヴァルザー、ローベルト（[1909], 1979）．ヤーコプ・フォン・グンテン．藤川芳朗訳．世界文学全集 74：審判／変身／ヤーコプ・フォン・グンテン．集英社．265-385 頁所収．

Weinrich, Harald（1963）: *Semantik der kühnen Metapher*. In: *DVjs* 37, S. 325–344.

Willson, A. L.（1964）: *A mythical image. The ideal of India in german romanticism*. Durham: Duke University Press.

山本博道（2023）．小さな島で．現代詩手帖．第 66 巻 5 号．128-130 頁所収．

吉増剛造（1990）．螺旋歌．河出書房新社．

Anselm Haverkamp（Hrsg.）: *Theorie der Metapher*. Darmstadt: Wissenschaftliche Buchgesellschaft, S. 253–282.

Saeed, John I.（2003）: *Semantics*. Second Edition. Oxford: Blackwell.

ザミャーチン、エヴゲーニー（[1920], 2019）．われら．松下隆志訳．光文社．

佐藤雪野（1991）．ネオ・スラヴ主義誕生の背景：主唱者クラマーシュと 19 世紀のチェコ政治経済．東欧史研究 14．40-56 頁所収．

Schiller, Friedrich（[1795],1992）: *Über die notwendigen Grenzen beim Gebrauch schöner Formen*. In: *Schiller Theoretische Schriften*.（Hrsg.）Rolf-Peter Janz., Frankfurt a. M.: Deutscher Klassiker, S. 677–705.

Schlegel, Friedrich（[1800], 2010）: *Gespräch über die Poesie*. In: Friedrich Schlegel: *„Athenäums"-Fragmente und andere Schriften*. Stuttgart: Reclam, S. 165–224.

Schmid, Wolf（2014）: *Elemente der Narratologie. 3., erweiterte und überarbeitete Auflage*, Berlin: De Gruyter.

Schulz, Armin（2003）: *Thema*. In: *Reallexikon der deutschen Literaturwissenschaft*. Band III. Berlin: Walter de Gruyter. S. 634–635.

シェイクスピア、ウィリアム（1980）．ジュリアス・シーザー．中野好夫訳．岩波書店．

シェリー、パーシー（[1840], 1960）．詩の擁護．瀬沼茂樹訳．世界大思想全集：哲学・文芸思想篇 24．河出書房新社．71-95 頁所収．

下村由一（1996）．アンティセミティズムとシオニズム：その同質性．下村由一／南塚信吾編．マイノリティと近代史．彩流社．243-263 頁．

シローネ、イニャツィオ（[1933], 2021）．フォンタマーラ．斎藤ゆかり訳．光文社．

Stanzel, Franz（1979）: *Theorie des Erzählers*. Göttingen: Vandenhoeck & Ruprecht.

Titzmann, Manfred（1977）: *Strukturale Textanalyse. Theorie und Praxis der Interpretation*. München: Wilhelm Fink.

Tomaševskij, Boris（[1931], 1985）: *Theorie der Literatur Poetik. Nach dem Text der 6. Auflage（Moskau- Leningrad 1931）*.（Hrsg.）Klaus-Dieter Seemann, aus Russisch übersetzt von Ulrich Werner, Wiesbaden: Otto Harrassowitz.

鶴見太郎（2012）．ロシア・シオニズムの想像力：ユダヤ人・帝国・パレスチナ．東京大学出版会．

中村寿（2020）. マックス・ブロートの『ユダヤ女たち』について. 独語独文学年報 46. 35-54 頁所収.

Obermayer, August（1972）: *Zum Toposbegriff der modernen Literaturwissenschaft*. In: Peter Jehn（Hrsg.）: *Toposforschung. Eine Dokumentation*. Frankfurt a. M.: Athenäum, S. 155–159.

Olechowski, Thomas/Ehs, Tamara/Staudigl-Ciechowicz（2014）: *Die Wiener Rechts- und Staatswissenschaftliche Fakultät 1918–1938*. Göttingen: V&R unipress.

オルハン・パムク（2021）. パムクの文学講義：直感の作家と自意識の作家. 山崎暁子訳. 岩波書店.

Pinès, Meyer（1910）: *Histoire de la littérature judéo-allemande. Thèse de doctorat d'université*. Paris: Jouve.

プラトン（1975）. パイドン. 松永雄二訳. プラトン全集 1. 岩波書店. 153–353 頁所収.

Prince, Gerald（1982）: *Narratology. The Form and Functioning of Narrative*. Berlin: Mouton.

プリンス、ジェラルド（2001）. 物語論辞典. 遠藤健一訳. 松柏社.

Pongs, Hermann（1960）: *Das Bild in der Dichtung*, Band 1. 2., verbesserte Auflage. Marburg: N. G. Elwert.

Quintilianus, Marcus Fabius（1975）: *Ausbildung des Redners. Zwölf Bücher*.（Hrsg.）Helmut Rahn, zweiter Teil. Darmstadt: Wissenschaftliche Buchgesellschaft.

Richards, Ivor R.（[1936], 1971）: *The philosophy of rhetoric*. Repr. London: Oxford University Press.

Richardson, Brian（2006）: *Unnatural Voices. Extreme Narration in Modern and Contemporary Fictions*. Columbus: Ohio State University Press.

リシャール、ジャン＝ピエール（[1961], 2004）. マラルメの想像的宇宙. 田中成和訳. 水声社.

ランボー、アルチュール（1996）. ランボー全詩集. 宇佐美斉訳. 筑摩書房.

ロブグリエ、アラン（[1959], 1965）. 迷路の中で. 平岡篤訳. 現代フランス文学 13 人集. 2. 新潮社. 43-165 頁所収.

Ruwet, Nicolas（1983）: *Synekdochen und Metonymien*, übersetzt v. Reinhilde Eisenhut. In:

Jakobson, Roman（1960）: *Linguistics and Poetics*. In: *Style in Language*.（Hrsg.）Thomas Sebeok. Cambridge: MIT Press.

Jakobson, Roman（1990）: *Two Aspects of Language and Two Types of Aphasic Disturbances*. In: Roman Jakobson: *On Language*.（Hrsg.）Linda Waugh. Cambridge: Harvard University Press, S. 115–133.

ジョイス、ジェイムス（[1916], 2007）. 若い芸術家の肖像. 大澤正佳訳. 岩波書店.

Kayser, Wolfgang（1956）: *Das Problem des Erzählers im Roman*. In: GQ 29, S. 225–238.

Kittay, Eva F.（1987）: *Metaphor. Its cognitive force and linguistic structure*. Oxford: Clarendon Press.

Kohl, Katrin（2007a）: *Poetologische Metapher. Formen und Funktion in der deutschen Literatur*. Berlin: Walter de Gruyter.

Kohl, Katrin（2007b）: *Metapher*. Stuttgart: Metzler.

クリストフ、アゴタ（[1986], 2001）. 悪童日記. 堀茂樹訳. 早川書房.

Kühnel, Johannes（1911）: *Comenius und der Anschauungsunterricht*. Leipzig: Julius Klinkhardt.

Kühnel, Johannes（1921）: *Moderner Anschauungsunterricht*. Leipzig: Julius Klinkhardt.

Lanser, S. Susan（1981）: *The Narrative Act. Point of View in Prose Fiction*. Princeton: Princeton University Press.

Lanser, S. Susan（1992）: *Fictions of Authority. Women writers and narrative voice*. Ithaca: Cornell University Press.

Lodge, David（1979）: *The Model of Modern Writing. Metaphor, Metonymy, and the Typology of Modern Literature*. London: Edward Arnold.

ロンギノス（2018）. 崇高について. ロンギノス／ディオニュシオス：「古代文芸論集」. 戸高和弘／木曽明子訳. 京都大学学術出版会. 6-112 頁所収.

Margolin, Uri（1996）: *Telling our story. On "we" literary narratives*. In: *Language and Literature*, 5, S. 115–133.

Martinez, Matias/ Scheffel Michael（1999）: *Einführung in die Erzähltheorie*. München: C. H. Beck.

ミケル、ピエール（1990）. ドレーフュス事件. 渡辺一民訳. 白水社.

by Alan Shelton. London: Pickering & Chatto, S. 165–302.
ギャスケル、エリザベス（2000）．クランフォード．小池滋訳．（ギャスケル全集 1. 日本ギャスケル協会監修．大阪教育図書．1-179 頁所収．）
Genette, Gérard（1994）: *Die Erzählung*. München: Wilhelm Fink.
Genette, Gérard（1972）: *Figures III*. Paris: Seuil.
ゲーテ、ヨハン・ヴォルフガンク（[1795], 2000）．ヴィルヘルム・マイスターの修業時代．上中下．山崎章甫訳．岩波書店．
Goldstein, Moriz（1912）: *Deutsch-jüdischer Parnaß*. In: *Kunstwart* 25–11, S. 281–294.
Grimm, Jacob/ Grimm, Wilhelm（[1877], 1999）: *Deutsches Wörterbuch*. Leipzig: S. Hirzel. Repr. München: dtv.
ハイネ、ハインリヒ（[1835]、1994）．ドイツ・ロマン派．山崎章甫訳．未來社．
Hamburger, Käte（1968）: *Die Logik der Dichtung. Zweite stark veränderte Auflage*. Stuttgart: Ernst Klett.
Harsdoerffer, Georg Philipp（[1650], 1969）: *Poetischer Trichter*. Erster Teil. Nürnberg: Erdter. Repr. Nachdr.: Darmstadt: Wissenschaftliche Buchgesellschaft.
Hawkes, Terence（1972）: *Metaphor*. London: Methusen.
Hess, Peter（2003）: *Topos*. In: *Reallexikon der deutschen Literaturwissenschaft*. Band III. Berlin: Walter de Gruyter. S. 649–652.
Hesse, Mary（1980）: *Revolutions and reconstructions in the philosophy of science*. Bloomington: Indiana University Press.
平野千果子（2022）．人種主義の歴史．岩波書店．
ホフマン、E. T. A.（[1814], 1989）．さる教養ある若者についての報告．伊狩裕訳．（ドイツ・ロマン派全集第 13 巻：ホフマンⅡ．国書刊行会．168-180 頁所収．）
Holitscher, Arthur（1912）: *Amerika. Heute und Morgen. Reiseerlebnisse*, Berlin: S. Fischer.
ホメロス（1994）．オデュッセイア．上下．松平千秋訳．岩波書店．
ユーゴー、ヴィクトル（[1862], 1987）．レ・ミゼラブル．全四巻．豊島与志雄訳．岩波書店．
今泉忠明（2014）．野生イヌの百科　第 3 版．データハウス．
稲葉三千男（1979）．ドレフュス事件とゾラ：抵抗のジャーナリズム．青木書店．

Beine Bände in einem Buch. Berlin: Hofenberg.

Brehm, Alfred（1911–1918）: *Brehms Tierleben. Allgemeine Kunde des Tierreichs*. Vierte, vollständig neubearbeitete Auflage. 13 Bände. Leipzig und Wien: Bibliographisches Institut.

ビュトール、ミシェル（[1957], 2005）. 心変わり. 清水徹訳. 岩波書店.

カイヨワ、ロジェ（[1958], 1990）. 遊びと人間. 多田道太郎／塚崎幹夫訳. 講談社.

カミュ、アルベール（[1947], 2021）. ペスト. 三野博司訳. 岩波書店.

Celan, Paul（2005）: *Paul Celan. Die Gedichte. Kommentierte Gesamtausgabe*.（Hrsg.）Barbara Wiedemann, Frankfurt a. M.: Suhrkamp.

ツェラン、パウル（1992）. パウル・ツェラン全詩集 II. 中村朝子訳. 青土社.

ツェラン、パウル（2000）. ゲオルク・ビューヒナー賞の受賞に寄せて. 柴嵜雅子訳.（照らし出された戦後ドイツ：ゲオルク・ビューヒナー賞記念講演集 1951–1999. 谷口広治監訳. 人文書院. 98-112 頁所収.）

Chase, Joan（[1983], 2014）: *During the Reign of the Queen of Persia*. New York: New York Review Books.

クルツィウス、エルンスト（1971）. ヨーロッパ文学とラテン中世. 南大路振一他訳. みすず書房.

Duden. Deutsches Universalwörterbuch. 6., überarbeitete und erweiterte Auflage（2007）. Mannheim: Dudenverlag.

Drux, Rudolf（2000）: *Motiv*. In: *Reallexikon der deutschen Literaturwissenschaft*. Band II. Berlin: Walter de Gruyter. S. 638–641.

エリオット、ジョージ（[1860], 1965）. フロス河の水車場. 工藤好美／淀川郁子訳. 世界文学大系 85. 筑摩書房. 5-351 頁所収.

フロベール、ギュスタフ（[1856], 1960）. ボヴァリー夫人. 上下. 伊吹武彦訳. 岩波書店.

フロベール、ギュスタフ（[1881], 1955）. ブヴァールとペキュシェ. 上中下. 鈴木建郎訳. 岩波書店.

Friedemann, Käte（1910）: *Die Rolle des Erzählers in der Epik*. Leipzig; H. Haessel.

Gaskell, Elizabeth（[1853], 2005）: *Cranford*. In: *The Works of Elizabeth Gaskell*, vol. 2, ed.

その他の文献

アリストテレス（2017a）．詩学．朴一功訳．アリストテレス全集 18．岩波書店．469-583 頁所収．

Aristoteles（2014）: Poetik. Stuttgart: Reclam.

アリストテレス（2017b）．弁論術．堀尾耕一訳．アリストテレス全集 18．岩波書店．1-334 頁所収．

バシュラール、ガストン（2008）．水と夢：物質的想像力試論．及川馥訳．法政大学出版局．

Barthes, Roland（[1966], 2002）: *Introduction à l´analyse structurale des récits*. In: *Roland Barthes Œuvres complètes. Tome II 1962–1967*. Nouvelle édition par Éric Marty. Paris: Seuil, S. 828–865.

Beardsley, Monroe（1962）: *The metaphorical Twist*. In: *Philosophy and phenomenological research* 22–3, S. 293–307.

日本聖書協会（[1988], 1997）．聖書：新共同訳．

Birken, Sigmund von（1679）: *Teutsche Rede-bind- und Dicht-Kunst oder Kurze Anweisung zur Teutschen Poesy mit Geistlichen Exempeln*. Nürnberg: Riegel.

Birus, Hendrik（2000a）: *Metapher*. In: *Reallexikon der deutschen Literaturwissenschaft*. Band II. Berlin: Walter de Gruyter. S. 571–576.

Birus, Hendrik（2000b）: *Metonymie*. In: *Reallexikon der deutschen Literaturwissenschaft*. Band II. Berlin: Walter de Gruyter. S. 588–591.

Black, Max（1962）: *Models and Metaphors. Studies in language and philosophy*. Ithaca: Cornell University Press.

Blüher, Hans（[1922], 2018）: *Secessio Judaica: Philosophische Grundlegung der historischen Situation des Judentums und der antisemitischen Bewegung*. Reprint. Wentworth Press.

Blumenberg, Hans（1998）: *Paradigmen zu einer Metaphorologie*. Frankfurt a. M.: Suhrkamp.

ボルヘス、J. L.（[1979], 2017）．語るボルヘス：書物・不死性・時間ほか．木村榮一訳．岩波書店．

Braun, Lily（[1909–11], 2015）: *Memorien einer Sozialistin. Lehrjahre und Kampfjahre.*

Tauber, Herbert ([1941], 1948) : *Franz Kafka. An Interpretation of his Works.* New Haven: Yale University Press.

Thieberger, Richard (1976) : *Brücke dreht sich um* (*Zu einer Metapher Kafkas*). In: *Literatur und Kritik* 11, S. 204–206.

Thieberger, Richard (1979) : *Das Schaffen in den ersten Jahren der Krankheit* (*1917–1920*). In: Hartmut Binder (Hrsg.) : *Kafka-Handbuch*, Bd. 2, Stuttgart: Alfred Kröner, S. 350–377.

Tismar, Jens (1975) : *Kafkas „Schakale und Araber" in zionistischen Kontext betrachtet.* In: *JDSG*, 19, S. 306–323.

Triffitt, Gregory (1982) : *Kafka's Landarzt collection. Rhetoric & Interpretation.* University of Tasmania: doc. diss.

ヴァーゲンバッハ、クラウス ([1958],1969). 若き日のカフカ. 中野孝次/高辻知義訳. 竹内書店.

Wagner, Benno (2010) : *Beim Bau der chinesischen Mauer.* In: Manfred Engel (Hrsg.) : *Kafka-Handbuch. Leben - Werk - Wirkung*, Stuttgart: Metzler, S. 250–260.

Walser, Martin (1997) : *Beschreibung einer Form. Versuch über Franz Kafka.* In: *Martin Walser Werke in zwölf Bänden.* (Hrsg.) Helmuth Kiesel, Band 12, Frankfurt a. M.: Suhrkamp, S. 9–145.

Weigand, Hermann (1972) : *Franz Kafka's „The Burrow"* (*„Der Bau"*) *: An Analytical Essay.* In: *PMLA* 87, S. 152–165.

Wiese, Benno von ([1957], 1977) : *Franz Kafka. Ein Hungerkünstler.* In: dessen *Die deutsche Novelle von Goethe bis Kafka. Interpretationen.* Düsseldorf: August Bagel, S. 325–342.

Winkler, R. O. L. (1946) : *The three novels.* In: Angel Flores (Hrsg.) : *The Kafka Problem.* New York: American book-stratford, S. 192–198.

Zimmermann, Hans Dieter (1985) : *Der babylonische Dolmetscher. Zu Franz Kafka und Robert Walser.* Frankfurt a. M.: Suhrkamp.

Schulz-Behrend, G. (1963) : *Kafka's „Ein Bericht für eine Akademie": An Interpretation.* In: *Monatshefte für deutschen Unterricht, deutsche Sprache und Literatur* 55, S. 1–6.

Schuster, Matthias (2012) : *Franz Kafkas Handschrift zum Schloss.* Heidelberg: Universitätsverlag Winter.

Schütterle, Annette (2002) : *Franz Kafkas Oktavhefte. Ein Schreibprozeß als „System des Teilbaues".* Freiburg: Rombach.

Sebald, W. G. (1991) : *Das Gesetz der Schande – Macht, Messianismus und Exil in Kafkas Schloß.* In: W. G. Sebald: *Unheimliche Heimat. Essays zur österreichischen Literatur.* Salzburg: Residenz, S. 87– 103.

Sheppard, Richard (1973) : *Kafka's Ein Hungerkünstler: A Reconsideration.* In: *German Quarterly* 46, S. 219–233.

Sokel, Walter (1956) : *Kafka's „Metamorphosis": Rebellion and punishment.* In: *Monatshefte für deutschen Unterricht, deutsche Sprache und Literatur* 48, S. 203–214.

Sokel, Walter ([1964], 1983) : *Franz Kafka. Tragik und Ironie.* Frankfurt a. M.: S. Fischer.

Sokel, Walter (1967) : *Das Verhältnis der Erzählperspektive zu Erzählgeschehen und Sinngehalt in „Vor dem Gesetz", „Schakale und Araber" und „Der Prozess".* In: *ZfDPh* 86, S. 267–300.

Sokel, Walter (1977) : *Kafka's Law and its renunciation. A comparison of the function of the law in "Before the law" and "The new advocate".* In: Walter Sokel (Hrsg.) : *Probleme der Komparatistik und Interpretation. Festschrift für André von Gronicka zum 65. Geburtstag am 25. 5. 1977.* Bonn: Herbert Grundmann, S. 193–215.

Spann, Meno (1976) : *Franz Kafka.* Boston: Twayne.

Steinmetz, Ralf-Henning (1991) : *Kafkas neuer Advokat.* In: *Wirkendes Wort* 41, S. 72–80.

Stölzl, Christoph (1975) : *Kafkas böses Böhmen. Zur Sozialgeschichte eines Prager Juden.* München: text + kritik.

Strong, William (1979) : *The Varieties of First-person Narration: Four Stories by Kafka.* In: *GQ* 52, S. 472–485.

Swander, Homer (1958) : *The Castle: K.'s Village.* In: Angel Flores, Homer Swander (Hrsg.) : *Franz Kafka Today.* Madison: the University of Wisconsin Press, S. 173–192.

Rajec, Elizabeth（1977）: *Namen und ihre Bedeutungen im Werke Franz Kafkas*. Bern: Peter Lang.

Reiter, Andrea（1987）: *Franz Kafkas autobiographische Erzählungen „Der Bau" und „Die Forschungen eines Hundes". Selbstanalyse oder Gleichnis?* In: *Sprachkunst* 18, S. 21–38.

Reuß, Roland（1997）: *Franz Kafka-Heft 1*. In: HKA *Der Process*.

Reuß, Roland（2004）: *Franz Kafka: „Der neue Advokat"*. In: *Franz Kafka. Ein Landarzt. Interpretationen*.（Hrsg.）Elmar Locher und Isolde Schiffermüller, Bozen: Edition Sturzflüge, S. 9–20.

Robert, Marthe（[1979], 1985）: *Einsam wie Franz Kafka*. Frankfurt a. M.: S. Fischer.

Robertson, Ritchie（1988）: *Kafka. Judentum, Gesellschaft, Literatur*. Stuttgart: Metzler.

Rother, Anne（1995）: *„Vielleicht sind es Tenöre". Kafkas literarische Erfindung in den frühen Tagebüchern*. Bielefeld: Aisthesis.

Rubinstein, William C.（1952）: *Franz Kafka's "A Report to an Academy"*. In: *MLQ* 13, S. 372–376.

Rudloff, Holger（1998）: *Franz Kafkas ‚Arme-Seelen-Sagen'. Anmerkungen zur Textzusammenstellung Ein Landarzt. Kleine Erzählungen*. In: *Wirkendes Wort* 48, S. 31–53.

Rüsing, Hans-Peter（1987）: *Quellenforschung als Interpretation: Holitscher und Soukups Reiseberichte über Amerika und Kafkas Roman „Der Verschollene"*. In: *MAL* 20–2, S. 1–38.

Saße, Günter（2003）: *Josefine, die Sängerin oder Das Volk der Mäuse*. In: Michael Müller（Hrsg.）: *Franz Kafka. Romane und Erzählungen*. Stuttgart: Reclam, S. 386–397.

Schillemeit, Jost（1979）: *Die Spätzeit（1922–1924）*. In: Hartmut Binder（Hrsg.）: *Kafka-Handbuch*, Bd. 2, Stuttgart: Alfred Kröner, S. 378–402.

Schillemeit, Jost（2004）: *Das unterbrochene Schreiben. Zur Entstehung von Kafkas Roman Der Verschollene*. In: Jost Schillemeit: *Kafka-Studien*. Göttingen: Wallstein, S. 211–224.

Schuller, Marianne（2010）: *Zur Unzeit des Schreibens. Sinndichte und Sinnenzug in der Jäger-Gracchus Aufzeichnungen*. In: Caspar Battegay（Hrsg.）: *Schrift und Zeit in Franz Kafkas Oktavheften*. Göttingen: Wallstein, S. 13–23.

Nicolai, Ralf R.（1991）: *Kafkas „Beim Bau der Chinesischen Mauer" Im Lichte themenverwandter Texte*. Würzburg: Königshausen & Neumann.

Niehaus, Michael（2015）: *Interativität bei Franz Kafka. Vorläufige Bemerkungen*. In: *Kafkas narrative Verfahren/ Kafkas Tiere*.（Hrsg.）Harald Neumeyer und Wilko Steffens, Würzburg: Königshausen & Neumann, S. 111–127.

Norbert, Fürst（1956）: *Die offenen Geheimtüren Franz Kafkas. Fünf Allegorien*. Heidelberg: Wolfgang Rothe.

ノーシー、アンソニー（1992）．カフカ家の人々：一族の生活とカフカの作品．石丸昭二訳．法政大学出版局．

Oschmann, Dirk（2010）: *Kafka als Erzähler*. In: Manfred Engel（Hrsg.）: *Kafka-Handbuch. Leben - Werk - Wirkung*, Stuttgart: Metzler, S. 438–449.

Ossar, Michael（1987）: *Kafka and the Reader. The World as Text in Forschungen eines Hundes*. In: *Colloquia germanica* 20, S. 325–337.

尾張充典（2008）．否定詩学：カフカの散文における物語創造の意志と原理．鳥影社．

Pascal, Roy（1956）: *The German novel. Studies*. Manchester: Manchester University Press.

Pascal, Roy（1982）: *Kafka's narrators. A study of his histories and sketches*. Cambridge: Cambridge University Press.

Pasley, Malcom（1965）: *Drei literarische Mystifikationen Kafkas*. In: Klaus Wagenbach（Hrsg.）: *Kafka-Symposion*, Berlin: Klaus Wagenbach, S. 21– 37.

Pasley, Malcolm（1971/72）: *Kafka's Semi-private Games*. In: *Oxford German Studies* 6, S. 112–131.

Pasley, Malcolm（1980）: *Der Schreibakt und das Geschriebene. Zur Frage der Entstehung von Kafkas Texten*. In: Claude David（Hrsg.）: *Franz Kafka. Themen und Probleme*. Göttingen: Vandenhock & Ruprecht, S. 9–25.

Pasley, Malcolm（1995）: *Kafkas halbprivate Spielerein*. In: Malcolm Pasley: *„Die Schrift ist unveränderlich …". Essays zu Kafka*. Frankfurt a. M.: S. Fischer, S. 61–83.

Philippi, Klaus-Peter（1966）: *Reflexion und Wirklichkeit. Untersuchungen zu Kafkas Roman ‚Das Schloß'*. Tübingen: Max Niemeyer.

Politzer, Heinz（[1962], 1978）: *Franz Kafka Der Künstler*. Frankfurt a. M.: S. Fischer.

三原弟平（1991）．カフカとサーカス．白水社．

Mitchell, Breon（1974）: *Franz Kafka´s „Elf Söhne": A new look at the puzzle.* In: *German Quarterly* 47, S. 191–203.

Möbus, Frank（1990）: *Theoderich, Julia und die Jakobsleiter. Franz Kafkas Erzählfragmente zum Jäger Gracchus.* In: *ZfDPh* 109, S. 253–271.

Müller, Michael（2003）: *Ein Hungerkünstler.* In: Michael Müller（Hrsg.）: *Franz Kafka. Romanen und Erzählungen. zweite erweiterte Aufgabe.* Stuttgart: Reclam, S. 284–312.

Müller-Seidel, Walter（[1986], 1989）: *Die Deportation des Menschen. Kafkas Erzählung „In der Strafkolonie" im europäischen Kontext.* Frankfurt a. M.: S. Fischer.

Nagel, Bert（1974）: *Franz Kafka. Aspekte zur Interpretation und Wertung.* Berlin: Erich Schmidt.

Nägele, Rainer（1974）: *Auf der Suche nach dem verlorenen Paradies. Versuch einer Interpretation zu Kafkas ‚Der Jäger Gracchus'.* In: *German Quarterly* 47, S. 60–72.

中澤英雄（2007）．カフカの二つの「動物物語」（1）：「ジャッカルとアラビア人」．言語・情報・テクスト．14 巻 1 号．1-30 頁所収．

Neumann, Gerhard（1979）: *Die Arbeit im Alchimistengäßchen（1916–1917）.* In: Hartmut Binder（Hrsg.）: *Kafka-Handbuch*, Bd. 2, Stuttgart: Alfred Kröner, S. 313–350.

Neumann, Gerhard（[1984], 2013a）: *Hungerkünstler und Menschenfresser. Zum Verhältnis von Kunst und kulturellem Ritual im Werk Franz Kafkas.* In: Neumann, Gerhard: *Kafka Lektüren.* Berlin: de Gruyter 2013, S. 248–286.

Neumann, Gerhard（1990）: *Franz Kafkas „Schloß"-Roman. Das parasitäre Spiel der Zeichen.* In: Wolf Kittler/Gerhard Neumann（Hrsg.）: *Franz Kafka. Schriftverkehr.* Freiburg: Rombach, S. 199–221.

Neumann, Gerhard（[1996], 2013b）: *Der Blick des Anderen. Zum Motiv des Hundes und des Affen in der Literatur.* In: Neumann, Gerhard: *Kafka Lektüren.* Berlin: de Gruyter 2013, S. 287–327.

Neumann, Gerhard（2004）: *„Ein Bericht für eine Akademie". Kafkas Theorie vom Ursprung der Kultur.* In: *Franz Kafka. Ein Landarzt. Interpretationen.*（Hrsg.）Elmar Locher und Isolde Schiffermüller, Bozen, S. 275–293.

Lange-Kirchheim, Astrid (1986) : *Kein Fortkommen. Zu Franz Kafkas Erzählung Eine kleine Frau. In: Phantasie und Deutung. Psychologisches Verstehen von Literatur und Film. Frederick Wyatt zum 75. Geburtstag.* (Hrsg.) Wolfram Mauser, Ursula Renner, Walter Schönau. Würzburg: Königshausen & Neumann, S. 180–193.

Lauer, Gerhard (2006) : *Die Erfindung einer kleinen Literatur: Kafka und die jiddische Literatur*. In: Manfred Engel/ Dieter Lamping (Hrsg.) : *Franz Kafka und die Weltliteratur*. Göttingen: Vandenhoeck & Ruprecht, S. 125–143.

Liebrand, Claudia (1998) : *Die Herren im ‚Schloss'. Zur De-Figuration des Männlichen in Kafkas Roman*. In: *Jahrbuch der deutschen Schillergesellschaft* 42, S. 309–327.

Liska, Vivian (2009) : *When Kafka says we. Uncommon communities in German-Jewish literature*. Bloomington: Indiana University Press.

Liska, Vivian (2010) : *Der Bau*. In: Manfred Engel (Hrsg.) : *Kafka-Handbuch. Leben - Werk – Wirkung*. Stuttgart: Metzler, S. 337–343.

Leopold, Keith (1963) : *Breaks in perspective in Franz Kafka's Der Prozess*. In: *German Quarterly* 36, S. 31–38.

Luke, F. D. (1951) : *Kafka's `Die Verwandlung'*. In: *Modern Language Review* 46, S. 232–245.

Maché, Britta (1982) : *The Noise in the Burrow: Kafka's Final Dilemma*. In: *German Quarterly* 55, S. 526–540.

Mann, Thomas ([1941], 1960) : *Dem Dichter zu Ehren. Franz Kafka und ‚Das Schloß'*. In: Thomas Mann: *Gesammelte Werke in zwölf Bänden*. Band 10. Frankfurt a. M.: S. Fischer, S. 771–779.

Menke, Bettine (2000) : *Prosopopoiia. Stimme und Text bei Brentano, Hoffmann, Kleist und Kafka*. München: Wilhelm Fink.

Menninghaus, Winfried (2002) : *Ekel. Theorie und Geschichte einer starken Empfindung*. Frankfurt a. M.: Suhrkamp.

Middelhoff, Frederike (2015) : *„Mit Josefine aber muß es abwärts gehn." Josefine, die Sängerin oder Das Volk der Mäuse als Zoopathographie*. In: *Kafkas narrative Verfahren/ Kafkas Tiere*. (Hrsg.) Harald Neumeyer und Wilko Steffens, Würzburg: Königshausen & Neumann, S. 361–390

東京教育大学文学部紀要：西洋文学研究．1971 年 3 月号．1-29 頁所収．

Kittler, Friedrich（1979）: *Integration*. In: Hartmut Binder（Hrsg.）: *Kafka-Handbuch*, Band 2, Stuttgart: Alfred Kröner, S. 203–220.

Klatt, Reinhard（1963）: *Bild und Struktur in der Dichtung Franz Kafkas*. Diss., Freiburg.

Klopschinski, Klaus（2010）: *„Fragwürdige Umarmungen“ Franz Kafka als Leser von Goethes Die Leiden des jungen Werthers*. In: *DVjs* 84, S. 364–389.

Kobs, Jörgen（1970）: *Kafka. Untersuchungen zu Bewusstsein und Sprache seiner Gestalten*. Bad Homburg: Athenäum.

Kraft, Werner（[1968], 1972）: *Franz Kafka. Durchdringung und Geheimnis*. Frankfurt a. M.: Suhrkamp.

Kremer, Detlef（1989）: *Kafka. Die Erotik des Schreibens. Schreiben als Lebensentzug*. Frankfurt a. M.: Athenäum.

Krings, Marcel（2016）: *‚Man konnte gar nicht bemessen, wie weit das Haus in die Höhe reichte‘. ‚Neues Judentum‘ und Architektur in Kafkas Verschollenem*. In: *DVjs* 90, S. 271–290.

Krusche, Dietrich（1974）: *Kafka und Kafka-Deutung: Die problematisierte Interaktion*. München: Wilhelm Fink.

Kudszus, Winfried（1964）: *Erzählhaltung und Zeitverschiebung in Kafkas „Prozeß“ und „Schloß“*. In: *DVjs 38*, S. 192–207.

Kurz, Gerhard（1980）: *Traum-Schrecken. Kafkas literarische Existenzanalyse*. Stuttgart: Metzler.

Kurz, Gerhard（1983）: *Der neue Advokat. Kulturkritik und literarischer Anspruch bei Kafka*. In: *Was bleibt von Franz Kafka? Positionsbestimmung. Kafka-Symposion, Wien 1983*.（Hrsg.）Wendelin Schmidt-Dengler, Wien: Braumüller, S. 115–127.

Kurz, Gerhard（2002）: *Das Rauschen der Stille. Annährung an Kafkas „Der Bau“*. In: Beatrice Sandberg（Hrsg.）: *Franz Kafka. Eine ethische und ästhetische Rechtfertigung*. Freiburg: Rombach, S. 151–174.

Lamping, Dieter（2010）: *Kafkas Lektüren*. In: Manfred Engel（Hrsg.）: *Kafka-Handbuch. Leben - Werk - Wirkung*, Stuttgart: Metzler, S. 29–37.

Heinz, Günter（1983）: *Franz Kafka. Sprachreflexion als dichterische Einbildungskraft.* Würzburg: Königshausen & Neumann.

Heinz, Jutta（2010）: *Literaturkritische und literaturtheoretische Schriften.* In: Manfred Engel（Hrsg.）: *Kafka-Handbuch. Leben – Werk – Wirkung.* Stuttgart: Metzler, S. 134–142.

Heller, Paul（1989）: *Franz Kafka. Wissenschaft und Wissenschaftskritik.* Tübingen: Stauffenburg Colloquium.

Henel, Ingeborg（1964）: *Ein Hungerkünstler.* In: *DVjs* 38, S. 230–247.

Henel, Ingeborg（1973）: *Die Deutbarkeit von Kafkas Werken.* In: Heinz Politzer（Hrsg.）: *Franz Kafka.* Darmstadt: Wissenschaftliche Buchgesellschaft, S. 406–430.

Henel, Ingeborg（1979）: *Periodisierung und Entwicklung.* In: Hartmut Binder（Hrsg.）*:* *Kafka-Handbuch*, Band 2, Stuttgart: Alfred Kröner, S. 220-241.

Heselhaus, Clemens（1952）: *Kafkas Erzählformen.* In: *DVjs* 26, S. 353–376.

Hiebel, Hans H.（1978）: *Antihermeneutik und Exegest. Kafkas ästhetische Figur der Unbestimmtheit.* In: *DVjs* 52, S. 90–110.

Hiebel, Hans Helmut（1983）: *Die Zeichen des Gesetzes. Recht und Macht bei Franz Kafka.* München: Wilhelm Fink.

Hillmann, Heinz（1964）: *Franz Kafka. Dichtungstheorie und Dichtungsgestalt.* Bonn: Bouvier.

Hillmann, Heinz（1967）: *Das Sorgenkind Odradek.* In: *ZfDPh* 86, S. 197–210.

Hillmann, Heinz（1979）: *Schaffensprozesß. In:* Hartmut Binder（Hrsg.）: *Kafka-Handbuch*, Band 2. Stuttgart: Alfred Kröner, *S. 14–35.*

Jahn, Wolfgang（1965）: *Kafkas Roman „Der Verschollene"*（*„Amerika"*）. Stuttgart: Metzler.

Kassel, Norbert（1969）: *Das Groteske bei Franz Kafka.* München: Wilhelm Fink.

Kessler, Susanne（1983）: *Kafka. Poetik der sinnlichen Welt. Strukturen sprachkritischen Erzählens.* Stuttgart: Metzler.

Kilcher, Andreas B.（2010）: *Der ‚Prager Kreis' und die deusche Literatur in Prag zu Kafkas Zeit.* In: Manfred Engel（Hrsg.）: *Kafka-Handbuch. Leben – Werk – Wirkung.* Stuttgart: Metzler, S. 37–49.

喜多尾道冬（1971）. 屋根裏から水のほとりまで：カフカにおける階段のイメージ.

Schloß. München: Wilhelm Fink.

Fromm, Waldemar（2006）: *An den Grenzen der Sprache. Über das Sagbare und das Unsagbare in Literatur und Ästhetik der Aufklärung, der Romantik und der Moderne*. Freiburg: Rombach.

Fromm, Waldemar（2010a）: *Das Schloß*. In: Manfred Engel（Hrsg.）: *Kafka-Handbuch. Leben - Werk – Wirkung*. Stuttgart: Metzler, S. 301–317.

Fromm, Waldemar（2010b）: *Schaffensprozess. Forschung*. In: Manfred Engel（Hrsg.）: *Kafka-Handbuch. Leben – Werk – Wirkung*. Stuttgart: Metzler, S. 434–437.

古川昌文（2016）．『歌姫ヨゼフィーネあるいはねずみ族』――歌のない絶唱――．上江憲治／野口広明編．カフカ後期作品論集．同学社．173-194 頁所収．

Gerhardt, Marlias（1969）: *Die Sprache Kafkas. Eine semiotische Untersuchung*. Diss., Stuttgart.

Giesekus, Waltrand（1954）: Franz Kafkas Tagebücher. Diss. Bonn.

グレイツァー、ネイハム（[1986], 1998）．カフカの恋人たち．池内紀訳．朝日新聞社．

Glinski, Sophie von（2004）: *Imaginationsprozesse. Verfahren phantasischen Erzählens in Franz Kafkas Frühwerk*. Berlin: de Gruyter.

Gray, Ronald（1956）: *Kafka's Castle*. Cambridge: Cambridge University Press.

Grésillon, Almuth（1995）: *Über die allmähliche Verfertigung von Texten beim Schreiben*. In: Wolfgang Raible（Hrsg.）: *Kulturelle Perspektiven auf Schrift und Schreibprozesse*. Tübingen: Gunter Narr, S. 1–36.

Grésillon, Almuth（2010）: *„Critique génétique". Gedanken zu ihrer Entstehung, Methode und Theorie*. In: Kai Bremer（Hrsg.）: *Texte zur modernen Philologie*. Stuttgart: Reclam, S. 287–307.

Greß, Felix（1994）: *Die gefährdete Freiheit. Franz Kafkas späte Texte*. Würzburg: Königshausen & Neumann.

Gross, Ruth（1985）: *Of Mice and Women. Reflections on a Discourse in Kafka's "Josefine, die Sängerin oder Das Volk der Mäuse"*. In: *Germanic Review* 60, S. 59–68.

Guntermann, Georg（1991）: *Vom Fremdwerden der Dinge beim Schreiben. Kafkas Tagebücher als literarische Physiognomie des Autors*. Tübingen: Max Niemeyer.

Engel, Manfred (2002) : *Literarische Träume und traumhaftes Schreiben bei Franz Kafka. Ein Beitrag zur Oneiropoetik der Moderne*. In: *Träumungen. Traumerzählung in Film und Literatur*. (Hrsg.) Bernard Dieterle, 2. Auflage, St. Augustin: Gardez!, S. 233–262.

Engel, Manfred (2010a) : *Drei Werkphase*. In: *Kafka-Handbuch. Leben - Werk - Wirkung*, (Hrsg.) Manfred Engel. Stuttgart: Metzler, S. 81–90.

Engel, Manfred (2010b) : *Kafkas lesen – Verstehensprobleme und Forschungsparadigmen*. In: Manfred Engel (Hrsg.) : *Kafka-Handbuch. Leben – Werk – Wirkung*. Stuttgart: Metzler, S. 411–427.

Engel, Manfred (2010c) : *Zu Kafkas Kunst- und Literaturtheorie: Kunst und Künstler im literarischen Werk*. In: Manfred Engel (Hrsg.) : *Kafka-Handbuch. Leben – Werk – Wirkung*. Stuttgart: Metzler, S. 483–488.

Engel, Manfred (2010d) : *Der Verschollene*. In: Manfred Engel (Hrsg.) : *Kafka-Handbuch. Leben - Werk – Wirkung*. Stuttgart: Metzler, S. 175–191.

Engel, Manfred (2010e) : *Der Proceß*. n: Manfred Engel (Hrsg.) : *Kafka-Handbuch. Leben - Werk – Wirkung*. Stuttgart: Metzler, S. 192–206.

Fellmann, Ferdinand (1989) : *Poetische Existentialien der Postmoderne*. In: *DVjs* 63, S. 751–763.

Fickert, Kurt (1966) : *The window metaphor in Kafka's „Trial"*. In: *Monatshefte für deutschen Unterricht, deutsche Sprache und Literatur* 58, S. 345–352.

Fingerhut, Karlheinz (1969) : *Die Funktion der Tierfiguren im Werke Franz Kafkas. Offene Erzählgerüste und Figurenspiele*. Bonn: H. Bouvier.

Fingerhut, Karlheinz (1979) : *Bildlichkeit*. In: Hartmut Binder (Hrsg.) : *Kafka-Handbuch*, Band 2, Stuttgart: Alfred Kröner, S. 138–177.

Fingerhut, Karlheinz (1989) : *Erlebtes und Erlesens – Arthur Holitscher und Franz Kafkas Amerika-Darstellungen. Zum Funktionsübergang von Reisebericht und Roman*. In: *Diskussion Deutsch* 108, S. 337–355.

Flach, Brigitte (1967) : *Kafkas Erzählungen. Strukturanalyse und Interpretation*. Bonn: Bouvier.

Fromm, Waldemar (1998) : *Artistisches Schreiben. Franz Kafkas Poetik zwischen Proceß und*

Brod, Max ([1948], 1980a) : *Franz Kafkas Glauben und Lehre*. In: *Max Brod über Franz Kafka*. Frankfurt a. M.: S. Fischer, S. 221–299.

Brod, Max ([1954], 1980b) : *Franz Kafka. Eine Biographie*. In: *Max Brod über Franz Kafka*. Frankfurt a. M.: S. Fischer, S. 9–219.

Bruce, Iris (2007) : *Kafka and Cultural Zionism. Dates in Palestine*. Madison: The University of Wisconsin Press.

Burgum, Edwin Berry (1946) : *The bankruptcy of the faith*. In: Angel Flores (Hrsg.) : *The Kafka Problem*, New York: American book-stratford, S. 298-318.

Cohn, Dorrit (1968) : *K. enters The Castle. On the Change of Person in Kafka's Manuscript*. In: Euphorion 62, S. 28–45.

Cohn, Dorrit (1978) : *Transparent minds. Narrative modes for presenting consciousness in fiction*. Princeton: Princeton University Press.

Corngold, Stanley (1970) : *Kafka's Die Verwandlung: Metamorphosis of the Metaphor*. In: *Mosaic* 3; Heft 4, S. 91–106.

David, Claude (1976) : *Zwischen Dorf und Schloß. Kafkas Schloß-Roman als theologische Fabel*. In: Alexander von Bormann (Hrsg.) : *Wissen aus Erfahrungen. Werkbegriff und Interpretation heute. Festschrift für Herman Meyer zum 65. Geburtstag*. Tübingen: Max Niemeyer, S. 694–711.

Deinert, Herbert (1963) : *Franz Kafka. Ein Hungerkünstler*. In: *Wirkendes Wort* 13, S. 78–87.

ドゥルーズ、ジル／ガタリ、フェリックス（1978）．カフカ：マイナー文学のために．宇波彰／岩田行一訳．法政大学出版局．

Dieterle, Bernard (2010) : *Kleine nachgelassene Schriften und Fragmente 2*. In: Manfred Engel (Hrsg.) : *Kafka-Handbuch. Leben - Werk - Wirkung*. Stuttgart: Metzler, S. 260–280.

Edel, Edmund (1957/58) : *Franz Kafka: Die Verwandlung. Eine Auslegung*. In: *Wirkendes Wort* 8, S. 217–226.

Ekkehard, W. Hang (2004) : *Auf dieses Messers Schneide leben wir... Das Spätwerk Franz Kafkas im Kontext jüdischen Schreibens*. Wien: Braumüller.

Emrich, Wilhelm (1960) : *Die Bildwelt Franz Kafkas*. In: *Akzente* 7, S. 172–191.

ベンヤミン、ヴァルター（[1934], 2002）．フランツ・カフカ：没後十年を迎えて．浅井健次郎編訳．ベンヤミン・コレクション 2．筑摩書房．107-163 頁所収．

Berg, Nicolas（2010）: *Forschungen eines Hundes*. In: Manfred Engel（Hrsg.）: *Kafka-Handbuch. Leben - Werk - Wirkung*. Stuttgart: Metzler, S. 330– 336.

Beutner, Barbara（1973）: *Die Bildsprache Franz Kafkas*. München: Wilhelm Fink.

Biemel, Walter（1968）: *Philosophische Analysen zur Kunst der Gegenwart*. Den Haag: Martinus Nijhoff.

Binder, Hartmut（1966）: *Motiv und Gestaltung bei Franz Kafka*. Bonn: Bouvier.

Binder, Hartmut（1967）: *Kafkas Hebräischstudien. Ein biographisch-interpretatorischer Versuch*. In: *Jahrbuch der Deutschen Schillergesellschaft* 11, S. 527–556.

Binder, Hartmut（1975）: *Kafka-Kommentar zu sämtlichen Erzählungen*. München: Winkler.

Binder, Hartmut（1982）: *Kafka. Kommentar zu den Romanen, Rezensionen, Aphorismen und zum Brief an den Vater*, 2., bibliographisch ergänzte Auflage. München: Winkler.

Binder, Hartmut（2004）: *Kafkas Verwandlung. Entstehung, Deutung, Wirkung*. Frankfurt a. M.: Stroemfeld.

Blank, Juliane（2010）: *Ein Landarzt. Kleine Erzählungen*. In: Manfred Engel（Hrsg.）: *Kafka-Handbuch. Leben - Werk – Wirkung*. Stuttgart: Metzler, S. 218–240.

ブランショ、モーリス（2013）．カフカからカフカへ．山邑久仁子訳．書肆心水．

Boa, Elizabeth（[1996], 2002）: *Kafka. Gender, Class, and Race in the Letters and Fictions*. Oxford: Oxford University Press.

Born, Jürgen（[1969], 2000）: *Das „Feuer zusammenhängender Stunden"*. In: Jürgen Born: *„Daß zwei in mir kämpfen …" und andere Aufsätze zu Kafka*. Furth im Wald: Vitalis, S. 17–35.

Böschenstein, Bernhard（1980）: *Elf Söhne*. In: Claude David（Hrsg.）: *Franz Kafka. Themen und Probleme*. Göttingen: Vandenhock & Ruprecht, S. 136–151.

Boulby, Mark（1982）: *Kafka's End: A Reassessment of The Burrow*. In: *German Quarterly* 55, S. 175–185.

Bridgwater, Patrick（1982）: *Rotpeters Ahnherrn, oder: Der gelehrte Affe in der deutschen Dichtung*. In: *DVjs* 56, S. 447–462.

Staengle, Frankfurt a. M.: Stroemfeld, 2001.

[HKA Oktavheft 3] Franz Kafka. *Oxforder Oktavheft* 3. (Hrsg.) Roland Reuß, Peter Staengle, Frankfurt a. M.: Stroemfeld, 2008.

2 二次文献

カフカ研究に関する文献

Allemann, Beda (1968) : *Die Metapher und das metaphorische Wesen der Sprache*. In: *Weltgespräche* 4, S. 29–43.

Allemann, Beda (1998) : *„Scheinbare Leere". Zur thematischen Struktur von Kafkas ‚Schloß'-Roman*. In: Beda Allemann: *Zeit und Geschichte im Werk Kafkas*. (Hrsg.) Diethelm Kaiser, Göttingen: Wallstein, S. 189–219.

Alt, Peter-André (2005) : *Franz Kafka. Der ewige Sohn*. München: C. H. Beck.

Anders, Günther (1951) : *Kafka. Pro und Contra. Die Proßeß-Unterlagen*. München: C. H. Beck.

Anderson, Mark (1992) : *Kafka's clothes. Ornament and aestheticism in the Habsburg fin de siècle*. Oxford: Clarendon.

Anderson, Mark (2003) : *„ [...] nicht mit großen Tönen gesagt": On Theater and the Theatrical in Kafka*. In: *The Germanic Review* 78, 167–176.

Auerochs, Bernd (2010) : *Ein Hungerkünstler. Vier Geschichten*. In: Manfred Engel (Hrsg.) : *Kafka-Handbuch. Leben - Werk – Wirkung*. Stuttgart: Metzler, S. 318–329.

Baioni, Giuliano (1994) : *Kafka. Literatur und Judentum*. Stuttgart: Metzler.

Beck, Evelyn Torton (1971) : *Kafka and the Yiddish theater: its impact on his work*. Madison: University of Wisconsin Press.

Beck, Evelyn Torton (1983) : *Kafka's Traffic in Women: Gender, Power, and Sexuality*. In: *The Literary Review* 26, S. 565–576.

Beicken. Peter U. (1974) : *Franz Kafka. Eine kritische Einführung in die Forschung*. Frankfurt a. M.: Athenaion.

Beißner, Friedrich (1952) : *Der Erzähler Franz Kafka*. Stuttgart: Kohlhammer.

[T App] *Tagebücher Apparatband*, (Hrsg.) Hans-Gerd Koch, Michael Müller, Malcolm Pasley, Frankfurt a. M.; S. Fischer, 1996.

[T Komm] *Tagebücher Kommentarband*, (Hrsg.) Hans-Gerd Koch, Michael Müller, Malcolm Pasley, Frankfurt a. M.; S. Fischer, 1996.

[Br 1900–1912] *Briefe 1900–1912*, (Hrsg.) Hans-Gerd Koch, Frankfurt a. M.; S. Fischer, 1999.

[Br 1913–1914] *Briefe 1913– März 1914*, (Hrsg.) Hans-Gerd Koch, Frankfurt a. M.; S. Fischer, 1999

[Br 1914–1917] *Briefe April 1914–1917*, (Hrsg.) Hans-Gerd Koch, Frankfurt a. M.; S. Fischer, 2005.

[Br 1918–1920] *Briefe 1918–1920*, (Hrsg.) Hans-Gerd Koch, Frankfurt a. M.; S. Fischer, 2013.

[eKKA] Kritische Kafka Ausgabe des S. Fischer Verlages bei Chadwyck-Healy auf CD-ROM Software version 1.0.

[BS] Franz Kafka. *Das Schloß*. (Hrsg.) Max Brod, Frankfurt a. M.; S. Fischer, 1946.

[BH] Franz Kafka. *Hochzeitvorbereitungen auf dem Lande und andere Prosa aus dem Nachlaß*. (Hrsg.) Max Brod, Frankfurt a. M.; S. Fischer, 1953.

[BB] Franz Kafka. *Beschreibung eines Kampfes. Die zwei Fassungen*. (Hrsg.) Max Brod, Frankfurt a. M.; S. Fischer, 1969.

[Br] Franz Kafka *Briefe 1902–1924*. (Hrsg.) Max Brod, Frankfurt a. M.; S. Fischer, 1958.

[BKB] Franz Kafka/ Max Brod: *Eine Freundschaft (II). Briefwechsel*. (Hrsg.) Malcolm Pasley, Frankfurt a. M.; S. Fischer, 1989.

[HKA] Franz Kafka. Historisch-Kritische Ausgabe sämtlicher Handschriften, Drucke und Typoskripte. (Hrsg.) Roland Reuß, Peter Staengle, Frankfurt a. M.: Stroemfeld.

[HKA Der Process] Franz Kafka. *Der Process*. (Hrsg.) Roland Reuß, Peter Staengle, Frankfurt a. M.: Stroemfeld, 1997.

[HKA Quartheft 2] : Franz Kafka. *Oxforder Quartheft* 2. (Hrsg.) Roland Reuß, Peter

参考文献

1 一次文献及び略号

［KKA］ Franz Kafka: Schriften, Tagebücher, Briefe Kritische Ausgabe.（Hrsg.）Jürgen Born, Gerhard Neumann, Malcolm Pasley und Jost Schillemeit, Frankfurt a. M.; S. Fischer.

［V］ *Der Verschollene*,（Hrsg.）Jost Schillemeit, Frankfurt a. M.; S. Fischer, 1983.

［V App］ *Der Verschollene Apparatband*,（Hrsg.）Jost Schillemeit, Frankfurt a. M.; S. Fischer, 1983.

［P］ *Der Proceß*,（Hrsg.）Malcolm Pasley, Frankfurt a. M.; S. Fischer, 1990.

［P App］ *Der Proceß Apparatband*,（Hrsg.）Malcolm Pasley, Frankfurt a. M.; S. Fischer, 1990.

［S］ *Das Schloß*,（Hrsg.）Malcolm Pasley, Frankfurt a. M.; S. Fischer, 1982.

［S App］ *Das Schloß Apparatband*,（Hrsg.）Malcolm Pasley, Frankfurt a. M.; S. Fischer, 1982.

［NSF I］ *Nachgelassene Schriften und Fragmente I*,（Hrsg.）Malcolm Pasley, Frankfurt a. M.; S. Fischer, 1993.

［NSF I App］ *Nachgelassene Schriften und Fragmente I Apparatband*,（Hrsg.）Malcolm Pasley, Frankfurt a. M.; S. Fischer, 1993.

［NSF II］ *Nachgelassene Schriften und Fragmente II*,（Hrsg.）Jost Schillemeit, Frankfurt a. M.; S. Fischer, 1992.

［NSF II App］ *Nachgelassene Schriften und Fragmente II Apparatband*,（Hrsg.）Jost Schillemeit, Frankfurt a. M.; S. Fischer, 1992.

［D］ *Drucke zu Lebzeiten*,（Hrsg.）Wolf Kittler, Hans-Gerd Koch, Gerhard Neumann, Frankfurt a. M.; S. Fischer, 1996.

［D App］ *Drucke zu Lebzeiten Apparatband*,（Hrsg.）Wolf Kittler, Hans-Gerd Koch, Gerhard Neumann, Frankfurt a. M.; S. Fischer, 1996.

［T］ *Tagebücher*,（Hrsg.）Hans-Gerd Koch, Michael Müller, Malcolm Pasley, Frankfurt a. M.; S. Fischer, 1996.

は行

ま行

ら行

わ行

さ行

た行

索引（五十音順）

あ行

か行

【著者】
三根靖久（みね やすひさ）
一九八三年生まれ。
二〇〇六年東京外国語大学卒業。
二〇一九年東京大学大学院人文社会系研究科博士課程修了。
現在、中央大学経済学部兼任講師。

フランツ・カフカ　創作《そうさく》と流《なが》れ、〈あなた〉との出会《であ》い

二〇二四年一一月一四日　初版発行

著者　三根靖久
みねやすひさ

発行者　三浦衛
発行所　春風社　Shumpusha Publishing Co.,Ltd.
横浜市西区紅葉ヶ丘五三　横浜市教育会館三階
〈電話〉〇四五・二六一・三一六八　〈FAX〉〇四五・二六一・三一六九
〈振替〉〇〇二〇〇・一・三七五二四
http://www.shumpu.com　✉ info@shumpu.com

装丁　毛利一枝
装画　揚妻博之
印刷・製本　モリモト印刷株式会社

乱丁・落丁本は送料小社負担でお取り替えいたします。

ISBN 978-4-86110-994-2 C0098 ¥7000E